回目

下冊

第三十六回　沒遮攔追趕及時雨　船火兒夜鬧潯陽江

話說當下宋江不合將五兩銀子齎發了那個教頭。只見這揭陽鎮上眾人叢中，鑽過這條大漢，睜著眼，喝道：「這廝那裏學得這些鳥鎗棒，來俺這揭陽鎮上逞強；我已分付了眾人休倸他，你這廝如何賣弄有錢，把銀子賞他，滅俺揭陽鎮上的威風！」宋江應道：「我自賞他銀兩，卻干你甚事？」那大漢揪住宋江，喝道：「你這賊配軍！敢回我話！」宋江道：「做甚麼不敢回你話！」

那大漢提起雙拳，劈臉打來。宋江躲個過。那大漢又趕入一步來。宋江卻待要和他放對，只見那個使鎗棒的教頭，從人背後趕將來，一隻手揪住那大漢頭巾，一隻手提住腰胯，望那大漢肋骨上只一兜，踉蹌一交，顛翻在地。那大漢卻待掙扎起來，又被這教頭只一腳踢翻了。兩個公人勸住教頭。那大漢從地下爬將起來，看了宋江和教頭，說道：「使得使不得，教你兩個不要慌！」一直望南去了。

宋江且請問：「教頭高姓？何處人氏？」教頭答道：「小人祖貫河南洛陽人氏，姓薛，名永。祖父是老种經略相公帳前軍官，為因惡了同僚，不得陞用，子孫靠使鎗棒賣藥度日。江湖上但呼小人病大蟲薛永。不敢拜問，恩官高姓大名？」宋江道：「小可姓宋，名江。祖貫鄆城縣人氏。」薛永道：「莫非山東及時雨宋公明麼？」宋江道：「小可便是。」

薛永聽罷，便拜。宋江連忙扶住，道：「少敘三杯，如何？」薛永道：「好。正要拜識尊顏，卻為無門得遇兄長。」慌忙收拾起鎗棒和藥囊，同宋江便往鄰近酒肆內去喫酒。只見酒家說道：「酒肉自有，只是不敢賣與你們喫。」宋江問道：「緣何不賣與我們喫？」酒家道：「卻纔和你們廝打的大漢已使人分付了：若是賣與你們喫時，把我這店子都打得粉碎。我這裏卻是不敢惡他。這人是此間揭陽鎮上一霸，誰敢不聽他說。」宋江道：「既然恁地，我們去休；那廝必然要來尋鬧。」薛永道：「小人也去店裏算了房錢還他；一兩日間也來江州相會。兄長先行。」

宋江又取一二十兩銀子與了薛永，辭別了自去。宋江只得自和兩個公人也離了酒店，又自去一處喫酒。那店家說道：「小郎已自都分付了，我們如何敢賣與你們喫！你枉走！甘自費力！不濟事！」宋江和兩個公人都做聲不得；連連走了幾家，都是一般說話。

三個來到市梢盡頭，見了幾家打火小客店，正待要去投宿，卻被他那裏不肯相容。宋江問時，都道：「他已著小郎連連分付去了，不許安著你們三個。」

當下宋江見不是話頭，三個便拽開腳步，望大路上走。看見一輪紅日低墜，天色昏暗，宋江和兩個公人心裏越慌。三個商量道：「沒來繇看使鎗棒，惡了這廝！如今閃得前不巴村，後不著店，卻是投那裏去宿是好？」只見遠遠地小路上，望見隔林深處射出燈光來。宋江見了道：「兀，那裏燈光明處必有人家。遮莫怎地陪個小心，借宿一夜，明日早行。」公人看了道：「這燈光處又不在正路上。」宋江道：「沒奈何！雖然不在正路上，明日多行三二里，卻打甚麼不緊？」

三個人當時落路來。行不到二里多路，林子背後閃出一座大莊院來。宋江和兩個公人來到莊院前敲門。莊客聽得，出來開門，道：「你是甚人，黃昏夜半來敲門打戶？」宋江陪著小心，答道：「小人是個犯罪配送江州的人。今日錯過了宿頭，無處安歇，欲求貴莊借宿一宵，來早依例拜納房金。」莊客道：「既是恁地，你且在這裏少待；等我入去報知莊主太公，可容即歇。」

莊客入去通報了，復翻身出來，說道：「太公相請。」宋江和兩個公人到裏面草堂去參見了莊主太公。太公分付教莊客領去門房裏安歇，就與他們些晚飯喫。莊客聽了，引去門首草房下，點起一碗燈，教三人歇定了；取三分飯食羹湯菜蔬，教他三個喫了。莊客收了碗碟，自入裏面去。

兩個公人道：「押司，這裏又無外人，一發除了行枷，快樂睡一夜。明日早行。」宋江道：「說得是。」當時去了行枷，和兩個公人去房外淨手，看見星光滿天，又見打麥場邊屋後是一條村僻小路，宋江看在眼裏。三個淨了手，入進房裏，關上門去睡。宋江和兩個公人說道：「也難得這個莊主太公留俺們歇這一夜。」

正說間，聽得裏面有人點火把來打麥場上一到處炤看。宋江在門縫裏張時，見是太公引著三個莊客，把火把一到處炤看。宋江對公人道：「這太公和我父親一般，件件定要自來炤管，這早晚也不肯去睡，瑣瑣地親自點看。」

正說間，只聽得外面有人叫開莊門。莊客連忙來開了門，放入五七個人來。為頭的手裏拿著朴刀，背後的都拿著稻叉棍棒。火把光下，宋江張看時，那個提朴刀的正是在揭陽鎮上要打我們的那漢。

宋江又聽得那太公問道：「小郎，你那裏去來？和甚人廝打，日晚了，拖鎗拽棒？」那大漢道：「阿爹不知。哥哥在家裏麼？」太公道：「你哥哥喫得醉了，去睡在後面亭子上。」那漢道：「我自去叫他起來。我和他趕人。」太公道：「你又和誰合口？叫起哥哥來時，他卻不肯干休。你且對我說這緣故。」

那漢道：「阿爹，你不知，今日鎮上一個使鎗棒賣藥的漢子，叵耐那廝不先來見我弟兄兩個，便去鎮上撒科賣藥，教使鎗棒；被我都分付了鎮上的人分文不要與他賞錢。不知那裏走一個囚徒來，那廝做好漢出尖❶，把五兩銀子賞他，滅俺揭陽鎮上威風！我正要打那廝，卻恨那賣藥的腦揪翻我，打了一頓，又踢了我一腳，至今腰裏還疼。我已教人四下裏分付了酒店客店，不許著這廝們喫酒安歇。先教那廝三個今夜沒存身處。隨後喫我叫了賭房裏一夥人，趕將去客店裏，拿得那賣藥的來儘氣力打了一頓；如今把來弔在都頭家裏，明日送去江邊，綑做一塊拋在江裏，出那口鳥氣！卻只趕這兩個公人押的囚徒不著。前面又沒客店，竟不知投那裏去宿了，我如今叫起哥哥來分頭趕去捉拿這廝！」太公道：「我兒休恁地短命相！他自有銀子賞那賣藥的，卻干你甚事？你去打他做甚麼？可知道著他打了也不曾傷重。快依我口便罷，休教哥哥得知。你喫人打了，他肯干罷？又是去害人性命！你依我說，且去房裏睡了。半夜三更，莫去敲門打戶，激惱村坊，你也積些陰德。」那漢不顧太公說，拿著朴刀，逕入莊內去了。太公隨後也趕入去。

宋江聽罷，對公人說道：「這般不巧的事！怎生是好？卻又撞在他家投宿！我們只宜走了好。倘或這廝得知，必然喫他害了性命。便是太公不說，莊客如何敢瞞？」兩個公人都道：「說得是。事不宜遲，及早快走！」宋江道：「我們休從門前出去，掇開屋後一堵壁子出去罷。」

兩個公人挑了包裹，宋江自提了行枷，便從房裏挖開屋後一堵壁子。三個人便趁星光之下望林木深處小路上只顧走。正是「慌不擇路」。走了一個更次，望見前面滿目蘆花，一派大江，滔滔滾滾，正來到

❶ 出尖：出乎眾人。亦含有「脫穎而出」、「出風頭」之意。

潯陽江邊。只聽得背後喊叫，火把亂明，吹風唿哨趕將來。宋江只叫得苦，道：「上蒼救一救則個！」

三人躲在蘆葦叢中，望後面時，那火把漸近。三人心裏越慌，腳高步低，在蘆葦裏撞。前面一看，「不到天盡頭，早到地盡處」，一帶大江攔截，側邊又是一條闊港。宋江仰天歎道：「早知如此的苦，從直住在梁山泊也罷！誰想直斷送在這裏！」

宋江正在危急之際，只見蘆葦叢中悄悄地忽然搖出一隻船來。宋江見了，便叫：「艄公！且把船來救我們三個！俺與你幾兩銀子！」那艄公在船上問道：「你三個是甚麼人，卻走在這裏來？」宋江道：「背後有強人打劫我們，一昧地撞在這裏。你快把船來渡我們！我多與你些銀兩！」

那艄公早把船放得攏來。三個連忙跳上船去。一個公人便把包裹丟下艙裏；一個公人便將水火棍拱開了船。

那艄公一頭搭上櫓，一面聽著包裹落艙有些好響聲，心中暗喜；把櫓一搖，那隻小船早蕩在江心裏去。岸上那夥趕來的人早趕到灘頭，有十數個火把，為頭兩個大漢各挺著一條朴刀；隨從有二十餘人，各執鎗棒。口裏叫道：「你那艄公快搖船攏來。」宋江和兩個公人做一塊兒伏在船艙裏，說道：「艄公！卻是不要攏船！我們自多謝你些銀子！」

那艄公點頭，只不應岸上的人，把船望上水咿咿啞啞的搖將去。那岸上這夥人大喝道：「你那艄公不搖攏船來，教你都死！」那艄公冷笑幾聲，也不應。岸上那夥人又叫道：「你是那個艄公，直恁大膽不搖攏來？」那艄公冷笑應道：「老爺叫做張艄公！你不要咬我鳥！」岸上火把叢中那個長漢說道：「原來是張大哥！你見我弟兄兩個麼？」那艄公應道：「我又不瞎，做甚麼不見你！」那長漢道：「你既見我時，且搖攏來和你說話。」那艄公道：「有話明朝來說，趁船的要去得緊。」那長漢道：「我弟兄兩個正要捉這趁船的三個人！」那艄公道：「趁船的三個都是我家親眷，衣食父母。請他歸去喫碗『板刀麵』了來！」那長漢道：「你且搖攏來，和你商量。」那艄公道：「我的衣飯，倒搖攏來把與你，倒樂意！」那長漢道：「張大哥！不是這般說！我弟兄只要捉這囚徒。你且攏來！」那艄公一頭搖櫓，一面說道：「我自好幾日接得這個主顧，卻是不搖攏來，倒喫你接了去！你兩個只得休怪，改日相見！」

宋江呆了，不聽得他話裏藏機，在船艙裏悄悄的和兩個公人說：「也難得這個艄公！救了我們三個性命，又與他分說！不要忘了他恩德！卻不是幸得這隻船來渡了我們！」

卻說那艄公搖開船去，離得江岸遠了。三個人在艙裏望岸上時，火把也自去蘆葦中明亮。宋江道：「慚愧！正是好人相逢，惡人遠離，且得脫了這場災難！」只見那艄公搖著櫓，口裏唱起湖州歌來；唱道：

老爺生長在江邊，不愛交游只愛錢。昨夜華光來趁我，臨行奪下一金磚！

宋江和兩個公人聽了這首歌，都酥軟了。宋江又想道：「他是唱耍。」三個正在艙裏議論未了，只見那艄公放下櫓，說道：「你這個撮鳥！兩個公人平日最會詐害做私商的人，今日卻撞在老爺手裏！你三個卻是要喫『板刀麵』，卻是要喫『餛飩』？」宋江道：「家長，休要取笑。怎地喚做『板刀麵』？怎地是『餛飩』？」那艄公睜著眼，道：「老爺和你耍甚鳥！若還要喫『板刀麵』時，俺有一把潑風也似快刀在這艎板底下。我不消三刀五刀，我只一刀一個，都剁你三個人下水去！你若要喫『餛飩』時，你三個快脫了衣裳，都赤條條地跳下江裏自死！」

宋江聽罷，扯定兩個公人，說道：「卻是苦也！正是：『福無雙至，禍不單行！』」那艄公喝道：「你三個好好商量，快回我話！」宋江答道：「艄公不知，我們也是沒奈何，犯下了罪迭配江州的人。你如何可憐見，饒了我三個！」那艄公喝道：「你說甚麼閒話！饒你三個？我半個也不饒你！──老爺喚做有名的狗臉張爺爺！來也不認得爹，去也不認得娘！你便都閉了鳥嘴，快下水裏去！」

宋江又求告道：「我們都把包裹內金銀財帛衣服等項，盡數與你。只饒了我三人性命！」那艄公便去艎板底下摸出那把明晃晃板刀來，大喝道：「你三個要怎地！」宋江仰天歎道：「為因我不敬天地，不孝父母，犯下罪責，連累了你兩個！」那兩個公人也扯著宋江，道：「押司！罷！罷！我們三個一處死休！」那艄公又喝道：「你三個好好快脫了衣裳，跳下江去！跳便跳！不跳時，老爺便剁下水裏去！」

宋江和那兩個公人抱做一塊，望著江裏。只見江面上咿咿啞啞櫓聲響。艄公回頭看時，一隻快船，飛也似從上水頭急溜下來；船上有三個人，一條大漢手裏橫著托叉立在船頭上；艄頭兩個後生搖著兩把快櫓。星光之下，早到面前。

那船頭上橫叉的大漢便喝道：「前面是甚麼艄公，敢在當港行事？船裏貨物，見者有分！」這船艄公回頭看了，慌忙應道：「原來卻是李大哥！我只道是誰來！大哥，又去做買賣？只是不曾帶挈兄弟。」大漢道：「張家兄弟，你在這裏又弄這一手！船裏甚麼行貨？有些油水麼？」艄公答道：「教你得知好笑。我這幾日沒道路，又賭輸了，沒一文，正在沙灘上悶坐，岸上一夥人趕著。三頭行貨來我船裏，卻是兩個鳥公人，解一個黑矮囚徒，正不知是那裏人。他說道，迭配江州來的，卻又項上不帶行枷。趕來

「咄」一字，如聞其聲。

的岸上一夥人卻是鎮上穆家哥兒兩個，定要討他。我見有些油水喫，我不還他。」船上那大漢道：「咄！莫不是我哥哥宋公明？」

宋江聽得聲音廝熟，便艙裏叫道：「船上好漢是誰？救宋江則個！」那大漢失驚道：「真個是我哥哥！早不做出來！」

宋江鑽出船上來看時，星光明亮，那船頭上立的大漢正是混江龍李俊，背後船梢上兩個搖櫓的，一個是出洞蛟童威，一個翻江蜃童猛。

這李俊聽得是宋公明，便跳過船來，口裏叫苦道：「哥哥驚恐？若是小弟來得遲了些個，誤了仁兄性命！今日天使李俊在家坐立不安，棹船出來江裏趕些私鹽，不想又遇著哥哥在此受難！」

那艄公呆了半晌，做聲不得，方纔問道：「李大哥，這黑漢便是山東及時雨宋公明麼？」李俊道：「可知是哩！」那艄公便拜道：「我那爺！你何不早通個大名，省得著我做出歹事來，爭些兒傷了仁兄！」宋江問李俊道：「這個好漢是誰？請問高姓？」李俊道：「哥哥不知。這個好漢卻是小弟結義的兄弟，姓張，是小孤山下人氏，單名橫字，綽號船火兒，專在此潯陽江做這件穩善的道路。」

宋江和兩個公人都笑起來。當時兩隻船並著搖奔灘邊來，纜了船，艙裏扶宋江並兩個公人上岸。李俊又與張橫說道：「兄弟，我嘗和你說：天下義士，只除非山東及時雨鄆城宋押司，今日你可仔細認著。」張橫敲開火石，點起燈來，照著宋江撲翻身又在沙灘上拜，道：「望哥哥恕兄弟罪過！」

張橫拜罷，問道：「義士哥哥，為何事配來此間？」李俊把宋江犯罪的事說了，今來迭配江州。張橫聽了，說道：「好教哥哥得知，小弟一母所生的親弟兄兩個，長的便是小弟，我有個兄弟，卻又了得，渾身雪練也似一身白肉，沒得四五十里水面，水底下伏得七日七夜，水裏行一似一根白條，更兼一身好武藝，因此，人起他一個異名，喚做浪裏白條張順。當初我弟兄兩個只在揚子江邊做一件依本分的道路。……」宋江道：「願聞則個。」張橫道：「我弟兄兩個，但賭輸了時，我便先駕一隻船，渡在江邊靜處做私渡。有那一等客人，貪省貫百錢的，又要快，便來下我船。等船裏都坐滿了，卻教兄弟張順，也扮做單身客人，背著一個大包，也來趁船。我把船搖到半江裏，歇了櫓，拋了錨，插一把板刀，卻討船錢。本合五百足錢一個人，我便定要他三貫。卻先問兄弟討起，教他假意不肯還我。我便把他來起手，一手揪住他頭，一手提定腰胯，撲通地攛下江裏，排頭兒定要三貫。一個個都驚得呆了，把出來不迭。都斂得足了，卻送他到僻靜處上岸。我那兄弟自從水底下走過對岸，等沒了人，卻與兄弟分錢去賭。那時我兩個只靠這道路過日。」宋江道：「可知江邊多有主顧來尋你私渡。」李俊等都笑起來。

張橫又道：「如今我弟兄兩個都改了業，我便只在這潯陽江裏做些私商；兄弟張順，他卻如今自在江州做賣魚牙子❷。如今哥哥去時，小弟寄一封書去，——只是不識字，寫不得。」李俊道：「我們去村裏央個門館先生來寫。」留下童威、童猛看船。

三個人跟了李俊、張橫，提了燈，投村裏來。走不過半里路，看見火把還在岸上明亮。張橫說道：「他弟兄兩個還未歸去！」李俊道：「你說兀誰弟兄兩個？」張橫道：「便是鎮上那穆家哥兒兩個。」李俊道：「一發叫他兩個來拜了哥哥。」宋江連忙說道：「使不得！他兩個趕著要捉我！」李俊道：「仁兄放心。他兄弟不知是哥哥。他亦是我們一路人。」

❷ 牙子：買賣時的中間介紹人。同牙郎、牙人、牙保、牙儈。

李俊用手一招，唿哨了一聲，只見火把人伴都飛奔將來。看見李俊、張橫都恭奉著宋江做一處說話，那弟兄二人大驚道：「二位大哥如何與這三人廝熟？」李俊大笑道：「你道他是兀誰？」那二人道：「便是不認得。只見他在鎮上出銀兩賞那使鎗棒的，滅俺鎮上威風，正待要捉他！」李俊道：「他便是我日常和你們說的山東及時雨鄆城宋押司公明哥哥！你兩個還不快拜！」

那弟兄兩個撇了朴刀，撲翻身便拜，道：「聞名久矣！不期今日方得相會！卻纔甚是冒瀆，犯傷了哥哥，望乞憐憫恕罪！」宋江扶起二位，道：「壯士，願求大名？」李俊便道：「這弟兄兩個富戶是此間人。姓穆，名弘，綽號沒遮攔，兄弟穆春，喚做小遮攔。是揭陽鎮上一霸。我這裏有『三霸』，哥哥不知，一發說與哥哥知道。揭陽嶺上嶺下便是小弟和李立一霸；揭陽鎮上是他弟兄兩個一霸；潯陽江邊做私商的卻是張橫、張順兩個一霸：以此謂之『三霸』。」

宋江答道：「我們如何省得！既然都是自家弟兄情分，望乞放還了薛永！」穆弘笑道：「便是使鎗棒的那廝？哥哥放心。」──隨即便教兄弟穆春──「去取來還哥哥。我們且請仁兄到敝莊伏禮請罪。」李俊說道：「最好，最好；便到你莊上去。」

穆弘叫莊客著兩個去看了船隻，就請童威、童猛一同都到莊上去相會；一面又著人去莊上報知，置辦酒食，殺羊宰豬，整理筵宴。一行眾人等了童威、童猛，一同取路投莊上來。卻好五更天氣，都到莊裏，請出穆太公來相見了，就草堂上分賓主坐下。宋江與穆太公對坐。說話未久，天色明朗，穆春已取到病大蟲薛永進來，一處相會了。穆弘安排筵席，管待宋江等眾位飲宴。至晚，都留在莊上歇宿。

次日，宋江要行，穆弘那裏肯放，把眾人都留莊上，陪侍宋江去鎮上閒翫，觀看揭陽市村景致。又住了三日，宋江怕違了限次，堅意要行。穆弘並眾人苦留不住，當日做個送路筵席。次日早起來，宋江作別穆太公並眾位好漢；臨行，分付薛永：「且在穆弘處住幾時，卻來江州，再得相會。」穆弘道：「哥哥但請放心，我這裏自看顧他。」取出一盤金銀送與宋江，又齎發兩個公人些銀兩。臨動身，張橫在穆弘莊上央人修了一封家書，央宋江付與張順。當時宋江收放包裹內了。一行人都送到潯陽江邊。穆弘叫隻船來，取過先頭行李下船。眾人都在江邊，安排行枷，取酒食上船餞行。當下眾人灑淚而別。李俊、張橫、穆弘、穆春、薛永、童威、童猛，一行人各自回家，不在話下。

只說宋江自和兩個公人下船，投江州來。這艄公非比前番，拽起一帆風篷，早送到江州上岸。宋江方纔帶上行枷。兩個公人取出文書，挑了行李，直至江州府前來，正值府尹陞廳。

原來那江州知府，姓蔡，雙名得章，是當朝蔡太師蔡京的第九個兒子；因此，江州人叫他做蔡九知府。那人為官貪濫，作事驕奢。為這江州是個錢糧浩大的去處，抑且人廣物盈，因此，太師特地教他來做個知府。

當時兩個公人當廳下了公文，押宋江投廳下，蔡九知府看見宋江一表非俗，便問道：「你為何枷上沒了本州的封皮？」兩個公人告道：「於路上春雨淋漓，卻被水溼壞了。」知府道：「快寫個帖來，便送下城外牢城營裏去。本府自差公人押解下去。」

這兩個公人就送宋江到牢城營內交割。當時江州府公人齎了文帖，監押宋江並同公人出州衙前，來酒店裏買酒喫。宋江取三兩來銀子與了江州府公人，當討了收管，將宋江押送單身房裏聽候。那公人先去對管營、差撥處替宋江說了方便，交割討了收管，自回江州府去了。這兩個公人也交還了宋江包裹、行李，千酬萬謝相辭了入城來。兩個自說道：「我們雖是喫了驚恐，卻賺得許多銀兩。」自到州衙府裏伺候，討了回文，兩個取路往濟州去了。

話裏只說宋江又是央浼人情差撥到單身房裏，送了十兩銀子與他；管營處又自加倍送十兩並人事；營裏管事的人並使喚的軍健人等都送些銀兩與他們買茶喫；因此，無一個不歡喜宋江。少刻，引到點視廳前，除了行枷，參見管營。為得了賄賂，在廳上說道：「這個新配到犯人宋江聽著：先朝太祖武德皇帝聖旨事例，但凡新入流配的人須先打一百殺威棒。左右！與我捉去背起來！」宋江告道：「小人於路感冒風寒時症，至今未曾痊可。」管營道：「這漢端的像有病的；不見他面黃肌瘦，有些病症？且與他權寄下這頓棒。此人既是縣吏出身，著他本營抄事房做個抄事。」就時立了文案，便教發去抄事。宋江謝了，去單身房取了行李，到抄事房安頓了。眾囚徒見宋江有面目，都買酒來慶賀。次日，宋江置備酒食與眾人回禮；不時間又請差撥牌頭遞杯，管營處常常送禮物與他。宋江身邊有的是金銀財帛，單把來結識他們；住了半月之間，滿營裏沒一個不歡喜他。

自古道：「世情看冷煖，人面逐高低。」宋江一日與差撥在抄事房喫酒，那差撥說與宋江道：「賢兄，我前日和你說的那個節級常例人情，如何多日不使人送去與他？今已一旬之上了。他明日下來時，須不好看。」宋江道：「這個不妨。那人要錢不與他；若是差撥哥哥，但要時，只顧問宋江取不妨。那節級要時，一文也沒！等他下來，宋江自有話說。」差撥道：「押司，那人好生利害，更兼手腳了得！倘或有些言語高低，喫了他些羞辱，卻道我不與你通知。」宋江道：「兄長繇他。但請放心，小可自有措置。敢是送些與他，也不見得；他有個不敢要我的，也不見得。」

出宋江權詐。

正恁的說未了，只見牌頭來報道：「節級下在這裏了。正在廳上大發作，罵道：『新到配軍如何不送常例錢來與我！』」差撥道：「我說是麼？那人自來，連我們都怪。」宋江笑道：「差撥哥哥休罪，不及陪侍，改日再得作杯。小可且去和他說話。」差撥也起身道：「我們不要見他。」

宋江別了差撥，離了抄事房，自來點視廳上，見這節級。不是宋江來和這人廝見，有分教：江州城裏，翻為虎窟狼窩；十字街頭，變作屍山血海。直教撞破天羅歸水滸，掀開地網上梁山。畢竟宋江來與這個節級怎麼相見，且聽下回分解。

第三十七回　及時雨會神行太保　黑旋風鬬浪裏白條

話說當時宋江別了差撥，出抄事房來，到點視廳上看時，見那節級掇條凳子坐在廳前，高聲喝道：「那個是新配到囚徒？」牌頭指著宋江道：「這個便是。」那節級便罵道：「你這黑矮殺才，倚仗誰的勢，要不送常例錢來與我？」宋江道：「『人情人情，在人情願。』你如何逼取人財？好小哉相！」兩邊看的人聽了，倒捏兩把汗。那人大怒，喝罵：「賊配軍！安敢如此無禮，顛倒說我小哉！那兜馱的，與我背起來！且打這廝一百訊棍❶！」

兩邊營裏眾人都是和宋江好的；見說要打他，一鬨都走了，只剩得那節級和宋江。那人見眾人都散了，肚裏越怒，拿起訊棒，便奔來打宋江。宋江說道：「節級，你要打我，我得何罪！」那人大喝道：「你這賊配軍，是我手裏行貨！輕咳嗽便是罪過！」宋江道：「你便尋我過失，也不到得該死。」那人怒道：「你說不該死！我要結果你也不難，只似打殺一個蒼蠅！」宋江冷笑道：「我因不送得常例錢便該死時，結識梁山泊吳學究的卻該怎地？」那人聽了這話，慌忙丟了手中訊棍，便問道：「你說甚麼？」宋江道：「我自說那結識軍師吳學究的，你問我怎地？」

那人慌了手腳，拖住宋江問道：「你正是誰，那裏得這話來！」宋江笑道：「小可便是山東鄆城縣

❶ 訊棍：審訊行刑時所用的棍棒。

宋江。」

那人聽了，大驚，連忙作揖，說道：「原來兄長正是及時雨宋公明！」宋江道：「何足掛齒。」那人便道：「兄長，此間不是說話處，未敢下拜。同往城裏敘懷，請兄長便行。」宋江道：「好，節級少待，容宋江鎖了房門便來。」

宋江慌忙到房裏取了吳用的書，自帶了銀兩，出來鎖上房門，分付牌頭看管，便和那人離了牢城營裏，奔入江州城裏來，去一個臨街酒肆中樓上坐下。那人問道：「兄長何處見吳學究來？」宋江懷中取出書來，遞與那人。那人拆開封皮，從頭讀了，藏在袖內，起身望著宋江便拜。宋江慌忙答禮，道：「適間言語衝撞，休怪，休怪。」那人道：「小弟只聽得說：『有個姓宋的發下牢城營裏來。』往常時，但是發來的配軍，常例送銀五兩。今番已經十數日，不見送來。今日是個閒暇日頭，因此下來取討。不想卻是仁兄。恰纔在營內，甚是言語冒瀆了哥哥，萬望恕罪！」宋江道：「差撥亦曾常對小可說起大名。宋江有心要拜識尊顏，卻不知足下住處，又無因入城，特地只等尊兄下來，要與足下相會一面，以此耽誤日久。不是為這五兩銀子不捨得送來；只想尊兄必是自來，故意延挨。今日幸得相見，以慰平生之願。」

說話的，那人是誰？便是吳學究所薦的江州兩院押牢節級戴院長戴宗。那時，故宋時，金陵一路節級都稱呼做「家長」；湖南一路節級都稱呼做「院長」。原來這戴院長有一等驚人的道術，但出路時，齎書飛報緊急軍情事，把兩個甲馬❷拴在兩隻腿上，作起「神行法」來，一日能行五百里；把四個甲馬拴在腿上，便一日能行八百里。因此，人都稱做神行太保戴宗。

❷ 甲馬：祭拜神佛時所用的紙馬。

當下戴院長與宋公明說罷了來情去意。戴宗、宋江，俱各大喜。兩個坐在閣子裏，叫那賣酒的過來，安排酒果餚饌菜蔬來，就酒樓上兩個飲酒。宋江訴說一路上遇見許多好漢，眾人相會的事務。戴宗也傾心吐膽，把和這吳學究相交來往的事告訴了一遍。

兩個正說到心腹相愛之處，纔飲得兩三杯酒，只聽樓下喧鬧起來。過賣連忙走入閣子來對戴宗說道：「這個人只除非是院長說得他下。沒奈何，煩院長去解拆則個。」戴宗問道：「在樓下作鬧的是誰？」過賣道：「便是時常同院長走的那個喚做鐵牛李大哥，在底下尋主人家借錢。」戴宗笑道：「又是這廝在下面無禮，我只道是甚麼人。──兄長少坐，我去叫了這廝上來。」

戴宗便起身下去；不多時，引著一個黑凜凜大漢上樓來。宋江看見，喫了一驚，便問道：「院長，這大哥是誰？」戴宗道：「這個是小弟身邊牢裏一個小牢子，姓李，名逵。祖貫是沂州沂水縣百丈村人氏。本身一個異名，喚做黑旋風李逵。他鄉中都叫他做李鐵牛。因為打死了人，逃走出來，雖遇赦宥，流落在此江州，不曾還鄉。為他酒性不好，人多懼他。能使兩把板斧，又會拳棍。見今在此牢裏勾當。」李逵看著宋江問戴宗道：「哥哥，這黑漢子是誰？」戴宗對宋江笑道：「押司，你看這廝恁麼麤鹵！全不識些體面！」李逵道：「我問大哥，怎地是麤鹵？」戴宗道：「兄弟，你便請問『這位官人是誰』便好。你倒卻說『這黑漢子是誰』，這不是麤鹵卻是甚麼？我且與你說知：這位仁兄便是閒常你要去投奔他的義士哥哥。」

李逵道：「莫不是山東及時雨黑宋江？」戴宗喝道：「咄！你這廝敢如此犯上！直言叫喚，全不識些高低！兀自不快下拜，等幾時！」李逵道：「若真個是宋公明，我便下拜；若是閒人，我卻拜甚鳥！

畫李逵，只五字，已畫得出相。

節級哥哥，不要賺我拜了，你卻笑我！」宋江便道：「我正是山東黑宋江。」李逵拍手叫道：「我那爺！你何不早說些個，也教鐵牛歡喜！」撲翻身軀便拜。

宋江連忙答禮，說道：「壯士大哥請坐。」戴宗道：「兄弟，你便來我身邊坐了喫酒。」李逵道：「不耐煩小盞喫，換個大碗來篩！」

宋江便問道：「卻纔大哥為何在樓下發怒？」李逵道：「我有一錠大銀，解了十兩小銀使用了，卻問這主人家那借十兩銀子去贖那大銀出來便還他，自要些使用。叵耐這鳥主人不肯借與我！卻待要和那廝放對，打得他家粉碎，卻被大哥叫了我上來。」宋江道：「只用十兩銀子去取？再要利錢麼？」李逵道：「利錢已有在這裏了，只要十兩本錢去討。」

宋江聽罷，便去身邊取出一個十兩銀子，把與李逵，說道：「大哥，你將去贖來用度。」戴宗要阻當時，宋江已把出來了。李逵接得銀子，便道：「卻是好也！兩位哥哥只在這裏等我一等。贖了銀子，便來送還；就和宋哥哥去城外喫碗酒。」宋江道：「且坐一坐，喫幾碗了去。」李逵道：「我去了便來。」推開簾子，下樓去了。

戴宗道：「兄長，休借這銀與他便好。卻纔小弟正欲要阻，兄長已把在他手裏了。」宋江道：「卻是為何？」戴宗道：「這廝雖是耿直，只是貪酒好賭。他卻幾時有一錠大銀解了！兄長喫他賺漏了這個銀去。他慌忙出門，必是去賭。若還贏得時，便有得送來還哥哥；若是輸了時，那討這十兩銀來還兄長？戴宗面上須不好看。」

宋江笑道：「尊兄何必見外。些須銀子，何足掛齒。繇他去賭輸了罷。我看這人倒是個忠直漢子。」

戴宗道：「這廝本事自有，只是心麤膽大不好。在江州牢裏，但喫醉了時，卻不奈何罪人，只要打一般強的牢子。我也被他連累得苦。專一路見不平，好打強漢，以此江州滿城人都怕他。」宋江道：「俺們再飲兩杯，卻去城外閒翫一遭。」戴宗道：「小弟也正忘了和兄長去看江景則個。」宋江道：「小可也要看江州的景致。如此最好。」

且不說兩個再飲酒。只說李逵得了這個銀子，尋思道：「難得！宋江哥哥又不曾和我深交，便借我十兩銀子。果然仗義疎財，名不虛傳！如今來到這裏，卻恨我這幾日賭輸了，沒一文做好漢請他。如今得他這十兩銀子，且將去賭一賭。儻或贏得幾貫錢來，請他一請，也好看。……」

當時李逵慌忙跑出城外小張乙賭房裏來，便去場上，將這十兩銀子撇在地下，叫道：「把頭錢❸過來我博！」那小張乙得知李逵從來賭直，便道：「大哥且歇，這一博下來便是你博。」李逵道：「我要先賭這一博！」小張乙道：「你便傍猜也好。」李逵道：「我不傍猜！只要博這一博！五兩銀子做一注！」有那一般賭的卻待要博，被李逵劈手奪過頭錢來，便叫道：「我博兀誰？」小張乙道：「便博我五兩銀子。」

李逵叫聲「快！」肐膊地博一個「叉」。小張乙便拿了銀子過來。李逵叫道：「我的銀子是十兩！」小張乙道：「你再博我五兩；『快』，便還了你這錠銀子。」

李逵又拿起頭錢叫聲「快！」肐膊的又博個「叉」。小張乙笑道：「我教你休搶頭錢，且歇一博，不聽我口，如今一連博上兩個『叉』！」李逵道：「我這銀子是別人的！」小張乙道：「遮莫是誰的也不

❸ 頭錢：賭博時下注用的銅錢。

濟事了！你既輸了，卻說甚麼？」李逵道：「沒奈何，且借我一借，明日便送來還你。」小張乙道：「說甚麼閒話！自古『賭錢場上無父子！』你明明地輸了，如何倒來革爭？」

李逵把布衫拽起在前面，口裏喝道：「你們還我也不還？」小張乙道：「李大哥，你閒常最賭得直，今日如何恁麼沒出豁？」

李逵也不答應他，便就地下擄了銀子；又搶了別人賭的十來兩銀子，都摟在布衫兜裏，睜起雙眼，就道：「老爺閒常賭直，今日權且不直一遍！」小張乙急待向前奪時，被李逵一指一交。十二三個賭博的，一齊上，要奪那銀子，被李逵指東打西，指南打北。

李逵把這夥人打得沒地躲處，便出到門前。把門的問道：「大郎，那裏去？」被李逵提在一邊，一腳踢開了門，便走。那夥人隨後趕將出來，都只在門前叫道：「李大哥！你恁地沒道理，都搶了我們眾人的銀子去！」只在門前叫喊，沒一個敢近前來討。

李逵正走之時，聽得背後一人趕上來，扳住肩臂，喝道：「你這廝如何卻搶擄別人財物？」李逵口裏應道：「干你鳥事！」回過臉來看時，卻是戴宗，背後立著宋江。李逵見了，惶恐滿面，便道：「哥哥休怪！鐵牛閒常只是賭直；今日不想輸了哥哥銀子，又沒得些錢來相請哥哥，喉急了，時下做出這些不直來。」

宋江聽了，大笑道：「賢弟，但要銀子使用，只顧來問我討。今日既是明明地輸與他了，快把來還他。」

李逵只得從布衫兜裏取出來，都遞在宋江手裏。宋江便叫過小張乙前來，都付與他。小張乙接過來，說道：「二位官人在上，小人只拿了自己的。這十兩原銀雖是李大哥兩博輸與小人，如今小人情願不要他的，省得記了冤讎。」宋江道：「你只顧將去，不要記懷。」小張乙那裏肯。宋江便道：「他不曾打傷了你們麼？」小張乙道：「討頭的，拾錢的，和那把門的，都被他打倒在裏面。」宋江道：「既是恁的，就與他眾人做將息錢。兄弟自不敢來了，我自著他去。」

小張乙收了銀子，拜謝了回去。宋江道：「我們和李大哥喫三杯去。」戴宗道：「前面靠江有那琵琶亭酒館，是唐朝白樂天古蹟。我們去亭上酌三杯，就觀江景則個。」宋江道：「可於城中買些餚饌之物將去。」戴宗道：「不用；如今那亭上有人在裏面賣酒。」宋江道：「恁地時，卻好。」

當時三人便望琵琶亭上來。到得亭子上看時，一邊靠著潯陽江，一邊是店主人家房屋。琵琶亭上有十數副座頭。戴宗便揀一副乾淨座頭，讓宋江坐了頭位，戴宗坐在對席，肩下便是李逵。三個坐定，便叫酒保鋪下菜蔬果品海鮮按酒之類。酒保取過兩樽「玉壺春」酒，——此是江州有名的上色好酒，——開了泥頭。李逵便道：「酒把大碗來篩，不耐煩小盞價喫！」戴宗喝道：「兄弟好村！你不要做聲，只顧喫酒便了！」宋江分付酒保道：「我兩個面前放兩隻盞子。這位大哥面前放個大碗。」

酒保應了下去，取隻碗來放在李逵面前；一面篩酒，一面鋪下餚饌。李逵笑道：「真個好個宋哥哥！人說不差了！便知做兄弟的性格。結拜得這位哥哥也不枉了！」

酒保斟酒，連篩了五七遍。宋江因見了這兩人，心中歡喜，喫了幾杯，忽然心裏想要魚辣湯喫，便問戴宗道：「這裏有好鮮魚麼？」戴宗笑道：「兄長，你不見滿江都是漁船？此間正是魚米之鄉，如何沒有鮮魚。」宋江道：「得些辣魚湯醒酒最好。」

戴宗便喚酒保，教造三分加辣點紅白魚湯來。頃刻造了湯來。宋江看見，道：「『美食不如美器。』雖是個酒肆之中，端的好整齊器皿！」拿起筯來，相勸戴宗、李逵喫，自也喫了些魚。呷幾口湯汁。李逵並不使筯，便把手去碗裏撈起魚來，和骨頭都嚼喫了。宋江一頭忍笑不住，呷了兩口汁，便放下筯不喫了。

戴宗道：「兄長，一定這魚醃了，不中仁兄喫。」宋江道：「便是不才酒後只愛口鮮魚湯喫，這個魚真是不甚好。」戴宗應道：「便是小弟也喫不得；是醃的，不中喫。」李逵嚼了自碗裏魚便道：「兩位哥哥都不喫，我替你們喫了。」便伸手去宋江碗裏撈將過來喫了，又去戴宗碗裏也撈過來喫了，滴滴點點，淋一桌子汁水。

宋江見李逵把三碗魚湯和骨頭都嚼喫了，便叫酒保來，分付道：「我這大哥想是肚饑。你可去大塊肉切二斤來與他喫，少刻一發算錢還你。」酒保道：「小人這裏只賣羊肉，卻沒牛肉。要肥羊儘有。」李逵聽了，便把魚汁劈臉潑將去，淋那酒保一身。戴宗喝道：「你又做甚麼！」李逵應道：「叵耐這廝無禮，欺負我只喫牛肉，不賣羊肉與我喫！」酒保道：「小人問一聲，也不多話。」宋江道：「你去只顧切來，我自還錢。」

酒保忍氣吞聲，去切了二斤羊肉，做一盤將來放桌子上。李逵見了，也不便問，大把價揸來只顧喫；撚指間，把這二斤羊肉都喫了。宋江看了道：「壯哉！真好漢也！」李逵道：「這宋大哥便知我的鳥意！喫肉不強似喫魚？」

戴宗叫酒保來問道：「卻纔魚湯，家生甚是整齊，魚卻醃了不中喫；別有甚好鮮魚時，另造些辣湯

宋江掉
文。

來，與我這位官人醒酒。」酒保答道：「不敢瞞院長說，這魚端的是昨夜的。今日的活魚還在船內，等魚牙主人不來，未曾敢賣動，因此未有好鮮魚。」李逵跳起來道：「我自去討兩尾活魚來與哥哥喫！」戴宗道：「你休去！只央酒保去回幾尾來便了。」李逵道：「船上打魚的不敢不與我。直得甚麼！」戴宗攔當不住，李逵一直去了。戴宗對宋江說道：「兄長休怪。小弟引這等人來相會，全沒些個體面，羞辱殺人！」宋江道：「他生性是恁的，如何教他改得？我倒敬他真實不假。」兩個自在琵琶亭上笑語說話取樂。

卻說李逵走到江邊看時，見那漁船一字排著，約有八九十隻，都纜繫在綠楊樹下；船上漁人，有斜枕著船梢睡的，有在船頭上結網的，也有在水裏洗浴的。此時正是五月半天氣，一輪紅日將及沈西，不見主人來開艙賣魚。李逵走到船邊，喝一聲道：「你們船上活魚，把兩尾來與我！」那漁人應道：「我們等不見魚牙主人來，不敢開艙。你看那行販都在岸上坐地。」李逵道：「等甚麼鳥主人！先把兩尾魚來與我！」那漁人又答道：「紙也未曾燒，如何敢開艙！那裏先拿魚與你？」

李逵見他眾人不肯拿魚，便跳上一隻船去。漁人那裏攔當得住。李逵不省得船上的事，只顧便把竹笆篾來拔。漁人在岸上，只叫得「罷了！」李逵伸手去艎板底下一絞摸時，那裏有一個魚在裏面。原來那大江裏漁船，船尾開半截大孔放江水出入，養著活魚，卻把竹笆篾攔住，以此船艙裏活水往來，養放活魚，因此，江州有好鮮魚。這李逵不省得，倒先把竹笆篾提起了，將那一艙活魚都走了。

李逵又跳過那邊船上去拔那竹篾。那七八十漁人都奔上船，把竹篙來打李逵。李逵大怒，焦躁起來，便脫下布衫，裏面單繫著一條棊子布手巾兒；見那亂竹篙打來，兩隻手一架，早搶了五六條在手裏，一似扭葱般都扭斷了。漁人看見，盡喫一驚，卻都去解了纜，把船撐開去了。李逵忿怒，赤條條地，拿了截折竹篙，上岸來趕打行販，都亂紛紛地挑了擔走。

正熱鬧裏，只見一個人從小路裏走出來。眾人看見，叫道：「主人來了！這黑大漢在此搶魚，都趕散了漁船！」那人道：「甚麼黑大漢，敢如此無禮？」眾人把手指道：「那廝兀自在岸邊尋人廝打！」那人搶將過去，喝道：「你這廝喫了豹子心、大蟲膽，也不敢來攪亂老爺的道路！」

李逵看那人時，六尺五六身材，三十二三年紀，三柳掩口黑髯；頭上裹頂青紗萬字巾，掩映著穿心紅一點髾兒，上穿一領白布衫，腰繫一條絹搭膊，下面青白裊腳多耳麻鞋，手裏提條行秤。

那人正來賣魚，見了李逵在那裏橫七豎八打人，便把秤遞與行販接了，趕上前來，大喝道：「你這廝要打誰！」李逵不回話，輪過竹篙，卻望那人便打。那人搶入去，早奪了竹篙。李逵便一把揪住那人頭髮。那人便奔他下三面，要跌李逵，怎敵得李逵水牛般氣力，直推將開去，不能彀攏身。那人便望肋下擢得幾拳。李逵那裏著在意裏。那人又飛起腳來踢，被李逵直把頭按將下去，提起鐵鎚般大小拳頭，去那人脊梁上擂鼓也似打。那人怎生掙扎。

李逵正打哩，一個人在背後劈腰抱住，一個人便來幫住手，喝道：「使不得！使不得！」李逵回頭看時，卻是宋江、戴宗。李逵便放了手。那人略得脫身，一道煙走了。戴宗埋冤李逵道：「我教你休來討魚，又在這裏和人廝打！儻或一拳打死了人，你不去償命坐牢？」李逵應道：「你怕我連累你？我自打死了一個，我自去承當！」宋江便道：「兄弟，休要論口，拿了布衫，且去喫酒。」

李逵向那柳樹根頭拾起布衫，搭在胳膊上，跟了宋江、戴宗便走，行不得十數步，只聽得背後有人叫罵道：「黑殺才！今番要和你見個輸贏！」

李逵回轉頭來看時，便是那人脫得赤條條地，匾扎起一條水裩兒，露出一身雪練也似白肉；頭上除了巾幘，顯出那個穿心一點紅俏鬢兒來；在江邊，獨自一個把竹篙撐著一隻漁船，趕將來，口裏大罵道：「千刀萬剮的黑殺才！老爺怕你的不算好漢！走的不是好男子！」

李逵聽了大怒，吼了一聲，撇了布衫，搶轉身來。那人便把船略攏來輳在岸邊，一手把竹篙點定了船，口裏大罵著。李逵也罵道：「好漢便上岸來！」那人把竹篙去李逵腿上便搠；撩撥得李逵火起，托地跳在船上。

說時遲，那時快；那人只要誘得李逵上船，便把竹篙望岸邊一點，雙腳一蹬，那隻漁船，箭也似投江心裏去了。

李逵雖然也識得水，苦不甚高，當時慌了手腳。那人更不叫罵，撇了竹篙，叫聲：「你來，今番和你定要見個輸贏！」便把李逵肐膊拿住，口裏說道：「且不和你廝打，先教你喫些水！」兩隻腳把船只一捵，船底朝天，英雄落水。兩個好漢撲通地都翻筋斗撞下江裏去。

宋江、戴宗急趕至岸邊，那隻船已翻在江裏。兩個只在岸上叫苦。江岸邊早擁上三五百人在柳陰底下看；都道：「這黑大漢今番卻著道兒！便扎掙得性命，也喫了一肚皮水！」

宋江、戴宗在岸邊看時，只見江面開處，那人把李逵提將起來，又渰❹將下去；兩個正在江心裏面，清波碧浪中間；一個顯渾身黑肉，一個露遍體霜膚；兩個打做一團，絞做一塊。江岸上那三五百人沒一

❹ 渰：音ㄧㄢˇ。淹沒。

個不喝采。

當時宋江、戴宗看見李逵被那人在水裏揪住，浸得眼白，又提起來，又納下去，老大喫虧，便叫戴宗央人去救。戴宗問眾人道：「這白大漢是誰？」有認得的說道：「這個好漢便是本處賣魚主人，喚做張順。」宋江聽得，猛省道：「莫不是綽號浪裏白條的張順？」眾人道：「正是，正是。」宋江對戴宗說道：「我有他哥哥張橫的家書在營裏。」

戴宗聽了，便向岸邊高聲叫道：「張二哥！不要動手！有你令兄張橫家書在此！這黑大漢是俺們兄弟，你且饒了他，上岸來說話！」

張順在江心裏，見是戴宗叫他，卻也時常認得，便放了李逵，赴到岸邊，爬上岸來，看著戴宗，唱個喏，道：「院長休怪小人無禮。」戴宗道：「足下可看我面，且去救了我這兄弟上來，卻教你相會一個人。」

張順再跳下水裏，赴將開去。李逵正在江裏探頭探腦，假掙扎赴水。張順早赴到分際，帶住了李逵一隻手，自把兩條腿踏著水浪，如行平地；那水浸不過他肚皮，淹著臍下；擺了一隻手，直托李逵上岸來。江邊的人個個喝采。宋江看得呆了半晌。

張順、李逵都到岸上。李逵喘做一團，口裏只吐白水。戴宗道：「且都請你們到琵琶亭上說話。」

張順討了布衫穿著，李逵也穿了布衫。四個人再到琵琶亭上來。戴宗便對張順道：「二哥，你認得我麼？」張順道：「小人自識得院長，只是無緣，不曾拜會。」戴宗指著李逵問張順道：「足下日常曾認得他麼？今日倒衝撞了你。」張順道：「小人如何不認得李大哥，只是不曾交手。」李逵道：「你也渰得我彀了！」張順道：「你也打得我好了！」戴宗道：「你兩個今番卻做個至交的弟兄。常言道：『不打不成相識。』」李逵道：「你路上休撞著我！」張順道：「我只在水裏等你便了！」

四人都笑起來。大家唱個無禮喏。戴宗指著宋江對張順道：「二哥，你曾認得這位兄長麼？」張順看了道：「小人卻不認得。這裏亦不曾見。」李逵跳起身來道：「這哥哥便是黑宋江！」張順道：「莫非是山東及時雨鄆城宋押司？」戴宗道：「正是公明哥哥。」張順納頭便拜道：「久聞大名，不想今日得會！多聽的江湖上來往的人說兄長清德，扶危濟困，仗義疎財。」

宋江答道：「量小可何足道哉。前日來時，揭陽嶺下混江龍李俊家裏住了幾日；後在潯陽江，因穆弘相會，得遇令兄張橫，修了一封家書，寄來與足下，放在營內，不曾帶得來。今日便和戴院長並李大哥來這裏琵琶亭喫三杯，就觀江景。宋江偶然酒後思量些鮮魚湯醒酒，怎當得他定要來討魚，我兩個阻他不住，只聽得江岸上發喊熱鬧；叫酒保看時，說道是黑大漢和人廝打。我兩個急急走來勸解，不想卻與壯士相會。今日宋江一朝得遇三位豪傑，豈非天幸！且請同坐，再酌三杯。」再喚酒保重整杯盤，再備餚饌。

張順道：「既然哥哥要好鮮魚喫，兄弟去取幾尾來。」宋江道：「最好。」李逵道：「我和你去討。」戴宗喝道：「又來了！你還喫得水不快活？」張順笑將起來，綰了李逵手，說道：「我今番和你去討魚，看別人怎地。」

兩個下琵琶亭來。到得江邊，張順略哨一聲，只見江上漁船都撐攏來到岸邊。張順問道：「那個船裏有金色鯉魚？」只見這個應道：「我船上來！」那個應道：「我船裏有！」

一霎時，卻輳攏十數尾金色鯉魚來。張順選了四尾大的，折柳條穿了，先教李逵將來亭上整理。張順自點了行販，分付了小牙子去把秤賣魚；張順卻自來琵琶亭上陪侍宋江。宋江謝道：「何須許多？但賜一尾便彀了。」張順答道：「些小微物，何足掛齒。兄長食不了時，將回行館做下飯。」兩個序齒坐了。李逵道自家年長，坐了第三位。張順坐第四位。再叫酒保討兩樽「玉壺春」上色酒來，並些海鮮按酒果品之類。張順分付酒保把一尾魚做辣湯；用酒蒸一尾，叫酒保切鱠❺。

四人飲酒中間，各敘胸中之事。正說得入耳，只見一個女娘，年方二八，穿一身紗衣，來到跟前，深深的道了四個萬福，頓開喉音便唱。李逵正待要賣弄胸中許多豪傑的事務，卻被他唱起來一攪，三個且都聽唱，打斷了他的話頭。李逵怒從心起，跳起身來，把兩個指頭去那女娘額上一點。那女娘大叫一聲，驀然倒地。眾人近前看時，只見那女娘桃腮似土，檀口無言。那酒店主人一發向前攔住四人，要去經官告理。正是憐香惜玉無情緒，煮鶴焚琴惹是非。畢竟宋江等四人在酒店裏怎地脫身，且聽下回分解。

❺ 鱠：音ㄎㄨㄞˋ。細切的魚肉。

第三十八回　潯陽樓宋江吟反詩　梁山泊戴宗傳假信

話說當下李逵把指頭捺倒了那女娘，酒店主人攔住說道：「四位官人，如何是好！」主人心慌，便叫酒保過賣都向前來救他，就地下把水噴噀❶。看看甦醒，扶將起來看時，額角上抹脫了一片油皮，因此那女子暈昏倒了。救得醒來，千好萬好。他的爹娘聽得說是黑旋風，先自驚得呆了半晌，那裏敢說一言。看那女子，已自說得話了。娘母取個手帕，自與他包了頭，收拾了釵鐶。宋江問道：「你姓甚麼？那裏人家？」那老婦人道：「不瞞官人說，老身夫妻兩口兒姓宋，原是京師人，只有這個女兒，小字玉蓮。他爹自教得他幾個曲兒，胡亂叫他來這琵琶亭上賣唱養口。為他性急，不看頭勢，不管官人說話，只顧便唱；今日這哥哥失手傷了女兒些個，終不成經官動詞，連累官人？」

宋江見他說得本分，便道：「你著甚人跟我到營裏，我與你二十兩銀子將息女兒。日後嫁個良人，免在這裏賣唱。」那夫妻兩口兒便拜謝道：「怎敢指望許多。」宋江道：「我說一句是一句，並不會說謊。你便叫你老兒自跟我去討與他。」那夫妻兩人拜謝道：「深感官人救濟！」

戴宗埋怨李逵道：「你這廝要便與人合口，又教哥哥壞了許多銀子！」李逵道：「只指頭略擦得一

---

❶ 噀：音ㄒㄩㄣˋ。噴水。

擦，他自倒了。不曾見這般鳥女子，恁地嬌嫩！你便在我臉上打一百拳也不妨！」宋江等眾人都笑起來。張順便叫酒保去說：「這席酒錢，我自還他。」酒保聽得道：「不妨，不妨。只顧去。」宋江那裏肯，便道：「兄弟，我勸二位來喫酒，倒要你還錢。」張順苦死要還，說道：「難得哥哥會面。仁兄在山東時，小弟哥兒兩個也兀自要來投奔哥哥。今日天幸得識尊顏，權表薄意，非足為禮。」戴宗勸道：「宋兄長，既然是張二哥相敬之心，只得曲允。」宋江道：「既然兄弟還了，改日卻另置杯復禮。」

張順大喜，就將了兩尾鯉魚，和戴宗、李逵，帶了這個宋老兒，都送宋江離了琵琶亭，來到營裏。五個人都進抄事房裏坐下。宋江先取兩錠小銀——二十兩——與了宋老兒，那老兒拜謝了去，不在話下。天色已晚，張順送了魚，宋江取出張橫書付與張順，相別去了。宋江又取出五十兩一錠大銀與李逵，道：「兄弟，你將去使用。」戴宗也自作別，和李逵趕入城去了。

只說宋江把一尾魚送與管營，留一尾自喫。宋江因見魚鮮，貪愛爽口，多喫了些，至夜四更，肚裏絞腸刮肚價疼，天明時，一連瀉了二十來遭，昏暈倒了，睡在房中。宋江為人最好，營裏眾人都來煮粥燒湯，看覷服侍他。

次日，張順因見宋江愛魚喫，又將得好金色大鯉魚兩尾送來，就謝宋江寄書之義；卻見宋江破腹瀉倒在床，眾囚徒都在房裏看視。張順見了，要請醫人調治。宋江道：「自貪口腹，喫了些鮮魚，壞了肚腹，你只與我贖一貼止瀉六和湯來喫，便好了。」叫張順把這兩尾魚，一尾送與王管營，一尾送與趙差撥。張順送了魚，就贖了一貼六和湯藥來與宋江了，自回去，不在話下。營內自有眾人煎藥伏侍。

次日，戴宗備了酒肉，李逵也跟了，逕來抄事房看望宋江。只見宋江暴病纔可，喫不得酒肉。兩個自在房面前喫了，直至日晚，相別去了，亦不在話下。

只說宋江自在營中將息了五七日，覺得身體沒事，病症已痊，思量要入城中去尋戴宗。又過了一日，不見他一個來。次日早膳罷，辰牌前後，揣了些銀子，鎖上房門，離了營裏，信步出街來，逕走入城，去州衙前左邊尋問戴院長家。有人說道：「他又無老小，只在城隍廟間壁觀音庵裏歇。」宋江聽了，直尋訪到那裏，已自鎖了門出去了。卻又來尋問黑旋風李逵時，多人說道：「他是個沒頭神，又無家室，只在牢裏安身；沒地裏的巡簡，東邊歇兩日，西邊歪幾時，正不知他那裏是住處。」宋江又尋問賣魚牙子張順時，亦有人說道：「他自在城外村裏住。便是賣魚時，也只在城外江邊。只除非討賒錢入城來。」

宋江聽罷，只得出城來，直要問到那裏，獨自一個，悶悶不已，信步再出城外來，看見那一派江景非常，觀之不足。

正行到一座酒樓前過，仰面看時，旁邊豎著一根望竿，懸掛著一個青布酒旆子，上寫道：「潯陽江正庫。」雕檐外一面牌額，上有蘇東坡大書「潯陽樓」三字。宋江看了，便道：「我在鄆城縣時，只聽得說江州好座潯陽樓，原來卻在這裏。我雖獨自一個在此，不可錯過。何不且上樓去，自己看翫一遭？」宋江來到樓前，看時，只見門邊朱紅華表柱上兩面白粉牌，各有五個大字，寫道：「世間無比酒；天下有名樓。」宋江便上樓來，去靠江占一座閣子裏坐了；凭欄舉目，喝采不已。酒保上樓來問道：「官人，還是要待客，只是自消遣？」宋江道：「要待兩位客人，未見來。你且先取一樽好酒，果品肉食，只顧賣來，——魚便不要。」

酒保聽了，便下樓去。少時，一托盤把上樓來，一樽藍橋風月美酒，擺下菜蔬時新果品按酒；列幾般肥羊，嫩雞，釀鵝，精肉，盡使朱紅盤碟。宋江看了，心中暗喜，自誇道：「這般整齊肴饌，濟楚器皿，端的是好個江州！我雖是犯罪遠流到此，卻也看了些真山真水。我那裏雖有幾座名山古蹟，卻無此等景致。」獨自一個，一杯兩盞，倚欄暢飲：不覺沈醉，猛然驀上心來：思想道：「我生在山東，長在鄆城，學吏出身，結識了多少江湖好漢；雖留得一個虛名，目今三旬之上，名又不成，利又不就，倒被文了雙頰，配來在這裏！我家鄉中老父和兄弟如何得相見！」不覺酒湧上來，潸然淚下，臨風觸目，感恨傷懷。忽然做了一首西江月詞，便喚酒保，索借筆硯來，起身觀翫，見白粉壁上多有先人題詠。宋江尋思道：「何不就書於此？倘若他日身榮，再來經過，重覩一番，以記歲月，想今日之苦。」乘著酒興，磨得墨濃，蘸得筆飽，去那白粉壁上便寫道：

自幼曾攻經史，長成亦有權謀。恰如猛虎臥荒丘，潛伏爪牙忍受。不幸刺文雙頰，那堪配在江州！他年若得報冤讎，血染潯陽江口！

宋江寫罷，自看了大喜大笑；一面又飲了數杯酒，不覺歡喜，自狂蕩起來，手舞足蹈，又拏起筆來，去那西江月後再寫下四句詩，道是：

> 其言咄咄，使人欲驚。

> 宋江權術人，何至有漏？特補一筆，甚妙！

心在山東身在吳，飄蓬江海漫嗟吁。他時若遂凌雲志，敢笑黃巢不丈夫！

宋江寫罷詩，又去後面大書五字道：「鄆城宋江作。」寫罷，擲筆在桌上，又自歌了一回，再飲滿數杯酒，不覺沈醉，力不勝酒；便喚酒保計算了，取些銀子算還，多的都賞了酒保，拂袖下樓來，踉踉蹌蹌，取路回營裏來。開了房門，便倒在床上，一覺直睡到五更。酒醒時全然不記得昨日在潯陽江樓上題詩一節。當日害酒，自在房裏睡臥，不在話下。

且說這江州對岸另有個城子，喚做無為軍，卻是個野去處。城中有個在閒通判，姓黃，雙名文炳。這人雖讀經書，卻是阿諛諂佞之徒，心地褊窄，只要嫉賢妒能，——勝如己者害之，不如己者弄之。——專在鄉里害人。聞知這蔡九知府是當朝蔡太師兒子，每每來浸潤❷他；時常過江來請訪知府，指望他引薦出職，再欲做官。也是宋江命運合當受苦，撞了這個對頭！

當日這黃文炳在私家閒坐，無可消遣，帶了兩個僕人，買了些時新禮物，自家一隻快船，渡過江來，逕去府裏探問蔡九知府，恰恨撞著府裏公宴，不敢進去；卻再回船，正好那隻船，僕人已纜在潯陽樓下。黃文炳因見天氣暄熱，且去樓上閒翫一回；信步入酒庫裏來，看了一遭，轉到酒樓上凭欄消遣，觀見壁上題詠甚多，也有做得好的，亦有歪談亂道的。黃文炳看了冷笑，正看到宋江題西江月詞並所吟四句詩，大驚道：「這個不是反詩！誰寫在此！」後面卻書道：「鄆城宋江作」五個大字。

黃文炳再讀道：「『自幼曾攻經史，長成亦有權謀。』」冷笑道：「這人自負不淺！」又讀道：「『恰

---

❷浸潤：物受水而透溼，有逐漸感染產生影響之意。後引申指讒言。

如猛虎臥荒丘，潛伏爪牙忍受。』」側著頭道：「那廝也是個不依本分的人！」又讀：「『不幸刺文雙頰，那堪配在江州！』」又笑道：「也不是個高尚其志的人，看來只是個配軍。」又讀道：「『他年若得報冤讎，血染潯陽江口！』」搖頭道：「這廝報讎兀誰，卻要在此間生事？量你是個配軍，做得甚用！」又讀詩道：「『心在山東身在吳，飄蓬江海漫嗟吁。』」一點頭道：「這兩句兀自可恕。」又讀道：「『他時若遂凌雲志，敢笑黃巢不丈夫！』」伸著舌，搖著頭，道：「這廝無禮！他卻要賽過黃巢，不謀反待怎地！」再讀了「鄆城宋江作」，想道：「我也多曾聞這個名字，那人多管是個小吏。」便喚酒保來問道：「作這兩篇詩詞端的是何人題下在此？」酒保道：「夜來一個人獨自喫了一瓶酒，寫在這裏。」黃文炳道：「約莫甚麼樣人？」酒保道：「面頰上有兩行金印，多管是牢城營裏人。生得黑矮肥胖。」黃文炳道：「是了。」就借筆硯，取幅紙來，鈔了藏在身邊，分付酒保，休要刮去了。

黃文炳下樓，自去船中歇了一夜。次日，飯後，僕人挑了盒仗，一逕又到府前，正值知府退堂在衙內，使人入去報覆。多樣時，蔡九知府遣人出來，邀請在後堂。蔡九知府卻出來與黃文炳敘罷寒溫。已畢，送了禮物，分賓坐下。黃文炳稟說道：「文炳夜來渡江，到府拜望，聞知公宴，不敢擅入。今日重復拜見恩相。」蔡九知府道：「通判乃是心腹之交，逕入來同坐，何妨？下官有失迎迓。」

左右執事人獻茶。茶罷，黃文炳道：「相公在上，不敢拜問。不知近日尊府太師恩相曾使人來否？」知府道：「前日纔有書來。」黃文炳道：「不敢動問，京師近日有何新聞？」知府道：「家尊寫來書上分付道：『近日太史院司天監奏道：夜觀天象，罡星炤臨吳楚，敢有作耗❸之人。隨即體察勦除。』更

❸ 作耗：作亂。

兼街市小兒謠言四句道：『耗國因家木，刀兵點水工；縱橫三十六，播亂在山東。』因此囑付下官，緊守地方。」

黃文炳尋思了半晌，笑道：「恩相，事非偶然也！」黃文炳袖中取出所抄之詩，呈與知府，道：「不想卻在此處！」

蔡九知府看了，道：「這是個反詩！通判那裏得來？」黃文炳道：「小生夜來不敢進府，回至江邊，無可消遣，卻去潯陽樓上避熱閒翫，觀看閒人吟詠，只見白粉壁上新題下這篇。」知府道：「卻是何等樣人寫下？」黃文炳回道：「相公，上面明題著姓名，道是『鄆城宋江作』。」知府道：「這宋江卻是甚麼人？」黃文炳道：「他分明寫著『不幸刺文雙頰，那堪配在江州』，眼見得只是個配軍，——牢城營犯罪的囚徒。」知府道：「量這個配軍做得甚麼！」黃文炳道：「相公！不可小覷了他！恰纔相公所言尊府恩相家書說小兒謠言，正應在本人身上。」知府道：「何以見得？」黃文炳道：「『耗國因家木』，耗散國家錢糧的人必是『家』頭著個『木』字，明明是個『宋』字。第二句，『刀兵點水工』，興起刀兵之人，『水』邊著個『工』字，明是個『江』字。這個人姓宋，名江，又作下反詩，明是天數，萬民有福！」

知府又問道：「何謂『縱橫三十六，播亂在山東』？」黃文炳答道：「或是六六之年，或是六六之數。『播亂在山東』，今鄆城縣正是山東地方。這四句謠言已都應了。」知府又道：「不知此間有這個人麼？」黃文炳又回道：「小生夜來問那酒保時，說道這人只是前日寫下了去。這個不難：只取牢城營文冊一查，便見有無。」知府道：「通判高見極明。」便喚從人叫庫子取過牢城營裏文冊簿來看。

當時從人於庫內取至文冊。蔡九知府親自簡看，見後面果有五月間新配到囚徒一名，鄆城縣宋江。

黃文炳看了，道：「正是應謠言的人，非同小可！如是遲緩，誠恐走透了消息；可急差人捕獲，下在牢裏，再作商議。」知府道：「言之極當。」隨即陞廳，叫喚兩院押牢節級過來。

廳下戴宗聲諾。知府道：「你與我帶了做公的人，快下牢城營裏捉拏潯陽樓吟反詩的犯人鄆城縣宋江來，不可時刻違誤！」戴宗聽罷，喫了一驚，心裏只叫得苦；隨即出府來，點了眾節級、牢子，都教「各去家裏取了各人器械，來我下處間壁城隍廟裏取齊。」

戴宗分付了。眾人各自歸家去。戴宗卻自作起「神行法」，先來到牢城營裏，逕入抄事房，推開門，看時，宋江正在房裏。見是戴宗入來，慌忙迎接，便道：「我前日入城來，那裏不尋遍；因賢弟不在，獨自無聊，自去潯陽樓上飲了一瓶酒。這兩日迷迷不好，正在這裏害酒。」戴宗道：「哥哥！你前日卻寫下甚言語在樓上？」宋江道：「醉後狂言，誰個記得。」戴宗道：「卻纔知府喚我當廳發落，叫多帶從人拿捉潯陽樓上題反詩的犯人鄆城縣宋江正身赴官。兄弟喫了一驚，先去穩住眾做公的在城隍廟等候；如今我特來先報你知。哥哥！卻是怎地好？如何解救？」

宋江聽罷，搔頭不知癢處，只叫得苦，「我今番必是死也！」戴宗道：「我教仁兄一著解手❹，未知如何？如今小弟不敢耽擱，回去便和人來捉你。你可披亂頭髮，把尿屎潑在地上，就倒在裏面，詐作瘋魔。我和眾人來時，你便口裏胡言亂語，只做失心瘋，我便好自去替你回復知府。」宋江道：「感謝賢弟指教！萬望維持則個！」

戴宗慌忙別了宋江，回到城裏，逕來城隍廟，喚了眾做公的，一直奔入牢城營裏來，假意喝問：「那

---

❹ 解手：應付的手段。

個是新配來的宋江？」牌頭引眾人到抄事房裏。只見宋江披散頭髮，倒在尿屎坑裏滾，見了戴宗和做公的人來，便說道：「你們是甚麼鳥人！」

戴宗假意大喝一聲：「捉拿這廝！」宋江白著眼，卻亂打將來；口裏亂道：「我是玉皇大帝的女婿！丈人教我領十萬天兵來殺你江州人！閻羅大王做先鋒！五道將軍做合後！要我一顆金印，重八百餘斤，殺你這般鳥人！」眾做公的道：「原來是個失心瘋的漢子！我們拿他去何用？」戴宗道：「說得是。我們且去回話。要拿時，再來。」

眾人跟了戴宗，回到州衙裏。蔡九知府在廳上專等回話。戴宗和眾做公的在廳下回復知府道：「原來這宋江是個失心瘋的人，尿屎穢污全不顧，口裏胡言亂語，渾身臭糞不可當；因此不敢拿來。」

蔡九知府正待要問緣故時，黃文炳早在屏風背後轉將出來，對知府道：「休信這話。本人做的詩詞，寫的筆跡，不是有瘋症的人。其中有詐。好歹只顧拿來。——便走不動，扛也扛將來。」蔡九知府道：「通判說得是。」便發落戴宗：「你們不揀恁地，只與我拿得來。」

戴宗領了鈞旨，只叫得苦；再將帶了眾人下牢城營裏來，對宋江道：「仁兄，事不諧矣！兄長只得去走一遭。」便把一個大竹籮扛了宋江，直抬到江州府裏當廳歇下。知府道：「拿過這廝來！」眾做公的把宋江押於階下。宋江那裏肯跪，睜著眼，見了蔡九知府，道：「你是甚麼鳥人，敢來問我！我是玉皇大帝的女婿！丈人教我引十萬天兵來殺你江州人！閻羅大王做先鋒！五道將軍做合後！有一顆金印，重八百餘斤！你也快躲了！不時我教你們都死！」

蔡九知府看了，沒做理會處。黃文炳又對知府道：「且喚本營差撥並牌頭來，問這人來時有瘋，近日卻纔瘋。若是來時瘋，便是真症候；若是近日纔瘋，必是詐瘋。」知府道：「言之極當。」便差人喚到管營差撥。問他兩個時，那裏敢隱瞞，只得直說道：「這人來時不見有瘋病，敢只是近日舉發此症。」知府聽了大怒，喚過牢子、獄卒，把宋江捆翻，一連打上五十下；打得宋江一佛出世，二佛涅槃❺，皮開肉綻，鮮血淋漓。戴宗看了，只叫得苦，又沒做道理救他處。

宋江初時也胡言亂語；次後喫拷打不過，只得招道：「自不合一時酒後誤寫反詩。別無主意。」蔡九知府明取了招狀，將一面二十五斤死囚枷枷了，推放大牢裏收禁。

宋江喫打得兩腿走不動，當廳釘了，直押赴死囚牢裏來。卻得戴宗一力維持，分付了眾小牢子，都教好覷此人。戴宗自安排飯食供給宋江，不在話下。

再說蔡九知府退廳，邀請黃文炳到後堂，稱謝道：「若非通判高明遠見，下官險些兒被這廝瞞過了。」黃文炳又道：「相公在上，此事也不宜遲；只好急急修一封書，便差人星夜上京師，報與尊府恩相知道，顯得相公幹了這件國家大事。就一發稟道：若要活的，便著一輛陷車解上京；如不要活的，恐防路途走失，就於本處斬首號令，以除大害。便是今上得知，必喜。」

蔡九知府道：「通判所言有理；下官即日也要使人回家，書上就薦通判之功，使家尊面奏天子，早早陞授富貴城池，去享榮華。」黃文炳拜謝道：「小生終身皆依托門下，自當銜環背鞍之報。」

黃文炳就攛掇蔡九知府寫了家書，印上圖書。黃文炳問道：「相公，差那個心腹人去？」知府道：「本州自有個兩院節級，喚做戴宗，會使『神行法』，一日能行八百里路程。只來早便差此人逕往京師。

❺ 一佛出世二佛涅槃：形容痛苦得死去活來的樣子。

只消旬日，可以往回。」黃文炳道：「若得如此之快，最好，最好。」蔡九知府就後堂置酒管待了黃文炳。次日，相辭知府，自回無為軍去了。

且說蔡九知府安排兩個信籠，打點了金珠寶貝玩好之物，上面都貼了封皮；次日早辰，喚過戴宗到後堂，囑付道：「我有這般禮物，一封家書，要送上東京太師府裏去，慶賀我父親六月十五日生辰。日期將近，只有你能幹去得。你休辭辛苦，可與我星夜去走一遭。討了回書便轉來。我自重重的賞你。你的程途都在我心上。我已料著你神行的日期，專等你回報。切不可沿途耽擱，有誤事情。」

戴宗聽了，不敢不依，只得領了家書信籠，便拜辭了知府，挑回下處安頓了；卻來牢裏對宋江說道：「哥哥放心。知府差我上京師去，只旬日之間便回。就太師府裏使些見識，解救哥哥的事。每日飯食，我自分付在李逵身上，委著他安排送來，不教有缺。仁兄且寬心守耐幾日。」宋江道：「望煩賢弟救宋江一命則個！」

戴宗叫過李逵，當面分付道：「你哥哥誤題了反詩，在這裏喫官司，未知如何。我如今又喫差往東京去，早晚便回。哥哥飯食，朝暮全靠著你看覷他則個。」李逵應道：「吟了反詩打甚麼鳥緊！萬千謀反的倒做了大官！你自放心東京去，牢裏誰敢奈何他！好便好！不好，我使老大斧頭砍他娘！」

戴宗臨行，又囑付道：「兄弟小心，不要貪酒，失誤了哥哥飯食。休得出去噇醉了，餓著哥哥。」李逵道：「哥哥，你自放心去。若是這等疑忌時，兄弟從今日就斷了酒，待你回來卻開！早晚只在牢裏服侍宋江哥哥，有何不可！」

戴宗聽了，大喜道：「兄弟，若得如此發心，堅意守看哥哥，更好。」當日作別自去了。李逵真個不喫酒，早晚只在牢裏服侍宋江，寸步不離。

不說李逵自看覷宋江。且說戴宗回到下處，換了腿絣護膝、八搭麻鞋，穿上杏黃衫，整了搭膊，腰裏插了宣牌，換了巾幘，便袋裏藏了書信盤纏，挑上兩個信籠，出到城外，身邊取出四個甲馬，去兩隻腿上，每隻各拴兩個，口裏念起「神行法」咒語來，頃刻離了江州。一日行到晚，投客店安歇，解下甲馬，取數陌金紙燒送了，過了一宿。次日早起來，喫了酒食，離了客店，又拴上四個甲馬，挑起信籠，放開腳步便行。端的是耳邊風雨之聲，腳不點地。路上略喫些素飯素酒點心又走。

看看日暮，戴宗早歇了，又投客店宿歇一夜。次日，起個五更，趕早涼行；拴上甲馬，挑上信籠又走。約行過了三二百里，已是巳牌時分，不見一個乾淨酒店。此時正是六月初旬天氣，蒸得汗雨淋漓，滿身蒸溼，又怕中了暑氣。

正飢渴之際，早望見前面樹林側首一座傍水臨湖酒肆。戴宗撚指間走到跟前，看時，乾乾淨淨，有二十副座頭，盡是紅油桌凳，一帶都是檻牕。戴宗挑著信籠，入到裏面，揀一副穩便座頭，歇下信籠，解下腰裏搭膊，脫下杏黃衫，噴口水，晾在牕欄上。戴宗坐下。只見個酒保來問道：「上下，打幾角酒？要甚麼肉食下酒？或豬羊牛肉。」戴宗道：「酒便不要多，與我做口飯來喫。」酒保又道：「我這裏賣酒賣飯；又有饅頭、粉湯。」戴宗道：「我卻不喫葷腥。有甚素湯下飯？」酒保道：「加料麻辣熝豆腐，如何？」戴宗道：「最好，最好。」

酒保去不多時，熝一碗豆腐，放兩碟菜蔬，連篩三大碗酒來。戴宗正飢，又渴，一上把酒和豆腐都喫了。卻待討飯喫，只見天旋地轉，頭暈眼花，就凳邊便倒。酒保叫道：「倒了！」只見店裏走出一個人來，便是梁山泊旱地忽律朱貴，說道：「且把信籠將入去，先搜那廝身邊有甚東西。」便有兩個火家去他身上搜看。只見便袋裏搜出一個紙包，包著一封書，取過來遞與朱頭領。朱貴拆開，卻是一封家書；見封皮上面寫道：「平安家信，百拜奉上父親大人膝下。男蔡德章謹封。」朱貴便拆開，從頭看去，見上面寫道：「見今拿得應謠言題反詩山東宋江，監收在牢一節，聽候施行。……」

朱貴看罷，驚得呆了，半晌做聲不得。火家正把戴宗扛起來，背入殺人作房裏去開剝，只見凳頭邊溜下搭膊，上掛著硃紅綠漆宣牌。朱貴拿起來看時，上面雕著銀字，道是：「江州兩院押牢節級戴宗。」朱貴看了，道：「且不要動手！我常聽得軍師說，這江州有個神行太保戴宗，是他至愛相識，莫非正是此人？如何倒送書去害宋江？這一段書卻又天幸撞在我手裏！」叫：「火家，且與我把解藥救醒他來，問個虛實緣繇。」

當時火家把水調了解藥，扶起來灌將下去。須臾之間，只見戴宗舒眉展眼，便爬起來。卻見朱貴拆開家書在手裏看，戴宗便喝道：「你是甚人？好大膽，卻把蒙汗藥麻翻了我！如今又把太師府書信擅開，拆毀了封皮，卻該甚罪？」朱貴笑道：「這封鳥書，打甚麼不緊！休說拆開了太師府書札，俺這裏兀自要和大宋皇帝做個對頭的！」

戴宗聽了大驚，便問道：「好漢，你卻是誰？願求大名。」朱貴答道：「俺是梁山泊好漢旱地忽律朱貴。」戴宗道：「既是梁山泊頭領時，定然認得吳學究先生？」朱貴道：「吳學究是俺大寨裏軍師，執掌兵權。足下如何認得他？」戴宗道：「他和小可至愛相識。」朱貴道：「兄長莫非是軍師常說的江州神行太保戴院長麼？」戴宗道：「小可便是。」

朱貴又問道：「前者，宋公明斷配江州，經過山寨，吳軍師曾寄一封書與足下，如今卻緣何倒去害宋三郎性命？」戴宗道：「宋公明和我又是至愛兄弟。他如今為吟了反詩，救他不得。我如今正要往京師尋門路救他。如何肯害他性命！」朱貴道：「你不信，請看蔡九知府的來書。」

戴宗看了，自喫一驚；卻把吳學究初寄的書與宋公明相會的話，並宋江在潯陽樓醉後誤題反詩一事，備細說了一遍。朱貴道：「既然如此，請院長親到山寨裏與眾頭領商議良策，可救宋公明性命。」

朱貴慌忙叫備分例酒食，管待了戴宗；便向水亭上，覷著對港，放了一枝號箭。響箭到處，早有小嘍囉搖過船來。朱貴便同戴宗帶了信籠下船，到金沙灘上岸，引至大寨。

吳用見報，連忙下關迎接；見了戴宗，敘禮道：「間別久矣！今日甚風吹得到此？且請到大寨裏來。」與眾頭領相見了。朱貴說起戴宗來的緣故，「如今宋公明見監在彼。」晁蓋聽得，慌忙請戴院長坐地，備問宋三郎喫官司為甚麼事起。戴宗卻把宋江吟反詩的事一一說了。

晁蓋聽了大驚，便要起請眾頭領，點了人馬，下山去打江州，救取宋三郎上山。吳用諫道：「哥哥，不可造次。江州離此間路遠，軍馬去時，誠恐因而惹禍。『打草驚蛇』，倒送宋公明性命。此一件事，不可力敵，只可智取。吳用不才，略施小計，只在戴院長身上，定要救宋三郎性命。」

晁蓋道：「願聞軍師妙計。」吳學究道：「如今蔡九知府卻差院長送書上東京去，討太師回報，只這封書上，將計就計，寫一封假回書，教院長回去。書上只說教『把犯人宋江切不可施行；便須密切差的當人員，解赴東京，問了詳細，定行處決示眾，斷絕童謠。』等他解來此間經過，我這裏自差人下山奪了。此計如何？」

晁蓋道：「倘若不從這裏過時，卻不誤了大事？」公孫勝便道：「這個何難！我們自著人去遠近探聽，遮莫從那裏過，務要等著，好歹奪了。——只怕不能勾他解來。」

晁蓋道：「好卻是好，只是沒人會寫蔡京筆跡。」吳學究道：「吳用已思量心裏了。如今天下盛行四家字體。——是蘇東坡、黃魯直、米元章、蔡京四家字體。——蘇、黃、米、蔡，宋朝四絕。小生曾和濟州城裏一個秀才做相識，那人姓蕭，名讓；因他會寫諸家字體，人都喚他做聖手書生；又會使鎗，弄棒，舞劍，輪刀。吳用知他寫得蔡京筆跡。不若央及戴院長就到他家，賺道泰安州嶽廟裏要寫道碑文，先送五十兩銀子在此，作安家之資，便要他來。隨後卻使人賺了他老小上山，就教本人入夥，如何？」

晁蓋道：「書有他寫便好了，也須要使個圖書印記。」吳學究又道：「小生再有個相識，亦思量在肚裏了。這人也是中原一絕，見在濟州城裏居住。本身姓金，雙名大堅，開得好石碑文，剔得好圖書玉石印記，亦會鎗棒廝打。因為他雕得好玉石，人都稱他做玉臂匠，也把五十兩銀去，就賺他來鐫碑文。到半路上，卻也如此行便了。這兩個人山寨裏亦有用他處。」

晁蓋道：「妙哉！」當日且安排筵席，管待戴宗，就晚歇了。次日，早飯罷，煩請戴院長打扮做太保❻模樣，將了一二百兩銀子，拴上甲馬便下山；把船渡過金沙灘上岸，拽開腳步，奔到濟州來。沒兩個時辰，早到城裏，尋問聖手書生蕭讓住處。有人指道：「只在州衙東首文廟前居住。」

戴宗逕到門首，咳嗽一聲，問道：「蕭先生有麼？」只見一個秀才從裏面出來，見了戴宗，卻不認得，便問道：「太保何處？有甚見教？」

---

❻ 太保：廟祝、巫者的舊稱。

戴宗施禮罷，說道：「小可是泰安州嶽廟裏打供太保，今為本廟重修五嶽樓，本州上戶要刻道碑文，特地教小可齎白銀五十兩作安家之資，請秀才便那尊步同到廟裏作文則個。選定了日期，不可遲滯。」蕭讓道：「小生只會作文及書冊，別無甚用。如要立碑，還用刻字匠作。」戴宗道：「小可再有五十兩白銀，就要請玉臂匠金大堅刻石。揀定了好日。萬望指引，尋了同行。」

蕭讓得了五十兩銀子，便和戴宗同來尋請金大堅，正行過文廟，只見蕭讓把手指道：「前面那個來的便是玉臂匠金大堅。」當下蕭讓喚住金大堅，教與戴宗相見，具說泰安州嶽廟裏重修五嶽樓，眾上戶要立道碑文碣石之事，「這太保特地各齎五十兩銀子，來請我和你兩個去。」

金大堅見了銀子，心中歡喜。兩個邀請戴宗就酒肆中市沽三杯，置些蔬食管待了。戴宗就付與金大堅五十兩銀子，作安家之資；又說道：「陰陽人❼已揀定了日期，請二位今日便煩動身。」蕭讓道：「天氣暄熱，今日便動身，也行不多路，前面趕不上宿頭。只是來日起個五更，挨門出去。」金大堅道：「正是如此說。」

兩個都約定了來早起身，各自歸家收拾動身。蕭讓留戴宗在家宿歇。次日五更，金大堅持了包裹行頭，來和蕭讓、戴宗三人同行。離了濟州城裏，行不過十里多路，戴宗道：「二位先生慢來，不敢催逼；小可先去報知眾上戶來接二位。」拽開步數，爭先去了。

這兩個背著些包裹，自慢慢而行。看看走到未牌時候，約莫也走過了七八十里路，只見前面一聲唿哨響，山城坡下跳出一夥好漢，約有四五十人。當頭一個好漢正是那清風山王矮虎，大喝一聲道：「你

❼ 陰陽人：舊時以算命、卜卦、看風水為業的人。又稱陰陽生。

兩個是甚麼人？那裏去？——孩兒們！拿這廝！取心來喫酒！」蕭讓告道：「小人兩個是上泰安州刻石鐫文的；又沒一分財賦，止有幾件衣服。」王矮虎喝道：「俺不要你財賦衣服，只要你兩個聰明人的心肝做下酒！」

蕭讓和金大堅焦躁，倚仗各人胸中本事，便挺桿棒，逕奔王矮虎。王矮虎也挺朴刀來鬪。三人各使手中器械，約戰了五七合，王矮虎轉身便走。兩個卻待去趕，聽得山上鑼聲又響。左邊走出雲裏金剛宋萬，右邊走出摸著天杜遷，背後卻是白面郎君鄭天壽，各帶三十餘人，一發上，把蕭讓、金大堅橫拖倒拽，捉投林子裏來。

四籌好漢道：「你兩個放心。我們奉著晁天王的將令，特來請你二位上山入夥。」蕭讓道：「山寨裏要我們何用？我兩個手無縛雞之力，只好喫飯。」杜遷道：「吳軍師一來與你相識，二乃知你兩個武藝本事，特使戴宗來宅上相請。」蕭讓、金大堅，都面面廝覷，做聲不得。當時都到旱地忽律朱貴酒店裏，相待了分例酒食，連夜喚船，便送上山來。到得大寨，晁蓋、吳用，並頭領眾人都相見了，一面安排筵席相待；且說修蔡京回書一事，「因請二位上山入夥，共聚大義。」

兩個聽了，都扯住吳學究道：「我們在此趨侍不妨，只恨各家都有老小在彼，明日官司知道，必然壞了！」吳用道：「二位賢弟不必憂心。天明時便有分曉。」當夜只顧喫酒歇了。

次日天明。只見小嘍囉報道：「都到了！」吳學究道：「請二位賢弟親自去接寶眷。」蕭讓、金大堅聽得，半信半不信。兩個下至半山，只見數乘轎子，抬著兩家老小上山來。兩個驚得呆了，問其備細。老小說道：「你昨日出門之後，只見這一行人將著轎子來說：『家長只在城外客店裏中了暑風，快叫取老小來看救。』出得城時，不容我們下轎，直抬到這裏。」兩家都一般說。

蕭讓聽了，與金大堅兩個閉口無言；只得死心塌地，再回山寨入夥。安頓了兩家老小。吳學究卻請出來與蕭讓商議寫蔡京字體回書去救宋公明。金大堅便道：「從來雕得蔡京的諸樣圖書名諱字號。」

當時兩個動手完成，忙排了回書，備個筵席，快送戴宗起程，分付了備細書意。戴宗辭了眾頭領下山來時，小嘍囉忙把船隻渡過金沙灘，送至朱貴酒店裏，連忙取四個甲馬，拴在腿上，作別朱貴，拽開腳步，登程去了。

且說吳用送了戴宗過渡，自同眾頭領再回大寨筵席。正飲酒間，只是吳學究叫聲苦，不知高低。眾頭領問道：「軍師何故叫苦？」吳用便道：「你眾人不知，是我這封書倒送了戴宗和宋公明性命也！」

眾頭領大驚，連忙問道：「軍師書上卻是怎地差錯？」吳學究道：「是我一時只顧其前，不顧其後。書中有個老大脫卯❽！」蕭讓便道：「小生寫得字體和蔡太師字體一般，語句又不曾差了，請問軍師，不知那一處脫卯？」金大堅又道：「小生雕的圖書亦無纖毫差錯，怎地見得有脫卯處？」

吳學究疊兩個指頭，說出這個差錯脫卯處，有分教眾好漢大鬧江州城，鼎沸白龍廟。直教弓弩叢中逃性命，刀鎗林裏救英雄。畢竟軍師吳學究說出怎生脫卯來，且聽下回分解。

---

❽ 脫卯：榫頭脫出卯眼。喻事物的破綻、漏洞。

第三十九回 梁山泊好漢劫法場 白龍廟英雄小聚義

話說當時晁蓋並眾人聽了，請問軍師道：「這封書如何有脫卯處？」吳用說道：「早間戴院長將去的回書，是我一時不仔細，見不到處！纔使的那個圖書不是玉筯篆文『翰林蔡京』四字？只是這個圖書便是教戴宗喫官司！」金大堅便道：「小弟每每見蔡太師書緘並他的文章都是這樣圖書。今次雕得無纖毫差錯，如何有破綻？」吳學究道：「你眾位不知。如今江州蔡九知府是蔡太師兒子，如何父寫書與兒子卻使個諱字圖書？因此差了。是我見不到處！此人到江州必被盤詰。問出實情，卻是利害！」晁蓋道：「快使人去趕喚他回來別寫，如何？」吳學究道：「如何趕得上。他作起『神行法』來，這早晚已走過五百里了！只是事不宜遲，我們只得恁地，可救他兩個。」晁蓋道：「怎生去救？用何良策？」吳學究便向前與晁蓋耳邊說道：「這般這般。……如此如此。……主將便可暗傳下號令與眾人知道，只是如此動身，休要誤了日期。」眾多好漢得了將令，各各拴束行頭，連夜下山，望江州來，不在話下。

且說戴宗扣著日期，回到江州，當廳下了回書，蔡九知府見了戴宗如期回來，好生歡喜；先取酒來賞了三鍾，親自接了回書，便道：「你曾見我太師麼？」戴宗稟道：「小人只住得一夜，便回了，不曾得見恩相。」知府拆開封皮，看見前面說：「信籠內許多物件，都收了。……」中間說：「妖人宋江，今上自要他看，可令牢固陷車，盛載密切，差的當人員連夜解上京師。沿途休教走失。……」書尾說：

「黃文炳早晚奏過天子，必然自有除授。」

蔡九知府看了，喜不自勝，叫取一錠二十五兩花銀賞了戴宗；一面分付教造陷車，商量差人解發起身。戴宗謝了，自回下處，買了些酒肉，來牢裏看覷宋江，不在話下。

且說蔡九知府催併合成陷車，過得一二日，正要起程，只見門子來報道：「無為軍黃通判特來相探。」蔡九知府叫請至後堂相見。又送些禮物，時新酒果。知府謝道：「累承厚意，何以克當。」黃文炳道：「村野微物，何足掛齒。」知府道：「恭喜早晚必有榮除之慶！」黃文炳道：「相公何以知之？」知府道：「昨日下書人已回。妖人宋江，教解京師。通判只在早晚奏過今上，陞擢高任。家尊回書備說此事。」黃文炳道：「既是恁地，深感恩相主薦。那個人下書，真乃神行人也！」知府道：「通判如不信時，就教觀看家書，顯得下官不謬。」黃文炳道：「小生只恐家書，不敢擅看；如若相託，求借一觀。」知府便道：「通判乃心腹之交，看有何妨。」便令從人取過家書遞與黃文炳看。

黃文炳接書在手，從頭至尾讀了一遍，捲過來看了封皮，只見圖書新鮮。黃文炳搖著頭道：「這封書不是真的。」知府道：「通判錯矣；此是家尊親手筆跡，真正字體，如何不是真的？」黃文炳道：「相公容覆：往常家書來時，曾有這個圖書麼？」知府道：「往常來的家書卻不曾有這個圖書，只是隨手寫的。今番一定是圖書匣在手邊，就便印了這個圖書在封皮上。」

黃文炳道：「相公休怪小生多言。這封書被人瞞過了相公！方今天下盛行蘇、黃、米、蔡，四家字體，誰不習學得？只是這個圖書是令尊恩相做翰林學士時使出來，法帖文字上，多有人曾見。如今陞轉太師丞相，如何肯把翰林圖書使出來？更兼亦是父寄書與子，須不當用諱字圖書。令尊太師恩相是個識窮天下高明遠見的人，安肯造次錯用？相公不信小生之言，可細細盤問下書人，曾見府裏誰來。若說不對，便是假書。休怪小生多說，因蒙錯愛至厚，方敢僭言。」

蔡九知府聽了說道：「這事不難；此人自來不曾到東京，一盤問便顯虛實。」知府留住黃文炳在屏風背後坐地，隨即陞廳，叫喚戴宗，有委用的事。當下做公的領了鈞旨，四散去尋。

且說戴宗自回到江州，先去牢裏見了宋江，附耳低言，將前事說了，宋江心中暗喜，次日又有人請去酌杯。戴宗正在酒肆中喫酒，只見做公的四下來尋。當時把戴宗喚到廳上。蔡九知府問道：「前日有勞你走了一遭，真個辦事，未曾重重賞你。」戴宗答道：「小人是承奉恩相差使的人，如何敢怠慢。」知府道：「我正連日事忙，未曾問得你個仔細。你前日與我去京師，那座門入去？」戴宗道：「小人到東京時，那日天色晚了，不知喚做甚麼門。」知府又道：「我家府裏門前，誰接著你？留你在那裏歇？」戴宗道：「小人到府前，尋見一個門子，接了書入去。少刻，門子出來，交收了信籠，著小人自去尋客店裏歇了。次日早五更去府門前伺候時，只見那門子回書出來。小人怕誤了日期，那裏敢再問備細，慌忙一逕來了。」知府再問道：「你見我府裏那個門子卻是多少年紀？或是黑瘦也白淨肥胖？長大也是矮小？有鬚的也是無鬚的？」戴宗道：「小人到府裏時，天色黑了；次早回時，又是五更時候，天色昏暗，不十分看得仔細，只覺不恁麼長，中等身材。敢是有些髭鬚。」

知府大怒，喝一聲「拿下廳去！」旁邊走過十數個獄卒、牢子。將戴宗拖翻在當面。戴宗告道：「小人無罪！」知府喝道：「你這廝該死！我府裏老門子王公，已死了數年，如今只是個小王看門，如何卻道他年紀大，有髭鬚！況兼門子小王不能彀入府堂裏去，但有各處來的書信緘帖，必須經繇府堂裏張幹

「尋見」二字好笑，寫得如市之門，可張雀網；「少刻」又好笑，寫得潭潭之府，跬步即盡。

辨，方纔去見李都管，然後遞知裏面，纔收禮物！便要回書，也須得伺候三日！我這兩籠東西，如何沒個心腹的人出來問你個常便備細，就胡亂收了？我昨日一時間倉卒，被你這廝瞞過了！你如今只好好招說，這封書那裏得來！」

戴宗道：「小人一時心慌，要趕程途，因此不曾看得分曉。」蔡九知府喝道：「胡說！這賊骨頭，不打如何肯招！左右！與我加力打這廝！」獄卒、牢子情知不好，覷不得面皮，把戴宗綑翻，打得皮開肉綻，鮮血迸流。戴宗捱不過拷打，只得招道：「端的這封書是假的！」知府道：「你這廝怎地得這封假書來？」

戴宗告道：「小人路經梁山泊過，走出那一夥強人來，把小人劫了，綁縛上山，要割腹剖心。去小人身上搜出書信看了，把信籠都奪了，卻饒了小人。情知回鄉不得，只要山中乞死。他那裏卻寫這封書，與小人回來脫身。一時怕見罪責，小人瞞了恩相。」知府道：「是便是了，中間還有些胡說！眼見得你和梁山泊賊人通同造意，謀了我信籠物件，卻如何說這話！再打那廝！」

戴宗繇他拷訊，只不肯招和梁山泊通情。蔡九知府再把戴宗拷訊了一回，語言前後相同，說道：「不必問了！取具大枷枷了，下在牢裏！」卻退廳來稱謝黃文炳道：「若非通判高見，下官險些兒誤了大事！」

黃文炳又道：「眼見得這人也結連梁山泊，通同造意，謀叛為黨，若不早除，必為後患。」知府道：「便把這兩個問成了招狀，立了文案，押去市曹斬首，然後寫表申奏。」黃文炳道：「相公高見極明。似此，一者，朝廷見喜，知道相公幹這件大功；二者，免得梁山泊草寇來劫牢。」知府道：「通判高見甚遠，下官自當動文書，親自保舉通判。」當日管待了黃文炳，送出府門，自回無為軍去了。

次日，蔡九知府陞廳，便喚當案孔目來分付道：「快教疊了文案，把這宋江、戴宗的供狀招款粘連了；一面寫下犯繇牌，教來日押赴市曹斬首施行！自古『謀逆之人，決不待時』，斬了宋江、戴宗，免致後患。」當案卻是黃孔目，本人與戴宗頗好，卻無緣便救他，只替他叫得苦；當日稟道：「明日是個國家忌日，後日又是七月十五日，——中元之節，——皆不可行刑；大後日亦是國家景命；直至五日後，方可施行。」原來黃孔目也別無良策，只圖與戴宗少延殘喘，亦是平日之心。

偏是急殺人事，偏要故意細細寫出，以驚嚇讀者。蓋讀者驚嚇，斯作者快活也。

蔡九知府聽罷，依准黃孔目之言，直待第六日早辰，先差人去十字路口打掃了法場。飯後點起土兵和刀杖劊子，約有五百餘人，都在大牢門前伺候。巳牌時候，獄官稟了知府，親自來做監斬官。黃孔目只得把犯繇牌呈堂，當廳判了兩個「斬」字，便將片蘆席貼起來。江州府眾多節級、牢子雖然和戴宗、宋江過得好，卻沒做道理救得他，眾人只替他兩個叫苦。當時打扮已了，就大牢裏把宋江、戴宗兩個揙扎起；又將膠水刷了頭髮，綰個鵝梨角兒，各插上一朵紅綾子紙花；驅至青面聖者神案前，各與了一碗長休飯，永別酒。喫罷，辭了神案，漏轉身來，搭上利子❶。六七十個獄卒早把宋江在前，戴宗在後，推擁出牢門前來。

宋江和戴宗兩個面面廝覷，各做聲不得。宋江只把腳來跌，戴宗低了頭只歎氣，江州府看的人真乃壓肩疊背，何止一二千人，押到市曹十字路口，團團鎗棒圍住，把宋江面南背北，將戴宗面北背南，兩個納坐下，只等午時三刻監斬官到來開刀。那眾人仰面看那犯繇牌，上寫道：

❶ 利子：借作「驢子」，宋代死刑犯處決前須乘坐木驢遊街示眾。

江州府犯人一名宋江，故吟反詩，忘造妖言，結連梁山泊強寇，通同造反，律斬。犯人一名戴宗，與宋江暗遞私書，勾結梁山泊強寇，通同謀叛，律斬。監斬官，江州府知府蔡某。

那知府勒住馬，只等報來。只見法場東邊，一夥弄蛇的丐者，強要挨入法場裏看，眾士兵趕打不退。正相鬧間，只見法場西邊，一夥使鎗棒賣藥的，也強挨將入來。士兵喝道：「你那夥人好不曉事！這是那裏，強挨入來要看！」那夥使鎗棒的說道：「你倒鳥村！我們衝州撞府，那裏不曾去！到處看出人！便是京師天子殺人，也放人看，你這小去處，砍得兩個人，鬧動了世界，我們便挨入來看一看，打甚麼鳥緊！」正和士兵鬧將起來。監斬官喝道：「且趕退去，休放過來！」

鬧猶未了，只見法場南邊，一夥挑擔的腳夫又要挨將入來。士兵喝道：「這裏出人❷，你挑那裏去！」那夥人說道：「我們挑東西送與知府相公去的，你們如何敢阻當我！」士兵道：「便是相公衙裏人，也只得去別處過一過！」那夥人就歇了擔子，都掣了匾擔，立在人叢裏看。只見法場北邊，一夥客商推兩輛車子過來，定要挨入法場上來。士兵喝道：「你那夥人那裏去！」客人應道：「我們要趕路程，可放我等過去。」士兵道：「這裏出人，如何肯放你！你要趕路程，從別路過去！」那夥客人笑道：「你倒說得好！俺們便是京師來的人，不認得你這裏鳥路，只是從這大路走。」士兵那裏肯放。那夥客人齊齊地挨定了不動。——四下裏吵鬧不住。這蔡九知府也禁治不得。又見這夥客人都盤在車子上，立定了看。

沒多時，法場中間，人分開處，一個報，報道一聲「午時三刻。」監斬官便道：「斬訖報來！」兩

❷ 出人：刑殺犯人。

勢下刀棒劊子便去開枷；行刑之人執定法刀在手。

說時遲，那夥客人在車子上聽得「斬」字，數內一個客人便向懷中取出一面小鑼兒，立在車子上，噹噹地敲得兩三聲，四下裏一齊動手；那時快，卻見十字路口茶坊樓上一個虎形黑大漢，脫得赤條條的，兩隻手握兩把板斧，大吼一聲，卻似半天起個霹靂，從半空中跳將下來，手起斧落，早砍翻了兩個行刑的劊子，便望監斬官馬前砍將來。眾士兵急待把鎗去搠時，那裏攔當得住。眾人且簇擁蔡九知府逃命去了。

只見東邊那夥弄蛇的丐者，身邊都掣出尖刀，看著士兵便殺；西邊那夥使鎗棒的大發喊聲，只顧亂殺將來，一派殺倒士兵、獄卒；南邊那夥挑擔的腳夫輪起匾擔，橫七豎八，都打翻了士兵和那看的人；北邊那夥客人都跳下車來，推過車子，攔住了人。兩個客商鑽將入來，一個背了宋江，一個背了戴宗。其餘的人，也有取出弓箭來射的，也有取出石子來打的，也有取出摽鎗來摽的。

原來扮客商的這夥便是晁蓋、花榮、黃信、呂方、郭盛；那夥扮使鎗棒的便是燕順、劉唐、杜遷、宋萬；扮挑擔的便是朱貴、王矮虎、鄭天壽、石勇；那夥扮丐者的便是阮小二、阮小五、阮小七、白勝。

這一行梁山泊共是十七個頭領到來，帶領小嘍囉一百餘人，四下裏殺將起來。只見那人叢裏那個黑大漢，輪兩把板斧，一味地砍將來。晁蓋等卻不認得，只見他第一個出力，殺人最多。晁蓋猛省起來，「戴宗曾說一個黑旋風李逵和宋三郎最好，是個莽撞之人。」晁蓋便叫道：「前面那好漢莫不是黑旋風？」那漢那裏肯應，火雜雜地掄著大斧只顧砍人。晁蓋便叫背宋江、戴宗的兩個小嘍囉，只顧跟著那黑大漢走。

當下去丨字街口，不問軍官百姓，殺得屍橫遍地，血流成渠。推倒攧翻的，不計其數。眾頭領撇了車輛擔仗，一行人盡跟了黑大漢，直殺出城來。背後花榮、黃信、呂方、郭盛，四張弓箭，飛蝗般望後射來。那江州軍民百姓誰敢近前。

這黑大漢直殺到江邊來，身上血濺滿身，兀自在江邊殺人。晁蓋便挺朴刀，叫道：「不干百姓事，休只管傷人！」那漢那裏來聽叫喚，一斧一個，排頭兒砍將去。

約莫離城沿江上也走了五七里路，前面望見盡是滔滔一派大江，卻無了旱路。晁蓋看見，只叫得苦。那黑大漢方纔叫道：「不要慌！且把哥哥背來廟裏！」眾人都到來看時，靠江一所大廟。兩扇門緊緊地閉著。黑大漢兩斧砍開，便搶入來。晁蓋眾人看時，兩邊都是老檜蒼松，林木遮映；前面牌額上，四個金書大字，寫道：「白龍神廟」。

小嘍囉把宋江、戴宗背到廟裏歇下，宋江方纔敢開眼，見了晁蓋等眾人哭道：「哥哥莫不是夢中相會？」晁蓋便勸道：「恩兄不肯在山，致有今日之苦。這個出力殺人的黑大漢是誰？」宋江道：「這個便是叫做黑旋風李逵；他幾番就要大牢裏放了我，卻是我怕走不脫，不肯依他。」晁蓋道：「卻是難得這個人！出力最多，又不怕刀斧箭矢！」花榮便叫：「且將衣服與俺二位兄長穿了。」

正相聚間，只見李逵提著雙斧，從廊下走出來。宋江便叫住道：「兄弟，那裏去？」李逵應道：「尋那廟祝，一發殺了！叵耐那廝見神見鬼，日日把鳥廟門關上！我指望拿他來祭門，卻尋那廝不見！」宋江道：「你且來，先和我哥哥頭領相見。」

李逵聽了，丟了雙斧，望著晁蓋跪了一跪，說道：「大哥，休怪鐵牛麤鹵。」與眾人都相見了，卻認得朱貴是同鄉人，兩個大家歡喜。花榮便道：「哥哥，你教眾人只顧跟著李大哥走，如今來到這裏，前面又是大江攔截住，斷頭路了！卻又沒一隻船接應，倘或城中官軍趕殺出來，卻怎生迎敵，將何接濟？」李逵便道：「不要慌！我與你們再殺入城去，和那個鳥蔡九知府，一發都砍了快活！」戴宗此時方纔甦醒，便叫道：「兄弟！使不得莽性！城裏有五七千軍馬，若殺入去必然有失！」阮小七便道：「遠望隔江那裏有數隻船在岸邊，我兄弟三個赴水過去奪那幾隻船過來載眾人，如何？」晁蓋道：「此計是最上著。」

當時阮家三弟兄都脫剝了衣服，各人插把尖刀，便鑽入水裏去。約莫赴開得半里之際，只見江面上溜頭流下三隻棹船，吹風唿哨飛也似搖將來。眾人看時，見那船上各有十數個人，都手裏拿著軍器，眾人卻慌將起來。宋江聽得說了，便道：「我命裏這般合苦也！」奔出廟前看時，只見當頭那隻船上坐著一條大漢，倒提一把明晃晃五股叉，頭上挽個穿心紅一點鬏兒，下面拽起條白絹水裩，口裏吹著唿哨。宋江看時，不是別人，正是張順。宋江連忙便招手，叫道：「兄弟救我！」張順等見是宋江，大叫道：「好了！」飛也似搖到岸邊。三阮看見，退赴過來。一行眾人都上岸來到廟前。

宋江看見張順自引十數個壯漢在那隻船頭上；張橫引著穆弘、穆春、薛永，帶十數個莊客，在一隻船上；第三隻船上，李俊引著李立、童威、童猛，也帶十數個賣鹽火家，都各執鎗棒上岸來。

張順見了宋江，喜從天降，哭拜道：「自從哥哥喫官司，兄弟坐立不安，又無路可救！近日又聽得拿了戴院長，李大哥又不見面，我只得去尋了我哥哥，引到穆太公莊上，叫了許多相識；今日我們正要殺入江州，要劫牢救哥哥，不想仁兄已有好漢們救出，來到這裏。不敢拜問這夥豪傑，莫非是梁山泊義士晁天王麼？」宋江指著上首立的道：「這個便是晁蓋哥哥。你等眾位都來廟裏敘禮則個。」

張順等九人，晁蓋等十七人，宋江、戴宗、李逵：共是二十九人，都入白龍廟聚會。——這個喚做「白龍廟小聚會」。

當下二十九籌好漢各各講禮已罷，只見小嘍囉慌慌忙忙入廟來報道：「江州城裏，鳴鑼擂鼓，整頓軍馬出城來追趕。遠遠望見旗幡蔽日，刀劍如麻，前面都是帶甲馬軍，後面盡是擎鎗兵將；大刀闊斧，殺奔白龍廟路上來！」

李逵聽了，大叫一聲「殺將去！」提了雙斧，便出廟門。晁蓋叫道：「一不做，二不休！眾好漢相助著晁某，直殺盡江州軍馬，方纔回梁山泊去！」眾英雄齊聲應道：「願依尊命！」一百四五十人一齊吶喊，殺奔江州岸上來。有分教：血染波紅，屍如山積。直教跳浪蒼龍噴毒火，巴山猛虎吼天風。畢竟晁蓋等眾好漢怎地脫身，且聽下回分解。

第四十回　宋江智取無為軍　張順活捉黃文炳

話說江州城外白龍廟中梁山泊好漢劫了法場，救得宋江、戴宗，正是晁蓋、花榮、黃信、呂方、郭盛、劉唐、燕順、杜遷、宋萬、朱貴、王矮虎、鄭天壽、石勇、阮小二、阮小五、阮小七、白勝：共是一十七人，領帶著八九十個悍勇壯健小嘍囉。潯陽江上來接應的好漢，張順、張橫、李俊、李立、穆弘、穆春、童威、童猛、薛永，九籌好漢，也帶四十餘人，都是江面上做私商的火家，撐駕三隻大船，前來接應；城裏黑旋風李逵引眾人殺至潯陽江邊，兩路救應。——通共有一百四五十人，都在白龍廟裏聚義。只聽得小嘍囉報道：「江州城裏軍兵，擂鼓搖旗，鳴鑼發喊，追趕到來。」

那黑旋風李逵聽得，大吼了一聲，提兩把板斧，先出廟門。眾好漢吶聲喊，都挺手中軍器，齊出廟來迎敵。劉唐、朱貴，先把宋江、戴宗，護送上船。李俊同張順、三阮，整頓船隻。就江邊看時，見城裏出來的官軍約有五七千，馬軍當先，都是頂盔衣甲，全副弓箭，手裏都使長鎗，背後步軍簇擁，搖旗吶喊，殺奔前來。

這裏李逵當先輪著板斧，赤條條地飛奔砍將入去；背後便是花榮、黃信、呂方、郭盛四將擁護。花榮見前面的軍馬都扎住了鎗，只怕李逵著傷，偷手取弓箭出來，搭上箭，拽滿弓，望著為頭領的一個馬軍，颼地一箭，只見翻筋斗射下馬去。那一夥馬軍喫了一驚，各自奔命，撥轉馬頭便走，倒把步軍先衝倒了一半。

這裏眾多好漢們一齊衝突將去，殺得那官軍屍橫野爛，血染江紅，直殺到江州城下。城上策應官軍早把擂木砲石打將下來。官軍慌忙入城，關上城門，好幾日不敢出來。

眾多好漢拖轉黑旋風，回到白龍廟前下船。晁蓋整點眾人完備，都叫分頭下船，開江❶便走，卻值順風，拽起風帆，三隻大船載了許多人馬頭領，卻投穆太公莊上來。一帆順風，早到岸邊埠頭。一行眾人都上岸來。穆弘邀請眾好漢到莊內堂上，穆太公出來迎接。宋江等眾人都相見了。太公道：「眾頭領連夜勞神，且請客房中安歇，將息貴體。」各人且去房裏暫歇將養，整理衣服器械。

當日穆弘叫莊客宰了一頭黃牛，殺了十數個豬羊雞鵝魚鴨，珍饈異饌，排下筵席，管待眾頭領。飲酒中間，說起許多情節。晁蓋道：「若非是二哥眾位把船相救，我等皆被陷於縲紲！」穆太公道：「你等如何卻打從那條路上來？」李逵道：「我自只揀人多處殺將去。他們自要跟我來，我又不曾叫他。」眾人聽了都大笑。

宋江起身與眾人道：「小人宋江，若無眾好漢相救時，和戴院長皆死於非命。今日之恩，深於滄海，如何報答得眾位，只恨黃文炳那廝，搜根剔齒❷，幾番唆毒要害我們，這冤讎如何不報！怎地啟請眾位好漢，再做個天大人情，去打了無為軍，殺得黃文炳那廝，也與宋江消了這口無窮之恨，那時回去，如

❶ 開江：船隻開航。
❷ 搜根剔齒：比喻百般挑剔。

何？」晁蓋道：「我們眾人偷營劫寨，只可使一遍，如何再行得？似此奸賊已有提備，不若且回山寨去，聚起大隊人馬，一發和學究、公孫二先生並林沖、秦明，都來報讎，也未為晚。」宋江道：「若是回山去了，再不能彀得來。一者山遙路遠；二乃江州必然申開明文，各處謹守，不要癡想。只是趁這個機會，便好下手，不要等他做了準備。」花榮道：「哥哥見得是。雖然如此，只是無人識得路徑。不知他地理如何。先得個人去那裏城中探聽虛實，也要看無為軍出沒的路徑去處，就要認黃文炳那賊的住處了，然後方好下手。」薛永便起身說道：「小弟多在江湖上行，此處無為軍最熟。我去探聽一遭，如何？」宋江道：「若得賢弟去走一遭，最好。」薛永當日別了眾人，自去了。

只說宋江自和眾頭領在穆弘莊上商議要打無為軍一事，整頓軍器鎗刀，安排弓弩箭矢，打點大小船隻等項，提備已了。只見薛永去了兩日，帶將一個人回到莊上來拜見宋江。宋江便問道：「兄弟，這位壯士是誰？」薛永答道：「這人姓侯，名健，祖居洪都人氏；做得第一手裁縫，端的是飛針走線；更兼慣習鎗棒，曾拜薛永為師。人見他黑瘦輕捷，因此喚他做通臂猿，見在這無為軍城裏黃文炳家做生活。小弟因見了，就請在此。」

宋江大喜，便教同坐商議。那人也是一座地煞星之數，自然義氣相投。宋江便問江州消息，無為軍路徑如何。薛永說道：「如今蔡九知府計點官軍百姓，被殺死有五百餘人，帶傷中箭者不計其數，見今差人星夜申奏朝廷去了。城門日中後便關，出入的好生盤問得緊。原來哥哥被害一事倒不干蔡九知府事，都是黃文炳那廝三回五次點撥知府教害二位。如今見劫了法場，城中甚慌，曉夜提備。小弟又去無為軍打聽，正撞見這個兄弟出來喫飯；因是得知備細。」

宋江道：「侯兄何以知之？」侯健道：「小人自幼只愛習學鎗棒，多得薛師父指教，因此不敢忘恩。近日黃通判特取小人來他家做衣服，因出來遇見師父，提起仁兄大名，說起此一節事來。小人要結識仁兄，特來報知備細。這黃文炳有個嫡親哥哥，喚做黃文燁，與這文炳是一母所生二子。這黃文燁平生只是行善事，修橋補路，塑佛齋僧，扶危濟困，救拔貧苦，那無為軍城中都叫他黃面佛。這黃文炳雖是罷閒通判，心裏只要害人，慣行歹事，無為軍都叫他做黃蜂刺。他兄弟兩個分開做兩院住，只在一條巷內出入。靠北門裏便是他家。黃文炳貼著城住，黃文燁近著大街。小人在他那裏做生活，卻聽得黃通判回家來說：『這件事，蔡九知府已被瞞過了，卻是我點撥他，教知府先斬了然後奏去。』黃文燁聽得說時，只在背後罵，說道：『又做這等短命促掐的事！於你無干，何故定要害他？倘或有天理之時，報應只在目前，卻不是反招其禍？』這兩日聽得劫了法場，好生喫驚。昨夜去江州探望蔡九知府，與他計較，尚兀自未回來。」

宋江道：「黃文炳隔著他哥哥家多少路？」侯健道：「原是一家分開，如今只隔著中間一個菜園。」宋江道：「黃文炳家多少人口？有幾房頭？」侯健道：「男子婦人通有四五十口。」宋江道：「天教我報讎，特地送這個人來！雖是如此，全靠眾弟兄維持。」眾人齊聲應道：「當以死向前！正要驅除這等贓濫奸惡之人與哥哥報讎雪恨！」

宋江又道：「只恨黃文炳那賊一個，卻與無為軍百姓無干。他兄既然仁德，亦不可害他，休教天下人罵我不仁。眾弟兄去時，不可分毫侵害百姓，今去那裏，我有一計，只望眾人扶助扶助。」眾頭領齊聲道：「專聽哥哥指教。」

宋江道：「有煩穆太公對付八九十個布袋，又要百十束蘆柴，用著五隻大船，兩隻小船；央及張順、李俊駕兩隻小船；五隻大船上用著張橫、三阮、童威，和識水的人護船，此計方可。」穆弘道：「此間蘆葦、油柴、布袋，都有。我莊上的人都會使水駕船。便請哥哥行事。」

宋江道：「卻用侯家兄弟引著薛永並白勝先去無為軍城中藏了；來日三更二點為期，只聽門外放起帶鈴鵓鴿，便教白勝上城策應，先插一條白絹號帶，近黃文炳家，便是上城去處。」再又教石勇、杜遷，扮做丐者，去城門邊左近埋伏，只看火為號，便要下手殺把門軍士。李俊、張順，只在江面上往來巡綽，等候策應❸。

宋江分撥已定。薛永、白勝、侯健先自去了。隨後再是石勇、杜遷，扮做丐者。身邊各藏了短刀暗器，也去了。這裏自一面扛抬沙土布袋和蘆葦油柴上船裝載。

眾好漢至期，各各拴束了身上，都準備了器械；船艙裏埋伏軍漢。眾頭領分撥下船：晁蓋、宋江、花榮，在童威船上；燕順、王矮虎、鄭天壽，在張橫船上；戴宗、劉唐、黃信，在阮小二船上；呂方、郭盛、李立，在阮小五船上；穆弘、穆春、李逵，在阮小七船上。只留下朱貴、宋萬，在穆太公莊上看理江州城裏消息；先使童猛棹一隻打魚快船前去探路。小嘍囉並軍健都伏在艙裏。火家莊客水手撐駕船隻，當夜密地望無為軍來。

此時正是七月盡天氣，夜涼風靜，月白江清；水影山光，上下一碧。約莫初更前後，大小船隻都到無為江岸邊，揀那有蘆葦深處一字兒纜定了船隻。只見那童猛回船來報道：「城裏並無些動靜。」

---

❸ 策應：作戰方法的一種。即左右或前後兩軍相互配合作戰。也用以比喻呼應相援。

宋江便叫手下眾人把這沙土布袋和蘆葦乾柴都搬上岸，望城邊來。聽那更鼓時，正打二更。宋江叫小嘍囉各各扛了沙土布袋並蘆柴就城邊堆垛了。眾好漢各挺手中軍器，只留張橫、三阮、兩童，守船接應；其餘頭領都奔城邊來。望城上時，約離北門有半里之路，宋江便叫放起帶鈴鵓鴿。只見城上一條竹竿，縛著白號帶，風飄起來。

宋江見了，便叫軍士就這城邊堆起沙土布袋，分付軍漢一面挑擔蘆葦油柴上城。只見白勝已在那裏接應等候，把手指與眾軍漢，道：「只那條巷便是黃文炳住處。」宋江問白勝道：「薛永、侯健在那裏？」白勝道：「他兩個潛入黃文炳家裏去了，只等哥哥到來。」宋江又問道：「你曾見石勇、杜遷麼？」白勝道：「他兩個在城門邊左近伺候。」

宋江聽罷，引了眾好漢下城來，逕到黃文炳門前，只見侯健閃在房簷下。宋江喚來，附耳低言道：「你去將菜園門開了，放他軍士把蘆葦油柴堆放裏面；可教薛永尋把火來點著，卻去敲黃文炳門道：『間壁大官人家失火！有箱籠什物搬來寄頓！』敲得門開，我自有擺布。」

宋江教眾好漢分幾個把住兩頭。侯健先去開了菜園門，軍漢把蘆柴搬來堆在裏面。侯健就討了火種，遞與薛永，將來點著。侯健便閃出來，卻去敲門，叫道：「間壁大官人家失火！有箱籠搬來寄頓。快開門則個！」

裏面聽得，便起來看時，望見隔壁火起，連忙開門出來。晁蓋、宋江等吶聲喊殺將入去。眾好漢亦各動手，見一個殺一個，見兩個殺一雙；把黃文炳一門內外大小四五十口盡皆殺了，不留一人，只不見了文炳一個。眾好漢把他從前酷害良民積攢下許多家私金銀收拾俱盡，大哨一聲，眾多好漢都扛了箱籠家財，卻奔城上來。

且說石勇、杜遷見火起，各掣出尖刀，便殺把門的軍人，卻見前街鄰舍，拿了水桶梯子，都奔來救火。石勇、杜遷大喝道：「你那百姓休得向前！我們是梁山泊好漢，數千在此，來殺黃文炳一門良賤，與宋江、戴宗報讎！不干你百姓事！你們快回家躲避了，休得出來管閒事！」眾鄰舍有不信的，立住了腳看。只見黑旋風李逵輪起兩把板斧，著地捲將來，眾鄰舍方纔吶聲喊，抬了梯子、水桶，一鬨都走了。

這邊後巷也有幾個守門軍漢，帶了些人，拖了麻搭火鉤，都奔來救火。早被花榮張起弓，當頭一箭，射翻了一個，大喝道：「要死的便來救火！」那夥軍漢一齊都退去了。只見薛永拿著火把，便就黃文炳家裏，前後點著，亂亂雜雜火起。

當時李逵砍斷鐵鎖，大開城門。一半人從城上出去，一半人從城門下出去。只見三阮、張、童都來接應，合做一處，扛抬財物上船。無為軍已知江州被梁山泊好漢劫了法場，殺死無數的人，如何敢出來追趕，只得迴避了。這宋江一行眾好漢只恨拿不著黃文炳，都上了船，搖開了，自投穆弘莊上來，不在話下。

卻說江州城裏望見無為軍火起，蒸天價紅，滿城中都講動，只得報知本府。這黃文炳正在府裏議事，聽得報說了，慌忙來稟知府，道：「敝鄉失火，急欲回家看覷！」蔡九知府聽得，忙叫開城門，差一隻官船相送。黃文炳謝了知府，隨即出來，帶了從人，慌速下船，搖開江面，望無為軍來。看見火勢猛烈，映得江面上都紅，艄公說道：「這火只是北門裏火。」

黃文炳見說了，心裏越慌。看看搖到江心裏，只見一隻小船從江面上搖過去了。少時，又是一隻小船搖將過來，卻不逕過，望著官船直撞將來。從人喝道：「甚麼船！敢如此直撞來！」只見那小船上一條大漢跳起來，手裏拿著撓鉤，口裏應道：「去江州報失火的船！」黃文炳便鑽出來，問道：「那裏失火？」那大漢道：「北門黃通判家被梁山泊好漢殺了一家人口，劫了家私，如今正燒著哩！」黃文炳大口叫聲苦，不知高低。那漢聽了，一撓鉤搭住了船，便跳過來。黃文炳是個乖覺的人，早瞧了一分，便奔船梢後走，望江邊踴身便跳。只見當面前又一隻船，水底下早鑽過一個人，把黃文炳劈腰抱住，攔頭揪起，扯上船來。船上那個大漢早來接應，便把麻索綁了。

水底下活捉了黃文炳的便是浪裏白條張順。船上把撓鉤的便是混江龍李俊。兩個好漢立在船上。那搖官船的艄公只顧下拜。李俊說道：「我不殺你們，只顧捉黃文炳這廝！你們自回去，說與蔡九知府那賊驢知道：俺梁山泊好漢們權寄下他那顆驢頭，早晚便要來取！」艄公戰抖抖的道：「小人去說！」

李俊、張順，拿了黃文炳過自己的小船上，放那官船去了。兩個好漢棹了兩隻快船，逕奔穆弘莊上。早搖到岸邊。望見一行頭領都在岸上等候，搬運箱籠上岸。見說拿得黃文炳，宋江不勝之喜。眾好漢一齊心中大喜，說：「正要此人見面！」

李俊、張順，早把黃文炳帶上岸。眾人看了，監押著，離了江岸，到穆太公莊上來。朱貴、宋萬，接著眾人，入到莊裏草廳上坐下。

宋江把黃文炳剝了溼衣服，綁在柳樹上，請眾頭領團團坐定。宋江叫取一壺酒來與眾人把盞。上自晁蓋，下至白勝，共是三十位好漢，都把遍了。宋江大罵：「黃文炳！你這廝，我與你往日無冤，近日無讎，你如何只要害我，三回五次，教唆蔡九知府殺我兩個！你既讀聖賢之書，如何要做這等毒害的事！

我又不與你有殺父之讎，你如何定要謀我！你哥哥黃文燁與你這廝一母所生，他怎恁般修善！久聞你那城中都稱他做黃面佛，我昨夜分毫不曾侵犯他。你這廝在鄉中只是害人，——交結權勢，浸潤官長，欺壓良善，——我知道無為軍人民都叫你做黃蜂刺！我今日且替你拔了這個『刺』！」黃文炳告道：「小人已知過失，只求早死！」晁蓋喝道：「你那賊驢！怕你不死！你這廝！早知今日，悔不當初！」

宋江便問道：「那個兄弟替我下手？」只見黑旋風李逵跳起身來，說道：「我與哥哥動手割這廝！我看他肥胖了，倒好燒喫！」晁蓋道：「說得是。」教：「取把尖刀來，就討盆炭火來，細細地割這廝，燒來下酒，與我賢弟消這怨氣！」

李逵拿起尖刀，看著黃文炳，笑道：「你這廝在蔡九知府後堂且會說黃道黑，撥置害人，無中生有，掇攛他，今日你要快死，老爺卻要你慢死！」便把尖刀先從腿上割起。揀好的，就當面炭火上炙來下酒。割一塊，炙一塊。無片時，割了黃文炳，李逵方纔把刀割開胸膛，取出心肝，把來與眾頭領做醒酒湯。

眾多好漢看割了黃文炳，都來草堂上與宋江賀喜。只見宋江先跪在地下。眾頭領慌忙都跪下，齊道：「哥哥有甚事，但說不妨。兄弟們敢不聽？」宋江便道：「小可不才，自小學吏。初世為人，便要結識天下好漢。奈緣力薄才疏，不能接待，以遂平生之願。自從刺配江州，多感晁頭領並眾豪傑苦苦相留，宋江因守父親嚴訓，不曾肯住。正是天賜機會！於路直至潯陽江上，又遭際許多豪傑。不想小可不才，一時間酒後狂言，險累了戴院長性命。感謝眾位豪傑不避凶險，來虎穴龍潭，力救殘生；又蒙協助報了冤讎。如此犯下大罪，鬧了兩座州城，必然申奏去了。今日不繇宋江不上梁山泊投托哥哥去。未知眾位意下若何？如是相從者，只今收拾便行；如不願去的，一聽尊命。只恐事發，反遭……」

妙語解頤。

說言未絕，李逵先跳起來，便叫道：「都去！都去！但有不去的，喫我一鳥斧，砍做兩截便罷！」宋江道：「你這般麤鹵說話！全在各弟兄們心肯意肯，方可同去。」眾人議論道：「如今殺死了許多官軍人馬，鬧了兩處州郡，他如何不申奏朝廷？必然起軍馬來擒獲。今若不隨哥哥去，同死同生，卻投那裏去？」

宋江大喜，謝了眾人。當日先叫朱貴和宋萬前回山寨裏去報知，次後分作五起進程：頭一起便是晁蓋、宋江、花榮、戴宗、李逵；第二起便是劉唐、杜遷、石勇、薛永、侯健；第三起便是李俊、李立、呂方、郭盛、童威、童猛；第四起便是黃信、張順、張橫、阮家三弟兄；第五起便是穆弘、穆春、燕順、王矮虎、鄭天壽、白勝。

五起二十八個頭領，帶了一干人等，將這所得黃文炳家財，各各分開，裝載上車子。穆弘帶了穆太公並家小人等，將應有家財金寶，裝載車上。莊客數內有不願去的，都齎發他些銀兩，自投別主去傭工；有願去的，一同便往。前四起陸續去了，已自行動。穆弘收拾莊內已了，放起十數個火把，燒了莊院，撇下了田地，自投梁山泊來。

且不說五起人馬登程。節次進發，只隔二十里而行。先說第一起，晁蓋、宋江、花榮、戴宗、李逵五騎馬，帶著車仗人伴在路行了三日，前面來到一個去處，地名喚做黃門山，宋江在馬上與晁蓋說道：「這座山生得形勢怪惡，莫不有大夥在內？可著人催趲後面人馬上來，一同過去。」

說猶未了，只見前面山嘴上鑼鳴鼓響。宋江道：「我說麼！且不要走動，等後面人馬到來，好和他廝殺。」花榮便拈弓搭箭在手，晁蓋、戴宗，各執朴刀，李逵拿著雙斧擁護著宋江，一齊趲馬向前，只見山坡邊閃出三五百個小嘍囉，當先簇擁出四籌好漢，各挺軍器在手，高聲喝道：「你等大鬧了江州，劫掠了無為軍，殺害了許多官軍百姓，待回梁山泊去？我四個等你多時！會事的只留下宋江，都饒了你們性命！」

宋江聽得，便挺身出去，跪在地下，說道：「小可宋江，被人陷害，冤屈無伸，今得四方豪傑，救了性命。小可不知在何處觸犯了四位英雄，萬望高抬貴手，饒恕殘生！」

那四籌好漢見了宋江跪在前面，都慌忙滾鞍下馬，撇下軍器，飛奔前來，拜倒在地下，說道：「俺弟兄四個只聞山東及時雨宋公明大名，想殺也不能個見面！俺聽知哥哥在江州為事喫官司，我弟兄商議定了，正要來劫牢，只是不得個實信。前日使小嘍囉直到江州來打聽，回來說道：『已有多少好漢鬧了江州，劫了法場，救出往揭陽鎮去了。後又燒了無為軍，劫掠黃通判家。』料想哥哥必從這裏來，節次使人路中來探望。猶恐未真，故反作此一番詰問。衝撞哥哥，萬勿見罪。今日幸見仁兄！小寨裏略備薄酒粗食，權當接風；請眾好漢同到敝寨，盤桓片時。」

宋江大喜，扶起四位好漢，逐一請問大名。為頭的那人，姓歐，名鵬，祖貫是黃州人氏；守把大江軍戶，因惡了本官，逃走在江湖上綠林中，熬出這個名字，喚做摩雲金翅。第二個好漢，姓蔣，名敬，祖貫是湖南潭州人氏；原是落科舉子出身，科舉不第，棄文就武，頗有謀略，精通書算，積萬累千，纖毫不差；亦能刺鎗使棒，布陣排兵；因此人都喚他做神算子。第三個好漢，姓馬，名麟，祖貫是南京建康人氏；原是小番子閒漢出身；吹得雙鐵笛，使得好大滾刀，百十人近他不得；因此人都喚他做鐵笛仙。第四個好漢，姓陶，名宗旺，祖貫是光州人氏；莊家田戶出身；能使一把鐵鍬；有的是氣力，亦能使鎗輪刀；因此人都喚做九尾龜。怎見得四個好漢英雄？……

這四籌好漢接住宋江，小嘍囉早捧過果盒，一大壺酒，兩大盤肉，托來把盞。先遞晁蓋、宋江，次遞花榮、戴宗、李逵。與眾人都相見了，一面遞酒。沒兩個時辰，第二起頭領又到了，一個個盡都相見。把盞已遍，邀請眾位上山。兩起十位頭領，先來到黃門山寨內。那四籌好漢便叫椎牛宰馬管待；卻教小嘍囉陸續下山接請後面那三起——十八位頭領——上山來筵宴。未及半日，三起好漢已都來到了，盡在聚義廳上筵席相會。

宋江飲酒中間，在席上閒話道：「今次宋江，投奔了哥哥晁天王上梁山泊去一同聚義。未知四位好漢肯棄了此處同往梁山泊大寨相聚否？」四個好漢齊答道：「若蒙二位義士不棄貧賤，情願執鞭隨鐙。」宋江、晁蓋大喜，便說道：「既是四位肯從大義，便請收拾起程。」

眾多頭領俱各歡喜，在山寨住了一日，過了一夜。次日，宋江、晁蓋，仍舊做頭一起，下山進發先去。次後依例而行，只隔著二十里遠近。四籌好漢收拾起財帛金銀等項，帶領了小嘍囉三五百人，便燒毀了寨柵，隨作第六起登程。

宋江又合得這四個好漢，心中甚喜；於路在馬上對晁蓋說道：「小弟來江湖上走了這幾遭，雖是受了些驚恐，卻也結識得這許多好漢。今日同哥哥上山去，這回只得死心塌地與哥哥同死同生。」一路上說著閒話，不覺早來到朱貴酒店裏了。

且說四個守山寨的頭領——吳用、公孫勝、林沖、秦明——和兩個新來的——蕭讓、金大堅——已得朱貴、宋萬先回報知，每日差小頭目棹船出來酒店裏迎接。一起起都到金沙灘上岸。擂鼓吹笛，眾好漢們都乘馬轎，迎上寨來。到得關下，軍師吳學究等六人把了接風酒，都到聚義廳上，焚起一爐好香。晁蓋便請宋江為山寨之主，坐第一把交椅。宋江那裏肯，便道：「哥哥差矣。感蒙眾位不避刀斧，救拔宋江性命。哥哥原是山寨之主，如何卻讓不才？若要堅執，如此相讓，宋江情願就死。」晁蓋道：「賢弟，如何這般說？當初若不是賢弟擔那血海般干係救得我等七人性命上山，如何有今日之眾？你正該山寨之恩主；你不坐，誰坐？」宋江道：「仁兄，論年齒，兄長也大十歲。宋江若坐了，豈不自羞？」再三推晁蓋坐了第一位。宋江坐了第二位。吳學究坐了第三位。公孫勝坐了第四位。

宋江道：「休分功勞高下；梁山泊一行舊頭領去左邊主位上坐，新到頭領去右邊客位上坐，待日後出力多寡，那時另行定奪。」眾人齊道：「此言極當。」左邊一帶：林沖、劉唐、阮小二、阮小五、阮小七、杜遷、宋萬、朱貴、白勝；右邊一帶：（論年甲次序，互相推讓。）花榮、秦明、黃信、戴宗、李逵、李俊、穆弘、張橫、張順、燕順、呂方、郭盛、蕭讓、王矮虎、薛永、金大堅、穆春、李立、歐鵬、蔣敬、童威、童猛、馬麟、石勇、侯健、鄭天壽、陶宗旺——共是四十位頭領坐下，大吹大擂，且喫慶喜筵席。

宋江說起江州蔡九知府捏造謠言一事，說與眾頭領：「叵耐黃文炳那廝，事又不干他己，卻在知府面前將那京師童謠解說道：『耗國因家木』，耗散國家錢糧的人必是家頭著個『木』字，不是個『宋』字？『刀兵點水工』，興動刀兵之人必是三點水著個『工』字，不是個『江』字？這個正應宋江身上。那後兩句道：『縱橫三十六，播亂在山東』，合主宋江造反在山東。以此拿了小可。不期戴院長又傳了假書，以此黃文炳那廝攛掇知府，只要先斬後奏。若非眾好漢救了，焉得到此！」李逵跳將起來道：「好！

哥哥正應著天上的言語！雖然喫了他些苦，黃文炳那賊也喫我割得快活！放著我們許多軍馬，便造反，怕怎地！晁蓋哥哥便做大宋皇帝；宋江哥哥便做小宋皇帝；吳先生做個丞相；公孫道士便做個國師；我們都做個將軍；殺去東京，奪了鳥位，在那裏快活，卻不好！——不強似這個鳥水泊裏！」戴宗連忙喝道：「鐵牛！你這廝胡說！你今日既到這裏，不可使你那在江州性兒，須要聽兩位頭領哥哥的言語號令！亦不許你胡言亂語，多嘴多舌！再如此多言插口，先割了你這顆頭來為令，以警後人！」李逵道：「呵呀！若割了我這顆頭，幾時再長得一個出來！我只喫酒便了！」眾多好漢都笑。

宋江又題起拒敵官軍一事，說道：「那時小可初聞這個消息，好不驚恐；不期今日輪到宋江身上！」吳用道：「兄長當初若依了兄弟之言，只住山上快活，不到江州，不省了多少事？這都是天數註定如此！」宋江道：「黃安那廝如今在那裏？」晁蓋道：「那廝住不彀兩三個月，便病死了。」宋江嗟歎不已。

當日飲酒，各各盡歡。晁蓋先叫安頓穆太公一家老小；叫取過黃文炳的家財賞勞了眾多出力的小嘍囉；取出原將來的信籠交還戴院長收用。戴宗那裏肯要，定教收放在庫內公支使用。晁蓋叫眾多小嘍囉參拜了新頭領李俊等，都參見了。連日山寨裏殺牛宰馬，作慶賀筵席，不在話下。

再說晁蓋，教山前山後各撥定房屋居住；山寨裏再起造房舍，修理城垣。至第三日酒席上，宋江起身對眾頭領說道：「宋江還有一件大事，正要稟眾弟兄。小可今欲下山走一遭，乞假數日，未知眾位肯否？」晁蓋便問道：「賢弟，今欲要往何處，幹甚麼大事？」

宋江不慌不忙，說出這個去處，有分教鎗刀林裏，再逃一遍殘生；山嶺邊傍，傳授千年勳業。正是只因玄女書三卷，留得清風史數篇。畢竟宋公明要往何處去走一遭，且聽下回分解。

第四十一回　還道村受三卷天書　宋公明遇九天玄女

話說當下宋江在筵上對眾好漢道：「小可宋江自蒙救護上山，到此連日飲宴，甚是快樂。不知老父在家正是何如。即日江州申奏京師，必然行移濟州，著落鄆城縣追捉家屬，比捕正犯，恐老父存亡不保！宋江想念，欲往家中搬取老父上山，以絕掛念，不知眾弟兄還肯容否？」晁蓋道：「賢弟，這件是人倫中大事。不成我和你受用快樂，倒教家中老父喫苦？如何不依賢弟！只是眾兄弟們連日辛苦，寨中人馬未定，再停兩日，點起山寨人馬，一逕去取了來。」宋江道：「仁兄，再過幾日不妨，只恐江州行文到濟州，追捉家屬，以此事不宜遲。今也不須點多人去，只宋江潛地自去，和兄弟宋清搬取老父連夜上山來，那時鄉中神不知，鬼不覺；若還多帶了人伴去，必然驚嚇鄉里，反招不便。」晁蓋道：「賢弟路中倘有疎失，無人可救。」宋江道：「若為父親，死而無怨。」當日苦留不住。宋江堅執要行，便取個氈笠帶了，提條短棒，腰帶利刃，便下山去。眾頭領送過金沙灘自回。

且說宋江過了渡，到朱貴酒店裏上岸，出大路投鄆城縣來，路上少不得饑餐渴飲，夜住曉行。一日，奔宋家村晚了，到不得，且投客店歇了。次日趲行，到宋家村時卻早。且在林子裏伏了，等待到晚，卻投莊上來敲後門。莊裏聽得，只見宋清出來開門；見了哥哥，喫那一驚，慌忙道：「哥哥，你回家來怎地？」宋江道：「我特來家取父親和你。」宋清道：「哥哥！你在江州做了的事如今這裏都知道了。本無事即省。

縣差下這兩個趙都頭每日來勾取，管定了我們，不得轉動。只等江州文書到來，便要捉我們父子二人下在牢裏監禁聽候拿你。日裏夜間，一二百土兵巡綽。你不宜遲，快去梁山泊請下眾頭領來救父親並兄弟！」

宋江聽了，驚得一身冷汗；不敢進門，轉身便走，奔梁山泊路上來。是夜，月色朦朧，路不分明。宋江只顧揀僻靜小路去處走。約莫也走了一個更次，只聽得背後有人發喊起來。宋江回頭聽時，只隔一二里路，看見一簇火把熖亮，只聽得叫道：「宋江休走！」

宋江一頭走，一面肚裏尋思：「不聽晁蓋之言，果有今日之禍！皇天可憐，垂救宋江則個！」遠遠望見一個去處，只顧走。少間，風掃薄雲，現出那輪明月，宋江方纔認得仔細，叫聲苦，不知高低。看了那個去處，有名喚做還道村。原來團團都是高山峻嶺，山下一遭澗水，中間單單只一條路。入來這村，左來右去走，只是這條路，更沒第二條路。

宋江認得這個村口，欲待回身，卻被背後趕來的人已把住了路口，火把熖耀如同白日。宋江只得奔入村裏來，尋路躲避；抹過一座林子，早看見一所古廟；雙手只得推開廟門，乘著月光，入進廟裏來。尋個躲避處；前殿後殿相了一回，安不得身，心裏越慌。只聽得外面有人道：「都管只走在這廟裏！」宋江聽得是趙能聲音，急沒躲處；見這殿上一所神廚，宋江揭起帳幔，望裏面探身便鑽入神廚裏，安了短棒，做一堆兒伏在廚內，身體把不住簌簌地抖。只聽得外面拿著火把熖將入來。宋江在神廚裏一頭抖，一頭偷眼看時，趙能、趙得引著四五十人，拿著火把，各到處熖。看看熖上殿來。宋江抖道：「我今番走了死路，望神明庇佑則個！……神明庇佑！……神明庇佑！……」

一個個都走過了，沒人看著神廚裏。宋江抖定道：「可憐天！」只見趙得將火把來神廚裏一熖，偏是急殺句，偏要仔細寫，妙絕！

宋江抖得幾乎死去。趙得一隻手將朴刀桿挑起神帳，上下把火只一炤，火煙沖將起來，沖下一片黑塵來，正落在趙得眼裏，眯了眼；便將火把丟在地下，一腳踏滅了，走出殿門外來，對土兵們道：「這廝不在廟裏。——別又無路，卻走向那裏去了？」眾土兵道：「多應這廝走入村中樹林裏去了。這裏不怕他走脫，這個村喚做還道村，只有這條路出入；裏面雖有高山林木，卻無路上得去。都頭只把住村口，他便會插翅飛上天去也走不脫了！待天明，村裏去細細搜捉！」趙能、趙得道：「也是。」引了土兵下殿去了。

宋江抖定道：「卻不是神明庇佑；若還得了性命，必當重修廟宇，再塑……」只聽得有幾個土兵在廟門前叫道：「都頭，在這裏了！」趙能、趙得，和眾人又搶入來。宋江簌簌地又把不住抖。趙能到廟前問道：「在那裏？」土兵道：「都頭，你來看，廟門上兩個塵手跡！一定是卻纔推開廟門，閃在裏面去了！」趙能道：「說得是；再仔細搜一搜看！」

這夥人再入廟裏來搜時。宋江這一番抖真是幾乎休了。那夥人去殿前殿後搜遍，只不曾翻過磚來。眾人又搜了一回，火把看看炤上殿來，趙能道：「多是只在神廚裏。卻纔兄弟看不仔細，我自炤一炤看。」一個土兵拿著火把，趙能便揭起帳幔，五七個人伸頭來看。不看萬事俱休，纔看一看，只見神廚裏捲起一陣惡風，將那火把都吹滅了，黑騰騰罩了廟宇，對面不見。趙能道：「卻又作怪。平地裏捲起這陣惡風來！想是神明在裏面，定嗔怪我們只管來炤。因此起這陣惡風顯應。我們且去罷。只守住村口，待天明再來尋。」趙得道：「只是神廚裏不曾看得仔細，再把鎗去搠一搠。」趙能道：「也是。」

兩個卻待向前，只聽得殿後又捲起一陣怪風，吹得飛砂走石，滾將下來；搖得那殿宇岌岌地動；罩

下一陣黑雲，布合了上下，冷氣侵人，毛髮豎起。趙能情知不好，叫了趙得道：「兄弟！快走！神明不樂！」眾人一鬨都奔下殿來，望廟門外跑走。有幾個攧翻了的，也有閃朒❶腿的，爬得起來奔命，走出廟門，只聽得廟裏有人叫：「饒恕我們！」趙能再入來看時，兩三個土兵跌倒在龍墀裏，被樹根鉤住了衣服，死也掙不脫，手裏丟了朴刀，扯著衣裳叫饒。

宋江在神廚裏聽了，又抖又笑。趙能把土兵衣服解脫了，領出廟門去。有幾個在前面的土兵說道：「我說這神道最靈，你們只管在裏面纏障，引得小鬼發作起來！我們只去守住了村口等他，須不喫他飛了去！」趙能、趙得道：「說得是；只消村口四下裏守定。」眾人都望村口去了。

只說宋江在神廚裏，口稱慚愧，道：「雖不被這廝們拿了，卻怎能彀出村口去？……」正在廚內尋思，百般無計，只聽得後面廊下有人出來。宋江又抖道：「又是苦也！早是不鑽出去！」只見兩個青衣童子，逕到廚邊，舉口道：「小童奉娘娘法旨，請星主❷說話。」宋江那裏敢做聲答應。外面童子又道：「娘娘有請，星主可行。」宋江也不敢答應。外面童子又道：「宋星主，休得遲疑，娘娘久等。」宋江聽得鶯聲燕語，不是男子之音，便從神椅底下鑽將出來看時，卻是兩個青衣女童侍立在床邊。宋江喫了一驚，卻是兩個泥神。只聽得外面又說道：「宋星主，娘娘有請。」

宋江分開帳幔，鑽將出來，只見是兩個青衣螺髻女童齊齊躬身，各打個稽首。宋江問道：「二位仙童自何而來？」青衣道：「奉娘娘法旨，有請星主赴宮。」宋江道：「仙童差矣。我自姓宋，名江，不

❶ 閃朒：筋肉扭傷。

❷ 星主：舊時將忠臣名將附會成天上星宿下凡輔佐明主者，稱為星主。

是甚麼星主。」青衣道：「如何差了！請星主便行，娘娘久等。」宋江道：「甚麼娘娘？亦不曾拜識，如何敢去！」青衣道：「星主到彼便知，不必詢問。」宋江道：「娘娘在何處？」青衣道：「只在後面宮中。」

青衣前引便行。宋江隨後跟下殿來。轉過後殿側首一座子牆角門，青衣道：「宋星主，從此間進來。」宋江跟入角門來看時，星月滿天，香風拂拂，四下裏都是茂林修竹。宋江尋思道：「原來這廟後又有這個去處。早知如此，卻不來這裏躲避，不受那許多驚恐！」

宋江行時，覺得香塢兩行，夾種著大松樹，都是合抱不交的；中間平坦一條龜背大街，宋江看了暗暗尋思道：「我到不想古廟後有這般好路徑」，跟著青衣行不過一里來路，聽得潺潺的澗水響，看前面時，一座青石橋，兩邊都是朱欄杆；岸上栽種奇花異草，蒼松茂竹，翠柳夭桃；橋下翻銀滾雪般的水，流從石洞裏去。過得橋基，看時，兩行奇樹，中間一座大朱紅櫺星門❸。

宋江入得櫺星門看時，抬頭見一所宮殿。宋江尋思道：「我生居鄆城縣，不曾聽得說有這個去處！」心中驚恐，不敢動腳。青衣催促，請星主行。一引引入門內，有個龍墀，兩廊下盡是朱紅亭柱，都掛著繡簾；正中一所大殿，殿上燈燭熒煌。青衣從龍墀內一步步引到月臺上，聽得殿上階前又有幾個青衣道：「娘娘有請，星主進來。」

宋江到大殿上，不覺肌膚戰慄，毛髮倒豎。下面都是龍鳳磚階。青衣入簾內奏道：「請至宋星主在

---

❸ 櫺星門：大門名。櫺星，本作靈星，即天田星，相傳是掌理農田的星神。古祭天時，要先祭靈星。後在孔廟也設有此門，表示以尊天禮尊孔。櫺，音ㄌㄧㄥˊ。

階前。」宋江到簾前御階之下，躬身再拜，俯伏在地，口稱：「臣乃下濁庶民，不識聖上，伏望天慈俯賜憐憫！」

御簾內傳旨，教請宋星主坐。宋江那裏敢抬頭。教四個青衣扶上錦墩坐。宋江只得勉強坐下，殿上喝聲「捲簾」，數個青衣早把珠簾捲起，搭在金鉤上。娘娘問道：「星主別來無恙？」宋江起身再拜道：「臣乃庶民，不敢面覷聖容。」娘娘道：「星主，既然至此，不必多禮。」

宋江恰纔敢抬頭舒眼，看見殿上金碧交輝，點著龍燈鳳燭；兩邊都是青衣女童，持笏❹捧圭❺，執旌擎扇侍從；正中七寶九龍床上坐著那個娘娘，身穿金縷絳綃之衣，手秉白玉圭璋之器，天然妙目，正大仙容，口中說道：「請星主到此。」命童子獻酒。

兩下青衣女童執著蓮花寶瓶，捧酒過來，斟在杯內。一個為首的女童執杯遞酒，來勸宋江。宋江起身，不敢推辭，接過杯，朝娘娘跪飲了一杯。宋江覺得這酒馨香馥郁，如醍醐灌頂❻，甘露灑心。又是一個青衣捧過一盤仙棗上勸宋江。宋江戰戰兢兢，怕失了體面，伸著指頭取了一枚，就而食之，懷核在手。青衣又斟過一杯酒來勸宋江，宋江又一飲而盡。娘娘法旨，教再勸一杯。青衣再斟一杯酒過來勸宋江，宋江又飲了。仙女托過仙棗，又食了兩枚。

共飲過三杯仙酒，三枚仙棗，宋江便覺有些微醺；又怕酒後，醉失體面，再拜道：「臣不勝酒量，

---

❹ 笏：音ㄏㄨˋ。指古代自天子至士所執的手板。

❺ 圭：上圓下方的瑞玉。為古代天子與諸侯所執，依其大小以別尊卑。

❻ 醍醐灌頂：醍醐是由牛乳精製而成，最益人體。佛家用以比喻灌輸給人智慧，使人頭腦清醒。

望乞娘娘免賜。」殿上法旨道：「既是星主不能飲酒，可止。」教：「取那三卷『天書』賜與星主。」青衣去屏風背後，青盤中托出黃羅袱子，包著三卷天書，度與宋江，宋江看時，可長五寸，闊三寸；不敢開看，再拜祗受，藏於袖中。娘娘法旨道：「宋星主，傳汝三卷天書，汝可替天行道，為主全忠仗義，為臣輔國安民，去邪歸正，勿忘勿泄。」宋江再拜謹受。娘娘法旨道：「玉帝因為星主魔心未斷，道行未完，暫罰下方，不久重登紫府❼，切不可分毫懈怠。若是他日罪下酆都，吾亦不能救汝。此三卷之書可以善觀熟視。只可與天機星同觀，其他皆不可見。功成之後，便可焚之，勿留在世。所囑之言，汝當記取。目今天凡相隔，難以久留，汝當速回。」——便令童子急送星主回去。——「他日瓊樓金闕，再當重會。」

宋江便謝了娘娘，跟隨青衣女童，下得殿庭來。出得欞星門，送至石橋邊，青衣道：「恰纔星主受驚，不是娘娘護祐，已被擒拿。天明時，自然脫離了此難。——星主，看石橋下水裏二龍相戲！」宋江凭欄看時，果見二龍戲水。二青衣望下一推。宋江大叫一聲，卻撞在神廚內，覺來乃是「南柯一夢」。

宋江爬將起來看時，月影正午，料是三更時分。宋江把袖子裏摸時，手內棗核三個，袖裏帕子包著天書；將出來看時，果是三卷天書；又只覺口裏酒香。宋江想道：「這一夢真乃奇異，似夢非夢。若把做夢來，如何有這天書在袖子裏，口中又酒香，棗核在手裏，說與我的言語都記得，不曾忘了一句？……不把做夢來，我自分明在神廚裏，一交攧將入來，有甚難見處？……想是此間神聖最靈，顯化如此？……只是不知是何神明？」揭起帳幔看時，九龍椅上坐著一位妙面娘娘，正和方纔一般。

❼紫府：道家稱仙人所住的地方，亦作紫房。

宋江尋思道：「這娘娘呼我做星主，想我前生非等閒人也。這三卷天書必然有用。分付我的天言，不曾忘了。青衣女童道：『天明時，自然脫離此村之厄。』如今天色漸明，我卻出去。」便探手去廚裏摸了短棒，把衣服拂拭了，一步步走下殿來。從左廊下轉出廟前，仰面看時，舊牌額上刻著四個金字，道：「玄女之廟」。宋江以手加額稱謝道：「慚愧！原來是九天玄女娘娘傳受與我三卷天書。又救了我的性命！如若能彀再見天日之面，必當來此重修廟宇，再建殿庭，伏望聖慈俯垂護祐！」稱謝已畢，只得望著村口悄悄出來；離廟未遠，只聽得前面遠遠地喊聲連天。宋江尋思道：「又不濟了！」——住了腳。——「且未可出去；我若到他面前，定喫他拿了，不如且在這裏路旁樹背後躲一躲。」卻纔閃得入樹背後去，只見數個土兵急急走得喘做一堆，把刀鎗拄著，一步步攛將入來，口裏聲聲都只叫道：「神聖救命則個！」

宋江在樹背後看了，尋思道：「卻又作怪！他們把著村口，等我出來拿我，卻又怎地搶入來？」再看時，趙能也搶入來，口裏叫道：「神聖！——神聖救命！」宋江道：「那廝如何恁地慌？」卻見背後一條大漢追將入來。那個大漢，上半截不著一絲，露出鬼怪般肉，手裏拿著兩把夾鋼板斧，口裏喝道：「含鳥休走！」遠觀不覩，近看分明；正是黑旋風李逵。宋江想道：「莫非是夢裏麼？」不敢走出去。那趙能正走到廟前，被松樹根只一絆，一交攧在地下。李逵趕上，就勢一腳踏住脊背，手起大斧，卻待要砍，背後又是兩籌好漢趕上來，把氈笠兒掀在脊梁上，各挺一條朴刀，上首的是歐鵬，下首的是陶宗旺。

李逵見他兩個趕來，恐怕爭功壞了義氣，就手把趙能一斧砍做兩半，連胸脯都砍開了，跳將起來，把土兵趕殺，四散走了。宋江兀自不敢便走出來。背後只見又趕上三籌好漢，也殺將來，前面赤髮鬼劉唐，第二石將軍石勇，第三催命判官李立。

這六籌好漢說道：「這廝們都殺散了，只尋不見哥哥，卻怎生是好？」石勇叫道：「兀！那松樹背後一個人立在那裏！」宋江方纔敢挺身出來說道：「感謝眾兄弟們又來救我性命！將何以報大恩！」六籌好漢見了宋江，大喜道：「哥哥有了！快去報與晁頭領得知！」石勇、李立分頭去了。

宋江問劉唐道：「你們如何得知來這裏救我？」劉唐答道：「哥哥前腳下得山來，晁頭領與吳軍師放心不下，便叫戴院長隨即下來探聽哥哥下落。晁頭領又自己放心不下，再著我等眾人前來接應，只恐哥哥有些疎失。半路裏撞見戴宗道，兩個賊驢追趕捕捉哥哥，晁頭領大怒，分付戴宗去山寨，只教留下吳軍師、公孫勝、阮家三兄弟、呂方、郭盛、朱貴、白勝，看守寨柵，其餘兄弟都教來此間尋覓哥哥。聽得人說道：『趕宋江入還道村去了！』村口守把的這廝們盡數殺了，不留一個，只有這幾個奔進村裏來。隨即李大哥追來，我等都趕入來。不想哥哥在這裏！」

說猶未了，石勇引將晁蓋、花榮、秦明、黃信、薛永、蔣敬、馬麟到來；李立引將李俊、穆弘、張橫、張順、穆春、侯健、蕭讓、金大堅。一行眾多好漢都相見了。宋江作謝眾位頭領。晁蓋道：「我叫賢弟不須親自下山，不聽愚兄之言，險些兒又做出來。」宋江道：「小可兄弟只為父親這一事懸腸掛肚，坐臥不安，不由宋江不來取。」晁蓋道：「好教賢弟歡喜，令尊並令弟家眷，我先叫戴宗引杜遷、宋萬、王矮虎、鄭天壽、童威、童猛送去，已到山寨中了。」宋江聽得大喜，拜謝晁蓋，道：「得仁兄如此施恩，宋江死亦無怨！」

一時，眾頭領各各上馬，離了還道村口。宋江在馬上，以手加額，望空頂禮，稱謝神明庇佑之力，容日專當拜還心願。一行人馬逕回梁山泊來。吳學究領了守山頭領，直到金沙灘，都來迎接。前到得大寨聚義廳上，眾好漢都相見了。宋江急問道：「老父何在？」晁蓋便叫請宋太公出來。

不多時，鐵扇子宋清策著一乘山轎，抬著宋太公到來。眾人扶策下轎，上廳來。宋江見了，喜從天降，笑逐顏開，再拜道：「老父驚恐。宋江做了不孝之子，負累了父親喫驚受怕！」宋太公道：「叵耐趙能那廝兄弟兩個每日撥人來守定了我們，只待江州公文到來，便要捉取我父子二人解送官司。聽得你在莊後敲門，此時已有八九個士兵在前面草廳上；續後不見了，不知怎地趕出去了。到三更時候，又有二百餘人把莊門開了，將我搭扶上轎抬了，教你兄弟四郎收拾了箱籠，放火燒了莊院。那時不繇我問個緣繇，逕來到這裏。」宋江道：「今日父子團圓相見，皆賴眾兄弟之力也！」叫兄弟宋清拜謝了眾頭領。晁蓋眾人都來參拜宋太公，已畢；一面殺牛宰馬，且做慶喜筵席，作賀宋公明父子團圓。當日盡歡方散。次日又排筵席賀喜。大小頭領盡皆歡喜。

第三日，晁蓋又梯己備個筵席，慶賀宋江父子完聚。忽然感動公孫勝一個念頭：思憶老母在薊州，離家日久了，未知如何。

眾人飲酒之時，只見公孫勝起身對眾頭領說道：「感蒙眾位豪傑相待貧道許多時，恩同骨肉，只是小道自從跟著晁頭領到山，逐日宴樂，一向不曾還鄉看視老母，亦恐我真人本師懸望。欲待回鄉省視一遭。暫別眾頭領三五個月，再回來相見，以滿小道之願，免致老母掛念懸望。」晁蓋道：「向日已聞先生所言：令堂在北方無人侍奉。今既如此說時，難以阻當；只是不忍分別。雖然要行，且待來日相送。」

公孫勝謝了。當日盡醉方散，各自歸房安歇。次日早，就關下排了筵席，與公孫勝餞行。

且說公孫勝依舊做雲遊道人打扮了，腰裏腰包肚包，背上雌雄寶劍，肩胛上掛著棕笠，手中拿把鼈殼扇，便下山來。眾頭領接住，就關下筵席，各各把盞送別。餞行已遍，晁蓋道：「一清先生，此去難留，卻不可失信。本是不容先生去，只是老尊堂在上，不敢阻當。百日之外，專望鶴駕降臨，切不可爽約。」公孫勝道：「重蒙列位頭領看待許久，小道豈敢失信；回家參過本師真人，安頓了老母，便回山寨。」宋江道：「先生何不將帶幾個人去，一發就搬取老尊堂上山？早晚也得侍奉。」公孫勝道：「老母平生只愛清幽，喫不得驚諕，因此不敢取來。家中自有田產山莊，老母自能料理。小道只去省視一遭便來。再得聚義。」宋江道：「既然如此，專聽尊命。只望早早降臨為幸。」晁蓋取出一盤黃白之貲相送。公孫勝道：「不消許多，但只勾盤纏足矣。」晁蓋定教收了一半。打拴在腰包裏，打個稽首，別了眾人，過金沙灘便行，望薊州去了。

眾頭領席散，卻待上山，只見黑旋風李逵就關下放聲大哭起來。宋江連忙問道：「兄弟，你如何煩惱？」李逵哭道：「干鳥氣麼！這個也去取爺，那個也去望娘，偏鐵牛是土掘坑裏鑽出來的！」晁蓋便問道：「你如今待要怎地？」李逵道：「我只有一個老娘在家裏。我的哥哥又在別人家做長工，如何養得我娘快樂？我要去取他來，這裏快樂幾時也好。」晁蓋道：「兄弟說得是；我差幾個人同你去取了上來，也是十分好事。」宋江便道：「使不得！李家兄弟生性不好，回鄉去必然有失。若是教人和他去，亦是不好。況且他性如烈火，到路上必有衝撞。他又在江州殺了許多人，那個不認得他是黑旋風？這幾時官司如何不行移文書到那裏了？必然原籍追捕。——你又形貌兇惡，倘有疎失，路程遙遠，如何得知。

何等天真爛漫！活寫出純孝之人來。

你且過幾時，打聽得平靜了，去取未遲。」李逵焦躁，叫道：「哥哥！你也是個不平心的人！你的爺便要取上山來快活，我的娘繇他在村裏受苦！兀的不是氣破了鐵牛的肚子！」宋江道：「兄弟，你不要焦躁。既是要去取娘，只依我三件事，便放你去。」李逵道：「你且說那三件事？」宋江點兩個指頭，說出這三件事來，有分教李逵施為撼地搖天手，來鬪巴山跳澗蟲。畢竟宋江對李逵說出那三件事來，且聽下回分解。

第四十二回　假李逵翦徑劫單身　黑旋風沂嶺殺四虎

話說李逵道：「哥哥，你且說那三件事？」宋江道：「你要去沂州沂水縣搬取母親，第一件，逕回，不可喫酒。第二件，因你性急，誰肯和你同去，你只自悄悄地取了娘便來。第三件，你使的那兩把板斧，休要帶去，路上小心在意，早去早回。」李逵道：「這三件事有甚麼依不得！哥哥放心。我只今日便行。我也不住了。」當下李逵拽扎得爽利，只跨一口腰刀，提條朴刀，帶了一錠大銀，三五個小銀子，喫了幾杯酒，唱個大喏，別了眾人，便下山來，過金沙灘去了。

晁蓋、宋江與眾頭領送行已罷。回到大寨裏聚義廳上坐定。宋江放心不下。對眾人說道：「李逵這個兄弟此去必然有失；不知眾兄弟們誰是他鄉中人。可與他那裏探聽個消息。」杜遷便道：「只有朱貴原是沂州沂水縣人，與他是鄉里。」

宋江聽罷，說道：「我卻忘了。前日在白龍廟聚會時，李逵已自認得朱貴是同鄉人。」宋江便著人去請朱貴。

小嘍囉飛奔下山來。直至店裏。請得朱貴到來。宋江道：「今有李逵兄弟前往家鄉搬取老母，因他酒性不好，為此不肯差人與他同去。誠恐路上有失，今知賢弟是他鄉中人，你可去他那裏探聽走一遭。」朱貴答道：「小弟是沂州沂水縣人。見有一個兄弟喚做朱富，在本縣西門外開著個酒店。這李逵，他是

徒以有老母在。

本縣百丈村董店東住；有個哥哥喚做李達，專與人家做長工。這李逵自小兇頑，因打死了人，逃走在江湖上，一向不曾回家。如今著小弟去那裏探聽也不妨，只怕店裏無人看管。小弟也多時不曾還鄉，亦就要回家探望兄弟一遭。」宋江道：「這個看店不必你憂心，我自教侯健、石勇，替你暫管幾時。」

朱貴領了這言語，相辭了眾頭領下山來，便走到店裏，收拾包裹，交割鋪面與石勇、侯健，自奔沂州去了。這裏宋江與晁蓋在寨中每日筵席，飲酒快樂，與吳學究看習天書，不在話下。

且說李逵獨自一個離了梁山泊，取路來到沂水縣界。於路李逵端的不喫酒，因此不惹事，無有話說。行至沂水縣西門外，見一簇人圍著榜看，李逵也立在人叢中，聽得讀榜上道：「第一名，正賊宋江，係鄆城縣人。第二名，從賊戴宗，係江州兩院押獄。第三名，從賊李逵，係沂州沂水縣人。……」李逵在背後聽了，正待指手畫腳，沒做奈何處，只見一個人搶向前來，攔腰抱住，叫道：「張大哥！你在這裏做甚麼？」李逵扭過身看時，認得是旱地忽律朱貴。李逵問道：「你如何也來在這裏？」朱貴道：「你且跟我來說話。」

兩個一同來西門外近村一個酒店內，直入到後面一間靜房中坐了。朱貴指著李逵，道：「你好大膽！那榜上明明寫著賞一萬貫錢捉宋江，五千貫捉戴宗，三千貫捉李逵，你卻如何立在那裏看榜？倘或被眼疾手快的拿了送官，如之奈何！宋公明哥哥只怕你惹事，不肯教人和你同來；又怕你到這裏做出怪來，續後特使我趕來探聽你的消息。我遲下山來一日，又先到你一日，你如何今日纔到這裏？」李逵道：「便是哥哥分付，教我不要喫酒，以此路上走得慢了。你如何認得這個酒店裏？你是這裏人？家在那裏住？」朱貴道：「這個酒店便是我兄弟朱富家裏。我原是此間人。因在江湖上做客，消折了本錢，就於梁山泊落草，今次方回。」便叫兄弟朱富來與李逵相見了。

朱富置酒款待李逵。李逵道：「哥哥分付，教我不要喫酒；今日我已到鄉里了，便喫兩碗兒，打甚麼鳥緊！」朱貴不敢阻擋他，繇他喫。

當夜直喫到四更時分，安排些飯食，李逵喫了，趁五更曉星殘月，霞光明朗，投村裏去。朱貴分付道：「休從小路去。只從大朴樹轉彎，投東大路，一直往百丈村去，便是董店東。快取了母親，和你早回山寨去。」李逵道：「我自從小路去，卻不從大路走！誰耐煩！」朱貴道：「小路走，多大蟲；又有乘勢奪包裹的翦徑賊人。」李逵應道：「我卻怕甚鳥！」戴上氈笠兒，提了朴刀，跨了腰刀，別了朱貴、朱富，便出門投百丈村來。約行了十數里，天色漸漸微明，去那露草之中，趕出一隻白兔兒來，望前路去了。李逵趕了一直，笑道：「那畜生倒引了我一程路！」

正走之間，只見前面有五十來株大樹叢雜，時值新秋，葉兒正紅。李逵來到樹林邊廂，只見轉過一條大漢，喝道：「是會的留下買路錢，免得奪了包裹！」

李逵看那人時，戴一頂紅絹抓髻兒頭巾，穿一領麤布衲襖，手裏拿著兩把板斧，把黑墨搽在臉上。李逵見了，大喝一聲：「你這廝是甚麼鳥人，敢在這裏翦徑！」那漢道：「若問我名字，嚇碎你心膽！老爺叫做黑旋風！你留下買路錢並包裹，便饒了你性命，容你過去！」李逵大笑道：「沒你娘鳥興！你這廝是甚麼人，那裏來的，也學老爺名目，在這裏胡行！」

李逵挺起手中朴刀來奔那漢。那漢那裏抵當得住，卻待要走。早被李逵腿股上一朴刀，搠翻在地，一腳踏住胸脯，喝道：「認得老爺麼？」那漢在地下叫道：「爺爺！饒你孩兒性命！」李逵道：「我正

是江湖上的好漢黑旋風李逵便是！你這廝辱沒老爺名字！」那漢道：「孩兒雖然姓李，不是真的黑旋風；為是爺爺江湖上有名目，提起爺爺大名，鬼也害怕，因此孩兒盜學爺爺名目胡亂在此剪徑。但有孤單客人經過，聽得說了『黑旋風』三個字，便撇了行李逃奔了去。以此得這些利息，實不敢害人。小人自己的賤名叫做李鬼，只在這前村住。」李逵道：「叵耐這廝無禮，卻在這裏奪人的包裹行李，壞我的名目，學我使兩把板斧！且教他先喫我一斧！」劈手奪過一把斧來便砍。李鬼慌忙叫道：「爺爺！殺我一個，便是殺我兩個！」

李逵聽得，住了手，問道：「怎的殺你一個便是殺你兩個？」李鬼道：「孩兒本不敢剪徑，家中因有個九十歲的老母，無人養贍，因此孩兒單題爺爺大名唬嚇人，奪些單身的包裹，養贍老母；其實並不曾害了一個人。如今爺爺殺了孩兒，家中老母必是餓殺！」

李逵雖是個殺人不眨眼的魔君，聽得說了這話，自肚裏尋思道：「我特地歸家來取娘，卻倒殺了一個養娘的人，天地也不容我。……罷！罷！我饒了你這廝性命！」放將起來。李鬼手提著斧，納頭便拜。李逵道：「只我便是真黑旋風；你從今已後休要壞了俺的名目！」李鬼道：「孩兒今番得了性命，自回家改業，再不敢倚著爺爺名目在這裏剪徑。」李逵道：「你有孝順之心，我與你十兩銀子做本錢，便去改業。」

李逵便取出一錠銀子，把與李鬼，拜謝去了。李逵自笑道：「這廝卻撞在我手裏！既然他是個孝順的人，必去改業。我若殺了他，天地必不容我。我也白去休。」拿了朴刀，一步步投山僻小路而來。走到巳牌時分，看看肚裏又饑又渴，四下裏都是山徑小路，不見有一個酒店飯店。

正走之間，只見遠遠地山凹裏露出兩間草屋。李逵見了，奔到那人家裏來，只見後面走出一個婦人來，髽髻鬢邊插一簇野花，搽一臉胭脂鉛粉。李逵放下朴刀，道：「嫂子，我是過路客人，肚中饑餓，尋不著酒食店。我與你幾錢銀子，央你回些酒飯喫。」

那婦人見了李逵這般模樣，不敢說沒，只得答道：「酒便沒買處，飯便做些與客人喫了去。」李逵道：「也罷；只多做些個，正肚中餓出鳥來。」那婦人道：「做一升米不少麼？」李逵道：「做三升米飯來喫。」那婦人向廚中燒起火來，便去溪邊淘了米，將來做飯。李逵卻轉過屋後山邊來淨手。只見一個漢子，攧手攧腳，從山後歸來。李逵轉過屋後聽時，那婦人正要上山討菜，開後門見了，便問道：「大哥！那裏閃肭了腿？」那漢子應道：「大嫂，我險些兒和你不廝見了！你道我晦鳥氣麼？指望出去等個單身的過，整整的等了半個月，不曾發市。甫能今日抹著一個，你道是誰？原來正是那真黑旋風！卻恨撞著那驢鳥！我如何敵得他過，倒喫他一朴刀，搠翻在地，定要殺我。喫我假意叫道：『你殺我一個，卻害了我兩個！』他便問我緣故。我便假道：『家中有個九十歲的老娘，無人養贍，定是餓死！』那驢鳥，真個信我，饒了我性命；又與我一個銀子做本錢，教我改了業養娘。我恐怕他省悟了趕將來，且離了那林子裏，僻靜處睡了一回，從山後走回家來。」那婦人道：「休要高聲！卻纔一個黑大漢來家中，教我做飯，莫不正是他？如今在門前坐地。你去張一張看；若是他時，你去尋些麻藥來，放在菜內，教那廝喫了，麻翻在地，我和你卻對付了他，謀得他些金銀，搬往縣裏住去，做些買賣，卻不強似在這裏翦徑？」

李逵已聽得了，便道：「叵耐這廝！我倒與了他一個銀子，又饒了性命，他倒又要害我！這個正是天地不容！」一轉踅到後門邊。這李鬼恰待出門，被李逵劈髻揪住。那婦人慌忙自望前門走了。

李逵捉住李鬼，按翻在地，身邊掣出腰刀，早割下頭來；拿著刀，卻奔前門尋那婦人時，正不知走那裏去了，再入屋內來。去房中搜看，只見有兩個竹籠，盛些舊衣裳，底下搜得些碎銀兩並幾件釵環。李逵都拿了，又去李鬼身邊搜了那錠小銀子，都打縛在包裹裏；卻去鍋裏看時，三升米飯早熟了，只沒菜蔬下飯。

李逵盛飯來，喫了一回，看著自笑道：「好癡漢！放著好肉在面前，卻不會喫！」拔出腰刀，便去李鬼腿上割下兩塊肉來，把些水洗淨了，竈裏抓些炭火來便燒；一面燒一面喫；喫得飽了，把李鬼的屍首拖放屋下，放了把火，提了朴刀，自投山路裏去了。比及趕到董店東時日已平西。逕奔到家中，推開門，入進裏面，只聽得娘在床上問道：「是誰入來？」

李逵看時，見娘雙眼都盲了，坐在床上念佛。李逵道：「娘！鐵牛來家了！」娘道：「我兒，你去了許多時，這幾年正在那裏安身？你的大哥只是在人家做長工，止博得些飯食喫，養娘全不濟事！我時常思量你，眼淚流乾，因此瞎了雙目。你一向正是如何？」

李逵尋思道：「我若說在梁山泊落草，娘定不肯去；我只假說便了。」李逵應道：「鐵牛如今做了官，上路特來取娘。」娘道：「恁地卻好也！——只是你怎生和我去得？」李逵道：「鐵牛背娘到前路，卻覓一輛車兒載去。」娘道：「你等大哥來，卻商議。」李逵道：「等做甚麼，我自和你去便了。」

恰待要行，只見李達提了一罐子飯來。入得門，李逵見了便拜道：「哥哥，多年不見！」李達罵道：「你這廝歸來做甚？又來負累人！」娘便道：「鐵牛如今做了官，特地家來取我。」李逵道：「娘呀！

休信他放屁！當初他打殺了人，教我披枷帶鎖，受了萬千的苦。如今又聽得他和梁山泊賊人通同，劫了法場，鬧了江州，見在梁山泊做了強盜。前日江州行移公文到來，著落原籍追捕正身，卻要捉我到官比捕；又得財主替我官司分理，說：『他兄弟已自十年來不知去向，亦不曾回家，莫不是同名同姓的人冒供鄉貫？』又替我上下使錢。因此不喫官司杖限追要。見今出榜賞三千貫捉他！——你這廝不死，卻走家來胡說亂道！」李逵道：「哥哥不要焦躁，一發和你同上山去快活，多少是好。」

李達大怒，本待要打李逵，卻又敵他不過；把飯罐撇在地下，一直去了。李逵道：「他這一去，必報人來捉我，卻是脫不得身，不如及早走罷。我大哥從來不曾見這大銀，我且留下一錠五十兩的大銀子放在床上。大哥歸來見了，必然不趕來。」李逵便解下腰包，取一錠大銀放在床上，叫道：「娘，我自背你去休。」娘道：「你背我那裏去？」李逵道：「你休問我，只顧去快活便了。我自背你去，不妨。」李逵當下背了娘，提了朴刀，出門望小路裏便走。

卻說李達奔來財主家報了，領著十來個莊客，飛也似趕到家裏，看時，不見了老娘，只見床上留下一錠大銀子。李達見了這錠大銀，心中忖道：「鐵牛留下銀子，背娘去那裏藏了？……必是梁山泊有人和他來，我若趕去，倒喫他壞了性命。想他背娘必去山寨裏快活。」

眾人不見了李逵，都沒做理會處。李達卻對眾莊客說道：「這鐵牛背娘去，不知往那條路去了。這裏小路甚雜，怎地去趕他？」眾莊客見李達沒理會處，俄延了半晌，也各自回去了，不在話下。

這裏只說李逵怕李達領人趕來，背著娘，只奔亂山深處僻靜小路而走。看看天色晚了，李逵背到嶺下。娘雙眼不明，不知早晚，李逵卻自認得這條嶺喚做沂嶺，過那邊去，方纔有人家。娘兒兩個趁著星明月朗，一步步捱上嶺來。娘在背上說道：「我兒，那裏討口水來我喫也好。」李逵道：「老娘，且待過嶺去，借了人家安歇了，做些飯喫。」娘道：「我日中喫了些乾飯，口渴得當不得！」李逵道：「我喉嚨裏也烟發火出；你且等我背你到嶺上，尋水與你喫。」娘道：「我兒，端的渴殺我也！救我一救！」李逵道：「我也困倦得要不得！」

李逵看看捱得到嶺上松樹邊一塊大青石上，把娘放下，插了朴刀在側邊，分付娘道：「耐心坐一坐，我去尋水來你喫。」

李逵聽得溪澗裏水響，聞聲尋將去，盤過了兩三處山腳，來到溪邊，捧起水來自喫了幾口，尋思道：「怎生能彀得這水去把與娘喫？……」立起身來，東觀西望，遠遠地山頂上見一座廟。李逵道：「好了！」攀藤攬葛，上到庵前，推開門看時，卻是個泗州大聖祠堂；面前只有個石香爐。李逵用手去掇，原來卻是和座子鑿成的。李逵拔了一回，那裏拔得動；一時性起來，連那座子掇出前面石階上一磕，把那香爐磕將下來，拿了再到溪邊，將這香爐水裏浸了，拔起亂草，洗得乾淨，挽了半香爐水，雙手擎來，再尋舊路，夾七夾八走上嶺來；到得松樹邊石頭上，不見了娘，只見朴刀插在那裏。

李逵叫娘喫水，杳無蹤跡。叫了幾聲不應，李逵心慌，丟了香爐，定住眼，四下裏看時，並不見娘；走不到三十餘步，只見草地上一團血跡。李逵見了，一身肉發抖；趁著那血跡尋將去，尋到一處大洞口，只見兩個小虎兒在那裏舐一條人腿。

李逵把不住抖，道：「我從梁山泊歸來，特為老娘來取他。千辛萬苦，背到這裏，倒把來與你喫了！那鳥大蟲拖著這條人腿，不是我娘的是誰的？」心頭火起便不抖，赤黃鬚早豎起來，將手中朴刀挺起，來搠那兩個小虎。這小大蟲被搠得慌，也張牙舞爪，鑽向前來；被李逵手起，先搠死了一個，那一個望洞裏便鑽了入去。李逵趕到洞裏，也搠死了。

李逵卻鑽入那大蟲洞內，伏在裏面，張外面時，只見那母大蟲張牙舞爪望窩裏來。李逵道：「正是你這孽畜喫了我娘！」放下朴刀，跨邊掣出腰刀。

那母大蟲到洞口，先把尾去窩裏一剪，便把後半截身軀坐將入去。李逵在窩裏看得仔細，把刀朝母大蟲尾底下，盡平生氣力，捨命一戳，正中那母大蟲糞門。李逵使得力重，和那刀靶也直送入肚裏去了。那母大蟲吼了一聲，就洞口，帶著刀，跳過澗邊去了。李逵卻拿了朴刀，就洞裏趕將出來。那老虎負疼，直搶下山石巖下去了。

李逵恰待要趕，只見就樹邊捲起一陣狂風，吹得敗葉樹木如雨一般打將下來。自古道：「雲生從龍，風生從虎。」那一陣風起處，星月光輝之下，大吼了一聲，忽地跳出一隻弔睛白額虎來。那大蟲望李逵勢猛一撲。那李逵不慌不忙，趁著那大蟲的勢力，手起一刀，正中那大蟲頷下。那大蟲不曾再掀再剪，一者護那疼痛，二者傷著他那氣筦❶。那大蟲退不穀五七步，只聽得響一聲，如倒半壁山，登時間死在巖下。那李逵一時間殺了子母四虎，還又到虎窩邊，將著刀復看了一遍，只恐還有大蟲，已無有蹤跡。李逵也困乏了，走向泗州大聖廟裏，睡到天明。

次日早晨，李逵卻來收拾親娘的兩腿及剩的骨殖，把布衫包裹了；直到泗州大聖廟後掘土坑葬了。李逵大哭了一場，肚裏又饑又渴，不免收拾包裹，拿了朴刀，尋路慢慢的走過嶺來。只見五七個獵戶都

❶ 筦：同管。

在那裏收窩弓弩箭。見了李逵一身血污，行將下嶺來，眾獵戶喫了一驚，問道：「你這客人莫非是山神土地？如何敢獨自過嶺來？」

李逵見問，自肚裏尋思道：「如今沂水縣出榜賞三千貫錢捉我，我如何敢說實話？只謊說罷。」答道：「我是客人。昨夜和娘過嶺來，因我娘要水喫，我去嶺下取水，被那大蟲把我娘拖去喫了。我直尋到虎窩裏，先殺了兩個小虎，後殺了兩個大虎。泗州大聖廟裏睡到天明，方纔下來。」眾獵戶齊叫道：「不信你一個人如何殺得四個虎？便是李存孝和子路，也只打得一個。這兩個小虎且不打緊，那兩個大虎非同小可！我們為這兩個畜生不知都喫了幾頓棍棒。這條沂嶺，自從有了這窩虎在上面，整三五個月沒人敢行。我們不信！敢是你哄我？」李逵道：「我又不是此間人，沒來繇哄你做甚麼？你們不信，我和你上嶺去尋著與你，就帶些人去扛了下來。」眾獵戶道：「若端的有時，我們自重重的謝你。——卻是好也！」

眾獵戶打起胡哨來，一霎時，聚起三五十人，都拿了撓鉤鎗棒，跟著李逵，再上嶺來。此時天大明朗，都到那山頂上。遠遠望見窩邊果然殺死兩個小虎：一個在窩內，一個在外面，一隻母大蟲死在山巖邊，一隻雄虎死在泗州大聖廟前。

眾獵戶見了殺死四個大蟲，盡皆歡喜，便把索子抓縛起來。眾人扛抬下嶺，就邀李逵同去請賞；一面先使人報知里正上戶，都來迎接著，抬到一個大戶人家，喚做曹太公莊上。那人曾充縣吏，家中暴有幾貫浮財，專一在鄉放刁把纜；初世為人便要結幾個不三不四的人恐嚇鄉里；極要談忠說孝，只是口是心非。

當時曹太公親自接來，相見了，邀請李逵到草堂上坐定，動問那殺虎的緣繇。李逵卻把夜來同娘到嶺上要水喫，……因此殺死大蟲的話說了一遍。眾人都呆了。曹太公動問：「壯士高姓名諱？」李逵答道：「我姓張，無名，只喚做張大膽。」曹太公道：「真乃是大膽壯士！不恁地膽大，如何殺得四個大蟲！」一壁廂叫安排酒食款待，不在話下。

且說當村裏得知沂嶺殺了四個大蟲，抬在曹太公家，講動了村坊道店，鬨得前村後村，山僻人家，大男幼女，成羣拽隊，都來看虎，入見曹太公相待著打虎的壯士在廳上喫酒。數中卻有李鬼的老婆，逃在前村爹娘家裏，隨著眾人也來看虎，卻認得李逵的模樣，慌忙來家對爹娘說道：「這個殺虎的黑大漢便是殺我老公，燒了我屋的。他叫做梁山泊黑旋風。」

爹娘聽得，連忙來報知里正。里正聽了道：「他既是黑旋風時，正是嶺後百丈村打死了人的李逵。逃走在江州，又做出事來，行移到本縣原籍追捉。如今官司出三千貫賞錢拿他。他卻走在這裏！」暗地使人去請得曹太公到來商議。

曹太公推道更衣，急急的到里正家裏。里正說：「這個殺虎的壯士便是嶺後百丈村裏的黑旋風李逵，見今官司著落拿他。」曹太公道：「你們要打聽得仔細。倘不是時，倒惹得不好。若真個是時，卻不妨，要拿他時也容易。只怕不是他時卻難。」里正道：「見有李鬼的老婆認得他。曾來李鬼家做飯喫，殺了李鬼。」曹太公道：「既是如此，我們且只顧置酒請他，卻問他今番殺了大蟲，還是要去縣裏請功，還是要村裏討賞。若還他不肯去縣裏請功時，便是黑旋風了，著人輪換把盞，灌得醉了，縛在這裏，卻去報知本縣，差都頭來取去，萬無一失。」眾人道：「說得是。」

觸手成趣，閒心妙筆。

里正與眾人商量定了。曹太公回家來款住李逵，一面且置酒來相待，便道：「適間拋撇，請勿見怪。且請壯士解下腰間腰刀，放過朴刀，寬鬆坐一坐。」李逵道：「好，好。我的腰刀已搠在雌虎肚裏了，只有刀鞘在這裏。若開剝時，可討來還我。」曹太公道：「壯士放心。我這裏有的是好刀，相送一把與壯士懸帶。」李逵解了腰間刀鞘並纏袋包裹，都遞與莊客收貯；便把朴刀倚過一邊。

曹太公叫取大盤肉，大壺酒來。眾多大戶並里正獵戶人等，輪番把盞，大碗大鍾只顧勸李逵。曹太公又請問道：「不知壯士要將這虎解官請功，只是在這裏討些齎發？」李逵道：「我是過往客人，忙些個。偶然殺了這窩猛虎，不須去縣裏請功。只此有些齎發便罷；若無，我也去了。」曹太公道：「如何敢輕慢了壯士！少刻村中斂取盤纏相送。我這裏自解虎到縣裏去。」李逵道：「布衫先借一領與我換了上蓋。」曹太公道：「有，有。」當時便取一領細青布衲襖，就與李逵換了身上的血污衣裳。只見門前鼓響笛鳴，都將酒來與李逵把盞作慶，一杯冷，一杯熱。李逵不知是計，只顧開懷暢飲，全不記宋江分付的言語。不兩個時辰，把李逵灌得酩酊大醉，立腳不住。眾人扶到後堂空屋下，放翻在一條板凳上；就取兩條繩子，連板凳綁住了；便叫里正帶人飛也似去縣裏報知，就引李鬼老婆去做原告，補了一紙狀子。

此時鬨動了沂水縣裏。知縣聽得，大驚，連忙陞廳，問道：「黑旋風拿住在那裏？這是謀叛的人，不可走了！」原告人並獵戶答應道：「見縛在本鄉曹大戶家。為是無人近得他，誠恐有失，路上走了，不敢解來。」知縣隨即叫喚本縣都頭李雲上廳來分付道：「沂嶺下曹大戶莊上拿住黑旋風李逵。你可多帶人去，密地解來。休要鬨動村坊，被他走了。」

李都頭領了臺旨，下廳來，點起三十個老郎、土兵，各帶了器械，便奔沂嶺村中來。這沂水縣是個小去處，如何掩飾得過。此時街市上講動了，說道：「拿著了鬧江州的黑旋風，如今差李都頭去拿來。」朱貴在東莊門外朱富家，聽得了這個消息，慌忙來後面對兄弟朱富說道：「這黑廝又做出來了！如何解救？宋公明特為他誠恐有失，差我來打聽消息。如今他喫拿了，我若不救得他時，怎的回寨去見哥哥？似此怎生是好！」朱富道：「大哥，且不要慌。這李都頭一身好本事，有三五十人近他不得。我和你只兩個同心合意，如何敢近傍他？只可智取，不可力敵。李雲日常時最是愛我，常常教我使些器械。我卻有個道理對他，只是在這裏安不得身了。今晚煮三二十斤肉，將十數瓶酒，把肉大塊切了，卻將些蒙汗藥拌在裏面，我兩個五更帶數個火家，挑著去半路裏僻靜處等候，他解來時，只做與他把酒賀喜，將眾人都麻翻了，卻放李逵，如何？」朱貴道：「此計大妙。事不宜遲，可以整頓，及早便去！」朱富道：「只是李雲不會喫酒，便麻翻了，終久醒得快。還有件事，倘或日後得知，須在此安身不得。」朱貴道：「兄弟，你在這裏賣酒也不濟事。不如帶領老小，跟我上山，一發入了夥。論秤分金銀，換套穿衣服，卻不快活？今夜便叫兩個火家，覓了一輛車兒，先送妻子和細軟行李起身，約在十里牌等候，都去上山。我如今包裹內帶得一包蒙汗藥在這裏；李雲不會喫酒時，肉裏多糝些，逼著他多喫些，也麻倒了。救得李逵，同上山去，有何不可？」朱富道：「哥哥說得是。」便叫人去覓下了一輛車兒，打拴了三五個包箱，捎在車兒上；家中麤物都棄了；叫渾家和兒女上了車子，分付兩個火家跟著車子，只顧先去。

且說朱貴、朱富當夜煮熟了肉，切做大塊，將藥來拌了，連酒裝做兩擔，帶了二三十個空碗；又有

若干菜蔬，也把藥來拌了：恐有不喫肉的，也教他著手。兩擔酒肉，兩個火家各挑一擔；弟兄兩個自提了些果盒之類；四更前後，直接將來僻靜山路口坐等。到天明，遠遠地只聽得敲著鑼響，朱貴接到路口。

且說那三十來個土兵自村裏喫了半夜酒，四更前後，把李逵背翦綁了解將來。後面李都頭坐在馬上。看看來到面前，朱富便向前攔住，叫道：「師父且喜，小弟將來接力。」桶內舀一壺酒來，斟一大鍾，上勸李雲，朱貴托著肉來，火家捧過果盒。李雲見了，慌忙下馬，跳向前來，說道：「賢弟，何勞如此遠接！」朱富道：「聊表徒弟孝順之心。」

李雲接過酒來，到口不喫。朱富跪下道：「小弟已知師父不飲酒，今日這個喜酒，也飲半盞兒。」李雲推卻不過，略呷了兩口。朱富便道：「師父不飲酒，須請些肉。」李雲道：「夜間已飽，喫不得了。」朱富道：「師父行了許多路，肚裏也饑了。雖不中喫，胡亂請些，以免小弟之羞。」揀兩塊好的遞將過來。

李雲見他如此慇懃，只得勉意喫了兩塊。朱富把酒來勸上戶、里正並獵戶人等，都勸了三鍾。朱貴便叫土兵莊客眾人都來喫酒。這夥男女那裏顧個冷、熱，好喫、不好喫，酒肉到口，只顧喫；正如這風捲殘雲，落花流水，一齊上來搶著喫了。

李逵光著眼，看了朱貴兄弟兩個，已知用計，故意道：「你們也請我喫些！」朱貴喝道：「你是歹人，有酒肉與你喫！這般殺才，快閉了口！」

李雲看著土兵，喝叫快走，只見一個個都面面廝覷，走動不得，口顫腳麻，都跌倒了。李雲急叫：「中了計了！」恰待向前，不覺自家也頭重腳輕，暈倒了，軟做一堆，睡在地下。

當時朱貴、朱富各奪了一條朴刀，喝聲「孩兒們休走！」兩個挺起朴刀來趕這夥不曾喫酒肉的莊客並那看的人。走得快的走了，走得遲的就搠死在地。

李逵大叫一聲，把那綁縛的麻繩都掙斷了；便奪過一條朴刀來殺李雲。朱富慌忙攔住，叫道：「不要無禮！他是我的師父，為人最好。你只顧先走。」李逵應道：「不殺得曹太公老驢，如何出得這口氣！」李逵趕上，手起一朴刀，先搠死曹太公並李鬼的老婆；續後里正也殺了；性起來，把獵戶排頭兒一抹價搠將去。那三十來個土兵都被搠死了。這看的人和眾莊客只恨爹娘少生兩隻腳，都往深野路逃命去了。

李逵還只顧尋人要殺。朱貴喝道：「不干看的人事，休只管傷人！」慌忙攔住。李逵方纔住了手，就土兵身上剝了兩件衣服穿上。三個人提著朴刀，便要從小路裏走。朱富道：「不好，卻是我送了師父性命！他醒時，如何見得知縣？必然趕來。你兩個先行，我等他一等。我想他日前教我的恩義，且是為人忠直，等他趕來，就請他一發上山入夥，也是我的恩義，免得教回縣去喫苦。」朱貴道：「兄弟，你也見得是。我便先去跟了車子行，留李逵在路旁幫你等他。若是他不趕來時，你們兩個休執迷等他。」朱富道：「這是自然了。」當下朱貴前行去了。

只說朱富和李逵坐在路旁邊等候。果然不到一個時辰，只見李雲挺著一條朴刀，飛也似趕來，大叫道：「強賊休走！」李逵見他來得兇，跳起身，挺著朴刀來鬭李雲，恐傷朱富，正是有分教梁山泊內添雙虎，聚義廳前慶四人。畢竟黑旋風鬬青眼虎，二人勝敗如何，且聽下回分解。

第四十三回　錦豹子小徑逢戴宗　病關索長街遇石秀

話說當時李逵挺著朴刀來鬭李雲。兩個就官路旁邊鬭了五七合。不分勝敗。朱富便把朴刀去中間隔開，叫道：「且不要鬭。都聽我說。」二人都住了手。朱富道：「師父聽說：小弟多蒙錯愛，指教鎗棒，非不感恩；只是我哥哥朱貴見在梁山泊做了頭領，今奉及時雨宋公明將令，著他來炤管李大哥。不爭被你拿了解官，教我哥哥如何回去見得宋公明？因此做下這場手段。卻纔李大哥乘勢要壞師父，卻是小弟不肯容他下手，只殺了這些士兵。我們本待去得遠了，猜道師父回去不得，必來趕我；小弟又想師父日常恩念，特地在此相等。師父，你是個精細的人，有甚不省得？如今殺害了許多人性命，又走了黑旋風，你怎生回去見得知縣？你若回去時，定喫官司，又無人來相救；不如今日和我們一同上山，投奔宋公明入了夥。未知尊意若何？」

李雲尋思了半晌便道：「賢弟，只怕他那裏不肯收留我。」朱富笑道：「師父，你如何不知山東及時雨大名，專一招賢納士，結識天下好漢？」李雲聽了，歎口氣，道：「閃得我有家難奔，有國難投！——只喜得我並無妻小，不怕喫官司拿了。只得隨你們去休！」李逵便笑道：「我的哥！你何不早說？」便和李雲翦拂了。

這李雲既無老小，亦無家當。當下三人合作一處，來趕車子。半路上朱貴接見了，大喜。四籌好漢跟了車仗便行，於路無話。看看相近梁山泊，路上又迎著馬麟、鄭天壽。都相見了，說道：「晁、宋二頭領又差我兩個下山來探聽你消息；今既見了，我兩個先去回報。」當下二人先上山來報知。

次日，四籌好漢帶了朱富家眷，都至梁山泊大寨聚義廳來。朱貴向前先引李雲拜見晁、宋二頭領，相見眾好漢，說道：「此人是沂水縣都頭；姓李，名雲，綽號青眼虎。」次後朱貴引朱富參拜眾位，說道：「這是舍弟朱富，綽號笑面虎。」都相見了。

李逵拜了宋江，給還了兩把板斧，訴說假李逵翦徑一事，眾人大笑；又訴說殺虎一事，為取娘至沂嶺，被虎喫了，說罷，流下淚來。宋江大笑道：「被你殺了四個猛虎，今日山寨裏卻添得兩個活虎，正宜作慶。」

眾多好漢大喜，便教殺牛宰馬，做筵席慶賀兩個新到頭領。晁蓋便叫去左邊白勝上首坐定。吳用道：「近來山寨十分興旺，感得四方豪傑望風而來，皆是晁、宋二兄之德，亦眾弟兄之福也。雖然如此，還令朱貴仍復掌管山東酒店，替回石勇、侯健。朱富老小另撥一所房舍住居。目今山寨事業大了，非同舊日；可再設三處酒館，專一探聽吉凶事情，往來義士上山。如若朝廷調遣官兵捕盜，可以報知，如何進兵，好做準備。西山地面廣闊，可令童威、童猛弟兄帶領十數個火伴那裏開店。令李立帶十數個火家去山南邊那裏開店。令石勇也帶十來個伴當去北山那裏開店。仍復都要設立水亭號箭，接應船隻。但有緩急軍情，飛捷報來。山前設置三座大關，專令杜遷總行把守。但有一應委差，不許調遣，早晚不得擅離。又令陶宗旺把總監工，掘港汊，修水路，開河道，整理宛子城垣，修築山前大路。他原是莊戶出身，修理久慣。令蔣敬掌管庫藏倉廒，支出納入；積萬累千，書算帳目。令蕭讓設置寨中寨外，山上山下，三關把隘許多行移關防文約，大小頭領號數。煩令金大堅刊造雕刻一應兵符印信牌面等項，令侯健管造衣袍鎧甲五方旗號等件，令李雲監造梁山泊一應房舍廳堂，令馬麟監管修造大小戰船。令宋萬、白勝去金沙灘下寨。令王矮虎、鄭天壽去鴨嘴灘下寨。令穆春、朱富管收山寨錢糧。呂方、郭盛於聚義廳兩邊耳房安歇。令宋清專管筵宴。」都分撥已定，筵席了三日，不在話下。

梁山泊自此無事，每日只是操練人馬，教演武藝；水寨裏頭領都教習駕船赴水，船上廝殺，也不在話下。

忽一日，宋江與晁蓋、吳學究並眾人閒話道：「我等弟兄眾位今日共聚大義，只有公孫一清不見回還。我想他回薊州探母、參師，期約百日便回；今經日久，不知信息，莫非昧信不來？可煩戴宗兄弟與我去走一遭，探聽他虛實下落，如何不來。」戴宗願往。宋江大喜，說道：「只有賢弟去得快，旬日便知信息。」

當日戴宗別了眾人；次早，打扮做承局，離了梁山泊，取路望薊州來。把四個甲馬拴在腿上，作起「神行法」來，於路只喫些素茶素食。在路行了三日，來到沂水縣界，只聞人說道：「前日走了黑旋風，傷了好些人，連累了都頭李雲，不知去向，至今無獲處。」戴宗聽了冷笑。

當日正行之次，只見遠遠地轉過一個人來，手裏提著一根渾鐵筆管鎗。那人看見戴宗走得快，便立住了腳，叫一聲「神行太保」。戴宗聽得，回過臉來定睛看時，見山坡下小徑邊立著一個大漢，生得頭圓耳大，鼻直口方，眉秀目疎，腰細膀闊。戴宗連忙回轉身來，問道：「壯士，素不曾拜識，如何呼喚賤名？」那漢慌忙答道：「足下果是神行太保？」撇了鎗，便拜倒在地。

戴宗連忙扶住，答禮，問道：「足下高姓大名？」那漢道：「小弟姓楊，名林，祖貫彰德府人氏；多在綠林叢中安身，江湖上都叫小弟做錦豹子楊林。數月之前，路上酒肆裏遇見公孫勝先生，同在店中喫酒相會，備說梁山泊晁、宋二公招賢納士，如此義氣，寫下一封書，教小弟自來投大寨入夥；只是不敢輕易擅進。公孫先生又說：『李家道口舊有朱貴開酒店在彼，招引上山入夥的人。山寨中亦有一個招賢飛報頭領，喚做神行太保戴院長，日行八百里路。』今見兄長行步非常，因此喚一聲看，不想果是仁兄，正是天幸，無心得遇！」戴宗道：「小可特為公孫勝先生回薊州去，杳無音信。今奉晁、宋二公將令，差遣來薊州探聽消息，尋取公孫勝還寨；不期卻遇足下。」楊林道：「小弟雖是彰德府人，這薊州管下地方州郡都走遍了；倘若不棄，就隨侍兄長同去走一遭。」戴宗道：「若得足下作伴，實是萬幸。尋得公孫先生見了，一同回梁山泊未遲。」

楊林見說了，大喜，就邀住戴宗，結拜為兄。戴宗收了甲馬，兩個緩緩而行，到晚就投村店歇了。楊林置酒請戴宗。戴宗道：「我使『神行法』，不敢食葷。」

兩個只買些素饌相待。過了一夜，次日早起，打火喫了早飯，收拾動身。楊林便問道：「兄長使『神行法』走路，小弟如何走得上？只怕同行不得。」戴宗笑道：「我的『神行法』也帶得人同走。我把兩個甲馬拴在你腿上，作起法來，也和我一般走得快，要行便行，要住便住。不然，你如何趕得我走！」楊林道：「只恐小弟是凡胎濁骨，比不得兄長神體。」戴宗道：「不妨。我這法諸人都帶得，作用了時，和我一般行，只是我自喫素，並無妨礙。」當時取兩個甲馬替楊林縛在腿上，戴宗也只縛了兩個。作用了「神行法」，吹口氣在上面，兩個輕地走了去，要緊要慢，都隨著戴宗行。兩個於路間說些江湖上的事；雖只見緩緩而行，正不知走了多少路。

兩個行到巳牌時分，前面來到一個去處，四圍都是高山，中間一條驛路。楊林卻自認得，便對戴宗說道：「哥哥，此間地名喚做飲馬川。前面兀那高山裏常常有大夥在內，近日不知如何。因為山勢秀麗，水遶峰環，以此喚做飲馬川。」

兩個正來到山邊過，只聽得忽地一聲鑼響，戰鼓亂鳴，走出一二百小嘍囉，攔住去路。當先捧著兩籌好漢，各挺一條朴刀，大喝道：「行人須住腳！你兩個是甚麼鳥人？那裏去的？會事的快把買路錢來，饒你兩個性命！」楊林笑道：「哥哥，你看我結果那呆鳥！」撚著筆管鎗，搶將入去。那兩個好漢見他來得兇，走近前來看了，上首的那個便叫道：「且不要動手！兀的不是楊林哥哥麼？」

楊林住了，卻纔認得。上首那個大漢提著軍器向前剪拂了，便喚下首這個長漢都來施禮罷。楊林請過戴宗，說道：「兄長且來和這兩個弟兄相見。」戴宗問道：「這兩個壯士是誰？如何認得賢弟？」楊林便道：「這個認得小弟的好漢，他原是蓋天軍襄陽府人氏，姓鄧，名飛；為他雙睛紅赤，江湖上人都喚他做火眼狻猊❶；能使一條鐵鏈，人皆近他不得。多曾合夥。一別五年，不曾見面。誰想今日卻在這裏相遇著。」鄧飛便問道：「楊林哥哥，這位兄長是誰？必不是等閒人也。」楊林道：「我這仁兄是梁山泊好漢中神行太保戴宗的便是。」

鄧飛聽了，道：「莫不是江州的戴院長，能行八百里路程的？」戴宗答道：「小可便是。」那兩個頭領慌忙剪拂，道：「平日只聽得說大名，不想今日在此拜識尊顏。」戴宗忙問道：「這位好漢高姓大

❶ 狻猊：音ㄙㄨㄢ ㄋㄧˊ。獸名。即獅子，也作狻麑。

名？」鄧飛道：「我這兄弟姓孟，名康，祖貫是真定州人氏，善造大小船隻。原因押送花石綱，要造大船，嗔怪這提調官催併責罰，他把本官一時殺了。棄家逃走在江湖上綠林中安身，已得年久。因他長大白淨，人都見他一身好肉體，起他一個綽號，叫他做玉幡竿孟康。」戴宗見說大喜。

四籌好漢說話間，楊林問道：「二位兄弟在此聚義幾時了？」鄧飛道：「不瞞兄長說，也有一年多了。只半載前，在這直西地面上遇著一個哥哥，姓裴，名宣，祖貫是京兆府人氏。原是本府六案孔目出身，極好刀筆。為人忠直聰明，分毫不肯苟且，本處人都稱他鐵面孔目。亦會拈鎗使棒，舞劍輪刀，智勇足備。為因朝廷除將一員貪濫知府到來，把他尋事，刺配沙門島，從我這裏經過，被我們殺了防送公人，救了他在此安身，聚集得三二百人。這裴宣極使得好雙劍，讓他年長，見在山寨中為主。煩請二位義士同往小寨相會片時。」便叫小嘍囉牽過馬來。

戴宗、楊林，卸下甲馬，騎上馬，望山寨來。行不多時，早到寨前，下了馬。裴宣已有人報知，連忙出寨降階而接。戴宗、楊林看裴宣時，果然好表人物，生得面白肥胖，四平八穩。心中暗喜。

當下裴宣邀請二位義士到聚義廳上，俱各講禮罷，相請戴宗正面坐了；次是楊林、裴宣、鄧飛、孟康五籌好漢。賓主相待，坐定筵宴。當日大吹大擂飲酒。

戴宗在筵上說起晁、宋二人如何招賢納士，仗義疎財；眾好漢如何同心協力；八百里梁山泊如何廣闊；中間宛子城如何雄壯；四下裏如何都是茫茫煙水；如何許多軍馬，不愁官兵來捉；……只管把言語說他三個。裴宣回道：「小弟也有這個山寨，也有三百來匹馬，財賦也有十餘輛車子，糧食草料不算，也有三五百孩兒們；儻若仁兄不棄微賤時，引薦於大寨入夥，也有微力可效。未知尊意若何？」戴宗大喜道：「晁、宋二公待人接物，並無異心。更得諸公相助，如錦上添花。若果有此心，可便收拾下行李，待小可和楊林去薊州見了公孫勝先生同來，那時一同扮做官軍，星夜前往。」

眾人大喜，酒至半酣，移至後山斷金亭上看那飲馬川景致喫酒，喝采道：「山沓水匝❷，真乃隱秀！你等二位如何來得到此？」鄧飛道：「原是幾個不成材小廝們在這裏屯紮，後被我兩個來奪了這個去處。」眾皆大笑，五籌好漢喫得大醉。裴宣起身舞劍助酒。戴宗稱讚不已。至晚便留到寨內安歇。

次日，戴宗定要和楊林下山。三位好漢苦留不住，相送到山下作別，自回寨裏收拾行裝，整理動身，不在話下。

且說戴宗和楊林離了飲馬川山寨，在路曉行夜住，早來到薊州城外，投個客店安歇了。楊林便道：「哥哥，我想公孫勝先生是個學道人，必在山間林下，不住城裏。」戴宗道：「說得是。」

當時二人先去城外一到處詢問公孫勝先生下落消息，並無一個人曉得他。住了一日，次早起來，又去遠近村坊街市訪問人時，亦無一個認得，兩個又回店中歇了。第三日，戴宗道：「敢怕城中有人認得他？」當日和楊林卻入薊州城裏來尋他。兩個尋問老成人時，都道：「不認得。敢不是城中人，只怕是外縣名山大剎居住。」

楊林正行到一個大街，只見遠遠地一派鼓樂迎將一個人來。戴宗、楊林立在街上看時，前面兩個小牢子，一個馱著許多禮物花紅，一個捧著若干段子采繒之物，後面青羅傘下罩著一個押獄劊子。那人生得好表人物，露出藍靛般一身花繡，兩眉入鬢，鳳眼朝天，淡黃面皮，細細有幾根髭髯。那人祖貫是河

❷ 山沓水匝：指深山裏有水環繞的地方。

南人氏，姓楊名雄；因跟一個叔伯哥哥來薊州做知府，一向流落在此；續後一個新任知府卻認得他，因此就參他做兩院押獄兼充市曹行刑劊子。因為他一身好武藝，面貌微黃，以此人都稱他做病關索楊雄。

當時楊雄在中間走著，背後一個小牢子擎著鬼頭靶法刀。原來纔去市心裏決刑了回來，眾相識與他掛紅賀喜，送回家去，正從戴宗、楊林面前迎將過來。一簇人在路口攔住了把盞。只見側首小路裏又撞出七八個軍漢來，為頭的一個叫做踢殺羊張保。這漢是薊州守禦城池的軍，帶著這幾個都是城裏城外時常討閒錢使的破落戶漢子，官司累次奈何他不改；為見楊雄原是外鄉人來薊州，卻有人懼怕他，因此不怯氣。

當日正見他賞賜得許多段疋，帶了這幾個沒頭神，喫得半醉，卻好趕來要惹他；又見眾人攔住他在路口把盞，那張保撥開眾人，鑽過面前，叫道：「節級，拜揖。」楊雄道：「大哥，來喫酒。」張保道：「我不要喫酒；我特來問你借百十貫錢使用。」楊雄道：「雖是我認得大哥，不曾錢財相交，如何問我借錢？」張保道：「你今日詐得百姓許多財物，如何不借我些？」楊雄應道：「這都是別人與我做好看的，怎麼是詐得百姓的？你來放刁！——我與你軍衛有司，各無統屬！」

張保不應，便叫眾人向前一鬨，先把花紅段子都搶了去。楊雄叫道：「這廝們無禮！」卻待向前打那搶物事的人，被張保劈胸帶住，背後又是兩個來拖住了手。那幾個都動起手來，小牢子們各自迴避了。楊雄被張保並兩個軍漢逼住了，施展不得，只得忍氣，解拆不開。

正鬧中間，只見一條大漢挑著一擔柴來，看見眾人逼住楊雄動撣不得。那大漢看了，路見不平，便放下柴擔，分開眾人，前來勸道：「你們因甚打這節級？」那張保睜起眼來，喝道：「你這打脊餓不死

凍不殺的乞丐，敢來多管！」那大漢大怒，性發起來，將張保劈頭只一提，一交攧翻在地。那幾個破落戶見了，卻待要來動手，早被那大漢一拳一個，都打的東倒西歪。楊雄方纔脫得身，把出本事來施展，一對拳頭攛梭相似，那幾個破落戶都打翻在地。

張保見不是頭，爬將起來，一直走了。楊雄忿怒，大踏步趕將去。張保跟著搶包袱的走。楊雄在後面追著，趕轉一條巷內去了。那大漢兀自不歇手，在路口尋人廝打。

戴宗、楊林看了。暗暗地喝采，道：「端的是好漢！真正『路見不平，拔刀相助！』」便向前邀住，勸道：「好漢，看我二人薄面，且罷休了。」兩個把他扶勸到一個巷內。楊林替他挑了柴擔，戴宗挽住那漢子，邀入酒店裏來。楊林放下柴擔同到閣兒裏面。那大漢叉手道：「感蒙二位大哥解救了小人之禍。」戴宗道：「我弟兄兩個也是外鄉人，因見壯士仗義之心，只恐一時拳手太重，誤傷人命，特地做這個出場。請壯士酌三杯，到此相會，結義則個。」那大漢道：「多得二位仁兄解拆小人這場；卻又蒙賜酒相待，實是不當。」楊林便道：「四海之內，皆是兄弟，怎如此說？且請坐。」

戴宗相讓。那漢那裏肯僭上。戴宗、楊林一帶坐了。那漢坐在對席。叫過酒保，楊林身邊取出一兩銀子來，把與酒保，道：「不必來問。但有下飯，只顧買來與我們喫了，一發總算。」酒保接了銀子去，一面鋪下菜蔬果品按酒之類。

三人飲過數杯。戴宗問道：「壯士高姓大名？貴鄉何處？」那漢答道：「小人姓石，名秀，祖貫是金陵建康府人氏，自小學得些鎗棒在身，一生執意，路見不平，便要去相助，人都呼小弟作拚命三郎。因隨叔父來外鄉販賣羊馬，不想叔父半途亡故，消折了本錢，還鄉不得，流落在此薊州，賣柴度日。既蒙拜識，當以實告。」

戴宗道：「小可兩個因來此間幹事，得遇壯士如此豪傑。流落在此賣柴，怎能𣪍發跡？不若挺身江湖上去做個下半世快樂也好。」石秀道：「小人只會使些鎗棒，別無甚本事，如何能𣪍發達快活！」戴宗道：「這般時節認不得真！一者朝廷閉塞，二乃奸臣不明。小可一個薄識，因一口氣，去投奔了梁山泊宋公明入夥，如今論秤分金銀，換套穿衣服，只等朝廷招安了，早晚都做個官人。」

石秀歎口氣道：「小人便要去也無門路可進！」戴宗道：「壯士若肯去時，小可當以相薦。」石秀道：「小人不敢拜問二位官人貴姓？」戴宗道：「小可姓戴，名宗，兄弟姓楊，名林。」石秀道：「江湖上聽得說個江州神行太保，莫非正是足下？」戴宗道：「小可便是。」叫楊林身邊包袱內取一錠十兩銀子，送與石秀做本錢。石秀不敢受，再三謙讓，方纔收了，纔知道他是梁山泊神行太保。正欲要訴說些心腹之話，投托入夥，只聽得外面有人尋問入來。三個看時，卻是楊雄帶領著二十餘人，都是做公的，趕入酒店裏來。

戴宗、楊林見人多，喫了一驚；乘鬧鬨裏，兩個慌忙走了。石秀起身迎住，道：「節級，那裏去來？」楊雄便道：「大哥，何處不尋你，卻在這裏飲酒。我一時被那廝封住了手，施展不得，多蒙足下氣力救了我這場便宜。一時間只顧趕了那廝，去奪他包袱，卻撇了足下。這夥兄弟聽得我廝打，都來相助，依還奪得搶去的花紅段疋回來，只尋足下不見。卻纔有人說道：『兩個客人勸他去酒店裏喫酒。』因此纔知得，特地尋將來。」石秀道：「卻纔是兩個外鄉客人邀在這裏酌三杯，說些閒話，不知節級呼喚。」

楊雄大喜，便問道：「足下高姓大名？貴鄉何處？因何在此？」石秀答道：「小人姓石，名秀，祖貫是金陵建康府人氏；平生執性，路見不平，便要去捨命相護，以此都喚小人做拚命三郎。因隨叔父來此地販賣羊馬，不期叔父半途亡故，消折了本錢，流落在此薊州，賣柴度日。」楊雄又問：「卻纔和足下一處飲酒的客人何處去了？」石秀道：「他兩個見節級帶人進來，只道相鬧，以此去了。」楊雄道：「恁地便喚酒保取兩甕酒來，大碗叫眾人一家三碗，喫了先去，明日卻得來相會。」

眾人都喫了酒，自各散了。楊雄便道：「石家三郎，你休見外。想你此間必無親眷，我今日就結義你做個弟兄，如何？」石秀見說，大喜，便說道：「不敢動問節級貴庚？」楊雄道：「我今年二十九歲。」石秀道：「小弟今年二十八歲；就請節級坐，受小弟拜為哥哥。」石秀拜了四拜。楊雄大喜，便叫酒保安排飲饌酒果來，「我和兄弟今日喫個盡醉方休。」

正飲酒之間，只見楊雄的丈人潘公，帶領了五七個人，直尋到酒店裏來。楊雄見了，起身道：「泰山來做甚麼？」潘公道：「我聽得你和人廝打，特地尋將來。」楊雄道：「多謝這個兄弟救護了我，打得張保那廝見影也害怕。我如今就認義了石家兄弟做我兄弟。」潘公道：「好，好。且叫這幾個弟兄喫碗酒了去。」楊雄便叫酒保討酒來，每人三碗喫了去。便叫潘公中間坐了，楊雄對席上首，石秀下首。三人坐下，酒保自來斟酒。

潘公見了石秀這等英雄長大，心中甚喜，便說道：「我女婿得你做個兄弟相幫，也不枉了！公門中出入，誰敢欺負他！叔叔原曾做甚買賣道路？」石秀道：「先父原是操刀屠戶。」潘公道：「叔叔曾省得殺牲口的勾當麼？」石秀笑道：「自小喫屠家飯，如何不省得宰殺牲口。」潘公道：「老漢原是屠戶出身，只因年老做不得了；止有這個女婿，他又自一身入官府差遣，因此撇下這行衣飯。」

三人酒至半酣，計算酒錢。石秀將這擔柴也都准折❸了。三人取路回來。楊雄入得門，便叫：「大嫂，快來與這叔叔相見。」只見布簾裏面應道：「大哥，你有甚叔叔？」楊雄道：「你且休問，先出來相見。」布簾起處，走出那個婦人來。原來那婦人是七月七日生的，因此，小字喚做巧雲。先嫁了一個吏員，——是薊州人，喚做王押司。——兩年前身故了，方纔晚嫁得楊雄未及一年夫妻。

石秀見那婦人出來，慌忙向前施禮，道：「嫂嫂，請坐。」石秀便拜。那婦人道：「奴家年輕，如何敢受禮！」楊雄道：「這個是我今日新認義的兄弟。你是嫂嫂，可受半禮。」當下石秀推金山，倒玉柱，拜了四拜。那婦人還了兩禮，請入來裏面坐地，收拾一間空房，教叔叔安歇。

話休絮煩。次日，楊雄自出去應當官府，分付家中道：「安排石秀衣服巾幘。」客店內有些行李包裹，都教去取來楊雄家裏安放了。

卻說戴宗、楊林自酒店裏看見那夥做公的人來尋訪石秀，鬧鬨裏兩個自走了，回到城外客店中歇了。次日又去尋問公孫勝。兩日絕無人認得，又不知他下落住處。兩個商量了且回去。當日收拾了行李，便起身離了薊州，自投飲馬川來，和裴宣、鄧飛、孟康一行人馬扮作官軍，星夜望梁山泊來。戴宗要見他功勞，糾合得許多人馬上山，山上自做慶賀筵席，不在話下。

再說這楊雄的丈人潘公自和石秀商量要開屠宰作坊。潘公道：「我家後門頭是一條斷路小巷。有一間空房在後面。那裏井水又便，可做作坊，就教叔叔做房在裏面，又好照管。」石秀見了，也喜端的便益。潘公再尋了個舊時熟識副手，只央叔叔掌管帳目。石秀應承了，叫了副手，便把大青大綠粧點起肉

❸ 准折：折算；抵償。

案子、水盆、砧頭；打磨了許多刀仗；整頓了肉案；打併了作坊豬圈；趕上十數個肥豬；選個吉日開張肉舖。眾鄰舍親戚都來掛紅賀喜，喫了一兩日酒。楊雄一家得石秀開了店，都歡喜，自此無話。一向潘公、石秀自做買賣。

不覺光陰迅速，又早過了兩個月有餘，時值秋殘冬到。石秀裏裏外外，身上都換了新衣穿著。石秀一日早起五更，出外縣買豬，三日了，方回家來，只見舖店不開；卻到家裏看時，肉店砧頭也都收過了，刀仗家伙亦藏過了。石秀是個精細的人，看在肚裏，便省得了，自心中忖道：「常言『人無千日好，花無百日紅。』哥哥自出外去當官，不管家事，必是嫂嫂見我做了這些衣裳，一定背後有說話。又見我兩日不回，必然有人搬口弄舌。想是疑心，不做買賣。我休等他言語出來，我自先辭了回鄉去休。自古道：『那得長遠心的人？』」

石秀已把豬趕在圈裏，卻去房中換了腳手，收拾了包裹行李，細細寫了一本清帳，從後面入來。潘公已安排下些素酒食，請石秀坐定喫酒。潘公道：「叔叔，遠出勞心，自趕豬來辛苦。」石秀道：「丈人，禮當。且收過了這本明白帳目。若上面有半點私心，天地誅滅！」潘公道：「叔叔，何故出此言？並不曾有個甚事。」石秀道：「小人離鄉五七年了，今欲要回家去走一遭，特地交還帳目。今晚辭了哥哥，明早便行。」

潘公聽了，大笑起來，道：「叔叔，差矣。你且住，聽老漢說。」那老子言無數句，話不一時，有分教報讎壯士提三尺，破戒沙門喪九泉。畢竟潘公說出甚言語來，且聽下回分解。

一句一事。

第四十四回　楊雄醉罵潘巧雲　石秀智殺裴如海

話說石秀回來，見收過店面，便要辭別出門。潘公說道：「叔叔且住。老漢已知叔叔的意了；叔叔兩夜不曾回家，今日回來，見收拾過了家伙什物，叔叔一定心裏只道是不開店了，因此要去。休說恁地好買賣；便不開店時，也養叔叔在家。不瞞叔叔說，我這小女先嫁得本府一個王押司，不幸沒了，今得二週年，做些功果與他，因此歇了這兩日買賣。明日請下報恩寺僧人來做功德，就要央叔叔管待則個。老漢年紀高大，熬不得夜，因此一發和叔叔說知。」石秀道：「既然丈人恁地說時，小人再納定性過幾時。」潘公道：「叔叔，今後並不要疑心，只顧隨分且過。」當時喫了幾杯酒並些素食，收過不提。

明早，果見道人挑將經擔到來，鋪設壇場，擺放佛像供器，鼓鈸鐘磬，香花燈燭。廚下一面安排齋食。楊雄倒在外邊回家來，分付石秀道：「賢弟，我今夜卻限當牢，不得前來，凡事央你支持則個。」石秀道：「哥哥放心自去，自然兄弟替你料理。」

楊雄去了。石秀自在門前炤管。此時甫得清清天亮，只見一個年紀小的和尚揭起簾子入來，深深地與石秀打個問訊。石秀答禮道：「師父少坐。」隨背後一個道人挑兩個盒子入來。石秀便叫：「丈人，有個師父在這裏。」

潘公聽得，從裏面出來。那和尚便道：「乾爺，如何一向不到敝寺？」老子道：「便是開了這些店面，卻沒工夫出來。」那和尚便道：「押司週年，無甚罕物相送，些少掛麵，幾包京棗。」老子道：「阿也！甚麼道理教師父壞鈔？」教：「叔叔，收過了。」

石秀自搬入去，叫點茶出來，門前請和尚喫。只見那婦人從樓上下來，不敢十分穿重孝，只是淡粧輕抹，便問：「叔叔，誰送物事來？」石秀道：「一個和尚——叫丈人做乾爺的——送來。」那婦人便笑道：「是師兄海闍黎❶裴如海。一個老實的和尚。他是裴家絨線舖裏小官人，出家在報恩寺中。因他師父是家裏門徒，結拜我父做乾爺，長奴兩歲，因此上，叫他做師兄。他法名叫做海公。叔叔，晚間你只聽他請佛念經，有這般好聲音。」石秀道：「原來恁地。」自肚裏已瞧科一分了。

那婦人便下樓來見和尚。石秀卻背叉著手，隨後跟出來，布簾裏張看。只見那婦人出到外面，那和尚便起身向前來，合掌深深的打個問訊。那婦人便道：「甚麼道理教師兄壞鈔？」和尚道：「賢妹，些少微物，不足挂齒。」那婦人道：「師兄何故這般說？出家人的物事，怎的消受得！」和尚道：「敝寺新造水陸堂❷了，要來請賢妹隨喜❸，只恐節級見怪。」那婦人道：「看來拙夫也不恁地計較。我娘死時，亦曾許下血盆願心，早晚也要來寺裏相煩還了。」和尚道：「這是自家的事，如何恁地說。但是分付如海的事，小僧便去辦來。」那婦人道：「師兄多與我娘念幾卷經便好。」

---

❶ 闍黎：音ㄕㄜˊ ㄌㄧˊ。佛家語。阿闍梨的略稱，義為軌範師。也譯作闍梨、阿闍梨、阿祇利、阿遮梨耶。

❷ 水陸堂：水陸道場是佛教設齋供奉、設壇誦經，以超度水陸亡靈的法會。也稱水陸齋儀、水陸齋。而用來舉行水陸道場的屋子，便稱之為水陸堂。

❸ 隨喜：遊觀寺廟。

只見裏面婭嬛捧茶出來。那婦人拿起一盞茶來，把袖子去茶鍾口邊抹一抹，雙手遞與和尚。那和尚連手接茶，兩隻眼涎瞪瞪的只顧睃那婦人的眼。這婦人一雙眼也笑迷迷的只顧睃這和尚的眼。

極寫親熱不堪。

自古「色膽如天」。卻不防石秀在布簾裏一眼張見，早瞧科了二分，道：『莫信直中直，須防仁不仁！』我幾番見那婆娘常常的只顧對我說些風話，我只以親嫂嫂一般相待。原來這婆娘倒不是個良人！莫教撞在石秀手裏，敢替楊雄做個出場也不見得！」

石秀一想，一發有三分瞧科了，便揭起布簾，撞將出來。那賊禿連忙放茶，便道：「大郎請坐。」這淫婦便插口道：「這個叔叔便是拙夫新認義的兄弟。」那賊禿虛心冷氣，連忙問道：「大郎，貴鄉何處？高姓大名？」石秀道：「我麼？姓石，名秀！金陵人氏！為要閒管替人出力，又叫做拚命三郎！我是個麤鹵漢子，倘有沖撞，和尚休怪！」賊禿連忙道：「不敢，不敢。小僧去接眾僧來赴道場。」連忙出門去了。那淫婦道：「師兄，早來些個。」那賊禿連忙走，更不答應。淫婦送了賊禿出門，自入裏面去了。石秀卻在門前低了頭只顧尋思，其實心中已瞧科四分。多時，方見行者走來點燭燒香。

咄咄駭人。

少刻，這賊禿引領眾僧都來赴道場。潘公央石秀接著。相待茶湯已罷，打動鼓鈸，歌詠讚揚。只見這賊禿同一個一般年紀小的和尚做闍黎，搖動鈴杵，發牒請佛，獻齋讚，供諸天護法，監壇主盟，追薦亡夫王押司早生天界。只見那淫婦喬素梳粧，來到法壇上，手捉香爐，拈香禮佛。那賊禿越逞精神，搖著鈴杵，唱動真言。那一堂和尚見他兩個並肩摩倚，這等模樣，也都七顛八倒。證盟❹已畢，請眾和尚裏面喫齋。那賊禿讓在眾僧背後，轉過頭來看著這淫婦笑。那淫婦也掩著口笑。兩個處處眉來眼去，以

❹ 證盟：把死者姓名書寫在紙上焚化給神祇的一種儀式。

目送情。石秀都瞧科了，足有五分來不快意。眾僧都坐了喫齋。先飲了幾杯素酒，搬出齋來，都下了襯錢❺。潘公致了不安，先入去睡了。

少刻，眾僧齋罷，都起身行食去了。轉過一遭，再入道場。石秀不快，此時真到六分，只推肚疼，自去睡在板壁後了。那淫婦一點情動，那裏顧得防備人看見，便自去支持眾僧，又打了一回鼓鈸動事，把些茶食果品煎點。那賊禿著眾僧用心看經，請天王拜懺❻，設浴召亡，參禮三寶。追薦到三更時分，眾僧困倦，那賊禿越逞精神，高聲念誦。

那淫婦在布簾下久立，慾火熾盛，不覺情動，便教迎兒請海師兄說話。那賊禿一頭念經，一頭趨到淫婦面前。這淫婦摘住賊禿袖子，說道：「師兄，明日來取功德錢時就對爹爹說血盆願心一事，不要忘了。」賊禿道：「做哥哥的記得。只說『要還願也還了好。』」賊禿又道：「你家這個叔叔好生利害！」淫婦把頭一搖，道：「這個理他則甚！並不是親骨肉！」賊禿道：「恁地，小僧卻纔放心。」一頭說，一頭就袖子裏捏那淫婦的手。淫婦假意把布簾來隔。那賊禿笑了一聲，自出去判斛❼送亡。不想石秀卻在板壁後假睡，正瞧得著，已看到七分了。當夜五更道場滿散，送佛化紙已了，眾僧作謝回去。那淫婦自上樓去睡了。

石秀卻自尋思了，氣道：「哥哥恁的豪傑，卻恨撞了這個淫婦！」忍了一肚皮鳥氣，自去作坊裏

---

❺ 襯錢：做佛事時施捨給僧侶的錢。

❻ 拜懺：佛家語。佛教徒為仙人或親友、自身懺悔罪障而設的法會叫拜懺。也叫禮懺。

❼ 判斛：和尚做佛事時，將饗食散給鬼魂的儀式。斛，指一種以麵粉做成的饗食。

睡了。

次日，楊雄回家，俱各不提。飯後，楊雄又出去了，只見那賊禿又換了一套整整齊齊的僧衣，逕到潘公家來。那淫婦聽得是和尚來了，慌忙下樓，出來接著，邀入裏面坐地，便叫點茶來。淫婦謝道：「夜來多教師兄勞神，功德錢未曾拜納。」賊禿道：「不足挂齒；小僧夜來所說血盆懺願心這一事，特稟知賢妹，要還時，小僧寺裏見在念經，只要寫疏一道就是。」淫婦便道：「好，好。」忙叫婭嬛請父親出來商量。

潘公便出來謝道：「老漢打熬不得，夜來甚是有失陪侍。不想石叔叔又肚疼倒了，無人管待。卻是休怪，休怪。」賊禿道：「乾爺正當自在。」淫婦便道：「我要替娘還了血盆懺舊願，師兄說道，明日寺中做好事，就附搭還了。先教師兄去寺裏念經，我和你明日飯罷去寺裏，只要證明懺疏，也是了當一頭事。」潘公道：「也好。明日只怕買賣緊，櫃上無人。」淫婦道：「放著石叔叔在家炤管，卻怕怎的？」潘公道：「我兒出口為願，明日只得要去。」

淫婦就取些銀子做功果錢與賊禿去，「有勞師兄，莫責輕微。明日准來上剎討素麵喫。」賊禿道：「謹候拈香。」收了銀子，便起身謝道：「多承布施，小僧將去分俵眾僧。來日專等賢妹來證盟。」那婦人直送和尚到門外去了。

石秀自在作坊裏安歇，起來宰豬趕趁。是日，楊雄至晚方回。婦人待他喫了晚飯，洗了腳手，卻教潘公對楊雄說道：「我的阿婆臨死時，孩兒許下血盆經懺願心在這報恩寺中。我明日和孩兒去那裏證盟了便回，說與你知道。」楊雄道：「大嫂，你便自說與我，何妨？」那婦人道：「我對你說，又怕你嗔

怪，因此不敢與你說。」當晚無話，各自歇了。

次日五更，楊雄起來，自去畫卯，承應官府。石秀起來自理會做買賣。只見淫婦起來梳頭，裹腳，洗頸項，薰衣裳；迎兒起來尋香盒，催早飯；潘公起來買紙燭，討轎子。石秀自一早晨顧買賣，也不來管他。飯罷，把迎兒也打扮了。巳牌時候，潘公換了一身衣裳，來對石秀道：「相煩叔叔照管門前。老漢和拙女同去還些願心便回。」石秀笑道：「小人自當照管。丈人但照管嫂嫂，多燒些好香，早早來。」石秀自瞧科八分了。

且說潘公和迎兒跟著轎子，一逕望報恩寺裏來。這賊禿已先在山門下伺候；看見轎子到來，喜不自勝，向前迎接。潘公道：「甚是有勞和尚。」那淫婦下轎來，謝道：「多多有勞師兄。」賊禿道：「不敢，不敢。小僧已和眾僧都在水陸堂上。從五更起來誦經，到如今未曾住歇，只等賢妹來證盟。卻是多有功德。」把這婦人和老子引到水陸堂上，已自先安排下香花燈燭之類，有十數個僧人在彼看經。

那淫婦都道了萬福，參禮了三寶。賊禿引到地藏菩薩面前，證盟懺悔。通罷疏頭❽，便化了紙，請眾僧自去喫齋，著徒弟陪侍。那賊禿卻請乾爺和賢妹去小僧房裏拜茶。一引把這淫婦引到僧房裏深處，——預先都準備下了——叫聲「師哥，拏茶來。」只見兩個侍者捧出茶來。白雪錠器盞內，硃紅托子，絕細好茶。喫罷，放下盞子，「請賢妹裏面坐一坐。」又引到一個小小閣兒裏。琴光黑漆春臺，挂幾幅名人書畫，小桌兒上焚一爐妙香。

潘公和女兒一臺坐了，賊禿對席，迎兒立在側邊。那淫婦道：「師兄，端的是好個出家人去處，清，

❽ 疏頭：和尚、道士在誦經時焚化的禱詞，上寫主人的姓名及拜懺的緣由等。

幽，靜，樂。」賊禿道：「妹子休笑話；怎生比得貴宅上！」潘公道：「生受了師兄一日，我們回去。」那賊禿那裏肯，便道：「難得乾爺在此，又不是外人。今日齋食已是賢妹做施主，如何不喫節麵了去？——師哥，快搬來！」

說言未了，卻早托兩盤進來，都是日常裏藏下的希奇果子，異樣菜蔬並諸般素饌之物，排一春臺。淫婦便道：「師兄，何必治酒？反來打攪。」賊禿笑道：「不成禮數，微表薄情而已。」師哥將酒來斟在杯中。賊禿道：「乾爺多時不來，試嘗這酒。」老兒飲罷道：「好酒！端的味重！」賊禿道：「前日一個施主家傳得此法，做了三五石米，明日送幾瓶來與令婿喫。」老兒道：「甚麼道理！」賊禿又勸道：「無物相酬，賢妹娘子，胡亂告飲一杯。」

兩個小師哥兒輪番篩酒。迎兒也喫勸了幾杯。那淫婦道：「酒住，喫不去了。」賊禿道：「難得娘子到此，再告飲一杯。」潘公叫轎夫入來，各人與他一杯酒喫。賊禿道：「乾爺不必記挂，小僧都分付了，已著道人邀在外面，自有坐處喫酒麵。乾爺放心，且請開懷多飲幾杯。」

原來這賊禿為這個婦人，特地對付下這等有力氣的好酒。潘公喫央不過，多喫了兩杯，當不住，醉了。和尚道：「且扶乾爺去床上睡一睡。」和尚叫兩個師哥，只一扶，把這老兒攙在一個冷淨房裏去睡了。

這裏和尚自勸道：「娘子，開懷再飲一杯。」那淫婦一者有心，二來酒入情懷，便覺有些朦朦朧朧上來。口裏嘈道：「師兄，你只顧央我喫酒做甚麼？」賊禿低低告道：「只是敬愛娘子。」淫婦便道：「我酒是罷了……」賊禿道：「請娘子去小僧房裏看佛牙[9]。」淫婦便道：「我正要看佛牙了來。」

這賊禿把那淫婦一引，引到一處樓上，卻是那賊禿的臥房，鋪設得十分整齊。淫婦看了，先自五分歡喜。便道：「你端的好個臥房，乾乾淨淨！」賊禿笑道：「只是少一個娘子。」那淫婦也笑道：「你便討一個不得？」賊禿道：「那裏得這般施主？」淫婦道：「你且教我看佛牙則個。」賊禿道：「你叫迎兒下去了，我便取出來。」淫婦便道：「迎兒，你且下去，看老爺醒也未。」

迎兒自下得樓來，去看潘公。賊禿把樓門關上。淫婦笑道：「師兄，你關我在這裏怎的？」這賊禿淫心蕩漾，向前摟住那淫婦，說道：「我把娘子十分愛慕，我為你下了兩年心路；今日難得娘子到此，這個機會作成小僧則個！」淫婦道：「我的老公不是好惹的，你卻要騙我。倘若他得知，卻不饒你！」賊禿跪下道：「只是娘子可憐見小僧則個！」那淫婦張著手，說道：「賊禿家，倒會纏人！我老大耳括子打你！」賊禿嘻嘻的笑著，說道：「任從娘子打，只怕娘子閃了手。」那淫婦淫心飛動，便摟起賊禿，道：「我終不成當真打你？」

賊禿便抱住這淫婦，向床前卸衣解帶，了其心願。好半日，兩個雲雨方罷。那賊禿摟住這淫婦，說道：「你既有心於我，我身死而無怨；只是今日雖然虧你作成了我，只得一霎時的恩愛快活，不能彀終夜歡娛，久後必然害殺小僧。」那淫婦便道：「你且不要慌，我已尋思一條計了。我家的人一個月到有二十來日當牢上宿，我自買了迎兒，教他每日在後門裏伺候，若是夜晚，他一不在家時，便掇一個香桌兒出來，燒夜香為號，你便入來不妨。只怕五更睡著了，不知省覺，卻那裏尋得一個報曉的頭陀，買他

❾ 佛牙：佛家語。佛陀的牙舍利，也稱佛牙舍利。相傳釋迦牟尼滅後，全身皆為細粒舍利，只有牙齒完好在灰燼中，經撿出流傳後世。因此佛徒奉為珍寶。

來後門頭大敲木魚，高聲叫佛，便好出去。若買得這等一個時，一者得他外面策望，二乃不叫你失了曉。」賊禿聽了這話，大喜道：「妙哉！你只顧如此行。我這裏自有個頭陀胡道人。我自分付他來策望便了。」淫婦道：「我不敢留戀長久，恐這廝們疑忌。我快回去是得。你只不要誤約。」

那淫婦連忙再整雲鬢，重勻粉面，開了樓門，便下樓來，教迎兒叫起潘公，慌忙便出僧房來。轎夫喫了酒麵，已在寺門前伺候。那賊禿直送那淫婦到山門外。那淫婦作別了，上轎自和潘公、迎兒歸家，不在話下。

卻說這賊禿自來尋報曉頭陀。本房原有個胡道，今在寺後退居裏小庵中過活，諸人都叫他做胡頭陀；每日只是起五更來敲木魚報曉，勸人念佛；天明時收掠齋飯。賊禿喚他來房中，安排三杯好酒，相待了他，又取些銀子送與胡道。胡道起身說道：「弟子無功，怎敢受祿？日常又承師父的恩惠。」賊禿道：「我自看你是個志誠的人，我早晚出些錢，貼買道度牒剃你為僧。這些銀子權且將去買些衣服穿著。」

原來這賊禿日常時只是教師哥不時送些午齋與胡道；待節下又帶挈他去誦經，得些齋襯錢。胡道感恩不淺，尋思道：「他今日又與我銀兩，必有用我處；何必等他開口？……」胡道便道：「師父但有使令小道處，即當向前。」賊禿道：「胡道，你既如此好心說時，我不瞞你，所有潘公的女兒要和我來往，約定後門首但有香桌兒在外時，便是教我來。我卻難去那裏踅。若得你先去看探有無，我纔可去。又要煩你五更起來，叫人念佛時，可就來那後裏門頭；看沒人，便把木魚大敲報曉，高聲叫佛，我便好出來。」胡道便道：「這個……有何難哉。」當時應允了。

其日，先來潘公後門首討齋飯。只見迎兒出來說道：「你這道人如何不來前門討齋飯，卻在後門裏只三字，寫得極其不堪。

來？」那胡道便念起佛來。裏面這淫婦聽得了，便出來後門問道：「你這道人莫不是五更報曉的頭陀？」胡道應道：「小道便是五更報曉的頭陀，教人省睡，晚間宜燒些香，佛天歡喜。」

那淫婦聽了大喜，便叫迎兒去樓上取一串銅錢來布施他。這頭陀張得迎兒轉背，便對淫婦說道：「小道便是海師父心腹之人，特地使我先來探路。」淫婦道：「我已知道了；今夜晚間你可來看，如有香桌兒在外，你可便報與他則個。」胡道把頭來點著。迎兒取將銅錢來與胡道去了。那淫婦來到樓上，卻把心腹之事對迎兒說。奴才但得些小便宜，如何不隨順了！

卻說楊雄此日正該當牢，未到晚，先來取了鋪蓋去監裏上宿。這一日倒是迎兒巴不到晚，早去安排了香桌兒，黃昏時掇在後門外。那婦人卻閃在旁邊伺候。初更左側，一個人，戴頂頭巾，閃將入來。迎兒喫一嚇，道：「誰？」那人也不答應。這淫婦在側邊伸手便扯去他頭巾，露出光頂來，輕輕地罵一聲：「賊禿！倒好見識！」兩個廝摟廝抱著上樓去了。迎兒自來掇過了香桌兒，關上了後門，也自去睡了。他兩個當夜如膠似漆，如糖似蜜，如酥似髓，如魚似水，快活淫戲了五七遍。

正好睡哩，只聽得咯咯地木魚響，高聲念佛，賊禿和淫婦一齊驚覺。那賊禿披衣起來，道：「我去也。今晚再相會。」淫婦道：「今後但有香桌兒在後門外，你便不可負約。如無香桌兒在後門，你便切不可來。」賊禿下床，淫婦替他戴上頭巾。迎兒開了後門，皲去了。

自此為始，但是楊雄出去當牢上宿，那賊禿便來。家中只有這個老兒，未晚先自要睡；迎兒這個丫頭已自做一床了；只要瞞著石秀一個。那淫婦淫發起來，那裏管顧。這賊禿又知了婦人的滋味，便似攝了魂魄的一般。這賊禿只待頭陀報了，便離寺來。那淫婦專得迎兒做腳放他出入，因此快活往來戲耍將近一月有餘。

且說石秀每日收拾了店時，自在坊裏歇宿，常有這件事挂心，每日委決不下，卻又不曾見這賊禿往來。每日五更睡覺，不時跳將起來料度這件事。只聽得報曉頭陀直來巷裏敲木魚，高聲叫佛。石秀是個乖覺的人，早瞧了九分，冷地裏，思量道：「這條巷是條死巷。如何有這頭陀，連日來這裏敲木魚叫佛？……事有可疑！」

當是十一月中旬之日，五更時分，石秀正睡不著，只聽得木魚敲響，頭陀直敲入巷裏來，到後門口，高聲叫道：「普度眾生救苦救難諸佛菩薩！」石秀聽得叫的蹺蹊，便跳將起來，去門縫裏張時，只見一個人，戴頂頭巾，從黑影裏，閃將出來，和頭陀去了；隨後便是迎兒關門。

石秀瞧到十分，恨道：「哥哥如此豪傑，卻討了這個淫婦！倒被這婆娘瞞過了，做成這等勾當！」巴得天明，把豬出去門前挂了，賣個早市；飯罷，討了一遭賒錢，日中前後，逕到州衙前來尋楊雄。卻好行至州橋邊，正迎見楊雄。楊雄便問道：「兄弟，那裏去來？」石秀道：「因討賒錢，就來尋哥哥。」楊雄道：「我常為官事忙，並不曾和兄弟快活喫三杯，且來這裏坐一坐。」

楊雄把這石秀引到州橋下一個酒樓上，揀一處僻靜閣兒裏，兩個坐下，叫酒保取瓶好酒來，安排盤饌海鮮案酒。

二人飲過三杯，楊雄見石秀只低了頭尋思。楊雄是個性急人，便問道：「兄弟你心中有些不樂，莫不家裏有甚言語傷觸你處？」石秀道：「家中也無有甚話。兄弟感承哥哥把做親骨肉一般看待，有句話，敢說麼？」楊雄道：「兄弟何故今日見外？有的話，但說不妨。」石秀道：「哥哥每日出來，只顧承當官府，卻不知背後之事。這個嫂嫂不是良人，兄弟已看在眼裏多遍了，且未敢說。今日見得仔細，忍不住來尋哥哥，直言休怪。」楊雄道：「我自無背後眼。你且說是誰？」石秀道：「前者，家裏做道場，請那個賊禿海闍黎來，嫂嫂便和他眉來眼去，兄弟都看見；第三日又去寺裏還血盆懺願心，兩個都帶酒歸來。我近日只聽得一個頭陀直來巷內敲木魚叫佛，那廝敲得作怪。今日五更被我起來張時，看見果然是這賊禿，戴頂頭巾，從家裏出去。似這等淫婦，要他何用！」

楊雄聽了大怒道：「這賤人怎敢如此！」石秀道：「哥哥且息怒，今晚都不要提，只和每日一般。明日只推做上宿，三更後卻再來敲門。那廝必然從後門先走，兄弟一把拿來，從哥哥發落。」楊雄道：「兄弟見得是。」石秀又分付道：「哥哥今晚且不可胡發說話。」楊雄道：「我明日約你便是。」

兩個再飲了幾杯，算還了酒錢，一同下樓來；出得酒肆，各散了。只見四五個虞候，叫楊雄道：「那裏不尋節級！知府相公在花園裏坐地，教尋節級來和我們使棒。快走！快走！」楊雄便分付石秀道：「本官喚我，只得去應答。兄弟，你先回家去。」石秀當下自歸家裏來，收拾了店面，自去作坊裏歇息。

且說楊雄被知府喚去，到後花園中使了幾回棒。知府看了大喜，叫取酒來，一連賞了十大賞鍾。楊雄喫了，都各散了。眾人又請楊雄去喫酒。至晚，喫得大醉，扶將歸來。那淫婦見丈夫醉了，謝了眾人，卻自和迎兒攙上樓梯去，明晃晃地點著燈盞。楊雄坐在床上，迎兒去脫鞹鞋，淫婦與他除頭巾，解巾幘。楊雄見他來除巾幘，一時驀上心來，——自古道：「醉發醒時言。」——指著那淫婦，罵道：「你這賤人！這賊妮子！好歹我要結果了你！」

那淫婦喫了一驚，不敢回話，且伏侍楊雄睡了。楊雄一頭上床睡，一頭口裏恨恨的罵道：「你這賤人！你這淫婦！你這……你這……大蟲口裏倒涎！你這……你這……我手裏不到得……輕……輕地放了你！」那淫婦那裏敢喘氣，直待楊雄睡著。

看看到五更，楊雄醉醒了，討水喫。那淫婦起來舀碗水遞與楊雄喫了，桌上殘燈尚明。楊雄喫了水，便問道：「大嫂，你夜來不曾脫衣裳睡？」那淫婦道：「你喫得爛醉了，只怕你要吐，那裏敢脫衣裳，只在腳後倒了一夜。」楊雄道：「我不曾說甚麼言語？」淫婦道：「你往常酒性好，但喫醉了便睡。我夜來只有些兒放不下。」

楊雄又問道：「石秀兄弟這幾日不曾和他快活喫得三杯。你家裏也自安排些請他。」那淫婦便不應，自坐在踏床上，眼淚汪汪，口裏歎氣。楊雄又說道：「大嫂，我夜來醉了，又不曾惱你，做甚麼了煩惱？」那淫婦掩著淚眼只不應。楊雄連問了幾聲，那淫婦掩著臉假哭。楊雄就踏床上，扯起他在床上，務要問他為何煩惱。

那淫婦一頭哭，一面口裏說道：「我爹娘當初把我嫁王押司，只指望『一竹竿打到底』，誰想半路相拋！今日只為你十分豪傑，卻嫁得個好漢，誰想你不與我做主！」楊雄道：「又作怪！誰敢欺負你，我不做主？」那淫婦道：「我本待不說，卻又怕你著他道兒；卻待說來，又怕你忍氣。」

楊雄聽了，便道：「你且說怎麼地來？」那淫婦道：「我說與你，你不要氣苦。自從你認義了這個石秀家來，初時也好，向後看看放出刺來，見你不歸時，時常看了我，說道：『哥哥今日又不來，嫂嫂自睡，也好冷落。』我只不保他，不是一日了。——這個且休說。昨日早晨，我在廚房洗頪項，這廝從後走出來，看見沒人，從背後伸隻手來摸我胸前，道：『嫂嫂，你有孕也無？』被我打脫了手。本待要聲張起來，又怕鄰舍得知，笑話裝你的幌子；巴得你歸來，卻又濫泥也似醉了，又不敢說。我恨不得喫了他！你兀自來問石秀兄弟怎的！」

楊雄聽了，心中火起，便罵道：「『畫虎畫皮難畫骨，知人知面不知心。』這廝倒來我面前，又說海闍黎許多事，說得個『沒巴鼻』❿！眼見得那廝慌了，便先來說破，使個見識！」口裏恨恨地道：「他又不是我親兄弟！趕了出去便罷！」楊雄到天明，下樓來對潘公說道：「宰了的牲口醃了罷，從今日便休要做買賣！」一霎時，把櫃子和肉案都拆了。

石秀天明正將了肉出來門前開店，只見肉案並櫃子都拆翻了。石秀是個乖覺的人，如何不省得，笑道：「是了；因楊雄醉後出言，走透了消息，倒喫這婆娘使個見識攛掇定反說我無禮，他教丈夫收了肉店，我若便和他分辯，教楊雄出醜。我且退一步了，卻別作計較。」

石秀便去作坊裏收拾了包裹。楊雄怕他羞恥，也自去了。石秀提了包裹，跨了解腕尖刀，來辭潘公，道：「小人在宅上打攪了許多時；今日哥哥既是收了鋪面，小人告回。帳目已自明明白白，並無分文來去。如有毫釐昧心，天誅地滅！」潘公被女婿分付了，也不敢留他，繇他自去了。

這石秀卻只在近巷內尋個客店安歇，賃了一間房住下。石秀卻自尋思道：「楊雄與我結義，我若不明白得此事，枉送了他的性命。他雖一時聽信了這婦人說，心中怪我，我也分別不得，務要與他明白了此一事；我如今且去探聽他幾時當牢上宿，起個四更，便見分曉。」在店裏住了兩日，卻去楊雄門前探聽，當晚只見小牢子取了鋪蓋出去。石秀道：「今晚必然當牢，我且做些工夫看便了。」

---

❿ 沒巴鼻：沒來由；無憑據。

當晚回店裏，睡到四更起來，跨了這口防身解腕尖刀，悄悄地開了店門，逕踅到楊雄後門頭巷內；伏在黑影裏張時，卻好交五更時候，只見那個頭陀挾著木魚，來巷口探頭探腦。石秀一閃閃在頭陀背後，一隻手扯住頭陀，一隻手把刀去頸子上擱著，低聲喝道：「你不要掙扎！若高做聲便殺了你！你只好好實說；海和尚叫你來怎地？」那頭陀道：「好漢！你饒我便說！」石秀道：「你快說！我不殺你！」頭陀道：「海闍黎和潘公女兒有染，每夜來往，教我只看後門頭有香桌兒為號，喚他『入鈸』；五更裏卻教我來敲木魚叫佛，喚他『出鈸』⓫。」石秀道：「他如今在那裏？」頭陀道：「他還在他家裏睡著；我如今敲得木魚響，他便出來。」石秀道：「你且借你衣服木魚與我。」頭陀手裏先奪了木魚。頭陀把衣服正脫下來，被石秀將刀就頸上一勒，殺倒在地。頭陀已死了。

石秀卻穿上直裰護膝，一邊插了尖刀，把木魚直敲入巷裏來。那賊禿在床上，卻好聽得木魚咯咯地響，連忙起來披衣下樓。迎兒先來開門，賊禿隨後從後門裏閃將出來。石秀兀自把木魚敲響。那和尚悄悄喝道：「只顧敲做甚麼！」

石秀也不應他，讓他走到巷口，一交放翻，按住，喝道：「不要高做聲！高做聲便殺了你！只等我剝了衣服便罷！」那賊禿知道是石秀，那裏敢掙扎做聲；被石秀都剝了衣裳，赤條條不著一絲。悄悄去屈膝邊拔出刀來，三四刀搠死了，卻把刀來放在頭陀身邊；將了兩個衣服，捲做一捆包了，再回客店裏，輕輕地開了門進去，悄悄地關上了，自去睡，不在話下。

卻說本處城中一個賣糕粥的王公，其日五更，挑著擔糕粥，點著個燈籠，一個小猴子跟著，出來趕

⓫ 出鈸：指出門。

早市。正來到死屍邊過，卻被絆一交，把那老子一擔糕粥傾潑在地下。只見小猴子叫道：「苦也！一個和尚醉倒在這裏！」老子摸得起來，摸了兩手腥血，叫聲苦，不知高低。幾家鄰舍聽得，都開了門出來，把火炤時，只見遍地都是血粥，兩個屍首躺在地上。眾鄰舍一把拖住老子，要去官司陳告。正是禍從天降，災向地生。畢竟王公怎地脫身，且聽下回分解。

第四十五回　病關索大鬧翠屏山　拚命三火燒祝家店

話說當下眾鄰舍結住王公，直到薊州府裏首告。知府卻纔陞廳。一行人跪下告道：「這老子挑著一擔糕粥，潑翻在地下。看時，卻有兩個死屍在粥裏：一個是和尚，一個是頭陀。俱各身上無一絲。頭陀身邊有刀一把。」老子告道：「老漢每日常賣糕粥糜營生，只是五更出來趕趁。今朝起得早了些個，和這鐵頭猴子只顧走，不看下面，一交絆翻，碗碟都打碎了。相公可憐！只見血淥淥的兩個死屍，又喫一驚！叫起鄰舍來，倒被扯住到官！望相公明鏡辯察！」

知府隨即取了供詞，行下公文，委當方里甲帶了仵作公人，押了鄰舍王公一干人等，下來簡驗屍首，明白回報。眾人登場看簡已了，回州稟復知府：「被殺死僧人係是報恩寺闍黎裴如海。旁邊頭陀係是寺後胡道。和尚不穿一絲，身上三四道搠傷致命方死。胡道身邊見有兇刀一把。只見項上有勒死傷痕一道，係是胡道掣刀搠死和尚，懼罪自行勒死。」

知府叫拘本寺僧，鞫問❶緣故，俱各不知情繇。知府也沒個決斷。當案孔目稟道：「眼見得這和尚裸形赤體，必是和那頭陀幹甚麼不公不法的事，互相殺死，不干王公之事。鄰舍都教召保聽候；屍首著仰本寺住持，即備棺木盛殮，放在別處；立個互相殺死的文書便了。」知府道：「也說得是。」隨即發

❶ 鞫問：鞫，音ㄐㄩˊ。審訊查問。

落了一干人等，不在話下。

前頭巷裏那些好事的子弟做成一支曲兒，唱道：

堪笑報恩和尚，撞著前生冤障；將善男瞞了，信女勾來，要他喜捨肉身，慈悲歡暢。怎極樂觀音方纔接引，蚤血盆地獄塑來出相？想「色空空色，空色色空」，他全不記多心經上。到如今，徒弟度生回，連長老涅槃街巷。若容得頭陀，頭陀容得，和合多僧，同房共住，未到得無常勾帳。只道目連救母上西天，從不見這賊禿為娘身喪！

後頭巷裏也有幾個好事的子弟，聽得前頭巷裏唱著，卻不服氣，便也做支臨江仙唱出來賽他道：

淫戒破時招殺報，因緣不爽分毫。本來面目忒蹺蹊，一絲真不掛，立地放屠刀！　大和尚今朝圓寂了，小和尚昨夜狂騷。頭陀刎頸見相交，為爭同穴死，誓願不相饒。

兩支曲，條條巷都唱動了。那婦人聽得，目瞪口呆，卻不敢說，只是肚裏暗暗地叫苦。

楊雄在薊州府裏，有人告道殺死和尚頭陀，心裏早知了些個，尋思：「此一事准是石秀做出來的。我前日一時間錯怪了他。我今日閒些，且去尋他，問他個真實。」正走過州橋前來，只聽背後有人叫道：「哥哥，那裏去？」

楊雄回過頭來，見是石秀，便道：「兄弟，我正沒尋你處。」石秀道：「哥哥，且來我下處，和你說話。」把楊雄引到客店裏小房內，說道：「哥哥，兄弟不說謊麼？」楊雄道：「兄弟，你休怪我。是我一時之愚蠢，酒後失言。反被那婆娘猜破了，說兄弟許多不是。我今特來尋賢弟，負荊請罪。」石秀道：「哥哥，兄弟雖是個不才小人，卻是頂天立地的好漢，如何肯做別樣之事？怕哥哥日後中了奸計，因此來尋哥哥，有表記教哥哥看。」——將出和尚頭陀的衣裳。——「盡剝在此！」

楊雄看了，心頭火起，便道：「兄弟休怪。我今夜碎割了這賤人，出這口惡氣！」石秀笑道：「你又來了！你既是公門中勾當的人，如何不知法度？你又不曾拿得他真姦，如何殺得人？倘或是小弟胡說時，卻不錯殺了人？」楊雄道：「似此怎生罷休得？」石秀道：「哥哥，只依著兄弟的言語，教你做個好男子。」楊雄道：「賢弟，你怎地教我做個好男子？」石秀道：「此間東門外有一座翠屏山，好生僻靜。哥哥到明日，只說道：『我多時不曾燒香，我今來和大嫂同去。』把那婦人賺將出來。就帶了迎兒同到山上。小弟先在那裏等候著，當頭對面，把這是非都對得明白了。哥哥那時寫與一紙休書，棄了這婦人，卻不是上著？」楊雄道：「兄弟何必說得？你身上清潔，我已知了。都是那婦人說謊！」石秀道：「不然；我也要哥哥知道他往來真實的事。」楊雄道：「既然兄弟如此高見，必然不差。我明日准定和那賤人來，你卻休要誤了。」石秀道：「小弟不來時，所言俱是虛謬。」

楊雄當下別了石秀，離了客店，且去府裏辦事；至晚回家，並不提起，亦不說甚，只和每日一般；次日，天明起來，對那婦人說道：「我昨夜夢見神人怪我，說有舊願不曾還得。向日許下東門外嶽廟裏那炷香願，未曾還得。今日我閒些，要去還了。須和你同去。」那婦人道：「你便自去還了罷。要我去何用？」楊雄道：「這願心卻是當初我說親時許下的，必須要和你同去。」那婦人道：「既是恁地，我們早喫些素飯，燒湯洗浴了去。」楊雄道：「我去買香紙、雇轎子。你便洗浴了，梳頭插帶了等我。就叫迎兒也去走一遭。」

楊雄又來客店裏相約石秀：「飯罷便來，兄弟，休誤。」石秀道：「哥哥，你若抬得來時，只教在半山裏下了轎，你三個步行上來。我自在上面一個僻處等你。不要帶閒人上來。」

楊雄約了石秀，買了紙燭歸來，喫了早飯。那婦人不知有此事，只顧打扮的齊齊整整。迎兒也插帶了。轎夫扛轎子，早在門前伺候。楊雄道：「泰山看家，我和大嫂燒香了便回。」潘公道：「多燒香，早去早回。」

那婦人上了轎子，迎兒跟著，楊雄也隨在後面。出得東門來，楊雄低低分付轎夫道：「與我抬上翠屏山去，我自多還你些轎錢。」不到兩個時辰，早來到翠屏山上。原來這座翠屏山在薊州東門外二十里，都是人家的亂墳；上面一望，盡是青草白楊。並無庵舍寺院。

當下楊雄把那婦人抬到半山，叫轎夫歇下轎子，拔去葱管❷，搭起轎簾，叫那婦人出轎來。婦人問道：「卻怎地來這山裏？」楊雄道：「你只顧且上去。——轎夫，只在這裏等候，不要來，少刻一發打發你酒錢。」轎夫道：「這個不妨，小人自只在此間伺候便了。」

楊雄引著那婦人並迎兒，三個人上了四五層山坡，只見石秀坐在上面。那婦人道：「香紙如何不將來？」楊雄道：「我自先使人將上去了。」把婦人一引引到一處古墓裏。石秀便把包裹腰刀桿棒都放在樹根前來，道：「嫂嫂拜揖。」那婦人連忙應道：「叔叔怎地也在這裏？」一頭說，一面肚裏喫了一驚。石秀道：「在此專等多時。」

---

❷ 葱管：指舊式轎子上鎖轎帘的小棍子。葱，是蔥的俗字。

楊雄道：「你前日對我說道，叔叔多遍把言語調戲你，又將手摸著你胸前，問你有孕也未，今日這裏無人，你兩個對得明白。」那婦人道：「哎呀！過了的事，只顧說甚麼？」石秀睜著眼道：「嫂嫂！你怎麼說？」那婦人道：「叔叔，你沒事自把髯兒提❸做甚麼？」石秀道：「嫂嫂！嘻！」便打開包裹，取出海闍黎並頭陀的衣服來，撒放地下，道：「你認得不？」

那婦人看了，飛紅了臉，無言可對。石秀颼地掣出腰刀，便與楊雄說道：「此事只問迎兒！」楊雄便揪過那丫頭，跪在面前，喝道：「你這小賤人，快好好實說！如何在和尚房裏入姦，如何約會把香桌兒為號，如何教頭陀來敲木魚，實對我說，饒你這條性命！但瞞了一句，先把你剁做肉泥！」

迎兒叫道：「官人！不干我事，不要殺我。我說與你。」如何僧房中喫酒；如何上樓看佛牙；如何趕他下樓看潘公酒醒；第三日如何頭陀來後門化齋飯；如何教我取銅錢佈施與他；如何娘子和他約定，但是官人當牢上宿，要我掇香桌兒放出後門外，便是暗號，頭陀來看了卻去報知和尚；如何海闍黎扮做俗人，帶頂頭巾入來，娘子扯去了，露出光頭來；如何五更聽敲木魚響，要我開後門放他出去；如何娘子許我一副釧鐲，一套衣裳，我只得隨順了；如何往來已不止數十遭，後來便喫殺了；如何又與我幾件首飾，教我對官人說石叔叔把言語調戲一節，——「這個我眼裏不曾見，因此不敢說。只此是實，並無虛謬。」

十一如何。

迎兒說罷，石秀便道：「哥哥，得知麼？這般言語須不是兄弟教他如此說！請哥哥卻問嫂嫂備細緣繇！」楊雄揪過那婦人來，喝道：「賊賤人！丫頭已都招了，你便一些兒休賴，再把實情對我說了，饒

---

❸ 沒事自把髯兒提：指又將過去的事拿出來追根究底。

十一如何。

你這賤人一條性命！」那婦人說道：「我的不是了！你看我舊日夫妻之面，饒恕了我這一遍！」石秀道：「哥哥！含糊不得！須要問嫂嫂一個從頭備細原繇！」

楊雄喝道：「賤人！你快說！」那婦人只得把和尚二年前如何起意；如何來結拜我父做乾爺，做好事日；如何先來下禮；我遞茶與他，如何只管看我笑；如何石叔叔出來，連忙去了；如何我出去拈香，只管捱近身來；半夜如何到布簾前捏我的手，便教我還了願好；如何叫我是娘子，騙我看佛牙；如何求我圖個長便；如何教我反間你，便撚得石叔叔出去；如何定要我把迎兒也與他，說不時我便不來了，一一都說了。

石秀道：「你卻怎地對哥哥倒說我來調戲你？」那婦人道：「前日他醉了罵我，我見他罵得蹺蹊，我只猜是叔叔看見破綻，說與他；也是前兩三夜，他先教道我如此說，這早晨便把來支吾；實是叔叔並不曾恁地。」石秀道：「今日三面說得明白了，任從哥哥心下如何措置。」

楊雄道：「兄弟，你與我拔了這賤人的頭面，剝了衣裳，然後我自伏侍他！」石秀便把那婦人頭面首飾衣服都剝了。楊雄割兩條裙帶把婦人綁在樹上。石秀徑把迎兒的首飾也去了，遞與刀來，說道：「哥哥，這個小賤人留他做甚麼！一發斬草除根！」楊雄應道：「果然！兄弟，把刀來，我自動手！」迎兒見頭勢不好，卻待要叫。楊雄手起一刀，揮作兩段。那婦人在樹上叫道：「叔叔，勸一勸！」石秀道：「嫂嫂！不是我！」楊雄向前，把刀先挖出舌頭，一刀便割了，且教那婦人叫不得。楊雄卻指著罵道：「你這賊賤人！我一時誤聽不明，險些被你瞞過了！一者壞了我兄弟情分，二乃久後必然被你害了性命！我想你這婆娘，心肝五臟怎地生著！我且看一看！」一刀從心窩裏直割到小肚子下，取出心肝五臟，掛在松樹上。楊雄又將這婦人七件事分開了，卻將釵釧首飾都拴在包裹裏了。楊雄道：「兄弟，你且來，和你商量一個長便。如今一個奸夫，一個淫婦，都已殺了，只是我和你投那裏去安身？」石秀道：「兄弟自有個所在，請哥哥便行。」楊雄道：「卻是那裏去？」石秀道：「哥哥殺了人，兄弟又殺人，不去投梁山泊入夥，卻投那裏去？」楊雄道：「且住。我和你又不曾認得他那裏一個人，如何便肯收錄我們？」石秀道：「哥哥差矣。如今天下江湖上皆聞山東及時雨宋公明招賢納士，結識天下好漢。誰不知道？放著我和你一身好武藝，愁甚不收留？」楊雄道：「凡事先難後易，免得後患。我卻不合是公人，只恐他疑心，不肯安著我們。」石秀笑道：「他不是押司出身？我教哥哥一發放心。前者，哥哥認義兄弟那一日，先在酒店裏和我喫酒的那兩個人，一個是梁山泊神行太保戴宗，一個是錦豹子楊林。他與兄弟十兩一錠銀子，尚兀自在包裹，因此可去投托他。」楊雄道：「既有這條門路，我去收拾了些盤纏便走。」石秀道：「哥哥，你也這般搭纏。倘或入城事發拏住，如何脫身？放著包裹裏見有若干釵釧首飾，兄弟又有些銀兩，再有人同去也彀用了；何須又去取討？惹起是非來，如何解救？這事少時便發，不可遲滯，我們只好望山後走。」

石秀便背上包裹，拿了桿棒；楊雄插了腰刀在身邊，提了朴刀。卻待要離古墓，只見松樹後走出一個人來，叫道：「清平世界，蕩蕩乾坤，把人割了，卻去投奔梁山泊入夥！我聽得多時了！」

楊雄、石秀看時，那人納頭便拜。楊雄卻認得。這人姓時，名遷，祖貫是高唐州人氏；流落在此，只一地裏做些飛簷走壁跳籬騙馬的勾當；曾在薊州府裏喫官司，卻是楊雄救了；人都叫他做鼓上蚤。

當時楊雄便問時遷：「你如何在這裏？」時遷道：「節級哥哥聽稟：小人近日沒甚道路，在這山裏掘些古墳，覓兩分東西。因見哥哥在此行事，不敢出來衝撞。卻聽說去投梁山泊入夥，——小人如今在此，只做得些偷雞盜狗的勾當，幾時是了？跟隨得二位哥哥上山去，卻不好？未知尊意肯帶挈小人否？」石秀道：「既是好漢中人物，他那裏如今招納壯士，那爭你一個？若如此說時，我們一同去。」時遷道：「小人卻認得小路去。」當下引了楊雄、石秀，三個人自取小路下後山投梁山泊去了。

卻說這兩個轎夫在半山裏等到紅日平西，不見三個下來；分付了，又不敢上去！挨不過了，不免信步尋上山來。只見一羣老鴉成團打塊在古墓上。兩個轎夫上去看時，原來卻是老鴉奪那肚腸喫，以此聒噪。

轎夫看了，喫著一驚，慌忙回家報與潘公，一同去薊州府裏首告。知府隨即差委一員縣尉帶了仵作行人來翠屏山簡驗屍首。已了，回覆知府，稟道：「簡得一口婦人潘巧雲割在松樹邊；使女迎兒殺死在古墓下；墳邊遺下一堆婦人與和尚頭陀衣服。」

知府聽了，想起前日海和尚頭陀的事，備細詢問潘公。那老子把這僧房酒醉一節和這石秀出去的緣繇細說了一遍。知府道：「眼見得這婦人與和尚通姦，那女使頭陀做腳。想石秀那廝路見不平，殺死頭陀、和尚；楊雄這廝今日殺了婦人女使無疑。……定是如此。只拿得楊雄、石秀，便知端的。」當即行移文書，捕獲楊雄、石秀。其餘轎夫人等，各放回聽候。潘公自去買棺木，將屍首殯葬，不在話下。

再說楊雄、石秀、時遷，離了薊州地面，在路夜宿曉行，不則一日，行到鄆州地面；過得香林洼，早望見一座高山。不覺天色漸漸晚了，看見前面一所靠溪客店。三個人行到門首，店小二卻待關門，只見這三個人撞將入來。小二問道：「客人，來路遠，以此晚了？」時遷道：「我們今日走了一百里以上路程，因此到得晚了。」

小二哥放他三個入來安歇，問道：「客人，不曾打火麼？」時遷道：「我們自理會。」小二道：「今日沒客歇，竈上有兩隻鍋乾淨，客人自用不妨。」時遷問道：「店東有酒肉賣麼？」小二哥道：「今早起有些肉，都被近村人家買了去，只剩得一甕酒在這裏，並無下飯。」時遷道：「也罷；先借五升米來做飯，卻理會。」

小二哥取出米來與時遷，就淘了，做起一鍋飯來。石秀自在房中安頓行李。楊雄取出一隻釵兒，把與店小二，先回他這甕酒來喫，明日一發算帳。小二哥收了釵兒，便去裏面掇出那甕酒來開了，將一碟兒熟菜放在桌子上。時遷先提一桶湯來叫楊雄、石秀洗了腳手；一面篩酒來，就來請小二哥一處坐地喫酒；放下四隻大碗，斟下酒來喫。

石秀看見店中簷下插著十數把好朴刀，問小二哥道：「你家店裏怎的有這軍器？」小二哥應道：「都是主人家留在這裏。」石秀道：「你家主人是甚麼樣人？」小二道：「客人，你是江湖上走的人，如何不知我這裏的名字？前面那座高山便喚做獨龍山。山前有一座凜巍巍岡子便喚做獨龍岡。上面便是主人家住宅。這裏方圓三十里，卻喚做祝家莊。莊主太公祝朝奉❹有三個兒子，稱為『祝氏三傑』。莊前莊後有五七百人家，都是佃戶。各家分下兩把朴刀與他。這裏喚做祝家店。常有數十個家人來店裏上宿，以此分下朴刀在這裏。」石秀道：「他分軍器在店裏何用？」小二道：「此間離梁山泊不遠，只恐他那裏賊人來借糧，因此準備下。」石秀道：「與你些銀兩，回與我一把朴刀用，如何？」小二哥道：「這個

❹ 朝奉：本指朝奉郎、朝奉大夫等官員。後用以稱富翁或當舖的管事。

卻使不得，器械上都編著字號。我小人喫不得主人家的棍棒。我這主人法度不輕。」石秀笑道：「我自取笑你，你卻便慌。且只顧喫酒。」小二道：「小人喫不得了，先去歇了。客人自便，寬飲幾杯。」

小二哥去了。楊雄、石秀，又自喫了一回酒。只見時遷道：「哥哥，要肉喫麼？」楊雄道：「店小二說沒了肉賣，你又那裏得來？」時遷嘻嘻的笑著去竈上提出一隻老大公雞來。楊雄問道：「那裏得這雞來？」時遷道：「小弟卻纔去後面淨手，見這隻雞在籠裏，尋思沒甚喫酒，被我悄悄把去溪邊殺了，提桶湯去後面，就那裏燖得乾淨，煮得熟了，把來與二位哥哥喫。」楊雄道：「你這廝還是這等賊手賊腳！」石秀笑道：「還未改本行！」

三個笑了一回，把這雞來手撕開喫了，一面盛飯來喫。只見那店小二略睡一睡，放心不下，爬將起來，前後去炤管；只見廚桌上有些雞毛和雞骨頭，卻去竈上看時，半鍋肥汁。小二慌忙去後面籠裏看時，不見了雞，連忙出來問道：「客人，你們好不達道理！如何偷了我店裏報曉的雞喫？」時遷道：「見鬼了！耶！耶！我自路上買得這隻雞來喫，何曾見你的雞！」小二道：「我店裏的雞卻那裏去了？」時遷道：「敢被野貓拖了，黃猩子喫了，鷂鷹撲去了？我卻怎地得知？」小二道：「我的雞纔在籠裏，不是你偷了是誰？」石秀道：「不要爭。直幾錢，賠了你便罷。」店小二道：「我的是報曉雞，店內少他不得。你便賠我十兩銀子也不濟，只要還我雞！」石秀大怒道：「你詐哄誰！老爺不賠你便怎的！」店小二笑道：「客人，你們休要在這裏討野火喫！只我店裏不比別處客店，拏你到莊上便做梁山泊賊寇解了去！」

石秀聽了，大罵道：「便是梁山泊好漢，你怎麼拏了我去請賞？」楊雄也怒道：「好意還你些錢，不賠你怎地拏我去？」小二叫一聲「有賊！」只見店裏赤條條地走出三五個大漢來，逕奔楊雄、石秀來。被石秀手起，一拳一個，都打翻了。小二哥正待要叫，被時遷一拳打腫了臉，做聲不得。這幾個大漢都從後門走了。楊雄道：「兄弟，這廝們一定去報人來，我們快喫了飯走了罷。」

三個當下喫飽了，把包裹分開背了，穿上麻鞋，跨了腰刀，各人去鎗架子上揀了一條好朴刀。石秀道：「左右只是左右，不可放過了他！」便去竈前尋了把草，竈裏點個火，望裏面四下燒著。看那草房被風一煽，刮刮雜雜火起來。那火頃刻間天也似般大。三個拽開腳步，望大路便走。

三個人行了兩個更次，只見前面後面火把不計其數；約有一二百人，發著喊，趕將來。石秀道：「且不要慌，我們且揀小路走。」楊雄道：「且住！一個來殺一個！兩個來殺一雙！待天色明朗卻走！」說猶未了。四下裏合攏來。楊雄當先，石秀在後，時遷在中，三個挺著朴刀來戰莊客，那夥人初時不知，輪著鎗棒趕來，楊雄手起朴刀，早戳翻了五七個，前面的便走，後面的急待要退。石秀趕入去，又戳翻了六七人。四下裏莊客見說殺傷了十數人，都是要性命的，思量不是頭，都退了去。三個得一步趕一步。

正走之間，喊聲又起。枯草裏舒出兩把撓鉤來，正把時遷一撓鉤搭住，拖入草窩去了。石秀急轉身來救時遷，背後又舒出兩把撓鉤來，卻得楊雄眼快，便把朴刀一撥撥開，望草裏便戳。發聲喊，都走了。兩個見捉了時遷，怕深入重地，亦無心戀戰：「顧不得時遷了，且四下裏尋路走罷。」見遠遠的火把亂明，小路上又無叢林樹木，炤得有路便走，一直望東邊去了。眾莊客四下裏趕不著，自救了帶傷的人去，將時遷背剪綁了，押送祝家莊來。

且說楊雄、石秀，走到天明，望見一座村落酒店。石秀道：「哥哥，前頭酒肆裏買碗酒飯喫了去，就問路程。」兩個便入村店裏來，倚了朴刀坐下，叫酒保取些酒來，就做些飯喫。酒保一面鋪下菜蔬，盪將酒來。

方欲待喫。只見外面一個大漢走入來，生得闊臉方腮，眼鮮耳大，貌醜形麤，穿一領茶褐紬衫，戴一頂萬字頭巾，繫一條白絹搭膊，下面穿一雙油膀靴，叫道：「大官人教你們挑了擔來莊上納。」店主人連忙應道：「裝了擔，少刻便送到莊上。」

那人分付了，便轉身；又說道：「快挑來！」卻待出門，正從楊雄、石秀前面過。楊雄卻認得他，便叫一聲：「小郎，你如何在這裏，不看我一看？」那人回轉頭來看了一看，卻也認得，便叫道：「恩人如何來到這裏？」望著楊雄便拜。不是楊雄撞見了這個人，有分教三莊盟誓成虛謬，眾虎咆哮起禍殃。畢竟楊雄、石秀遇見的那人是誰，且聽下回分解。

第四十六回 撲天鵰兩修生死書 宋公明一打祝家莊

話說當時楊雄扶起那人來，叫與石秀相見，石秀便問道：「這位兄弟是誰？」楊雄道：「這個兄弟，姓杜，名興，祖貫是中山府人氏。因為面顏生得麤莽，以此人都叫他做鬼臉兒。上年間，做買賣，來到薊州，因一口氣上打死了同夥的客人，喫官司監在薊州府裏。楊雄見他說起拳棒都省得，一力維持救了他。不想今日在此相會。」杜興便問道：「恩人為何公事來到這裏？」楊雄附耳低言道：「我在薊州殺了人命，欲要投梁山泊去入夥。昨晚在祝家店投宿，因同一個來的火伴時遷偷了他店裏報曉雞喫，一時與店小二鬧將起來，性起，把他店裏都燒了。我三個連夜逃走，不提防背後趕來。我兄弟兩個搠翻了他幾個，不想亂草中間舒出兩把撓鉤，把時遷搭了去。我兩個亂撞到此。正要問路，不想遇見賢弟。」杜興道：「恩人不要慌。我叫放時遷還你。」楊雄道：「賢弟少坐，同飲一杯。」

三人坐下，當下飲酒。杜興便道：「小弟自從離了薊州，多得恩人的恩惠；來到這裏，感承此間一個大官人見愛，收錄小弟在家中做個主管，每日撥萬論千盡托付與杜興身上，甚是信任，以此不想回鄉去。」楊雄道：「此間大官人是誰？」杜興道：「此間獨龍岡前面有三座山岡，列著三個村坊：中間是祝家莊，西邊是扈家莊，東邊是李家莊，這三處莊上，三村裏算來總有一二萬軍馬人家。惟有祝家莊最是豪傑。為頭家長喚做祝朝奉，有三個兒子，名為祝氏三傑：長子祝龍，次子祝虎，三子祝彪。又有一個教師，喚做鐵棒欒廷玉，此人有萬夫不當之勇。莊上自有一二千了得的莊客。西邊那個扈家莊，莊主扈太公，有個兒子，喚做飛天虎扈成，也十分了得。惟有一個女兒最英雄，名喚一丈青扈三娘；使兩口日月雙刀，馬上如法了得。這裏東村莊上卻是杜興的主人，姓李名應，能使一條渾鐵點鋼鎗，背藏飛刀五口，百步取人，神出鬼沒。這三村結下生死誓願，同心共意，但有吉凶，遞相救應，惟恐梁山泊好漢過來借糧，因此三村準備下抵敵他。如今小弟引二位到莊上見了李大官人，求書去搭救時遷。」

楊雄又問道：「你那李大官人，莫不是江湖上喚撲天鵰的李應？」杜興道：「正是他。」石秀道：「江湖上只聽得說獨龍岡有個撲天鵰李應是好漢，卻原來在這裏。多聞他真個了得，是好男子，我們去走一遭。」

楊雄便喚酒保計算酒錢。杜興那裏肯要他還，便自招了酒錢。三個離了村店。便引楊雄、石秀來到李家莊上。楊雄看時，真個好大莊院。外面周迴一遭闊港；粉牆傍岸，有數百株合抱不交的大柳樹；門外一座弔橋接著莊門；入得門，來到廳前，兩邊有二十餘座鎗架，明晃晃的都插滿軍器；杜興道：「兩位哥哥在此少等。待小弟入去報知，請大官人出來相見。」

杜興入去不多時，只見李應從裏面出來。杜興引楊雄、石秀上廳拜見。李應連忙答禮，便教上廳請坐。楊雄、石秀再三謙讓，方纔坐了。李應便教取酒來且相待。楊雄、石秀兩個再拜道：「望乞大官人致書與祝家莊來救時遷性命，生死不敢有忘。」

李應教請門館先生來商議，修了一封書緘，填寫名諱，使個圖書印記，便差一個副主管齎了，備一匹快馬，星火去祝家莊，取這個人來。那副主管領了東人書札，上馬去了。楊雄、石秀拜謝罷。李應道：

「二位壯士放心。小人書去，便當放來。」楊雄、石秀又謝了。李應道：「且請去後堂，少敘三杯等待。」兩個隨進裏面，就具早膳相待。飯罷，喫了茶，李應問些鎗法；見楊雄、石秀說得有理，心中甚喜。

巳牌時分，那個副主管回來。李應喚到後堂，問道：「去取的這人在那裏？」主管答道：「小人親見朝奉下了書，倒有放還之心；後來走出祝氏三傑，反焦躁起來，書也不回，人也不放，定要解上州去。」李應失驚道：「他和我三家村裏結生死之交，書到便當依允。如何恁地起來？必是你說得不好，以致如此！——杜主管，你須自去走一遭，親見祝朝奉，說個仔細緣繇。」杜興道：「小人願去。只求東人親筆書緘，到那裏方纔肯放。」李應道：「說得是。」急取一幅花箋紙來，李應親自寫了書札，封皮面上，使一個諱字圖書，把與杜興接了。後槽牽過一匹快馬，備上鞍轡，拿了鞭子，便出莊門，上馬加鞭，奔祝家莊去了。李應道：「二位放心。我這封親筆書去，少刻定當放還。」

楊雄、石秀深謝了。留在後堂，飲酒等待。看看天色待晚，不見杜興回來。李應心中疑惑，再教人去接。只見莊客報道：「杜主管回來了。」李應便道：「幾個人回來？」莊客道：「只是主管獨自一個跑將回來。」李應搖著頭道：「卻又作怪！往常這廝不是這等兜搭，今日緣何恁地？」走出前廳。楊雄、石秀都跟出來。只見杜興下了馬，入得莊門，見他模樣，氣得紫漲了面皮，咨牙露嘴，半晌說不得話。李應道：「你且言備細緣故。怎麼地來？」

杜興氣定了，方纔道：「小人齎了東人書札，到他那裏第三重門下，卻好遇見祝龍、祝虎、祝彪弟兄三個坐在那裏。小人聲了三個喏。祝彪喝道：『你又來則甚？』小人躬身稟道：『東人有書在此，拜上。』祝彪那廝變了臉，罵道：『你那主人恁地不曉人事！早晌使個潑男女來這裏下書，要討那個梁山泊賊人時遷！如今我正要解上州裏去，又來怎地？』小人說道：『這個時遷不是梁山泊夥內人數；他是自薊州來的客人，要投見敝莊東人。不想誤燒了官人店屋，明日東人自當依舊蓋還。萬望俯看薄面，高抬貴手，寬恕，寬恕。』祝家三個都叫道：『不還！不還！』小人又道：『官人請看，東人親筆書札在此。』祝彪那廝接過書去，也不拆開來看，就手扯得粉碎，喝叫把小人直叉出莊門。祝彪、祝虎發話道：『休要惹老爺性發！把你那……』──小人本不敢盡言，實被那三個畜生無禮，說，『把你那李……李應捉來，也做梁山泊強寇解了去！』又喝叫莊客原拿了小人，被小人飛馬走了。於路上氣死小人！叵耐那廝，枉與他許多年結生死之交，今日全無些仁義！」

李應聽罷，心頭那把無明業火高舉三千丈，按捺不下，大呼：「莊客！快備我那馬來！」楊雄、石秀諫道：「大官人息怒。休為小人們壞了貴處義氣。」李應那裏肯聽，便去房中披上一副黃金鎖子甲，前後獸面掩心，穿一領大紅袍，背胯邊插著飛刀五把，拿了點鋼鎗，戴上鳳翅盔，出到莊前，點起三百悍勇莊客，杜興也披一副甲，持把鎗上馬，帶領二十餘騎馬軍，楊雄、石秀也抓扎起，挺著朴刀，跟著李應的馬，逕奔祝家莊來。

日漸銜山時分，早到獨龍岡前，便將人馬排開。原來祝家莊又蓋得好，占著這座獨龍山岡，四下一遭闊港；那莊正造在岡上，有三層城牆，都是頑石壘砌的，約高二丈；前後兩座莊門，兩條弔橋；牆裏四邊都蓋窩鋪❶，四下裏遍插著鎗刀軍器；門樓上排著戰鼓銅鑼。

李應勒馬在莊前大叫：「祝家三子！怎敢毀謗老爺！」只見莊門開處，擁出五六十騎馬來。當先一

❶ 窩鋪：臨時搭蓋的草屋。

騎似火炭赤的馬上坐著祝朝奉第三子祝彪。李應指著大罵道：「你這廝口邊孋腥未退❷，頭上胎髮猶存！你爺與我結生死之交，誓願同心共意，保護村坊！你家有事情，要取人時，早來早放；要取物件，無有不奉！我今一個平人，二次修書來討，你如何扯了我的書札，恥辱我名？是何道理？」祝彪道：「俺家雖和你結生死之交，誓願同心協意，共捉梁山泊反賊，掃清山寨！你如何卻結連反賊，意在謀叛？」李應喝道：「你說他是梁山泊甚人？你這廝卻冤平人做賊，當得何罪？」祝彪道：「賊人時還已自招了，你休要在這裏胡說亂道！遮掩不過！你去便去！不去時，連你捉了也做賊人解送！」

李應大怒，拍坐下馬，挺手中鎗，便奔祝彪。祝彪縱馬去戰李應。兩個就獨龍岡前，一來一往，一上一下，鬭了十七八合。祝彪戰李應不過，撥回馬便走。李應縱馬趕將去。祝彪把鎗橫擔在馬上，左手拈弓，右手取箭，搭上箭，拽滿弓，覷得較親，背翻身一箭。李應急躲時，臂上早著。李應翻筋斗墜下馬來。祝彪便勒轉馬來搶人。楊雄、石秀見了，大喝一聲，挺兩把朴刀直奔祝彪馬前殺將來。祝彪抵當不住，急勒回馬便走；早被楊雄一朴刀戳在馬後股上；那馬負疼，壁直立起來，險些兒把祝彪掀在馬下；卻得隨從馬上的人都搭上箭射將來。楊雄、石秀見了，自思又無衣甲遮身，只得退回不趕。杜興早自把李應救起上馬先去了。楊雄、石秀跟了眾莊客也走了。祝家莊人馬趕了二三里路，見天色晚來，也自回去了。

杜興扶著李應，回到莊前，下了馬，同入後堂坐定，宅眷都出來看視，拔了箭矢，伏侍卸了衣甲，便把金瘡藥敷了瘡口，連夜在後堂商議。楊雄、石秀與杜興說道：「既是大官人被那廝無禮，又中了箭，

---

❷ 孋腥未退：形容乳臭未乾的樣子。

時遷亦不能彀出來，都是我等連累大官人了。我弟兄兩個只得上梁山泊去懇告晁、宋二公並眾頭領來與大官人報讎，就救時遷。」因辭謝了李應。李應道：「非是我不用心，實出無奈，兩位壯士只得休怪。」叫杜興取些金銀相贈。楊雄、石秀那裏肯受，李應道：「江湖之上，二位不必推卻。」兩個方纔收受，拜辭了李應。杜興送出村口，指與大路。杜興作別了，自回李家莊，不在話下。

且說楊雄、石秀取路投梁山泊來，早望見遠遠一處新造的酒店，那酒旗兒直挑出來。兩個入到店裏買些酒喫，就問路程。這酒店卻是梁山泊新添設做眼的酒店，正是石勇掌管。兩個一面喫酒，一頭動問酒保上梁山泊路程。石勇見他兩個非常，便來答應道：「你兩位客人從那裏來？要問上山去怎地？」楊雄道：「我們從薊州來。」石勇猛可想起道：「莫非足下是石秀麼？」楊雄道：「我乃是楊雄。這個兄弟是石秀。大哥如何得知石秀名？」石勇慌忙道：「小子不認得；前者，戴宗哥哥到薊州回來，多曾稱說兄長，聞名久矣。今得上山，且喜，且喜。」

三個敘禮罷，楊雄、石秀把上件事都對石勇說了。石勇隨即叫酒保置辦分例酒來相待，推開後面水亭上窗子，拽起弓，放了一枝響箭。只見對港蘆葦叢中早有小嘍囉搖過船來。石勇便邀二位上船，直送到鴨嘴灘上岸。石勇已自先使人上山去報知，早見戴宗、楊林下山來迎接。俱各敘禮罷，一同上至大寨裏，眾頭領知道有好漢上山，都來聚會大寨坐下。戴宗、楊林引楊雄、石秀上廳參見晁蓋、宋江並眾頭領。

相見已罷，晁蓋細問兩個蹤跡。楊雄、石秀把本身武藝投托入夥先說了。眾人大喜，讓位而坐。楊雄漸漸說到：「有個來投托大寨同入夥的時遷，不合偷了祝家店裏報曉雞，一時爭鬧起來，石秀放火，燒了他店屋，時遷被捉。李應二次修書去討，怎當祝家三子堅執不放，誓要捉山寨裏好漢，且又千般辱罵。叵耐那廝十分無禮！」

不說萬事皆休；纔然說罷，晁蓋大怒，喝叫：「孩兒們！將這兩個與我斬訖報來！」宋江慌忙道：「哥哥息怒。兩個壯士不遠千里來此協助，如何卻要斬他？」晁蓋道：「俺梁山泊好漢自從夥併王倫之後，便以忠義為主，全施恩德於民。一個個兄弟下山去，不曾折了銳氣。新舊上山的兄弟們各各都有豪傑的光彩。這廝兩個把梁山泊好漢的名目去偷雞喫，因此連累我等受辱！今日先斬了這兩個，將這廝首級去那裏號令。我親領軍馬去洗蕩那個村坊，不要輸了銳氣！孩兒們！快斬了報來！」宋江勸住道：「不然。哥哥不聽這兩位賢弟卻纔所說，那個鼓上蚤時遷，他原是此等人，以致惹起祝家那廝來？豈是這二位賢弟要玷辱山寨！我也每每聽得有人說，祝家莊那廝要和俺山寨敵對了。哥哥權且息怒。即日山寨人馬數多，錢糧缺少，非是我等要去尋他，那廝倒來吹毛求疵，因而正好乘勢去拿那廝。若打得此莊，倒有三五年糧食。非是我們生事害他，其實那廝無禮！只是哥哥山寨之主，豈可輕動？小可不才，親領一支軍馬，啟請幾位賢弟們下山去打祝家莊。若不洗蕩得那個村坊，誓不還山。一是山寨不折了銳氣；二乃免此小輩，被他恥辱；三則得許多糧食，以供山寨之用；四者，就請李應上山入夥。」吳學究道：「公明哥哥之言最好。豈可山寨自斬手足之人？」戴宗便道：「寧可斬了小弟，不可絕了賢路。」

眾頭領力勸，晁蓋方纔免了二人。楊雄、石秀也自謝罪。宋江撫諭道：「賢弟休生異心。此是山寨號令，不得不如此。便是宋江，倘有過失，也須斬首，不敢容情。如今新近又立了鐵面孔目裴宣做軍政司，賞功罰罪，已有定例。賢弟只得恕罪，恕罪。」楊雄、石秀拜罷，謝罪已了，晁蓋叫去坐在楊林之下。山寨裏都喚小嘍囉來參賀新頭領已畢，一面殺牛宰馬，且做慶喜筵席；撥定兩所房屋教楊雄、石秀安歇，每人撥十個小嘍囉伏侍。

當晚席散，次日再備筵席，會眾商量議事。宋江教喚鐵面孔目裴宣計較下山人數，啟請諸位頭領同宋江去打祝家莊，定要洗蕩了那個村坊。商量已定，除晁蓋頭領鎮守山寨不動外，留下吳學究、劉唐並阮家三弟兄、呂方、郭盛護持大寨。原撥定守灘守關守酒店有職事人員俱各不動。又撥新到頭領孟康管造船隻，頂替馬麟監督戰船。寫下告示，將下山打祝家莊頭領分作兩起：頭一撥宋江、花榮、李俊、穆弘、李逵、楊雄、石秀、黃信、歐鵬、楊林帶領三千小嘍囉，三百馬軍，披掛已了，下山前進。第二撥便是林沖、秦明、戴宗、張橫、張順、馬麟、鄧飛、王矮虎、白勝也帶三千小嘍囉，三百馬軍，隨後接應。再著金沙灘、鴨嘴灘二處小寨，只教宋萬、鄭天壽守把，就行接應糧草。晁蓋送路已了，自回山寨。

且說宋江並眾頭領逕奔祝家莊來，於路無話，早來到獨龍山前。尚有一里多路，前軍下了寨柵。宋江在中軍帳裏坐下，便和花榮商議道：「我聽得說，祝家莊裏路徑甚雜，未可進兵。且先使兩個人去探聽路途曲折；知得順逆路程，卻纔進兵，與他對敵。」李逵便道：「哥哥，兄弟閒了多時。不曾殺得一人，我便先去走一遭。」宋江道：「兄弟，你去不得。若是破陣衝敵，用著你先去；這是做細作❸的勾當，用你不著。」李逵笑道：「量這個鳥莊，何須哥哥費力！只兄弟自帶三二百個孩兒們殺將去，把這個鳥莊上人都砍了！何須要人先去打聽！」宋江喝道：「你這廝休胡說！且一壁廂去，叫你便來！」李逵走開去了，自說道：「打死幾個蒼蠅，也何須大驚小怪！」

❸ 細作：間諜；偵探。

宋江便喚石秀來，說道：「兄弟曾到彼處，可和楊林走一遭。」石秀便道：「如今哥哥許多人馬到這裏，他莊上如何不提備；我們扮做甚麼人入去好？」楊林便道：「我自打扮了解魔的法師去，身邊藏了短刀，手裏擎著法環，於路搖將入去。你只聽我法環響，不要離了我前後。」石秀道：「我在薊州，原曾賣柴；我只是挑一擔柴進去賣便了。身邊藏了暗器，有些緩急，匾擔也用得著。」楊林道：「好，好；我和你計較了，今夜打點，五更起來便行。」

到得明日，石秀挑著柴擔先入去。行不到二十來里，只見路徑曲折多雜，四下裏彎環相似；樹木叢密，難認路頭。石秀便歇下柴擔不走。聽得背後法環響得漸近，石秀看時，卻見楊林頭戴一個破笠子，身穿一領舊法衣，手裏擎著法環，於路搖將進來。石秀見沒人，叫住楊林，說道：「此處路徑彎雜，不知那裏是我前日跟隨李應來時的路。天色已晚，他們眾人爛熟奔走，正看不仔細。」楊林道：「不要管他路徑曲直，只顧揀大路走便了。」

石秀又挑了柴，只顧望大路先走，見前面一村人家，數處酒店肉店。石秀挑著柴，便望酒店門前歇了。只見各店內都把刀鎗插在門前！每人身上穿一領黃背心，寫個大「祝」字；往來的人亦各如此。石秀見了，便看著一個年老的人，唱個喏，拜揖道：「丈人，請問此間是何風俗？為甚都把刀鎗插在當門？」那老人道：「你是那裏來的客人？原來不知，只可快走。」石秀道：「小人是山東販棗子的客人，消折了本錢，回鄉不得，因此擔柴來這裏賣。不知此間鄉俗地理。」老人道：「只可快走，別處躲避。這裏早晚要大廝殺也！」石秀道：「此間這等好村坊去處，怎地了大廝殺？」老人道：「客人，你敢真個不知？我說與你：俺這裏喚做祝家村。岡上便是祝朝奉衙裏。如今惡了梁山泊好漢，見今引領軍馬在村口，要來廝殺；卻怕我這村裏路雜，未敢入來，見今駐箚在外面。如今祝家莊上行號令下來，每戶人家，要我們精壯後生準備著。但有令傳來，便要去策應。」石秀道：「丈人村中總有多少人家？」老人道：「只我這祝家村，也有一二萬人家。東西還有兩村人接應；東村喚做撲天鵰李應李大官人；西村喚扈太公莊，有個女兒，喚做扈三娘，綽號一丈青，十分了得。」石秀道：「似此如何卻怕梁山泊做甚麼？」那老人道：「便是我們初來時，不知路的，也要喫捉了。」石秀道：「丈人，怎地初來要喫捉了？」老人道：「我這村裏的路，有舊人說道：『好個祝家莊，盡是盤陀路！容易入得來，只是出不去！』」

石秀聽罷，便哭起來，撲翻身便拜；向那老人道：「小人是個江湖上折了本錢歸鄉不得的人！或賣了柴出去，撞見廝殺，走不脫，卻不是苦？爺爺，怎地可憐見！小人情願把這擔柴相送爺爺，只指與小人出去的路罷！」那老人道：「我如何白要你的柴；我就買你的，你且入來，請你喫些酒飯。」

石秀拜謝了，挑著柴，跟那老人入到屋裏。那老人篩下兩碗白酒，盛一碗糕糜，叫石秀喫了。石秀再拜謝道：「爺爺！指教出去的路徑！」那老人道：「你便從村裏走去，只看有白楊樹便可轉彎。不問路道闊狹，但有白楊樹的轉彎便是活路；沒那樹時都是死路。如有別的樹木轉彎也不是活路。若還走差了，左來右去，只走不出去。更兼死路裏地下埋藏著竹簽鐵蒺藜④；若是走差了，踏著飛簽，准定喫捉了，待走那裏去！」

石秀拜謝了，便問：「爺爺高姓？」那老人道：「這村裏姓祝的最多；惟有我複姓鍾離，土居在此。」石秀道：「酒飯小人都喫殺了，改日當厚報。」

看他寫老人說話，只須一句處，便要說十數句，真活畫老人。

④鐵蒺藜：禦敵的工具。以尖銳的三角形鐵片聯綴成串，形如蒺藜，散布於敵人進攻的要道，使人馬不得馳騁。

正說之間，只聽得外面鬧吵。石秀聽得道：「拿了一個細作！」石秀喫了一驚，跟那老人出來看時，只見七八十個軍人背綁著一個人過來。石秀看時，卻是楊林，剝得赤條條的，索子綁著。石秀看了，只暗暗地叫苦，悄悄假問老人道：「這個拿了的是甚麼人？為甚事綁了他？」那老人道：「你不見說他是宋江那裏來的細作？」石秀又問道：「怎地喫他拿了？」那老人道：「說這廝也好大膽，獨自一個來做細作，打扮做個解魔法師，閃入村裏來。卻又不認得這路，只揀大路走了，左來右去，只走了死路；又不曉的白楊樹轉彎抹角的消息。人見他走得差了，來路蹺蹊，報與莊上官人們來捉他。這廝方纔又掣出刀來；手起，傷了四五個人。當不住這裏人多，一發上，因此喫拿了。有人認得他從來是賊，叫做錦豹子楊林。」

說言未了，只聽得前面喝道，說是「莊上三官人巡綽過來！」石秀在壁縫裏張時，看得前面擺著二十對纓鎗，後面四五個人騎著馬，都彎弓插箭；又有三五對青白哨馬，中間擁著一個年少壯士，坐在一匹雪白馬上，全副披掛，跨了弓箭，手執一條銀鎗。

石秀自認得他，特地問老人道：「過去相公是誰？」那老人道：「這個人正是祝朝奉第三子，喚做祝彪，定著西村扈家莊一丈青為妻。弟兄三個只有他第一了得！」石秀拜謝道：「老爺爺！指點尋路出去！」那老人道：「今日晚了，前面倘或廝殺，枉送了你性命。」石秀道：「爺爺可救一命則個！」那老人道：「你且在我家歇一夜。明日打聽沒事，便可出去。」

石秀拜謝了，坐在他家。只聽得門前四五替報馬報將來，排門分付道：「你那百姓，今夜只看紅燈為號，齊心並力捉拿梁山泊賊人解官請賞。」叫過去了，石秀問道：「這個人是誰？」那老人道：「這個官人是本處捕盜巡簡。今夜約會要捉宋江。」石秀見說，心中自忖了一回，討個火把，叫了安置，自去屋後草窩裏睡了。

卻說宋江軍馬在村口屯駐，不見楊林、石秀出來回報，隨後又使歐鵬去到村口，出來回報道：「聽得那裏講動，說道捉了一個細作。小弟見路徑又雜，難認，不敢深入重地。」宋江聽罷，忿怒道：「如何等得回報了進兵！又喫拿了一個細作，必然陷了兩個兄弟！我們今夜只顧進兵，殺將入去，也要救他兩個兄弟，未知你眾頭領意下如何？」只見李逵便道：「我先殺入去，看是如何！」

宋江聽得，隨即便傳將令，教軍士都披掛了。李逵、楊雄前一隊做先鋒。使李俊等引軍做合後。穆弘居左，黃信居右。宋江、花榮、歐鵬等，中軍頭領。搖旗吶喊，擂鼓鳴鑼，大刀闊斧，殺奔祝家莊來。

比及殺到獨龍岡上，是黃昏時候。宋江催趲前軍打莊。先鋒李逵脫得赤條條的，揮兩把夾鋼板斧，火拉拉地殺向前來。到得莊前看時，已把弔橋高高地拽起了，莊門裏不見一點火。李逵便要下水過去。楊雄扯住，道：「使不得。關閉莊門，必有計策。待哥哥來，別有商議。」李逵那裏忍耐得住，拍著雙斧，隔岸大罵道：「那鳥祝太公老賊！你出來！黑旋風爺爺在這裏！」莊上只是不應。

宋江中軍人馬到來，楊雄接著，報說莊上並不見人馬，亦無動靜。宋江勒馬看時，莊上不見刀鎗軍馬，心中疑忌，猛省道：「我的不是了，天書上明明戒說，『臨敵休急暴』。是我一時見不到，只要救兩個兄弟，以此連夜進兵；不期深入重地，直到了他莊前，不見敵軍。他必有計策，快教三軍且退。」李逵叫道：「哥哥！軍馬到這裏了，休要退兵！我與你先殺過去！你們都跟我來！」

說猶未了，莊上早知。只聽得祝家莊裏，一個號砲直飛起半天裏去。那獨龍岡上，千百把火把一齊點著；那門樓上弓箭如雨點般射將來。宋江急取舊路回軍。只見後軍頭領李俊人馬先發起喊來，說道：「來的舊路都阻塞了！必有埋伏！」

宋江教軍兵四下裏尋路走。李逵揮起雙斧，往來尋人厮殺，不見一個敵軍。只見獨龍岡山頂上又放一個砲來。響聲未絕，四下裏喊聲震地，驚得宋公明目瞪口呆，罔知所措。你便有文韜武略，怎逃出地網天羅？正是安排縛虎擒龍計，要捉驚天動地人。畢竟宋公明並眾將軍怎地脫身，且聽下回分解。

第四十七回　一丈青單捉王矮虎　宋公明二打祝家莊

話說當下宋江在馬上看時，四下裏都有埋伏軍馬，且教小嘍囉只往大路殺將去，只聽得三軍屯塞住了，眾人都叫起苦來。宋江問道：「怎麼叫苦？」眾軍都道：「前面都是盤陀路，走了一遭，又轉到這裏。」宋江道：「教軍馬望火把亮處有房屋人家取路出去。」又走不多時，只見前軍又發起喊來，叫道：「甫能望火把亮處取路，又有苦竹簽鐵蒺藜，遍地撒滿鹿角❶，都塞了路口！」宋江道：「莫非天喪我也！」

正在慌急之際，只聽得左軍中間，穆弘隊裏鬧動，報來說道：「石秀來了！」宋江看時，見石秀撚著口刀，奔到馬前，道：「哥哥休慌，兄弟已知路了！暗傳下將令，教三軍只看有白楊樹便轉彎走去，不要管他路闊路狹！」

宋江催趲人馬只看有白楊樹便轉。約走過五六里路，只見前面人馬越添得多了。宋江疑忌，便喚石秀，問道：「兄弟，怎麼前面賊兵眾廣？」石秀道：「他有燭燈為號。」花榮在馬上看見，把手指與宋江，道：「哥哥，你看見那樹影裏這碗燭燈麼？只看我等投東，他便把那燭燈望東扯；若是我們投西，他便把那燭燈望西扯。只那些兒，想來便是號令。」宋江道：「怎地奈何得他那碗燈？」花榮道：「有

❶鹿角：軍用的防禦設備。用帶枝的樹木埋植地上，以阻止敵人行進，其形如鹿角，故名。

何難哉！」便拈弓搭箭，縱馬向前，望著影中只一箭，不端不正，恰好把那碗紅燈射將下來。四下裏埋伏軍兵，不見了那碗紅燈，便都自亂攛起來。

宋江叫石秀引路，且殺出村口去。只聽得前山喊聲連天，一帶火把縱橫撩亂。宋江教前軍扎住，且使石秀領路去探。不多時，回來報道：「是山寨中第二撥軍馬到了，接應殺散伏兵！」

宋江聽罷，進兵夾攻，奪路奔出村口。祝家莊人馬四散去了。會合著林沖、秦明等眾人軍馬同在村口駐箚，卻好天明，去高阜處下了寨柵，整點人馬，數內不見了鎮三山黃信。宋江大驚，詢問緣故。有昨夜跟去的軍人見的來說道：「黃頭領聽著哥哥將令，前去探路，不提防蘆葦叢中舒出兩把撓鉤，拖翻馬腳，被五七個人活捉去了，救護不得。」

宋江聽罷，大怒，要殺隨行軍漢，如何不早報來。林沖、花榮勸住宋江，眾人納悶道：「莊又不曾打得，倒折了兩個兄弟。似此怎生奈何！」楊雄道：「此間有三個村坊結併。所有東村李大官人前日已被祝彪那廝射了一箭，見今在莊上養病。哥哥何不去與他計議？」宋江道：「我正忘了也。他便知本處地理虛實。」分付教取一對段匹羊酒，選一騎好馬並鞍轡，親自上門去求見。林沖、秦明權守柵寨。宋江帶同花榮、楊雄、石秀上了馬，隨行三百馬軍，取路投李家莊來；到得莊前，早見門樓緊閉，弔橋高拽起了；牆裏擺著許多莊兵人馬，門樓上早擂起鼓來。

宋江在馬上叫道：「俺是梁山泊義士宋江，特來謁見大官人，別無他意，休要提備。」莊門上杜興看見有楊雄、石秀在彼，慌忙開了莊門，放隻小船過來，與宋江聲喏。宋江慌忙下馬來答禮。楊雄、石秀近前稟道：「這位兄弟便是引小弟兩個見李大官人的，喚做鬼臉兒杜興。」宋江道：「原來是杜主管。

相煩足下對李大官人說：俺梁山泊宋江久聞大官人大名，無緣不曾拜會。今因祝家莊要和俺們做對頭，經過此間，特獻綵段名馬羊酒薄禮，只求一見，別無他意。」杜興領了言語，再渡過莊來，直到廳前。李應帶傷披被坐在床上。杜興把宋江要求見的言語說了。李應道：「他是梁山泊造反的人，我如何與他廝見？無私有意。你可回他話道：只說我臥病在床，動止不得，難以相見，改日卻得拜會。所賜禮物，不敢祗受。」

杜興再渡過來見宋江，稟道：「俺東人再三拜上頭領，本欲親身迎迓，奈緣中傷，患軀在床，不能相見，容日專當拜會。適蒙所賜厚禮並不敢受。」宋江道：「我知你東人的意了，我因打祝家莊失利，欲求相見則個；他恐祝家莊見怪，不肯出來相見。」杜興道：「非是如此，委實患病。小人雖是中山人氏，到此多年了，頗知此間虛實事情。中間是祝家莊，東是俺李家莊，西是扈家莊；這三村莊上誓願結生死之交，有事互相救應。今番惡了俺東人，自不去救應。只恐西村扈家莊上要來相助；他莊上別的不打緊；只有一個女將，喚做一丈青扈三娘，使兩口日月刀，好生了得。卻是祝家莊第三子祝彪定為妻室，早晚要娶。若是將軍要打祝家莊時，不須提備東邊，只要緊防西路。祝家莊上前後有兩座莊門；一座在獨龍岡前，一座在獨龍岡後。若打前門，卻不濟事；須是兩面夾攻，方可得破。前門打緊路雜難認，一遭都是盤陀路徑，闊狹不等。但有白楊樹便可轉彎，方是活路；如無此樹便是死路。」石秀道：「他如今都把白楊樹木斫伐去了，將何為記？」杜興道：「雖然斫伐了樹，如何起得根盡？也須有樹根在彼。只宜白日進兵去攻打，黑夜不可進去。」

宋江聽罷，謝了杜興，一行人馬卻回寨裏來。林沖等接著，都到大寨裏坐下。宋江把李應不肯相見

乃寫來便若真有其事，而親

臨其地者。

並杜興說的話對眾頭領說了，李逵便插口道：「好意送禮與他，那廝不肯出來迎接哥哥；我自引三百人去打開鳥莊，腦揪這廝出來拜見哥哥！」宋江道：「兄弟，你不省的，他是富貴良民，懼怕官府，如何造次肯與我們相見？」李逵笑道：「那廝想是個小孩子，怕見！」

眾人一齊都笑起來。宋江道：「雖然如此說了，兩個兄弟陷了，不知性命存亡。你眾兄弟可竭力向前，跟我再去攻打祝家莊。」眾人都起身說道：「哥哥將令，誰敢不聽。不知教誰前去？」黑旋風李逵說道：「你們怕小孩子，我便前去！」宋江道：「你做先鋒不利，今番用你不著。」李逵低了頭忍氣。

宋江便點馬麟、鄧飛、歐鵬、王矮虎四個，「跟我親自做先鋒去。」第二點戴宗、秦明、楊雄、石秀、李俊、張橫、張順、白勝準備下水路用人；第三點林沖、花榮、穆弘、李逵分作兩路策應。眾軍標撥已定，都飽食了，披掛上馬。

且說宋江親自要去做先鋒，攻打頭陣；前面打著一面大紅「帥」字旗，引著四個頭領，一百五十騎馬軍，一千步軍，殺奔祝家莊來，直到獨龍岡前。宋江勒馬，看那祝家莊上，颺起兩面白旗，旗上明明繡著十四個字，道：「填平水泊擒晁蓋，踏破梁山捉宋江！」

當下宋江在馬上心中大怒，設誓道：「我若打不得祝家莊，永不回梁山泊！」眾頭領看了，一齊都怒起來。宋江聽得後面人馬都到了，留下第二撥頭領攻打前門。宋江自引了前部人馬轉過獨龍岡後面來看祝家莊時，後面都是銅牆鐵壁，把得嚴整。

正看之時，只見直西一彪軍馬，吶著喊，從後殺來。宋江留下馬麟、鄧飛把住祝家莊後門；自帶了歐鵬、王矮虎分一半人馬前來迎接。山坡下來軍約有二三十騎馬軍，當中簇擁著一員女將，正是扈家莊女將一丈青扈三娘；一騎青驄馬上，輪兩口日月雙刀，引著三五百莊客，前來祝家莊策應。宋江道：「剛說扈家莊有這個女將，好生了得，想來正是此人。誰敢與他迎敵？」

說猶未了，只見這王矮虎是個好色之徒，聽得說是個女將，指望一合便捉得過來；當時喊了一聲，驟馬向前，挺手中鎗便出迎敵。兩軍吶喊。那扈三娘拍馬舞刀來戰王矮虎。一個雙刀的熟閑，一個單鎗的出眾。

兩個鬬敵十數合之上，宋江在馬上看時，見王矮虎鎗法架隔不住。原來王矮虎初見一丈青，恨不得便捉過來；誰想鬬過十合之上，看看的手顫腳痲，鎗法便都亂了。不是兩個性命相撲時，王矮虎卻要做光❷起來！

那一丈青是個乖覺的人，心中道：「這廝無理！」便將兩把雙刀直上直下砍將入來。這王矮虎如何敵得過，撥回馬卻待要走；被一丈青縱馬趕上，把右手刀挂了，輕舒粉臂，將王矮虎提脫離鞍，眾莊客齊上，橫拖倒拽，活捉去了。歐鵬見捉了王英，便挺鎗來救。一丈青縱馬跨刀，接著歐鵬，兩個便鬬。原來歐鵬祖是軍班子弟出身，使得好一條鐵鎗。宋江看了，暗暗的喝采。怎的歐鵬鎗法精熟，也敵不得那女將半點便宜！

鄧飛在遠遠處看見捉了王矮虎，歐鵬又戰那女將不下，跑著馬，舞起一條鐵鏈，大發喊趕將來。祝家莊上已看多時，誠恐一丈青有失，慌忙放下弔橋，開了莊門。祝龍親自引了三百餘人，驟馬提鎗來捉宋江。馬麟看見，一騎馬使起雙刀來迎住祝龍廝殺。鄧飛恐宋江有失，不離左右。看他兩邊廝殺，喊聲

❷ 做光：調情。

迭起。

宋江見馬麟鬬祝龍不過，歐鵬鬬一丈青不下，正慌哩，只見一彪軍馬從刺斜裏殺將來。宋江看時，大喜：卻是霹靂火秦明，聽得莊後廝殺，前來救應。宋江大叫：「秦統制，你可替馬麟！」秦明是個急性的人，更兼祝家莊捉了他徒弟黃信，正沒好氣，拍馬飛起狼牙棍，便來直取祝龍。祝龍也挺鎗來敵秦明。馬麟引了人劫奪王矮虎，那一丈青看見了馬麟來奪人，便撇了歐鵬，卻來接住馬麟廝殺。兩個都會使雙刀，馬上相迎著，正如風飄玉屑，雪散瓊花。宋江看得眼也花了。

這邊秦明和祝龍鬬到十合之上，祝龍如何敵得秦明過。莊門裏面那教師欒廷玉，帶了鐵鎚，上馬挺鎗，殺將出來。歐鵬便來迎住欒廷玉廝殺。欒廷玉也不來交馬，帶住鎗時，刺斜裏便走。歐鵬趕將去，被欒廷玉一飛鎚，正打著，翻筋斗攧下馬去。鄧飛大叫：「孩兒們！救人！」舞著鐵鏈逕奔欒廷玉。宋江急喚小嘍囉救得歐鵬上馬。那祝龍當敵秦明不住，拍馬便走。欒廷玉也撇了鄧飛，卻來戰秦明。兩個鬬了一二十合，不分勝敗。欒廷玉賣個破綻，落荒即走。秦明舞棍逕趕將去。欒廷玉便望荒草之中，跑馬入去。秦明不知是計，也追入去。原來祝家莊那等去處都有人埋伏；見秦明馬到，拽起絆馬索來，連人和馬都絆翻了，發聲喊，捉住了秦明。

鄧飛見秦明墜馬，慌忙來救時，見絆馬索起，卻待回身，兩下裏叫聲「著」，撓鉤似亂麻一般搭來，就馬上活捉了去。宋江看見，只叫得苦，止救得歐鵬上馬。

馬麟撇了一丈青，急奔來保護宋江，望南而走。背後欒廷玉、祝龍、一丈青分投趕將來。看看沒路，正待受縛，只見正南上一個好漢飛馬而來；背後隨從約有五百人馬。宋江看時，乃是沒遮攔穆弘。東南上也有三百餘人，兩個好漢飛奔前來；一個是病關索楊雄，一個是拚命三郎石秀。東北上又一個好漢，高聲大叫：「留下人著！」宋江看時，乃是小李廣花榮。

三路人馬一齊都到。宋江心下大喜，一發併力來戰欒廷玉、祝龍。莊上望見，恐怕兩個喫虧，且教祝虎守把住莊門，小郎君祝彪騎一匹劣馬，使一條長鎗，自引五百餘人馬從莊後殺將出來，一齊混戰。莊前李俊、張橫、張順下水過來，被莊上亂箭射來，不能下手。戴宗、白勝只在對岸吶喊。宋江見天色晚了，急叫馬麟先保護歐鵬出村口去。宋江又叫小嘍囉篩鑼，聚攏眾好漢，且戰且走。宋江自拍馬到處尋了看，只恐兄弟們迷了路。

正行之間，只見一丈青飛馬趕來。宋江措手不及，便拍馬望東而走。背後一丈青緊追著，八個馬蹄翻盞撒鈸相似，趕投深村處來。一丈青正趕上宋江，待要下手，只聽得山坡上有人大叫道：「那鳥婆娘趕我哥哥那裏去！」宋江看時，卻是黑旋風李逵，輪兩把板斧，引著七八十個小嘍囉，大踏步趕將來。一丈青便勒轉馬，望這樹林邊去。宋江也勒住馬看時，只見樹林邊轉出十數騎馬軍來，當先簇擁著一個壯士，正是豹子頭林沖，在馬上大喝道：「兀那婆娘走那裏去！」一丈青飛刀縱馬，直奔林沖。林沖挺丈八蛇矛迎敵。兩個鬬不到十合，林沖賣個破綻，放一丈青兩口刀砍入來，林沖把蛇矛逼個住，兩口刀逼斜了，趕攏去，輕舒猿臂，款扭狼腰，把一丈青只一拽，活挾過馬來。

宋江看見，喝聲采，不知高低。林沖叫軍士綁了，驟馬向前道：「不曾傷犯哥哥麼？」宋江道：「不曾傷著。」便叫李逵快走村中接應眾好漢，「且教來村口商議，天色已晚，不可戀戰。」黑旋風領本部人馬去了。林沖保護宋江，押著一丈青在馬上，取路出村口來。當晚眾頭領不得便宜，急急都趕出村口來。

祝家莊人馬也收回莊上去了。滿村中殺死的人不計其數。祝龍教把捉到的人都將來陷車囚了，一發拿住宋江，卻解上東京去請功。扈家莊已把王矮虎解送到祝家莊去了。

且說宋江收回大隊人馬，到村口下了寨柵，先教將一丈青過來，喚二十個老成的小嘍囉，著四個頭目，騎四匹快馬，把一丈青拴了雙手，也騎一匹馬，「連夜與我送上梁山泊去，交與我父親宋太公收管，便來回話，待我回山寨，自有發落。」眾頭領都只道宋江自要這個女子，盡皆小心送去。先把一輛車兒教歐鵬上山去將息。一行人都領了將令，連夜去了。宋江其夜在帳中納悶，一夜不睡，坐而待旦。

次日，只見探事人報來說：「軍師吳學究引將三阮頭領並呂方、郭盛帶五百人馬到來！」宋江聽了，出寨迎接了軍師吳用，到中軍帳裏坐下。吳學究帶將酒食來與宋江把盞賀喜，一面犒賞三軍眾將。吳用道：「山寨裏晁頭領多聽得哥哥先次進兵不利，特地使將吳用並五個頭領來助戰。不知近日勝敗如何？」宋江道：「一言難盡！叵耐祝家那廝，他莊門上立兩面白旗，寫道：『填平水泊擒晁蓋，踏破梁山捉宋江！』這廝無禮！先一遭進兵攻打，因為失其地利，折了楊林、黃信；夜來進兵，又被一丈青捉了王矮虎，欒廷玉鎚打傷了歐鵬，絆馬索拖翻捉了秦明、鄧飛，如此失利，若不得林教頭恰活捉得一丈青時，折盡銳氣！今來似此如之奈何！若是宋江打不得祝家莊破，救不出這幾個兄弟來，情願自死於此地；也無面目回去見得晁蓋哥哥！」吳學究笑道：「這個祝家莊也是合當天敗；恰好有這個機會，吳用想來，事在旦夕可破。」

宋江聽罷，十分驚喜，連忙問道：「這祝家莊如何旦夕可破？機會自何而來？」吳學究笑著，不慌不忙，疊兩個指頭，說出這個機會來。正是空中伸出拿雲手，救出天羅地網人。畢竟軍師吳用說出甚麼機會來，且聽下回分解。

第四十八回　解珍解寶雙越獄　孫立孫新大劫牢

話說當時吳學究對宋公明說道：「今日有個機會，卻是石勇面上來投入夥的人，又與欒廷玉那廝最好，亦是楊林、鄧飛的至愛相識。他知道哥哥打祝家莊不利，特獻這條計策來入夥，以為進身之禮，隨後便至。五日之內可行此計，卻是好麼？」宋江聽了，大喜道：「妙哉！」方纔笑逐顏開。

原來這段話正和宋公明初打祝家莊時一同事發。乃是山東海邊有個州郡，喚做登州。登州城外有一座山，山上多有豺狼虎豹，出來傷人，因此，登州知府拘集獵戶，當廳委了杖限文書，捉捕登州山上大蟲，又仰山前山後里正之家也要捕虎文狀；限外不行解官，痛責枷號不恕。

且說登州山下有一家獵戶，弟兄兩個，哥哥喚做解珍，兄弟喚做解寶。弟兄兩個都使渾鐵點鋼叉，有一身驚人的武藝。當州裏的獵戶們都讓他第一。那解珍一個綽號喚做兩頭蛇。這解寶綽號叫做雙尾蠍。二人父母俱亡，不曾婚娶。那哥哥七尺以上身材，紫棠色面皮，腰細膀闊。這兄弟更是利害，也有七尺以上身材，面圓身黑，兩隻腿上刺著兩個飛天夜叉；有時性起，恨不得拔樹搖山，騰天倒地。

那弟兄兩個當官受了甘限❶文書，回到家中，整頓窩弓藥箭，弩子鐺叉，穿了豹皮褲，虎皮套體，拿了鋼叉；兩個逕奔登州山上，下了窩弓，去樹上等了一日，不濟事了，收拾窩弓下去；次日，又帶了

寫出好漢。

❶ 甘限：指在期限內必須完成某項差役，否則甘心受罰。

乾糧，再上山伺候。看看天晚，兄弟兩個再把窩弓下了，爬上樹去，直等到五更，又沒動靜。兩個移了窩弓，卻來西山邊下了，坐到天明，又等不著。兩個心焦，說道：「限三日內要納大蟲，遲時須用受責，卻是怎地好！」

兩個到第三日夜，伏至四更時分，不覺身體困倦。兩個背廝靠著且睡，未曾合眼，忽聽得窩弓發響。兩個跳將起來，拿了鋼叉，四下裏看時，只見一個大蟲中了藥箭，在那地上滾。兩個撚著鋼叉向前來。那大蟲見了人來，帶著箭便走。兩個追將向前去，不到半山裏時，藥力透來，那大蟲當不住，吼了一聲，骨碌碌滾將下山去了。解寶道：「好了！我認得這山是毛太公莊後園裏，我和你下去他家取討大蟲。」

當時弟兄兩個提了鋼叉，逕下山來投毛太公莊上敲門。此時方纔天明，兩個敲開莊門入去，莊客報與太公知道。多時，毛太公出來。解珍、解寶放下鋼叉，聲了喏，說道：「伯伯，多時不見，今日特來拜擾。」毛太公道：「賢姪如何來得這等早？有甚話說？」解珍道：「無事不敢驚動伯伯睡寢。如今小姪因為官司委了甘限文書，要捕獲大蟲，一連等了三日；今早五更射得一個，不想從後山滾下在伯伯園裏。望煩借一路取大蟲則個。」毛太公道：「不妨。既是落在我園裏，二位且少坐。敢是肚饑了？喫些早飯去取。」叫莊客且去安排早膳來相待。當時勸二位喫了酒飯。解珍、解寶起身謝道：「感承伯伯厚意，望煩引去取大蟲還小姪。」毛太公道：「既是在我莊後，卻怕怎地？且坐喫茶，卻去取未遲。」解珍、解寶不敢相違，只得又坐下。莊客拿茶來教二位喫了。毛太公道：「如今和賢姪去取大蟲。」解珍、解寶道：「深謝伯伯。」

毛太公引了二人，入到莊後，方叫莊客把鑰匙來開門，百般開不開。毛太公道：「這園多時不曾有人來開，敢是鎖簧鏽了，因此開不得。去取鐵鎚來打開了罷。」莊客身邊取出鐵鎚，打開了鎖，眾人都入園裏去看時，遍山邊去看，尋不見。毛太公道：「賢姪，你兩個莫不錯看了，認不仔細，敢不曾落在我園裏？」解珍道：「怎地得我兩個錯看了？是這裏生長的人，如何不認得？」毛太公道：「你自尋便了，有時自抬去。」解寶道：「哥哥，你且來看。這裏一帶草滾得平平地都倒了，又有血路在上頭。如何說不在這裏？必是伯伯家莊客抬過了。」毛太公道：「你休這等說；我家莊上的人如何得知有大蟲在園裏，便又抬得過？你也須看見方纔當面敲開鎖來，和你兩個一同入園裏來尋。你如何這般說話？」解珍道：「伯伯，你須還我這個大蟲去解官。」毛太公道：「你這兩個好無道理！我好意請你喫酒飯，你顛倒賴我大蟲！」解寶道：「有甚麼賴處！你家也見當里正，官府中也委了甘限文書；卻沒本事去捉，倒來就我見成，你倒將去請功，教我兄弟兩個喫限棒！」毛太公道：「你喫限棒，干我甚事！」

解珍、解寶睜起眼來，便道：「你敢教我搜一搜麼？」毛太公道：「我家比你家！各有內外！你看這兩個叫化頭倒來無禮！」解寶搶近廳前，尋不見，心中火起，便在廳前打將起來。解珍也就廳前攀折欄杆，打將入去。毛太公叫道：「解珍、解寶白晝搶劫！」那兩個打碎了廳前椅桌，見莊上都有準備，兩個便拔步出門，指著莊上，罵道：「你賴我大蟲，和你官司裏去理會！」

那兩個正罵之間，只見兩三匹馬投莊上來，引著一夥伴當。解珍認得是毛太公兒子毛仲義，接著說道：「你家莊上莊客捉過了我大蟲，你爹不討還我，顛倒要打我弟兄兩個！」毛仲義道：「這廝村人不省事，我父親必是被他們瞞過了；你兩個不要發怒，隨我到家裏，討還你便了。」

解珍、解寶謝了。毛仲義叫開莊門，教他兩個進去；待得解珍、解寶入得門來，便叫關上莊門，喝一聲「下手！」兩廊下走出二三十個莊客。並恰纔馬後帶來的都是做公的。那兄弟兩個措手不及。眾人一發上，把解珍、解寶綁了。毛仲義道：「我家昨夜自射得一個大蟲，如何來白賴我的？乘勢搶擄我家財，打碎家中什物，當得何罪？解上本州，也與本州除了一害！」

原來毛仲義五更時先把大蟲解上州裏去了；卻帶了若干做公的來捉解珍、解寶。不想他這兩個不識局面，正中了他的計策，分說不得。毛太公教把他兩個使的鋼叉做一包贓物，扛抬了許多打碎的家火什物，將解珍、解寶剝得赤條條地，背剪綁了，解上州裏來。本州有個六案孔目，姓王，名正，卻是毛太公的女婿，已自先去知府面前稟說了，纔把解珍、解寶押到廳前，不繇分說，綑翻便打；定要他兩個招做「混賴大蟲，各執鋼叉，因而搶擄財物。」

解珍、解寶喫拷不過，只得依他招了。知府教取兩面二十五斤的重枷來枷了，釘下大牢裏去。毛太公、毛仲義自回莊上商議道：「這兩個男女卻放他不得！不如一發結果了他，免致後患。」當時父子二人自來州裏分付孔目王正：「與我一發斬草除根，了此一案。我這裏自行與知府透打關節❷。」

卻說解珍、解寶押到死囚牢裏，引至亭心上來見這個節級。為頭的那人姓包，名吉，已自得了毛太公銀兩並聽信王孔目之言，——教對付他兩個性命。——便來亭心裏坐下。小牢子對他兩個說道：「快過來跪在亭子前！」包節級喝道：「你兩個便是甚麼兩頭蛇、雙尾蠍，是你麼？」解珍道：「雖然別人叫小人們這等混名，實不曾陷害良善。」包節級喝道：「你這兩個畜生！今番我手裏教你『兩頭蛇』做『一頭蛇』，『雙尾蠍』做『單尾蠍』！——且與我押入大牢裏去！」

❷透打關節：暗中對每一層級的官吏賄賂請託。

那一個小牢子把他兩個帶在牢裏來；見沒人，那小節級便道：「你兩個認得我麼？我是你哥哥的妻舅。」解珍道：「我只親弟兄兩個，別無那個哥哥。」那小牢子道：「你兩個須是孫提轄的兄弟？」解珍道：「孫提轄是我姑舅哥哥。我卻不曾與你相會。足下莫非是樂和舅？」那小節級道：「正是；我姓樂，名和，祖貫茅州人氏。先祖挈家到此，將姐姐嫁與孫提轄為妻。我自在此州裏勾當，——做小牢子。人見我唱得好，都叫我做鐵叫子樂和。姐夫見我好武藝，也教我學了幾路鎗法在身。」

原來這樂和是一個聰明伶俐的人：諸般樂品學著便會；作事道頭知尾；說起鎗棒武藝，如糖似蜜價愛。為見解珍、解寶是個好漢，有心要救他；只是單絲不線，孤掌難鳴，只報得他一個信。

樂和說道：「好教你兩個得知：如今包節級得受了毛太公錢財，必然要害你兩個性命；你兩個卻是怎生好？」解珍道：「你不說起孫提轄則休；你既說起他來，只央你寄一個信。」樂和道：「你卻教我寄信與誰？」解珍道：「我有個姐姐，是我爺面上的，卻與孫提轄兄弟為妻，見在東門外十里牌住。他是我姑娘的女兒，叫做母大蟲顧大嫂，開張酒店，家裏又殺牛開賭。我那姐姐有三二十人近他不得。姐夫孫新這等本事也輸與他。只有那個姐姐和我弟兄兩個最好。孫新、孫立的姑娘卻是我母親；以此，他兩個又是我姑舅哥哥。央煩得你暗暗地寄個信與他，把我的事說知，姐姐必然自來救我。」

樂和聽罷，分付說：「賢親，你兩個且寬心著。」先去藏些燒餅肉食，來牢裏開了門，把與解珍、解寶喫了，推了事故，鎖了牢門，教別個小節級看守了門，一逕奔到東門外，望十里牌來。早望見一個酒店，門前懸掛著牛羊等肉；後面屋下，一簇人在那裏賭博。樂和見酒店裏一個婦人坐在櫃上，心知便是顧大嫂，走向前，唱個喏，道：「此間姓孫麼？」顧大嫂慌忙答道：「便是。足下卻要沽酒，卻要買肉？如要賭錢，後面請坐。」樂和道：「小人便是孫提轄妻舅樂和的便是。」顧大嫂笑道：「原來卻是樂和舅。可知尊顏和姆姆❸一般模樣。且請裏面拜茶。」

樂和跟進裏面客位裏坐下。顧大嫂便動問道：「聞知得舅舅在州裏勾當，家下窮忙少閒，不曾相會。今日甚風吹得到此？」樂和答道：「小人無事，也不敢來相惱。今日廳上偶然發下兩個罪人進來，雖不曾相會，多聞他的大名：一個是兩頭蛇解珍，一個是雙尾蠍解寶。」顧大嫂道：「這兩個是我的兄弟！不知因甚罪犯下在牢裏？」樂和道：「他兩個因射得一個大蟲，被本鄉一個財主毛太公賴了，又把他兩個強扭做賊，搶擄家財，解入州裏來。他又上上下下都使了錢物，早晚間，要教包節級牢裏做翻他兩個，結果了性命。小人路見不平，獨力難救。只想一者占親，二乃義氣為重，特地與他通個消息。他說道，只除是姐姐便救得他。若不早早用心著力，難以救拔。」

顧大嫂聽罷，一片聲叫起苦來，便叫火家：「快去尋得二哥家來說話！」這幾個火家去不多時，尋得孫新歸來與樂和相見。原來這孫新，祖是瓊州人氏，軍官子孫；因調來登州駐紮，弟兄就此為家。孫新生得身長力壯，全學得他哥哥的本事，使得幾路好鞭鎗；因此多人把他弟兄兩個比尉遲恭，叫他做小尉遲。

顧大嫂把上件事對孫新說了。孫新道：「既然如此，教舅舅先回去。他兩個已下在牢裏，全望舅舅看覷則個。我夫妻商量個長便道理，卻逕來相投。」樂和道：「但有用著小人處，儘可出力向前。」顧大嫂置酒相待已了，將出一包碎銀，付與樂和道：「煩舅舅將去牢裏，散與眾人並小牢子們，好生周全

❸ 姆姆：弟婦對兄嫂的稱呼。

他兩個弟兄。」樂和謝了，收了銀兩，自回牢裏來替他使用，不在話下。

且說顧大嫂和孫新商議道：「你有甚麼道理救我兩個兄弟？」孫新道：「毛太公那廝有錢有勢；他防你兩個兄弟出來，須不肯干休，定要做翻了他兩個，似此必然死在他手。若不去劫牢，別樣也救他不得。」顧大嫂道：「我和你今夜便去。」孫新笑道：「你好麤鹵！我和你也要算個長便，劫了牢，也要個去向。若不得我那哥哥和這兩個人時，行不得這件事。」

顧大嫂道：「這兩個是誰？」孫新道：「便是那叔姪兩個，最好賭的，鄒淵、鄒閏；如今見在登雲山臺峪裏聚眾打劫。他和我最好。若得他兩個相幫，此事便成。」顧大嫂道：「登雲山離這裏不遠，你可連夜去請他叔姪兩個來商議。」孫新道：「我如今便去。你可收拾了酒食餚饌，我去定請得來。」

顧大嫂分付火家宰了一口豬，鋪下數盤果品按酒，排下桌子。天色黃昏時候，只見孫新引了兩籌好漢歸來。那個為頭的姓鄒，名淵，原是萊州人氏；自小最好賭錢，閒漢出身；為人忠良慷慨；更兼一身好武藝，性氣高強，不肯容人；江湖上喚他綽號出林龍。第二個好漢，名喚鄒閏。是他姪兒；年紀與叔叔彷彿，二人爭差不多；身材長大，天生一等異相，腦後一個肉瘤；往常但和人爭鬭，性起來，一頭撞去；忽然一日，一頭撞折了澗邊一株松樹，看的人都驚呆了；因此都喚他做獨角龍。

當時顧大嫂見了，請入後面屋下坐地，卻把上件事告訴與他，次後商量劫牢一節。鄒淵道：「我那裏雖有八九十人，只有二十來個心腹的。明日幹了這件事，便是這裏安身不得了。我卻有個去處，我也有心要去多時，只不知你夫婦二人肯去麼？」顧大嫂道：「遮莫甚麼去處，都隨你去，只要救了我兩個兄弟！」鄒淵道：「如今梁山泊十分興旺。宋公明大肯招賢納士。他手下見有我的三個相識在彼：一個是錦豹子楊林，一個是火眼狻猊鄧飛，一個是石將軍石勇。都在那裏入夥了多時。我們救了你兩個兄弟，都一發上梁山泊投奔入夥去，如何？」顧大嫂道：「最好！有一個不去的，我便亂鎗戳死他！」鄒閏道：「還有一件，我們倘或得了人，誠恐登州有些軍馬追來，如之奈何？」孫新道：「我的親哥哥見做本州兵馬提轄。如今登州只有他一個了得；幾番草寇臨城，都是他殺散了，到處聞名。我明日自去請他來，要他依允便了。」鄒淵道：「只怕他不肯落草。」孫新說道：「我自有良法。」當夜喫了半夜酒，歇到天明，留下兩個好漢在家裏，卻使一個火家，帶領了一兩個人，推一輛車子，「快去城中營裏請我哥哥孫提轄並嫂嫂樂大娘子。說道：『家中大嫂害病沈重，便煩來家看覷。』」顧大嫂又分付火家道：「只說我病重臨危，有幾句緊要的話，須是便來，只有一番相見囑付。」

火家推車兒去了。孫新專在門前伺候，等接哥哥。飯罷時分，遠遠望見車兒來了，載著樂大娘子，背後孫提轄騎著馬，十數個軍漢跟著，望十里牌來。孫新入去報與顧大嫂得知，說：「哥嫂來了。」顧大嫂分付道：「只依我如此行。……」

孫新出來接見哥嫂，且請大哥嫂嫂下了車兒，同到房裏看視弟媳婦病症。孫提轄下了馬，入門來，端的好條大漢！淡黃面皮，落腮鬍鬚，八尺以上身材，姓孫，名立，綽號病尉遲；射得硬弓，騎得劣馬；使一管長鎗，腕上懸一條虎眼竹節鋼鞭；海邊人見了，望風便跌。

當下病尉遲孫立下馬來，進得門，便問道：「兄弟，嬸子害甚麼病？」孫新答道：「他害的症候甚是蹺蹊。請哥哥到裏面說話。」

孫立便入來，孫新分付火家著這夥跟馬的軍士去對門店裏喫酒。便教火家牽過馬，請孫立入到裏面來坐下。

良久，孫新道：「請哥哥嫂嫂去房裏看病。」孫立同樂大娘子入進房裏，見沒有病人。孫立問道：「嬸子病在那裏房內？」只見外面走入顧大嫂來；鄒淵、鄒閏跟在背後。孫立道：「嬸子，你正是害甚麼病？」顧大嫂道：「伯伯拜了。我害些救兄弟的病！」孫立道：「卻又作怪！救甚麼兄弟？」顧大嫂道：「伯伯，你不要推聾裝啞，你在城中豈不知道他兩個？是我兄弟，偏不是你的兄弟！」孫立道：「我並不知因繇。是那兩個兄弟？」

顧大嫂道：「伯伯在上。今日事急，只得直言拜稟：這解珍、解寶被登雲山下毛太公與同王孔目設計陷害，早晚要謀他兩個性命。我如今和這兩個好漢商量已定，要去城中刦牢，救出他兩個兄弟，都投梁山泊入夥去。恐怕明日事發，先負累伯伯；因此我只推患病，請伯伯姆姆到此，說個長便。若是伯伯不肯去時，我們自去上梁山泊去了。如今天下有甚分曉！走了的到沒事，見在的便喫官司！常言道：『近火先焦。』伯伯便替我們喫官司、坐牢，那時又沒人送飯來救你。伯伯尊意如何？」

孫立道：「我卻是登州的軍官，怎地敢做這等事？」顧大嫂道：「既是伯伯不肯，我今日便和伯伯併個你死我活！」顧大嫂身邊便掣出兩把刀來。鄒淵、鄒閏各拔出短刀在手。孫立叫道：「嬸子且住！休要急速。待我從長計較，慢慢地商量。」樂大娘子驚得半晌做聲不得。

顧大嫂又道：「既是伯伯不肯去時，即便先送姆姆前行！我們自去下手！」孫立道：「雖要如此行時，也待我歸家去收拾包裹行李，看個虛實，方可行事。」顧大嫂道：「伯伯，你的樂阿舅透風與我們了！一就去劫牢，一就去取行李不遲。」孫立歎了一口氣，說道：「你眾人既是如此行了，我怎地推卻得？終不成日後倒要替你們喫官司？罷！罷！罷！罷！都做一處商議了行！」先叫鄒淵去登雲山寨裏收拾起財物馬匹，帶了那二十個心腹的人，來店裏取齊。鄒淵去了。又使孫新入城裏來問樂和討信，就約會了，暗通消息解珍、解寶得知。

次日，登雲山寨裏鄒淵收拾金銀已了，自和那起人到來相助；孫新家裏也有七八個知心腹的火家，並孫立帶來的十數個軍漢，共有四十餘人。孫新宰了兩口豬、一腔羊，眾人盡喫了一飽。顧大嫂貼肉藏了尖刀，扮做個送飯的婦人先去。孫新跟著孫立，鄒淵領了鄒閏，各帶了火家，分作兩路入去。

卻說登州府牢裏包節級得了毛太公錢物，只要陷害解珍、解寶的性命。當日樂和拿著水火棍正立在牢門裏獅子口邊，只聽得拽鈴子響。樂和道：「甚麼人？」顧大嫂應道：「送飯的婦人。」樂和已自瞧科了，便來開門，放顧大嫂入來，再關了門將過廊下去。包節級正在亭心裏看見，便喝道：「這婦人是甚麼人？敢進牢裏來送飯！自古『獄不通風！』」樂和道：「這是解珍、解寶的姐姐自來送飯。」包節級喝道：「休要叫他入去！你們自與他送進去便了！」

樂和討了飯，卻開了牢門，把與他兩個。解珍、解寶問道：「舅舅，夜來所言的事如何？」樂和道：「你姐姐入來了。只等前後相應。」樂和便把匣床與他兩個開了。只聽得小牢子入來報道：「孫提轄敲門，要走入來。」包節級道：「他自是營官，來我牢裏，有何事幹！休要開門！」

顧大嫂一踅踅下亭心邊去。外面又叫道：「孫提轄焦躁了打門。」包節級忿怒，便下亭心來。顧大嫂大叫一聲「我的兄弟在那裏」，身邊便掣出兩把明晃晃尖刀來。包節級見不是頭，望亭心外便走。解珍、解寶提起枷從牢眼裏鑽將出來，正迎著包節級。包節級措手不及，被解寶一枷梢打去，把腦蓋劈得粉碎。

當時顧大嫂手起，早戳翻了三五個小牢子，一齊發喊，從牢裏打將出來。孫立、孫新兩個把住牢門，見四個從牢裏出來，一發望州衙前便走。鄒淵、鄒閏早從州衙裏提出王孔目頭來。一行人大喊，步行者在前，孫提轄騎著馬，彎著弓，搭著箭，壓在後面。街上人家都關上門，不敢出來。州裏做公的人認得是孫提轄，誰敢向前攔當。眾人簇擁著孫立奔出城門去，一直望十里牌來，扶攙樂大娘子上了車兒，顧大嫂上了馬，幫著便行。

解珍、解寶對眾人道：「叵耐毛太公老賊冤家！如何不報了去！」孫立道：「說得是。」——便令兄弟孫新，與舅舅樂和，——「先護持車兒前行著，我們隨後趕來。」孫新、樂和簇擁著車兒先行去了。孫立引著解珍、解寶、鄒淵、鄒閏並火家伴當一逕奔毛太公莊上來，正值毛仲義與太公在莊上慶壽飲酒，卻不提備。一夥好漢吶聲喊殺將入去，就把毛太公、毛仲義並一門老小盡皆殺了，不留一個；去臥房裏搜簡得十數包金銀財寶，後院裏牽得七八匹好馬，把四匹捎帶馱載。解珍、解寶揀幾件好的衣服穿了；將莊院一把火齊放起燒了。各人上馬，帶了一行人，趕不到三十里路，早趕上車仗人馬，一處上路行程。於路莊戶人家又奪得三五匹好馬，一行星夜奔上梁山泊去。

不一二日，來到石勇酒店裏。那鄒淵與他相見了，問起楊林、鄧飛二人。石勇說起：「宋公明去打祝家莊，二人都跟去，兩次失利。聽得報來說，楊林、鄧飛俱被陷在那裏，不知如何。備聞祝家莊三子豪傑，又有教師鐵棒欒廷玉相助，因此二次打不破那莊。」孫立聽罷，大笑道：「我等眾人來投大寨入夥，正沒半分功勞。獻此一條計，去打破祝家莊，為進身之報，如何？」石勇大喜道：「願聞良策。」孫立道：「欒廷玉和我是一個師父教的武藝。我學的鎗刀，他也知道；他學的武藝，我也盡知。我們今日只做登州對調來鄆州守把，經過來此相望，他必然出來迎接我們；進身入去，裏應外合，必成大事。此計如何？」

正與石勇說計未了，只見小校報道：「吳學究下山來，前往祝家莊救應去。」石勇聽得，便叫小校快去報知軍師，請來這裏相見。

說猶未了，已有軍馬來到店前，乃是呂方、郭盛並阮氏三雄；隨後軍師吳用帶領五百人馬到來。石勇接入店內，引著這一行人都相見了，備說投托入夥，獻計一節。

吳用聽了大喜，說道：「既然眾位好漢肯作成山寨，且休上山，便煩疾往祝家莊，行此一事，成全這段功勞，如何？」孫立等眾人皆喜，一齊都依允了。吳用道：「小生如今人馬先去。眾位好漢隨後一發便來。」

吳學究商議已了，先來宋江寨中，見宋公明眉頭不展，面帶憂容。吳用置酒與宋江解悶，備說起「石勇、楊林、鄧飛三個的一起相識是登州兵馬提轄病尉遲孫立，和這祝家莊教師欒廷玉是一個師父教的。今來共有八人，投托大寨入夥。特獻這條計策，以為進身之報。今已計較定了，裏應外合，如此行事。隨後便來參見兄長。」宋江聽說罷，大喜，把愁悶都撇在九霄雲外，忙教寨內置酒，安排筵席等來相待。

卻說孫立教自己的伴當人等跟著車仗人馬投一處歇下，只帶了解珍、解寶、鄒淵、鄒閏、孫新、顧大嫂、樂和共是八人，來參宋江。都講禮已畢，宋江置酒設席管待，不在話下。

吳學究暗傳號令與眾人，教第三日如此行，第五日如此行。分付已了，孫立等眾人領了計策，一行人自來和車仗人馬投祝家莊進身行事。

再說吳學究道：「啟動戴院長到山寨裏走一遭，快與我取將這四個頭領來，我自有用他處。」不是教戴宗連夜來取這四個人來，有分教水泊重添新羽翼，山莊無復舊衣冠。畢竟吳學究取那四個人來，且聽下回分解。

第四十九回　吳學究雙掌連環計　宋公明三打祝家莊

話說當時軍師吳用啟煩戴宗道：「賢弟可與我回山寨去取鐵面孔目裴宣、聖手書生蕭讓、通臂猿侯健、玉臂匠金大堅。可教此四人帶了如此行頭連夜下山來。我自有用他處。」戴宗去了。只見寨外軍士來報：「西村扈家莊上扈成，牽牛擔酒，特來求見。」宋江叫請入來。扈成來到中軍帳前，再拜懇告道：「小妹一時麤鹵，年幼不省人事，誤犯威顏；今者被擒，望乞將軍寬恕。奈緣小妹原許祝家莊上。前者不合奮一時之勇，陷於縲紲。如蒙將軍饒放，但用之物，當依命拜奉。」宋江道：「且請坐說話。祝家莊那廝好生無禮，平白欺負俺山寨，因此行兵報讎，須與你扈家無冤。只是令妹引人捉了我王矮虎，因此還禮，拿了令妹。你把王矮虎回放還我，我便把令妹還你。」扈成答道：「不期已被祝家莊拿了這個好漢去。」吳學究便道：「我這王矮虎今在何處？」扈成道：「如今拘鎖在祝家莊上，小人怎敢去取？」宋江道：「你不去取得王矮虎來還我，如何能彀得你令妹回去！」吳學究道：「兄長休如此說。只依小生一言：今後早晚祝家莊上但有些響亮，你的莊上切不可令人來救護；倘或祝家莊上有人投奔你處，你可就縛在彼。若是捉下得人時，那時送還令妹到貴莊。只是如今不在本寨，前日已使人送在山寨，奉養在宋太公處。你且放心回去。我這裏自有個道理。」扈成道：「今番斷然不敢去救應他。若是他莊上果有人來投我時，定縛來奉獻將軍麾下。」宋江道：「你若是如此，便強似送我金帛。」

扈成拜謝了去。孫立便把旗號上改喚做「登州兵馬提轄孫立」，領了一行人馬，都來到祝家莊後門前。莊上牆裏，望見是登州旗號，報入莊裏去。欒廷玉聽得是登州孫提轄到來相望，說與祝氏三傑道：「這孫提轄是我弟兄，自幼與他同師學藝。今日不知如何到此？」帶了二十餘人馬，開了莊門，放下弔橋，出來迎接。孫立一行人都下了馬。

眾人講禮已罷，欒廷玉問道：「賢弟在登州守把，如何到此？」孫立答道：「總兵府行下文書，對調我來此間鄆州守把城池，提防梁山泊強寇；便道經過，聞知仁兄在此祝家莊，特來相探。本待從前門來，因見村口莊前俱屯下許多軍馬，不好衝突，特地尋覓村里，從小路問到莊後，入來拜望仁兄。」欒廷玉道：「便是這幾時連日與梁山泊強寇廝殺，已拿得他幾個頭領在莊裏了。只要捉了宋江賊首，一併解官。天幸今得賢弟來此間鎮守。正如『錦上添花，旱苗得雨。』」孫立笑道：「小弟不才，且看相助捉拿這廝們，成全兄長之功。」

欒廷玉大喜，當下都引一行人進莊裏來，再拽起了弔橋，關上了莊門。孫立一行人安頓車仗人馬，更換衣裳，都在前廳來相見祝朝奉，與祝龍、祝虎、祝彪三傑都相見了。一家兒都在廳前相接。欒廷玉引孫立等上到廳上相見。講禮已罷，便對祝朝奉說道：「我這個賢弟孫立，綽號病尉遲，任登州兵馬提轄。今奉總兵府對調他來鎮守此間鄆州。」祝朝奉道：「老夫亦是治下。」孫立道：「卑小之職，何足道哉？早晚也要望朝奉提攜指教。」

祝氏三傑相請眾位尊坐。孫立動問道：「連日相殺，征陣勞神？」祝龍答道：「也未見勝敗。眾位尊兄鞍馬勞神不易。」孫立便叫顧大嫂引了樂大娘子——叔伯姆兩個——去後堂拜見宅眷；喚過孫新、解珍、解寶參見了，說道：「這三個是我兄弟。」指著樂和便道：「這位是此間鄆州差來取的公吏。」指著鄒淵、鄒閏道：「這兩個是登州送來的軍官。」祝朝奉並三子雖是聰明，卻見他又有老小並許多行李車仗人馬，又是欒廷玉教師的兄弟，那裏有疑心，只顧殺牛宰馬做筵席管待眾人飲酒。

過了一兩日，到第三日，莊兵報道：「宋江又調軍馬殺奔莊上來了！」祝彪道：「我自去上馬拿此賊！」便出莊門，放下弔橋，引一百餘騎馬軍殺將出來。早迎見一彪軍馬，約有五百來人。當先擁出那個頭領，彎弓插箭，拍馬輪鎗，乃是小李廣花榮。祝彪見了，躍馬挺鎗，向前來鬭。花榮也縱馬來戰祝彪。兩個在獨龍岡前，約鬭了十數合，不分勝敗。花榮賣個破綻，撥回馬便走。祝彪正待要縱馬追去，背後有認得的，說道：「將軍休要去趕，恐防暗器。此人深好弓箭。」

祝彪聽罷，便勒轉馬來不趕，領回人馬，投莊上來，拽起弔橋；看花榮時，已引軍馬回去了。祝彪直到廳前下馬，進後堂來飲酒。孫立動問道：「小將軍今日拿得甚賊？」祝彪道：「這廝們夥裏有個甚麼小李廣花榮，鎗法好生了得。鬭了五十餘合，那廝走了。我卻待要趕去追他，軍人們道，那廝好弓箭，因此各自收兵回來。」孫立道：「來日看小弟不才，拿他幾個。」當日筵席上叫樂和唱曲，眾人皆喜。至晚席散，又歇了一夜。

到第四日午牌，忽有莊兵報道：「宋江軍馬又來在莊前了！」堂下祝龍、祝虎、祝彪三子都披掛了，出到莊前門外。遠遠地聽得鳴鑼擂鼓，吶喊搖旗，對面早擺下陣勢。

這裏祝朝奉坐在莊門上，左邊欒廷玉，右邊孫提轄；祝家三傑並孫立帶來的許多人馬，都擺在門邊。

早見宋江陣上豹子頭林沖高聲叫罵。祝龍焦躁，喝叫放下弔橋，綽鎗上馬，引一二百人馬，大喊一聲，直奔林沖陣上。莊門下擂起鼓來，兩邊各把弓弩射住陣腳。林沖挺起丈八蛇矛，和祝龍交戰。連鬬到三十餘合，不分勝敗。兩邊鳴鑼，各回了馬。祝虎大怒，提刀上馬，跑到陣前，高聲大叫：「宋江決戰！」說言未了，宋江陣上早有一將出馬，乃是沒遮攔穆弘來戰祝虎。兩個鬬了三十餘合，又沒勝敗。祝彪見了大怒，便綽鎗飛身上馬，引二百餘騎，奔到陣前。宋江隊裏病關索楊雄，一騎馬，一條鎗，飛搶出來戰祝彪。孫立看見兩隊兒在陣前廝殺，心中忍耐不住，便喚孫新：「取我的鞭鎗來！就將我的衣甲頭盔袍襖把來披掛了！」牽過自己馬來，——這騎馬，號「烏騅馬」。——備上鞍子，扣了三條肚帶，腕上懸了虎眼鋼鞭，綽鎗上馬。祝家莊上一聲鑼響，孫立出馬在陣前。宋江陣上，林沖、穆弘、楊雄都勒住馬立於陣前。孫立早跑馬出來，說道：「看小可捉這廝們！」孫立把馬兜住，喝問道：「你那賊兵陣上有好廝殺的出來與我決戰！」

宋江陣內鸞鈴響處，一騎馬跑將出來。眾人看時，乃是拚命三郎石秀來戰孫立。兩馬相交，雙鎗並舉。兩個鬬到五十合，孫立賣個破綻，讓石秀一鎗搠入來；虛閃一個過，把石秀輕輕的從馬上捉過來，直挾到莊前撇下，喝道：「把來縛了！」祝家三子把宋江軍馬一攪，都趕散了。三子收軍，回到門樓下，見了孫立，眾皆拱手欽伏。

孫立便問道：「共是捉得幾個賊人？」祝朝奉道：「起初先拿得一個時遷，次後拿得一個細作楊林，又捉得一個黃信，扈家莊一丈青捉得一個王矮虎，陣上捉得兩個，秦明、鄧飛，今番將軍又捉得這個石秀，這廝正是燒了我店屋的，共是七個了。」孫立道：「一個也不要壞他；快做七輛囚車裝了，與些酒飯，將養身體，休教餓損了他，不好看。他日拿了宋江，一併解上東京去，教天下傳名，說這個祝家莊三傑！」祝朝奉謝道：「多幸得提轄相助。想是這梁山泊當滅了。」邀請孫立到後堂筵宴。石秀自把囚車裝了。

看官聽說，石秀的武藝不低似孫立，要賺祝家莊人，故意教孫立捉了，使他莊上人一發信他。孫立又暗暗地使鄒淵、鄒閏、樂和去後房裏把門戶都看了出入的路數。楊林、鄧飛見了鄒淵、鄒閏，心中暗喜。樂和張看得沒人，便透個消息與眾人知了。顧大嫂與樂大娘子在裏面，又看了房戶出入的門徑。

至第五日，孫立等眾人都在莊上閒行。當日辰牌時候，早飯已後，只見莊兵報道：「今日宋江分兵做四路，來打本莊！」孫立道：「分十路待怎地！你手下人且不要慌，早作準備便了。先安排些撓鉤套索，須要活捉，拿死的也不算！」

莊上人都披掛了。祝朝奉親自率引著一班兒上門樓來看時，見正東上一彪人馬，當先一個頭領，乃是豹子頭林沖，背後便是李俊、阮小二；約有五百以上人馬。正西上又有五百來人馬，當先一個頭領乃是小李廣花榮，隨背後是張橫、張順。正南門樓上望時，也有五百來人馬，當先三個頭領乃是沒遮攔穆弘、病關索楊雄、黑旋風李逵。——四面都是兵馬。戰鼓齊鳴，喊聲大舉。

欒廷玉聽了道：「今日這廝們廝殺，不可輕敵。我引了一隊人馬出後門殺這正西北上的人馬。」祝龍道：「我出前門殺這正東上的人馬。」祝虎道：「我也出後門殺那西南上的人馬。」祝彪道：「我自出前門捉宋江，是要緊的賊首！」祝朝奉大喜，都賞了酒。各人上馬，盡帶了三百餘騎，奔出莊門。其餘的都守莊院門樓前吶喊。

此時鄒淵、鄒閏已藏了大斧，只守在監門左側；解珍、解寶藏了暗器，不離後門；孫新、樂和已守定前門左右；顧大嫂先撥軍兵保護樂大娘子，卻自拿了兩把雙刀在堂前踅；只聽風聲，便乃下手。

且說祝家莊上擂了三通戰鼓，放了一個砲，把前後門都開，放下弔橋，一齊殺將出來。四路軍兵出了門，四下裏分投去廝殺。臨後孫立帶了十數個軍兵立在弔橋上；門裏孫新便把原帶來的旗號插起在門樓上；樂和便提著鎗直唱將出來；鄒淵、鄒閏聽得樂和唱，便唿哨了幾聲，輪動大斧，早把守監門的莊兵砍翻了數十個；便開了陷車，放出七隻大蟲來，各各架上拔了鎗；一聲喊起，顧大嫂掣出兩把刀，直奔入房裏，把應有婦人，一刀一個，盡都殺了。

祝朝奉見頭勢不好了，卻待要投井時，早被石秀一刀剁翻，割了首級。那十數個好漢分投來殺莊兵。後門頭解珍、解寶便去馬草堆裏放起把火，黑燄沖天而起。四路人馬見莊上火起，併力向前。祝虎見莊裏火起，先奔回來。孫立守在弔橋上，大喝一聲：「你那廝那裏去！」攔住弔橋。祝虎省口，便撥轉馬頭，再奔宋江陣上來。

這裏呂方、郭盛兩戟齊舉，早把祝虎連人和馬搠翻在地；眾軍亂上，剁做肉泥。前軍四散奔走。孫立、孫新迎接宋公明入莊。東路祝龍鬬林沖不住，飛馬望莊後而來；到得弔橋邊，見後門頭解珍、解寶把莊客的屍首一個個攛將下來。火燄裏，祝龍急回馬望北而走，猛然撞著黑旋風，踴身便到，輪動雙斧，早砍翻馬腳。祝龍措手不及，倒撞下來，被李逵只一斧，把頭劈翻在地。

祝彪見莊兵走來報知，不敢回，直望扈家莊投奔，被扈成叫莊客捉了，綁縛下。正解將來見宋江，恰好遇著李逵，只一斧，砍翻祝彪頭來，莊客都四散走了。李逵再輪起雙斧，便看著扈成砍來。扈成見局面不好，投馬落荒而走，棄家逃命，投延安府去了；後來中興內也做了個軍官武將。

且說李逵正殺得手順，直搶入扈家莊裏，把扈太公一門老幼盡數殺了，不留一個；叫小嘍囉牽了有的馬匹，把莊裏一應有的財賦，捎搭有四五十馱，將莊院門一把火燒了，卻回來獻納。

快人！快事！快筆！

再說宋江已在祝家莊上正廳坐下，眾頭領都來獻功，生擒得四五百人，奪得好馬五百餘匹，活捉牛羊不計其數。宋江見了，大喜道：「只可惜殺了欒廷玉那個好漢！」

正嗟歎間，聞人報道：「黑旋風燒了扈家莊，砍得頭來獻納。」宋江便道：「前日扈成已來投降，誰教他殺了此人？如何燒了他莊院？」只見黑旋風一身血污，腰裏插著兩把板斧，直到宋江面前唱個大喏，說道：「祝龍是兄弟殺了，祝彪也是兄弟砍了，扈成那廝走了，扈太公一家都殺得乾乾淨淨，兄弟特來請功！」

宋江喝道：「祝龍曾有人見你殺了，別的怎地是你殺了？」黑旋風道：「我砍得手順，望扈家莊趕去，正撞見一丈青的哥哥解那祝彪出來，被我一斧砍了；只可惜走了扈成那廝！他家莊上被我殺得一個也沒了！」

宋江喝道：「你這廝！誰叫你去來？你也須知扈成前日牽羊擔酒前來投降了！如何不聽得我的言語，擅自去殺他一家，故違了我的將令？」李逵道：「你便忘記了，我須不忘記！那廝前日教那個鳥婆娘趕著哥哥要殺，你今卻又做人情！你又不曾和他妹子成親，便又思量阿舅丈人！」

宋江喝道：「你這鐵牛，休得胡說！我如何肯要這婦人。我自有個處置。你這黑廝拿得活的有幾個？」李逵答道：「誰鳥耐煩，見著活的便砍了！」宋江道：「你這廝違了我的軍令，本合斬首，且把殺祝龍、祝彪的功勞折過了。下次違令，定行不饒！」黑旋風笑道：「雖然沒了功勞，也喫我殺得快活！」

只見軍師吳學究引著一行人馬，都到莊上來與宋江把盞賀喜。宋江與吳用商議，要把這祝家莊村坊洗蕩了。石秀稟說起這鍾離老人指路之力，「也有此等善心良民在內，亦不可屈壞了好人。」

宋江聽罷，叫石秀去尋那老人來。石秀去不多時，引著那個鍾離老人來到莊上，拜見宋江、吳學究。宋江取一包金帛賞與老人，永為鄉民：「不是你這個老人面上有恩，把你這個村坊盡數洗蕩了，不留一家；因為你一家為善，以此饒了你這一境村坊人民。」

那鍾離老人只是下拜。宋江又道：「我連日在此攪擾你們百姓，今日打破了祝家莊，與你村中除害。所有各家賜糧米一石，以表人心。」就著鍾離老人為頭給散。一面把祝家莊多餘糧米盡數裝載上車；金銀財賦犒賞三軍眾將；其餘牛羊騾馬等物將去山中支用。打破祝家莊，得糧五十萬石。宋江大喜。大小頭領將軍馬收拾起身。又得若干新到頭領：孫立、孫新、解珍、解寶、鄒淵、鄒閏、樂和、顧大嫂並救出七個好漢。孫立等將自己馬也捎帶了自己的財賦，同老小樂大娘子跟隨了大隊軍馬上山。當有村坊鄉民，扶老挈幼，香花燈燭，於路拜謝。宋江等眾將一齊上馬，將軍兵分作三隊擺開，連夜便回山寨。

話分兩頭。且說撲天鵰李應恰纔將息得箭瘡平復，閉門在莊上不出，暗地使人常常去探聽祝家莊消息，已知被宋江打破了，驚喜相半。只見莊客入來報說：「有本州知府帶領三五十部漢到莊，便問祝家莊事情。」李應慌忙叫杜興開了莊門，放下弔橋，迎接入莊。李應把條白絹搭膊絡著手，出來迎迓，邀請進莊裏前廳。知府下了馬，來到廳上，居中坐了。側首坐著孔目；下面一個押番❶，幾個虞候；階下

❶ 押番：宋代掌理押解人犯的吏卒。

盡是許多節級、牢子。

李應拜罷，立在廳前，知府問道：「祝家莊被殺一事，如何？」李應答道：「小人因被祝彪射了一箭，有傷左臂，一向閉門，不敢出去，不知其實。」知府道：「胡說！祝家莊見有狀子告你結連梁山泊強寇，引誘他軍馬，打破了莊；前日又受他鞍馬羊酒，綵段金銀；你如何賴得過？」李應告道：「小人是知法度的人，如何敢受他的東西？」知府道：「難信你說！且提去府裏，你自與他對理明白！」——喝教獄牢卒子，——「捉了！帶他州裏去與祝家分辯！」

兩下押番、虞候把李應縛了。眾人簇擁知府上了馬。知府又問道：「那個是杜主管杜興？」杜興道：「小人便是。」知府道：「狀上也有你名，一同帶去。——也與他鎖了。」一行人都出莊門。當時拿了李應、杜興，離了李家莊，腳不停地解來。行不過三十餘里，只見林子邊撞出宋江、林沖、花榮、楊雄、石秀一班人馬攔住去路。林沖大喝道：「梁山泊好漢合夥在此！」那知府人等不敢抵敵，撇了李應、杜興逃命去了。宋江喝叫趕上。眾人趕了一程回來說道：「我們若趕上時，也把這個鳥知府殺了；但已不知去向。」便與李應、杜興解了縛索，開了鎖，便牽兩匹馬過來，與他兩個騎了。

宋江便道：「且請大官人上梁山泊躲幾時如何？」李應道：「卻是使不得。知府是你們殺了，不干我事。」宋江笑道：「官司裏怎肯與你如此分辯？我們去了，必然要負累了你。既然大官人不肯落草，且在山寨稍停幾日，打聽得沒事了時，再下山來不遲。」

當下不繇李應、杜興不行。大隊軍馬中間如何回得來。一行三軍人馬迤邐回到梁山泊了；寨裏頭領晁蓋等眾人擂鼓吹笛，下山來迎接，把了接風酒，都上到大寨裏聚義廳上，扇圈也似坐下。請上李應，與眾頭領都相見了。兩個講禮已罷，李應稟宋江道：「小可兩個已送將軍到大寨了；既與眾頭領亦都相見了；在此趨侍不妨，只不知家中老小如何，可教小人下山則個。」吳學究笑道：「大官人差矣。寶眷已都取到山寨了。貴莊一把火已都燒做白地，大官人卻回到那裏去？」

李應不信，早見車仗人馬隊隊上山來。李應看時，卻見是自家的莊客並老小人等。李應連忙來問時，妻子說道：「你被知府捉了來，隨後又有兩個巡簡引著四個都頭，帶領三百來土兵，到來抄扎家私；把我們好好地叫上車子，將家裏一應箱籠牛羊馬匹驢騾等項都拿了去；又把莊院放起火來都燒了。」

李應聽罷，只叫得苦。晁蓋、宋江都下廳伏罪道：「我等兄弟們端的久聞大官人好處，因此行出這條計來。萬望大官人情恕。」李應見了如此言語，只得隨順了。宋江道：「且請宅眷後廳耳房中安歇。」

李應又見廳前廳後這許多頭領亦有家眷老小在彼，便與妻子道：「只得依允他過。」

宋江等當時請至廳前敘說閒話，眾皆大喜。宋江便取笑道：「大官人，你看我叫過這兩個巡簡並那知府過來相見。」那扮知府的是蕭讓；扮巡簡的兩個是戴宗、楊林；扮孔目的是裴宣；扮虞候的是金大堅、侯健。又叫喚那四個都頭，卻是李俊、張順、馬麟、白勝。

李應都看了，目瞪口呆，言語不得。宋江喝叫小頭目快殺牛宰馬與大官人陪話，慶賀新上山的十二位頭領，乃是李應、孫立、孫新、解珍、解寶、鄒淵、鄒閏、杜興、樂和、時遷、扈三娘、顧大嫂。女頭領同樂大娘子、李應宅眷，另做一席在後堂飲酒。大小三軍自有犒賞。正廳上大吹大擂，眾多好漢飲酒至晚方散。新到頭領俱各撥房安頓。

次日又作席面會請眾頭領作主張。宋江喚王矮虎來說道：「我當初在清風山時許下你一頭親事，懸懸挂在心中，不曾完得此願。今日我父親有個女兒，招你為婿。」

宋江自去請出宋太公來，引著一丈青扈三娘到筵前。宋江親自與他陪話，說道：「我這兄弟王英，雖有武藝，不及賢妹。是我當初曾許下他一頭親事，一向未曾成得。今日賢妹你認義我父親了，眾頭領都是媒人，今朝是個良辰吉日，賢妹與王英結為夫婦。」一丈青見宋江義氣深重，推卻不得。兩口兒只得拜謝了。晁蓋等眾人皆喜，都稱頌宋公明真乃有德有義之士。當日盡皆筵宴，飲酒慶賀。

正飲宴間，只見山下有人來報道：「朱貴頭領酒店裏有個鄆城縣人在那裏，要來見頭領。」晁蓋、宋江聽得報了，大喜道：「既是這恩人上山來入夥，足遂平生之願！」正是恩讎不辨非豪傑，黑白分明是丈夫。畢竟來的是鄆城縣甚麼人，且聽下回分解。

第五十回　插翅虎枷打白秀英　美髯公誤失小衙內

話說宋江主張一丈青與王英配為夫婦，眾人都稱讚宋公明仁德，當日又設席慶賀。正飲宴間，只見朱貴酒店裏使人上山來，報道：「林子前大路上一夥客人經過，小嘍囉出去攔截，數內一個稱是鄆城縣都頭雷橫。朱頭領邀請住了，見在店裏飲分例酒食，先使小校報知。」晁蓋、宋江聽了大喜，隨即同軍師吳用三個下山迎接。朱貴早把船送至金沙灘上岸。宋江見了，慌忙下拜，道：「久別尊顏，常切思想。今日緣何經過賤處？」雷橫連忙答禮道：「小弟蒙本縣差遣往東昌府公幹回來，經過路口，小嘍囉攔討買路錢，小弟提起賤名，因此朱兄堅意留住。」宋江道：「天與之幸！」請到大寨，教眾頭領都相見了，置酒管待。一連住了五日，每日與宋江閒話。晁蓋動問朱仝消息。雷橫答道：「朱仝見今參做本縣當牢節級，新任知縣好生歡喜。」宋江宛曲把話來說雷橫上山入夥。雷橫推辭：「老母年高，不能相從。待小弟送母終年之後，卻來相投。」雷橫當下拜辭了下山。宋江等再三苦留不住。眾頭領各以金帛相贈；宋江、晁蓋自不必說。雷橫得了一大包金銀下山，眾頭領都送至路口辭別，把船渡過大路，自回鄆城縣去了，不在話下。

且說晁蓋、宋江回至大寨聚義廳上，起請軍師吳學究定議山寨職事。吳用已與宋公明商議已定，次日會合眾頭領聽號令。先撥外面守店頭領。

宋江道：「孫新、顧大嫂原是開酒店之家，著令夫婦二人替回童威、童猛別用。」再令時遷去幫助石勇，樂和去幫助朱貴，鄭天壽去幫助李立。東南西北四座店內賣酒賣肉，每店內設兩個頭領，招接四方入夥好漢。一丈青、王矮虎，後山下寨，監督馬匹。金沙灘小寨，童威、童猛弟兄兩個守把。鴨嘴灘小寨，鄒淵、鄒閏叔侄兩個守把。山前大路，黃信、燕順部領馬軍下寨守護。解珍、解寶守把山前第一關。杜遷、宋萬守把宛子城第二關。劉唐、穆弘守把大寨口第三關。阮家三雄守把山南水寨。孟康仍前監造戰船。李應、杜興、蔣敬總管山寨錢糧金帛。陶宗旺、薛永監築梁山泊內城垣鴈臺。侯健專管監造衣袍鎧甲旌旗戰襖。朱富、宋清提調筵宴。穆春、李雲監造屋宇寨柵。蕭讓、金大堅掌管一應賓客書信公文。裴宣專管軍政，司賞功罰罪。其餘呂方、郭盛、孫立、歐鵬、馬麟、鄧飛、楊林、白勝分調大寨八面安歇。晁蓋、宋江、吳用居於山頂寨內。花榮、秦明居於山左寨內。林沖、戴宗居於山右寨內。李俊、李逵居於山前。張橫、張順居於山後。楊雄、石秀守護聚義廳兩側。一班頭領分撥已定，每日輪流一位頭領做筵席慶賀。山寨體統甚是齊整。

再說雷橫離了梁山泊，背了包裹，提了朴刀，取路回到鄆城縣。到家參見老母，更換些衣服，齎了回文，逕投縣裏來拜見了知縣，回了話，銷繳公文批帖。且自歸家暫歇；依舊每日縣中書畫卯酉，聽候差使。因一日行到縣衙東首，只聽得背後有人叫道：「都頭幾時回來？」

雷橫回過臉來看時，卻是本縣一個幫閒的李小二。雷橫答道：「我卻纔前日來家。」李小二道：「都頭出去了許多時，不知此處近日有個東京新來打踅的行院❶，色藝雙絕，叫做白秀英。那妮子來參都頭，

❶ 行院：金元時雜劇或院本藝人的居處，也指演雜劇或院本的藝人。

卻值公差出外不在。如今見在勾欄裏，說唱諸般品調。每日有那一般打散❷，或是戲舞，或是吹彈，或是歌唱，賺得那人山人海價看。都頭如何不去睃一睃？端的是好個粉頭！」

雷橫聽了，又遇心閒，便和那李小二逕到勾欄裏來看。只見門首掛著許多金字帳額，旗杆弔著等身靠背。入到裏面，便去青龍頭上第一位坐了。看戲臺上，卻做笑樂院本❸。那李小二，人叢裏撇了雷橫，自出外面趕碗頭腦❹去了。院本下來，只見一個老兒裹著磕腦兒頭巾，穿著一領茶褐羅衫，繫一條皁絛，拿把扇子上來開科道：「老漢是東京人氏，白玉喬的便是。如今年邁，只憑女兒秀英歌舞吹彈，普天下伏侍看官。」

鑼聲響處，那白秀英早上戲臺，參拜四方；拈起鑼棒，如撒豆般點動；拍下一聲界方，念出四句七言詩道：

新烏啾啾舊烏歸，老羊羸瘦小羊肥。人生衣食真難事，不及鴛鴦處處飛！

雷橫聽了，喝聲采。那白秀英道：「今日秀英招牌上明寫著這場話本❺，是一段風流蘊藉的格範，喚做『豫章城雙漸趕蘇卿』。」說了開話又唱，唱了又說，合棚價眾人喝采不絕。那白秀英唱到務頭❻，

❷ 打散：曲藝雜技的總稱。
❸ 笑樂院本：正戲演出前的笑鬧劇。
❹ 趕碗頭腦：指找碗酒喝。
❺ 話本：宋元間說話人講故事所依據的底本。話，指故事。

全副勾欄語，句法字法都妙。

這白玉喬按喝道：「『雖無買馬博金藝，要動聰明鑑事人。』看官喝采是過去了，我兒，且下來。」這一回便是襯交鼓兒的院本。白秀英拿起盤子，指著道：「財門上起，利地上住，吉地上過，旺地上行。手到面前，休教空過。」白玉喬道：「我兒且走一遭，看官都待賞你。」

白秀英托著盤子，先到雷橫面前。雷橫便去身邊袋裏摸時，不想並無一文。雷橫道：「今日忘了，不曾帶得些出來，明日一發賞你。」白秀英笑道：「『頭醋不釅❼二醋薄』。官人坐當其位，可出個標首。」雷橫通紅了面皮，道：「我一時不曾帶得出來，非是我捨不得。」白秀英道：「官人既是來聽唱，如何不記得帶錢出來？」雷橫道：「我賞你三五兩銀子，也不打緊；卻恨今日忘記帶來。」白秀英道：「官人今日眼見一文也無，提甚三五兩銀子！正是教俺『望梅止渴』、『畫餅充饑』！」白玉喬叫道：「我兒，你自沒眼！不看城裏人村裏人，只顧問他討甚麼！且過去自問曉事的恩官告個標首。」雷橫道：「我怎地不是曉事的？」白玉喬道：「你若省得這子弟門庭時，狗頭上生角！」

眾人齊和起來。雷橫大怒，便罵道：「這忤奴，怎敢辱我！」白玉喬道：「便罵你這三家村使牛的，打甚麼緊！」有認得的，喝道：「使不得！這個是本縣雷都頭。」白玉喬道：「只怕是『驢筋頭』！」

雷橫那裏忍耐得住，從坐椅上直跳下戲臺來，揪住白玉喬，一拳一腳，便打得唇綻齒落。眾人見打得兇，都來解拆，又勸雷橫自回去了。勾欄裏人一鬨盡散。

---

❻ 務頭：曲中術語。曲家稱平上去三音相連而陰陽不同處；或指曲中最緊要句子；或指一曲中腔調最美、文字最好的部分為務頭。

❼ 釅：音ㄧㄢˋ。濃厚。多用以形容酒、醋、茶、花等的色、香、味。

原來這白秀英卻和那新任知縣舊在東京兩個來往，今日特地在鄆城縣開勾欄。那花娘見父親被雷橫打了，又帶重傷，叫一乘轎子，逕到知縣衙內訴告：「雷橫毆打父親，攪散勾欄，意在欺騙奴家！」知縣聽了，大怒道：「快寫狀來！」這個喚做「枕邊靈」。便教白玉喬寫了狀子，驗了傷痕，指定證見。本處縣裏有人都和雷橫好的，替他去知縣處打關節。怎當那婆娘守定在衙內，撒嬌撒癡，不繇知縣不行；立等知縣差人把雷橫捉拿到官，當廳責打，取了招狀，將具枷來枷了，押出去號令示眾。

那婆娘要逞好手，又去知縣行說了，定要把雷橫號令在勾欄門首。第二日，那婆娘再去做場，知縣卻教把雷橫號令在勾欄門首。這一班禁子人等都是和雷橫一般的公人，如何肯絣扒❽他。這婆娘尋思一會：「既是出名奈何了他，只是一怪！」走出勾欄門去茶坊裏坐下，叫禁子過去，發話道：「你們都和他有首尾，卻放他自在！知縣相公教你們絣扒他，你倒做人情！少刻我對知縣說了，看道奈何得你們也不！」禁子道：「娘子不必發怒，我們自去絣扒他便了。」白秀英道：「恁地時，我自將錢賞你。」禁子們只得來對雷橫說道：「兄長，沒奈何且胡亂絣一絣。」把雷橫絣扒在街上。

人鬧裏，卻好雷橫的母親正來送飯；看見兒子喫他絣扒在那裏，便哭起來，罵那禁子們道：「你眾人也和我兒一般在衙門裏出入的人，錢財直這般好使！誰保得常沒事！」禁子答道：「我那老娘聽我說：我們卻也要容情，怎禁被原告人監定在這裏要絣，我們也沒做道理處。不時便要去和知縣說，苦害我們，因此上做不得面皮。」那婆婆道：「幾曾見原告人自監著被告號令的道理！」禁子們又低低道：「老娘，他和知縣來往得好，一句話便送了我們，因此兩難。」

---

❽ 絣扒：音ㄅㄥ ㄅㄚ。細綁拷打，也作掤扒。

那婆婆一面自去解索，一頭口裏罵道：「這個賊賤人直恁的倚勢！我且解了這索子，看他如今怎的！」白秀英卻在茶坊裏聽得，走將過來，便道：「你那老婢子卻纔道甚麼！」那婆婆那裏有好氣，便指著罵道：「你這千人騎萬人壓亂人入的賤母狗！做甚麼倒罵我！」白秀英聽得，柳眉倒豎，星眼圓睜，大罵道：「老咬蟲！乞貧婆！賤人怎敢罵我！」婆婆道：「我罵你，待怎的？你須不是鄆城縣知縣！」白秀英大怒，搶向前，只一掌，把那婆婆打個踉蹌。那婆婆卻待掙扎，白秀英再趕入去，老大耳光子只顧打。

這雷橫已是啣憤在心，又見母親喫打，一時怒從心發，扯起枷來，望著白秀英腦蓋上，只一枷梢，打個正著，劈開了腦蓋，撲地倒了。眾人看時，腦漿迸流，眼珠突出，動撣不得，情知死了。

眾人見打死了白秀英，就押帶了雷橫，一發來縣裏首告，見知縣備訴前事。知縣隨即差人押雷橫下來，會集廂官，拘喚里正鄰佑人等，對屍簡驗已了，都押回縣來。雷橫一面都招承了，並無難意，他娘自保領回家聽候。把雷橫枷了，下在牢裏。當牢節級卻是美髯公朱仝；見發下雷橫來，也沒做奈何處，只得安排些酒食管待，教小牢子打掃一間淨房，安頓了雷橫。

少間，他娘來牢裏送飯，哭著哀告朱仝道：「老身年紀六旬之上，眼睜睜地只看著這個孩兒！望煩節級哥哥看日常間弟兄面上，可憐見我這個孩兒，看覷，看覷！」朱仝道：「老娘自請放心歸去。今後飯食，不必來送，小人自管待他。倘有方便處，可以救之。」雷橫娘道：「哥哥救得孩兒，卻是重生父母！若孩兒有些好歹，老身性命也便休了！」朱仝道：「小人專記在心。老娘不必掛念。」

那婆婆拜謝去了。朱仝尋思了一日，沒做道理救他處；又自央人去知縣處打關節，上下替他使用人情。那知縣雖然愛朱仝，只是恨這雷橫打死了他婊子白秀英，也容不得他說了；又怎奈白玉喬那廝催併疊成文案，要知縣斷教雷橫償命；囚在牢裏，六十日限滿，斷結解上濟州。主案押司抱了文卷先行，卻教朱仝解送雷橫。

朱仝引了十數個小牢子，監押雷橫，離了鄆城縣。約行了十數里地，見個酒店。朱仝道：「我等眾人就此喫兩碗酒去。」

眾人都到店裏喫酒。朱仝獨自帶過雷橫，只做水火❾，來後面僻靜處，開了枷，放了雷橫，分付道：「賢弟自回。快去家裏取了老母，星夜去別處逃難。這裏我自替你喫官司。」雷橫道：「小弟走了自不妨，必須要連累了哥哥。」朱仝道：「兄弟，你不知；知縣怪你打死了他婊子，把這文案都做死了，解到州裏，必是要你償命。我放了你，我須不該死罪。況兼我又無父母掛念，家私盡可賠償。你顧前程萬里，快去。」雷橫拜謝了，便從後門小路奔回家裏，收拾了細軟包裹，引了老母，星夜自投梁山泊入夥去了，不在話下。

卻說朱仝拿這空枷攛在草裏，卻出來對眾小牢子說道：「喫雷橫走了，卻是怎地好！」眾人道：「我們快趕去他家裏捉！」朱仝故意延遲了半晌，料著雷橫去得遠了，卻引眾人來縣裏出首。朱仝告道：「小人自不小心，路上被雷橫走了，在逃無獲，情願甘罪無辭。」

知縣本愛朱仝，有心將就出脫他；被白玉喬要赴上司陳告朱仝故意脫放雷橫，知縣只得把朱仝所犯情繇申將濟州去。朱仝家中自著人去上州裏使錢透了，卻解朱仝到濟州來。當廳審錄明白，斷了二十脊杖，刺配滄州牢城。朱仝只得帶上行枷。兩個防送公人領了文案，押送朱仝上路。家間自有人送衣服盤

---

❾ 水火：大小便。「水火之處」，就是廁所。

纏，先齎發了兩個公人。

當下離了鄆城縣，迤邐望滄州橫海郡來，於路無話。到得滄州，入進城中，投州衙裏來，正值知府陞廳。兩個公人押朱仝在廳階下，呈上公文。知府看了，見朱仝一表非俗，貌如重棗，美髯過腹，知府先有八分歡喜，便教：「這個犯人休發下牢城營裏，只留在本府聽候使喚。」當下除了行枷，便與了回文，兩個公人相辭了自回。

只說朱仝自在府中，每日只在廳前伺候呼喚。那滄州府裏，押番虞候，門子承局，節級牢子，都送了些人情；又見朱仝和氣，因此上都歡喜他。

忽一日，本官知府正在廳上坐堂，朱仝在階侍立。知府喚朱仝上廳問道：「你緣何放了雷橫，自遭配在這裏？」朱仝稟道：「小人怎敢故放了雷橫；只是一時間不小心，被他走了。」知府道：「你也不必得此重罪？」朱仝道：「被原告人執定要小人如此招做故放，以此問得重了。」知府道：「雷橫如何打死了那娼妓？」朱仝卻把雷橫上項的事備細說了一遍。知府道：「你敢見他孝道，為義氣上放了他？」朱仝道：「小人怎敢欺公罔上。」

正問之間，只見屏風背後轉出一個小衙內來，年方四歲，生得端嚴美貌，乃是知府親子，知府愛惜，如金似玉。那小衙內見了朱仝，逕走過來便要他抱。朱仝只得抱起小衙內在懷裏。那小衙內雙手扯住朱仝長髯，說道：「我只要這鬍子抱！」知府道：「孩兒快放了手，休要囉唣！」小衙內又道：「我只要這鬍子抱！和我去耍！」朱仝稟道：「小人抱衙內去府前閒走，耍一回了來。」知府道：「孩兒既是要你抱，你和他去耍一回了來。」

朱仝抱了小衙內，出府衙前來，買些細糖果子與他喫；轉了一遭，再抱入府裏來。知府看見，問衙內道：「孩兒那裏去來？」小衙內道：「這鬍子和我街上看耍，又買糖和果子請我喫。」知府說道：「你那裏得錢買物事與孩兒喫？」朱仝稟道：「微表小人孝順之心，何足掛齒。」

知府教取酒來與朱仝喫。府裏侍婢捧著銀瓶果盒篩酒，連與朱仝喫了三大賞鍾。知府道：「早晚孩兒要你耍時，你可自行去抱他耍去。」朱仝道：「恩相臺旨，怎敢有違。」自此為始，每日來和小衙內上街閒耍。朱仝囊篋又有，只要本官見喜，小衙內面上，儘自賠費。

時過半月之後，便是七月十五日，——盂蘭盆⑩大齋之日，年例各處點放河燈，修設好事。當日天晚，堂裏侍婢嬭子叫道：「朱都頭，小衙內今夜要去看河燈。夫人分付，你可抱他去看一看。」朱仝道：「小人抱去。」那小衙內穿一領綠紗衫兒，頭上角兒拴兩條珠子頭鬚，從裏面走出來。朱仝托在肩頭上，轉出府衙門前來，望地藏寺裏去看點放河燈。

那時纔交初更時分，朱仝肩背著小衙內，遶寺看了一遭，卻來水陸堂放生池邊看放河燈。那小衙內爬在欄杆上，看了笑耍。只見背後有人拽朱仝袖子，道：「哥哥，借一步說話。」朱仝回頭看時，卻是雷橫，喫了一驚，便道：「小衙內，且下來坐在這裏。我去買糖來與你喫，切不要走動。」小衙內道：「你快來，我要橋上看河燈。」朱仝道：「我便來也。」轉身卻與雷橫說話。

朱仝道：「賢弟因何到此？」雷橫扯朱仝到靜處，拜道：「自從哥哥救了性命，和老母無處歸著，

⑩ 盂蘭盆：佛家語。乃佛家弟子救度亡魂的法會。佛教徒在每年農曆七月十五日，設齋供養佛、菩薩及眾僧，祈求他們的法力能救度先亡親友倒懸之苦。

只得上梁山泊投奔了宋公明入夥。小弟說哥哥恩德，宋公明亦甚思想哥哥舊日放他的恩念，晁天王和眾頭領皆感激不淺，因此特地教吳軍師同兄弟前來相探。」朱仝道：「吳先生見在何處？」背後轉過吳學究道：「吳用在此。」言罷便拜。朱仝慌忙答禮道：「多時不見，先生一向安樂？」吳學究道：「山寨裏眾頭領多多致意，今番教吳用和雷都頭特來相請足下上山，同聚大義。到此多日了，不敢相見。今夜伺候得著，請仁兄便挪尊步，同赴山寨，以滿晁、宋二公之意。」

朱仝聽罷，半晌答應不得，便道：「先生差矣。這話休題，恐被外人聽了不好。雷橫兄弟，他自犯了該死的罪，我因義氣放了他，他出頭不得，上山入夥。我自為他配在這裏，天可憐見，一年半載，掙扎還鄉，復為良民，我卻如何肯做這等的事？你二位便可請回，休在此間惹口面⓫不好。」雷橫道：「哥哥在此，無非只是在人之下伏侍他人，非大丈夫男子漢的勾當。不是小弟糾合上山，端的晁、宋二公仰望哥哥久矣，休得遲延有誤。」朱仝道：「兄弟，你是甚麼言語！你不想，我為你母老家寒上放了你去，今日你到來陷我為不義！」吳學究道：「既然都頭不肯去時，我們自告退，相辭了去休。」朱仝道：「說我賤名，上覆眾位頭領。」

一同到橋邊，朱仝回來，不見了小衙內，叫起苦來，兩頭沒路去尋。雷橫扯住朱仝道：「哥哥休尋，多管是我帶來的兩個伴當，聽得哥哥不肯去，因此到抱了小衙內去了。我們一同去尋。」朱仝道：「兄弟，不是耍處！若這個小衙內有些好歹，知府相公的性命也便休了！」雷橫道：「哥哥，且跟我來。」朱仝幫住雷橫、吳用三個離了地藏寺，逕出城外。朱仝心慌，便問道：「你的伴當抱小衙內在那

⓫ 惹口面：惹爭吵；惹人說閒話。

裏？」雷橫道：「哥哥且走到我下處。包還你小衙內。」朱仝道：「遲了時，恐知府相公見怪。」吳用道：「我那帶來的兩個伴當是個沒分曉的，一定直抱到我們的下處去了。」朱仝道：「你那伴當姓甚名誰？」雷橫答道：「我也不認得，只聽聞叫做黑旋風。」朱仝失驚道：「莫不是江州殺人的李逵麼？」吳用道：「便是此人。」

朱仝跌腳叫苦，慌忙便趕。離城約走到二十里，只見李逵在前面叫道：「我在這裏。」朱仝搶近前來問道：「小衙內放在那裏？」李逵唱個喏道：「拜揖，節級哥哥。小衙內有在這裏。」朱仝道：「你好好的抱出來還我！」李逵指著頭上道：「小衙內頭鬚兒卻在我頭上！」朱仝看了，慌問：「小衙內正在何處？」李逵道：「被我拿些麻藥抹在口裏，直拕出城來，如今睡在林子裏，你自請去看。」

朱仝乘著月色明朗，逕搶入林子裏尋時，只見小衙內倒在地上。朱仝便把手去扶時，只見頭劈做兩半個，已死在那裏。當時朱仝心下大怒，奔出林子來，早不見了三個人；四下裏望時，只見黑旋風遠遠地拍著雙斧，叫道：「來！來！來！」朱仝性起，奮不顧身，拽扎起布衫，大踏步趕將來。李逵回身便走，背後朱仝趕來。

這李逵卻是穿山度嶺慣走的人，朱仝如何趕得上，先自喘做一塊。李逵卻在前面，又叫：「來！來！來！」朱仝恨不得一口氣吞了他，只是趕他不上。趕來趕去，天色漸明，李逵在前面急趕急走，慢趕慢行，不趕不走。看看趕入一個大莊院裏去了，朱仝看了道：「那廝既有下落，我和他干休不得！」

朱仝直趕入莊院內廳前去，見裏面兩邊都插著許多軍器。朱仝道：「想必也是個官宦之家。……」立住了腳，高聲叫道：「莊裏有人麼？」只見屏風背後轉出一個人來，——那人是誰？正是小旋風柴進。——問道：「兀的是誰？」

朱仝見那人趨走如龍，神儀炤日，慌忙施禮答道：「小人是鄆城縣當牢節級朱仝，犯罪刺配到此。昨晚因和知府的小衙內出來看放河燈，被黑旋風殺了小衙內。見今走在貴莊，望煩添力捉拿送官。」柴進道：「既是美髯公，且請坐。」朱仝道：「小人不敢拜問官人高姓？」柴進答道：「小可小旋風便是。」朱仝道：「久聞柴大官人。」——連忙下拜道，——「不期今日得識尊顏。」柴進說道：「美髯公亦久聞名，且請後堂說話。」

朱仝隨著柴進直到裏面。朱仝道：「黑旋風那廝如何卻敢逕入貴莊躲避？」柴進道：「容覆，小可小旋風專愛結識江湖上好漢。為是家間祖上有陳橋讓位之功，先朝曾敕賜丹書鐵券，但有做下不是的人，停藏在家，無人敢搜。近間有個愛友，和足下亦是舊交，目今在那梁山泊做頭領，名喚及時雨宋公明，寫一封密書，令吳學究、雷橫、黑旋風俱在敝莊安歇，禮請足下上山，同聚大義。因見足下推阻不從，故意教李逵殺害了小衙內，先絕了足下歸路，只得上山坐把交椅。——吳先生、雷兄，如何不出來陪話？」

只見吳用、雷橫從側首閣子裏出來，望著朱仝便拜，說道：「兄長，望乞恕罪！皆是宋公明哥哥將令分付如此。若到山寨，自有分曉。」朱仝道：「是則是你們弟兄好情意，只是忒毒些個！」柴進一力相勸。朱仝道：「我去則去，只教我見黑旋風面罷。」柴進道：「李大哥，你快出來陪話。」

李逵也從側首出來，唱個大喏。朱仝見了，心頭一把無明業火，高三千丈，按納不下，起身搶近前來，要和李逵性命相搏。柴進、雷橫、吳用三個苦死勸住。朱仝道：「若要我上山時，依得我一件事，我便去！」吳用道：「休說一件事，遮莫幾十件也都依你。願聞那一件事？」不爭朱仝說出這件事來，有分教大鬧高唐州，惹動梁山泊。直教招賢國戚遭刑法，好客皇親喪土坑。畢竟朱仝說出甚麼事來，且聽下回分解。

第五十一回　李逵打死殷天錫　柴進失陷高唐州

話說當下朱仝對眾人說道：「若要我上山時，你只殺了黑旋風，與我出了這口氣，我便罷！」李逵聽了大怒道：「教你咬我鳥！晁、宋二位哥哥將令，干我屁事！」朱仝怒發，又要和李逵廝併。三個又勸住了。朱仝道：「若有黑旋風時，我死也不上山去！」柴進道：「恁地也卻容易。我自有個道理，只留下李大哥在我這裏便了。你們三個自上山去，以滿晁、宋二公之意。」朱仝道：「如今做下這件事了，知府必然行移文書去鄆城縣追捉，拿我家小，如之奈何！」吳學究道：「足下放心。此時多敢宋公明已都取寶眷在山上了。」

朱仝方纔有些放心。柴進置酒相待，就當日送行。三個臨晚辭了柴大官人便行。柴進叫莊客備三騎馬，送出關外。臨別時，吳用又分付李逵道：「你且小心，只在大官人莊上住幾時，切不可胡亂惹事欺人。待半年三個月，等他性定，卻來取你還山。多管也來請柴大官人入夥。」三個自上馬去了。

不說柴進和李逵回莊。且只說朱仝隨吳用、雷橫來梁山泊入夥，行了一程，出離滄州地界，莊客自騎了馬回去。三個取路投梁山泊來，於路無話，早到朱貴酒店裏，先使人上山寨報知。晁蓋、宋江引了大小頭目，打鼓吹笛，直到金沙灘迎接。一行人都相見了。各人乘馬回到山上大寨前下了馬，都到聚義廳上，敘說舊話。

朱仝道：「小弟今蒙呼喚到山，滄州知府必然行移文書去鄆城縣捉我老小，如之奈何？」宋江大笑道：「我教長兄放心。尊嫂並令郎已取到這裏多日了。」朱仝便問道：「見在何處？」宋江道：「奉養在家父太公歇處，兄長，請自己去問慰便了。」

朱仝大喜。宋江著人引朱仝直到宋太公歇所，見了一家老小並一應細軟行李。妻子說道：「近日有人齎書來說你已在山寨入夥了；因此收拾，星夜到此。」朱仝出來拜謝了眾人。宋江便請朱仝、雷橫山頂下寨。一面且做筵席，連日慶賀新頭領，不在話下。

卻說滄州知府至晚不見朱仝抱小衙內回來，差人四散去尋了半夜。次日，有人見殺死在林子裏，報與知府知道。府尹聽了大驚，親自到林子裏看了，痛哭不已，備辦棺木燒化；次日陞廳，便行開公文，諸處緝捕，捉拿朱仝正身。鄆城縣已自申報朱仝妻子挈家在逃，不知去向。行開各州縣，出給賞錢捕獲，不在話下。

只說李逵在柴進莊上，住了一個來月，忽一日，見一個人齎一封書火急奔莊上來。柴大官人卻好迎著，接書看了，大驚道：「既是如此，我只得去走一遭！」

閒殺鐵牛。

李逵便問道：「大官人，有甚緊事？」柴進道：「我有個叔叔柴皇城，見在高唐州居住，今被本州知府高廉的老婆兄弟殷天錫那廝來要占花園，嘔了一口氣，臥病在床，早晚性命不保。必有遺囑的言語分付，特來喚我。想叔叔無兒無女，必須親身去走一遭。」

李逵道：「既是大官人去時，我也跟大官人去走一遭，如何？」柴進道：「大哥肯去時，就同走一遭。」

柴進即便收拾行李，選了十數匹好馬，帶了幾個莊客；次日五更起來，柴進、李逵並從人都上了馬，離了莊院，望高唐州來。不一日來到高唐州，入城直至柴皇城宅前下馬，留李逵和從人在外面廳房內。柴進自逕入臥房裏來看視叔叔，坐在榻前，放聲慟哭。皇城的繼室出來勸柴進道：「大官人鞍馬風塵不易，初到此間，且休煩惱。」

柴進施禮罷，便問事情。繼室答道：「此間新任知府高廉，兼管本州兵馬，是東京高太尉的叔伯兄弟；倚仗他哥哥勢要，在這裏無所不為；帶將一個妻舅殷天錫來，人盡稱他做殷直閣❶。那廝年紀卻小，又倚仗他姊夫的勢要，又在這裏無所不為。有那等獻勤的賣科，對他說我家宅後有個花園，水亭蓋造得好；那廝帶將許多奸詐不及的三二十人，逕入家裏，來宅子後看了，便要發遣我們出去，他要來住。皇城對他說道：『我家是金枝玉葉，有先朝丹書鐵券在門，諸人不許欺侮。你如何敢奪占我的住宅？趕我老小那裏去？』那廝不容所言，定要我們出屋。皇城去扯他，反被這廝推搶毆打；因此，受這口氣，一臥不起，飲食不喫，服藥無效，眼見得上天遠，入地近！今日得大官人來家做個主張，便有些山高水低，也更不憂。」柴進答道：「尊嬸放心。只顧請好醫士調治叔叔。但有門戶，小侄自使人回滄州家裏去取丹書鐵券來，和他理會。便告到官府，今上御前，也不怕他。」繼室道：「皇城幹事全不濟事，還是大官人理論得是。」

寫得赫赫。

柴進看視了叔叔一回，卻出來和李逵並帶來人從說知備細。李逵聽了，跳將起來，說道：「這廝好無道理！我有大斧在這裏！教他喫我幾斧，卻再商量！」柴進道：「李大哥，你且息怒。沒來繇，和他

❶ 直閣：本是編修官名，宋元間用作貴家子弟的尊稱。

麤鹵做甚麼？他雖是倚勢欺人，我家放著有護持聖旨；這裏和他理論不得，須是京師也有大似他的，放著明明的條例和他打官司！」李逵道：「『條例』！『條例』若還依得，天下不亂了！我只是前打後商量！那廝若還去告狀，和那鳥官一發都砍了！」柴進笑道：「可知朱仝要和你廝併，見面不得！這裏是禁城之內，如何比得你山寨裏橫行！」李逵道：「禁城便怎地？江州無為軍，偏我不曾殺人！」柴進道：「等我看了頭勢，用著大哥時，那時相央。無事只在房裏請坐。」

正說之間，裏面侍妾慌忙來請大官人看視皇城。柴進入到裏面臥榻前，只見皇城閤著兩眼淚，對柴進說道：「賢姪志氣軒昂，不辱祖宗。我今日被殷天錫毆死，你可看骨肉之面，親齎書往京師攔駕告狀，與我報讎。九泉之下也感賢姪親意！保重，保重，再不多囑！」言罷，便放了命。

柴進痛哭了一場。繼室恐怕昏暈，勸住柴進道：「大官人煩惱有日，且請商量後事。」柴進道：「誓書在我家裏，不曾帶得來，星夜教人去取，須用將往東京告狀。叔叔尊靈，且安排棺槨盛殮，成了孝服，卻再商量。」

柴進教依官制，備辦內棺外槨，依禮鋪設靈位。一門穿了重孝，大小舉哀。李逵在外面，聽得堂裏哭泣，自己摩拳擦掌價氣；問從人，都不肯說。宅裏請僧修設好事功果。

至第三日，只見這殷天錫，騎著一匹攛行的馬，將引閒漢三二十人，手執彈弓川弩，吹筒氣毬，拈竿樂器；城外遊翫了一遭，帶五七分酒，佯醉假顛，逕來到柴皇城宅前，勒住馬，叫裏面管家的人出來說話。柴進聽得說，掛著一身孝服，慌忙出來答應。

那殷天錫在馬上問道：「你是他家甚麼人？」柴進答道：「小可是柴皇城親姪柴進。」殷天錫道：

「我前日分付道，教他家搬出屋去，如何不依我言語？」柴進道：「便是叔叔臥病，不敢移動。夜來已自身故，待斷七了搬出去。」殷天錫道：「放屁！我只限你三日，便要出屋！三日外不搬，先把你這廝枷號起，先喫我一百訊棍！」柴進道：「直閣休恁相欺；我家也是龍子龍孫，放著先朝丹書鐵券，誰敢不敬？」殷天錫喝道：「你將出來我看！」柴進道：「見在滄州家裏，已使人去取來。」殷天錫大怒道：「這廝正是胡說！便有誓書鐵券，我也不怕！——左右！與我打這廝！」

眾人卻待動手。原來黑旋風李逵在門縫裏張看，聽得喝打柴進，便拽開房門，大吼一聲，直搶到馬邊，早把殷天錫揪下馬來，一拳打翻。那二三十人卻待搶他，被李逵手起，早打倒五六個，一鬨都走了，卻再拿殷天錫提起來，拳頭腳尖一發上。柴進那裏勸得住，看那殷天錫時，早已打死在地。柴進只叫得苦，便教李逵且去後堂商議。

柴進道：「眼見得便有人到這裏，你安身不得了。官司我自支吾，你快走回梁山泊去。」李逵道：「我便走了，須連累你。」柴進道：「我自有誓書鐵券護身，你便去是。事不宜遲！」李逵取了雙斧，帶了盤纏，出後門，自投梁山泊去了。

不多時，只見二百餘人，各執刀杖鎗棒，圍住柴皇城家。柴進見來捉人，便出來說道：「我同你們府裏分訴去。」眾人先縛了柴進，便入家裏搜捉行兇黑大漢，不見，只把柴進綁到州衙內，當廳跪下。知府高廉聽得打死了他的舅子殷天錫，正在廳上咬牙切齒忿恨，只待拿人來，早把柴進毆翻在廳前階下。

高廉喝道：「你怎敢打死了我殷天錫！」柴進告道：「小人是柴世宗嫡派子孫，家間有先朝太祖誓書鐵券。見在滄州居住。為是叔叔柴皇城病重，特來看視。不幸身故，見今停喪在家。殷直閣將帶三二十人到家，定要趕逐出屋，不容柴進分說，喝令眾人毆打，被莊客李大救護，一時行兇打死。」高廉喝道：「李大見在那裏？」柴進道：「心慌逃走了。」

高廉道：「他是個莊客，不得你的言語，如何敢打死人？你又故縱他逃走了，卻來瞞昧官府！你這廝！不打如何肯招！牢子！下手加力與我打這廝！」柴進叫道：「莊客李大救主，誤打死人，非干我事！放著先朝太祖誓書，如何便下刑法打我？」高廉道：「誓書有在那裏？」柴進道：「已使人回滄州去取來了。」高廉大怒，喝道：「這廝正是抗拒官府！左右！腕頭加力，好生痛打！」

眾人下手，把柴進打得皮開肉綻，鮮血迸流，只得招做「使令莊客李大打死殷天錫」，取那二十五斤死囚枷釘了，發下牢裏監收。殷天錫屍首簡驗了，自把棺木殯葬，不在話下。

這殷夫人要與兄弟報讎，教丈夫高廉抄扎了柴皇城家私，監禁下人口，封占了房屋園院。柴進自在牢中受苦。

卻說李逵連夜回梁山泊，到得寨裏，來見眾頭領。朱仝一見李逵，怒從心起，掣條朴刀，逕奔李逵。黑旋風拔出雙斧，便鬬朱仝。晁蓋、宋江並眾頭領一齊向前勸住。宋江與朱仝陪話道：「前者殺了小衙內，不干李逵之事；卻是軍師吳學究因請兄長不肯上山，一時定的計策。今日既到山寨，便休記心，只顧同心協助，共興大義，休教外人恥笑。」便叫李逵：「兄弟，與美髯公陪話。」

李逵睜著怪眼，叫將起來，說道：「他直恁般做得起！我也多曾在山寨出氣力！他又不曾有半點之功，卻怎地倒教我陪話！」宋江道：「兄弟，卻是你殺了小衙內，雖是軍師嚴令。論齒序，他也是你哥哥。且看我面，與他伏個禮，我卻自拜你便了。」李逵喫宋江央及不過，便道：「我不是怕你；為是哥哥逼我，沒奈何了，與你陪話！」

李逵喫宋江逼住了，只得撇了雙斧，拜了朱仝兩拜。朱仝方纔消了這口氣。山寨裏晁頭領且教安排筵席與他兩個和解。李逵說起：「柴大官人因去高唐州看親叔叔柴皇城病症，卻被本州高知府妻舅殷天錫，要奪屋宇花園，毆罵柴進，喫我打死了殷天錫那廝。」

宋江聽罷，失驚道：「你自走了，須連累柴大官人喫官司！」吳學究道：「兄長休驚。等戴宗回山，便有分曉。」李逵問道：「戴宗哥哥那裏去了？」吳用道：「我怕你在柴大官人莊上惹事不好，特地教他來喚你回山。他到那裏不見你時，必去高唐州尋你。」

說言未絕，只見小校來報：「戴院長回來了。」宋江便去迎接，到了堂上坐下，便問柴大官人一事。戴宗答道：「去到柴大官人莊上，已知同李逵投高唐州去了。逕奔那裏去打聽，只見滿城人傳說：『殷天錫因爭柴皇城莊屋，被一個黑大漢打死了。』見今負累了柴大官人陷於縲絏，下在牢裏。柴皇城一家人口家私盡都抄扎了。柴大官人性命早晚不保！」

晁蓋道：「這個黑廝又做出來了，但到處便惹口面！」李逵道：「柴皇城被他打傷，嘔氣死了；又來占他房屋；又喝叫打柴大官人；便是活佛，也忍不得！」晁蓋道：「柴大官人自來與山寨有恩，今日他有危難。如何不下山去救他。我親自去走一遭。」宋江道：「哥哥是山寨之主，如何可便輕動？小可和柴大官人舊來有恩，情願替哥哥下山。」

吳學究道：「高唐州城池雖小，人物稠穰，軍廣糧多，不可輕敵。煩請林沖、花榮、秦明、李俊、呂方、郭盛、孫立、歐鵬、楊林、鄧飛、馬麟、白勝：十二個頭領部引馬步軍兵五千作前隊先鋒；中軍主帥宋公明，吳用並朱仝、雷橫、戴宗、李逵、張橫、張順、楊雄、石秀：十個頭領部引馬步軍兵三千策應。」共該二十二位頭領，辭了晁蓋等眾人，離了山寨，望高唐州進發。

梁山泊前軍到得高唐州地界，早有軍卒報知高廉。高廉聽了，冷笑道：「你這夥草賊在梁山泊窩藏，我兀自要來勦捕你；今日你倒來就縛，此是天教我成功，左右快傳下號令，整點軍馬出城迎敵，著那眾百姓上城守護。」

這高知府上馬管軍，下馬管民，一聲號令下去，那帳前都統、監軍、統領、統制、提轄軍職一應官員，各各部領軍馬，就教場裏點視已罷，諸將便擺布出城迎敵。高廉手下有三百梯己軍士，號為「飛天神兵」。一個個都是山東、河北、江西、湖南、兩淮、兩浙選來的精壯好漢。知府高廉親自引了，披甲背劍，上馬出到城外，把部下軍官周迴排成陣勢；卻將三百神兵列在中軍；搖旗吶喊，擂鼓鳴金，只等敵軍來到。

卻說林沖、花榮、秦明引領五千人馬到來，兩軍相迎，旗鼓相望；各把強弓硬弩，射住陣腳。兩軍中吹動畫角，發起擂鼓。花榮、秦明帶同十個頭領都到陣前，把馬勒住。頭領林沖，橫丈八蛇矛，躍馬出陣，厲聲高叫：「姓高的賊！快快出來！」高廉把馬一縱，引著三十餘個軍官，都出到門旗下，勒住馬，指著林沖罵道：「你這夥不知死的叛賊！怎敢直犯俺的城池！」林沖喝道：「你這個害民強盜！我早晚殺到京師，把你那廝欺君賊臣高俅碎屍萬段，方是願足！」

高廉大怒，回頭問道：「誰人出馬先捉此賊去？」軍官隊裏轉出一個統制官，姓于，名直，拍馬輪刀，竟出陣前。林沖見了，逕奔于直。兩個戰不到五合，于直被林沖心窩裏一蛇矛刺著，翻筋斗攧下馬去。高廉見了大驚，「再有誰人出馬報讎？」軍官隊裏又轉出一個統制官，姓溫，雙名文寶；使一條長鎗，騎一匹黃驃馬；鑾鈴響，珂珮鳴，早出到陣前；四隻馬蹄，蕩起征塵，直奔林沖。秦明見了，大叫：「哥哥稍歇，看我立斬此賊！」林沖勒住馬，收了點鋼矛，讓秦明戰溫文寶。兩個約鬪十合之上，秦明放個門戶，讓他鎗搠進來，手起棍落，把溫文寶削去半個天靈蓋，死於馬下，那馬跑回本陣去了。兩陣軍相對齊聲吶喊。

高廉見連折二將，便去背上掣出那口太阿寶劍來，口中念念有詞，喝聲道：「疾！」只見高廉隊中捲起一道黑氣。那道氣散至半空裏，飛沙走石，撼天搖地，刮起怪風，逕掃過對陣來。林沖、秦明、花榮等眾將對面不能相顧，驚得那坐下馬亂攛咆哮，眾人回身便走。高廉把劍一揮，指點那三百神兵從陣裏殺將出來。背後官軍協助，一掩過來，趕得林沖等軍馬星落雲散，七斷八續；呼兄喚弟，覓子尋爺；五千軍兵，折了一千餘人，直退回五十里下寨。高廉見人馬退去，也收了本部軍兵，入高唐州城裏安下。

卻說宋江中軍人馬到來，林沖等接著，且說前事。宋江、吳用聽了大驚。與軍師道：「是何神術，如此利害？」吳學究道：「想是妖法。若能回風返火，便可破敵。」宋江聽罷，打開天書看時，第三卷上有「回風返火破陣」之法。宋江大喜，用心記了咒語並秘訣，整點人馬，五更造飯喫了，搖旗擂鼓，殺進城下來。有人報入城中，高廉再點了得勝人馬並三百神兵，開放城門，布下弔橋，出來擺成陣勢。

宋江帶劍縱馬出陣前，望見高廉軍中一簇皂旗。吳學究道：「那陣內皂旗便是使『神師計』的軍兵。但恐又使此法，如何迎敵？」宋江道：「軍師放心，我自有破陣之法。諸軍眾將勿得驚疑，只顧向前殺去。」高廉分付大小將校：「不要與他強敵挑鬪。但見牌響，一齊併力擒獲宋江，我自有重賞。」

兩軍喊聲起處，高廉馬鞍鞽上掛著那面聚獸銅牌，上有龍章鳳篆，手裏拿著寶劍，出到陣前。宋江指著高廉罵道：「昨夜我不曾到，兄弟們誤折一陣。今日我必要把你誅盡殺絕！」高廉喝道：「你這夥反賊快早早下馬受縛，省得我腥手污腳！」言罷，把劍一揮，口中念念有詞，喝聲道：「疾！」黑氣起處，早捲起怪風來。

宋江不等那風到，口中也念念有詞，左手捏訣，右手把劍一指，喝聲道：「疾！」那陣風不望宋江陣裏來，倒望高廉神兵隊裏去了。宋江卻待招呼人馬，殺將過去。高廉見回了風，急取銅牌，把劍敲動，向那神兵隊裏捲一陣黃沙，就中軍走出一羣怪獸毒蟲，直衝過來。

宋江陣裏眾多人馬驚呆了。宋江撇了劍，撥回馬先走；眾頭領簇捧著，盡都逃命；大小軍校，你我不能相顧，奪路而走。高廉在後面把劍一揮，神兵在前，官軍在後，一齊掩殺將來。宋江人馬大敗虧輸。高廉趕殺二十餘里，鳴金收軍，城中去了。

宋江來到土坡下，收住人馬，扎下寨柵；雖是損折了些軍卒，卻喜眾頭領都有；屯住軍馬，便與軍師吳用商議道：「今番打高唐州連折了兩陣，無計可破神兵，如之奈何？」吳學究道：「若是這廝會使『神師計』，他必然今夜要來劫寨；可先用計提備。此處只可屯扎些少軍馬，我等去舊寨內駐扎。」宋江傳令：只留下楊林、白勝看寨；其餘人馬退去舊寨內將息。

且說楊林、白勝引人離寨半里草坡內埋伏；等到一更時分，只見風雷大作。楊林、白勝同三百餘人在草裏看時，只見高廉步走，引領三百神兵，吹風唿哨，殺入寨裏來，見是空寨，回身便走。楊林、白勝吶聲喊，高廉只怕中了計，四散便走，三百神兵各自奔逃。楊林、白勝亂放弩箭，只顧射去，一箭正中高廉左肩。眾軍四散，冒雨趕殺。高廉引領了神兵，去得遠了。楊林、白勝人少，不敢深入。少刻，雨過雲收，復見一天星斗。月光之下，草坡前搠翻射倒，拿得神兵二十餘人，解赴宋公明寨內，具說雷雨風雲之事。宋江、吳用見說，大驚道：「此間只隔得五里遠近，卻又無雨無風！」眾人議道：「正是妖法。只在本處，離地只有三四十丈，雲雨氣味是左近水泊中攝將來的。」楊林說：「高廉也自披髮仗劍，殺入寨中。身上中了我一弩箭，回城中去了。為是人少，不敢去追。」

宋江分賞楊林、白勝；把拿來的中傷神兵斬了；分撥眾頭領，下了七八個小寨，圍繞大寨，提防再來劫寨；一面使人回山寨取軍馬協助。

且說高廉自中了箭，回到城中養病，令軍士：「守護城池，曉夜提備，且休與他廝殺。待我箭瘡平復起來，捉宋江未遲。」

卻說宋江見折了人馬，心中憂悶，和軍師吳用商量道：「只這個高廉尚且破不得，倘或別添他處軍馬，併力來助，如之奈何！」吳學究道：「我想要破高廉妖法，只除非依我如此如此。……若不去請這個人來，柴大官人性命也是難救；高唐州城子永不能得。」正是要除起霧興雲法，須請通天徹地人。畢竟吳學究說這個人是誰，且聽下回分解。

第五十二回　戴宗二取公孫勝　李逵獨劈羅真人

話說當下吳學究對宋公明說道：「要破此法，只除非快教人去薊州尋取公孫勝來，便可破得高廉。」宋江道：「前番戴宗去了幾時，全然打聽不著，卻那裏去尋？」吳用道：「只說薊州，有管下多少縣治、鎮市、鄉村，他須不曾尋得到。我想公孫勝他是個學道的人，必然在個名山大川，洞天真境居住。今番教戴宗可去遶薊州管下山川去處尋覓一遭，不愁不見他。」

宋江聽罷，隨即叫請戴院長商議，可往薊州尋取公孫勝。戴宗道：「小可願往。只是得一個做伴的去方好。」吳用道：「你作起『神行法』來，誰人趕得你上？」戴宗道：「若是同伴的人，我也把甲馬拴在他腿上，教他也便走得快了。」李逵便道：「我與戴院長做伴走一遭。」戴宗道：「你若要跟我去，須要一路上喫素，都聽我的言語。」李逵道：「這個有甚難處，我都依你便了。」宋江、吳用分付道：「路上小心在意，休要惹事。若得見了，早早回來。」李逵道：「我打死了殷天錫，卻教柴大官人喫官司，我如何不要救他？今番並不許惹事了！」

二人各藏了暗器，拴縛了包裹，拜辭了宋江並眾人，離了高唐州，取路投薊州來。走得二三十里，李逵立住腳道：「大哥，買碗酒喫了走也好。」戴宗道：「你要跟我作『神行法』，須要只喫素酒。」李逵笑道：「便喫些肉也打甚麼緊。」戴宗道：「你又來了；今日已晚，且向前尋個客店宿了，明日早行。」

兩個又走了三十餘里，天色昏黑，尋著一個客店歇了，燒起火來做飯，沽一角酒來喫。李逵搬一碗素飯並一碗菜湯來房裏與戴宗喫。戴宗道：「你如何不喫飯？」李逵應道：「我且未要喫飯哩。」戴宗尋思：「這廝必然瞞著我背地裏喫葷。……」

戴宗自把菜飯喫了，悄悄地來後面張時，見李逵討兩角酒，一盤牛肉，立著在那裏亂喫。戴宗道：「我說甚麼！且不要道破他，明日小小地耍他耍便了！」戴宗先去房裏睡了。

李逵喫了一回酒肉，恐怕戴宗問他，也輕輕的來房裏睡了。到五更時分，戴宗起來，叫李逵打火，做些素飯喫了。各分行李在背上，算還了房宿錢，離了客店。行不到二里多路，戴宗說道：「我們昨日不曾使『神行法』，今日須要趕程途。你先把包裹拴得牢了，我與你作法，行八百里便住。」戴宗取四個甲馬去李逵兩隻腿上縛了，分付道：「你前面酒食店裏等我。」

戴宗念念有詞，吹口氣在李逵腿上。李逵拽開腳步，渾如駕雲的一般，飛也似去了。戴宗笑道：「且著他忍一日餓！」戴宗也自拴上甲馬，隨後趕來。

李逵不省得這法，只道和他走路一般好耍，那當得耳朵邊有如風雨之聲，兩邊房屋樹木一似連排價倒了的，腳底下如雲催霧趲。李逵怕將起來，幾遍待要住腳；兩條腿那裏收拾得住，卻似有人在下面推的相似，腳不點地只管走去了。看見酒肉飯店，連排飛也似過去，又不能彀入去買喫，李逵只得叫：「爺爺！且住一住！」看看走到紅日平西，肚裏又饑又渴，越不能彀住腳；驚得一身臭汗，氣喘做一團。

戴宗從背後趕來，叫道：「李大哥，怎的不買些點心喫了去？」李逵應道：「哥哥！救我一救！餓殺鐵牛了！」戴宗懷裏摸出幾個炊餅來自喫。李逵叫道：「我不能彀住腳買喫，你與我個充饑！」戴宗道：「兄弟，你立住了與你喫。」李逵伸著手，只隔一丈來遠近，只接不著。李逵叫道：「好哥哥！且住一住！」戴宗道：「便是今日有些蹺蹊，我的兩條腿也不能彀住。」李逵道：「阿也！我這鳥腳不繇我半分，只管自家在下邊奔了去！不要討我性發，把大斧砍了下來！」戴宗道：「只除是恁的般方好；不然，直走到明年正月初一日，也不能住！」李逵道：「好哥哥！休使道兒耍我！砍了腿下來，把甚麼走回去？」戴宗道：「你敢是昨夜不依我？今日連我也奔不得住。你自奔去。」李逵叫道：「好爺爺！你饒我住一住！」戴宗道：「我的這法不許喫葷，第一戒的是牛肉。若還喫了一塊牛肉，直要奔一世方纔得住！」李逵道：「卻是苦也！我昨夜不合瞞著哥哥，其實偷買五七斤牛肉喫了！正是怎麼好！」戴宗道：「怪得今日連我的這腿也收不住！你這鐵牛害殺我也！」

李逵聽罷，叫起撞天屈來。戴宗笑道：「你從今以後，只依得我一件事，我便罷得這法。」李逵道：「老爺！你快說來，看我依你！」戴宗道：「你如今敢再瞞我喫葷麼？」李逵道：「今後但喫時，舌頭上生碗來大疔瘡！我見哥哥會喫素，鐵牛卻其實煩難，因此上瞞著哥哥試一試。今後並不敢了！」戴宗道：「既是恁地，饒你這一遍！」趕上一步，把衣袖去李逵腿上只一拂，喝聲「住。」李逵應聲立定。戴宗道：「我先去，你且慢慢的來。」

李逵正待抬腳，那裏移得動；拽也拽不起，一似生鐵鑄就了的。李逵大叫道：「又是苦也！哥便再救我一救！」戴宗轉回頭來，笑道：「你方纔罰咒真麼？」李逵道：「你是我親爺，卻如何敢違了你的言語！」戴宗道：「你今番真個依我？」便把手綰了李逵，喝聲「起。」兩個輕輕地走了去。李逵道：「哥哥可憐見鐵牛，早歇了罷！」見個客店，兩個人來投宿。

戴宗、李逵入到房裏，去腿上卸下甲馬，取出幾陌紙錢燒送了，問李逵道：「今番卻如何？」李逵捫著腳，歎氣道：「這兩條腿方纔是我的了！」

戴宗便叫李逵安排些素酒素飯喫了，燒湯洗了腳，上床歇息。睡到五更，起來，洗漱罷，喫了飯，還了房錢，兩個又上路。行不到三里多路，戴宗取出甲馬道：「兄弟，今日與你只縛兩個，教你慢行些。」李逵道：「親爺！我不要縛了！」戴宗道：「你既依我言語，我和你幹大事，如何肯弄你！你若不依我，教你一似夜來，只釘住在這裏，直等我去薊州尋見了公孫勝，回來放你！」李逵慌忙叫道：「你縛！你縛！」

戴宗與李逵當日各只縛兩個甲馬，作起「神行法」，扶著李逵同走。原來戴宗的法，要行便行，要住便住。李逵從此那裏敢違他言語，於路上只是買些素酒素飯，喫了便行。

話休絮繁。兩個用「神行法」，不旬日，迤邐來薊州城外客店裏歇了。次日，兩個入城來，——戴宗扮做主人，李逵扮做僕者。——遶城中尋了一日，並無一個認得公孫勝的。兩個自回店裏歇了；次日，又去城中小街狹巷尋了一日，絕無消耗。李逵心焦，罵道：「這個乞丐道人！卻鳥躲在那裏！我若見時，腦揪將去見哥哥！」戴宗瞅道：「你又來了！便不記得喫苦！」李逵陪笑道：「不敢！不敢！我自這般說一聲兒耍。」

戴宗又埋怨了一回，李逵不敢回話。兩個又來店裏歇了，次日早起，卻去城外近村鎮市尋覓。戴宗但見老人，便施禮拜問公孫勝先生家在那裏居住，並無一人認得。戴宗也問過數十處。

當日晌午時分，兩個走得肚饑，路旁邊見一個素麵店。兩個直入來買些點心喫，只見裏面都坐滿，沒一個空處。戴宗、李逵立在當路。過賣問道：「客官要喫麵時，和這老人合坐一坐。」戴宗見個老丈獨自一個占著一副大座頭，便與他施禮，唱個喏，兩個對面坐了，——李逵坐在戴宗肩下。——分付過賣造四個壯麵❶來。戴宗道：「我喫一個，你喫三個不少麼？」李逵道：「不濟事！一發做六個來，我都包辦！」過賣見了也笑。等了半日，不見把麵來，李逵卻見都搬入裏面去了，心中已有五分焦躁。只見過賣卻搬一個熱麵，放在合坐老人面前；那老人也不謙讓，拿起麵來便喫。那分麵卻熱，老兒低著頭，伏桌兒喫。

李逵性急，叫一聲「過賣」，罵道：「卻教老爺等了這半日！」把那桌子只一拍，潑那老人一臉熱汁，那分麵都潑翻了。老兒焦躁，便來揪住李逵，喝道：「你是何道理打翻我麵！」李逵捻起拳頭，要打老兒。戴宗慌忙喝住，與他陪話，道：「老丈休和他一般見識。小可陪老丈一分麵。」那老人道：「客官不知；老漢路遠，早要喫了麵回去聽講，遲時誤了程途。」戴宗問道：「老丈何處人氏？卻聽誰人講甚麼？」老兒答道：「老漢是本處薊州管下九宮縣二仙山下人氏，因來這城中買些好香回去，聽山上羅真人講說『長生不死』之法。」

戴宗尋思：「莫不公孫勝也在那裏？……」便問老人道：「老丈貴莊曾有個公孫勝麼？」老人道：「客官問別人定不知，多有人不認得他。老漢和他是鄰舍，他只有個老母在堂。這個先生一向雲遊在外，此時喚做公孫一清。如今出姓，都只叫他清道人，不叫做公孫勝，——此是俗名，無人認得。」戴宗道：「正是『踏破鐵鞋無覓處，得來全不費工夫！』」又拜問老丈：「九宮縣二仙山離此間多少路？

❶ 壯麵：指煮得較硬的麵。

清道人在家麼？」老人道：「二仙山只離本縣四十五里便是。清道人他是羅真人上首徒弟。他本師如何放他離左右！」

戴宗聽了大喜，連忙催趲麵來喫；和那老人一同喫了，算還麵錢，同出店肆，問了路途。戴宗道：「老丈先行，小可買些香紙也便來也。」老人作別去了。

戴宗、李逵回到客店裏，取了行李、包裹，再拴上甲馬，離了客店，兩個取路投九宮縣二仙山來。戴宗使起「神行法」，四十五里，片時到了。二人來到縣前，問二仙山時，有人指道：「離縣投東，只有五里便是。」兩個又離了縣治，投東而行，果然行不到五里，早來到二仙山下。見個樵夫，戴宗與他施禮，說道：「借問此間清道人家在何處居住？」樵夫指道：「只過這個山嘴，門外有條小石橋的便是。」兩個抹過山嘴來，見有十數間草房，一周圍矮牆，牆外一座小小石橋。兩個來到橋邊，見一個村姑，提一籃新果子出來。戴宗施禮問道：「娘子從清道人家出來，清道人在家麼？」村姑答道：「在屋後煉丹。」戴宗心中暗喜，分付李逵道：「你且去樹多處躲一躲；待我自入去見了他卻來叫你。」

戴宗自入到裏面看時，一帶三間草房，門上懸掛一個蘆簾。戴宗咳嗽了一聲，只見一個白髮婆婆從裏面出來。戴宗當下施禮道：「告稟老娘。小可欲求清道人相見一面。」婆婆問道：「官人高姓？」戴宗道：「小可姓戴，名宗，從山東到此。」婆婆道：「孩兒出外雲遊，不曾還家。」戴宗道：「小可是舊時相識，要說一句緊要的話求見一面。」婆婆道：「不在家裏。有甚話說，留下在此不妨。待回家自來相見。」戴宗道：「小可再來。」就辭了婆婆，卻來門外對李逵道：「今番須用著你；方纔他娘說道不在家裏，如今你可去請他。他若說不在時，你便打將起來，卻不得傷犯他老母。我來喝住你便罷。」

山居如畫。

李逵先去包裹裹取出雙斧，插在兩胯下，入得門裏，大叫一聲「著個出來。」婆婆慌忙迎著問道：「是誰？」見了李逵睜著雙眼，先有八分怕他，問道：「哥哥有甚話說？」李逵道：「我乃梁山泊黑旋風，奉著哥哥將令，教我來請公孫勝。你叫他出來，佛眼相看！若還不肯出來，放一把鳥火，把你家當都燒做白地！」又大叫一聲「早早出來。」婆婆道：「好漢莫要恁地。我這裏不是公孫勝家，自喚做清道人。」李逵道：「你只叫他出來，我自認得他鳥臉！」婆婆道：「出外雲遊未歸。」

李逵拔出大斧，先砍翻一堵壁。婆婆向前攔住。李逵道：「你不叫你兒子出來，我只殺了你！」拿起斧來便砍。把那婆婆驚倒在地。只見公孫勝從裏面奔將出來，叫道：「不得無禮！」只見戴宗便來喝道：「鐵牛！如何嚇倒老母！」戴宗連忙扶起。李逵撇了大斧，便唱個喏道：「阿哥休怪。不恁地你不肯出來。」

公孫勝先扶娘入去了，卻出來拜請戴宗、李逵；邀進一間淨室坐下，問道：「虧二位尋得到此。」戴宗道：「自從哥哥下山之後，小可先來薊州尋了一遍，並無打聽處，只糾合得一夥弟兄上山。今次宋公明哥哥因去高唐州救柴大官人，致被知府高廉兩三陣用妖法贏了；無計奈何，只得教小可和李逵逕來尋請足下。遶遍薊州，並無尋處，偶因素麵店中得個此間老丈指引到此。卻見村姑說足下在家燒煉丹藥，老母只是推卻；因此使李逵激出哥哥來。這個大莽了些，望乞恕罪。宋公明哥哥在高唐州界上度日如年；請哥哥便可行程，以見始終成全大義之美。」

公孫勝道：「貧道幼年飄蕩江湖，多與好漢們相聚。自從梁山泊分別回鄉，非是昧心，一者母親年老，無人奉侍，二乃本師羅真人留在座前。恐怕山寨有人尋來，故意改名清道人，隱居在此。」戴宗道：

「今者宋公明正在危急之際，哥哥慈悲，只得去走一遭。」公孫勝道：「干礙老母無人養贍。本師羅真人如何肯放？其實去不得了。」戴宗再拜懇告。公孫勝扶起戴宗，說道：「再容商議。」

公孫勝留戴宗、李逵在淨室裏坐定，安排些素酒素食相待。三個喫了一回，戴宗又苦苦哀告道：「若是哥哥不肯去時，宋公明必被高廉捉了。山寨大義，從此休矣！」公孫勝道：「且容我去稟問本師真人。若肯容許，便一同去。」戴宗道：「只今便去啟問本師。」公孫勝道：「且寬心住一宵，明日早去。」戴宗道：「公明在彼，一日如度一年，煩請哥哥便問一遭。」

公孫勝便起身引了戴宗、李逵離了家裏，取路上二仙山來。此時已是秋殘冬初時分，日短夜長，容易得晚，來到半山裏，卻早紅輪西墜。松陰裏面一條小路，直到羅真人觀前，見有硃紅牌額，上寫著「紫虛觀」三個金字。

三人來到觀前著衣亭上，整頓衣服，從廊下入來，逕投殿後松鶴軒裏去。兩個童子看見公孫勝領人入來，報知羅真人。傳法旨，教請三人入來。

當下公孫勝引著戴宗、李逵到松鶴軒內，正值真人朝真纔罷，坐在雲床上。公孫勝向前行禮起居，躬身侍立，戴宗當下見了，慌忙下拜。李逵只管光著眼看。

羅真人問公孫勝道：「此二位何來？」公孫勝道：「便是昔日弟子曾告我師，山東義友是也。今為高唐州知府高廉顯逞異術，有兄宋江，特令二弟來此呼喚。弟子未敢擅便，故來稟問我師。」羅真人道：「一清既脫火坑學煉長生，何得再慕此境？」戴宗再拜，道：「容乞暫請公孫先生下山，破了高廉，便送還山。」羅真人道：「二位不知，此非出家人閒管之事。汝等自下山去商議。」

公孫勝只得引了二人，離了松鶴軒，連晚下山來。李逵問道：「那老仙先生說甚麼？」戴宗道：「你偏不聽得！」李逵道：「便是不省得這般鳥做聲。」戴宗道：「便是他的師父說道教他休去！」李逵聽了，叫起來道：「教我兩個走了許多路程，我又喫了若干苦，尋見了，卻放出這個屁來！莫要引老爺性發，一隻手捻碎你這道冠兒，一隻手提住腰胯，把那老賊道倒直撞下山去！」戴宗瞅著道：「你又要釘住了腳！」李逵陪笑道：「不敢！不敢！我自這般說一聲兒耍。」

三個再到公孫勝家裏，當夜安排些晚飯。戴宗和公孫勝喫了。李逵卻只呆想，不喫。公孫勝道：「且權宿一宵，明日再去懇告本師。若肯時，便去。」戴宗只得叫了安置，收拾行李，和李逵來淨室裏睡。

這李逵那裏睡得著；捱到五更左側，輕輕地爬將起來；聽那戴宗時，正齁齁的睡熟；自己尋思道：「卻不是干鳥氣麼？你原是山寨裏人，卻來問甚麼鳥師父！我本待一斧砍了，出口鳥氣；不爭殺了他，卻又請那個去救俺哥哥？……」又尋思道：「設使明朝那廝又不肯，卻不誤了哥哥的大事？……我只是忍不得了，莫若殺了那個老賊道，教他沒問處，只得和我去？……」

李逵當時摸了兩把板斧，輕輕地開了房門，乘著星月明朗，一步步摸上山來；到得紫虛觀前，卻見兩扇大門關了，旁邊籬牆喜不甚高。李逵騰地跳將過去，開了大門，一步步摸入裏面來，直至松鶴軒前，只聽隔窗有人念誦甚麼經號之聲。李逵爬上來，搠破紙窗張時，見羅真人獨自一個坐在日間這件東西上；面前桌兒上煙煨煨地兩枝蠟燭點得通亮。李逵道：「這賊道！卻不是當死！」一踅踅過門邊來，把手只一推，撲的兩扇亮槅齊開。李逵搶將入去，提起斧頭，便望羅真人腦門上只一劈，早斫倒在雲床上。李逵看時，流出白血來，笑道：「眼見得這賊道是童男子身，頤養得元陽真氣，不曾走泄，正沒半點的紅！」

李逵再仔細看時，連那道冠兒劈做兩半，一顆頭直砍到項下。李逵道：「這個人只可驅除了他！先不煩惱公孫勝不去！」便轉身，出了松鶴軒，從側首廊下奔將出來。只見一個青衣童子，攔住李逵，喝道：「你殺了我本師，待走那裏去！」李逵道：「你這個小賊道！也喫我一斧！」手起斧落，把頭早砍下臺基邊去。李逵笑道：「如今只好撒開！」逕取路出了觀門，飛也似奔下山來；到得公孫勝家裏，閃入來，閉上了門。淨室裏聽戴宗時，兀自未覺，李逵依前輕輕地睡了。

直到天明，公孫勝起來，安排早飯，相待兩個喫了。戴宗道：「再請先生同引我二人上山，懇告真人。」李逵聽了，咬著脣冷笑。三個依原舊路，再上山來；入到紫虛觀裏松鶴軒中，見兩個童子。公孫勝問道：「真人何在？」童子答道：「真人坐在雲床上養性。」

李逵聽說，喫了驚，把舌頭伸將出來，半日縮不入去。三個揭起簾子入來看時，見羅真人坐在雲床上中間。李逵暗暗想道：「昨夜我敢是錯殺了？……」

羅真人便道：「汝等三人又來何幹？」戴宗道：「特來哀告我師慈悲救取眾人免難。」羅真人道：「這黑大漢是誰？」戴宗答道：「是小可義弟，姓李，名逵。」真人笑道：「本待不教公孫勝去；看他的面上，教他去走一遭。」戴宗拜謝，對李逵說了。李逵尋思：「那廝知道我要殺他，卻又鳥說！」

只見羅真人道：「我教你三人片時便到高唐州，如何？」三個謝了。戴宗尋思：「這羅真人，又強似我的『神行法』！……」真人喚道童取三個手帕來。戴宗道：「上告我師，卻是怎生教我們便能彀到高唐州？」羅真人便起身，道：「都跟我來。」

三個人隨出觀門外石巖上來。先取一個紅手帕鋪在石上道：「一清可登。」公孫勝雙腳踏在上面。

羅真人把袖一拂，喝聲道：「起。」那手帕化作一片紅雲，載了公孫勝，冉冉騰空便起，離山約有二十餘丈。羅真人喝聲「住。」那片紅雲不動。卻鋪下一個青手帕，教戴宗踏上，喝聲「起。」那手帕卻化作一片青雲，載了戴宗，起在半空裏去了。

那兩片青紅二雲，如蘆蓆大，起在天上轉。李逵看得呆了。羅真人卻把一個白手帕，鋪在石上，喚李逵踏上。李逵笑道：「你不是耍？若跌下來，好個大疙瘩！」羅真人道：「你見二人麼？」李逵立在手帕上。羅真人喝一聲「起。」那手帕化作一片白雲，飛將起去。李逵叫道：「阿也！我的不穩，放我下來！」

羅真人把右手一招，那青紅二雲平平墜將下來。戴宗拜謝，侍立在右手；公孫勝侍立在左手。李逵在上面叫道：「我也要撒尿撒尿！你不放我下來，我劈頭便撒下來也！」羅真人問道：「我等自是出家人，不曾惱犯了你，你因何夜來越牆而過，入來把斧劈我？若是我無道德，已被殺了。又殺了我一個道童！」李逵道：「不是我！你敢錯認了？」羅真人笑道：「雖然只是砍了我兩個葫蘆，其心不善。且教你喫些磨難！」把手一招，喝聲「去。」一陣惡風，把李逵吹入雲端裏。只見兩個黃巾力士押著李逵，耳朵邊有如風雨之聲，下頭房屋樹木一似連排曳去的，腳底下如雲催霧趲，正不知去了多少遠，諕得魂不著體，手腳搖戰。忽聽得刮刺刺地響一聲，卻從薊州府廳屋上骨碌碌滾將下來。

當日正值府尹馬士弘坐衙，廳前立著許多公吏人等。看見半天裏落下一個黑大漢來，眾皆喫驚。馬知府見了，叫道：「且拿這廝過來！」當下十來個牢子、獄卒，把李逵驅至當面。馬府尹喝道：「你這廝是那裏妖人？如何從半天裏弔將下來？」

李逵喫跌得頭破額裂，半晌說不出話來。馬知府道：「必然是個妖人！」教：「去取些法物來！」牢子、節級將李逵綑翻，驅下廳前草地裏；一個虞候掇一盆狗血沒頭一淋；又一個提一桶尿糞來望李逵頭上直澆到腳底下。李逵口裏，耳朵裏，都是狗血、尿、屎。李逵叫道：「我不是妖人，我是跟羅真人的伴當！」

原來薊州人都知道羅真人是個現世的活神仙，從此便不肯下手傷他，再驅李逵到廳前。早有吏人稟道：「這薊州羅真人是天下有名的得道活神仙。若是他的從者，不可加刑。」馬府尹笑道：「我讀千卷之書，每聞古今之事，未見神仙有如此徒弟！即係妖人！牢子，與我加力打那廝！」眾人只得拿翻李逵，打得一佛出世，二佛涅槃。馬知府喝道：「你那廝快招了妖人，便不打你！」李逵只得招做「妖人李二」。取一面大枷釘了，押下大牢裏去。

李逵來到死囚獄裏，說道：「我是值日神將，如何枷了我？好歹教你這薊州一城人都死！」那押牢節級、禁子都知羅真人道德清高，誰不欽服；都來問李逵：「你端的是甚麼人？」李逵道：「我是羅真人親隨值日神將，因一時有失，惡了真人，把我撇在此間，教我受些苦難。三兩日必來取我。你們若不把些酒肉來將息我時，我教你們眾人全家都死！」

那節級、牢子見了他說，倒都怕他，只得買酒買肉請他喫。李逵見他們害怕，越說起風話來。牢裏眾人越怕了，又將熱水來與他洗浴了，換些乾淨衣裳。李逵道：「若還缺了我酒肉，我便飛了去，教你們受苦！」牢裏禁子只得倒陪告他。李逵陷在薊州牢裏不題。

且說羅真人把上項的事一一說與戴宗。戴宗只是苦苦哀告，求救李逵。羅真人留住戴宗在觀裏宿歇，動問山寨裏事務。戴宗訴說晁天王、宋公明仗義疏財，專只替天行道，誓不損害忠臣烈士，孝子賢孫，義夫節婦，許多好處。羅真人聽罷默然。

一住五日，戴宗每日磕頭禮拜，求告真人，乞救李逵。羅真人道：「這等人只可驅除了罷，休帶回去！」戴宗告道：「真人不知。這李逵雖是愚蠢，不省禮法，也有些小好處：第一，鯁直，分毫不肯苟取於人；第二，不會阿諂於人，雖死其忠不改；第三，並無淫慾邪心、貪財背義，勇敢當先。因此，宋公明甚是愛他。不爭沒了這個人回去，教小可難見兄長宋公明之面。」羅真人笑道：「貧道已知這人是上界天殺星之數，為是下土眾生，作業太重，故罰他下來殺戮。吾亦安肯逆天，壞了此人？只是磨他一會，我叫取來還你。」

戴宗拜謝，羅真人叫一聲「力士安在？」就松鶴軒前起一陣風。風過處，一尊黃巾力士出現躬身稟覆：「我師有何法旨？」羅真人道：「先差你押去薊州的那人，罪業已滿。你還去薊州牢裏取他回來。速去速回。」

力士聲喏去了，約有半個時辰，從虛空裏把李逵撇將下來。戴宗連忙扶住李逵，問道：「兄弟，這兩日在那裏？」李逵看了羅真人，只管磕頭拜說：「親爺爺！鐵牛不敢了也！」羅真人道：「你從今以後可以戒性，竭力扶持宋公明，休生歹心。」李逵再拜道：「你是我的親爺，卻如何敢違了你的言語！」

戴宗道：「你正去那裏走了這幾日？」李逵道：「自那日一陣風直刮我去薊州府裏，從廳屋脊上直滾下來，被他府裏眾人拿住。那個鳥知府道我是妖人，捉翻我，綑了，卻教牢子獄卒把狗血和尿屎淋我一頭一身；打得我兩腿肉爛，把我枷了，下在大牢裏去。眾人問我：『是何神將，從天上落下來？』只喫我說道：『羅真人的親隨值日神將。因有些過失，罰受此苦。過三二日，必來取我。』雖是喫了一頓棍棒，卻也詐得些酒肉喫。那廝們懼怕真人，卻與我洗浴，換了一身衣裳。方纔正在亭心裏詐酒肉喫，只見半空裏跳下這個黃巾力士，把枷鎖開了，喝我閉眼，一似睡夢中，直捉到這裏。」公孫勝道：「師父似這般的黃巾力士有一千餘員，都是本師真人的伴當。」

李逵聽了，叫道：「活佛！你何不早說，免教我做了這般不是。」只顧下拜。戴宗也再拜懇告道：「小可端的來得多日了。高唐州軍馬甚急，望乞師父慈悲，放公孫先生同弟子去救哥哥宋公明破了高廉，便送還山。」羅真人道：「我本不教他去，今為汝大義為重，權教他去走一遭。——我有片言，汝當記取。」公孫勝向前跪聽真人指教。正是滿懷濟世安邦願，來作乘鸞跨鳳人。畢竟羅真人對公孫勝說出甚話來，且聽下回分解。

第五十三回 入雲龍鬭法破高廉 黑旋風下井救柴進

話說當下羅真人道：「弟子，你往日學的法術卻與高廉一般。吾今特授與汝『五雷天心正法』，依此而行，可救宋江，保國安民，替天行道。你的老母，我自使人早晚看視，勿得憂念。汝本上應天間星數，以此暫容汝去一遭；切須專持從前學道之心，休被人欲搖動，誤了自己腳跟下大事。」公孫勝跪受了訣法，便和戴宗、李逵拜辭了羅真人，別了眾道伴下山。歸到家中，收拾了寶劍二口並鐵冠道衣等物了當，拜辭老母，離山上路。

行過了三四十里路程，戴宗道：「小可先去報知哥哥，先生和李逵大路上來，卻得再來相接。」公孫勝道：「正好；賢弟先往報知，吾亦趲行來也。」戴宗分付李逵道：「於路小心伏侍先生；但有些差池，教你受苦。」李逵答道：「他和羅真人一般的法術，我如何敢輕慢了他！」戴宗拴上甲馬，作起「神行法」來，預先去了。

卻說公孫勝和李逵兩個離了二仙山九宮縣，取大路而行，到晚尋店安歇。李逵懼怕羅真人法術，十分小心伏侍公孫勝，那裏敢使性。

兩個行了三日，來到一個去處，地名喚做武岡鎮，只見街市人煙輳集。公孫勝道：「這兩日於路走得困倦，買碗素酒素麵喫了行。」李逵道：「也好。」卻見驛路旁邊一個小酒店，兩個入來店裏坐下。

公孫勝坐了上首，李逵解了腰包，下首坐了，叫過賣❶一面打酒，就安排些素饌來喫。公孫勝道：「你這裏有甚素點心賣？」過賣道：「我店裏只賣酒肉，沒有素點心；市口人家有棗糕賣。」李逵道：「我去買些來。」便去包內取了銅錢，逕投市鎮上來買了一包棗糕。欲待回來，只聽得路旁側首，有人喝采道：「好氣力！」

李逵看時，一夥人圍定一個大漢，把鐵瓜鎚在那裏使，眾人看了喝采他。李逵看那大漢時，七尺以上身材，面皮有麻，鼻子上一條大路。李逵看那鐵鎚時，約有三十來斤。那漢使得發了，一瓜鎚正打在壓街石上，把那石頭打做粉碎，眾人喝采。

李逵忍不住，便把棗糕揣在懷裏，便來拿那鐵鎚。那漢喝道：「你是甚麼鳥人，敢來拿我的鎚！」李逵道：「你使得甚麼鳥好，教眾人喝采！看了到污眼！你看老爺使一回教眾人看。」那漢道：「我借與你；你若使不動時，且喫我一頓頬子拳了去！」

李逵接過瓜鎚，如弄彈丸一般，使了一回，輕輕放下，面又不紅，心頭不跳，口內不喘。那漢看了，倒身便拜，說道：「願求哥哥大名。」李逵道：「你家在那裏住？」那漢道：「只在前面便是。」引了李逵到一個所在，見一把鎖鎖著門。那漢把鑰匙開了門，請李逵到裏面坐地。

李逵看他屋裏都是鐵砧、鐵鎚、火爐、鉗、鑿、家伙，尋思道：「這人必是個打鐵匠人，山寨裏正用得著，何不叫他也去入夥？……」李逵又道：「漢子，你通個姓名，教我知道。」那漢道：「小人姓湯，名隆。父親原是延安府知寨官，因為打鐵上，遭際老种經略相公帳前敘用。近年父親在任亡故，小

❶ 過賣：宋代稱在店舖中管買賣的夥計。

活寫出新得兄弟，分外快活來。

人貪賭，流落在江湖上，因此權在此間打鐵度日。入骨好使鎗棒；為是自家渾身有麻點，人都叫小人做金錢豹子。敢問哥哥高姓大名？」李逵道：「我便是梁山泊好漢黑旋風李逵。」

湯隆聽了再拜道：「多聞哥哥威名，誰想今日偶然得遇！」李逵道：「你在這裏幾時得發跡！不如跟我上梁山泊入夥，教你也做個頭領。」湯隆道：「若得哥哥不棄，肯帶攜兄弟時，願隨鞭鐙。」就拜李逵為兄，李逵認湯隆為弟。

湯隆道：「我又無家人伴當，同哥哥去市鎮上喫三杯淡酒，表結拜之意。今晚歇一夜，明日早行。」李逵道：「我有個師父在前面酒店裏，等我買棗糕去喫了便行，耽擱不得，只可如今便行。」湯隆道：「如何這般要緊？」李逵道：「你不知。宋公明哥哥見今在高唐州界首廝殺，只等我這師父到來救應。」湯隆道：「這個師父是誰？」李逵道：「你且休問快收拾了去。」

湯隆急急拴了包裹盤纏銀兩，戴上氈笠兒，跨了口腰刀，提條朴刀，棄了家中破房舊屋，麤重家火，跟了李逵，直到酒店裏來見公孫勝。公孫勝埋怨道：「你如何去了許多時？再來遲些，我依前回去了！」

李逵不敢做聲回話，引過湯隆拜了公孫勝，備說結義一事。公孫勝見說他是打鐵出身，心中也喜。李逵取出棗糕，叫過賣將去整理。三個一同飲了幾杯酒，喫了棗糕，算還了酒錢。李逵、湯隆各背上包裹，與公孫勝離了武岡鎮，迤邐望高唐州來。

三個於路，三停中走了兩停多路，那日早卻好迎著戴宗來接。公孫勝見了大喜，連忙問道：「近日相戰如何？」戴宗道：「高廉那廝近日箭瘡平復，每日引兵來搦戰❷。哥哥堅守不敢出敵，只等先生到

❷ 搦戰：挑戰。搦，音ㄋㄨㄛˋ。

來。」公孫勝道：「這個容易。」

李逵引著湯隆拜見戴宗，說了備細。四人一處奔高唐州來。離寨五里遠，早有呂方、郭盛引一百餘騎軍馬迎接著。四人都上了馬，一同到寨。宋江、吳用等出寨迎接。各施禮罷，擺了接風酒，敘問間闊之情，請入中軍帳內。眾頭領亦來作慶。李逵引過湯隆來參見宋江、吳用並眾頭領等。講禮已罷，寨中且做慶賀筵席。

次日，中軍帳上，宋江、吳用、公孫勝商議破高廉一事。公孫勝道：「主將傳令，且著拔寨都起。看敵軍如何，小弟自有區處。」

當日宋江傳令各寨一齊引軍起身，直抵高唐州城壕，下寨已定。次早五更造飯，軍人都披掛衣甲。宋公明、吳學究、公孫勝三騎馬直到軍前，搖旗擂鼓，吶喊篩鑼，殺到城下來。

再說知府高廉在城中箭瘡已痊，隔夜小軍來報知宋江軍馬又到，早辰都披掛了衣甲，便開了城門，放下弔橋，將引三百神兵並大小將校出城迎敵。兩軍漸近，旗鼓相望，各擺開陣勢。兩陣裏花腔鼉鼓❸擂，雜彩繡旗搖。宋江陣門開處，分出十騎馬來，雁翅般擺開在兩邊。左手下五將：花榮、秦明、朱仝、歐鵬、呂方；右手下五將是：林沖、孫立、鄧飛、馬麟、郭盛；中間三個總軍主將，三騎馬出到陣前。看對陣金鼓全鳴，門旗開處，也有二三十個軍官簇擁著高唐州知府高廉出在陣前，立馬門旗之下，厲聲喝罵道：「你那水洼草賊！既有心要來廝殺，定要見個輸贏！走的不是好漢！」

宋江問一聲：「誰人出馬立斬此賊？」小李廣花榮挺鎗躍馬，直至垓心。高廉見了，喝問道：「誰

---

❸鼉鼓：指鼉皮製成的鼓。鼉，音ㄊㄨㄛˊ。動物名。是爬蟲類，形似鱷魚。

與我直取此賊去？」那統制官隊裏轉出一員上將，喚做薛元輝，使兩口雙刀，騎一匹劣馬，飛出垓心，來戰花榮，兩個在陣前鬬了數合，花榮撥回馬，望本營便走。薛元輝縱馬舞刀，盡力來趕。花榮略帶住了馬，拈弓取箭，扭轉身軀，只一箭，把薛元輝頭重腳輕射下馬去。兩軍齊吶聲喊。

高廉在馬上見了大怒，急去馬鞍鞽前取下那面聚獸銅牌，把劍去擊。那裏敲得三下，只見神兵隊裏捲起一陣黃砂來，罩得天昏地暗，日色無光。喊聲起處，豺狼虎豹怪獸毒蟲就這黃砂內捲將出來。眾軍恰待都起，公孫勝在馬上早掣出那一把松文古定劍來，指著敵軍，口中念念有詞，喝聲道：「疾！」只見一道金光射去，那夥怪獸毒蟲都就黃砂中亂紛紛墜於陣前。眾軍人看時，卻都是白紙剪的虎豹走獸，黃砂盡皆蕩散不起。

宋江看了，鞭梢一指，大小三軍一齊掩殺過去；但見人亡馬倒，旗鼓交橫。高廉急把神兵退走入城。宋江軍馬趕到城下，城上急拽起弔橋，閉上城門，擂木砲石如雨般打將下來。宋江叫且鳴金，收聚軍馬下寨，整點人數，各獲大勝，回帳稱謝公孫先生神功道德，隨即賞勞三軍。

次日，分兵四面圍城，盡力攻打。公孫勝對宋江、吳用道：「昨夜雖是殺敗敵軍大半，眼見得那三百神兵退入城中去了。今日攻擊得緊，那廝夜間必來偷營劫寨。今晚可收軍一處，至夜深，分去四面埋伏。這裏虛扎寨柵，教眾將只聽霹靂響，看寨中火起，一齊進兵。」傳令已了，當日攻城至未牌時分，都收四面軍兵還寨，卻在營中大吹大擂飲酒。看看天色漸晚，眾頭領暗暗分撥開去，四面埋伏已定。

卻說宋江、吳用、公孫勝、花榮、秦明、呂方、郭盛上土坡等候。是夜高廉果然點起三百神兵，背上各帶鐵葫蘆，於內藏著硫磺焰硝，煙火藥料；各人俱執鉤刃、鐵掃箒，口內都銜蘆哨。二更前後，大開城門，放下弔橋，高廉當先，驅領神兵前進，背後卻帶三十餘騎，奔殺前來。離寨漸近，高廉在馬上作起妖法，卻早黑氣沖天，狂風大作，飛砂走石，播土揚塵。三百神兵各取火種，去那葫蘆口上點著，一聲蘆哨齊響，黑氣中間，火光罩身，大刀闊斧，滾入寨裏來。

高埠處，公孫勝仗劍作法，就空寨中平地上刮刺刺起個霹靂。三百神兵急待退步，只見那空寨中火起，火焰亂飛，上下通紅。無路可出。四面伏兵齊趕，圍定寨柵，黑處偏見。三百神兵不曾走得一個，都被殺在陣裏。

高廉急引了三十餘騎奔走回城。背後一枝軍馬追趕將來，乃是豹子頭林沖。看看趕上，急叫得放下弔橋。高廉只帶得八九騎入城，其餘盡被林沖和人連馬生擒活捉了去。高廉進到城中，盡點百姓上城守護。高廉軍馬神兵被宋江、林沖殺個盡絕。

次日，宋江又引軍馬四面圍城甚急。高廉尋思：「我數年學得法術，不想今日被他破了！似此如之奈何？……」只得使人去鄰近州府求救。急急修書二封，教去東昌、寇州，「二處離此不遠。這兩個知府都是我哥哥抬舉的人。教星夜起兵來接應。」差了兩個帳前統制官，齎擎書信，放開西門，殺將出來，投西奪路去了。

眾將卻待去追趕，吳用傳令：「且放他出去，可以將計就計。」宋江問道：「軍師如何作用？」吳學究道：「城中兵微將寡，所以他去求救。我這裏可使兩枝人馬，詐作救應軍兵，於路混戰。高廉必然開門助戰，乘勢一面取城，把高廉引入小路，必然擒獲。」宋江聽了大喜，令戴宗回梁山泊另取兩枝軍馬，分作兩路而來。

且說高廉每夜在城中空闊處堆積柴草，竟天價放火為號，城上只望救兵到來。過了數日，守城軍兵望見宋江陣中不戰自亂，急忙報知。

高廉聽了，連忙披掛上城瞻望，只見兩路人馬，戰塵蔽日，喊殺連天，衝奔前來；四面圍城軍馬，四散奔走。高廉知是兩路救軍到了，盡點在城軍馬，大開城門，分頭掩殺出去。

且說高廉撞到宋江陣前，看見宋江引著花榮、秦明三騎馬望小路而走。高廉引了人馬急去追趕，忽聽得山坡後連珠砲響，心中疑惑，便收轉人馬回來。兩邊鑼響，左手下小溫侯，右手下賽仁貴，各引五百人馬衝將出來。

高廉急奪路走時，部下軍馬折其大半；奔走脫得垓心時，望見城上已都是梁山泊旗號；舉眼再看，無一處是救應軍馬；只得引著敗卒殘兵，投山僻小路而走。行不到十里之外，山背後撞出一彪人馬，當先擁出病尉遲，攔住去路，厲聲高叫：「我等你多時！好好下馬受縛！」高廉引軍便回。背後早有一彪人馬截住去路，當先馬上卻是美髯公。

兩頭夾攻將來，四面截了去路，高廉只得棄了馬，卻走上山。那四下裏部軍一齊趕上山去。高廉慌忙，口中念念有詞，喝聲道：「起！」駕一片黑雲，冉冉騰空，直上山頂。只見山坡邊轉出公孫勝來；見了，便把劍在馬上望空作用，口中也念念有詞，喝聲道：「疾！」將劍望上一指，只見高廉從雲中倒撞下來，側首搶過插翅虎雷橫，一朴刀把高廉揮做兩段。

雷橫提了首級，都下山來，先使人去飛報主帥。宋江已知殺了高廉，收軍進高唐州城內，先傳下將令，休得傷害百姓；一面出榜安民，秋毫無犯；且去大牢中救出柴大官人來。那時當牢節級、押獄禁子，已都走了，止有三五十個罪囚，盡數開了枷鎖釋放。數中只不見柴大官人一個，宋江心中憂悶。尋到一處監房內，卻監著柴皇親一家老小；又一座牢內，監著滄州提捉到柴進一家老小，同監在彼，——為是連日廝殺，未曾取問發落。——只是沒尋柴大官人處。

吳學究教喚集高唐州押獄禁子跟問時，數內有一個稟道：「小人是當牢節級藺仁。前日蒙知府高廉所委，專一牢固監守柴進，不得有失；又分付道：『但有凶吉，你可便下手。』三日之前知府高廉要取柴進出來施刑，小人為見本人是個好男子，不忍下手，只推道『本人病至八分，不必下手。』後又催併得緊，小人回稱：『柴進已死。』因是連日廝殺，知府不問，小人卻恐他差人下來看視，必見罪責；昨日引柴進去後面枯井邊，開了枷鎖，推放裏面躲避。如今不知存亡。」

宋江聽了，慌忙著藺仁引入。直到後牢枯井邊望時，見裏面黑洞洞地，不知多少深淺；上面叫時，那得人應；把索子放下去探時，約有八九丈深。宋江道：「柴大官人眼見得都是沒了！」宋江垂淚。吳學究道：「主帥且休煩惱。誰人敢下去探望一遭，便見有無。」

說猶未了，轉過黑旋風李逵來，大叫道「等我下去！」宋江道：「正好。當初也是你送了他，今日正宜報本❹。」李逵笑道：「我下去不怕，你們莫要割斷了繩索！」吳學究道：「你卻也忒奸猾！」且取一個大篾籮，把索子絡了，接長索頭，紮起一個架子，把索掛在上面。李逵脫得赤條條的，手拿兩把板斧，坐在籮裏，卻放下井裏去。索上縛兩個銅鈴。

漸漸放到底下，李逵卻從籮裏爬將出來，去井底下摸著時，摸著一堆，卻是骸骨。李逵道：「爺娘！

---

❹ 報本：報答；報恩思源。

甚鳥東西在這裏？」又去這邊摸時，底下溼漉漉的，沒下腳處。李逵把雙斧拔放籮裏，兩手去摸底下，四邊卻寬；一摸摸著一個人，做一堆兒蹲在水坑裏。李逵叫一聲「柴大官人」，那裏見動；把手去摸時，只覺口內微微聲喚。李逵道：「謝天地！恁地時，還有救性！」隨即爬在籮裏，搖動銅鈴。

眾人扯將上來，卻只李逵一個，備細說了下面的事。宋江道：「你可再下去，先把柴大官人放在籮裏，先發上來，卻再放籮下來取你。」李逵道：「哥哥不知，我去薊州著了兩道兒，今番休撞第三遍。」宋江笑道：「我如何肯弄你！你快下去。」

李逵只得再坐籮裏，又下井去。到得底下，李逵爬將出籮去，卻把柴大官人抱在籮裏，搖動索上銅鈴。上面聽得，早扯起來。到上面，眾人大喜。及見柴進頭破額裂，兩腿皮肉打爛，眼目略開又閉，眾人甚是悽慘，叫請醫生調治。李逵卻在井底下發喊大叫。宋江聽得，急叫把籮放將下去，取他上來。李逵到得上面，發作道：「你們也不是好人！便不把籮放下來救我！」宋江道：「我們只顧看顧柴大官人，因此忘了你，休怪。」

宋江就令眾人把柴進扛扶上車睡了；先把兩家老小並奪轉許多家財，共有二十餘輛車子，叫李逵、雷橫先護送上梁山泊去；卻把高廉一家老小良賤三四十口，處斬於市；賞謝了藺仁；再把府庫財帛倉廒糧米並高廉所有家私，盡數裝載上山。大小將校，離了高唐州，得勝回梁山泊。所過州縣，秋毫無犯。在路已經數日，回到大寨。柴進扶病起來，稱謝晁、宋二公並眾頭領。晁蓋教請柴大官人就山頂宋公明歇處，另建一所房子與柴進並家眷安歇，晁蓋、宋江等眾皆大喜。自高唐州回來，又添得柴進、湯隆兩頭領，且作慶賀筵席，不在話下。

特筆之，以愧當時官軍也。

再說東昌、寇州兩處已知高唐州殺了高廉，失陷了城池，只得寫表，差人申奏朝廷；又有高唐州逃難官員，都到京師說知真實。高太尉聽了，知道殺死他兄弟高廉，次日五更，在待漏院中，專等景陽鐘響。百官各具公服，直臨丹墀❺，伺候朝見。當日五更三點，道君皇帝陞殿。淨鞭三下響，文武兩班齊，天子駕坐。殿頭官喝道：「有事出班啟奏，無事捲簾退朝。」高太尉出班奏道：「今有濟州梁山泊賊首晁蓋、宋江累造大惡，打劫城池，搶擄倉廒，聚集兇徒惡黨，見在濟州殺害官軍，鬧了江州無為軍；今又將高唐州官民殺戮一空，倉廒庫藏盡被擄去。此是心腹大患，若不早行誅勦，他日養成賊勢，難以制伏。伏乞聖斷。」

天子聞奏大驚，隨即降下聖旨，就委高太尉選將調兵，前去勦捕，務要掃清水泊，殺絕種類。高太尉又奏道：「量此草寇，不必興舉大兵。臣保一人，可去收服。」天子道：「卿若舉用，必無差錯，即令起行。飛捷報功，加官賜賞，高遷任用。」高太尉奏道：「此人乃開國之初，河東名將呼延贊嫡派子孫，單名喚個灼字；使兩條銅鞭，有萬夫不當之勇；見受汝寧郡都統制手下多有精兵勇將。臣保舉此人，可以征勦梁山泊。可授兵馬指揮使，領馬步精銳軍士，剋日掃清山寨，班師還朝。」天子准奏，降下聖旨：著樞密院即便差人齎敕前往汝寧州星夜宣取。

當日朝罷，高太尉就於帥府著樞密院撥一員軍官，齎擎聖旨前去宣取。當日起行，限時定日，要呼延灼赴京聽命。

卻說呼延灼在汝寧州統軍司坐衙，聽得門人報道：「有聖旨，特來宣取將軍赴京，有委用的事。」

❺ 丹墀：音ㄉㄢ ㄔˊ。古代宮殿石階皆以紅漆塗飾，故名。

呼延灼與本州官員出郭迎接到統軍司，開讀已罷，設宴管待使臣；火急收拾了頭盔衣甲、鞍馬器械，帶引三四十從人，一同使命，離了汝寧州，星夜赴京。於路無話，早到京師城內殿司府前下馬，來見高太尉。

當日高俅正在殿帥府坐衙。門吏報道：「汝寧州宣到呼延灼，見在門外。」高太尉大喜，叫喚進來參見。高太尉問慰已畢，與了賞賜；次日早朝，引見道君皇帝。天子看見呼延灼一表非俗，喜動天顏，就賜踢雪烏騅一匹。那馬，渾身墨錠似黑，四蹄雪練價白，因此名為「踢雪烏騅」。那馬，日行千里。奉聖旨賜與呼延灼騎坐。

呼延灼謝恩已罷，隨高太尉再到殿帥府，商議起軍勦捕梁山泊一事。呼延灼道：「稟明恩相，小人覷探梁山泊，兵麤將廣，馬劣鎗長，不可輕敵小覷。乞保二將為先鋒，同提軍馬到彼，必獲大功。」高太尉聽罷大喜，問道：「將軍所保誰人，可為前部先鋒？」不爭呼延灼舉保此二將，有分教宛子城重添良將，梁山泊大破官軍。且教功名不上淩煙閣，姓字先標聚義廳。畢竟呼延灼對高太尉保出誰來，且聽下回分解。

第五十四回　高太尉大興三路兵　呼延灼擺布連環馬

話說高太尉問呼延灼道：「將軍所保何人，可為先鋒？」呼延灼稟道：「小人舉保陳州團練使，姓韓，名滔，原是東京人氏；曾應過武舉出身；使一條棗木槊；人呼為百勝將軍；此人可為正先鋒。又有一人，乃是潁州團練使，姓彭，名玘，亦是東京人氏；乃累代將門之子；使一口三尖兩刃刀，武藝出眾；人呼為天目將軍；此人可為副先鋒。」高太尉聽了，大喜道：「若是韓、彭二將為先鋒，何愁狂寇不滅！」當日高太尉就殿帥府押了兩道牒文，著樞密院差人星夜往陳、潁二州調取韓滔、彭玘火速赴京。不旬日間，二將已到京師，逕來殿帥府參見了太尉並呼延灼。

次日，高太尉帶領眾人都往御教場中操演武藝；看軍了當，卻來殿帥府會同樞密院官計議軍機重事。高太尉問道：「你等三路總有多少人馬在此？」呼延灼答道：「三路軍馬計有五千；連步軍數及一萬。」高太尉道：「你三人親自回州揀選精銳馬軍三千，步軍五千，約會起程，收勦梁山泊。」呼延灼稟道：「此三路馬步軍兵都是訓練精熟之士，人強馬壯，不必殿帥憂慮；但恐衣甲未全，只怕誤了日期，取罪不便，乞恩相寬限。」高太尉道：「既是如此說時，你三人可就京師甲仗庫內，不拘數目，任意選揀衣甲盔刀，關領前去。務要軍馬整齊，好與對敵。出師之日，我自差官來點視。」

呼延灼領了鈞旨，帶人往甲仗庫關支。呼延灼選得鐵甲三千副，熟皮馬甲五千副，銅鐵頭盔三千頂，

「浩浩蕩蕩」四字寫軍容，絕妙好辭！

長鎗二千根，滾刀一千把，弓箭不計其數，火砲鐵砲五百餘架，都裝載上車。臨辭之日，高太尉又撥與戰馬三千匹。三個將軍，各賞了金銀段匹；三軍盡關了糧賞。呼延灼和韓滔、彭玘都與了必勝軍狀，辭別了高太尉並樞密院等官。三人上馬，都投汝寧州來。於路無話。到得本州，呼延灼便遣韓滔、彭玘各往陳、潁二州起軍，前來汝寧會合。

不到半月之上，三路兵馬都已完足。呼延灼便把京師關到衣甲盔刀，旗鎗鞍馬，並打造連環鐵鎧，軍器等物，分俵三軍已了，伺候出軍。高太尉差到殿帥府兩員軍官前來點視。犒賞三軍已罷，呼延灼擺布三路兵馬出城：前軍開路韓滔，中軍主將呼延灼，後軍催督彭玘。馬步三軍人等，浩浩蕩蕩，殺奔梁山泊來。

卻說梁山泊遠探報馬逕到大寨報知此事。聚義廳上，當中晁蓋、宋江，上首軍師吳用，下首法師公孫勝並眾頭領，各與柴進賀喜，終日筵宴。聽知報道汝寧州雙鞭呼延灼引著軍馬到來征戰，眾皆商議迎敵之策。吳用便道：「我聞此人乃開國功臣河東名將呼延贊之後，武藝精熟；使兩條銅鞭，卒不可近。必用能征敢戰之將，先以力敵，後用智擒。」

說言未了，黑旋風李逵便道：「我與你去捉這廝！」宋江道：「你怎去得；我自有調度。可請霹靂火秦明打頭陣，豹子頭林沖打第二陣，小李廣花榮打第三陣，一丈青扈三娘打第四陣，病尉遲孫立打第五陣。將前面五陣一隊隊戰罷，如紡車般轉作後軍。我親自帶引十個兄弟引大隊人馬押後。左軍五將，朱仝、雷橫、穆弘、黃信、呂方；右軍五將，楊雄、石秀、歐鵬、馬麟、郭盛。水路中，可請李俊、張橫、張順、阮家三弟兄駕船接應。卻教李逵與楊林引步軍分作兩路埋伏救應。」

宋江調撥已定，前軍秦明早引人馬下山，向平山曠野之處列成陣勢。此時雖是冬天，卻喜和煖。等候了一日，早望見官軍到來。先鋒隊裏百勝將韓滔領兵扎下寨柵，當晚不戰。次日天曉，兩軍對陣，三通畫鼓，出到陣前，馬上橫著狼牙棍，望對陣門旗開處，先鋒將韓滔，橫搠勒馬，大罵秦明道：「天兵到此，不思早早投降，還敢抗拒，不是討死！我直把你水泊填平，梁山踏碎；生擒活捉你這夥反賊解京，碎屍萬段！」

秦明本是性急的人，聽了也不打話，便拍馬舞起狼牙棍，直取韓滔。韓滔挺槊躍馬，來戰秦明，兩個鬬到二十餘合，韓滔力怯，只待要走，背後中軍主將呼延灼已到。見韓滔戰秦明不下，便從中軍舞起雙鞭，縱坐下那匹御賜踢雪烏騅，咆哮嘶喊，來到陣前。秦明見了，欲待來戰呼延灼，第二撥豹子頭林沖已到，便叫：「秦統制少歇，看我戰三百合卻理會！」林沖挺起蛇矛，奔呼延灼。秦明自把軍馬從左邊踅向山坡後去。

這裏呼延灼自戰林沖。兩個正是對手，鎗來鞭去花一團，鞭去鎗來錦一簇。兩個鬬到五十合之上，不分勝敗。第三撥小李廣花榮軍到，陣門下大叫道：「林將軍少歇，看我擒捉這廝！」林沖撥轉馬便走。呼延灼因見林沖武藝高強，也回本陣。林沖自把本部軍馬一轉，轉過山坡後去，讓花榮挺鎗出馬。

呼延灼後軍也到；天目將彭玘橫著那三尖兩刃四竅八環刀，騎著五明千里黃花馬，出陣大罵花榮道：「反國逆賊，何足為道！與吾併個輸贏！」花榮大怒，也不答話，便與彭玘交馬。兩個戰二十餘合，呼延灼看見彭玘力怯，縱馬舞鞭，直奔花榮。鬬不到三合，第四撥一丈青扈三娘人馬已到，大叫：「花將軍少歇，看我捉這廝！」花榮也引軍望右邊踅轉出坡下去了。

彭玘來戰一丈青未定，第五撥病尉遲孫立軍馬早到，勒馬於陣前擺著，看這扈三娘去戰彭玘，兩個正在征塵影裏，殺氣陰中，一個使大桿刀，一個使雙刀。兩個鬬到二十餘合，一丈青把雙刀分開，回馬便走。彭玘要逞功勞，縱馬趕來。一丈青便把雙刀掛在馬鞍轎上，袍底下取出紅綿套索，——上有二十四個金鉤，——等彭玘馬來得近，扭過身軀，把套索望空一撒，看得親切。彭玘措手不及，早拖下馬來。孫立喝教眾軍一發向前，把彭玘捉了。

呼延灼看見大怒，奮力向前來救。一丈青便拍馬來迎敵。呼延灼恨不得一口水吞了那一丈青。兩個鬬到十合之上，急切贏不得一丈青，呼延灼心中想道：「這個潑婦人，在我手裏鬬了許多合，倒恁地了得！」心忙意急，賣個破綻，放他入來，卻把雙鞭只一蓋，蓋將下來；——那雙刀卻在懷裏。——提起右手鋼鞭，望一丈青頂門上打下來。卻被一丈青眼明手快，早起刀，只一隔，右手那口刀望上直飛起來。卻好那一鞭打將下來，正在刀口上，錚地一聲響，火光迸散。一丈青回馬望本陣便走。呼延灼縱馬趕來。病尉遲孫立見了，便挺鎗縱馬向前迎住廝殺。背後宋江卻好引十對良將都到，列成陣勢。一丈青自引了人馬，也投山坡下去了。

宋江見活捉得天目將彭玘，心中甚喜；且來陣前，看孫立與呼延灼交戰。孫立也把鎗帶住手腕上，綽起那條竹節鋼鞭，來迎呼延灼。兩個都使鋼鞭，卻更一般打扮：病尉遲孫立是交角鐵幞頭，大紅羅抹額，百花點翠皁羅袍，烏油戧金甲，騎一匹烏騅馬，使一條竹節虎眼鞭，賽過尉遲恭；這呼延灼卻是沖天角鐵幞頭，銷金黃羅抹額，七星打釘皁羅袍，烏油對嵌鎧甲，騎一匹御賜踢雪烏騅，使兩條水磨八稜鋼鞭，——左手的重十二斤，右手的重十三斤，——真似呼延贊。

兩個在陣前左盤右旋，鬬到三十餘合，不分勝敗，官軍陣裏韓滔見說折了彭玘，便去後軍隊裏，盡起軍馬，一發向前廝殺。宋江只怕衝將過來，便把鞭梢一指，十個頭領，引了大小軍士，掩殺過去；背後四路軍分作兩路夾攻攏來。呼延灼見了，急收轉本部軍馬，各敵個住。為何不能全勝？卻被呼延灼陣裏，都是「連環馬軍」；馬帶馬甲，人披鐵鎧。馬帶甲，只露得四蹄懸地；人披鎧，只露著一對眼睛。宋江陣上雖有甲馬，只是紅纓面具，銅鈴雉尾而已。這裏射將箭去，那裏甲都護住了。那三千馬軍各有弓箭，對面射來，因此不敢近前。宋江急叫鳴金收軍。呼延灼也退二十餘里下寨。

宋江收軍，退到山西下寨，屯住軍馬，且教左右羣刀手，簇擁彭玘過來。宋江望見，便起身喝退軍士，親解其縛；扶入帳中，分賓而坐，宋江便拜。彭玘連忙答拜道：「小子被擒之人，理合就死，何故將軍賓禮相待？」宋江道：「某等眾人，無處容身，暫占水泊，權時避難。今者，朝廷差遣將軍前來收捕，本合延頸就縛；但恐不能存命，因此負罪交鋒。誤犯虎威，敢乞恕罪。」彭玘答道：「素知將軍仗義行仁，扶危濟困；不想果然如此義氣！倘蒙存留微命，當以捐軀報效。」宋江當日就將天目將彭玘使人送上大寨，教與晁天王相見，留在寨裏。這裏自一面犒賞三軍並眾頭領，計議軍情。

再說呼延灼收軍下寨，自和韓滔商議如何取勝梁山水泊。韓滔道：「今日這廝們見俺催軍近前，他便慌忙掩擊過來；明日盡數驅馬軍向前，必獲大勝。」呼延灼道：「我已如此安排下了，只要和你商量相通。」——隨即傳下將令，教三千匹馬軍，做一排擺著，每三十匹一連，卻把鐵環連鎖；但遇敵軍，遠用箭射，近則使鎗，直衝入去；三千「連環馬軍」，分作一百隊鎖定；五千步軍在後策應。——「明日休得挑戰，我和你押後掠陣。但若交鋒，分作三面衝將過去。」計策商量已定，次日天曉出戰。

卻說宋江次日把軍馬分作五隊在前，後軍十將簇擁；兩路伏兵分於左右。秦明當先，搦呼延灼出馬交戰，只見對陣但只吶喊，並不交鋒。為頭五軍都一字兒擺在陣前：中是秦明，左是林沖、一丈青；右是花榮、孫立。在後隨即宋江引十將也到，重重疊疊擺著人馬。看對陣時，約有一千步軍，只是擂鼓發喊，並無一人出馬交鋒。

宋江看了，心中疑惑，暗傳號令，教後軍且退；卻縱馬直到花榮隊裏窺望。猛聽對陣裏連珠砲響，一千步軍，忽然分作兩下，放出三面「連環馬軍」，直衝將來；兩邊把弓箭亂射，中間盡是長鎗。宋江看了大驚，急令眾軍把弓箭施放。那裏抵敵得住，每一隊三十匹馬，一齊跑發，不容你不向前走；那「連環馬軍」，漫山遍野，橫衝直撞將來。前面五隊軍馬望見，便亂攛了，策立不定，後面大隊人馬攔當不住，各自逃生。

宋江慌忙飛馬便走，十將擁護而行，背後早有一隊「連環馬軍」追將來，卻得伏兵——李逵、楊林——引人從蘆葦中殺出來，救得宋江。逃至水邊，卻有李俊、張橫、張順、三阮——六個水軍頭領——擺下戰船接應。宋江急急上船，便傳將令，教分頭去救應眾頭領下船。那「連環馬」直趕到水邊，亂箭射來，船上卻有旁牌遮護不能損傷。慌忙把船棹到鴨嘴灘頭，盡行上岸，就水寨裏整點人馬，折其大半；卻喜眾頭領都全，雖然折了些馬匹，都救得性命。

少刻，只見石勇、時遷、孫新、顧大嫂都逃命上山，卻說：「步軍衝殺將來，把店屋平拆了去。我等若無號船接應，盡被擒捉！」宋江一一親自撫慰，計點眾頭領時，中箭者六人：林沖、雷橫、李逵、石秀、孫新、黃信；小嘍囉中傷帶箭者不計其數。

晁蓋聞知，同吳用、公孫勝下山來動問。宋江眉頭不展，面帶憂容。吳用勸道：「哥哥休憂。『勝敗乃兵家常事』，何必掛心？別生良策，可破『連環軍馬』。」晁蓋便傳號令，分付水軍，牢固寨柵船隻，保守灘頭，曉夜提備；請宋公明上山安歇。宋江不肯上山，只就鴨嘴灘寨內駐扎，只教帶傷頭領上山養病。

卻說呼延灼大獲全勝，回到本寨，開放「連環馬」，都次第前來請功。殺死者不計其數，生擒得五百餘人，奪得戰馬三百餘匹。隨即差人前去京師報捷，一面犒賞三軍。

卻說高太尉正在殿帥府坐衙。門上報道：「呼延灼收捕梁山泊得勝，差人報捷。」心中大喜。次日早朝，越班奏聞天子。天子甚喜，敕賞黃封御酒十瓶，錦袍一領，差官一員，齎錢十萬貫，前去行營賞軍。高太尉領了聖旨，回到殿帥府，隨即差官齎捧前去。卻說呼延灼已知有天使到，與韓滔出二十里外迎接；接到寨中，謝恩受賞已畢，置酒管待天使；一面令韓先鋒俵錢賞軍，且將捉到五百餘人囚在寨中，待拿到賊首，一併解赴京師示眾施行。

天使問：「彭團練如何不見？」呼延灼道：「為因貪捉宋江，深入重地，致被擒捉。今次羣賊必不敢再來。小可分兵攻打，務要肅清山寨，掃盡水洼，擒獲眾賊，拆毀巢穴；但恨四面是水，無路可進。遙觀寨柵，只除非得火砲飛打，以碎賊巢。久聞東京有個砲手凌振，名號轟天雷，此人善造火砲，能去十四五里遠近，石砲落處，天崩地陷，山倒石裂。若得此人，可以攻打賊巢。——更兼他深通武藝，弓馬熟嫺。若得天使回京，於太尉前言知此事，可以急急差遣到來，剋日可取賊巢。」

天使應允，次日起程，於路無話，回到京師，來見高太尉，備說呼延灼求索砲手凌振，要建大功。

高太尉聽罷，傳下鈞旨，教喚甲仗庫副使砲手凌振那人來。原來凌振，祖貫燕陵人，是宋朝天下第一個砲手，所以人都號他是轟天雷。——更兼武藝精熟。當下凌振來參見了高太尉，就受了行軍統領官文憑，便教收拾鞍馬軍器起身。

且說凌振把應用的煙火、藥料，就將做下的諸色火砲並一應的砲石、砲架，裝載上車；帶了隨身衣甲盔刀、行李等件，並三四十個軍漢，離了東京，取路投梁山泊來。到得行營，先來參見主將呼延灼，次見先鋒韓滔，備問水寨遠近路程，山寨嶮峻去處，安排三等砲石攻打：第一是風火砲，第二是金輪砲，第三是子母砲。先令軍健整頓砲架，直去水邊豎起，準備放砲。

卻說宋江在鴨嘴灘上小寨內，和軍師吳學究商議破陣之法，無計可施。有探細人來報道：「東京新差來一個砲手，喚做轟天雷凌振，即日在於水邊豎起架子，安排施放火砲，攻打寨柵。」吳學究道：「這個不妨，我山寨四面都是水泊，港汊甚多，宛子城離水又遠；縱有飛天火砲，如何能彀打得到城邊？且棄了鴨嘴灘小寨，看他怎地設法施放，卻做商議。」當下宋江棄了小寨，便都起身，且上關來。晁蓋、公孫勝接到聚義廳上，問道：「似此如何破敵？」

動問未絕，早聽得山下砲響。一連放了三個火砲，兩個打在水裏，一個直打到鴨嘴灘邊小寨上。宋江見說，心中輾轉憂悶；眾頭領盡皆失色。吳學究道：「若得一人誘引凌振到水邊，先捉了此人，方可商議破敵之法。」晁蓋道：「可著李俊、張橫、張順、三阮六人棹船如此行事。岸上朱仝、雷橫如此接應。」

且說六個水軍頭領得了將令，分作兩隊：李俊和張橫先帶了四五十個會水的，用兩隻快船，從蘆葦深處悄悄過去；背後張順、三阮掉四十餘隻小船接應。

再說李俊、張橫上到對岸，便去砲架子邊，吶聲喊，把砲架推翻。軍士慌忙報與凌振知道。凌振便帶了風火二砲，拿鎗上馬，引了一千餘人趕將來。李俊、張橫領人便走。凌振追至蘆葦灘邊，看見一字兒擺開四十餘隻小船，船上共有百十餘個水軍。李俊、張橫早跳在船上，故意不把船開；看看人馬到來，吶聲喊，都跳下水裏去了。

凌振人馬已到，便來搶船。朱仝、雷橫卻在對岸吶喊擂鼓。凌振奪得許多船隻，叫軍健盡數上船，便殺過去。船纔行到波心之中，只見岸上朱仝、雷橫鳴起鑼來；水底早鑽起四五十水軍，盡把船尾楔子拔了，水都滾入船裏來；外邊就勢扳翻船，軍健都撞在水裏。

凌振急待回船，船尾舵櫓已自被拽下水底去了。兩邊卻鑽上兩個頭領來，把船只一扳，仰合轉來，凌振卻被合下水裏去，水底下卻是阮小二一把抱住，直拖到對岸來。岸上早有頭領接著，便把索子綁了，先解上山來。水中生擒二百餘人；一半水中渰死，些少逃得性命回去。呼延灼得知，急領馬軍趕將來時，船都已過鴨嘴灘去了。箭又射不著，人都不見了，只忍得氣。呼延灼恨了半晌，只得引人馬回去。

且說眾頭領捉得轟天雷凌振，解上山寨，先使人報知。宋江便同滿寨頭領下第二關迎接，見了凌振，連忙親解其縛，便埋怨眾人，道：「我教你們禮請統領上山，如何恁地無禮！」凌振拜謝不殺之恩。宋江便與他把盞；已了，自執其手，相請上山。到大寨，見了彭玘已做了頭領，凌振閉口無言。彭玘勸道：「晁、宋二頭領替天行道，招納豪傑，專等招安，與國家出力。既然我等到此，只得從命。」宋江卻又陪話。凌振答道：「小的在此趨侍不妨；爭奈老母妻子都在京師，倘或有人知覺，必遭誅戮，如之奈何！」宋江道：「但請放心，限日取還統領。」凌振謝道：「若得頭領如此周全，死亦瞑目！」晁蓋道：「且教做筵席慶賀。」

次日，廳上大聚會眾頭領。飲酒之間，宋江與眾又商議破「連環馬」之策。正無良法，只見金錢豹子湯隆起身道：「小人不材，願獻一計；除是得這般軍器，和我一個哥哥，可以破得『連環甲馬』。」吳學究便問道：「賢弟，你且說用何等軍器？你這個令親哥哥是誰？」湯隆不慌不忙，叉手向前，說出這般軍器和那個人來。正是計就玉京擒獬豸，謀成金闕捉狻猊。畢竟湯隆對眾說出那般軍器、甚麼人來，且聽下回分解。

第五十五回　吳用使時遷偷甲　湯隆賺徐寧上山

話說當時湯隆對眾頭領說道：「小可是祖代打造軍器為生。先父因此藝上遭際老种經略相公，得做延安知寨。先朝曾用這『連環甲馬』取勝。欲破陣時，須用『鉤鐮鎗』可破。湯隆祖傳已有畫樣在此，若要打造，便可下手。湯隆雖是會打，卻不會使。若要會使的人，只除非是我那個姑舅哥哥。會使這鉤鐮鎗法，只有他一個教頭。他家祖傳習學，不教外人。或是馬上，或是步行，都有法則；端的使動，神出鬼沒！」

說言未了，林沖問道：「莫不是見做金鎗班教師徐寧？」湯隆應道：「正是此人。」林沖道：「你不說起，我也忘了。這徐寧的『金鎗法』，『鉤鐮鎗法』，端的是天下獨步。在京師時多與我相會，較量武藝，彼此相敬相愛；只是如何能㲉得他上山來？」湯隆道：「徐寧祖傳一件寶貝，世上無對，乃是鎮家之寶。湯隆比時曾隨先父知寨往東京視探姑姑時，多曾見來，是一副鴈翎砌就圈金甲。這副甲，披在身上，又輕又穩，刀劍箭矢急不能透；人都喚做『賽唐猊』。多有貴公子要求一見，造次不肯與人看。這副甲是他的性命；用一個皮匣子盛著，直掛在臥房中梁上。若是先對付得他這副甲來時，不繇他不到這裏。」吳用道：「若是如此，何難之有？放著有高手弟兄在此。今次卻用著鼓上蚤時遷去走一遭。」時遷隨即應道：「只怕無此一物在彼；若端的有時，好歹定要取了來。」湯隆道：「你若盜得甲來，我便包辦賺他上山。」宋江問道：「你如何去賺他上山？」

湯隆去宋江耳邊低低說了數句。宋江笑道：「此計大妙！」吳學究道：「再用得三個人，同上東京走一遭。一個到京收買煙火藥料並砲內用的藝材，兩個去取凌統領家老小。」彭玘見了，便起身稟道：「若得一人到潁州取得小弟家眷上山，實拜成全之德。」宋江便道：「團練放心。便請二位修書，小可自教人去。」便喚楊林可將金銀書信，帶領伴當，前往潁州取彭玘將軍老小；薛永扮作使鎗棒賣藥的，往東京取凌統領老小；李雲扮作客商，同往東京收買煙火藥料等物；樂和隨湯隆同行，又挈薛永往來作伴；一面先送時遷下山去了。次後且叫湯隆打起一把鉤鐮鎗做樣，卻教雷橫提調監督。

再說湯隆打起鉤鐮鎗樣子教山寨裏打軍器的照著樣子打造，自有雷橫提督，不在話下。大寨做個送路筵席，當下楊林、薛永、李雲、樂和、湯隆辭別下山去了。次日又送戴宗下山，往來探聽事情。

這段話，一時難盡。這裏且說時遷離了梁山泊，身邊藏了暗器，諸般行頭，在路迤邐來到東京，投個客店安下了；次日，踅進城來，尋問金鎗班教師徐寧家。有人指點道：「入得班門裏，靠東第五家黑角子門便是。」

時遷轉入班門裏，先看了前門；次後踅來相了後門，見是一帶高牆，牆裏望見兩間小巧樓屋，側首卻是一根戧柱。時遷看了一回，又去街坊問道：「徐教師在家裏麼？」人應道：「直到晚方歸家，五更便去內裏隨班。」

時遷叫了「相擾」，且回客店裏來，取了行頭，藏在身邊，分付店小二，道：「我今夜多敢是不歸，照管房中則個。」小二道：「但放心自去。這裏禁城地面，並無小人。」

時遷再入到城裏買了些晚飯喫了，卻踅到金鎗班徐寧家左右看時，沒一個好安身去處。看看天色黑了，時遷揕❶入班門裏面。是夜，寒冬天色，卻無月光。時遷看見土地廟後一株大柏樹，便把兩隻腿夾定，一節節爬將樹頭頂上去，騎馬兒坐在枝柯上，悄悄望時，只見徐寧歸來，望家裏去了。只見班裏兩個人提著燈籠出來關門，把一把鎖鎖了，各自歸家去了。早聽得譙樓❷禁鼓，卻轉初更。雲寒星斗無光，露散霜花漸白。只見班裏靜悄悄地，卻從樹上溜將下來，踅到徐寧後門邊，從牆上下來，不費半點氣力，爬將過去，看裏面時，卻是個小小院子。

不惟點出時景，亦復安放時遷一夜。

時遷伏在廚房外張時，見廚房下燈明，兩個婭嬛兀自收拾未了。時遷卻從戧柱上盤到膊風板❸邊，伏做一塊兒，張那樓上時，見那金鎗手徐寧和娘子對坐爐邊向火，懷裏抱著一個六七歲孩兒。

寫出寒景。

時遷看那臥房裏時，見梁上果然有個大皮匣拴在上面；房門口掛著一副弓箭，一口腰刀；衣架上掛著各色衣服；徐寧口裏叫道：「梅香，你來與我摺了衣服。」下面一個婭嬛上來，就側首春臺上先摺了一領紫繡圓領；又摺一領官綠襯裏襖子並下面五色花繡踢串，一個護項彩色錦帕，一條紅綠結子並手帕一包；另用一個小黃帕兒，包著一條雙獺尾荔枝金帶；共放在包袱內，把來安在烘籠上。

時遷都看在眼裏。約至二更以後，徐寧收拾上床。娘子問道：「明日隨值也不？」徐寧道：「明日

❶ 揕：音ㄊㄧㄢˇ。輕手輕腳，同掩。
❷ 譙樓：城門上用以守望的高樓。俗稱鼓樓。
❸ 膊風板：屋簷角端向上的部分，可用以擋風。

正是天子駕幸龍符宮，須用早起五更去伺候。」娘子聽了，便分付梅香道：「官人明日要起五更出去隨班；你們四更起來燒湯，安排點心。」時遷自忖道：「眼見得梁上那個皮匣子便是盛甲在裏面。我若趕半夜下手便好。——倘若鬧將起來，明日出不得城，卻不誤了大事？……且捱到五更裏下手不遲。」聽得徐寧夫妻兩口兒上床睡了，兩個婭嬛在房門外打舖。房裏桌上卻點著碗燈。那五個人都睡著了。兩個梅香一日伏侍到晚，精神困倦，齁齁打呼。

時遷溜下來，去身邊取個蘆管兒，就窗櫺眼裏，只一吹，把那碗燈早吹滅了。看看伏到四更左側，徐寧起來，便喚婭嬛起來燒湯。那兩個使女從睡夢裏起來，看房裏沒了燈，叫道：「阿呀！今夜卻沒了燈！」徐寧道：「你不去後面討燈等幾時！」

那個梅香開樓門下胡梯響。時遷聽得，卻從柱上只一溜，來到後門邊黑影裏伏了。聽得婭嬛正開後門出來便去開牆門，時遷卻潛入廚房裏，貼身在廚桌下。梅香討了燈火入來，又去關門，卻來竈前燒火。這個使女也起來生炭火上樓去。多時，湯滾，捧面湯上去，徐寧洗漱了，叫燙些熱酒上來。婭嬛安排肉食炊餅上去，徐寧喫罷，叫把飯與外面當值的喫。

時遷聽得徐寧下來叫伴當喫了飯，背著包袱，拿了金鎗出門。兩個梅香點著燈送徐寧出去。時遷卻從廚桌下出來，便上樓去，從槅子邊直踅到梁上，卻把身軀伏了。兩個婭嬛又關閉了門戶，吹滅了燈火，上樓來，脫了衣裳，倒頭便睡。

時遷聽得兩個梅香睡著了，在梁上把那蘆管兒指燈一吹，那燈又早滅了。時遷卻從梁上輕輕解了皮匣。正要下來，徐寧的娘子覺來，聽得響，叫梅香，道：「梁上甚麼響？」時遷做老鼠叫。婭嬛道：「娘子不聽得是老鼠叫？因廝打，這般響。」時遷就便學老鼠廝打，溜將下來；悄悄地開了樓門，款款地背著皮匣，下得胡梯，從裏面直開到外面；來到班門口，已自有那隨班的人出門，四更便開了鎖。

時遷得了皮匣，從人隊裏，趁鬧出去了；一口氣奔出城外，到客店門前，此時天色未曉，敲開店門，去房裏取出行李，拴束做一擔兒挑了，計算還了房錢，出離店肆，投東便走；行到四十里外，方纔去食店裏打火做些飯喫，只見一個人也撞將入來。

時遷看時，不是別人，卻是神行太保戴宗。見時遷已得了物，兩個暗暗說了幾句話。戴宗道：「我先將甲投山寨去；你與湯隆慢慢地來。」時遷打開皮匣。取出那副鴈翎鎖子甲來，做一包袱包了；戴宗拴在身上，出了店門，作起「神行法」，自投梁山泊去了。

時遷卻把空皮匣子明明的拴在擔子上，喫了飯食，還了打火錢，挑上擔兒，出店門便走。到二十里路上，撞見湯隆，兩個便入酒店裏商量。湯隆道：「你只依我從這條路去。但過路上酒店、飯店、客店，門上若見有白粉圈兒，你便可就在那店裏買酒買肉喫；客店之中，就便安歇；特地把這皮匣子放在他眼睛頭，離此間一程外等我。」時遷依計去了。湯隆慢慢的喫了一回酒，卻投東京城裏來。

且說徐寧家裏，天明，兩個婭嬛起來，只見樓門也開了，下面中門大門都不關；慌忙家裏看時，一應物件都有。兩個婭嬛上樓來對娘子說道：「不知怎的，門戶都開了！——卻不曾失了物件。」娘子便道：「五更裏，聽得梁上響，你說是老鼠廝打；你且看那皮匣子沒甚事麼？」兩個婭嬛看了，只叫得苦：「皮匣子不知那裏去了！」

那娘子聽了，慌忙起來，道：「快央人去龍符宮裏報與官人知道，教他早來跟尋！」婭嬛急急尋人去龍符宮報徐寧；連央了三四替人，都回來說道：「金鎗班直隨駕內苑去了；外面都是親軍護禦守把，誰人能彀入去！直須等他自歸。」

徐寧娘子並兩個婭嬛如「熱鏊子上螞蟻」，走頭無路，不茶不飯，慌做一團。徐寧直到黃昏時候，方纔卸了衣袍服色，著當值的背了，將著金鎗，慢慢家來；到得班門口，鄰舍說道：「娘子在家失盜！等候得觀察不見回來。」

徐寧喫了一驚，慌忙走到家裏。兩個婭嬛迎門道：「官人五更出去，卻被賊人閃將入來，單單只把梁上那個皮匣子盜將去了！」

徐寧聽罷，只叫那連聲的苦，從丹田底下直滾出口角來。娘子道：「這賊正不知幾時閃在屋裏！……」徐寧道：「別的都不打緊，這副鴈翎甲乃是祖宗留傳四代之寶，不曾有失！花兒王太尉曾還我三萬貫錢，我不曾捨得賣與他。恐怕久後軍前陣後要用，生怕有些差池，因此拴在梁上。多少人要看我的，我只推沒了。今次聲張起來，枉惹他人恥笑！今卻失去，如之奈何！」

徐寧一夜睡不著，思量道：「不知是甚麼人盜了去？……也是曾知我這副甲的人！……」娘子想道：「敢是夜來滅了燈時，那賊已躲在家裏了？……必然是有人愛你的，將錢問你買不得，因此使這個高手賊來盜了去。你可央人慢慢緝訪出來，別作商議，且不要『打草驚蛇』。」

徐寧聽了，到天明起來，坐在家中納悶。早飯時分，只聽得有人扣門。當值的出去問了名姓，入來報道：「有個延安府湯知寨兒子湯隆，特來拜望。」

徐寧聽罷，教請進客位裏相見。湯隆見了徐寧，納頭拜下，說道：「哥哥一向安樂？」徐寧答道：

「聞知舅舅歸天去了，一者官身羈絆，二乃路途遙遠，不能前來弔問。並不知兄弟信息。一向正在何處？今次自何而來？」湯隆道：「言之不盡！自從父親亡故之後，時乖運蹇，一向流落江湖。今從山東逕來京師探望兄長。」徐寧道：「兄弟少坐。」便叫安排酒食相待。

湯隆去包袱內取出兩錠蒜條金，重二十兩，送與徐寧，說道：「先父臨終之日，留下這些東西，教寄與哥哥做遺念。為因無心腹之人，不曾捎來。今次兄弟特地到京師納還哥哥。」徐寧道：「感承舅舅如此掛念。我又不曾有半分孝順處，怎地報答！」湯隆道：「哥哥，休恁地說。先父在日之時，常是想念哥哥這一身武藝，只恨山遙水遠，不能彀相見一面，因此留這些物與哥哥做遺念。」徐寧謝了湯隆，交收過了，且安排酒來管待。

湯隆和徐寧飲酒中間，徐寧只是眉頭不展，面帶憂容。湯隆起身道：「哥哥，如何尊顏有些不喜？心中必有憂疑不決之事。」徐寧歎口氣道：「兄弟不知，一言難盡！夜來家間被盜！」湯隆道：「不知失去了多少物事？」徐寧道：「單單只盜去了先祖留下那副鴈翎鎖子甲，又喚做『賽唐猊』。昨夜失了這件東西，以此心下不樂。」湯隆道：「哥哥那副甲，兄弟也曾見來，端的無比。先父常常稱讚不盡。卻是放在何處被盜了去？」徐寧道：「我把一個皮匣子盛著，拴縛在臥房中梁上；正不知賊人甚麼時候入來盜了去。」湯隆問道：「卻是甚等樣皮匣子盛著？」徐寧道：「是個紅羊皮匣子盛著，裏面又用香綿裹住。」湯隆失驚道：「紅羊皮匣子！……」問道：「不是上面有白線刺著綠雲頭如意，中間有獅子滾繡毬的？」徐寧道：「兄弟，你那裏見來？」湯隆道：「小弟夜來離城四十里在一個村店裏沽酒喫，見個鮮眼睛黑瘦漢子擔兒上挑著。我見了，心中也自暗忖道：『這個皮匣子卻是盛甚麼東西的？……』臨出門時，我問道：『你這皮匣子作何用？』那漢子應道：『原是盛甲的，如今胡亂放些衣服。』必是這個人了。我見那廝卻似閃肭了腿的，一步步挑著了走。何不我們追趕他去？」徐寧道：「若是趕得著時，卻不是天賜其便！」湯隆道：「既是如此，不要耽擱，便趕去罷。」

徐寧聽了，急急換上麻鞋，帶了腰刀，提條朴刀，便和湯隆兩個出了東郭門，拽開腳步，迤邐趕來。前面見有白圈壁上酒店裏。湯隆道：「我們且喫碗酒了趕，就這裏問一聲。」湯隆入得門坐下，便問道：「主人家，借問一聲，曾有個鮮眼黑瘦漢子挑個紅羊皮匣子過去麼？」店主人道：「昨夜晚是有這般一個人挑著個紅羊皮匣子過去了；一似腿上喫跌了的，一步一攧走。」湯隆道：「哥哥，你聽卻如何？」

徐寧聽了，做聲不得。兩個連忙還了酒錢，出門便去。前面又見一個客店，壁上有那白圈。湯隆立住了腳，說道：「哥哥，兄弟走不動了，和哥哥且就這客店裏歇了，明日早去趕。」徐寧道：「我卻是官身，倘或點名不到，官司必然見責，如之奈何？」湯隆道：「這個不用兄長憂心，嫂嫂必自推個事故。」

當晚又在客店裏問時，店小二答道：「昨夜有一個鮮眼黑瘦漢子在我店裏歇了一夜，直睡到今日小日中方纔去了；口裏只問山東路程。」湯隆道：「恁地，可以趕了。」

當夜兩個歇了，次日起個四更，離了客店，又迤邐趕來。湯隆但見壁上有白粉圈兒，便做買酒買食喫了問路，處處皆說得一般。徐寧心中急切要那副甲，只顧跟隨著湯隆趕了去。看看天色又晚了，望見前面一所古廟，廟前樹下，時遷放著擔兒在那裏坐地。湯隆看見，叫道：「好了！前面樹下那個不是哥哥盛甲的紅羊皮匣子？」

徐寧見了，搶向前來，一把揪住了時遷，喝道：「你這廝好大膽！如何盜了我這副甲來！」時遷道：

「住！住！不要叫！是我盜了你這副甲來，你如今卻要怎地？」徐寧喝道：「畜生無禮！倒問我要怎的！」時遷道：「你且看匣子裏有甲也無！」

湯隆便把匣子打開看時，裏面卻是空的。徐寧道：「你這廝把我這副甲那裏去了！」時遷道：「你聽我說：小人姓張，排行第一，泰安州人氏。本州有個財主要結識老种經略相公，知道你家有這副鴈翎鎖子甲，不肯貨賣，特地使我同一個李三兩人來你家偷盜，許俺們一萬貫。不想我在你家柱子上跌下來，閃朒了腿，因此走不動，先教李三拿了甲去，只留得空匣在此。你若要奈何我時，便到官司，就拼死我也不招！若還肯饒我時，我和你去討來還你。」

徐寧躊躇了半晌，決斷不下。湯隆便道：「哥哥，不怕他飛了去！只和他去討甲！若無甲時，須有本處官司告理！」徐寧道：「兄弟也說得是。」

三個廝趕著，又投客店裏來歇了。徐寧、湯隆監住時遷一處宿歇。原來時遷故把些絹帛紮縛了腿，只做閃朒了的。徐寧見他又走不動，因此十分中只有五分防他。

三個又歇了一夜，次日早起來再行。時遷一路買酒買肉陪告。又行了一日，次日，徐寧在路上心焦起來，不知畢竟有甲也無。

正走之間，只見路旁邊三四個頭口，拽出一輛空車子，背後一個人駕車，旁邊一個客人，看著湯隆，納頭便拜。湯隆問道：「兄弟因何到此？」那人答道：「鄭州做了買賣，要回泰安州去。」湯隆道：「最好；我三個要搭車子，也要到泰安州去走一遭。」那人道：「莫說三個上車，再多些也不計較。」湯隆大喜，叫與徐寧相見。徐寧問道：「此人是誰？」湯隆答道：「我去年在泰安州燒香，結識得這個兄弟，姓李，名榮，是個有義氣的人。」徐寧道：「既然如此，這張一又走不動，都上車子坐地。」只叫車客駕車子行。

四個人坐在車子上，徐寧問道：「張一，你且說與我那個財主姓名。」時遷推托再三，說道：「他是有名的郭大官人。」徐寧卻問李榮道：「你那泰安州曾有個郭大官人麼？」李榮答道：「我那本州郭大官人是個上戶財主，專好結識官宦來往，門下養著多少閒人。」

徐寧聽罷，心中想道：「既有主坐，必不礙事。……」又見李榮一路上說些鎗棒，唱幾個曲兒，不覺又過了一日。

看看到梁山泊只有兩程多路，只見李榮叫車客把葫蘆去沽些酒來，買些肉來，就車子上喫三杯。李榮把出一個瓢來先傾一瓢來勸徐寧。徐寧一飲而盡。李榮再叫傾酒，車客假做手脫，把這一葫蘆酒，都翻在地下。李榮喝叫車客再去沽些，只見徐寧口角流涎，撲地倒在車子上了。

李榮是誰？便是鐵叫子樂和。三個從車上跳將下來，趕著車子，直送到旱地忽律朱貴酒店裏。眾人就把徐寧扛扶下船，都到金沙灘上岸。宋江已有人報知，和眾頭領下山接著。

徐寧此時麻藥已醒，眾人又用解藥解了。徐寧開眼見了眾人，喫了一驚，便問湯隆道：「兄弟，你如何賺我來到這裏？」湯隆道：「哥哥聽我說：小弟今次聞知宋公明招接四方豪傑，因此上在武岡鎮拜黑旋風李逵做哥哥，投托大寨入夥。今被呼延灼用『連環甲馬』衝陣，無計可破，是小弟獻此『鉤鐮鎗法』。——只除是哥哥會使。繇此定這條計：使時遷先來偷了你的甲，卻教小弟賺哥哥上路；後使樂和假做李榮，過山時，下了蒙汗藥，請哥哥上山來坐把交椅。」徐寧道：「都是兄弟送了我也！」宋江執杯向前陪告道：「見今宋江暫居水泊，專待朝廷招安，盡忠竭力報國，非敢貪財好殺，行不仁不義之事。萬望觀察憐此真情，一同替天行道。」林沖也來把盞陪話道：「小弟亦在此間，兄長休要推卻。」徐寧道：「湯隆兄弟，你卻賺我到此，家中妻子必被官司擒捉，如之奈何！」宋江道：「這個不妨，觀察放心；只在小可身上，早晚便取寶眷到此完聚。」晁蓋、吳用、公孫勝都來與徐寧陪話，安排筵席作慶；一面選揀精壯小嘍囉，學使鉤鐮鎗法，一面使戴宗和湯隆星夜往東京搬取徐寧老小。

旬日之間，楊林自潁州取到彭玘老小；薛永自東京取到淩振老小；李雲收買到五車煙火藥料回寨。更過數日，戴宗、湯隆取到徐寧老小上山。徐寧見了妻子到來，喫了一驚，問是如何便到得這裏。妻子答道：「自你轉背，官司點名不到，我使了些金銀首飾，只推道患病在床，因此不來叫喚。忽見湯叔叔齎著鴈翎甲來說道：『甲便奪得來了，哥哥只是於路染病，將次死在客店裏，叫嫂嫂和孩兒便來看視。』把我賺上車子，我又不知路徑，迤邐來到這裏。」徐寧道：「兄弟，好卻好了，只可惜將我這副甲陷在家裏了！」湯隆笑道：「好教哥哥歡喜，打發嫂嫂上車之後，我便復翻身去賺了這甲，誘了這兩個婭嬛，收拾了家中應有細軟，做一擔兒挑在這裏。」徐寧道：「恁地時，我們不能彀回東京去了！」湯隆道：「我又教哥哥再知一件事來，在半路上撞見一夥客人，我把哥哥鴈翎甲穿了，搽畫了臉，說哥哥名姓，劫了那夥客人的財物，這早晚，東京已自遍行文書捉拿哥哥。」徐寧道：「兄弟，你也害得我不淺！」

晁蓋、宋江都來陪話道：「若不是如此，觀察如何肯在這裏住？」隨即撥定房屋與徐寧安頓老小。

眾頭領且商議破連環馬軍之法。

此時雷橫監造鉤鐮鎗已都完備，宋江、吳用等啟請徐寧教眾軍健學使鉤鐮鎗法。徐寧道：「小弟今當盡情剖露，訓練眾軍頭目，揀選身材長壯之士。」眾頭領都在聚義廳上看徐寧選軍，說那個鉤鐮鎗法。有分教三千甲馬登時破，一個英雄指日降。畢竟金槍徐寧怎的敷演鉤鐮鎗法，且聽下回分解。

第五十六回　徐寧教使鉤鐮鎗　宋江大破連環馬

話說晁蓋、宋江、吳用、公孫勝，與眾頭領就聚義廳上啟請徐寧教使鉤鐮鎗法。眾人看徐寧時，果是一表好人物，六尺五六長身體，團團的一個白臉，三牙細黑髭髯，十分腰圍膀闊。選軍已罷，便下聚義廳來，拿起一把鉤鐮鎗自使一回。眾人見了喝采。

徐寧便教眾軍道：「但凡馬上使這般軍器，就腰胯裏做步上來，上中七路，三鉤四撥，一掤一分，共使九個變法。若是步行使這鉤鐮鎗，亦最得用。先使八步四撥，蕩開門戶；十二步一變；十六步大轉身。分鉤鐮掤繳二十四步，挪上攢下，鉤東撥西；三十六步，渾身蓋護，奪硬鬭強。此是『鉤鐮鎗正法』。」有詩訣為證：

四撥三鉤通七路，共分九變合神機。二十四步挪前後，一十六翻大轉圍。

徐寧將正法一路路敷演，教眾頭領看。眾軍漢見了徐寧使鉤鐮鎗，都喜歡。就當日為始，將選揀精銳壯健之人曉夜習學。又教步軍藏林伏草，鉤蹄拽腿，下面三路暗法。不到半月之間，教成山寨五七百人。宋江並眾頭領看了大喜，準備破敵。

卻說呼延灼自從折了彭玘、凌振，每日只把馬軍來水邊搦戰。山寨中只教水軍頭領牢守各處灘頭，水底釘了暗樁。呼延灼雖是在山西山北兩路出哨，決不能彀到山寨邊。梁山泊卻叫凌振製造了諸般火砲，剋日定時下山對敵。學使鉤鐮鎗軍士已都成熟。宋江道：「不才淺見，未知合眾位心意否？」吳用道：「願聞其略。」宋江道：「明日並不用一騎馬軍，眾頭領都是步戰。孫、吳兵法卻利於山林沮澤。今將步軍下山，分作十隊誘敵；但見軍馬衝掩將來，都望蘆葦荊棘林中亂走。卻先把鉤鐮鎗軍士埋伏在彼，每十個會使鉤鐮鎗的，間著十個撓鉤手；但見馬到，一攪鉤翻，便把撓鉤搭將入去捉了。平川窄路也如此埋伏，此法如何？」吳學究道：「正應如此藏兵捉將。」徐寧道：「鉤鐮鎗並撓鉤，正是此法。」

宋江當日分撥十隊步軍人馬。劉唐、杜遷引一隊，穆弘、穆春引一隊，楊雄、陶宗旺引一隊，朱仝、鄧飛引一隊，解珍、解寶引一隊，鄒淵、鄒閏引一隊，一丈青、王矮虎引一隊，薛永、馬麟引一隊，燕順、鄭天壽引一隊，楊林、李雲引一隊，這十隊步軍先行下山誘引敵軍。再差李俊、張橫、張順、三阮、童威、童猛、孟康九個水軍頭領，乘駕戰船接應；再叫花榮、秦明、李應、柴進、孫立、歐鵬，六個頭領乘馬引軍，只在山邊搦戰，凌振、杜興專放號砲；卻叫徐寧、湯隆總行招引使鉤鐮鎗軍士。中軍宋江、吳用、公孫勝、戴宗、呂方、郭盛總制軍馬指揮號令；其餘頭領俱各守寨。

宋江分撥已定。是夜三更，先載使鉤鐮鎗軍士過渡，四面去分頭埋伏已定。四更，卻渡十隊步軍過去。凌振、杜興，載過風火砲架，上高埠去處豎起砲架，擱上火砲。徐寧、湯隆，各執號帶渡水。平明時分，宋江守中軍人馬隔水擂鼓吶喊搖旗。

呼延灼正在中軍帳內，聽得探子報知，傳令便差先鋒韓滔先來出哨，隨即鎖上連環甲馬。呼延灼全身披掛，騎了踢雪烏騅馬，仗著雙鞭，大驅軍馬殺奔梁山泊來。隔水望見宋江引著許多人馬，呼延灼教擺開馬軍。

先鋒韓滔來與呼延灼商議道：「正南上一隊步軍不知多少的。」呼延灼道：「休問他多少，只顧把連環馬衝將去！」韓滔引著五百馬軍飛哨出去，又見東南上一隊軍兵起來。卻欲分兵去哨，只見西南上又擁起一隊旗號，招颭吶喊。韓滔再引軍回來，對呼延灼道：「南邊三隊賊兵都是梁山泊旗號。」呼延灼道：「這廝許多時不出來廝殺，必有計策。」

說猶未了，只聽得北邊一聲砲響，呼延灼罵道：「這砲必是淩振從賊，教他施放！」眾人平南一望，只見北邊又擁起三隊旗號。呼延灼對韓滔道：「此必是賊人奸計！我和你把人馬分為兩路，我去殺北邊人馬，你去殺南邊人馬。」

正欲分兵之際，只見西邊又是四隊人馬起來，呼延灼心慌；又聽得正北上連珠砲響，一帶直接到土坡上。那一個母砲周迴接著四十九個子砲，名為「子母砲」，響處風威大作。呼延灼軍兵不戰自亂，急和韓滔各引馬步軍兵四下衝突。這十隊步軍，東趕東走，西趕西走。呼延灼看了大怒，引兵望北衝將來。宋江軍兵盡投蘆葦中亂走。呼延灼大驅連環馬，捲地而來，那甲馬一齊跑發❶，收勒不住，盡望敗葦折蘆之中、枯草荒林之內跑了去。只聽裏面唿哨響處，鉤鐮鎗一齊舉手，先鉤倒兩邊馬腳，中間的甲馬便自咆哮起來。那撓鉤手軍士一齊搭住，蘆葦中只顧縛人。

又極寫砲聲，紙上皆岌岌震動。

呼延灼見中了鉤鐮鎗計，便勒馬回南邊去趕韓滔。背後風火砲當頭打將下來；這邊那邊，漫山遍野，都是步軍追趕著。韓滔、呼延灼部領的連環甲馬亂滾滾都攧入荒草蘆葦之中，盡被捉了。二人情知中了

❶ 跑發：牲口受驚不服控制而亂跑。

計策，縱馬去四面跟尋馬軍奪路奔走時，更兼那幾條路上麻林般擺著梁山泊旗號；不敢投那幾條路走，一直便望西北上來。行不到五六里路，早擁出一隊強人，當先兩個好漢攔路，——一個是沒遮攔穆弘，一個是小遮攔穆春。——撚兩條朴刀，大喝道：「敗將休走！」

呼延灼忿怒，舞起雙鞭，縱馬直取穆弘、穆春。略鬬四五合，穆春便走。呼延灼只怕中了計，不來追趕，望正北大路而走。山坡下又轉出一隊強人。當先兩個好漢攔路：一個是兩頭蛇解珍，一個是雙尾蠍解寶。各挺鋼叉，直奔前來。呼延灼舞起雙鞭來戰兩個。鬬不到五七合，解珍、解寶拔步便走。呼延灼趕不過半里多路，兩邊鑽出二十四把鉤鐮鎗，著地捲將來。呼延灼無心戀戰，撥轉馬頭望東北上大路便走；又撞著王矮虎、一丈青——夫妻二人——截住去路。呼延灼見路徑不平，四下兼有荊棘遮攔，拍馬舞鞭，殺開條路直衝過去。王矮虎、一丈青趕了一直趕不上，呼延灼自投東北上去了，殺得大敗虧輸，雨零星亂。

宋江鳴金收軍回山，各請功賞。三千連環甲馬，有停半被鉤鐮鎗撥倒，傷損了馬蹄，剝去皮甲，把來做菜馬；二停多好馬，牽上山去餵養，作坐馬。帶甲軍士都被生擒上山。五千步軍，被三面圍得緊急，有望中軍躲的，都被鉤鐮鎗拖翻捉了；望水邊逃命的，盡被水軍頭領圍裏上船去，拽過灘頭，拘捉上山。先前被拿去的馬匹並捉去軍士盡行復奪回寨。把呼延灼寨柵盡數拆來，水邊泊內，搭蓋小寨。再造兩處做眼酒店房屋等項，仍前著孫新、顧大嫂、石勇、時遷兩處開店。

劉唐、杜遷拿得韓滔，把來綁縛解到山寨。宋江見了，親解其縛，請上廳來，以禮陪話，相待筵宴，令彭玘、凌振說他入夥。韓滔也是七十二煞之數，自然意氣相投，就梁山泊做了頭領。宋江便教修書，使人往陳州搬取韓滔老小來山寨中完聚。

宋江喜得破了連環馬，又得了許多軍馬衣甲盔刀，每日做筵席慶功；仍舊調撥各路守把，提防官兵，不在話下。

卻說呼延灼折了許多官軍人馬，不敢回京，獨自一個騎著那匹踢雪烏騅馬，把衣甲拴在馬上，於路逃難，卻無盤纏；解下束腰金帶，賣來盤纏。在路尋思道：「不想今日閃得我如此！卻是去投誰好？……」猛然想起：「青州慕容知府舊與我有一面相識，何不去那裏投奔他？……卻打慕容貴妃的關節，那時再引軍來報讎未遲！」

在路行了二日，當晚又饑又渴，見路旁一個村酒店，呼延灼下馬，把馬拴住在門前樹上；入來店內，把鞭子放在桌上，坐下了，叫酒保取酒肉來喫。酒保道：「小人這裏只賣酒。要肉時，村裏卻纔殺羊；若要，小人去回買。」呼延灼把腰裏料袋解下來，取出些金帶倒換的碎銀兩，把與酒保，道：「你可回一腳羊肉與我煮了，就對付草料，喂養我這匹馬。今夜只就你這裏宿一宵，明日自投青州府裏去。」酒保道：「官人，此間宿不妨，只是沒好床帳。」呼延灼道：「我是出軍的人，但有歇處便罷。」

酒保拿了銀子自去買羊肉。呼延灼把馬背上捎的衣甲取將下來，鬆了肚帶，坐在門前。等了半晌，只見酒保提一腳羊肉歸來。呼延灼便叫煮了，回三觔麵來打餅，打兩角酒來。酒保一面煮肉打餅，一面燒腳湯與呼延灼洗了腳，便把馬牽放屋後小屋下。酒保一面切草煮料，呼延灼先討熱酒喫了一回。

少刻肉熟，呼延灼叫酒保也與他些酒肉喫了，分付道：「我是朝廷軍官，為因收捕梁山泊失利，待往青州投慕容知府。你好生與我喂養這匹馬，——是今上御賜的，名為『踢雪烏騅馬』。明日我重重賞你。」酒保道：「感承相公。卻有一件事教相公得知；離此間不遠有座山，喚做桃花山。山上有一夥強人，——為頭的是打虎將李忠，第二個是小霸王周通。——聚集著五七百小嘍囉，打家劫舍，時常來攪惱村坊。官司累次著仰捕盜官軍來收捕他不得。相公夜間須用小心醒睡。」呼延灼說道：「我有萬夫不當之勇，便道那廝們全夥都來也待怎生！只與我好生喂養這匹馬。」喫了一回酒肉餅子。酒保就店裏打了一舖，安排呼延灼睡了。

一者呼延灼連日心悶，二乃又多了幾杯酒，就和衣而臥。一覺直睡到三更方醒，只聽得屋後酒保在那裏叫屈起來。呼延灼聽得，連忙跳將起來，提了雙鞭，走去屋後問道：「你如何叫屈？」酒保道：「小人起來上草，只見籬笆推翻，被人將相公的馬偷將去了！遠遠地望見三四里火把尚明，一定是那裏去了！」呼延灼道：「那裏正是何處？」酒保道：「眼見得那條路上正是桃花山小嘍囉偷得去了！」

呼延灼喫了一驚，便叫酒保引路，就田塍❷上趕了二三里。火把看看不見，正不知投那裏去了。呼延灼說道：「若無了御賜的馬，卻怎的是好！……」酒保道：「相公明日須去州裏告了，差官軍來勦捕，方纔能奪回這匹馬。」

呼延灼悶悶不已，坐到天明，叫酒保挑了衣甲，逕投青州；來到城裏時，天色已晚了，且在客店裏歇了一夜；次日天曉，逕到府堂階下，參拜了慕容知府。知府大驚，問道：「聞知將軍收捕梁山泊草寇，如何卻到此間？」呼延灼只得把上項訴說了一遍。

慕容知府聽了道：「雖是將軍折了許多人馬，此非慢功之罪，中了賊人奸計，亦無奈何。下官所轄

---

❷田塍：田間的小路。塍，音ㄔㄥˊ。

地面多被草寇侵害。將軍到此，可先掃清桃花山，奪取那匹御賜的馬；卻連那二龍山、白虎山兩處強人一發勦捕了時，下官自當一力保奏，再教將軍引兵復讎，如何？」呼延灼再拜道：「深謝恩相主監。若蒙如此，誓當效死報德！」

慕容知府教請呼延灼去客房裏暫歇，一面更衣宿食。那挑甲酒保，自叫他回去了。一住三日，呼延灼急欲要這匹御賜馬，又來稟復知府，便教點軍。慕容知府便點馬步軍二千，借與呼延灼，又與了一匹青騌馬。呼延灼謝了恩相，披掛上馬，帶領軍兵前來奪馬，逕往桃花山進發。

且說桃花山上打虎將李忠與小霸王周通自得了這匹踢雪烏騅馬，每日在山上慶喜飲酒。當日有伏路小嘍囉報道：「青州軍馬來也！」小霸王周通起身道：「哥哥守寨，兄弟去退官軍。」便點起一百小嘍囉，綽鎗上馬，下山來迎敵官軍。

卻說呼延灼引起二千兵馬來到山前，擺開陣勢。呼延灼出馬厲聲高叫：「強賊蚤來受縛！」小霸王周通將小嘍囉一字擺開，便挺鎗出馬。呼延灼見了，便縱馬向前來戰。周通也躍馬來迎。二馬相交，鬭不到六七合，周通氣力不加，撥轉馬頭，往山上便走。呼延灼趕了一直，怕有計策，急下山來紮住寨柵，等候再戰。

卻說周通回寨，見了李忠，訴說：「呼延灼武藝高強，遮攔不住，只得且退上山。倘或他趕到寨前來，如之奈何！」李忠道：「我算二龍山寶珠寺花和尚魯智深在彼，多有人伴；更兼有個甚麼青面獸楊志，又新有個行者武松，多有萬夫不當之勇。不如寫一封書，使小嘍囉去那裏求救。若解得危難，拚得投託他大寨，月終納他些進奉也好。」周通道：「小弟也多知他那裏豪傑；只恐那和尚記當初之事，不肯來救。」李忠笑道：「不然；他是個直性的好人，使人到彼，必然親引軍來救我。」周通道：「哥哥也說得是。」就寫了一封書，差兩個了事的小嘍囉，從後山滾將下去，取路投二龍山來。行了兩日，早到山下，那裏小嘍囉問了備細來情。

且說寶珠寺裏，大殿上坐著三個頭領：為首是花和尚魯智深，第二是青面獸楊志，第三是行者二郎武松。前面山門下，坐著四個小頭領：一個是金眼彪施恩，原是孟州牢城施管營的兒子，為因武松殺了張都監一家人口，官司著落他家追捉兇身，以此連夜挈家逃走在江湖上，後來父母俱亡，打聽得武松在二龍山，連夜投奔入夥；一個是操刀鬼曹正，原是同魯智深、楊志取奪寶珠寺，殺了鄧龍，後來入夥；一個是菜園子張青，一個是母夜叉孫二娘，夫妻兩個，原是孟州道十字坡賣人肉饅頭的，因魯智深、武松連連寄書招他，亦來投奔入夥。

曹正聽得說桃花山有書，先來問了詳細，直上殿去稟復三個大頭領知道。智深便道：「洒家當初離五臺山時，到一個桃花村投宿，好生打了那撮鳥一頓。那廝卻為認得洒家，倒請上山去喫了一日酒，結識洒家為兄，卻便留俺做個寨主。俺見這廝們慳吝，被俺偷了若干金銀酒器撒開他。如今卻來求救，且放那小嘍囉上關來，看他說甚麼。」

曹正去不多時，把那小嘍囉引到殿下，唱了喏，說道：「青州慕容知府近日取得個進征梁山泊失利的雙鞭呼延灼。如今慕容知府先教掃蕩俺這裏桃花山、二龍山、白虎山幾座山寨，卻借軍與他收捕梁山泊復讎。俺的頭領今欲啟請大頭領將軍下山相救；明朝無事了時，情願來納進奉。」楊志道：「俺們各守山寨，保護山頭，本不去救應的是。洒家一者怕壞了江湖上豪傑，二者恐那廝得了桃花山便小覷了洒家這裏，可留下張青、孫二娘、施恩、曹正看守寨柵，俺三個親自走一遭。」隨即點起五百小嘍囉，六十餘騎軍馬。各帶了衣甲軍器，逕往桃花山來。

卻說李忠知二龍山消息，自引了三百小嘍囉下山策應。呼延灼聞知，急領所部軍馬，攔路列陣，舞鞭出馬，來與李忠相持。原來李忠祖貫濠州定遠人氏，家中祖傳，靠使鎗棒為生；人見他身材壯健，因此呼他做打虎將。當時下山來與呼延灼交戰，卻如何敵得呼延灼過；鬬了十合之上，見不是頭，撥開軍器便走。

呼延灼見他本事低微，縱馬趕上山來。小霸王周通正在半山裏看見，便飛下鵝卵石來。呼延灼慌忙回馬下山來，只見官軍迭頭吶喊。呼延灼便問道：「為何吶喊？」後軍答道：「遠望見一彪軍馬飛奔而來！」

呼延灼聽了，便來後軍隊裏看時，見塵頭起處，當頭一個胖大和尚，騎一匹白馬，正是花和尚魯智深，在馬上大喝道：「那個是梁山泊殺敗的撮鳥，敢來俺這裏唬嚇人！」呼延灼道：「先殺你這個禿驢，豁我心中怒氣！」

魯智深輪動鐵禪杖，呼延灼舞起雙鞭，二馬相交，兩邊吶喊。鬬至四五十合不分勝敗。呼延灼暗暗喝采道：「這個和尚倒恁地了得！」兩邊鳴金，各自收軍暫歇。

呼延灼少停，卻耐不得，再縱馬出陣，大叫：「賊和尚！再出來與你定個輸贏，見個勝敗！」魯智深卻待正要出馬，楊志叫道：「大哥少歇，看洒家去捉這廝！」舞刀出馬來與呼延灼交鋒。兩個鬬到四五十合，不分勝敗。呼延灼又暗暗喝采道：「怎的那裏走出這兩個來！恁地了得！不是綠林中手段！」

楊志也見呼延灼武藝高強，賣個破綻，撥回馬，跑回本陣。呼延灼也勒轉馬頭，不來追趕。城邊各自收軍。魯智深便和楊志商議道：「俺們初到此處，不宜逼近下寨。且退二十里，明日卻再來廝殺。」帶領小嘍囉，自過附近山岡下寨去了。

卻說呼延灼在帳中納悶，心內想道：「指望到此勢如破竹，便拿了這夥草寇，怎知卻又逢著這般對手！我直如此命薄！」

正沒擺布處，只見慕容知府使人來喚道：「叫將軍且領兵回來保守城中。今有白虎山強人孔明、孔亮，引人馬來青州劫牢。怕府庫有失，特令來請將軍回城守備。」呼延灼聽了，就這機會，帶領軍馬，連夜回青州去了。

次日，魯智深與楊志、武松又引了小嘍囉搖旗吶喊，直到山下來看時，一個軍馬也無了，倒喫了一驚。山上李忠、周通，引人下來拜請三位頭領上到山寨裏，殺羊宰馬，筵席相待，一面使人下山探聽前路消息。

且說呼延灼引軍回到城下，卻見了一彪軍馬，正來到城邊。為頭的乃是白虎山下孔太公兒子毛頭星孔明、獨火星孔亮。兩個因和本鄉一個財主爭競，把他一門良賤盡都殺了，聚集起五七百人，占住白虎山，打家劫舍；因為青州城裏有他的叔叔孔賓，被慕容知府捉下，監在牢裏，孔明、孔亮特地點起山寨小嘍囉來打青州，要救叔叔出去。正迎著呼延灼軍馬，兩邊擁著，敵住廝殺。呼延灼便出馬到陣前。慕容知府在城樓❸上觀看，見孔明當先挺鎗出馬，直取呼延灼。兩馬相交，鬭到二十餘合，呼延灼

---

❸ 城樓：城門上的樓臺，多作瞭望與防禦之用。

要在知府跟前顯本事；又值孔明武藝低微，只辦得架隔遮攔，鬬到間深裏，被呼延灼就馬上把孔明活捉了去，孔亮只得引了小嘍囉便走。慕容知府在敵樓上，指著叫呼延灼引兵去趕，官兵一掩，活捉得百十餘人。孔亮大敗，四散奔走，至晚尋個古廟安歇。

卻說呼延灼活捉得孔明，解入城中，來見慕容知府。知府大喜，叫把孔明大枷釘下牢裏，和孔賓一處監收。一面賞勞三軍，一面管待呼延灼，備問桃花山消息。呼延灼道：「本待是『甕中捉鼈，手到拿來』，無端又被一夥強人前來救應。數內一個和尚，一個青臉大漢，二次交鋒，各無勝敗。這兩個武藝不比尋常，不是綠林中手段；因此未曾拿得。」慕容知府道：「這個和尚便是延安府老种經略帳前軍官提轄魯達；今次落髮為僧，喚做花和尚魯智深。這一個青臉大漢亦是東京殿帥府制使官，喚做青面獸楊志。再有一個行者，喚做武松，原是景陽岡打虎的武都頭。——這三個占住了二龍山，打家劫舍，累次拒敵官軍，殺了三五個捕盜官，直至如今，未曾捉得！」呼延灼道：「我見這廝們武藝精熟，原來卻是楊制使、魯提轄，真名不虛傳！——恩相放心，呼延灼今日在此，少不得一個個活捉了解官！」知府大喜，設筵管待已了，且請客房內歇，不在話下。

卻說孔亮引了敗殘人馬，正行之間，猛可裏樹林中撞出一彪人馬，當先一籌好漢，便是行者武松。孔亮慌忙滾鞍下馬，便拜道：「壯士無恙？」武松連忙答應，扶起問道：「聞知足下弟兄們占住白虎山聚義，幾次要來拜望；一者不得下山，二乃路途不順，以此難得相見。今日何事到此。」

孔亮把救叔叔孔賓陷兄之事告訴了一遍。武松道：「足下休慌。我有六七個弟兄，見在二龍山聚義。今為桃花山李忠、周通，被青州官軍攻擊得緊，來我山寨求救。魯、楊二頭領引了孩兒們先來與呼延灼交戰，兩個廝併了一日，不知何故，呼延灼忽然夜間去了。桃花山留我弟兄三人筵宴，把這踢雪馬送與我們。今我部領頭隊人馬回山，他二位隨後便到。我叫他去打青州，救你叔兄如何？」

孔亮拜謝武松。等了半晌，只見魯智深、楊志兩個並馬都到。武松引孔亮拜見二位，備說：「那時我與宋江在他莊上相會，多有相擾。今日俺們可以義氣為重，聚集三山人馬，攻打青州，殺了慕容知府，擒獲呼延灼，各取府庫錢糧，以供山寨之用如何？」魯智深道：「洒家也是這般思想。便使人去桃花山報知，叫李忠、周通，引孩兒們來，俺三處一同去打青州。」楊志便道：「青州城池堅固，人馬強壯；又有呼延灼那廝英勇；不是俺自滅威風，若要攻打青州時，只除非依我一言，指日可得。」武松道：「哥哥，願聞其略。」

那楊志言無數句，話不一席，有分教青州百姓，家家瓦裂煙飛；水滸英雄，個個摩拳擦掌。畢竟楊志對武松說出怎地打青州，且聽下回分解。

第五十七回 三山聚義打青州 眾虎同心歸水泊

話說武松引孔亮拜告魯智深、楊志，求救哥哥孔明並叔叔孔賓，魯智深便要聚集三山人馬前去攻打。楊志道：「若要打青州，須用大隊軍馬，方可得濟。俺知梁山泊宋公明大名，江湖上都喚他做及時雨宋江，更兼呼延灼是他那裏讎人。俺們弟兄和孔家弟兄的人馬，都併做一處；洒家這裏，再等桃花山人馬齊備，一面且去攻打青州，孔亮兄弟，你卻親身星夜去梁山泊請下宋公明來併力攻城，此為上計。亦且宋三郎與你至厚。你們弟兄心下如何？」魯智深道：「正是如此。我只見今日也有人說宋三郎好，明日也有人說宋三郎好，可惜洒家不曾相會。眾人說他的名字，聒得洒家耳朵也聾了，想必其人是個真男子，以致天下聞名。前番和花知寨在清風山時，洒家有心要去和他廝會。及至洒家去時，又聽得說道去了；以此無緣，不得相見。罷了，孔亮兄弟，你要救你哥哥時，快親自去那裏告請他來。洒家等先在這裏和那撮鳥們廝殺！」孔亮交付小嘍囉與了魯智深，只帶一個伴當，扮做客商，星夜投梁山泊來。

且說魯智深、楊志、武松三人去山寨裏喚將施恩、曹正，再帶一二百人下山來相助。桃花山李忠、周通，得了消息，便帶本山人馬，盡數起點，只留三五十個小嘍囉看守寨柵，其餘都帶下山來青州城下聚集，一同攻打城池，不在話下。

卻說孔亮自離了青州，迤邐來到梁山泊邊催命判官李立酒店裏買酒喫，問路。李立見他兩個來得面生，便請坐地，問道：「客人從那裏來？」孔亮道：「從青州來。」李立問道：「客人要去梁山泊尋誰？」孔亮答道：「有個相識在山上，特來尋他。」李立道：「山上寨中都是大王住處。你如何去得！」孔亮道：「便是要尋宋大王。」李立道：「既是來尋宋頭領，我這裏有分例。」便叫火家快去安排分例酒來相待。孔亮道：「素不相識，如何見款？」李立道：「客官不知；但是來尋山寨頭領，必然是社火中人故舊交友，豈敢有失支應？便當去報。」孔亮道：「小人便是白虎山前莊戶孔亮的便是。」李立道：「曾聽得宋公明哥哥說大名來，今日且喜上山。」

二人飲罷分例酒，隨即開窗，就水亭上放了一枝響箭，見對港蘆葦深處早有小嘍囉棹過船來，到水亭下。李立便請孔亮下了船，一同搖到金沙灘上岸，卻上關來。孔亮看見三關雄壯，鎗刀劍戟如林，心下想道：「聽得說梁山泊興旺，不想做下這等大事業！」已有小嘍囉先去報知，宋江慌忙下來迎接。孔亮見了，連忙下拜。宋江問道：「賢弟緣何到此？」

孔亮拜罷，放聲大哭。宋江道：「賢弟心中有何危厄不決之難，但請盡說不妨。便當不避水火，一力與汝相助。賢弟且請起來。」孔亮道：「自從師父離別之後，老父亡化，哥哥孔明與本鄉上戶爭些閒氣起來，殺了他一家老小，官司來捕捉得緊；因此反上白虎山，聚得五七百人，打家劫舍。青州城裏卻有叔父孔賓被慕容知府捉了，重枷釘在獄中；因此，我弟兄兩個去打城子，指望救取叔叔孔賓。誰想去到城下，正撞了那個使雙鞭的呼延灼。哥哥與他交鋒，致被他捉了，解送青州，下在牢裏，存亡未保。小弟又被他追殺一陣。次日，正撞著武松，他便引我去拜見同伴的，一個是花和尚魯智深，一個是青面獸楊志。他二人一見如故，便商議救兄一事。他道：『我請魯、楊二頭領並桃花山李忠、周通聚集三山人馬攻打青州。你可連夜快去梁山泊內告你師父宋公明來救你叔兄兩個。』以此今日一逕到此。」宋江道：「此是易為之事，你且放心。」

宋江便引孔亮參見晁蓋、吳用、公孫勝，並眾頭領，備說呼延灼走在青州，投奔慕容知府，今來捉了孔明，以此孔亮來到，懇告求救。晁蓋道：「既然他兩處好漢尚兀自仗義行仁，今者，三郎和他至愛交友，如何不去？——三郎賢弟，你連次下山多遍，今番權且守寨，愚兄替你走一遭。」宋江道：「哥哥是山寨之主，不可輕動。這個是兄弟的事。既是他遠來相投，小可若自不去，恐他弟兄們心下不安，小可情願請幾位弟兄同走一遭。」

說言未了，廳上廳下一齊都道：「願效犬馬之勞，跟隨同去。」宋江大喜，當日設筵管待孔亮。飲筵中間，宋江喚鐵面孔目裴宣定撥下山人數，分作五軍起行：前軍便差花榮、秦明、燕順、王矮虎，開路作先鋒；第二隊便差穆弘、楊雄、解珍、解寶；中軍便是主將宋江、吳用、呂方、郭盛；第四隊便是朱仝、柴進、李俊、張橫；後軍便差孫立、楊林、歐鵬、凌振，催軍作合後。

梁山泊點起五軍，共計二十個頭領，馬步軍兵二千人馬。其餘頭領，自與晁蓋守把寨柵。當下宋江別了晁蓋，自同孔亮下山前進。所過州縣，秋毫無犯。已到青州，孔亮先到魯智深等軍中報知，眾好漢安排迎接。

宋江中軍到了，武松引魯智深、楊志、李忠、周通、施恩、曹正，都來相見了。宋江讓魯智深坐地。魯智深道：「久聞阿哥大名，無緣不曾拜會，今日且喜認得阿哥。」宋江答道：「不才何足道哉！江湖上義士甚稱吾師清德；今日得識慈顏，平生甚幸。」楊志起身再拜道：「楊志舊日經過梁山泊，多蒙山冤有頭，債有主，筆有蹤，墨有線，不是孟浪置筆。

寨重義相留，為是洒家愚迷，不曾肯住。今日幸得義士壯觀山寨，此是天下第一好事。」宋江答道：「制使威名，播於江湖，只恨宋江相見太晚！」魯智深便令左右置酒管待，一一都相見了。

次日，宋江問青州一節，近日勝敗如何。楊志道：「自從孔亮去了，前後也交鋒三五次，各無輸贏。如今青州只憑呼延灼一個；若是拿得此人，覷此城子，如湯潑雪❶。」吳學究笑道：「此人不可力敵，可用智擒。」宋江道：「用何智可獲此人？」吳學究道：「只除如此如此……」宋江大喜道：「此計大妙！」當日分撥了人馬。次早起軍，前到青州城下，四面盡著軍馬圍住，擂鼓搖旗，吶喊搦戰。

城裏慕容知府見報，慌忙教請呼延灼商議道：「今次羣賊又去報知梁山泊宋江到來，似此如之奈何？」呼延灼道：「恩相放心。羣賊到來，先失地利。這廝們只好在水泊裏張狂，今卻擅離巢穴，一個來捉一個，那廝們如何施展得？請恩相上城看呼延灼廝殺。」

呼延灼連忙披掛衣甲上馬，叫開城門，放下弔橋，領了一千人馬，近城擺開。宋江陣中一將出馬。那人手拏狼牙棒，厲聲高罵知府：「濫官害民賊徒！把我全家誅戮，今日正好報讎雪恨！」慕容知府認得秦明，便罵道：「你這廝是朝廷命官，國家不曾負你，緣何便敢造反？若拿住你時，碎屍萬段！——呼將軍，可先下手拿這賊！」

呼延灼聽了，舞起雙鞭，縱馬直取秦明。秦明也出馬，舞動狼牙大棍來迎呼延灼。二將交馬，正是對手，直鬭到四五十合，不分勝敗。慕容知府見鬭得多時，恐怕呼延灼有失，慌忙鳴金，收軍入城。秦明，也不追趕，退回本陣。宋江教眾頭領軍校且退十五里下寨。

❶ 如湯潑雪：好像用熱水澆在雪上。比喻事情極易解決。

卻說呼延灼回到城中，下馬來見慕容知府，說道：「小將正要拏那秦明，恩相如何收軍？」知府道：「我見你鬬了許多合，但恐勞困，因此收軍暫歇。秦明那廝，原是我這裏統制，與花榮一同背反，這廝亦不可輕敵。」呼延灼道：「恩相放心，小將必要擒此背義之賊！適間和他鬬時，棍法已自亂了。來日教恩相看我立斬此賊！」知府道：「既是將軍如此英雄，來日若臨敵之時，可殺開條路，送三個人出去：一個教他去東京求救；兩個教他去鄰近府州會合起兵，相助勦捕。」呼延灼道：「恩相高見極明。」當日知府寫了求救文書，選了三個軍官，都發放了當。

只說呼延灼回到歇處，卸了衣甲暫歇，天色未明，只聽得軍校來報道：「城北門外土坡上有三騎私自在那裏看城：中間一個穿紅袍騎白馬的；兩邊兩個。只認得右邊的是小李廣花榮，左邊那個道裝打扮。」呼延灼道：「那個穿紅的眼見是宋江了。道裝的必是軍師吳用。你們且休驚動了他，便點一百馬軍，跟我捉這三個！」

呼延灼連忙披掛上馬，提了雙鞭，帶領一百餘騎軍馬，悄悄地開了北門，放下弔橋，引軍趕上坡來，只見三個正自呆了臉看城。呼延灼拍馬上坡，三個勒轉馬頭，慢慢走去。呼延灼奮力趕到前面幾株枯樹邊廂，只見三個齊齊的勒住馬。呼延灼方纔趕到枯樹邊，只聽得吶聲喊。呼延灼正踏著陷坑，人馬都跌將下坑去了。兩邊走出五六十個撓鉤手，先把呼延灼鉤將起來，綁縛了去，後面牽著那匹馬。其餘馬軍趕來，花榮射倒當頭五七個，後面的勒轉馬一鬨都走了。

宋江回到寨裏，那左右羣刀手卻把呼延灼推將過來。宋江見了連忙起身，喝叫快解了繩索，親自扶呼延灼上帳坐定。宋江拜見。呼延灼道：「何故如此？」宋江道：「小可宋江怎敢背負朝廷？蓋為官吏污濫，威逼得緊，誤犯大罪；因此權借水泊裏隨時避難，只待朝廷赦罪招安。不想起動將軍，致勞神力。實慕將軍虎威。今者誤有冒犯，切乞恕罪。」呼延灼道：「被擒之人，萬死尚輕，義士何故重禮陪話？」宋江道：「量宋江怎敢壞得將軍性命？皇天可表寸心。」只是懇告哀求。呼延灼道：「兄長尊意莫非教呼延灼往東京告請招安，到山赦罪？」宋江道：「將軍如何去得？高太尉那廝是個心地褊窄之徒，忘人大恩，記人小過。將軍折了許多軍馬錢糧，他如何不見你罪責？如今韓滔、彭玘、淩振，已多在敝山入夥。倘蒙將軍不棄山寨微賤，宋江情願讓位與將軍；等朝廷見用，受了招安，那時盡忠報國，未為晚矣。」

呼延灼沉吟了半晌，一者是宋江禮數甚恭，二者見宋江語言有理，歎了一口氣，跪下在地道：「非是呼延灼不忠於國，實感兄長義氣過人，不容呼延灼不依！願隨鞭鐙，決無還理。」

宋江大喜，請呼延灼和眾頭領相見了，叫問李忠、周通討這匹踢雪烏騅馬還將軍騎坐。眾人再商議救孔明之計。吳用道：「只除非教呼延將軍賺開城門，垂手可得。——更兼絕了這呼延將軍念頭。」

宋江聽了，來與呼延灼陪話道：「非是宋江貪劫城池，實因孔明叔姪陷在縲絏之中，非將軍賺開城門，必不可得。」呼延灼答道：「小弟既蒙兄長收錄，理當效力。」當晚點起秦明、花榮、孫立、燕順、呂方、郭盛、解珍、解寶、歐鵬、王英，十個頭領，都扮作軍士模樣，跟了呼延灼，共是十一騎軍馬，來到城邊，直至濠塹上，大呼：「城上開門！我逃得性命回來！」

城上人聽得是呼延灼聲音，慌忙報與慕容知府。此時知府為折了呼延灼，正納悶間，聽得報說呼延灼逃得回來，心中歡喜，連忙上馬，奔到城上；望見呼延灼有十數騎馬跟著，又不見面顏，只認得呼延灼聲音。知府問道：「將軍如何走得回來？」呼延灼道：「我被那廝的陷坑捉了我到寨裏，卻有原跟我的頭目，暗地盜這匹馬與我騎，就跟我來了。」

知府只聽得呼延灼說了，便叫軍士開了城門，放下弔橋。十個頭領跟到城門裏，迎著知府，早被秦明一棍，把慕容知府打下馬來。解珍、解寶，便放起火來；歐鵬、王矮虎，奔上城把軍士殺散。宋江大隊人馬，見城上火起，一齊擁將入來。

宋江急急傳令：休教殘害百姓，且收倉庫錢糧。就大牢裏救出孔明並他叔叔孔賓一家老小，便教救滅了火，把慕容知府一家老幼，盡皆斬首，抄扎家私，分俵眾軍。天明，計點在城百姓被火燒之家，給散糧米救濟。把府庫金帛，倉廒米糧，裝載五六百車；又得了二百餘匹好馬；就青州府裏，做個慶喜筵席，請三山頭領同歸大寨。

李忠、周通，使人回桃花山盡數收拾人馬錢糧下山，放火燒毀寨柵。魯智深也使施恩、曹正，回二龍山與張青、孫二娘，收拾人馬錢糧，也燒了寶珠寺寨柵。

數日之間，三山人馬都皆完備。宋江領了大隊人馬，班師回山；先叫花榮、秦明、呼延灼、朱仝，四將開路。所過州縣，分毫不擾。鄉村百姓，扶老挈幼，燒香羅拜迎接。

數日之間，已到梁山泊邊。眾多水軍頭領具舟迎接。晁蓋引領山寨馬步頭領，都在金沙灘迎接，直至大寨，向聚義廳上，列位坐定。大排筵席，慶賀新到山寨頭領。呼延灼、魯智深、楊志、武松、施恩、曹正、張青、孫二娘、李忠、周通、孔明、孔亮，共十二位新上山頭領。

坐間林沖說起相謝魯智深相救一事。魯智深動問道：「洒家自與教頭別後，無日不念阿嫂，近來有信息否？」林沖道：「自火併王倫之後，使人回家搬取老小，已知拙婦被高太尉逆子所逼，隨即自縊而死；妻父亦為憂疑染病而亡。」楊志舉起舊日王倫手內山前相會之事。眾人皆道：「此皆註定，非偶然也！」晁蓋說起黃泥岡劫取「生辰綱」一事，眾皆大笑。次日輪流做筵席，不在話下。

且說宋江見山寨又添了許多人馬，如何不喜，便叫湯隆做鐵匠總管，提督打造諸般軍器並鐵葉連環甲等；侯健管做旌旗袍服總管，添造三才❷九曜❸四斗五方❹二十八宿❺等旗，飛龍飛虎飛熊飛豹旗，黃鉞白旄，朱纓皁蓋；山邊四面築起墩臺，重造西路南路二處酒店，招接往來上山好漢，一就探聽飛報軍情。山西路酒店今令張青、孫二娘——夫婦二人原是酒家——前去看守；山南路酒店仍令孫新、顧大嫂夫婦看守；山東路酒店依舊朱貴、樂和；山北路酒店還是李立、時遷。三關上添造寨柵，分調頭領看守。部領已定，各各遵依，不在話下。

忽一日，花和尚魯智深來對宋公明說道：「智深有個相識，是李忠兄弟徒弟，喚叫九紋龍史進，見在華州華陰縣少華山上，和那一個神機軍師朱武，又有一個跳澗虎陳達，一個白花蛇楊春，四個在那裏聚義。洒家嘗嘗思念他。自從瓦官寺與他別了，無一日不在心上。今洒家要去那裏探望他一遭，就取他

❷ 三才：指天、地、人。

❸ 九曜：梵曆的一種曆象，又稱九執。指太陽、月亮、火星、木星、水星、土星、金星、羅睺、計都，此九者照耀世間，故又名九曜。

❹ 五方：東、西、南、北及中央，稱為五方。

❺ 二十八宿：中國天文學家，把繞天一周的黃道與赤道兩側範圍內的恆星，分為二十八星座，每星座皆以星官命名，作為觀測天象日月行星運轉位置的座標。包括東方蒼龍七星、北方玄武七星、西方白虎七星、南方朱雀七星。

四個同來入夥，未知尊意如何？」

宋江道：「我也曾聞得史進大名，若得吾師去請他來，最好。然雖如此，不可獨自行，可煩武松兄弟相伴走一遭。他是行者，一般出家人，正好同行。」武松應道：「我和師兄去。」當日便收拾腰包行李。魯智深只做禪和子打扮，武松裝做隨侍行者。兩個相辭了眾頭領下山，過了金沙灘，曉行夜住，不止一日，來到華州華陰縣界，逕投少華山來。

且說宋江自魯智深、武松去後，一時容他下山，常自放心不下；便喚神行太保戴宗隨後跟來探聽消息。

再說魯智深兩個來到少華山下，伏路小嘍囉出來攔住，問道：「你兩個出家人那裏來？」武松便答道：「這山上有史大官人麼？」小嘍囉說道：「既是要尋史大王的，且在這裏少等。我上山報知，頭領便下來迎接。」武松道：「你只說魯智深到來相探。」

小嘍囉去不多時，只見神機軍師朱武並跳澗虎陳達、白花蛇楊春，三個下山來接魯智深、武松，卻不見有史進。魯智深便問道：「史大官人在那裏？卻如何不見他？」朱武近前上覆道：「吾師不是延安府魯提轄麼？」魯智深道：「洒家便是。這行者便是景陽岡打虎都頭武松。」

三個慌忙翦拂道：「聞名久矣！聽知二位在二龍山紮寨，今日緣何到此？」魯智深道：「俺們如今不在二龍山了，投托梁山泊宋公明大寨入夥，今者特來尋史大官人。」朱武道：「既是二位到此，且請到山寨中，容小可備細告訴。」魯智深道：「有話便說。史家兄弟又不見，誰鳥耐煩到你山上去！」武松道：「師兄是個急性的人，有話便說甚好。」

朱武道：「小人等三個在此山寨，自從史大官人上山之後，好生興旺。近日史大官人下山，因撞見一個畫匠，原是北京大名府人氏，姓王，名義；因許下西嶽華山金天聖帝廟內裝畫影壁❻，前去還願。因為帶將一個女兒，名喚玉嬌枝同行，卻被本州賀太守，——原是蔡太師門人；那廝為官貪濫，非理害民。——一日因來廟裏行香，不想正見了玉嬌枝有些顏色，累次著人來說，要娶他為妾。王義不從，太守將他女兒強奪了去，卻把王義刺配遠惡軍州。路經這裏過，正撞見史大官人，告說這件事。史大官人把王義救在山上，將兩個防送公人殺了，直去府裏要刺賀太守；被人知覺，倒喫拿了，見監在牢裏。又要聚起軍馬，掃蕩山寨。我等正在這裏無計可施！」

魯智深聽了道：「這撮鳥敢如此無禮！倒恁麼利害！酒家便去結果了那廝！」朱武道：「且請二位到寨裏商議。」魯智深立意不肯。武松一手挽住禪杖，一手指著道：「哥哥不見日色已到樹梢盡頭？」魯智深看一看，吼了一聲，憤著氣，只得都到山寨裏坐下。朱武便叫王義出來拜見，再訴太守貪酷害民，強占良家女子。三人一面殺牛宰馬，管待魯智深、武松。

魯智深道：「史家兄弟不在這裏，酒是一滴不喫！要便睡一夜，明日卻去州裏打死那廝罷！」武松道：「哥哥不得造次。我和你星夜回梁山泊去，報知宋公明，領大隊人馬來打華州，方可救得史大官人。」魯智深叫道：「等俺們去山寨裏叫得人來，史家兄弟性命不知那裏去了！」武松道：「便打殺了太守也怎地救得史大官人？武松卻決不肯放哥哥去。」朱武又勸道：「師兄且息怒。武都頭實論得是。」

魯智深焦躁起來，便道：「都是你這般性慢，直娘賊送了俺史家兄弟！只今性命在他人手裏，還要

❻ 影壁：以浮雕為飾的牆壁。

飲酒細商！」眾人那裏勸得他呷一杯半盞。當晚和衣歇宿，明早，起個四更，提了禪杖，帶了戒刀，不知那裏去了。武松道：「不聽人說，此去必然有失。」朱武隨即差兩個精細小嘍囉前去打聽消息。

卻說魯智深奔到華州城裏，路旁借問州衙在那裏。人指道：「只過州橋，投東便是。」魯智深卻好來到浮橋上只見人都道：「和尚且躲一躲，太守相公過來！」魯智深道：「俺正要尋他，卻正好撞在洒家手裏！那廝多敢是當死！」賀太守頭踏❼一對對擺將過來，看見太守那乘轎子，卻是煖轎❽轎窗兩邊，各有十個虞候簇擁著，人人手執鞭鎗鐵鍊，守護兩下。

魯智深看了尋思道：「不好打那撮鳥；若打不著，倒喫他笑！……」賀太守卻在轎窗眼裏，看見了魯智深欲進不進；過了渭橋，到府中下了轎，便叫兩個虞候分付道：「你與我去請橋上那個胖大和尚到府裏赴齋。」虞候領了言語，來到橋上，對魯智深說道：「太守相公請你赴齋。」

魯智深想道：「這廝合當死在洒家手裏！俺卻纔正要打他，只怕打不著，讓他過去了。俺要尋他，他卻來請洒家！」魯智深便隨了虞候逕到府裏。太守已自分付下了，一見魯智深進到廳前，太守叫放了禪杖，去了戒刀，請後堂赴齋。魯智深初時不肯。眾人說道：「你是出家人，好不曉事！府堂深處，如何許你帶刀杖入去？」

魯智深想道：「只俺兩個拳頭也打碎了那廝腦袋！」廊下放了禪杖、戒刀，跟虞候入來。賀太守正在後堂坐定，把手一招，喝聲「捉下這禿賊！」兩邊壁衣內走出三四十個做公的來，橫拖倒拽，捉了魯

❼ 頭踏：元代官員出巡時的前列儀仗。也作頭達。

❽ 煖轎：四面設有帷幔以蔽風的轎子。也作暖轎。

智深。你便是哪吒太子，怎逃地網天羅？火首金剛，難脫龍潭虎窟！正是飛蛾投火身傾喪，怒鼈吞鉤命必傷。畢竟魯智深被賀太守拿下，性命如何，且聽下回分解。

第五十八回　吳用賺金鈴弔掛　宋江鬧西嶽華山

話說賀太守把魯智深賺到後堂內，喝聲「拿下。」眾多做公的，把魯智深簇擁到廳前階下。賀太守正要開口勘問，只見魯智深大怒道：「你這害民貪色的直娘賊！你敢便拿倒洒家！俺死也與史進兄弟一處死，倒不煩惱！只是洒家死了，宋公明阿哥須不與你干休！俺如今說與你，天下無解不得的冤讎！你只把史進兄弟還了洒家；玉嬌枝也還了洒家，等洒家自帶去交還王義；你卻連夜也把華州太守交還朝廷！量你這等賊頭鼠眼，專一歡喜婦人，也做不得民之父母！若依得此三事，便是佛眼相看；若道半個不的，不要懊悔不迭！如今你且先教俺去看看史家兄弟，卻回俺話！」

八個字，罵盡千古。

賀太守聽了，氣得做聲不得，只道得個「我心疑是個行刺的賊，原來果然是史進一路！那廝——你看那廝——且監下這廝，慢慢處置！——這禿驢原來果然是史進一路！」也不拷打，取面大枷來釘了，押下死囚牢裏去；一面申聞都省，乞請明降。禪杖、戒刀，封入府堂裏去了。

此時鬧動了華州一府。小嘍囉得了這個消息，飛報上山來。武松大驚道：「我兩個來華州幹事，折了一個，怎地回去見眾頭領！」

正沒理會處，只見山下小嘍囉報道：「有個梁山泊差來的頭領，喚做神行太保戴宗，見在山下。」武松慌忙下來，迎接上山，和朱武等三人都相見了，訴說魯智深不聽勸諫失陷一事。

戴宗聽了，大驚道：「我不可久停了！就便回梁山泊，報與哥哥知道，早遣兵將前來救取！」武松道：「小弟在這裏專等，萬望兄長早去急來！」戴宗喫了些素食，作起「神行法」，再回梁山泊來；三日之間，已到山寨；見了晁、宋二頭領，便說魯智深因救史進，要刺賀太守，被陷一事。

晁蓋聽罷，失驚道：「既然兩個兄弟有難，如何不救！我今不可耽擱，便親去走一遭！」宋江道：「哥哥山寨之主，未可輕動，原只兄弟代哥哥去。」當日點起人馬，作三隊而行：前軍點五員先鋒，林沖、楊志、花榮、秦明、呼延灼，引領一千甲馬，二千步軍先行，逢山開路，遇水疊橋；中軍領兵主將宋公明，軍師吳用，朱仝、徐寧、解珍、解寶，共是六個頭領，馬步軍兵二千；後軍主掌糧草，李應、楊雄、石秀、李俊、張順，共是五個頭領押後，馬步軍兵二千；——共計七千人馬，離了梁山泊，直取華州來。在路趲行，不止一日，早過了半路，先使戴宗去報少華山上。朱武等三人，安排下豬羊牛馬，醞造下好酒等候。

再說宋江軍馬三隊都到少華山下。武松引了朱武、陳達、楊春三人，下山拜請宋江，吳用並眾頭領，都到山寨裏坐下。宋江備問城中之事。朱武道：「兩個頭領已被賀太守監在牢裏，只等朝廷明降發落。」宋江與吳用說道：「怎地定計去救取便好？」朱武道：「華州城郭廣闊，濠溝深遠，急切難打；只除非得裏應外合，方可取得。」吳學究道：「明日且去城邊看那城池如何，卻再商量。」

宋江飲酒到晚，巴不得天明，要去看城。吳用諫道：「城中監著兩隻大蟲在牢裏，如何不做提備？白日不可去看。今夜月色必然明朗，申牌前後下山，一更時分可到那裏窺望。」

當日捱到午後，宋江、吳用、花榮、秦明、朱仝，共是五騎馬下山，迤邐前行。初更時分，已到華州城外；在山坡高處，立馬望華州城裏時，——正是二月中旬天氣，月華如畫，天上無一片雲彩。——看見華州周圍有數座城門，城高地壯，塹濠深闊。看了半晌，遠遠地也便望見那西嶽華山。

宋江等看見城池厚壯，形勢堅牢，無計可施。吳用道：「且回寨裏去，再作商議。」五騎馬連夜回到少華山上。宋江眉頭不展，面帶憂容。吳學究道：「且差十數個精細小嘍囉下山去遠近探聽消息。」

兩日內，忽有一人上山來報道：「如今朝廷差個殿司太尉，將領御賜『金鈴弔掛』來西嶽降香❶，從黃河入渭河而來。」

吳用聽了，便道：「哥哥休憂，計在這裏了！」便叫李俊、張順：「你兩個與我如此如此而行。」李俊道：「只是無人識得地境，得一個引領路道最好。」白花蛇楊春便道：「小弟相幫同去，如何？」宋江大喜。三個下山去了。

次日，吳學究請宋江、李應、朱仝、呼延灼、花榮、秦明、徐寧，共七個人，悄悄止帶五百餘人下山。到渭河渡口，——李俊、張順、楊春已奪下十餘隻大船在彼。——吳用便叫花榮、秦明、徐寧、呼延灼，四個伏在岸上；宋江、吳用、朱仝、李應，下在船裏；李俊、張順、楊春分船都去灘頭藏了。眾人等候了一夜。次日天明，聽得遠遠地鑼鳴鼓響，三隻官船下來，船上插著一面黃旗，上寫「欽奉聖旨西嶽降香太尉宿」。

朱仝、李應，各執長鎗，立在宋江背後。吳用立在船頭。太尉船到，當港截住。船裏走出紫衫銀帶虞候二十餘人，喝道：「你等甚麼船隻，敢當港攔截住大臣！」宋江執著骨朵，躬身聲喏。吳學究立在

---

❶ 降香：到寺廟進香、燒香祭拜。

船頭上，說道：「梁山泊義士宋江，謹參祗候。」船上客帳司❷出來答道：「此是朝廷太尉，奉聖旨去西嶽降香。汝等是梁山泊亂寇，何故攔截？」

宋江躬身不起。船頭上吳用道：「俺們義士，只要求見太尉尊顏，有告覆的事。」客帳司道：「你等是何等人，敢造次要見太尉！」兩邊虞候喝道：「低聲！」宋江卻躬身不起。船頭上吳用道：「暫請太尉到岸上，自有商量的事。」客帳司道：「休胡說！太尉是朝廷命臣，如何與你商量！」宋江立起身來道：「太尉不肯相見，只怕孩兒們驚了太尉。」

朱仝把鎗上小號旗只一招動，岸上花榮、秦明、徐寧、呼延灼引出軍馬，一齊搭上弓箭，都到河口，擺列在岸上。那船上艄公都驚得攢入艙裏去了。客帳司人慌了，只得入去稟復。宿太尉只得出到船頭上坐定。宋江又躬身唱喏，道：「宋江等不敢造次。」宿太尉道：「義士何故如此邀截船隻？」宋江道：「某等怎敢邀截太尉？只欲求請太尉上岸，別有稟復。」宿太尉道：「我今持奉聖旨，自去西嶽降香，與義士有何商議？朝廷大臣如何輕易登岸！」船頭上吳用道：「太尉不肯時，只怕下面伴當亦不相容。」

李應把號帶鎗一招，李俊、張順、楊春，一齊撐出船來。宿太尉看見，大驚。李俊、張順明晃晃掣出尖刀在手，早跳過船來；手起，先把兩個虞候攧下水裏去。宋江連忙喝道：「休得胡做，驚了貴人！」李俊、張順撲通地跳下水去，早把兩個虞候又送上船來；自己兩個也便托地又跳上船來。嚇得宿太尉魂不著體。宋江、吳用一齊喝道：「孩兒們且退去！休得驚著貴人！俺自慢慢地請太尉登岸。」宿太尉道：「義士有甚事，就此說不妨。」宋江、吳用道：「這裏不是說話處，謹請太尉到山寨告稟，並無損害之

如畫！

❷ 客帳司：達官貴人、富豪大戶左右的傳話人。

心，若懷此念，西嶽神靈誅滅！」

到此時候，不容太尉不上岸，宿太尉只得離船上了岸。眾人在樹林裏牽出一匹馬來，扶策太尉上了馬，不得已隨眾同行。宋江、吳用，先叫花榮、秦明，陪奉太尉上山。宋江、吳用，也上了馬，分付教把船上一應人等並御香、祭物、金鈴弔掛，齊齊收拾上山；只留下李俊、張順，帶領一百餘人看船。一行眾頭領都到山上。宋江、吳用，下馬入寨，把宿太尉扶在聚義廳上當中坐定，兩邊眾頭領拔刀侍立。

宋江獨自下了四拜，跪在面前，告稟道：「宋江原是鄆城縣小吏，為被官司所逼，不得已哨聚山林，權借梁山水泊避難，專等朝廷招安，與國家出力。今有兩個兄弟，無事被賀太守生事陷害，下在牢裏。欲借太尉御香，儀從並金鈴弔掛去賺華州，事畢並還，於太尉身上並無侵犯。乞太尉鈞鑑。」宿太尉道：「不爭你將了御香等物去，明日事露，須連累下官！」宋江道：「太尉回京，都推在宋江身上便了。」

宿太尉看了那一班人模樣，怎生推托得，只得應允了。宋江執盞擎杯，設筵拜謝；就把太尉帶來的人穿的衣服都借穿了；於小嘍囉數內，選揀一個俊俏的，剃了髭鬚，穿了太尉的衣服，扮作宿元景；宋江、吳用，扮做客帳司；解珍、解寶、楊雄、石秀，扮做虞候；小嘍囉都是紫衫銀帶，執著旌節、旗幡、儀仗、法物，擎抬了御香、祭禮、金鈴弔掛；花榮、徐寧、朱仝、李應，扮做四個衛兵。朱武、陳達、楊春，款住太尉並跟隨一應人等，置酒管待；卻教秦明、呼延灼，引一隊人馬；林沖、楊志，引一隊人馬，分作兩路取城；教武松預先去西嶽門下伺候，只聽號起行事。

話休絮繁。且說一行人等，離了山寨，逕到河口下船而行，不去報與華州太守，一逕奔西嶽廟來。戴宗先去報知雲臺觀觀主並廟裏職事人等。直至船邊，迎接上岸。香花燈燭，幢幡寶蓋，擺列在前；先請御香上了香亭，廟裏人夫扛抬了，導引金鈴弔掛前行。觀主拜見了太尉。吳學究道：「太尉一路染病不快，且把煖轎來。」左右人等扶策太尉上轎，逕到嶽廟裏官廳內歇下。客帳司吳學究對觀主道：「這是特奉聖旨，齎捧御香、金鈴弔掛，來與聖帝供養；緣何本州官員輕慢，不來迎接？」觀主答道：「已使人去報了。敢是便到。」

說猶未了，本州先使一員推官，帶領做公的五七十人，將著酒果，來見太尉。原來那小嘍囉，雖然模樣相似，卻語言發放不得；因此只教粧做染病，把靠褥圍定在床上坐。推官一眼看那來的旌節、門旗、牙仗等物都是內府製造出的，如何不信。客帳司匆匆入去稟覆了兩遭，卻引推官入去，遠遠地階下參拜了，見那太尉只把手指，並不聽得說甚麼。

客帳司直走下來，埋怨推官道：「太尉是天子前近幸大臣，不辭千里之遙，特奉聖旨到此降香，不想於路染病未痊；本州眾官，如何不來遠接！」推官答道：「前路官司雖有文書到州，不見近報，因此有失迎迓，不期太尉先到廟裏。本是太守便來，奈緣少華山賊人糾合梁山泊強盜要打城池，每日在彼提防；以此不敢擅離，特差小官先來貢獻酒禮，太守隨後便來參見。」客帳司道：「太尉涓滴不飲，只叫太守快來商議行禮。」

推官隨即教取酒來，與客帳司親隨人把盞了。客帳司又入去稟一遭，請了鑰匙出來，引著推官去開了鎖，就香帛袋中取出那御賜金鈴弔掛來，把條竹竿叉起，叫推官仔細自看。果然好一對金鈴弔掛！乃是東京內府高手匠人做成的，渾是七寶珍珠嵌造，中間點著碗紅紗燈籠，乃是聖帝殿上正中掛的；不是內府降來，民間如何做得？客帳司叫推官看了，再收入櫃匣內鎖了；又將出中書省許多公文付與推官；

便叫太守快來商議揀日祭祀。推官和眾多做公的都見了許多物件文憑，便辭了客帳司，逕回到華州府裏來報賀太守。

卻說宋江暗暗地喝采道：「這廝雖然奸猾，也騙得他眼花心亂了！」此時武松已在廟門下了；吳學究又使石秀藏了尖刀，也來廟門下相幫武松行事；卻又換戴宗扮做虞候。雲臺觀主進獻素齋，一面教執事人等安排鋪陳嶽廟。宋江閒步看那西嶽廟時，果然是蓋造得好；殿宇非凡，真乃人間天上！

宋江看了一回，回至官廳前。門上報道：「賀太守來也。」宋江便叫花榮、徐寧、朱仝、李應四個衙兵，各執著器械，分列在兩邊；解珍、解寶、楊雄、戴宗，各藏暗器，侍立在左右。

卻說賀太守將領三百餘人，來到廟前下馬，簇擁入來。客帳司吳學究、宋江，見賀太守帶著三百餘人，都是帶刀公吏人等入來。客帳司喝道：「朝廷貴人在此，閒雜人不許近前！」眾人立住了腳，賀太守獨自進前來拜見太尉。客帳司道：「太尉教請太守入來廝見。」

賀太守入到官廳前，望著小嘍囉便拜。客帳司道：「太守，你知罪麼？」太守道：「賀某不知太尉到來，伏乞恕罪！」客帳司道：「太尉奉敕到此西嶽降香，如何不來遠接？」太守答道：「不曾有近報到州，有失迎迓。」

吳學究喝聲「拿下。」解珍、解寶，——弟兄兩個——颼地掣出短刀，一腳把賀太守踢翻，便割了頭。宋江喝道：「兄弟們動手！」早把那跟來的人，三百餘個，驚得呆了，正走不動，花榮等一齊向前，把那一干人算子般都倒在地下；有一半搶出廟門下，武松、石秀舞刀殺將入來，小嘍囉四下趕殺，三百餘人不剩一個回去；續後到廟來的都被張順、李俊殺了。

宋江急叫收了御香、弔掛下船；都趕到華州時，早見城中兩路火起；一齊殺將入來，先去牢中救了史進、魯智深；就打開庫藏，取了財帛，裝載上車。魯智深逕奔後堂，取了戒刀、禪杖。玉嬌枝早已投井而死。眾人離了華州，上船回到少華山上，都來拜見宿太尉，納還了御香、金鈴弔掛、旌節、門旗、儀仗等物，拜謝了太尉恩相。

宋江教取一盤金銀相送太尉；隨從人等，不分高低，都與了金銀；就山寨裏做了個送路筵席，謝承太尉。眾頭領直送下山，到河口交割了一應什物船隻，一些不少，還了原來的人等。宋江謝別了宿太尉，回到少華山上，便與四籌好漢商議收拾山寨錢糧，放火燒了寨柵。一行人等，軍馬糧草，都望梁山泊來。王義自賚發盤纏投奔別處不題。

且說宿太尉下船來到華州城中，已知被梁山泊賊人殺死軍兵人馬，劫了府庫錢糧；城中殺死軍校一百餘人，馬匹盡皆擄去；西嶽廟中又殺了許多人性命；便叫本州推官動文書申達中書省起奏，都做「宋江先在途中劫了御香、弔掛；因此賺知府到廟，殺害性命。」

宿太尉到廟裏焚了御香，把這金鈴弔掛分付與了雲臺觀主，星夜急急自回京師奏知此事，不在話下。

再說宋江救了史進、魯智深，帶了少華山四個好漢，仍舊作三隊分俵人馬，回梁山泊來；所過州縣，秋毫無犯。先使戴宗前來上山報知。晁蓋並眾頭領下山迎接宋江等一同到山寨裏聚義廳上，都相見已罷，一面做慶喜筵席。

次日，史進、朱武、陳達、楊春，各以己財做筵宴，拜謝晁、宋二公。酒席間，晁蓋說道：「我有一事，為是公明賢弟連日不在山寨，只得權時擱起；昨日又是四位兄弟新到，不好便說出來。三日前，有朱貴上山報說：『徐州沛縣芒碭山中，新有一夥強人，聚集著三千人馬。為頭一個先生，姓樊，名瑞，綽號混世魔王；能呼風喚雨，用兵如神。手下兩個副將：一個姓項，名充，綽號八臂哪吒，能使一面團牌，牌上插飛刀二十四把，百步取人，無有不中，手中仗一條鐵標鎗；又有一個姓李，名袞，綽號飛天大聖，也使一面團牌，牌上插標鎗二十四根，亦能百步取人，無有不中，手中使一口寶劍。這三個結為兄弟，占住芒碭山，打家劫舍。三個商量了，要來吞併俺梁山泊大寨。』我聽得說，不繇不怒！」

宋江聽了，大怒道：「這賊怎敢如此無禮！小弟便再下山走一遭！」只見九紋龍史進便起身道：「小弟等四個初到大寨，無半米之功，情願引本部人馬前去收捕這夥強人！」

宋江大喜。當下史進點起本部人馬，與同朱武、陳達、楊春，都披掛了，來辭宋江下山，把船渡過金沙灘，上路逕奔芒碭山來。三日之內，早望見那座山。史進歎口氣，問朱武道：「這裏正不知何處是昔日漢高祖斬蛇起義之處！」朱武等三人也大家歎口氣。不一時，來到山下，早有伏路小嘍囉上山報知。

且說史進把少華山帶來的人馬一字擺開，自己全身披掛，騎一匹火炭赤馬，當先出陣，手中橫著三尖兩刃刀；背後三個頭領便是朱武、陳達、楊春。四個好漢，勒馬陣前，望不多時，只見芒碭山上飛下一彪人馬來，當先兩個好漢：為頭那個便是徐州沛縣人，姓項，名充，果然使一面團牌，背插飛刀二十四把；右手仗條標鎗；後面打著一面認軍旗，上書「八臂哪吒」四個大字。次後那個便是邳縣人，姓李名袞！果然也使一面團牌，背插二十四把標鎗；左手把牌，右手仗劍；後面打著一面認軍旗，上書「飛天大聖」四個大字。

當下兩個步行下山，見了對陣史進、朱武、陳達、楊春，四騎馬在陣前，並不打話。小嘍囉篩起鑼來，兩個好漢舞動團牌，一齊上，直滾入陣來。史進等攔當不住，後軍先走。史進前軍抵敵，朱武等中軍吶喊，退三四十里。史進險些兒中了飛刀；楊春轉身得遲，被一飛刀，戰馬著傷，棄了馬，逃命而走。史進點軍，折了一半，和朱武等商議，欲要差人回梁山泊求救。

正憂疑之間，只見軍士來報：「北邊大路上塵頭起處，約有二千軍馬到來！」史進等上馬望時，卻是梁山泊旗號，當先馬上兩員上將：一個是小李廣花榮、一個是金鎗手徐寧。史進接著，備說項充、李袞，蠻牌滾動，軍馬遮攔不住。花榮道：「宋公明哥哥見兄長來了，放心不下，好生懊悔，特差我兩個到來幫助。」

史進等大喜，合兵一處下寨。次日天曉，正欲起兵對敵，軍士又報：「北邊大路上又有軍馬到來！」花榮、徐寧、史進，一齊上馬望時，卻是宋公明親自和軍師吳學究、公孫勝、柴進、朱仝、呼延灼、穆弘、孫立、黃信、呂方、郭盛，帶領三千人馬來到。史進備說項充、李袞，飛刀標鎗滾牌難近，折了人馬一事。宋江大驚。吳用道：「且把軍馬紮下寨柵，別作商議。」

宋江性急，便要起兵勦捕，直到山下。此時天色已晚，望見芒碭山上都是青色燈籠。公孫勝看了，便道：「此寨中青色燈籠便是會行妖法之人在內。我等且把軍馬退去，來日貧道獻一個陣法，要捉此二人。」宋江大喜，傳令教軍馬且退二十里，紮住營寨。次日清晨，公孫勝獻出這個陣法，有分教魔王拱手上梁山，神將傾心歸水泊。畢竟公孫勝獻出甚麼陣法來，且聽下回分解。

第五十九回　公孫勝芒碭山降魔　晁天王曾頭市中箭

話說公孫勝對宋江、吳用，獻出那個陣圖，道：「是漢末三分諸葛孔明擺石為陣之法：四面八方，分八八六十四隊，中間大將居之；其像四頭八尾，左旋右轉，按天地風雲之機，龍虎鳥蛇之狀；待他下山衝入陣來，兩軍齊開，有如伺候；等他一入陣，只看七星號帶起處，把陣變為長蛇之勢。貧道作起道法，教這三人在陣中，前後無路，左右無門。卻於坎地上掘一陷坑，直逼此三人到於那裏。兩邊埋伏下撓鉤手，準備捉將。」

宋江聽了大喜，便傳將令，叫大小將校依令而行。再用八員猛將守陣。那八員：呼延灼、朱仝、花榮、徐寧、穆弘、孫立、史進、黃信。卻教柴進、呂方、郭盛，權攝中軍。宋江、吳用、公孫勝帶領陳達麾旗。叫朱武指引五個軍士在近山高坡上看對陣報事。是日巳牌時分，眾軍近山擺開陣勢，搖旗擂鼓搦戰。只見芒碭山上有三二十面鑼聲震地價響；三個頭領一齊來到山下，便將三千餘人擺開：左右兩邊，項充、李袞；中間擁出那個混世魔王樊瑞，騎一匹黑馬，立於陣前。

那樊瑞雖會使些妖法，卻不識陣勢；看了宋江軍馬，四面八方，團團密密，心中暗喜道：「你若擺陣，中我計了！」分付項充、李袞：「若見風起，你兩個便引五百滾刀手殺入陣去。」項充、李袞得令，各執定蠻牌，挺著標鎗飛劍，只等樊瑞作用。只見樊瑞立在馬上，左手挽定流星銅鎚，右手仗著混世魔寫得好！

王寶劍，口中念念有詞，喝聲道：「疾！」卻早狂風四起，飛沙走石；天昏地暗，日色無光。項充、李袞吶聲喊，帶了五百滾刀手殺將過去。宋江軍馬見殺將過來，便分開做兩下。項充、李袞一攪入陣，兩下裏強弓硬弩射住，來人只帶得四五十人入來，其餘的都回本陣去了。

宋江望見項充、李袞已入陣裏，便叫陳達把七星號旗只一招，那座陣勢，紛紛滾滾，變作長蛇之陣。項充、李袞正在陣裏，東趕西走，左盤右轉，尋路不見。高坡上朱武把小旗在那裏指引，他兩個投東，朱武便望東指，若是投西，便望西指。原來公孫勝在高處看了，已先拔出那松文古定劍來，口中念動咒語，喝聲道：「疾！」便借著那風，盡隨著項充、李袞腳跟邊亂捲。兩個在陣中，只見天昏地暗，日色無光，四邊並不見一個軍馬，一望都是黑氣，後面跟的都不見了。項充、李袞心慌起來，只要奪路出陣，百般地沒尋歸路處。

正走之間，忽然雷震一聲，兩個在陣叫苦不迭，一齊躂❶了雙腳，翻筋斗攧下陷馬坑裏去。兩邊撓鉤手，早把兩個搭將起來，便把麻繩綁縛了，解上山坡請功。宋江把鞭梢一指，三軍一齊掩殺過去。樊瑞引人馬奔走上山，三千人馬，折其大半。宋江收軍，眾頭領都在帳前坐下。軍健早解項充、李袞，到於麾下。宋江見了，忙叫解了繩索，親自把盞，說道：「二位壯士，其實休怪；臨敵之際，不如此不得。小可宋江久聞三位壯士大名，欲來禮請上山，同聚大義；蓋因不得其便，因此錯過。倘若不棄，同歸山寨，不勝萬幸。」

兩個聽了，拜伏在地，道：「久聞及時雨大名，只是小弟等無緣，不曾拜識。原來兄長果有大義！

❶ 躂：音ㄊㄚˋ。跌倒。

我等兩個不識好人，要與天地相拗；今日既被擒獲，萬死尚輕，反以禮待。若蒙不殺，誓當效死報答大恩。樊瑞那人，無我兩個，如何行得？義士頭領，若肯放我們一個回去，就說樊瑞來投拜，不知頭領尊意如何？」宋江便道：「壯士不必留一人在此為當。便請二位同回貴寨。宋江來日專候佳音。」兩個拜謝道：「真乃大丈夫！若是樊瑞不從投降，我等擒來，奉獻頭領麾下。」

宋江聽說大喜，請入中軍，待了酒食，換了兩套新衣，取兩匹好馬，呼小嘍囉拿了鎗牌，親送二人下坡回寨。兩個於路，在馬上感恩不盡；來到芒碭山下，小嘍囉見了大驚，接上山寨。樊瑞問兩個來意如何。項充、李袞道：「我等逆天之人，合該萬死！」樊瑞道：「兄弟，如何說這話？」兩個便把宋江如此義氣說了一遍。樊瑞道：「既然宋公明如此大義，我等不可逆天，來早都下山投拜。」兩個道：「我們也為如此而來。」當夜把寨內收拾已了，次日天曉，三個一齊下山，直到宋江寨前，拜伏在地。

宋江扶起三人，請入帳中坐定。三個見了宋江，沒半點相疑之意，彼此傾心吐膽，訴說平生之事。三人拜請眾頭領都到芒碭山寨中，殺牛宰馬，管待宋公明等眾多頭領，一面賞勞三軍。飲宴已罷，樊瑞就拜公孫勝為師。宋江立主教公孫勝傳授「五雷天心正法」與樊瑞。樊瑞大喜，數日之間，牽牛拽馬，捲了山寨錢糧，馱了行李，收聚人馬，燒毀了寨柵，跟宋江等班師回梁山泊，於路無話。

宋江同眾好漢軍馬已到梁山泊邊，卻欲過渡；只見蘆葦岸邊大路上一個大漢望著宋江便拜。宋江慌忙下馬扶住，問道：「足下姓甚名誰？何處人氏？」那漢答道：「小人姓段，雙名景住。人見小人赤髮黃鬚，都喚小人為金毛犬。祖貫是涿州人氏。平生只靠去北邊地面盜馬。今春去到鎗竿嶺北邊，盜得一匹好馬，雪練也似價白，渾身並無一根雜毛。頭至尾，長一丈；蹄至脊，高八尺。那馬一日能行千里，北方有名，喚做『照夜玉獅子馬』，乃是大金王子騎坐的，放在鎗竿嶺下，被小人盜得來。江湖上只聞及時雨大名，無路可見，欲將此馬前來進獻與頭領，權表我進身之意。不期來到淩州西南上曾頭市過，被那曾家五虎奪了去。小人稱說是梁山泊宋公明的，不想那廝多有污穢的言語，小人不敢盡說。逃走得脫，特來告知。

宋江看這人時，雖是黃髮卷鬚，卻也一表非俗。心中暗喜，便道：「既然如此，且同到山寨裏商議。」帶了段景住，一同都下船，到金沙灘上岸。晁天王並眾頭領接到聚義廳上。宋江教樊瑞、項充、李袞和眾頭領相見。段景住一同都參拜了。打起聒聽鼓來，且做慶賀筵席。

宋江見山寨連添了許多人馬，四方豪傑望風而來，因此叫李雲、陶宗旺監工，添造房屋並四邊寨柵。段景住又說起那匹馬的好處，宋江叫神行太保戴宗去曾頭市探聽那馬的下落。

戴宗去了四五日，回來對眾頭領說道：「這個曾頭市上共有三千餘家。內有一家喚做曾家府。這老子原是大金國人，名為曾長者❷，生下五個孩兒，號為曾家五虎：大的兒子喚做曾塗，第二個喚做曾密，第三個喚做曾索，第四個喚做曾魁，第五個喚做曾昇。又有一個教師史文恭，一個副教師蘇定。去那曾頭市上，聚集著五七千人馬，紮下寨柵，造下五十餘輛陷車，發願要與我們勢不兩立，定要捉盡俺山寨中頭領，做個對頭。那匹千里玉獅子馬見今與教師史文恭騎坐。更有一般堪恨那廝之處，杜撰幾句言語，教市上小兒們都唱道：

❷ 長者：富豪有德者之通稱。

搖動鐵鐶鈴，神鬼盡皆驚。鐵車並鐵鎖，上下有尖釘。掃蕩梁山清水泊，勦除晁蓋上東京！生擒及時雨，活捉智多星！曾家生五虎，天下盡聞名！

沒一個不唱，真是令人忍耐不得！」

晁蓋聽罷，心中大怒道：「這畜生怎敢如此無禮！我須親自走一遭！不捉得這畜生，誓不回山！我只點五千人馬，請啟二十個頭領相助下山；其餘都和宋公明保守山寨。」當日晁蓋便點林沖、呼延灼、徐寧、穆弘、張橫、楊雄、石秀、孫立、黃信、燕順、鄧飛、歐鵬、楊林、劉唐、阮小二、阮小五、阮小七、白勝、杜遷、宋萬，共是二十個頭領，部領三軍人馬下山。宋江與吳用、公孫勝眾頭領就山下金沙灘餞行。

飲酒之間，忽起一陣狂風，正把晁蓋新製的認軍旗半腰吹折。眾人見了，盡皆失色。吳學究諫道：「哥哥方纔出軍，風吹折認旗，於軍不利。不若停待幾時，卻去和那廝理會。」晁蓋道：「天地風雲，何足為怪？趁此春暖之時，不去拿他，直待養成那廝氣勢，卻去進兵，那時遲了。你且休阻我；遮莫怎地，要去走一遭！」吳用一個那裏彆拗得住，晁蓋引兵渡水去了。宋江回到山寨，密叫戴宗下山去探聽消息。

且說晁蓋領著五千人馬二十個頭領來到曾頭市相近，對面下了寨柵。次日，先引眾頭領上馬去看曾頭市。眾多好漢立馬正看之間，只見柳林中飛出一彪人馬來，約有七八百人。當先一個好漢，便是曾家第四子曾魁，高聲喝道：「你等是梁山泊反國草寇！我正要來拿你解官請賞，原來天賜其便！還不下馬受縛，更待何時！」

晁蓋大怒，回頭一看，早有一將出馬去戰曾魁。那人是梁山初結義的好漢豹子頭林沖。兩個交馬，鬭了二十餘合，曾魁料道鬭林沖不過，掣鎗回馬，便往柳林中走，林沖勒住馬不趕。晁蓋引轉軍馬回寨，商議打曾頭市之策。林沖道：「來日直去市口搦戰，就看虛實如何，再作商議。」

次日平明，引領五千人馬向曾頭市口平川曠野之地列成陣勢，擂鼓吶喊。曾頭市上砲聲響處，大隊人馬出來，一字兒擺著七個好漢：中間便是都教師史文恭；上首副教師蘇定；下首便是曾家長子曾塗；左邊曾密、曾魁；右邊曾昇、曾索。——都是全身披掛。教師史文恭彎弓插箭，坐下那匹便是千里玉獅子馬，手裏使一枝方天畫戟。三通鼓罷，只見曾家陣裏推出數輛陷車，放在陣前，曾塗指著對陣，罵道：「反國草賊！見俺陷車麼？我曾家府裏殺你死的，不算好漢！我一個個直要捉你活的，裝載陷車裏解上東京，方顯是五虎手段！你們趁早納降，還有商議！」

晁蓋聽了大怒，挺鎗出馬，直奔曾塗；眾將一發掩殺過去，兩軍混戰。曾家軍馬一步步退入村裏。林沖、呼延灼，東西趕殺，卻見路途不好，急退回來收兵。

當日兩邊各折了些人馬。晁蓋回到寨中，心中甚憂。眾將勸道：「哥哥且寬心，休得愁悶，有傷貴體。往常宋公明哥哥出軍，亦曾失利，好歹得勝回寨。今日混戰，各折了些軍馬，又不曾輸了與他，何須憂悶？」

晁蓋只是鬱鬱不樂。一連三日搦戰，曾頭市上並不曾見一個。第四日，忽有兩個僧人直到晁蓋寨裏投拜。軍人引到中軍帳前，兩個僧人跪下告道：「小僧是曾頭市上東邊法華寺裏監寺僧人；今被曾家五虎不時常來本寺作踐囉唣，索要金銀財帛無所不至！小僧盡知他的備細出沒去處，只今特來拜請頭領入去劫寨。勦除了他時，當坊有幸！」

晁蓋見說大喜，便請兩個僧人坐了，置酒相待。獨有林沖諫道：「哥哥休得聽信，其中莫非有詐。」晁蓋道：「他兩個出家人，怎肯妄語？我梁山泊久行仁義之道，所過之處並不擾民；他兩個與我何讎，卻來掇賺？況兼曾家未必贏得我們大軍，何故相疑？兄弟休生疑心，誤了大事。我今晚自去走一遭。」

林沖苦諫，道：「哥哥必要去時，林沖分一半人馬去劫寨，哥哥只在外面接應。」晁蓋道：「我不自去，誰肯向前？你卻留一半軍馬在外接應。」林沖道：「哥哥帶誰人去？」晁蓋道：「點十個頭領，分二千五百人馬入去。」十個頭領是：劉唐、呼延灼、阮小二、歐鵬、阮小五、燕順、阮小七、杜遷、白勝、宋萬。當晚造飯喫了，馬摘鈴，軍銜枚，夜色將黑，便悄悄地跟了兩個僧人直奔法華寺來。

晁蓋看時，卻是一座古寺。晁蓋下馬，入到寺內，見沒僧眾，問那兩個僧人道：「怎地這個大寺院沒一個和尚？」僧人道：「便是曾家畜生薅惱，不得已，各自歸俗去了；只有長老並幾個侍者，自在塔院裏居住。頭領暫且屯住了人馬，等更深些，小僧直引到那廝寨裏。」晁蓋道：「他的寨在那裏？」和尚道：「他有四個寨柵，只是北寨裏便是曾家弟兄屯軍之處。若只打得那個寨子時，這三個寨便罷了。」晁蓋道：「那個時分可去？」和尚道：「如今只是二更天氣，且待三更時分，便無準備。」

晁蓋聽曾頭市上時，整整齊齊打更鼓響；又聽了半個更次，絕不聞更點之聲。僧人道：「這廝想是都睡了。如今可去。僧人當先引路。」晁蓋帶同諸將上馬，領兵離了法華寺，跟著便走。行不到五里多路，黑影處不見了兩個僧人，前軍不敢行動；看四邊時，又且路徑甚雜，都不見有人家。軍士卻慌起來，報與晁蓋知道。呼延灼便叫急回舊路。走不到百十步，只見四下裏金鼓齊鳴，喊聲震地，一望都是火把。晁蓋眾將引軍奪路而走，纔轉得兩個彎，撞見一彪軍馬，當頭亂箭射將來，撲的一箭，正中晁蓋臉上，倒撞下馬來；卻得三阮、劉唐、白勝——五個頭領——死併將去，救得晁蓋上馬，殺出村中來。村口林沖等引軍接應，剛纔敵得個住。

兩軍混戰，直殺到天明，各自歸寨。林沖回來點軍時，燕順、歐鵬、宋萬、杜遷，只逃得自家性命；帶去二千五百人馬止剩得一千二三百人，虧得跟著呼延灼，都回到帳中。眾頭領且來看晁蓋時，那枝箭正射在面頰上；急拔得箭出，血暈倒了；看那箭時，上有「史文恭」字。林沖叫取金鎗藥敷貼上。原來卻是一枝藥箭。

晁蓋中了箭毒，已自言語不得。林沖叫扶上車子，便差劉唐、三阮、杜遷、宋萬，先送回山寨。其餘十四個頭領在寨中商議：「今番晁天王哥哥下山來，不想遭這一場，正應了風折認旗之兆。我等極該收兵，一齊回去。但是必須等公明哥哥將令下來，方可回軍，豈可半途撇了曾頭市自去？」

當晚二更時分，天色微明，十四個頭領都在寨中嗟咨不安，進退無措，忽聽得伏路小校慌急來報：「前面四五路軍馬殺來，火把不計其數！」林沖聽了，一齊上馬。三面山上，火把齊明，照見如同白日，四下裏吶喊到寨前。林沖領了眾頭領，不去抵敵，拔寨都起，回馬便走。曾家軍馬背後捲殺將來。兩軍且戰且走。走過了五六十里，方纔得脫；計點人兵，又折了五七百人；大敗虧輸，急取舊路，望梁山泊回來。

眾頭領回到水滸寨上山，都來看視晁頭領時，已自水米不能入口，飲食不進，渾身虛腫。宋江守定在床前啼哭，眾頭領都守在帳前看視。當日夜至三更，晁蓋身體沈重，轉頭看著宋江，囑付道：「賢弟莫怪我說，若那個捉得射死我的，便教他做梁山泊主。」言罷，便瞑目而死。眾頭領都聽了晁蓋遺囑。宋江見晁蓋已死，放聲大哭，如喪考妣。眾頭領扶策宋江出去主事。吳用、公孫勝勸道：「哥哥且省煩惱；生死人之分定，何故痛傷？且請理會大事。」

宋江哭罷，便教把香湯沐浴了屍首，裝殮衣服巾幘，停在聚義廳上。眾頭領都來舉哀祭祀。一面合造內棺外槨，選了吉時，盛放在正廳上，建起靈幃，中間設個神主，上寫道：「梁山泊主天王晁公神主」。山寨中頭領，自宋公明以下，都帶重孝；小頭目並眾小嘍囉亦帶孝頭巾。林沖卻把那枝誓箭，就供養在靈前。寨內揚起長幡，請附近寺院僧眾上山做功德，追薦晁天王。

宋江每日領眾舉哀，無心管理山寨事務。林沖與吳用、公孫勝並眾頭領商議立宋公明為梁山泊主，諸人拱聽號令。次日清晨，香花燈燭，林沖為首，與眾等請出宋公明在聚義廳上坐定。林沖開話道：「哥哥聽稟：國一日不可無君，家一日不可無主。晁頭領是歸天去了，山寨中事業，豈可無主？四海之內，皆聞哥哥大名；來日吉日良辰，請哥哥為山寨之主，諸人拱聽號令。」

宋江道：「晁天王臨死時囑付：『如有人捉得史文恭者，便立為梁山泊主。』此話眾頭領皆知。誓箭在彼，豈可忘了？又不曾報得讎，雪得恨，如何便居得此位？」吳學究道：「晁天王雖是如此說，今日又未曾捉得那人，山寨中豈可一日無主？若哥哥不坐時，其餘便都是哥哥手下之人，誰人敢當此位？況兼眾人多是哥哥心腹，亦無人敢有他言。哥哥便可權臨此位坐一坐，待日後別有計較。」

宋江道：「軍師言之極當；今日小可權當此位，待日後報讎雪恨已了，拿住史文恭的，不拘何人，

不得不

怒。

須當此位。」黑旋風李逵在側邊叫道：「哥哥休說做梁山泊主，便做個大宋皇帝你也肯！」宋江大怒道：「這黑廝又來胡說！再若如此亂言，先割了你這廝舌頭！」李逵道：「我又不教哥哥不做；說請哥哥做皇帝，倒要割了我舌頭！」吳學究道：「這廝不識時務的人，眾人不到得和他一般見識。且請息怒，主張大事。」

宋江焚香已罷，林沖、吳用攙到主位，居中正面坐了第一把椅子。上首軍師吳用，下首公孫勝。左一帶林沖為頭，右一帶呼延灼居長。眾人參拜了，兩邊坐下。

宋江便說道：「小可今日權居此位，全賴眾兄弟扶助，同心合意，共為股肱❸，一同替天行道。如今山寨人馬數多，非比往日，可請眾兄弟分做六寨駐紮。聚義廳今改為忠義堂，前後左右立四個旱寨。後山兩個小寨，前山三座關隘，山下一個水寨，兩灘兩個小寨，今日各請弟兄分投去管。忠義堂上是我權居尊位，第二位軍師吳學究，第三位法師公孫勝，第四位花榮，第五位秦明，第六位呂方，第七位郭盛。左軍寨內：第一位林沖，第二位劉唐，第三位史進，第四位楊雄，第五位石秀，第六位杜遷，第七位宋萬。右軍寨內：第一位呼延灼，第二位朱仝，第三位戴宗，第四位穆弘，第五位李逵，第六位歐鵬，第七位穆春。前軍寨內：第一位李應，第二位徐寧，第三位魯智深，第四位武松，第五位楊志，第六位馬麟，第七位施恩。後軍寨內：第一位柴進，第二位孫立，第三位黃信，第四位韓滔，第五位彭玘，第六位鄧飛，第七位薛永。水軍寨內：第一位李俊，第二位阮小二，第三位阮小五，第四位阮小七，第五位張橫，第六位張順，第七位童威，第八位童猛。——六寨計四十三員頭領。山前第一關令雷

❸ 股肱：大腿和胳膊，均為軀體的重要部分。引申為輔佐君主的大臣。

橫、樊瑞守把；第二關令解珍、解寶守把；第三關令項充、李袞守把；金沙灘小寨令燕順、鄭天壽、孔明、孔亮四個守把；鴨嘴灘小寨令李忠、周通、鄒淵、鄒閏四個守把。山後兩個小寨，左一個旱寨令王矮虎、一丈青、曹正；右一個旱寨令朱武、陳達、楊春，六人守把。忠義堂內，左一帶房中，掌文卷，蕭讓；掌賞罰，裴宣；掌印信，金大堅；掌算錢糧，蔣敬。右一帶房中，管砲，凌振；管造船，孟康；管造衣甲，侯健；管築城垣，陶宗旺。忠義堂後兩廂房中管事人員：監造房屋，李雲；鐵匠總管，湯隆；監造酒醋，朱富；監備筵宴，宋清；掌管什物，杜興、白勝。山下四路作眼酒店，原撥定朱貴、樂和、時遷、李立、孫新、顧大嫂、張青、孫二娘。管北地收買馬匹，楊林、石勇、段景住。分撥已定，各自遵守，毋得違犯。」

梁山泊水滸寨內，大小頭領，自從宋公明為寨主，盡皆一心，拱聽約束。明日，宋江聚眾商議：「本要與晁天王報讎，興兵去打曾頭市，卻思庶民居喪，尚且不可輕動，我們豈可不待百日之後然後舉兵？」眾頭領依宋江之言，守在山寨，每日修設好事，只做功果，追薦晁蓋。

一日，請到一僧，法名大圓，乃是北京大名府在城龍華寺法主；只為遊方❹來到濟寧，經過梁山泊，就請在寨內做道場。因喫齋閒話間，宋江問起北京風土人物。那大圓和尚說道：「頭領如何不聞河北玉麒麟之名？」

宋江聽了，猛然省起，說道：「你看我們未老，卻恁地忘事！北京城裏是有個盧大員外，雙名俊義，綽號玉麒麟；是河北三絕；祖居北京人氏；一身好武藝，棍棒天下無對！梁山泊寨中若得此人時，小可

❹ 遊方：雲遊四方。

心上還有甚麼煩惱不釋?」吳用笑道:「哥哥何故自喪志氣?若要此人上山,有何難哉!」宋江答道:「他是北京大名府第一等長者,如何能夠得他來落草?」吳學究道:「吳用也在心多時了,不想一向忘卻。小生略施小計,便教本人上山。」宋江便道:「人稱足下為智多星,端的名不虛傳!敢問軍師用甚計策,賺得本人上山?」

吳用不慌不忙說出這段計來,有分教盧俊義撇卻錦簇珠圍,來試龍潭虎穴。正是只為一人歸水滸,致令百姓受兵戈。畢竟吳學究怎地賺盧俊義上山,且聽下回分解。

第六十回　吳用智賺玉麒麟　張順夜鬧金沙渡

話說這龍華寺和尚說出三絕玉麒麟盧俊義名字與宋江。吳用道：「小生憑三寸不爛之舌，直往北京說盧俊義上山，如探囊取物，手到拈來；只是少一個奇形怪狀的伴當和我同去。」說猶未了，只見黑旋風李逵高聲叫道：「軍師哥哥，小弟與你走一遭！」宋江喝道：「兄弟，你且住著！若是上風放火，下風殺人，打家劫舍，衝州撞府，合用著你；這是做細作的勾當，你這性子怎去得？」李逵道：「別遭，你道我生得醜，嫌我，不要我去。……」宋江道：「不是嫌你；如今大名府做公的極多，倘或被人看破，枉送了你的性命。」李逵叫道：「不妨！我不去也料無別人中得軍師的意！」吳用道：「你若依得我三件事，便帶你去；若依不得，只在寨中坐地。」李逵道：「莫說三件，便是三十件，也依你！」吳用道：「第一件，你的酒性如烈火，自今日去便斷了酒，回來你卻開；第二件，於路上做道童打扮，隨著我，我但叫你，不要違拗；第三件，最難，你從明日為始，並不要說話，只做啞子一般。依得這三件，便帶你去。」李逵道：「不喫酒，做道童，都依得；閉著這個嘴不說話，卻是瘪❶殺我！」吳用道：「你若開口，便惹出事來。」李逵道：「也容易，我只口裏啣著一文銅錢便了！」眾頭領都笑。那裏勸得住？當日忠義堂上做筵席送路，至晚各自去歇息。次日清早，吳用收拾了一

❶ 瘪：音ㄅㄧㄝ。同憋。

包行李，教李逵打扮做道童，挑擔下山。宋江與眾頭領都在金沙灘送行，再三分付吳用小心在意，休教李逵有失。吳用、李逵別了眾人下山。宋江等回寨。

且說吳用、李逵二人往北京去，行了四五日路程，每日天晚投店安歇，平明打火上路。於路上，吳用被李逵嘔得苦。行了幾日，趕到北京城外店肆裏歇下。當晚李逵去廚下做飯，一拳打得店小二吐血。小二哥來房裏告訴吳用道：「你家啞道童忒狠；小人燒火遲了些，就打得小人吐血！」吳用慌忙與他陪話，把十數貫錢與他將息，自埋怨李逵，不在話下。

過了一夜，次日天明起來，安排些飯食喫了，吳用喚李逵入房中分付道：「你這廝苦死要來，一路上嘔死我也！今日入城，不是耍處，你休送了我的性命！」李逵道：「我難道不省得？」吳用道：「我再和你打個暗號，若是我把頭來搖時，你便不可動撣。」李逵應承了。

兩個就店裏打扮入城：吳用戴一頂烏縐紗抹眉頭巾，穿一領皁沿邊白絹道服，繫一條雜綵呂公條，著一雙方頭青布履，手裏拿一副滲金熟銅鈴杵；李逵戧幾根蓬鬆黃髮，綰兩枚渾骨丫髻❷，穿一領麤布短褐袍，勒一條雜色短鬚條，穿一雙蹬山透土靴，擔一條過頭木拐棒，挑著個紙招兒，上寫著「講命談天，卦金一兩。」兩個打扮了，鎖上房門，離了店肆，望北京城南門來。

此時天下各處盜賊生發，各州府縣俱有軍馬守把。此處北京是河北第一個去處；更兼又是梁中書統領大軍鎮守，如何不擺得整齊？

且說吳用、李逵兩個，搖搖擺擺，卻好來到城門下。守門的約有四五十軍士，簇捧著一個把門的官

---

❷ 渾骨丫髻：頭上左右分梳的兩個小髻。

人在那裏坐定。吳用向前施禮。軍士問道：「秀才那裏來？」吳用答道：「小生姓張，名用。這個道童姓李。江湖上賣卦營生，今來大郡與人講命。」身邊取出假文引❸，教軍士看了。眾人道：「這個道童的鳥眼恰像賊一般看人！」

李逵聽得，正待要發作；吳用慌忙把頭來搖，李逵便低了頭。吳用向前與把門軍士陪話道：「小生一言難盡！這個道童，又聾又啞，只有一分蠻氣力；卻是家生❹的孩兒，沒奈何帶他出來。這廝不省人事，望乞恕罪！」辭了便行。李逵跟在背後，腳高步低，望市心裏來。

吳用手中搖著鈴杵，口裏念著口號道：「甘羅發早子牙遲，彭祖顏回壽不齊，范丹貧窮石崇富：八字生來各有時。此乃時也，運也，命也。知生知死，知貴知賤。若要問前程，先賜銀一兩。」說罷，又搖鈴杵。北京城內小兒，約有五六十個，跟著看了笑。卻好轉到盧員外解庫❺門首，一頭搖頭，一頭唱著，去了復又回來，小兒們鬨動越多了。

寫得便若紙上活有吳用，活有李逵，活有羣小兒，妙筆！

盧員外正在解庫廳前坐地，看著那一班主管收解，只聽得街上喧鬨，喚當值的問道：「如何街上熱鬧？」當值的報覆道：「員外，端的好笑！街上一個別處來的算命先生在街上賣卦，要銀一兩算一命，誰人捨得？後頭一個跟的道童且是生得滲瀨，走又走得沒樣範，小的們跟定了笑。」盧俊義道：「既出大言，必有廣學。當值的，與我請他來。」當值的慌忙去叫道：「先生，員外有請。」吳用道：「是那

---

❸ 文引：准予通行的證件。

❹ 家生：指奴僕所生的子女，仍在主人家當奴僕者。也作家生子、家生奴。

❺ 解庫：當舖。

個員外請我？」當值的道：「盧員外相請。」

吳用便與道童跟著轉來，揭起簾子，入到廳前，教李逵只在鵝項椅上坐定等候。吳用轉過前來向盧員外施禮。盧俊義欠身答著，問道：「先生貴鄉何處，尊姓高名？」吳用答道：「小生姓張，名用，別號天口；祖貫山東人氏。能算皇極先天神數，知人生死貴賤。卦金白銀一兩，方纔排算。」

盧俊義請入後堂小閣兒裏，分賓坐定；茶湯已罷，叫當值的取過白銀一兩，奉作命金，「煩先生看賤造則個。」吳用道：「請貴庚月日下算。」盧俊義道：「先生，君子問災不問福；不必道在下豪富，只求推算目下行藏。在下今年三十二歲。甲子年，乙丑月，丙寅日，丁卯時。」

吳用取出一把鐵算子來，搭了一回，拿起算子一拍，大叫一聲「怪哉！」盧俊義失驚問道：「賤造主何吉凶？」吳用道：「員外必當見怪。豈可直言！」盧俊義道：「正要先生與迷人指路，但說不妨。」吳用道：「員外這命，目下不出百日之內必有血光之災；家私不能保守，死於刀劍之下。」盧俊義笑道：「先生差矣。盧某生於北京，長在豪富；祖宗無犯法之男，親族無再婚之女；更兼俊義作事謹慎，非理不為，非財不取，如何能有血光之災？」

吳用改容變色，急取原銀付還，起身便走，嗟歎而言：「天下原來都要阿諛諂佞！罷！罷！罷！『分明指與平川路，卻把忠言當惡言。』小生告退。」盧俊義道：「先生息怒；盧某偶然戲言，願得終聽指教。」吳用道：「從來直言，原不易信。」盧俊義道：「盧某專聽，願勿隱匿。」吳用道：「員外貴造，一切都行好運；獨今年時犯歲君，正交惡限；恰在百日之內，要見身首異處。此乃生來分定，不可逃也。」盧俊義道：「可以迴避否？」

吳用再把鐵算子搭了一回，沈吟自語，道：「只除非去東南方巽地❻上一千里之外，可以免此大難；然亦還有驚恐，卻不得傷大體。」盧俊義道：「若是免得此難，當以厚報。」吳用道：「貴造有四句卦歌，小生說與員外，員外寫於壁上；日後應驗，方知小生妙處。」盧俊義叫取筆硯來，便去白粉壁上平頭自寫。吳用口歌四句道：

蘆花灘上有扁舟，俊傑黃昏獨自遊。義到盡頭原是命，反躬逃難必無憂。

當時盧俊義寫罷，吳用收拾算子，作揖便行。盧俊義留道：「先生少坐，過午了去。」吳用答道：「多蒙員外厚意，小生恐誤賣卦，改日有處拜會。」抽身便起。盧俊義送到門首。李逵拿了拐棒，走出門外。吳學究別了盧俊義引了李逵，逕出城來；回到店中，算還房宿飯錢，收拾行李、包裹，——李逵挑出卦牌。——出離店肆，對李逵說道：「大事了也！我們星夜趕回山寨，安排迎接盧員外去。他早晚便來也！」

且不說吳用、李逵還寨。卻說盧俊義自送吳用出門之後，每日傍晚，便立在廳前，獨自個看著天，忽忽不樂；亦有時自言自語，正不知甚麼意思。這一日卻耐不得，便叫當值的去喚眾主管商議事務。少刻，都到。那一個為頭管家私的主管，姓李，名固。這李固原是東京人，因來北京投奔相識不著，凍倒在盧員外門前，盧員外救了他性命，養在家中；因見他勤謹，寫得算得，教他管顧家間事務；五年之內，直抬舉他做了都管；一應裏外家私都在他身上；手下管著四五十個行財管幹；一家內外都稱他做李都

❻ 巽地：指東南之地。巽，音ㄒㄩㄣˋ。

管。當日大小管事之人都隨李固來堂前聲喏。盧員外看了一遭，便道：「怎生不見我那一個人？」說猶未了，階前走過一人，六尺以上身材，二十四五年紀；三牙掩口髭鬚，十分腰細膀闊；戴一頂木瓜心攢頂頭巾，穿一領銀絲紗團領白衫，繫一條蜘蛛斑紅線壓腰，著一雙上黃皮油膀夾靴；腦後一對挨獸金環，鬢畔斜簪四季花朵。

這人是北京土居人氏，自小父母雙亡，盧員外家中養得他大。為見他一身雪練也似白肉，盧員外叫一個高手匠人與他刺了這一身遍體花繡，卻似玉亭柱上鋪著軟翠。若賽錦體，繇你是誰，都輸與他。不止一身好花繡，更兼吹得彈得，唱得舞得，拆白道字❼，頂真續麻❽，無有不能，無有不會；亦是說得諸路鄉談，省得諸行百藝的市語。更且一身本事，無人比得，拿著一張川弩，只用三枝短箭，郊外落生，並不放空，箭到物落；晚間入城，少殺也有百十個蟲蟻。若賽錦標社❾，那裏利物管取都是他的。亦且此人百伶百俐，道頭知尾。本身姓燕，排行第一，官名單諱個青字。北京城裏人口順，都叫他做浪子燕青。原來他卻是盧員外一個心腹之人，也上廳聲喏了，做兩行立住：李固立在左邊，燕青立在右邊。

盧俊義開言道：「我夜來算了一命，道我有百日血光之災，只除非出去東南上一千里之外躲避。因想東南方有個去處，是泰安州，那裏有東嶽泰山，天齊仁聖帝金殿，管天下人民生死災厄。我一者，去那裏燒炷香，消災滅罪；二者，躲過這場災晦；三者，做些買賣，觀看外方景致。李固，你與我覓十輛

❼ 拆白道字：用拆字法說話表達意念的一種文字遊戲，盛行於宋元。

❽ 頂真續麻：一種文字遊戲。以次句首字頂上句末字，叫頂真續麻。

❾ 錦標社：指比賽射箭的組織。

太平車子，裝十輛山東貨物，你就收拾行李，跟我去走一遭。燕青小乙看管家裏庫房鑰匙，只今日便與李固交割。我三日之內便要起身。」

李固道：「主人誤矣。常言道：『賣卜賣卦，轉回說話。』休聽那算命的胡言亂語，只在家中，怕做甚麼？」盧俊義道：「我命中註定了。你休逆我。若有災來，悔卻晚矣。」

燕青道：「主人在上，須聽小乙愚言，這一條路，去山東泰安州，正打從梁山泊邊過。近年泊內是宋江一夥強人在那裏打家劫舍，官兵捕盜，近他不得。主人要去燒香，等太平了去。休信夜來那個算命的胡講。倒敢是梁山泊歹人，假裝做陰陽人來煽惑主人。小乙可惜夜來不在家裏；若在家時，三言兩語，盤倒那先生，倒敢有場好笑！」盧俊義道：「你們不要胡說，誰人敢來賺我！梁山泊那夥賊男女打甚麼緊！我看他如同草芥，兀自要去特地捉他，把日前學成武藝顯揚於天下，也算個男子大丈夫！」

說猶未了，屏風背後，走出娘子賈氏來，也勸道：「丈夫，我聽你說多時了。自古道：『出外一里，不如屋裏。』休聽那算命的胡說，撇下海闊一個家業，耽驚受怕，去虎穴龍潭做買賣。你且只在家裏收拾別室，清心寡慾，高居靜坐，自然無事。」

盧俊義道：「你婦人家省得甚麼！我既主意定了，你都不得多言多語。」燕青又道：「小人靠主人福蔭，學得些棒法在身。不是小乙說嘴，幫著主人去走一遭，路上便有些個草寇出來，小人也敢發落得三五十個開去。留下李都管看家，小人伏侍主人走一遭。」盧俊義道：「便是我買賣上不省得，要帶李固去；他須省得，便替我大半氣力；因此留你在家看守。自有別人管帳，只教你做個椿主⑩。」李固便

⑩ 椿主：當主管的人。

道：「小人近日有些腳氣的症候，十分走不得多路。」

盧俊義聽了，大怒道：「『養兵千日，用在一朝！』我要你跟去走一遭，你便有許多推故！若是那一個再阻我的，教他知我拳頭的滋味！」李固嚇得只看娘子，娘子便漾漾地⓫走進去，燕青亦更不再說。

眾人散了，李固只得忍氣吞聲，自去安排行李，討了十輛太平車子，喚了十個腳夫，四五十拽車頭口，把行李裝上車子，行貨拴縛完備。盧俊義自去結束。第三日燒了神福，給散了家中大男小女，一個個都分付了，當晚先叫李固引兩個當值的盡收拾了出城。李固去了。娘子看了車仗，流淚而入。

次日五更，盧俊義起來，沐浴罷，更換一身新衣服，喫了早膳，取出器械，到後堂裏辭別了祖先香火；臨時出門上路，分付娘子：「好生看家，多便三個月，少只四五十日便回。」賈氏道：「丈夫路上小心，頻寄書信回來！」說罷，燕青流淚拜別。盧俊義分付道：「小乙在家，凡事向前，不可出去三瓦兩舍打閧。」燕青道：「主人如此出行，小乙怎敢怠慢？」

盧俊義提了棍棒，出到城外。李固接著。盧俊義道：「你可引兩個伴當先去。但有乾淨客店，先做下飯等候。車仗腳夫，到來便喫，省得耽擱了路程。」李固也提條桿棒，先和兩個伴當去了。盧俊義和數個當值的，隨後押著車仗行；但見途中山明水秀，路闊坡平，心中歡喜道：「我若是在家，那裏見這般景致！」行了四十餘里，李固接著主人；喫點心中飯罷，李固又先去了。再行四五十里，到客店裏，李固接著車仗人馬宿食。盧俊義來到店房內，倚了棍棒，掛了氈笠兒，解下腰刀，換了鞋襪宿食，皆不必說。

⓫ 漾漾地：水波搖動的樣子。

次日清早起來，打火做飯，眾人喫了，收拾車輛頭口，上路又行。自此在路夜宿曉行，已經數日，來到一個客店裏宿食。天明要行，只見店小二哥對盧俊義說道：「好教官人得知：離小人店不得二十里路，正打梁山泊邊口子前過去。山上宋公明大王，雖然不害來往客人，官人須是悄悄過去，休得大驚小怪。」

盧俊義聽了道：「原來如此。」便叫當值的取下衣箱，打開鎖，去裏面提出一個包，包內取出四面白絹旗；問小二哥討了四根竹竿，每一根縛起一面旗來，每面栲栳⑫大小七個字，寫道：「慷慨北京盧俊義，金裝玉匣來深地。太平車子不空回，收取此山奇貨去！」

李固、當值的、腳夫、店小二，看了，一齊叫起苦來。店小二問道：「官人莫不和山上宋大王是親麼？」盧俊義道：「我自是北京財主，卻和這賊們有甚麼親！我特地要來捉宋江這廝！」小二哥道：「官人低聲些！不要連累小人！不是耍處！你便有一萬人馬，也近他不得！」盧俊義道：「放屁！你這廝們都合那賊人做一路！」

店小二掩耳不迭。眾車腳夫都癡呆了。李固和當值的跪在地下告道：「主人，可憐見眾人，留了這條性命回鄉去，強似做羅天大醮！」盧俊義喝道：「你省得甚麼！這等燕雀，安敢和鴻鵠廝併？我思量平生學得一身本事，不曾逢著買主！今日幸然逢此機會，不就這裏發賣，更待何時？我那車子上叉袋裏不是貨物，卻是準備下一袋熟麻索！倘或這賊們當死合亡，撞在我手裏，一朴刀一個砍翻，你們眾人與我便縛把車子裏！貨物撇了不打緊，且收拾車子裝賊；把這賊首解上京師，請功受賞，方表我平生之志。

⑫ 栲栳：彎曲如栲栳形狀。

若你們一個不肯去的，只就這裏把你們先殺了！」

前面擺四輛車子，上插了四把絹旗；後面六輛車子，隨後了行。那李固和眾人，哭哭啼啼，只得依他。盧俊義取出朴刀，裝在桿棒上，三個丫兒扣牢了，趕著車子奔梁山泊路上來。眾人見了崎嶇山路，行一步怕一步。盧俊義只顧趕著要行。從清早起來，行到巳牌時分，遠遠地望見一座大林，有千百株合抱不交的大樹。卻好行到林子邊，只聽得一聲胡哨響，嚇得李固和兩個當值的沒躲處。盧俊義教把車仗押在一邊。車夫眾人都躲在車子底下叫苦。盧俊義喝道：「我若擲翻，你們與我便縛！」

說猶未了，只見林子邊走出四五百小嘍囉來；聽得後面鑼聲響處，又有四五百小嘍囉截住後路。林子裏一聲砲響，托地跳出一籌好漢，手搭雙斧，厲聲高叫：「盧員外！認得啞道童麼？」盧俊義猛省，喝道：「我時常有心要來拿你這夥強盜，今日特地到此！快教那宋江下山投拜！倘或執迷，我片時間教你人人皆死，個個不留！」李逵大笑道：「員外，你今日被俺軍師算定了命，快來坐把交椅！」

盧俊義大怒，挺著手中朴刀來鬬李逵。李逵輪起雙斧來迎。兩個鬬不到三合，李逵托地跳出圈子外來。轉過身望林子裏便走。盧俊義挺著朴刀隨後趕去。李逵在林木叢中東閃西躲，引得盧俊義性發，破一步，搶入林來。李逵飛奔亂松林中去了。盧俊義趕過林子這邊，一個人也不見了；卻待回身，只聽得松林旁邊轉出一夥人來，一個人高聲大叫：「員外不要走！難得到此，認認洒家去！」

盧俊義看時，卻是一個胖大和尚，身穿皁直裰，倒提鐵禪杖。盧俊義喝道：「你是那裏來的和尚？」魯智深大笑道：「洒家便是花和尚魯智深！今奉軍師將令，著俺來迎接員外避難！」盧俊義焦躁，大罵：「禿驢敢如此無禮！」挺著朴刀，直取魯智深。魯智深輪起鐵禪杖來迎。兩個鬬不到三合，魯智深撥開朴刀，回身便走。盧俊義趕將去。

正趕之間，嘍囉裏走出行者武松，輪兩口戒刀，直奔將來叫道：「員外！只隨我去，不到得有血光之分！」盧俊義不趕智深，逕取武松。又不到三合，武松拔步便走。盧俊義哈哈大笑道：「我不趕你！你這廝們何足道哉！」

說猶未了，只見山坡下一個人在那裏叫道：「盧員外，你不要誇口！豈不聞『人怕落蕩，鐵怕落爐？』軍師定下計策，猶如落地定了八字。你待走那裏去？」盧俊義喝道：「你這廝是誰？」那人笑道：「小可只是赤髮鬼劉唐。」盧俊義罵道：「草賊休走！」挺手中朴刀，直取劉唐。方纔鬬得三合，刺斜裏一個人大叫道：「員外，沒遮攔穆弘在此！」當時劉唐、穆弘兩個，兩條朴刀，雙鬬盧俊義。

正鬬之間，不到三合，只聽得背後腳步響。盧俊義喝聲「著！」劉唐、穆弘跳退數步。盧俊義急轉身看背後那人時，卻是撲天鵰李應。三個頭領，丁字腳圍定。盧俊義全然不慌，越鬬越健。正好步鬬，只聽得山頂上一聲鑼響，三個頭領，各自賣個破綻，一齊拔步走了。

盧俊義此時也自一身臭汗，不去趕他；卻出林子外來尋車仗人伴時，十輛車子，人伴頭口，都不見了。盧俊義便向高阜處四下裏打一望，只見遠遠地山坡下一夥小嘍囉把車仗頭口趕在前面；將李固一干人，連連串串縛在後面；鳴鑼擂鼓，解投松樹那邊去。

盧俊義望見，心頭火熾，鼻裏煙生；提著朴刀，直趕將去。約莫離山坡不遠，只見兩籌好漢喝一聲道：「那裏去！」一個是美髯公朱仝，一個是插翅虎雷橫。盧俊義見了，高聲罵道：「你這夥草賊！好好把車仗人馬還我！」朱仝手撚長髯大笑道：「盧員外，你還恁地不曉事！我常聽俺軍師說：『一盤星辰，只有飛來，沒有飛去。』事已如此，不如坐把交椅。」

盧俊義聽了大怒，挺起朴刀，直奔二人。朱仝、雷橫各將兵器相迎。鬭不到三合，兩個回身便走。盧俊義尋思道：「須是趕翻一個，卻纔討得車仗！」捨著性命，趕轉山坡，兩個好漢都不見了，只聽得山頂上擊鼓吹笛；仰面看時，風刮起那面杏黃旗來，上面繡著「替天行道」四字；轉過來打一望，望見紅羅銷金傘下蓋著宋江，左有吳用，右有公孫勝。一行部從六七十人，一齊聲喏道：「員外，且喜無恙！」

盧俊義見了越怒，指名叫罵。山上吳用勸道：「員外，且請息怒。宋公明久慕威名，特令吳某親詣門牆，迎員外上山，一同替天行道，請休見外。」盧俊義大罵：「無端草賊，怎敢賺我！」宋江背後轉過小李廣花榮，拈弓取箭，看著盧俊義，喝道：「盧員外休要逞能，先教你看花榮神箭！」

說猶未了，颼地一箭，正射落盧俊義頭上氈笠兒的紅纓，喫了一驚，回身便走。山上鼓聲震地，只見霹靂火秦明、豹子頭林沖，引一彪軍馬，搖旗吶喊，從東山邊殺出來；又見雙鞭將呼延灼、金鎗手徐寧，也領一彪軍馬，搖旗吶喊，從山西邊殺出來；嚇得盧俊義走頭沒路。

看看天又晚，腳又痛，肚又饑，正是「慌不擇路」，望山僻小徑只顧走。約莫黃昏時分，平煙如水，蠻霧沈山；月少星多，不分叢莽。看看走到一處，——不是天盡頭，須是地盡處。——抬頭一望，但見滿目蘆花，浩浩大水。盧俊義立住腳，仰天長歎道：「是我不聽人言，今日果有此禍！」

正煩惱間，只見蘆葦裏面一個漁人，搖著一隻小船出來。那漁人倚定小船叫道：「客官好大膽！這是梁山泊出沒的去處，半夜三更，怎地來到這裏！」盧俊義道：「便是我迷蹤失路，尋不著宿頭。你救我則個！」漁人道：「此間大寬轉有一個市井，卻用走三十餘里向開路程；更兼路雜，最是難認；若是水路去時，只有三五里遠近。你捨得十貫錢與我，我便把船載你過去。」盧俊義道：「你若渡得我過去，尋得市井客店，我多與你些銀兩！」那漁人搖船傍岸，扶盧俊義下船，把鐵篙撐開。約行三五里水面，只聽得前面蘆葦叢中櫓聲響，一隻小船飛也似來，船上有兩個人：前面一個赤條條地拿著一條木篙，後面那個搖著櫓。前面的人橫定篙，口裏唱著山歌道：

英雄不會讀詩書，只合梁山泊裏居。準備窩弓收猛虎，安排香餌釣鰲魚！

盧俊義聽得，喫了一驚，不敢做聲。又聽得左邊蘆葦叢中，也是兩個人搖一隻小船出來。後面的搖著櫓，有咿啞之聲；前面的橫定篙，口裏也唱山歌道：

雖然我是潑皮身，殺賊原來不殺人。手拍胸前青豹子，眼睃船裏玉麒麟。

盧俊義聽了，只叫得苦。只見當中一隻小船，飛也似搖將來，船頭上立著一個人，倒提鐵鑽木篙，口裏亦唱著山歌道：

蘆花灘上有扁舟，俊傑黃昏獨自遊。義到盡頭原是命，反躬逃難必無憂。

歌罷，三隻船一齊唱喏，中間是阮小二，左邊是阮小五，右邊是阮小七。那三隻小船一齊撞將來。盧俊義心內自想又不識水性，連聲便叫漁人：「快與我攏船近岸！」那漁人哈哈大笑，對盧俊義說道：「上是青天，下是綠水；我生在潯陽江，來上梁山泊；三更不改名，四更不改姓，綽號混江龍李俊的便是！員外若還不肯降，枉送了你性命！」
盧俊義大驚，喝一聲：「不是你，便是我！」拿著朴刀，望李俊心窩裏搠將來。李俊見朴刀搠將來，拿定掉牌，一個背拋筋斗，撲通的翻下水去了。那隻船滴溜溜在水面上轉，朴刀又搠將下水去了。只見船尾一個人從水底下鑽出來，叫一聲：「我是浪裏白條張順！」把手挾住船梢，腳踏水浪，把船只一側，船底朝天，英雄落水。正是鋪排打鳳撈龍計，坑陷驚天動地人。畢竟盧俊義性命如何，且聽下回分解。

第六十一回　放冷箭燕青救主　劫法場石秀跳樓

話說這盧俊義雖是了得，卻不會水；被浪裏白條張順扳翻小船，倒撞下水去。張順卻在水底下攔腰抱住，鑽過對岸來。只見岸上早點起火把，有五六十人在那裏等，接上岸來，團團圍住，解了腰刀，盡脫下溼衣服，便要將索綁縛。只見神行太保戴宗傳令，高叫將來：「不得傷犯了盧員外貴體！」只見一人捧出一包袱錦衣繡襖與盧俊義穿了。只見八個小嘍囉抬過一乘轎來，推盧員外上轎便行，只見遠遠地早有二三十對紅紗燈籠，照著一簇人馬，動著鼓樂，前來迎接；為頭宋江、吳用、公孫勝，後面都是眾頭領。只見一齊下馬。盧俊義慌忙下轎，宋江先跪，後面眾頭領排排地都跪下。

盧俊義亦跪在地下道：「既被擒捉，只求早死！」宋江笑道：「且請員外上轎。」眾人一齊上馬，動著鼓樂，迎上三關，直到忠義堂前下馬，請盧俊義到廳上，明晃晃地點著燈燭。宋江向前陪話，道：「小可久聞員外大名，如雷貫耳；今日幸得拜識，大慰平生！卻纔眾兄弟甚是冒瀆，萬乞恕罪。」吳用向前道：「昨奉兄長之命，特令吳某親詣門牆，以賣卦為繇，賺員外上山，共聚大義，一同替天行道。」

宋江便請盧員外坐第一把交椅。盧俊義大笑道：「盧某昔日在家，實無死法；盧某今日到此，並無生望。要殺便殺，何得相戲！」宋江陪笑道：「豈敢相戲？實慕員外威德，如饑如渴，已非一日；所以定下計策，屈員外作山寨之主，早晚共聽嚴命。」盧俊義道：「住口！盧某要死極易，要從實難！」吳用道：「來日卻又商議。」當時置酒備食管待。盧俊義無計奈何，只得默飲數杯，小嘍囉請去後堂歇了。次日，宋江殺牛宰馬，大排筵宴，請出盧員外來赴席；再三再四偎留在中間坐了。

酒至數巡，宋江起身把盞陪話道：「夜來甚是衝撞，幸望寬恕。雖然山寨窄小，不堪歇馬，員外可看『忠義』二字之面。宋江情願讓位，休得推卻。」盧俊義道：「咄！頭領差矣！盧某一身無罪，薄有家私；生為大宋人，死為大宋鬼！若不提起『忠義』兩字，今日還胡亂飲此一杯；若是說起『忠義』來時，盧某頭頸熱血可以便濺此處！」吳用道：「員外既然不肯，難道逼勒？只留得員外身，留不得員外心。只是眾兄弟難得員外到此；既然不肯入夥，且請小寨略住數日，卻送還宅。」盧俊義道：「頭領既留盧某不住，何不便放下山？實恐家中老小不知這般消息。」吳用道：「這事容易，先教李固送了車仗回去，員外遲去幾日，卻何妨？」

吳用便問李都管：「你的車仗貨物都有麼？」李固應道：「一些兒不少。」宋江叫取兩個大銀，把與李固；兩個小銀，打發當值的；那十個車腳，共與他白銀十兩。眾人拜謝。盧俊義分付李固道：「我的苦，你都知了；你回家中說與娘子，不要憂心。我若不死，可以回來。」李固道：「頭領如此錯愛，主人多住兩月，但不妨事。」辭了，便下忠義堂去。吳用隨即起身說道：「員外寬心少坐，小生發送李都管下山便來。」吳用一騎馬，卻先到金沙灘等候。

少刻，李固和兩個當值的並車仗頭口人伴都下山來。吳用將引五百小嘍囉圍在兩邊，坐在柳陰樹下，便喚李固近前說道：「你的主人已和我們商議定了，今坐第二把交椅。此乃未曾上山時預先寫下四句反詩在家裏壁上。我叫你們知道，壁上二十八個字，每一句頭上出一個字。『蘆花灘上有扁舟』，頭上『盧』

宋江反
詩，黃

文炳逐句間評；盧俊義反詩，吳用親口註釋，可謂各極其妙。

字；『俊傑黃昏獨自遊』，頭上『俊』字；『義士手提三尺劍』，頭上『義』字；『反時須斬逆臣頭』，頭上『反』字：——這四句詩包藏『盧俊義反』四字。今日上山，你們怎知？本待把你眾人殺了，顯得我梁山泊行短。今日姑放你們回去，便可布告京城：主人決不回來！」李固等只顧下拜。吳用教把船送過渡口，一行人上路奔回北京。

話分兩頭。不說李固等歸家。且說吳用回到忠義堂上，再入筵席，各自默默飲酒，至夜而散。次日，山寨裏再排筵會慶賀。盧俊義說道：「感承眾頭領不殺；但盧某殺了倒好罷休，不殺便是度日如年；今日告辭。」宋江道：「小可不才，幸識員外；來日宋江梯己備一小酌，對面論心一會，望勿推卻。」又過了一日。次日，宋江請；次日，吳用請；又次日，公孫勝請。

話休絮繁，三十餘個上廳頭領每日輪一個做筵席。光陰荏苒，日月如流，早過一月有餘。盧俊義性發，又要告別。宋江道：「非是不留員外，爭奈急急要回；來日忠義堂上安排薄酒送行。」

次日，宋江又梯己送路。只見眾頭領都道：「俺哥哥敬員外十分，俺等眾人當敬員外十二分！偏我哥哥餞行便喫：『磚兒何厚，瓦兒何薄！』」李逵在內大叫道：「我受了多少氣悶，直往北京請得你來，卻不容我餞行了去；我和你眉尾相結，性命相撲！」吳學究大笑道：「不曾見這般請客的，我勸員外鑒你眾人薄意，再住幾時。」便不覺又過四五日。

盧俊義堅意要行。只見神機軍師朱武將引一班頭領直到忠義堂上，開話道：「我等雖是以次弟兄，也曾與哥哥出氣力，偏我們酒中藏著毒藥？盧員外若是見怪，不肯喫我們的，我自不妨，只怕小兄弟們做出事來，老大不便！」吳用起身便道：「你們都不要煩惱，我與你央及員外再住幾時，有何不可？常言道：『將酒勸人，本無惡意。』」

盧俊義抑眾人不過，只得又住了幾日。——前後卻好三五十日。自離北京是五月的話，不覺在梁山泊早過了兩個多月。但見金風淅淅，玉露泠泠，早是深秋時分。盧俊義一心要歸，對宋江訴說。宋江笑道：「這個容易，來日金沙灘送行。」

盧俊義大喜。次日，還把舊時衣裳刀棒送還員外，一行眾頭領都送下山。宋江把一盤金銀相送。盧俊義笑道：「山寨之物，從何而來，盧某好受？若無盤纏，如何回去，盧某好卻？但得度到北京，其餘也是無用。」宋江等眾頭領直送過金沙灘，作別自回，不在話下。

不說宋江回寨。只說盧俊義拽開腳步，星夜奔波，行了旬日，方到北京，日已薄暮，趕不入城，就在店中，歇了一夜。次日早晨，盧俊義離了村店飛奔入城；尚有一里多路，只見一人，頭巾破碎，衣裳襤褸，看著盧俊義，伏地便哭。盧俊義抬眼看時，卻是浪子燕青，便問：「小乙，你怎地這般模樣？」燕青道：「這裏不是說話處。……」

盧俊義轉過土牆側首，細問緣故。燕青說道：「自從主人去後，不過半月，李固回來對娘子說：『主人歸順了梁山泊宋江，坐了第二把交椅。』當時便去官司首告了。他已和娘子做了一路，嗔怪燕青違拗，將一房家私，盡行封了，趕出城外；更兼分付一應親戚相識：但有人安著燕青在家歇的，他便捨半個家私和他打官司。因此，小乙在城中安不得身，只得來城外求乞度日。——小乙非是飛不得別處去；只為深知主人必不落草，故此忍這殘喘，在這裏候見主人一面。若主人果自山泊裏來，可聽小乙言語，再回梁山泊去，別做個商議。若入城中，必中圈套！」

盧俊義喝道：「我的娘子不是這般人，你這廝休來放屁！」燕青又道：「主人腦後無眼，怎知就裏？主人平昔只顧打熬氣力，不親女色；娘子舊日和李固原有私情；今日推門相就，做了夫妻，主人回去，必遭毒手！」盧俊義大怒，喝罵燕青道：「我家五代在北京住，誰不識得！量李固有幾顆頭，敢做恁般勾當！莫不是你做出歹事來，今日到來反說！我到家中問出虛實，必不和你干休！」燕青痛哭，爬倒地下，拖住員外衣服。盧俊義一腳踢倒燕青，大踏步，便入城來。奔到城內，逕入家中，只見大小主管都喫一驚。李固慌忙前來迎接，請到堂上，納頭便拜。盧俊義便問：「燕青安在？」李固答道：「主人且休問，端的一言難盡！辛苦風霜，待歇息定了卻說。」賈氏從屏風後哭將出來。盧俊義說道：「娘子見了，且說燕小乙怎地來？」賈氏道：「丈夫且休問，端的一言難盡！辛苦風霜，待歇息定了卻說。」

盧俊義心中疑慮，定死要問燕青來歷。李固便道：「主人且請換了衣服，拜了祠堂，喫了早膳，那時訴說不遲。」一邊安排飯食與盧員外喫。方纔舉筯，只聽得前門後門喊聲齊起，二三百個做公的搶將入來，盧俊義驚的呆了；就被做公的綁了，一步一棍，直打到留守司來。其時梁中書正坐公廳，左右兩行，排列狼虎一般公人七八十個，把盧俊義拿到當面。李固和賈氏也跪在側邊。

廳上梁中書大喝道：「你這廝是北京本處良民，如何卻去投降梁山泊落草，坐了第二把交椅？如今倒來裏勾外連，要打北京！今被擒來，有何理說？」盧俊義道：「小人一時愚蠢，被梁山泊吳用，假做賣卜先生來家，口出訛言，煽惑良心，掇賺到梁山泊，軟監了兩個多月。今日幸得脫身歸家，並無歹意。

望恩相明鏡。」

梁中書喝道：「如何說得過！你在梁山泊中，若不通情，如何住了許多時？見放著你的妻子並李固告狀出首，怎地是虛？」李固道：「主人既到這裏，招伏了罷。家中壁上見寫下藏頭反詩，便是老大的證見。不必多說。」賈氏道：「不是我們要害你，只怕你連累我。常言道：『一人造反，九族全誅！』」盧俊義跪在廳下，叫起屈來。李固道：「主人不必叫屈。是真難滅，是假易除。早早招了，免致喫苦。」賈氏道：「丈夫，虛事難入公門，實事難以抵對。你若做出事來，送了我的性命。不奈有情皮肉，無情杖子。你便招了，也只喫得有數的官司。」

李固上下都使了錢。張孔目上廳稟道：「這個頑皮賴骨❶，不打如何肯招！」梁中書道：「說得是！」喝叫一聲：「打！」左右公人把盧俊義綑翻在地，不繇分說，打得皮開肉綻，鮮血迸流，昏暈去了三四次。

盧俊義打熬不過，伏地歎道：「果然命中合當橫死！我今屈招了罷！」張孔目當下取了招狀，討一面一百斤死囚枷釘了，押去大牢裏監禁。府前府後看的人都不忍見。當日推入牢門，押到庭心內，跪在面前，獄子炕上坐著。

那個兩院押牢節級——兼充行刑劊子——姓蔡，名福，北京土居人氏；因為他手段高強，人呼他為鐵臂膊。旁邊立著這個嫡親兄弟小押獄，生來愛帶一枝花，河北人順口都叫他做一枝花蔡慶。那人拄著一條水火棍，立在哥哥側邊。蔡福道：「你且把這個死囚帶在那一間牢裏，我家去走一遭便來。」

❶ 頑皮賴骨：形容人的性情刁鑽、頑固不肯認錯的樣子。

蔡慶把盧俊義且帶去了。蔡福起身，出離牢門來，只見司前牆下轉過一個人來，手裏提著飯罐，滿面掛淚。蔡福認得是浪子燕青。蔡福問道：「燕小乙哥，你做甚麼？」燕青跪在地下，眼淚如拋珠撒豆，告道：「節級哥哥！可憐見小人的主人盧員外喫屈官司，又無送飯的錢財！小人城外叫化得這半罐子飯，權與主人充饑！節級哥哥，怎地做個方……」說不了，氣早咽住，爬倒在地。蔡福道：「我知此事，你自去送飯把與他喫。」燕青拜謝了，自進牢裏去送飯。

蔡福行過州橋來，只見一個茶博士，叫住唱喏道：「節級，有個客人在小人茶房內樓上，專等節級說話。」蔡福來到樓上看時，正是主管李固。各施禮罷，蔡福道：「主管有何見教？」李固道：「奸不廝瞞，俏不廝欺；小人的事都在節級肚裏。今夜晚間只要光前絕後❷。無甚孝順，五十兩蒜條金在此，送與節級。廳上官吏，小人自去打點。」

蔡福笑道：「你不見正廳戒石上刻著『下民易虐，上蒼難欺』？你那瞞心昧己勾當，怕我不知！你又占了他家私，謀了他老婆，如今把五十兩金子與我，結果了他性命，日後提刑官❸下馬，我喫不得這等官司！」李固道：「只是節級嫌少，小人再添五十兩。」蔡福道：「李主管，你『割貓兒尾，拌貓兒飯！』❹北京有名恁地一個盧員外，只值得這一百兩金子？你若要我倒地，也不是我詐你，只把五百兩金子與我！」李固便道：「金子有在這裏，便都送與節級，只要今夜完成此事。」蔡福收了金子，藏在

---

❷ 光前絕後：指暗殺別人而無蛛絲馬跡可尋。

❸ 提刑官：官名。本名諸路提點刑獄官，掌理牢獄訴訟。

❹ 割貓兒尾拌貓兒飯：形容拿此人的錢財用在此人身上。

身邊，起身道：「明日早來扛屍。」李固拜謝，歡喜去了。

蔡福回到家裏，卻纔進門，只見一人揭起蘆簾，跟將入來，叫一聲：「蔡節級相見。」蔡福看時，但見那一個人生得十分標緻，且是打扮整齊，身穿鴉翅青圓領，腰繫羊脂玉鬧妝，頭帶鵕鸃冠，足躡珍珠履。那人進得門，看著蔡福便拜。蔡福慌忙答禮，便問道：「官人高姓？有何見教？」那人道：「可借裏面說話。」

蔡福便請入來一個商議閣裏分賓坐下。那人開話道：「節級休要喫驚；在下便是滄州橫海郡人氏，姓柴，名進，大周皇帝嫡派子孫，綽號小旋風的便是。只因好義疎財，結識天下好漢；不幸犯罪，流落梁山泊。今奉宋公明哥哥將令，差遣前來，打聽盧員外消息。誰知被贓官污吏，淫婦奸夫，通情陷害，監在死囚牢裏，一命懸絲，盡在足下之手。不避生死，特來到宅告知：若是留得盧員外性命在世，佛眼相看，不忘大德；但有半米兒差錯，兵臨城下，將至濠邊，無賢無愚，無老無幼，打破城池，盡皆斬首！久聞足下是個仗義全忠的好漢，無物相送，今將一千兩黃金薄禮在此。倘若要捉柴進，就此便請繩索，誓不皺眉。」

蔡福聽罷，嚇得一身冷汗，半晌答應不得。柴進起身道：「好漢做事，休要躊躇，便請一決。」蔡福道：「且請壯士回步。小人自有措置。」柴進便拜道：「既蒙語諾，當報大恩。」出門喚個從人，取出黃金，遞與蔡福，唱個喏便走。外面從人乃是神行太保戴宗，又是一個不會走的！

蔡福得了這個消息，擺撥不下；思量半晌，回到牢中，把上項的事，卻對兄弟說了一遍。蔡慶道：「哥哥生平最會斷決，量這些小事，有何難哉？常言道：『殺人須見血，救人須救徹。』既然有一千兩金子在此，我和你替他上下使用。梁中書、張孔目，都是好利之徒，接了賄賂，必然周全盧俊義性命。葫蘆提配將出去，救得救不得，自有他梁山泊好漢，俺們幹的事便完了。」蔡福道：「兄弟這一論正合我意。你且把盧員外安頓好處，早晚把些好酒食將息他，——傳個消息與他。」

蔡福、蔡慶兩個商議定了，暗地裏把金子買上告下，關節已定。次日，李固不見動靜，前來蔡福家催併。蔡慶回說：「我們正要下手結果他，中書相公不肯，已叫人分付要留他性命。你自去上面使用，囑付下來，我這裏何難？」李固隨即又央人去上面使用。中間過錢人去囑託，梁中書道：「這是押獄節級的勾當，難道教我下手？過一兩日，教他自死。」——兩下裏廝推。

張孔目已得了金子，只管把文案拖延了日期。蔡福就裏又打關節，教極早發落。張孔目將了文案來稟，梁中書道：「這事如何決斷？」張孔目道：「小吏看來，盧俊義雖有原告，卻無實跡；雖是在梁山泊住了許多時，這個是扶同詿誤❺，難問真犯。只宜脊杖四十，刺配三千里。不知相公心下如何？」梁中書道：「孔目見得極明，正與下官相合。」隨喚蔡福牢中取出盧俊義來，就當廳除了長枷；讀了招狀文案，決了四十脊杖；換一具二十斤鐵葉盤頭枷，就廳前釘了；便差董超、薛霸管押前去，直配沙門島。

原來這董超、薛霸自從開封府做公人，押解林沖去滄州，路上害不得林沖，回來被高太尉尋事刺配北京。梁中書因見他兩個能幹，就留在留守司勾當。今日又差他兩個監押盧俊義。

當下董超、薛霸領了公文，帶了盧員外離了州衙，把盧俊義監在使臣房裏，各自歸家收拾行李、包裹，即便起程。李固得知，只叫得苦；便叫人來請兩個防送公人說話。董超、薛霸到得那裏酒店內，李

❺ 扶同詿誤：受人牽連而做錯事。

固接著，請至閣兒裏坐下，一面鋪排酒食管待。

三杯酒罷，李固開言說道：「實不相瞞，盧員外是我讎家。今配去沙門島，路途遙遠，他又沒一文，教你兩個空費了盤纏。急待回來，也待三四個月。我沒甚的相送，兩錠大銀，權為壓手❻。多只兩程，少無數里，就便的去處，結果了他性命，揭取臉上金印回來表證，教我知道，每人再送五十兩蒜條金與你。你們只動得一張文書；留守司房裏，我自理會。」

董超、薛霸兩個相覷。董超道：「只怕行不得？」薛霸便道：「哥哥，這李官人，有名一個好男子，我們也把這件事結識了他，若有急難之處，要他炤管。」李固道：「我不是忘恩失義的人，慢慢地報答你兩個。」

薛霸、董超收了銀子，相別歸家，收拾包裹，連夜起身。盧俊義道：「小人今日受刑，杖瘡作痛，容在明日上路罷！」薛霸罵道：「你便閉了鳥嘴！老爺自晦氣，撞著你這窮神！沙門島往回六千里有餘，費多少盤纏！你又沒一文，教我們如何擺布！」盧俊義訴道：「念小人負屈含冤，上下看覷則個！」董超罵道：「你這財主們，閒常一毛不拔；今日天開眼，報應得快！你不要怨悵，我們相幫你走！」

盧俊義忍氣吞聲，只得走動。行出東門，董超、薛霸把衣包、雨傘，都掛在盧員外枷頭上，兩個一路上做好做惡，管押了行。看看天色傍晚，約行了十四五里，前面一個村鎮，尋覓客店安歇。當時小二哥引到後面房裏，安放了包裹。薛霸說道：「老爺們苦殺，是個公人，那裏倒來伏侍罪人？你若要喫飯，快去燒火！」

❻ 壓手：把財物送給人家，表示不讓他空手。

盧俊義只得帶著枷來到廚下，問小二哥討了個草柴，縛做一塊，來竈前燒火。小二哥替他淘米做飯，洗刷碗盞。盧俊義是財主出身，這般事卻不會做，草柴火把又溼，又燒不著，一齊滅了；甫能盡力一吹，被灰眯了眼睛。董超又喃喃吶吶的罵。做得飯熟，兩個都盛去了，盧俊義並不敢討喫。兩個自喫了一回，剩下些殘湯冷飯，與盧俊義喫了。薛霸又不住聲罵了一回，喫了晚飯，又叫盧俊義去燒腳湯。等得湯滾，盧俊義方敢去房裏坐地。兩個自洗了腳，掇一盆百煎滾湯賺盧俊義洗腳。方纔脫得草鞋，被薛霸扯兩條腿納在滾湯裏，大痛難禁。

薛霸道：「老爺伏侍你，顛倒做嘴臉！」兩個公人自去炕上睡了；把一條鐵索將盧員外鎖在房門背後，聲喚到四更，兩個公人起來，叫小二哥做飯，自喫飽了，收拾包裹要行。盧俊義看腳時，都是燎漿泡，點地不得。當日秋雨紛紛，路上又滑，盧俊義一步一攧，薛霸拏起水火棍，攔腰便打，董超假意去勸，一路上埋冤叫苦。離了村店，約行了十餘里，到一座大林。盧俊義道：「小人其實走不動了，可憐見權歇一歇！」

兩個公人帶入林子來，正是東方漸明，未有人行。薛霸道：「我兩個起得早了，好生困倦；欲要就林子裏睡一睡，只怕你走了。」盧俊義道：「小人插翅也飛不去！」薛霸道：「莫要著你道兒，且等老爺縛一縛！」腰間解下麻索來，兜住盧俊義肚皮去那松樹上只一勒，反拽過腳來綁在樹上。薛霸對董超道：「大哥，你去林子外立著；若有人來撞著，咳嗽為號。」董超道：「兄弟，放手快些個。」薛霸道：「你放心去看著外面。」說罷，拏起水火棍，看著盧員外道：「你休怪我兩個，你家主管李固教我們路上結果你。——便到沙門島也是死，不如及早打發了！你到陰司地府不要怨我們。明年今日是你週年！」

盧俊義聽了，淚如雨下，低頭受死。薛霸兩隻手拏起水火棍望著盧員外腦門上劈將下來。董超在外面，只聽得一聲撲地響，只道完事了，慌忙走入來看時，盧員外依舊縛在樹上；薛霸倒仰臥在樹下，水木棍撇在一邊。董超道：「卻又作怪！莫不你使得力猛，倒喫一交？」用手去扶時，那裏扶得動，只見薛霸口裏出血，心窩裏露出三四寸長一枝小小箭桿。卻待要叫，只見東北角樹上，坐著一個人。聽得叫聲「著！」撒手響處，董超頸項上早中了一箭，兩腳蹬空，撲地也倒了。那人托地從樹上跳將下來，拔出解腕尖刀，割斷繩索，劈碎盤頭枷，就樹邊抱住盧員外放聲大哭。

盧俊義閃眼看時，認得是浪子燕青，叫道：「小乙！莫不是魂魄和你相見麼？」燕青道：「小乙直從留守司前跟定這廝兩個到此。不想這廝果然來這林子裏下手。如今被小乙兩弩箭結果了，主人見麼？」盧俊義道：「雖是你強救了我性命，卻射死了這兩個公人。這罪越添得重了，待走那裏去的是？」燕青道：「當初都是宋公明苦了主人；今日不上梁山泊時，別無去處。」盧俊義道：「只是我杖瘡發作，腳皮破損，點地不得！」燕青道：「事不宜遲，我背著主人去。」心慌手亂，便踢開兩個死屍，帶著弩弓，插了腰刀，拏了水火棍，背著盧俊義，一直望東便走；不到十數里，早馱不動，見一個小小村店，入到裏面，尋房住下；叫做飯來，權且充饑。兩個暫時安歇這裏。

卻說過往人看見林子裏射死兩個公人在彼，近處社長報與里正得知，卻來大名府裏首告，隨即差官下來簡驗，卻是留守司公人董超、薛霸。回覆梁中書，著落大名府緝捕觀察，限了日期，要捉兇身。做公的人都來看了，「論這弩箭，眼見得是浪子燕青的。……事不宜遲！」一二百做公的分頭去一到處貼了告示，說那兩個模樣，曉諭遠近村坊道店，市鎮人家，挨捕捉拏。

卻說盧俊義正在店房將息杖瘡，正走不動，只得在那裏且住。店小二聽得有殺人公事，無有一個不說；又見畫他兩個模樣，小二心疑，卻走去告本處社長：「我店裏有兩個人，好生腳叉❼，不知是也不是。」社長轉報做公的去了。

卻說燕青為無下飯，拿了弩子去近邊處尋幾個蟲蟻喫；卻待回來，只聽得滿村裏發喊。燕青躲在樹林裏張時，看見一二百做公的，鎗刀圍匝，把盧俊義縛在車子上，推將過去。燕青要搶出去救時，又無軍器，只叫得苦；尋思道：「若不去梁山泊報與宋公明得知，叫他來救，卻不是我誤了主人性命？」當時取路。行了半夜，肚裏又饑，身邊又沒一文；走到一個土岡子上，叢叢雜雜，有些樹木，就林子裏睡到天明，心中憂悶，只聽得樹枝上喜鵲咶咶噪噪，尋思道：「若是射得下來，村坊人家討些水煮爆得熟，也得充饑。」走出林子外抬頭看時，那喜鵲朝著燕青噪。燕青輕輕取出弩弓，暗暗問天買卦，望空祈禱，說道：「燕青只有這一枝箭了！若是救得主人性命，箭到，靈鵲墜空；若是主人命運合休，箭到，靈鵲飛去。」搭上箭，叫聲「如意子，不要誤我！」弩子響處，正中喜鵲後尾，帶了那枝箭直飛下岡子去。

燕青大踏步趕下岡子去，不見喜鵲，卻見兩個人從前面走來：前頭的，帶頂豬嘴頭巾，腦後兩個金裹銀環，上穿香皂羅衫，腰繫銷金搭膊，穿半膝軟襪麻鞋，提一條齊眉棍棒；後面的，白范陽遮塵笠子，茶褐攢線紬衫，腰繫緋紅纏袋，腳穿躢土皮鞋，背了衣包，提條短棒，跨口腰刀。

這兩個來的人，正和燕青打個肩廝拍。燕青轉回身看一看，尋思：「我正沒盤纏，何不兩拳打倒他兩個。奪了包裹，卻好上梁山泊？……」揣了弩弓，抽身回來。這兩個低著頭只顧走。燕青趕上，把後面帶氈笠兒的後心一拳，撲地打倒。卻待拽拳再打那前面的，卻被那漢手起棒落，正中燕青左腿，打翻

❼ 腳叉：可疑。

在地。後面那漢子爬將起來，踏住燕青，掣出腰刀，劈面門便剁。

燕青大叫道：「好漢！我死不妨，可憐無人報信！」那漢便不下刀，收住了手，提起燕青，問道：「你這廝報甚麼信？」燕青道：「你問我待怎地？」前面那漢把燕青手一拖，卻露出手腕上花繡，慌忙問道：「你不是盧員外家甚麼浪子燕青？」燕青想道：「左右是死，索性說了，教他捉去，和主人陰魂做一處！」便道：「我正是盧員外家浪子燕青！」

二人見說，一齊看一看道：「早是不殺了你，原來正是燕小乙哥！你認得我兩個麼？我是梁山泊頭領病關索楊雄，他便是拚命三郎石秀。」楊雄道：「我兩個今奉哥哥將令，差往北京，打聽盧員外消息。軍師與戴院長亦隨後下山，專候通報。」

燕青聽得是楊雄、石秀，把上件事都對兩個說了。楊雄道：「既是如此說時，我和小乙哥上山寨報知哥哥，別做個道理；你可自去北京打聽消息，便來回報。」石秀道：「最好。」便取身邊燒餅乾肉與燕青喫，把包裹與燕青背了，跟著楊雄連夜上梁山泊來。見了宋江，燕青把上項事備細說了一遍。宋江大驚，便會眾頭領商議良策。

且說石秀只帶自己隨身衣服，來到北京城外，天色已晚，入不得城，就城外歇了一宿；次日早飯罷，入得城來，但見人人嗟歎，個個傷情。石秀心疑，來到市心裏，問市戶人家時，只見一個老丈回言道：「客人，你不知，我這北京有個盧員外，等地財主，因被梁山泊賊人擄掠前去，逃得回來，倒喫了一場屈官司，迭配去沙門島又不知怎地路上壞了兩個公人；昨夜拏來，今日午時三刻，解來這裏市曹上斬他！客人可看一看。」

石秀聽罷，兜頭一杓冰水；急走到市曹，卻見一個酒樓，石秀便來酒樓上，臨街占個閣兒坐下。酒保前來問道：「客官還是請人，還是獨自酌杯？」石秀睜著怪眼道：「大碗酒，大塊肉，只顧賣來，問甚麼鳥！」酒保倒喫了一驚；打兩角酒，切一大盤牛肉將來。石秀大碗大塊，喫了一回。坐不多時，只聽得樓下街上熱鬧，石秀便去樓窗外看時，只見家家閉戶，舖舖關門。酒保上樓來道：「客官醉也？樓下出人公事！快算了酒錢，別處去迴避！」石秀道：「我怕甚麼鳥！你快走下去，莫要討老爺打！」酒保不敢做聲，下樓去了。

不多時，只聽得街上鑼鼓喧天價來。石秀在樓窗外看時，十字路口，周迴圍住法場，十數對刀棒劊子，前排後擁，把盧俊義綁押到樓前跪下。鐵臂膊蔡福拿著法刀；一枝花蔡慶扶著枷梢，說道：「盧員外，你自精細著。不是我弟兄兩個救你不得，事做拙了。前面五聖堂裏，我已安排下你的坐位了，你可一魂去那裏領受。」

說罷人叢裏一聲叫道：「午時三刻到了。」一邊開枷。蔡慶早拏住了頭，蔡福早掣出法刀在手。當案孔目高聲讀罷犯繇牌。眾人齊和一聲。樓上石秀只就那一聲和裏，掣出腰刀在手，應聲大叫：「梁山泊好漢全夥在此！」蔡福、蔡慶撇了盧員外，扯了繩索先走。石秀從樓上跳將下來，手舉鋼刀，殺人似砍瓜切菜，走不迭的，殺翻十數個；一隻手拖住盧俊義，投南便走。

原來這石秀不認得北京的路，更兼盧員外驚得呆了，越走不動。梁中書聽得報來，大驚，便點帳前頭目，引了人馬，分頭去把城門關上；差前後做公的合將攏來。隨你好漢英雄，怎出高城峻壘？正是分開陸地無牙爪，飛上青天欠羽毛。畢竟盧員外同石秀當下怎地脫身，且聽下回分解。

第六十二回　宋江兵打大名城　關勝議取梁山泊

話說當時石秀和盧俊義兩個在城內走投沒路，四下裏人馬合來，眾做公的把撓鉤套索一齊上，可憐寡不敵眾，兩個當下盡被捉了，解到梁中書面前，叫押過劫法場的賊來。石秀押在廳下，睜圓怪眼，高聲大罵：「你這與奴才做奴才的奴才！我聽著哥哥將令，早晚便引軍來打你城子，踏為平地，把你砍做三截！先教老爺來和你們說知！」

石秀在廳前千奴才萬奴才價罵。廳上眾人都諕呆了。梁中書聽了，沈吟半晌，叫取大枷來，且把二人枷了，監放死囚牢裏；分付蔡福在意看管，休教有失。蔡福要結識梁山泊好漢，把他兩個做一處牢裏關著，忙將好酒好肉與他兩個喫；因此不曾喫苦。

卻說梁中書喚本州新任王太守當廳發落，就城中計點被傷人數，殺死的有七八十個；跌傷頭面磕折腿腳者不計其數，報名在官。梁中書支給官錢醫治燒化了當。

次日，城裏城外報說將來：「收得梁山泊沒頭帖子數十張，不敢隱瞞，只得呈上。」梁中書接著念道：

梁山泊義士宋江，仰示大名府官吏：員外盧俊義者，天下豪傑之士，吾今啟請上山，一同替天行真正絕道，如何妄狥奸賄，屈害善良！吾令石秀先來報知，不期反被擒捉。如是存得二人性命，獻出淫婦奸夫，吾無多求；倘若故傷羽翼，屈壞股肱，便當拔寨興師，同心雪恨！大兵到處，玉石俱焚！勦除奸詐，殄滅愚頑，天地咸扶，鬼神共祐！談笑而來，鼓舞而去。義夫節婦，孝子順孫，安分良民，清慎官吏，切勿驚惶，各安職業。諭眾知悉。

妙一篇好文章。

當時梁中書看畢，便喚王太守到來商議：「此事如何剖決？」王太守是個善懦之人，聽得說了這話，便稟梁中書道：「梁山泊這一夥，朝廷幾次尚且收捕他不得，何況我這裏一郡之力？倘若這亡命之徒引兵到來，朝廷救兵不迭，那時悔之晚矣！若論小官愚意，且姑存此二人性命，一面寫表申奏朝廷；二即奉書呈上蔡太師恩相知道；三著可教本處軍馬出城下寨，提備不虞。如此可保大名無事，軍民不傷。若將這兩個一時殺壞，誠恐寇兵臨城，一者無兵解救，二者朝廷見怪，三乃百姓驚慌，城中擾亂，深為未便。」

梁中書聽了道：「知府言之極當。」先喚押牢節級蔡福來，便道：「這兩個賊徒，非同小可。你若是拘束得緊，誠恐喪命；若教你寬鬆，又怕走了。你弟兄兩個，早早晚晚，可緊可慢，在意堅固管候發落，休得時刻怠慢。」蔡福聽了，心中暗喜，「如此發放，正中下懷。」領了鈞旨，自去牢中安慰兩個，不在話下。

只說梁中書便喚兵馬都監大刀聞達、天王李成，兩個都到廳前商議。梁中書備說梁山泊沒頭告示，王太守所言之事。兩個都監聽罷，李成便道：「量這夥草寇如何敢擅離巢穴！相公何必有勞神思？李某不才，食祿多矣；無功報德，願施犬馬之勞，統領軍卒，離城下寨。草寇不來，別作商議；如若那夥強寇，年衰命盡，擅離巢穴，領眾前來，不是小將誇口，定令此賊片甲不回！」

梁中書聽了大喜，隨即取金花繡段賞勞二將。兩個辭謝，別了梁中書，各回營寨安歇。次日，李成陞帳，喚大小官軍上帳商議。旁邊走過一人威風凜凜，相貌堂堂，便是急先鋒索超又出頭相見。李成傳令道：「宋江草寇，早晚臨城，要來打俺大名。你可點本部軍兵離城三十五里下寨，我隨後卻領軍來。」

索超得了將令，次日，點起本部軍兵，至三十五里地名飛虎峪靠山下了寨柵。次日，李成引領正偏將，離城二十五里地名槐樹坡下了寨柵。周圍密布鎗刀，四下深藏鹿角，三面掘下陷坑。眾軍摩拳擦掌，諸將協力同心，只等梁山泊軍馬到來，便要建功。

話分兩頭。原來這沒頭帖子卻是吳學究聞得燕青、楊雄報信，又叫戴宗打聽得盧員外、石秀都被擒捉，因此虛寫告示向沒人處撇下，及橋梁道路上貼放，只要保全盧俊義、石秀二人性命。

戴宗回到梁山泊，把上項事備細與眾頭領說知。宋江聽罷大驚，就忠義堂上打鼓集眾，大小頭領各依次序而坐。宋江開話對吳學究道：「當初軍師好計啟請盧員外上山，今日不想卻叫他受苦；又陷了石秀兄弟；再用何話可救？」吳用道：「兄長放心。小生不才，乘此機會，要取大名錢糧，以供山寨之用。明日是個吉辰，請兄長分一半頭領把守山寨；其餘盡出去攻打城池。」

宋江當下便喚鐵面孔目裴宣派撥大小軍兵來日起程。黑旋風李逵便道：「我這兩把大斧多時不曾發市；聽得打州劫縣，他也在廳邊歡喜！哥哥撥與我五百小嘍囉，搶到大名，把那鳥城池砍做肉地，救出盧員外、石三郎，也使我啞道童吐口宿氣！又教我做事做徹，卻不快活？」

宋江道：「兄弟雖然勇猛，這所在，非比別處州府。那梁中書又是蔡太師女婿；更兼手下有李成、聞達，都是萬夫不當之勇，不可輕敵。」李逵大叫道：「哥哥前日曉得我一生口快，便要我去粧做啞子；今日曉得我歡喜殺人，便不教我去做個先鋒！依你這樣用人之時，卻不是屈殺了鐵牛！」吳用道：「既然你要去，便教做先鋒。點與五百好漢相隨，就充頭陣。來日下山。」

當晚宋江和吳用商議，撥定了人數。裴宣寫了告示，送到各寨，各依撥次施行，不得時刻有誤。此時秋末冬初天氣，征夫容易披掛，戰馬久已肥滿，軍卒久不臨陣，皆生戰鬭之心；正是有事為榮，無不歡天喜地，收拾鎗刀，拴束鞍馬，吹風唿哨，時刻下山。

第一撥：當先哨路黑旋風李逵，部領小嘍囉五百。第二撥：兩頭蛇解珍、雙尾蠍解寶、毛頭星孔明、獨火星孔亮，部領小嘍囉一千。第三撥：女頭領一丈青扈三娘，副將母夜叉孫二娘、母大蟲顧大嫂，部領小嘍囉一千。第四撥：撲天鵰李應，副將九紋龍史進、小尉遲孫新，部領小嘍囉一千。中軍主將都頭領宋江，軍師吳用；簇帳頭領四員：小溫侯呂方、賽仁貴郭盛、病尉遲孫立、鎮三山黃信。前軍頭領霹靂火秦明，副將百勝將韓滔、天目將彭玘。後軍頭領豹子頭林沖，副將鐵笛仙馬麟、火眼狻猊鄧飛。左軍頭領雙鞭呼延灼，副將摩雲金翅歐鵬、錦毛虎燕順。右軍頭領小李廣花榮，副將跳澗虎陳達、白花蛇楊春。並帶砲手轟天雷凌振；接應糧草，探聽軍情頭領一員，神行太保戴宗。

軍兵分撥已定，平明，各頭領依次而行，當日進發。只留下副軍師公孫勝並劉唐、朱仝、穆弘四個頭領統領馬步軍兵守把山寨。三關水寨中自有李俊等守把，不在話下。

卻說索超正在飛虎峪寨中坐地，只見流星報馬前來報說：「宋江軍馬，大小人兵，不計其數，離寨約有二三十里，將近到來！」索超聽得，飛報李成，槐樹坡寨內。李成聽了，一面報馬入城，一面自備了戰馬，直到前寨。索超接著，說了備細。次日五更造飯，平明拔寨都起，前到庾家疃，列成陣勢，擺開一萬五千人馬。李成、索超，全副披掛，門旗下勒住戰馬。平東一望，遠遠地塵土起處，約有五百餘人，飛奔前來；當前一員好漢，乃是黑旋風李逵，手掿雙斧，高聲大叫：「認得梁山泊好漢『黑爺爺』麼？」李成在馬上看了，與索超大笑道：「每日只說梁山泊好漢，原來只是這等腌臢草寇，何足為道！先鋒，你看麼？何不先捉此賊？」索超笑道：「不須小將，有人建功。」

言未絕，索超馬後一員首將，姓王，名定，手撚長鎗，引領部下一百馬軍，飛奔衝將過來。李逵被馬軍一衝，當下四散奔走。索超引軍直趕過庾家疃時，只見山坡背後鑼鼓喧天，早撞出兩彪軍馬，左有解珍、孔亮，右有孔明、解寶，各領五百小嘍囉衝殺將來。索超見他有接應軍馬，方纔喫驚，不來追趕，勒馬便回。

李成問道：「如何不拿賊來？」索超道：「趕過山去，正要拿他，原來這廝們倒有接應人馬，伏兵齊起，難以下手。」李成道：「這等草寇，何足懼哉！」將引前部軍兵，盡數殺過庾家疃來。只見前面搖旗吶喊，擂鼓鳴鑼，另是一彪軍馬，當先一騎馬上，卻是一員女將，引軍紅旗上金書大字，「美人一丈青」，左手顧大嫂，右手孫二娘，引一千餘軍馬，盡是七長八短漢，四山五嶽人。李成看了道：「這等軍人，作何用處！先鋒與我向前迎敵，我卻分兵勦捕四下草寇！」

索超領了將令，手掿金蘸斧，拍坐下馬，殺奔前來。一丈青勒馬回頭，望山凹裏便走。李成分開人馬，四下趕殺。忽然當頭一彪人馬，喊聲動地，卻是撲天鵰李應，左有史進，右有孫新，著地捲來。李成急忙退入庾家疃時，左衝出解珍、孔亮，右衝出孔明、解寶，部領人馬，重復殺轉。三員女將撥轉馬頭，隨後殺來，趕得李成等四分五落。將及近寨，黑旋風李逵當先攔住。李成、索超衝開人馬，奪路而去；比及至寨，大折無數。宋江軍馬也不追趕；一面收兵暫歇，紮下營寨。

卻說李成、索超慌忙差人入城報知梁中書，梁中書連夜再差聞達速領本部軍馬前來助戰。李成接著，就槐樹坡寨內商議退兵之策。聞達笑道：「疥癩之疾❶，何足掛意！」當夜商議定了，明日四更造飯，五更披掛，平明進兵。戰鼓三通，拔寨都起，前到庾家疃。只見宋江軍馬潑風也似價來。聞達便教將軍馬擺開，強弓硬弩，射住陣腳。宋江陣中早已捧出一員大將，紅旗銀字，大書「霹靂火秦明」；勒馬陣前，厲聲大叫：「大名濫官汚吏聽著！多時要打你這城子，誠恐害了百姓良民。好好將盧俊義、石秀送將出來，淫婦奸夫一同解出，我便退兵罷戰，誓不相侵！若是執迷不悟，亦須有話早說！」聞達聽了大怒，便問：「誰去力擒此賊？」

說猶未了，索超早已出馬；立在陣前，高聲喝道：「你這廝是朝廷命官，國家有何負你？你好人不做，卻落草為賊！我今拿住你時，碎屍萬段！」秦明聽了這話，一發爐中添炭，火上澆油，拍馬向前，輪狼牙棍直奔將來。索超縱馬直取秦明。二匹劣馬相交，兩個急人發憤，眾軍吶喊。鬬過二十餘合，不分勝敗。前軍隊裏轉過韓滔，就馬上拈弓搭箭，覷得索超較親，颼地只一箭，正中索超左臂，撇了大斧，回馬望本陣便走。宋江鞭梢一指，大小三軍一齊捲殺過去。正是屍橫遍野，流血成河，大敗虧輸。直追過庾家疃，隨即奪了槐樹坡小寨。

❶ 疥癩之疾：比喻不足以介意的小事。

當晚聞達直奔飛虎峪，計點軍兵，三停去一。宋江就槐樹坡寨內屯箚。吳用道：「軍兵敗走，心中必怯；若不乘勢追趕，誠恐養成勇氣，急忙難得。」宋江道：「軍師之言極當。」隨即傳令：當晚就將精銳得勝軍將，分作四路，連夜進發，殺奔將來。

再說聞達奔到飛虎峪，方在寨中坐了喘息。小校來報，東邊山上一帶火起，聞達帶領軍兵上馬投東看時，只見遍山遍野通紅；西邊山上又是一帶火起，聞達便引軍兵急投西時，聽得馬後喊聲震地，當先首將小李廣花榮，引副將楊春、陳達，從東邊火裏直衝出來。聞達一時心慌，領兵便回飛虎峪。西邊火裏，當先首將雙鞭呼延灼，引副將歐鵬、燕順，直衝出來。兩路併力追來，後面喊聲越大，火光越明，又是首將霹靂火秦明，引副將韓滔、彭玘，人喊馬嘶，不計其數。

聞達軍馬大亂。拔寨都起，只見前面喊聲又發，火光晃耀。聞達引軍奪路，只聽得震天震地一聲砲響。卻是轟天雷凌振將帶副手從小路直轉飛虎峪那邊放起這砲。砲響裏一片火把，火光裏一彪軍馬攔路，乃是首將豹子頭林沖，引副將馬麟、鄧飛截住歸路。四下裏戰鼓齊鳴，烈火競舉，眾軍亂攛，各自逃生。聞達手舞大刀，苦戰奪路，恰好撞著李成，合兵一處，且戰且走；直到天明，方至城下。

梁中書聽得這個消息，驚得三魂失二，七魄剩一，連忙點軍出城接引敗殘人馬，緊閉城門，堅守不出。次日，宋江軍馬追來，直抵東門下寨，準備攻城。

且說梁中書在留守司聚眾商議如何解救。李成道：「賊兵臨城，事在告急；若是遲延，必至失陷。相公可修告急家書，差心腹之人，星夜趕上京師報與蔡太師知道，早奏朝廷，調遣精兵前來救應，此是上策；第二作緊行文關報鄰近府縣，亦教早早調兵接應；第三，北京城內著仰大名府起差民夫上城，同心協助，守護城池，準備擂木砲石，強弩硬弓，灰瓶金汁，曉夜提備：如此，可保無虞。」

梁中書道：「家書隨便修下。誰人去走一遭？」當日差下首將王定，全副披掛，又差數個軍馬，領了密書，放開城門吊橋，望東京飛報聲息，及關報鄰近府分，發兵救應；先仰王太守起集民夫上城守護，不在話下。

且說宋江分調眾將，引軍圍城，東西北三面下寨，只空南門不圍，每日引軍攻打；一面向山寨中催取糧草，為久屯之計，務要打破大名，救取盧員外、石秀二人。李成、聞達連日提兵出城交戰，不能取勝；索超箭瘡將息，未得痊可。

不說宋江軍兵打城。且說首將王定齎領密書，三騎馬，直到東京太師府前下馬。門吏轉報入去，太師教喚王定進來。直到後堂拜罷，呈上密書。蔡太師拆開封皮看了，大驚，問其備細。王定把盧俊義的事一一說了，「如今宋江領兵圍城，聲勢浩大，不可抵敵。」庾家疃、槐樹坡、飛虎峪，——三處廝殺，盡皆說罷。蔡京道：「鞍馬勞困，你且去館驛內安下，待我會官商議。」王定又稟道：「太師恩相，大名危如纍卵，破在旦夕；倘或失陷，河北縣郡如之奈何？望太師恩相早早遣兵勦除！」蔡京道：「不必多說，你且退去。」

王定去了。太師隨即差當日府幹請樞密院官急來商議軍情重事。不移時，東廳樞密使童貫，引三衙太尉，都到節堂參見太師。蔡京把大名危急之事備細說了一遍，「如今將何計策，用何良將，可退賊兵，以保城郭？」說罷，眾官互相廝覷，各有懼色。

只見那步軍太尉背後，轉出一人，乃是衙門防禦保義使，姓宣，名贊，掌管兵馬。此人生得面如鍋底，鼻孔朝天，卷髮赤鬚，彪形八尺；使口鋼刀，武藝出眾；先前在王府曾做郡馬，人呼為醜郡馬；因對連珠箭贏了番將，郡王愛他武藝，招做女婿；誰想郡主嫌他醜陋，懷恨而亡，因此不得重用，只做得個兵馬保義使。當時卻忍不住，出班來稟太師道：「小將當初在鄉中，有個相識；此人乃是漢末三分義勇武安王❷嫡派子孫，姓關，名勝；生得規模與祖上雲長相似，使一口青龍偃月刀，人稱為大刀關勝；見做蒲東巡簡，屈在下僚。此人幼讀兵書，深通武藝，有萬夫不當之勇；若以禮幣請他，拜為上將，可以掃清水寨，殄滅狂徒，保國安民。乞取鈞旨。」

蔡京聽罷大喜，就差宣贊為使，齎了文書鞍馬，連夜星火前往蒲東禮請關勝赴京計議。眾官皆退。話休絮繁。宣贊領了文書，上馬進發，帶將三五個從人，不則一日，來到蒲東巡簡司前下馬。當日關勝正和郝思文在衙內論說古今興廢之事，聞說東京有使命至，關勝忙與郝思文出來迎接。各施禮罷，請到廳上坐地。

關勝問道：「故人久不相見，今日何事遠勞親自到此？」宣贊回言：「為因梁山泊草寇攻打大名，宣某在太師面前一力保舉兄長有安邦定國之策，降兵斬將之才，特奉朝廷敕旨，太師鈞命，綵幣鞍馬，禮請起行。兄長勿得推卻，便請收拾赴京。」

關勝聽罷大喜，與宣贊說道：「這個兄弟，姓郝，雙名思文，是我拜義弟兄。當初他母親夢井木犴❸投胎，因而有孕，後生此人，因此，人喚他做井木犴。這兄弟，十八般武藝無有不能，可惜至今屈沈在

---

❷ 義勇武安王：宋朝對關羽所追加敕封的爵號。

❸ 犴：音ㄏㄢˋ。北方的一種野狗。

此；只今同去協力報國，有何不可？」

宣贊喜諾，就行催請登程。當下關勝分付老小，一同郝思文，將引關西漢十數個人，收拾刀馬盔甲行李，跟隨宣贊，連夜起程。來到東京逕投太師府前下馬。門吏轉報，蔡太師得知，教喚進。宣贊引關勝、郝思文直到節堂。拜見已罷，立在階下。

蔡京看了關勝，端的好表人材：堂堂八尺五六身軀，細細三柳髭髯；兩眉入鬢，鳳眼朝天；面如重棗，脣若塗硃。

太師大喜，便問：「將軍青春多少？」關勝答道：「小將三十有二。」蔡太師道：「梁山泊草寇圍困大名，請問將軍，施何妙策以解其圍？」關勝稟道：「久聞草寇占住水泊，驚羣動眾；今擅離巢穴，自取其禍。若救大名，虛勞人力；乞假精兵數萬，先取梁山，後拿賊寇，教他首尾不能相顧。」

太師見說，大喜，與宣贊道：「此乃圍魏救趙之計，正合吾心。」隨即喚樞密院官調撥山東、河北精銳軍兵一萬五千；教郝思文為先鋒，宣贊為合後，關勝為領兵指揮使；步軍太尉段常接應糧草。犒賞三軍，限日下起行。大刀闊斧，殺奔梁山泊來。直教龍離大海，不能駕霧騰雲？虎到平川，怎辨張牙舞爪？正是貪觀天上中秋月，失卻盤中焔殿珠。畢竟宋江軍馬怎地結果，且聽下回分解。

第六十三回　呼延灼月夜賺關勝　宋公明雪天擒索超

話說蒲東關勝當日辭了太師，統領一萬五千人馬，分為三隊，離了東京，望梁山泊來。話分兩頭。且說宋江與同眾將每日攻打城池，李成、聞達那裏敢出對陣。索超箭瘡深重，又未平復，更無人出戰。宋江見攻打城子不破，心中納悶，離山已久，不見輸贏。是夜在中軍帳裏悶坐，點上燈燭，取出玄女天書，正看之間，忽小校報說：「軍師來見。」吳用到得中軍帳內，與宋江道：「我等眾軍圍許多時，如何杳無救軍來到，城中又不出戰？向有三騎馬奔出城去，必是梁中書使人去京師告急。他丈人蔡太師必然上緊遣兵，中間必有良將。倘用圍魏救趙之計，且不來解此處之危，反去取我梁山大寨，如之奈何？兄長不可不慮。我等先著軍士收拾，未可都退。……」

正說之間，只見神行太保戴宗到來報說：「東京蔡太師拜請關菩薩玄孫蒲東郡大刀關勝，引一彪軍馬，飛奔梁山泊來。寨中頭領主張不定，請兄長軍師早早收兵回來，且解梁山之難！」吳用道：「雖然如此，不可急還。今夜晚間，先教步軍前行，留下兩支軍馬，就飛虎峪兩邊埋伏。城中知道我等退軍，必然追趕；若不如此，我兵先亂。」

宋江道：「軍師言之極當。」傳令便差小李廣花榮引五百軍兵去飛虎峪左邊埋伏；豹子頭林沖引五百軍兵去飛虎峪右邊埋伏。再叫雙鞭呼延灼引二十五騎馬軍，帶著凌振，將了風火等砲，離城十數里遠近；但見追兵過來，隨即施放號砲，令其兩下伏兵齊去併殺追兵。一面傳令前隊退兵，要如雨散雲行，遇兵勿戰，慢慢退回。步軍隊裏，半夜起來，次第而行；直至次日巳牌前後方纔盡退。

城上望見宋江兵馬，手拖旗幡，肩擔刀斧，紛紛滾滾拔寨都起，有還山之狀。城上看了仔細，報與梁中書知道：「梁山泊軍馬，今日盡數收兵都回去了。」梁中書聽得，隨即喚李成、聞達商議。聞達道：「想是京師救軍去取他梁山泊，這廝們恐失巢穴，慌忙歸去。可以乘勢追殺，必擒宋江。」

說猶未了，城外報馬到來，齎東京文字，約會引兵去取賊巢；他若退兵，可以速追。梁中書便叫李成、聞達各帶一支軍馬從東西兩路追趕宋江軍馬。

且說宋江引兵正回，見城中調兵追趕，捨命便走。一邊李成、聞達直趕到飛虎峪那邊，只聽得背後火砲齊響。李成、聞達喫了一驚，勒住戰馬看時，後面旗幡對刺，戰鼓亂鳴。

李成、聞達措手不及，左手下撞出小李廣花榮，右手下撞出豹子頭林沖，各引五百軍馬，兩邊殺來。李成、聞達知道中計，火速回軍。前面又撞出呼延灼引著一支軍馬，死併一陣。殺得李成、聞達，頭盔不見，衣甲飄零，退入城中，閉門不出。宋江軍馬次第方回。

漸近梁山泊邊，卻好迎著醜郡馬宣贊攔路。宋江約住軍兵，權且下寨；暗地使人從偏僻小路赴水上山報知，約會水陸軍兵兩下救應。

且說水寨內船火兒張橫與兄弟浪裏白條張順商議道：「我和你弟兄兩個，自來寨中，不曾建功。現今蒲東大刀關勝三路調軍，打我寨柵，不若我和你兩個先去劫了他寨，捉得關勝，立這件大功。眾兄弟面上也好爭口氣。」張順道：「哥哥，我和你只管得些水軍；倘或不相救應，枉惹人恥笑。」張橫道：

「你若這般把細，何年月日能彀建功？你不去便罷，我今夜自去！」

張順苦諫不聽，當夜張橫點了小船五十餘隻，每船上只有三五人，渾身都是軟戰❶，手執苦竹鎗，各帶蓼葉刀，趁著月光微明，寒露寂靜，把小船直抵旱路。

此時約有二更時分。卻說關勝正在中軍帳裏點燈看書。有伏路小校悄悄來報：「蘆花蕩裏，約有小船四五十隻，人人各執長鎗，盡去蘆葦裏面兩邊埋伏，不知何意，特來報知。」關勝聽了，微微冷笑，回顧貼旁首將，低低說了一句。

且說張橫將引三二百人，從蘆葦中間藏蹤躡跡，直到寨邊，拔開鹿角，逕奔中軍，望見帳中燈燭熒煌，關勝手撚髭髯，坐著看書，張橫暗喜，手拈長鎗，搶入帳房裏來。旁邊一聲鑼響，眾軍喊動，如天崩地塌，山倒江翻，嚇得張橫拖長鎗轉身便走。四下裏伏兵亂起，張橫同二三百人，不曾走得一個，盡數被縛，推到帳前。關勝看了，笑罵：「無端草賊，安敢張我！」喝把張橫陷車盛了，其餘的盡數監著；直等捉了宋江，一併解上京師。

不說關勝捉了張橫。卻說水寨內三阮頭領正在寨中商議使人去宋江哥哥處聽令。只見張順到來報說：「我哥哥因不聽小弟苦諫，去劫關勝營寨，不料被捉，囚車監了！」阮小七聽了，叫將起來，說道：「我兄弟們同死同生，吉凶相救！你是他嫡親兄弟，卻怎地教他獨自去，被人捉了？你不去救，我弟兄三個自去救他！」張順道：「為不曾得哥哥將令，卻不敢輕動。」阮小七道：「若等將令來時，你哥哥喫他剁做泥了！」阮小二、阮小五都道：「說得是！」

---

❶ 軟戰：輕軟的戰甲，便於游水。

張順說他三個不過，只得依他。當夜四更，點起大小水寨頭領，各駕船一百餘隻，一齊殺奔關勝寨來。岸上小軍望見水面上戰船如螞蟻相似，都傍岸邊，慌忙報知主帥。關勝笑道：「無見識奴！」回顧首將，又低低說了一句。

卻說三阮在前，張順在後，吶聲喊，搶入寨來。只見寨內燈燭熒煌，並無一人。三阮大驚，轉身便走。帳前一聲鑼響，左右兩邊，馬軍步軍，分作八路，簸箕掌，栲栳圈，重重疊疊圍裹將來。張順見不是頭，撲通的先跳下水去。三阮奪路到得水邊，後軍卻早趕上，撓鉤齊下，套索飛來，早把活閻羅阮小七橫拖倒拽捉去了。阮小二、阮小五、張順卻得混江龍李俊帶領童威、童猛死救回去。

不說阮小七被捉，囚在陷車之中。且說水軍報上梁山泊來，劉唐便使張順從水路裏直到宋江寨中報說這個消息；宋江便與吳用商議怎生退得關勝。吳用道：「來日決戰，且看勝敗如何。」

正定計間，猛聽得戰鼓亂起，卻是醜郡馬宣贊部領三軍直到大寨。宋江舉眾出迎，看了宣贊在門旗下勒戰，便問：「兄弟，那個出馬？」只見小李廣花榮拍馬持鎗，直取宣贊。宣贊舞刀來迎。一來一往，一上一下，鬬到十合，花榮賣個破綻，回馬便走。宣贊趕來，花榮就了事環帶住鋼鎗，拈弓取箭，側坐雕鞍，輕舒猿臂，翻身一箭。宣贊聽得弓弦響，卻好箭來，把刀只一隔，錚地一聲響，射在刀面上。花榮見一箭不中，再取出第二枝箭，看得較近，望宣贊胸膛上射來。宣贊鐙裏藏身，又射個空。宣贊見他弓箭高強，不敢追趕，霍地勒回馬跑回本陣。花榮見他不趕，連忙便勒轉馬頭，望宣贊趕來；又取第三枝箭，望得宣贊後心較近，再射一箭。只聽得鐺地一聲響，正射在背後護心鏡上。宣贊慌忙馳馬入陣，使人報與關勝。

關勝得知，便喚小校：「快牽我那馬來！」霍地立起身，綽青龍刀，騎火炭馬，門旗開處，直臨陣前。宋江看見關勝天表亭亭❷，與吳用指指點點喝采，回頭又高聲對眾將道：「將軍英雄，名不虛傳！」只這一句，林沖大怒，叫道：「我等弟兄，自上梁山，大小五七十陣，未嘗挫了銳氣，今日何故滅自己威風！」說罷，挺鎗出馬，直取關勝。關勝見了大喝道：「水泊草寇，我不直得便凌逼你！單喚宋江出來，吾要問他何意背反朝廷！」

宋江在門旗下聽了，喝住林沖，縱馬親自出陣，欠身與關勝施禮，說道：「鄆城小吏宋江謹參，一惟將軍問罪。」關勝喝道：「汝為小吏，安敢背叛朝廷？」宋江答道：「蓋為朝廷不明，縱容奸臣當道，不許忠良進身，布滿濫官污吏，陷害天下百姓。宋江等替天行道，並無異心。」關勝大喝道：「分明草賊！替何天？行何道？天兵在此，還敢巧言令色！若不下馬受縛，著你粉骨碎身！」

猛可裏霹靂火秦明聽得，大叫一聲，舞狼牙棍，縱馬直搶過來；林沖也大叫一聲，挺鎗出馬，飛搶過來。兩將雙取關勝。關勝一齊迎住。三騎馬向征塵影裏，轉燈般廝殺。宋江忽然指指點點，便教鳴金收軍。林沖、秦明回馬，一齊叫道：「正待擒捉這廝，兄長何故收軍罷戰？」宋江高聲道：「賢弟，我等忠義自守；以兩取一，非所願也。縱使一時捉他，亦令其心不服。吾看大刀義勇之將，世本忠臣；乃祖為神，家家家廟。若得此人上山，宋江情願讓位。」林沖、秦明變色各退。當日兩邊各自收兵。

且說關勝回到寨中，下馬卸甲，心中暗忖道：「我力鬬二將不過，看看輸與他了，宋江倒收了軍馬，不知是何意思？……」便叫小軍推出陷車中張橫、阮小七過來，問道：「宋江是個鄆城縣小吏，你這廝

---

❷ 天表亭亭：形容人具有帝王之相。

們如何伏他？」阮小七應道：「俺哥哥，山東、河北馳名，叫做及時雨呼保義宋公明。你這廝，不知忠義之人，如何省得！」

關勝低頭不語，且教推過陷車。當晚坐臥不安，走出中軍看月，寒色滿天，霜華遍地；關勝嗟歎不已。有伏路小校前來報說：「有個鬍鬚將軍，匹馬單鞭，要見元帥。」關勝道：「你不問他是誰！」小校道：「他又沒衣甲軍器，並不肯說姓名，只言要見元帥。」關勝道：「既是如此，與我喚來。」

沒多時，來到帳中，拜見關勝。關勝回顧首將，剔燈再看，形貌也略認得，便問那人是誰。那人道：「乞退左右。」關勝大笑道：「大將身居百萬軍中，若還不是一德一心，安能用兵如指？吾帳上帳下，無大無小，盡是機密之人；你有話，但說不妨。」那人道：「小將呼延灼的便是。前日曾與朝廷統領連環馬軍征進梁山泊。誰想中賊奸計，失陷了軍機，不得還京見駕。昨者聽得將軍到來，真乃不勝之喜。早間陣上，林沖、秦明待捉將軍，宋江火急收軍，誠恐傷犯足下。此人素有歸順之意，獨奈眾賊不從。方纔暗與呼延灼商議，正要驅使眾人歸順。將軍若是聽從，明日夜間，輕弓短箭，騎著快馬，從小路直入賊寨，生擒林沖等寇，解赴京師，不惟將軍建立大功，亦令宋江與小將得贖重罪。」

關勝聽了大喜，請入帳中，置酒相待。呼延灼備說宋江專以忠義為主，不幸陷落賊巢。關勝掀髯飲酒，拍膝嗟歎不題。

卻說次日宋江舉兵搦戰。關勝與呼延灼商議：「晚間雖有此計，今日不可不先贏此將。」呼延灼借副衣甲穿了，上馬都到陣前。宋江獨自大罵呼延灼道：「山寨不曾虧負你半分，因何夤夜私去！」呼延灼回道：「無知小吏，成何大事！」宋江便令鎮三山黃信出馬，直奔呼延灼。兩馬相交，鬭不到十合，呼延灼手起一鞭，把黃信打死馬下。關勝大喜，令大小三軍一齊掩殺。呼延灼道：「不可追掩，吳用那廝廣有神機，若還趕殺，恐賊有計。」

關勝聽了，火急收軍，都回本寨；到中軍帳裏，置酒相待，動問鎮三山黃信如何。呼延灼道：「此人原是朝廷命官，青州都監，與秦明、花榮一時落草，平日多與宋江意思不合。今日要他出馬，正要打殺此賊。」

關勝大喜，傳下將令，教宣贊、郝思文兩路接應；自引五百馬軍，輕弓短箭，叫呼延灼引路，至夜二更起身；三更前後，直奔宋江寨中，砲響為號，裏應外合，一齊進兵。是夜月光如晝。黃昏時候，披掛已了，馬摘鸞鈴，人披軟戰，軍卒銜枚疾走，一齊乘馬，呼延灼當先引路，眾人跟著。轉過山徑，約行了半個更次，前面撞見三五十個小軍，低聲問道：「來的不是呼將軍麼？」呼延灼喝道：「休言語！隨在我馬後走！」

呼延灼縱馬先行。關勝乘馬在後。又轉過一層山嘴，只見呼延灼把鎗尖一指，遠遠地一碗紅燈。關勝勒住馬，問道：「有紅燈處是那裏？」呼延灼道：「那裏便是宋公明中軍。」急催動人馬。將近紅燈，忽聽得一聲砲響，眾軍跟定關勝，殺奔前來。到紅燈之下看時，不見一個；便喚呼延灼時，亦不見了；關勝大驚，知道中計，慌忙回馬。聽得四邊山上一齊鼓響鑼鳴。正是慌不擇路，眾軍各自逃生。

關勝連忙回馬時，只剩得數騎馬軍跟著。轉出山嘴，又聽得腦後樹林邊一聲砲響，四下裏撓鉤齊出，把關勝拖下雕鞍，奪了刀馬，卸去衣甲，前推後擁，拿投大寨裏來。

卻說林沖、花榮自引一支軍馬，截住宣贊。月明之下，三馬相交，鬭無二三十合，宣贊勢力不加，回馬便走。肋後撞出個女將一丈青扈三娘，撒起紅綿套索，把宣贊拖下馬來。步軍向前，一齊捉住，解投大寨。

話分兩處。這邊秦明、孫立自引一支軍馬去捉郝思文，當路劈面撞住。郝思文拍馬大罵：「草賊匹夫！當吾者死，避我者生！」秦明大怒，躍馬揮狼牙棍直取郝思文。二馬相交，約鬬數合，孫立側首過來，郝思文慌張，刀法不依古格，被秦明一棍掤下馬來，三軍齊喊一聲，向前捉住。

再有撲天鵰李應引領大小軍兵，搶奔關勝寨內來，先救了張橫、阮小七並被擒水軍人等，奪去一應糧草馬匹，卻去招安四下敗殘人馬。

宋江會眾上山，此時東方漸明。忠義堂上分開坐次，早把關勝、宣贊、郝思文分頭解來。宋江見了，慌忙下堂，喝退軍卒，親解其縛；把關勝扶在正中交椅上，納頭便拜，叩首伏罪，說道：「亡命狂徒，冒犯虎威，望乞恕罪！」呼延灼亦向前來伏罪道：「小可既蒙將令，不敢不依。萬望將軍免恕虛誑之罪！」關勝看了一班頭領，義氣深重，回顧宣贊、郝思文道：「我們被擒在此，所事若何？」二人答道：「並聽將令。」關勝道：「無面還京，願賜早死！」

宋江道：「何故發此言？將軍，倘蒙不棄微賤，可以一同替天行道；若是不肯，不敢苦留，只今便送回京。」關勝道：「人稱忠義宋公明，果然有之！人生世上，君知我報君，友知我報友。今日既已心動，願住部下為一小卒。」

宋江大喜；當日一面設筵慶賀，一邊使人招安逃竄敗軍，又得了五七千人馬；軍內有老幼者，隨即給散銀兩，便放回家；一邊差薛永齎書往蒲東搬取關勝老小，都不在話下。

宋江正飲宴間，默然想起盧員外、石秀陷在北京，潸然淚下。吳用道：「兄長不必憂心，吳用自有措置。只過今晚，來日再起軍兵，去打大名，必然成事。」關勝便起身說道：「關某無可報答愛我之恩，願為前部。」

宋江大喜，次日早晨傳令，就教宣贊、郝思文為副，撥回舊有軍馬，便為前部先鋒；其餘原打大名頭領，不缺一個，添差李俊、張順將帶水戰盔甲隨去，以次再望大名進發。

這裏卻說梁中書在城中，正與索超起病飲酒。是日，日無晶光，朔風亂吼，只見探馬報道：「關勝、宣贊、郝思文並眾軍馬俱被宋江捉去，已入夥了！梁山泊軍馬見今又到！」梁中書聽得，諕得目瞪口呆，杯翻筯落。只見索超稟道：「前者中賊冷箭，今番定復此讎！」梁中書便斟熱酒，立賞索超，教：「快引本部人馬出城迎敵！」李成、聞達隨後調軍接應。其時正是仲冬天氣，連日大風，天地變色，馬蹄冰合，鐵甲如水。索超出席提斧，直至飛虎峪下寨。

次日，宋江引前部呂方、郭盛上高阜處看關勝廝殺。三通戰鼓罷，這裏關勝出陣。對面索超出馬。當時索超見了關勝，卻不認得。隨征軍卒說道：「這個來的便是新背反的大刀關勝。」索超聽了，並不打話，直搶過來，逕奔關勝。關勝也拍馬舞刀來迎。兩個鬪無十合，李成卻在中軍看見索超斧法戰關勝不下，自舞雙刀出陣，夾攻關勝。這邊宣贊、郝思文見了，各持兵器，前來助戰。——五騎馬攪做一塊。宋江在高阜看見，鞭梢一指，大軍捲殺過去。李成軍馬大敗虧輸，連夜退入城去。宋江催兵直抵城下紮住營寨。

次日彤雲壓城，天慘地裂，索超獨引一支軍馬出城衝突。吳用見了，便教軍校迎敵戲戰：他若追來，乘勢便退。因此，索超得了一陣，歡喜入城。當晚雲勢越重，風色越緊。吳用出帳看時，卻早成團打滾，降下一天大雪。吳用便差步軍去大名城外靠山邊河路狹處掘成陷坑，上用土蓋。那雪降了一夜，平明看時，約已沒過馬膝。

卻說索超策馬上城，望見宋江軍馬各有懼色，東西策立不定，當下便點三百軍馬驀地衝出城來。宋江軍馬四散奔波而走；卻教水軍頭領李俊、張順，身披軟戰，勒馬橫鎗，前來迎敵。卻纔與索超交馬，棄鎗便走，特引索超奔陷坑邊來。索超是個性急的，那裏炤顧。那裏一邊是路，一邊是澗。李俊棄馬跳入澗中，向著前面，口裏叫道：「宋公明哥哥快走！」

索超聽了，不顧身體，飛馬撞過陣來。山背後一聲砲響，索超連人和馬攧將下去。後面伏兵齊起。這索超便有三頭六臂，也須七損八傷。正是爛銀深蓋藏圈套，碎玉平鋪作陷坑。畢竟急先鋒索超性命如何，且聽下回分解。

凡三寫欲雪之勢，至此方寫出雪來。

第六十四回　托塔天王夢中顯聖　浪裏白條水上報冤

卻說宋江因這一場大雪，定出計策，擒了索超，其餘軍馬都逃入城去，報說索超被擒。梁中書聽得這個消息，不繇他不慌，傳令教眾將只是堅守，不許出戰；意欲便殺盧俊義、石秀，又恐激惱了宋江，朝廷急無兵馬救應，其禍愈速；只得教監守著二人，再行申報京師，聽憑太師處分。

且說宋江到寨，中軍帳上坐下，早有伏兵解索超到麾下。宋江見了大喜，喝退軍健，親解其縛，請入帳中，置酒相待，用好言撫慰道：「你看我眾兄弟們一大半都是朝廷軍官。若是將軍不棄，願求協助宋江，一同替天行道。」楊志向前另自敘禮，訴說別後相念。兩人執手洒淚，事已到此，不得不服。宋江大喜，再教置酒帳中作賀。次日商議打城。一連數日，急不得破，宋江悶悶不樂。是夜獨坐帳中，忽然一陣冷風，刮得燈光如豆；風過處，燈影下，閃閃走出一人。宋江抬頭看時，卻是天王晁蓋，欲進不進，叫聲：「兄弟！你在這裏做甚麼？」宋江喫了一驚，急起身問道：「哥哥從何而來？冤讎不曾報得，中心日夜不安；又因連日有事，一向不曾致祭；今日顯靈，必有見責。」晁蓋道：「兄弟不知，我與你心腹弟兄，我今特來救你。如今背上之事發了，只除江南地靈星可免無事。兄弟曾說：『三十六計，走為上計。』今不快走時，更待甚麼？倘有疏失，如之奈何！休怨我不來救你。」宋江意欲再問明白，趕向前去說道：「哥哥，陰魂到此，望說真實！」晁蓋道：「兄弟，你休要多說，只顧安排回去，不要纏障。我便去也。」

宋江撒然覺來，卻是「南柯一夢」，便請吳用來到中軍帳中；宋江備述前夢。吳用道：「既是天王顯聖，不可不信其有。目今天寒地凍，軍馬亦難久住，正宜權且回山，守待冬盡春初，雪消冰解，那時再來打城，亦未為晚。」宋江道：「軍師之言雖是，只是盧員外和石秀兄弟，陷在縲絏，度日如年，只望我等弟兄來救。不爭我們回去，誠恐這廝們害他性命。此事進退兩難，如之奈何？」

當夜計議不定。次日，只見宋江神思疲倦，身體發熱，頭如斧劈，一臥不起。眾頭領都到帳中看視。宋江道：「我只覺背上好生熱疼。」眾人看時，只見鏊子❶一般紅腫起來。吳用道：「此疾非癰即疽❷；吾看方書❸，菉豆粉可以護心，毒氣不能侵犯。快覓此物，安排與哥哥喫。——只是大軍所壓之地，急切無有醫人！……」只見浪裏白條張順說道：「小弟舊在潯陽江時，因母得患背疾，百藥不能得治，後請得建康府安道全，手到病除，自此小弟感他恩德，但得些銀兩，便著人送去謝他。今見兄長如此病症，只除非是此人醫得。只是此去東途路遠，急速不能便到。為哥哥的事，只得星夜前去。」

吳用道：「兄長夢晁天王所言，『百日之災，則除江南地靈星可治』，莫非正應此人？」宋江道：「兄弟，你若有這個人，快與我去，休辭生受；只以義氣為重，星夜去請此人，救我一命！」

吳用叫取蒜條金一百兩與醫人，再將三二十兩碎銀作盤纏，分付張順：「只今便行，好歹定要和他

---

❶ 鏊子：烙餅用的平底鍋。鏊，音ㄠˊ。

❷ 癰疽：音ㄩㄥ ㄐㄩ。指惡性濃瘡。多長於頸、背、臀部。浮淺的叫癰，深厚的叫疽。

❸ 方書：醫書。

是寫大江，是寫風雪；是寫渡船，是寫薄暮，是寫趕路人。妙！妙！

同來，切勿有誤。我今拔寨回山，和他山寨裏相會。兄弟是必作急快來！」張順別人眾了，背上包裹，望前便去。

且說軍師吳用傳令諸將：火速收軍，罷戰回山。車子上載了宋江，只今連夜起發。大名府內，曾經我伏兵之計，只猜我又誘他，定是不敢來追。一邊吳用退兵不題。

卻說梁中書見報宋江兵又去了，正是不知何意。李成、聞達道：「吳用那廝詭計極多，只可堅守，不宜追趕。」

話分兩頭。且說張順要救宋江，連夜趲行，時值冬盡，無雨即雪，路上好生艱難。張順冒著風雪，捨命而行，獨自一個奔至揚子江邊，看那渡船時，並無一隻，張順只叫得苦。沒奈何，遶著江邊又走，只見敗葦折蘆裏面有些煙起，張順叫道：「艄公，快把渡來載我！」只見蘆葦裏簌簌的響，走出一個人來，頭戴箬笠，身披簑衣，問道：「客人要那裏去？」張順道：「我要渡江去建康府幹事至緊，多與你些船錢，渡我則個。」那艄公道：「載你不妨；只是今日晚了，便過江去，也沒歇處。你只在我船裏歇了，到四更風靜雪止，我卻渡你過去，只要多出些船錢與我。」

張順道：「也說得是。」便與艄公鑽入蘆葦裏來，見灘邊纜著一隻小船，篷底下，一個瘦後生在那裏向火。艄公扶張順。下船，走入艙裏，把身上溼衣裳脫下來，叫那小後生就火上烘焙。張順自打開衣包，取出綿被，和身一捲，倒在艙裏，叫艄公道：「這裏有酒賣麼？買些來喫也好。」艄公道：「酒卻沒買處，要飯便喫一碗。」

張順再坐起來，喫了一碗飯，放倒頭便睡。一來連日辛苦，二來十分托大❹，初更左側，不覺睡著。

那瘦後生一頭雙手向著火盆，一頭把嘴努著張順，一頭口裏輕輕叫那艄公道：「大哥，你見麼？」艄公盤將來，去頭邊只一捏，覺道是金帛之物，把手搖道：「你去把船放開，去江心裏下手不遲。」那後生推開篷，跳上岸，解了纜，跳上船，把竹篙點開，搭上櫓，咿咿啞啞地搖出江心裏來。艄公在船艙裏取纜船索，輕輕地把張順綑縛做一塊，便去船梢艎板底下取出板刀來。張順卻好覺來，雙手被縛，掙挫不得。艄公手拿板刀，按在他身上。

張順告道：「好漢！你饒我性命，都把金子與你！」艄公道：「金子也要，你的性命也要！」張順連聲叫道：「你只教我囫圇死，冤魂便不來纏你！」艄公道：「這個卻使得！」放下板刀，把張順撲通的丟下水去。那艄公便去打開包來看時，見了許多金銀，倒喫一嚇；把眉頭只一皺，便叫那瘦後生道：「五哥進來，和你說話。」那人鑽入艙裏來，被艄公一手揪住，一刀落時，砍得伶仃，推下水去。艄公打併了船中血跡，自搖船去了。

卻說張順是個水底下伏得三五夜的人，一時被推下去，就江底咬斷索子，赴水過南岸時，見樹林中隱隱有些燈光；張順爬上岸，水淥淥地轉入林子裏，看時，卻是一個村酒店，半夜裏起來醡酒，破壁縫透出火來。張順叫開門時，見個老丈，納頭便拜。老丈道：「你莫不是江中被人劫了，跳水逃命的麼？」張順道：「實不相瞞老丈，小人從山東下來，要去建康府幹事，晚了隔江覓船，不想撞著兩個歹人，把小子應有衣服金銀盡都劫了，攛入江中。小人卻會赴水，逃得性命。公公救度則個！」

老丈見說，領張順入後屋中，把個衲頭❺與他替下溼衣服來烘，盪些熱酒與他喫。老丈道：「漢子，

---

❹ 托大：自己抬高身分。或指粗心大意。同託大。

你姓甚麼?山東人來這裏幹何事?」張順道:「小人姓張;建康府安太醫是我弟兄,特來探望他。」老丈道:「你從山東來,曾經梁山泊過?」張順道:「正從那裏經過。」老丈道:「他山上宋頭領,不劫來往客人,又不殺害人性命,只是替天行道?」張順道:「宋頭領專以忠義為主,不害良民,只怪濫官污吏。」老丈道:「老漢聽得說,宋江這夥,端的仁義,只是救貧濟老,那裏似我這裏草賊!若待他來這裏,百姓都快活,不喫這夥濫污官吏薅惱!」

張順聽罷道:「公公不要喫驚,小人便是浪裏白條張順;因為俺哥哥宋公明害發背瘡,教我將一百兩黃金來請安道全。誰想托大,在船中睡著,被這兩個賊男女縛了雙手,攛下江裏;被我咬斷繩索,到得這裏。」老丈道:「你既是那裏好漢,我教兒子出來,和你相見。」

不多時,後面走出一個瘦後生來,看著張順便拜道:「小人久聞哥哥大名,只是無緣,不曾拜識。小人姓王,排行第六。因為走跳得快,人都喚小人做活閃婆王定六。平生只好赴水使棒,多曾投師,不得傳受,權在江邊賣酒度日。卻纔哥哥被兩個劫了的,小人都認得,一個是截江鬼張旺,那一個瘦後生卻是華亭縣人,喚做油裏鰍孫五。這兩個男女,時常在這江裏劫人。哥哥放心,在此住幾日,等這廝來喫酒,我與哥哥報讎。」

張順道:「感承哥哥好意。我為兄長宋公明,恨不得一日奔回寨裏。只等天明,便入城去請了安太醫,回來卻相會。」當下王定六將出自己一包新衣裳,都與張順換了,殺雞置酒相待,不在話下。

次日天晴雪消,王定六再把十數兩銀子與張順,且教入建康府來。張順進得城中,逕到槐橋下,看

5 衲頭:用破布連綴而成的衣服。

見安道全正在門前貨藥。張順進得門，看著安道全，納頭便拜。安道全看見張順，便問道：「兄弟多年不見，甚風吹得到此？」

張順隨至裏面，把這鬧江州跟宋江上山的事一一告訴了；後說宋江見患背瘡，特地來請神醫，揚子江中，險些兒送了性命，因此空手而來，都實訴了。安道全道：「若論宋公明，天下義士，去醫好他最是要緊。只是拙婦亡過，家中別無親人，離遠不得，以此難出。」張順苦苦求告：「若是兄長推卻不去，張順也不回山！」安道全道：「再作商議。」張順百般哀告，安道全方纔應允。

原來安道全新和建康府一個煙花娼妓——喚做李巧奴——時常往來，正是打得火熱。當晚就帶張順同去他家，安排酒喫。李巧奴拜張順為叔叔。三杯五盞，酒至半酣，安道全對巧奴說道：「我今晚就你這裏宿歇，明日早，和這兄弟去山東地面走一遭；多只是一個月，少是二十餘日，便回來看你。」那李巧奴道：「我卻不要你去。你若不依我口，再也休上我門！」安道全道：「我藥囊都已收拾了，只要動身，明日便去。你且寬心，我便去也不到得耽擱。」李巧奴撒嬌撒癡，倒在安道全懷裏，說道：「你若還不念我，去了，我只咒得你肉片片兒飛！」

張順聽了這話，恨不得一口水吞了這婆娘。看看天色晚了，安道全大醉倒了，攙去巧奴房裏，睡在床上。巧奴卻來發付張順道：「你自歸去，我家又沒睡處。」張順道：「我待哥哥酒醒同去。」巧奴發遣他不動，只得安他在門首小房裏歇。

張順心中憂煎，那裏睡得著。初更時分，有人敲門，張順在壁縫裏張時，只見一個人閃將入來，便與虔婆說話。那婆子問道：「你許多時不來，卻在那裏？今晚太醫醉倒在房裏，卻怎生奈何？」那人道：

「我有十兩金子，送與姐姐打些釵環；老娘怎地做個方便，教他和我廝會則個。」虔婆道：「你只在我房裏，我叫女兒來。」

張順在燈影下張時，卻正是截江鬼張旺。近來這廝，但是江中尋得些財，便來他家使。張順見了，按不住火起；再細聽時，只見虔婆安排酒食在房裏，叫巧奴相伴張旺。張順本待要搶入去，卻又怕弄壞了事，走了這賊。

約莫三更時候，廚下兩個使喚的也醉了；虔婆東倒西歪，卻在燈前打醉眼子❻。張順悄悄開了房門，踅到廚下，見一把廚刀，油晃晃放在竈上；看這虔婆倒在側首板凳上。張順走將入來，拿起廚刀，先殺了虔婆；要殺使喚的時，原來廚刀不甚快，砍了一個人，刀口早捲了。那兩個正待要叫，卻好一把劈柴斧正在手邊；綽起來一斧一個，砍殺了。房中婆娘聽得，慌忙開門，正迎著張順，手起斧落，劈胸膛砍翻在地。張旺燈影下見砍翻婆娘，推開後窗，跳牆便走。

張順懊惱無及，忽然想著武松自述之事，隨即割下衣襟，蘸血去粉牆上寫道：「殺人者，我安道全也！」一連寫了數十餘處。捱到五更將明，只聽得安道全在房裏酒醒，便叫「我那人。」張順道：「哥哥不要做聲，我教你看你那人！」

安道全起來，看見四個死屍，嚇得渾身麻木，顫做一團。張順道：「哥哥，你再看你寫的麼？」安道全道：「你苦了我也！」張順道：「只有兩條路，從你行。若是聲張起來，我自走了，哥哥卻用去償命；若還你要沒事，家中取了藥囊，連夜逕上梁山泊，救我哥哥。——這兩件，隨你行！」安道全道：

❻ 打醉眼子：因醉酒而打瞌睡。

「兄弟！你忒這般短命見識！」

趁天未明，張順捲了盤纏，同安道全回家，開鎖推門，取了藥囊；出城來，逕到王定六酒店裏。王定六接著，說道：「昨日張旺從這裏走過，可惜不遇見哥哥。」張順道：「我也曾遇見那廝，可惜措手不及。正是要幹大事，那裏且報小讎。」

說言未了，王定六報道：「張旺那廝來也！」張順道：「且不要驚他，看他投那裏去！」只見張旺去灘頭看船。王定六叫道：「張大哥，你留船來載我兩個親眷過去。」張旺道：「要趁船，快來！」王定六報與張順，張順道：「安兄，你可借衣服與小弟穿，小弟衣裳卻換與兄長穿了，纔去趁船。」安道全道：「此是何意？」張順道：「自有主張，兄長莫問。」

安道全脫下衣服與張順換穿了；張順戴上頭巾，遮塵煖笠影身；王定六背了藥囊。走到船邊，張旺攏船傍岸，三個人上船。張順爬入後梢，揭起艎板，板刀尚在；悄然拿了，再入船艙裏。張旺把船搖開，咿啞之聲，又到江心裏面。張順脫去上蓋，叫一聲：「艄公快來！你看船艙裏有些血跡！」張旺道：「客人休要取笑。」一頭說，一頭鑽入艙裏來；被張順肐膊地揪住，喝一聲：「強賊！認得前日雪天趁船的客人麼！」

張旺看了，做聲不得。張順喝道：「你這廝謀了我一百兩黃金，又要害我性命！你那個瘦後生那裏去了？」張旺道：「好漢，小人金子多了，怕他要分，我便少了；因此殺死，攛入江裏去了。」

張順道：「你這強賊！老爺生在潯陽江邊，長在小孤山下；做賣魚牙子，天下傳名！只因鬧了江州，占住梁山泊裏，隨從宋公明，縱橫天下，誰不懼我！你這廝騙我下船，縛住雙手，攛下江心，不是我會識水時，卻不送了性命！今日冤讎相見，饒你不得！」就勢只一拖，提在船艙中，取纜船索把手腳四馬攢蹄綑縛做一塊，看著那揚子大江，直攛下去，喝一聲道：「也免了你一刀！」

王定六看了，十分歎息。張順就船內搜出前日金子並零碎銀兩，都收拾包裹裏，三人棹船到岸，對王定六道：「賢弟恩義，生死難忘！你若不棄，便可同父親收拾起酒店，趕上梁山泊來，一同歸順大義，未知你心下如何？」王定六道：「哥哥所言，正合小弟之心。」說罷分別。張順和安道全換轉衣服，就北岸上路。王定六作辭二人，復上小船，自搖回家，收拾行李趕來。

且說張順與同安道全上得北岸，背了藥囊，移身便走。那安道全是個文墨的人，不會走路；行不得三十餘里，早走不動。張順請入村店，買酒相待。

正喫之間，只見外面一個客人走到面前，叫聲「兄弟，如何這般遲誤！」張順看時，卻是神行太保戴宗，扮做客人趕來。張順慌忙教與安道全相見了，便問宋公明哥哥消息。戴宗道：「目今宋哥哥神思昏迷，水米不進，看看待死！」

張順聞言，淚如雨下。安道全問道：「皮肉血色如何？」戴宗答道：「肌膚憔悴，終夜叫喚，疼痛不止，性命早晚難保！」安道全道：「若是皮肉身體得知疼痛，便可醫治；只怕誤了日期。」戴宗道：「這個容易。」取兩個甲馬，拴在安道全腿上。戴宗自背了藥囊，分付張順：「你自慢來，我同太醫前去。」兩個離了村店，作起神行法，先去了。

且說這張順在本處村店裏一連安歇了兩三日，只見王定六背了包裹，同父親，果然過來。張順接見，心中大喜，說道：「我專在此等你。」王定六大驚道：「哥哥何繇得還在這裏？那安太醫何在？」張順道：「神行太保戴宗接來迎著，已和他先行去了。」王定六卻和張順並父親一同起身，投梁山泊來。

且說戴宗引著安道全，作起神行法，連夜趕到梁山泊；寨中大小頭領接著，擁到宋江臥榻內，就床上看時，口內一絲兩氣。安道全先診了脈息，說道：「眾頭領休慌，脈體無事。身軀雖是沈重，大體不妨。不是安某說口，只十日之間，便要復舊。」

眾人見說，一齊便拜。安道全先把艾焙❼引出毒氣，然後用藥，外使敷貼之餌，內用長托之劑。五日之間，漸漸皮膚紅白，肉體滋潤。不過十日，雖然瘡口未完，卻得飲食如舊。只見張順引著王定六父子二人，拜見宋江並眾頭領，訴說江中被劫，水上報冤之事。眾皆稱歎：「險不誤了兄長之患！」

宋江纔得病好，便又對眾洒淚，商量要打大名，救取盧員外、石秀。安道全諫道：「將軍瘡口未完，不可輕動，動則急難痊可。」吳用道：「不勞兄長掛心，只顧自己將息，調理體中元氣。吳用雖然不才，只就目今春初時候，定要打破大名城池，救取盧員外、石秀二人性命，擒拿淫婦姦夫，以滿兄長報讎之意。」宋江道：「若得軍師真報此讎，宋江雖死瞑目！」吳用便就忠義堂上傳令。有分教大名城內，變成火窟鎗林；留守司前，翻作屍山血海。正是談笑鬼神皆喪膽，指揮豪傑盡傾心。畢竟軍師吳用怎地去打大名，且聽下回分解。

---

❼艾焙：將艾草以微火炙烤，置於患部以治療疾病。

第六十五回　時遷火燒翠雲樓　吳用智取大名府

話說吳用對宋江道：「今日幸喜得兄長無事，又得安太醫在寨中看視貴疾，此是梁山泊萬千之幸。比及兄長臥病之時，小生累累使人去大名探聽消息，梁中書晝夜憂驚，只恐俺軍馬臨城。又使人直往大名城裏城外市井去處遍貼無頭告示，曉諭居民勿得疑慮，冤各有頭，債各有主，大軍到郡，自有對頭。因此，梁中書越懷鬼胎。又聞蔡太師見說降了關勝，天子之前更不敢提；只是主張招安，大家無事，因累累寄書與梁中書，教且留盧俊義、石秀二人性命，好做手腳。」

宋江見說，便要催趲軍馬下山去打大名。吳用道：「即今冬盡春初，早晚元宵節近。大名年例大張燈火。我欲趁此機會，先令城中埋伏，外面驅兵大進，裏應外合，可以破之。」宋江道：「此計大妙！便請軍師發落。」吳用道：「為頭最要緊的是城中放火為號。你眾弟兄中誰敢與我先去城中放火？」只見階下走過一人道：「小弟願往。」

眾人看時，卻是鼓上蚤時遷。時遷道：「小弟幼年間曾到大名，城內有座樓，喚做翠雲樓，樓上樓下大小有百十個閣子。眼見得元宵之夜必然喧鬨。小弟潛地入城，到得元宵節夜，只盤去翠雲樓上，放起火來為號，軍師可自調遣人馬入來。」吳用道：「我心正待如此。你明日天曉，先下山去。只在元宵夜一更時候，樓上放起火來，便是你的功勞。」時遷應允，得令去了。

吳用次日卻調解珍、解寶扮做獵戶去大名城內官員府裏獻納野味；正月十五日夜間，只看火起為號，便去留守司前截住報事官兵。兩個得令去了。再調杜遷、宋萬，扮做糶米客人，推輛車子，去城中宿歇；元宵夜，只看號火起時，卻來先奪東門。兩個得令去了。再調孔明、孔亮扮做僕者前去大名城內鬧市裏房簷下宿歇，只看樓前火起，便要往來接應。兩個得令去了。再調李應、史進扮做客人去大名東門外安歇，只看城中號火起時，先斬把門軍士，奪下東門，好做出路。兩個得令去了。再調魯智深、武松扮做行腳僧前去大名城外庵院掛搭，只看城中號火起時，便去南門外截住大軍，衝擊去路。兩個得令去了。再調鄒淵、鄒閏扮做賣燈客人直往大名城中尋客店安歇，只看樓中火起，便去司獄司前策應。兩個得令去了。再調劉唐、楊雄扮做公人直去大名州衙前宿歇，只看號火起時，便去截住一應報事人員，令他首尾不能救應。兩個得令去了。再請公孫勝先生扮做雲遊道人，卻教凌振扮做道童跟著，將帶風火轟天等砲數百個，直去大名城內淨處守待，只看號火起時施放。兩個得令去了。再調張順跟隨燕青從水門裏入城，逕奔盧員外家單捉淫婦姦夫。再調王矮虎、孫新、張青、扈三娘、顧大嫂、孫二娘家做三對村裏夫妻入城看燈，尋至盧俊義家中放火。再調柴進帶同樂和，扮做軍官，直去蔡節級家中，要保救二人性命。——眾頭領俱各得令去了。

此是正月初頭。不說梁山泊好漢依次各各下山進發。且說大名梁中書喚過李成、聞達、王太守等一干官員商議放燈一事。梁中書道：「年例城中大張燈火，慶賀元宵，與民同樂，全似東京體例；如今被梁山泊賊人兩次侵境，只恐放燈因而惹禍。下官意欲住歇放燈，你眾官心下如何計議？」

聞達便道：「想此賊人潛地退去，沒頭告示亂貼，此計是窮，必無主意，相公何必多慮？若還今年不放燈時，這廝們細作探知，必然被他恥笑。可以傳下鈞旨曉示居民，比上年多設花燈，添扮社火，市心中添搭兩座鰲山，照依東京體例，通宵不禁，十三至十七，放燈五夜。教府尹點視居民勿令缺少；相公親自行春❶，務要與民同樂。聞某親領一彪軍馬出城，去飛虎峪駐劄，以防賊人奸計；再著李都監親引鐵騎馬軍，遶城巡邏，勿令居民驚擾。」

梁中書見說大喜。眾官商議已定，隨即出榜曉諭居民。這北京大名府是河北頭一個大郡；衝要去處卻有諸路買賣，雲屯霧集，只聽放燈，都來趕趁。在城坊隅巷陌該管廂官每日點視，只得裝扮社火；豪富之家催促懸掛花燈。遠者三二百里買，近者也過百十里之外，便有客商，年年將燈到城貨賣。家家門前紮起燈柵，都要賽掛好燈，巧樣煙火；戶內縛起山棚，擺放五色屏風砲燈，四邊都掛名人書畫並奇異骨董玩器之物；在城大街小巷，家家都要點燈。

大名府留守司州橋邊搭起一座鰲山，上面盤紅黃大龍兩條，每片鱗甲上點燈一盞，口噴淨水。去州橋河內周圍上下點燈不計其數。銅佛寺前紮起一座鰲山，上面盤青龍一條，周迴也有千百盞花燈。翠雲樓前也紮起一座鰲山，上面盤著一條白龍，四面點火，不計其數。原來這座酒樓，名貫河北，號為第一；上有三簷滴水❷，雕梁繡柱，極是造得好；樓上樓下，有百十處閣子，終朝鼓樂喧天，每日笙歌聒耳。城中各處宮觀寺院佛殿法堂中，各設燈火，慶賀豐年。三瓦兩舍，更不必說。

那梁山泊探細人，得了這個消息，報上山來。吳用得知大喜，去對宋江說知備細。宋江便要親自領

---

❶ 行春：官吏春日出巡。漢制，太守於春季巡視所轄州縣，督促百姓耕作。

❷ 三簷滴水：形容樓房高大。

兵去打大名。安道全諫道：「將軍瘡口未完，切不可輕動；稍若怒氣相侵，實難痊可。」吳用道：「小生替哥哥走一遭。」隨即與鐵面孔目裴宣點撥八路軍馬：——第一隊，大刀關勝引領宣贊、郝思文為前部，鎮三山黃信在後策應，都是馬軍。第二隊，豹子頭林沖引領馬麟、鄧飛為前部，小李廣花榮在後策應，都是馬軍。第三隊，雙鞭呼延灼引領韓滔、彭玘為前部，病尉遲孫立在後策應，都是馬軍。第四隊，霹靂火秦明引領歐鵬、燕順為前部，跳澗虎陳達在後策應，都是馬軍。第五隊，調步軍頭領沒遮攔穆弘將引杜興、鄭天壽。第六隊，步軍頭領黑旋風李逵將引李立、曹正。第七隊，步軍頭領插翅虎雷橫將引施恩、穆春。第八隊，步軍頭領混世魔王樊瑞，將引項充、李衮。

這八路馬步軍兵，各自取路，即今便要起行，毋得時刻有誤。正月十五日，二更為期，都要到大名城下。馬軍步軍一齊進發。那八路人馬依令下山。其餘頭領盡跟宋江保守山寨。

且說時遷越牆入城，城中客店內卻不著單身客人。他自白日在街上閒走，到晚來東嶽廟神座底下安身。正月十三日，卻在城中往來觀看那搭縛燈棚，懸掛燈火。

正看之間，只見解珍、解寶挑著野味，在城中往來觀看；又撞見杜遷、宋萬兩個從瓦子裏走將出來。時遷當日先去翠雲樓上打一個踅，只見孔明披著頭髮，身穿羊皮破衣，右手拄一條杖子，左手拿個碗，腌腌臢臢，在那裏求乞，見了時遷，打抹他去背後說話。時遷道：「哥哥，你這般一個漢子，紅紅白白面皮，不像叫化的。城中做公的多，倘或被他看破，須誤了大事。哥哥可以躲閃迴避。」說不了，又見個丐者從牆邊來；看時，卻是孔亮。時遷道：「哥哥，你又露出雪也似白面來，亦不像忍饑受餓的人；這般模樣，必然決撒！」

卻纔道罷，背後兩個人，劈角兒揪住，喝道：「你們做得好事！」回頭看時，卻是楊雄、劉唐。時遷道：「你驚殺我也！」楊雄道：「都跟我來。」帶去僻靜處埋怨道：「你三個好沒分曉！卻怎地在那裏說話？倒是我兩個看見；倘若被他眼明手快的公人看破，卻不誤了大事？我兩個都已見了，弟兄們不必再上街去。」孔明道：「鄒淵、鄒閏昨日街上賣燈，魯智深、武松已在城外庵裏。再不必多說，只顧臨期各自行事。」

五個說了，都出到一個寺前。正撞見一個先生，從寺裏出來。眾人抬頭看時，卻是入雲龍公孫勝；背後淩振，扮做道童跟著。七個人都點頭會意，各自去了。

看看相近上元，梁中書先令大刀聞達將引軍馬出城，去飛虎峪駐箚，以防賊寇。十四日，卻令李天王李成親引鐵騎馬軍五百，全副披掛，遶城巡視。次日正是正月十五日。是日好生晴明，梁中書滿心歡喜。未到黃昏，一輪明月卻湧上來，照得六街三市，鎔作金銀一片。士女挨肩疊背。煙火花砲比前越添得盛了。

是晚，節級蔡福分付教兄弟蔡慶看守著大牢，「我自回家看看便來。」方纔進得家門，只見兩個人閃將入來，前面那個軍官打扮，後面僕者模樣。燈光之下看時，蔡福認得是小旋風柴進，後面的卻不曉得是鐵叫子樂和，蔡節級便請入裏面去，見成杯盤，隨即管待。

柴進道：「不必賜酒。在下到此，有件緊事相央。盧員外、石秀全得足下相覷，稱謝難盡。今晚小子欲就大牢裏，趕此元宵熱鬧，看望一遭。望你相煩引進，休得推卻。」蔡福是個公人，早猜了八分；欲待不依，誠恐打破城池，都不見了好處，又陷了老小一家性命；只得擔著血海的干係，便取些舊衣裳，此一發是實寫，然亦只就口中傳來。

教他兩個換了，也扮做公人，換了巾幘；帶柴進、樂和逕奔牢中去了。

初更左右，王矮虎、一丈青、孫新、顧大嫂、張青、孫二娘，三對兒村裏夫妻，喬喬畫畫❸，裝扮做鄉村人，挨在人叢裏，便入東門去了；公孫勝帶同淩振，挑著荊簍，去城隍廟裏廊下坐地；——這城隍廟只在州衙側邊。——鄒淵、鄒閏挑著燈在城中閒走；杜遷、宋萬各推一輛車子，逕到梁中書衙前，閃在人鬧處；——原來梁中書衙只在東門裏大街住。——劉唐、楊雄，各提著水火棍，身邊都自有暗器，來州橋上兩邊坐定；燕青領了張順，自從水門裏入城，靜處埋伏，都不在話下。

不移時，樓上敲打二更。卻說時遷挾著一個籃兒，——裏面都是硫黃、焰硝——放火的藥頭——、籃兒上插幾朵鬧蛾兒❹——踅入翠雲樓後；走上樓去，只見閣子內，吹笙簫，動鼓板，掀雲鬧社，子弟們鬧鬧嚷嚷，都在樓上打鬨賞燈。時遷上到樓上，只做賣鬧蛾兒的，各處閣子裏去看。撞見解珍、解寶，拖著鋼叉，叉上掛著兔兒，在閣子前踅。時遷便道：「更次到了。怎生不見外面動撣？」解珍道：「我兩個方纔在樓前，見探馬過去，多管兵馬到了。你只顧去行事。」

言猶未了，只見樓前都發起喊來，說道：「梁山泊軍馬到西門外了！」解珍分付時遷：「你自快去！我自去留守司前接應！」奔到留守司前，只見敗殘軍馬一齊奔入城來，說道：「聞大刀喫劫了寨也！梁山泊賊寇引軍都到城下也！」李成正在城上巡邏，聽見說了，飛馬來到留守司前，教點軍兵，分付閉上城門，守護本州。

---

❸ 喬喬畫畫：打扮得妖妖嬈嬈的意思。

❹ 鬧蛾兒：舊時年節婦女頭上所戴的飾物。又名蛾兒、鬧嚷嚷。

卻說王太守親引隨從百餘人，長枷鐵鎖，在街鎮壓；聽得報說這話，慌忙回留守司前。

卻說梁中書正在衙前醉了閒坐，初聽報說，尚自不甚慌；次後沒半個更次，流星探馬接連報來，嚇得一言不吐，單叫：「備馬！備馬！」

說言未了，只見翠雲樓上烈焰沖天，火光奪目，十分浩大。梁中書見了，急上得馬，卻待要去看時，只見兩條大漢，推兩輛車子，放在當路，便去取碗掛的燈來，望車子點著，隨即火起。梁中書要出東門時，兩條大漢口稱：「李應、史進在此！」手撚朴刀，大踏步殺來。把門官軍嚇得走了，手邊的傷了十數個。杜遷、宋萬卻好接著出來，四個合做一處，把住東門。

梁中書見不是頭勢，帶領隨行伴當，飛奔南門。南門傳說道：「一個胖大和尚，輪動鐵禪杖；一個虎面行者，掣出雙戒刀；發喊殺入城來！」梁中書回馬，再到留守司前，只見解珍、解寶，手撚鋼叉，在那裏東衝西撞；急待回州衙，不敢近前。王太守卻好過來，劉唐、楊雄兩條水火棍齊下，打得腦漿迸流，眼珠突出，死於街前；虞候押番，各逃殘生去了。

梁中書急急回馬奔西門，只聽得城隍廟裏火砲齊響，轟天震地。鄒淵、鄒閏，手拿竹竿，只顧就房簷下放起火來；南瓦子前，王矮虎、一丈青殺將來；孫新、顧大嫂身邊掣出暗器，就那裏協助；銅佛寺前，張青、孫二娘入去，爬上鰲山，放起火來。此時大名城內百姓黎民，一個個鼠攛狼奔，一家家神號鬼哭；四下裏十數處火光亘天，四方不辨。

卻說梁中書奔到西門，接著李成軍馬，急到南門城上，勒住馬在鼓樓上看時，只見城下兵馬擺滿，旗號寫「大刀關勝」，火焰光中，抖擻精神，施逞驍勇；左有宣贊，右有郝思文，黃信在後催動人馬，雁翅般橫殺將來，已到門下。

梁中書出不得城去，和李成躲至北門城下，望見火光明亮，軍馬不知其數，卻是豹子頭林沖，躍馬橫鎗，左有馬麟，右有鄧飛，花榮在後催動人馬，飛奔將來。再轉東門，一連火把叢中，只見沒遮攔穆弘，左有杜興，右有鄭天壽，三籌好漢當先，手撚朴刀，引領一千餘人，殺入城來。梁中書逕奔南門，捨命奪路而走。弔橋邊火把齊明，只見黑旋風李逵，左有李立，右有曹正，李逵渾身脫剝，手搭雙斧，從城濠裏飛殺過來；李立、曹正，一齊俱到。李成當先，殺開條血路，奔出城來，護著梁中書便走。只見左手下殺聲震響，火把叢中，軍馬無數，卻是雙鞭呼延灼，拍動坐下馬，舞動手中鞭，逕搶梁中書。李成手舉雙刀，前來迎敵，那時李成無心戀戰，撥馬便走。左有韓滔，右有彭玘，兩肋裏撞來，孫立在後催動人馬，併力殺來。

正鬭間，背後趕上小李廣花榮，拈弓搭箭，射中李成副將，翻身落馬。李成見了，飛馬奔走。未及半箭之地，只見右手下鑼鼓亂鳴，火光奪目，卻是霹靂火秦明，躍馬舞棍，引著燕順、歐鵬，背後陳達，又殺將來。李成渾身是血，且走且戰，護著梁中書，衝路而去。

話分兩頭。卻說城中之事。杜遷、宋萬去殺梁中書一門良賤。劉唐、楊雄去殺王太守一家老小。孔明、孔亮已從司獄司後牆爬將入去。鄒淵、鄒閏卻在司獄司前接住往來之人。大牢裏柴進、樂和看見號火起了，便對蔡福、蔡慶道：「你弟兄兩個見也不見？更待幾時？」蔡慶在門邊看時，鄒淵、鄒閏早撞開牢門，大叫道：「梁山泊好漢全夥在此！好好送出盧員外、石秀哥哥來！」

蔡慶慌忙報蔡福時，孔明、孔亮早從牢屋上跳將下來。不繇他弟兄兩個肯與不肯，柴進身邊取出器械，便去開枷，放了盧俊義、石秀。柴進說與蔡福：「你快跟我去家中保護老小！」一齊都出牢門來。鄒淵、鄒閏接著，合做一處。蔡福、蔡慶跟隨柴進，來家中保全老小。盧俊義將引石秀、孔明、孔亮、鄒淵、鄒閏，五個弟兄，逕奔家中來捉李固、賈氏。

卻說李固聽得梁山泊好漢引軍馬入城，又見四下裏火起，正在家中有些眼跳，便和賈氏商量，收拾了一包金珠細軟背了，便出門奔走。只聽得排門一帶都倒，正不知多少人搶將入來。李固和賈氏慌忙回身，便望裏面開了後門，踅過牆邊，逕投河下來尋躲避處。只見岸上張順大叫：「那婆娘走那裏去！」李固心慌，便跳下船中去躲；卻待攢入艙裏，又見一個人伸出手來，劈髯兒揪住，喝道：「李固！你認得我麼？」李固聽得是燕青聲音，慌忙叫道：「小乙哥！我不曾和你有甚冤讎。你休得揪我上岸！」岸上張順早把那婆娘挾在肋下，拖到船邊。燕青拿了李固，都望東門來了。

再說盧俊義奔到家中，不見了李固和那婆娘，且叫眾人把應有家私金銀財寶都搬來裝在車子上，往梁山泊給散。

卻說柴進和蔡福到家中收拾家資老小，同上山寨。蔡福道：「大官人可救一城百姓，休教殘害。」柴進見說，便去尋軍師吳用。比及尋著，吳用急傳下號令去時，城中將及損傷一半。

當時天色大明，吳用、柴進在城內鳴金收軍。眾頭領卻接著盧員外並石秀都到留守司相見，備說牢中多虧了蔡福、蔡慶弟兄兩個看覷，已逃得殘生。燕青、張順早把這李固、賈氏解來。盧俊義見了，且教燕青監下，自行看管，聽候發落，不在話下。

再說李成保護梁中書出城逃難，正撞著聞達領著敗殘軍馬回來，合兵一處，投南便走。正走之間，前軍發起喊來，卻是混世魔王樊瑞，左有項充，右有李袞，三籌步軍好漢，舞動飛刀、飛鎗，直殺將來；背後又是插翅虎雷橫將引施恩、穆春各引一千步軍，前來截住退路。正是獄囚遇赦重回禁，病客逢醫又上床。畢竟梁中書一行人馬怎地結煞，且聽下回分解。

第六十六回　宋江賞馬步三軍　關勝降水火二將

話說當下梁中書、李成、聞達慌速合得敗殘軍馬，投南便走。正行之間，又撞著兩隊伏兵，前後掩殺。李成、聞達護著梁中書併力死戰，撞透重圍，逃得性命，投西一直去了。樊瑞引項充、李衮追趕不上，自與雷橫、施恩、穆春等同回大名府裏聽令。

再說軍師吳用在城中傳下將令，一面出榜安民，一面救滅了火；梁中書、李成、聞達、王太守各家老小，殺的殺了，走的走了，也不來追究；便把大名府庫藏打開，應有金銀寶物都裝載上車子；又開倉廒，將糧米俵濟❶滿城百姓了，餘者亦裝載上車，將回梁山泊貯用；號令眾頭領人馬都皆完備，把李固、賈氏釘在陷車內，將軍馬標撥作三隊回梁山泊來，卻叫戴宗先去報宋公明。宋江會集諸將，下山迎接，都到忠義堂上。宋江見了盧俊義，納頭便拜。盧俊義慌忙答禮。

宋江道：「宋江不揣，欲請員外上山同聚大義，不想卻陷此難，幾致傾送，寸心如割。皇天垂佑，今日再得相見！」盧俊義拜謝道：「上托兄長虎威，下感眾頭領義氣，齊心併力，救拔賤體，肝腦塗地，難以報答！」便請蔡福、蔡慶拜見宋江，言說：「在下若非此二人，安得殘生到此！」

當下宋江要盧員外坐第一把交椅。盧俊義大驚道：「盧某是何等人，敢為山寨之主？但得與兄長執

---

❶ 俵濟：分散財物救濟眾人。

鞭隨鐙，做一小卒，報答救命之恩，實為萬幸！」宋江再三拜請。盧俊義那裏肯坐。只見李逵叫道：「哥哥偏不直性！前日肯坐，坐了，今日又讓別人！這把鳥交椅便真個是金子做的？只管讓來讓去！不要討我殺將起來！」宋江大喝道：「你這廝！……」盧俊義慌忙拜道：「若是兄長苦苦相讓，著盧某安身不牢。」李逵又叫道：「若是哥哥做個皇帝，盧員外做個丞相，我們今日都住在金殿裏，也直得這般鳥亂；無過只是水泊子裏做個強盜，不如仍舊了罷！」

宋江氣得說話不出。吳用勸道：「且教盧員外東邊耳房安歇，賓客相待；等日後有功，卻再讓位。」宋江方纔住了，就叫燕青一處安歇。另撥房屋，叫蔡福、蔡慶安頓老小。關勝家眷，薛永已取到山寨。宋江便叫大設筵宴，犒賞馬步水三軍，令大小頭目並眾嘍囉軍健各自成團作隊去喫酒。忠義堂上，設宴慶賀；大小頭領，相謙相讓，飲酒作樂。

盧俊義起身道：「淫婦姦夫，擒捉在此，聽候發落。」宋江笑道：「我正忘了，叫他兩個過來！」眾軍把陷車打開，拖出堂前，李固綁在左邊將軍柱上，賈氏綁在右邊將軍柱上。宋江道：「休問這廝罪惡，請員外自行發落。」盧俊義手拿短刀，自下堂來，大罵潑婦賊奴，就將二人割腹剜心，凌遲處死；拋棄屍首，上堂來拜謝眾人。眾頭領盡皆作賀，稱讚不已。

且不說梁山泊大設筵宴，犒賞馬步水三軍。卻說大名梁中書探聽得梁山泊軍馬退去，再和李成、聞達，引領敗殘軍馬入城來看覷老小時，十損八九，眾皆號哭不已。比及鄰近起軍追趕梁山泊人馬時，已自去得遠了，且教各自收軍。梁中書的夫人躲得在後花園中逃得性命，便叫丈夫寫表申奏朝廷，寫書教太師知道，早早調兵遣將，勦除賊寇報讎。抄寫民間被殺死者五千餘人，中傷者不計其數；各部軍馬總折卻三萬有餘。

首將齎了奏文密書上路，不則一日，來到東京太師府前下馬；門吏轉報，太師教喚入來。首將直至節堂下拜見了，呈上密書申奏，訴說打破大名，賊寇浩大，不能抵敵。蔡京初意亦欲苟且招安，功歸梁中書身上，自己亦有榮寵；今見事體敗壞，難好遮掩，便欲主戰，因大怒道：「且教首將退去！」

次日五更，景陽鐘響，待漏院中集文武羣臣，蔡太師為首，直臨玉階，面奏道君皇帝。天子覽奏大驚。有諫議大夫趙鼎出班奏道：「前者往往調兵征發，皆折兵將，蓋因失其地利，以致如此。以臣愚意，不若降敕赦罪招安，詔取赴闕，命作良臣，以防邊境之害。」蔡京聽了大怒，喝叱道：「汝為諫議大夫，反滅朝廷綱紀，猖獗小人！罪合賜死！」天子道：「一如此，目下便令出朝。」當下革了趙鼎官爵，罷為庶人。當朝誰敢再奏。

天子又問蔡京道：「似此賊勢猖獗，可遣誰人勦捕？」蔡太師奏道：「臣量這等草賊，安用大軍？臣舉凌州有二將：一人姓單名廷珪，一人姓魏名定國，見任本州團練使。伏乞陛下聖旨，星夜差人調此一支軍馬，剋日掃清山泊。」天子大喜，隨即降寫敕符著樞密院調遣。天子駕起，百官退朝。眾官暗笑。次日，蔡京會省院差官齎捧聖旨敕符投凌州來。

再說宋江水滸寨內將大名所得的府庫金寶錢物給賞與馬步水三軍，連日殺牛宰馬，大排筵宴，慶賞盧員外；雖無炰鳳烹龍，端的肉山酒海。眾頭領酒至半酣，吳用對宋江等說道：「今為盧員外打破大名，殺損人民，劫掠府庫，趕得梁中書等離城逃迸，他豈不寫表申奏朝廷？況他丈人是當朝太師，怎肯干罷？必然起軍發馬，前來征討。」宋江道：「軍師所慮，最為得理。何不使人連夜去大名探聽虛實，我這裏好做準備？」吳用笑道：「小弟已差人去了，將次回也。」

正在筵會之間，商議未了，只見原差探事人到來，說：「大名府梁中書果然申奏朝廷，要調兵征勦。有諫議大夫趙鼎，奏請招安，致被蔡京喝罵，削了趙鼎官職。如今奏過天子，差人往淩州調遣單廷珪、魏定國——兩個團練使——起本州軍馬前來征討。」

宋江便道：「似此如何迎敵？」吳用道：「等他來時，一發捉了！」關勝起身道：「關某自從上山，從不曾出得半分氣力。單廷珪、魏定國，蒲城多曾相會。久知單廷珪那廝善用『決水浸兵之法』，人皆稱為聖水將軍。魏定國這廝精熟『火攻之法』，上陣專用火器取人，因此呼為神火將軍。小弟不才，願借五千軍兵，不等他二將起行，先在淩州路上接住。他若肯降時，帶上山來；若不肯降，必當擒來奉獻兄長，——亦不須用眾頭領張弓挾矢，費力勞神。不知尊意若何？」

宋江大喜，便叫宣贊、郝思文二將就跟著一同前去。關勝帶了五千軍馬，來日下山。次早，宋江與眾頭領在金沙灘寨前餞行。關勝三人引兵去了。

眾頭領回到忠義堂上，吳用便對宋江說道：「關勝此去，未保其心；可以再差良將，隨後監督，就行接應。」宋江道：「吾觀關勝，義氣凜然，始終如一，軍師不必多疑。」吳用道：「只恐他心不似兄長之心；可再叫林沖、楊志領兵，孫立、黃信為副將，帶領五千人馬，隨即下山。」李逵便道：「我也去走一遭。」宋江道：「此一去用你不著，自有良將建功。」李逵道：「兄弟若閒，便要生病；若不叫我去時，獨自也要去走一遭！」宋江喝道：「你若不聽我的軍令，割了你頭！」李逵見說，悶悶不已，下堂去了。

不說林沖、楊志領兵下山接應關勝。次日，只見小軍來報：「黑旋風李逵，昨夜二更，拿了兩把板斧，不知那裏去了。」宋江見報，只叫得苦：「是我夜來衝撞了他這幾句言語，多管是投別處了！」吳用道：「兄長，非也；他雖麤鹵，義氣倒重，不到得投別處去。多管是過兩日便來。兄長放心。」宋江心慌，先使戴宗去趕；後著時遷、李雲、樂和、王定六——四個首將——分四路去尋。

且說李逵是夜提著兩把板斧下山，抄小路逕投凌州去，一路上自尋思道：「這兩個鳥將軍，何消得許多軍馬去征他！我且搶入城中，一斧一個，都砍殺了，也教哥哥喫一驚！——也和他們爭得一口氣！」走了半日，走得肚饑，把腰裏摸一摸，原來倉慌下山，不曾帶得盤纏，尋思道：「多時不曾做這買賣，只得尋個鳥出氣的！」

正走之間，看見路旁一個村酒店，李逵便入去裏面坐下，連打了三角酒、二斤肉喫了，起身便走。酒保攔住討錢。李逵道：「待我前頭去尋得些買賣，卻把來還你。」說罷，便動身。只見外面走入個彪形大漢來，喝道：「你這黑廝好大膽！誰開的酒店，你來白喫，不肯還錢！」李逵睜著眼道：「老爺不揀那裏只是白喫！」那漢道：「我對你說時，驚得你尿流屁滾！老爺是梁山泊好漢韓伯龍的便是！本錢都是宋江哥哥的！」李逵聽了暗笑：「我山寨裏那裏認得這個鳥人！」

原來韓伯龍曾在江湖上打家劫舍，要來上梁山泊入夥，卻投奔了旱地忽律朱貴，要他引見宋江；因是宋公明生發背瘡在寨中，又調兵遣將，多忙少閒，不曾見得，朱貴權且教他在村中賣酒。

當時李逵在腰間拔出一把板斧，看著韓伯龍道：「把斧頭為當。」韓伯龍不知是計，舒手來接，被李逵手起，望面門上只一斧，肐膌地砍著。可憐韓伯龍不曾上得梁山，死在李逵之手！兩三個火家，只恨爺娘少生了兩隻腳，望深村裏走了。李逵就地下擄掠了盤纏，放火燒了草屋，望凌州便走。

行不得一日，正走之間，官道旁邊，只見走過一條大漢，直上直下相李逵。李逵見那人看他，便道：「你那廝看老爺怎地？」那漢便答道：「你是誰的老爺？」李逵便搶將入來。那漢子手起一拳，打個塔墩❷。李逵尋思：「這漢子倒使得好拳！」坐在地下，仰著臉，問道：「你這漢子姓甚名誰？」那漢道：「老爺沒姓，要廝打便和你廝打！你敢起來！」

李逵大怒，正待跳將起來，被那漢子，肋窩裏只一腳，又踢了一交，李逵叫道：「贏你不得！」爬將起來便走，那漢叫住問道：「這黑漢子，你姓甚名誰？那裏人氏？」李逵道：「今日輸與你，不好說出來。——又可惜你是條好漢，不忍瞞你。梁山泊黑旋風李逵的便是我！」那漢道：「你端的是不是？不要說謊。」李逵道：「你不信，只看我這兩把板斧。」那漢道：「你既是梁山泊好漢，獨自一個投那裏去？」李逵道：「我和哥哥鱉口氣，要投凌州去殺那姓單姓魏的兩個！」那漢道：「我聽得你梁山泊已有軍馬去了。你且說是誰？」李逵道：「先是大刀關勝領兵；隨後便是豹子頭林沖、青面獸楊志領軍策應。」

那漢聽了，納頭便拜。李逵道：「你便與我說罷，端的姓甚名誰？」那漢道：「小人原是中山府人氏，祖傳三代，相撲為生。卻纔手腳，父子相傳，不教徒弟。平生最無面目❸，到處投人不著；山東、河北都叫我做沒面目焦挺。近日打聽得寇州地面有座山，名為枯樹山；山上有個強人，平生只好殺人，

人聞李逵，乃至聞其板斧；李逵自信，乃至自信板斧。寫得妙絕！

❷ 塔墩：屁股著地摔在地上。

❸ 無面目：指六親不認。

世人把他比做喪門神，姓鮑，名旭。他在那山裏打家劫舍。我如今待要去那裏入夥。」

李逵道：「你有這等本事，如何不來投奔俺哥哥宋公明？」焦挺道：「我多時要投奔大寨入夥，卻沒條門路。今日得遇兄長，願隨哥哥。」李逵道：「我和宋公明哥哥爭口氣了下山來，不殺得一個人，空著雙手，怎地回去？你和我去枯樹山，說了鮑旭同去淩州，殺得單、魏二將，便好回山。」焦挺道：「淩州一府城池，許多軍馬在彼，我和你只兩個，便有十分本事，也不濟事，枉送了性命；不如單去枯樹山說了鮑旭，且去大寨入夥，此為上計。」

兩個正說之間，背後時遷趕將來，叫道：「哥哥憂得你苦。便請回山。如今分四路去趕你也。」李逵引著焦挺，且教與時遷廝見了。時遷勸李逵回山：「宋公明哥哥等你……」李逵道：「你且住！我和焦挺商量了，先去枯樹山說了鮑旭，方纔回來。」時遷道：「使不得；哥哥等你，即便回寨。」李逵道：「你若不跟我去，你自先回山寨報與哥哥知道，我便回也。」時遷懼怕李逵，自回山寨去了。焦挺卻和李逵自投寇州來，望枯樹山去了。

話分兩頭，卻說關勝與同宣贊、郝思文引領五千軍馬接來，相近淩州。且說淩州太守接得東京調兵的敕旨並蔡太師劄付，便請兵馬團練單廷珪、魏定國商議。二將受了劄付，隨即選點軍兵，關領器械，拴束鞍馬，整頓糧草，指日起行。忽聞報說：「蒲東大刀關勝引軍到來侵犯本州。」

單廷珪、魏定國聽得，大怒，便收拾軍馬，出城迎敵。兩軍相近，旗鼓相望。門旗下關勝出馬。那邊陣內，鼓聲響處，轉出一員將來，戴一頂渾鐵打就四方鐵帽，頂上撒一顆斗來大小黑纓；披一付熊皮砌就嵌縫沿邊烏油鎧甲；穿一領皁羅繡就點翠團花禿袖征袍；著一雙斜皮踢鐙嵌線雲跟靴；繫一條碧鞓釘就疊勝獅蠻帶；一張弓，一壺箭；騎一匹深烏馬，使一條黑桿鎗；前面打一把引軍按北方皂纛旗，上書七個銀字：「聖水將軍單廷珪」。又見這邊鸞鈴響處，又轉出一員將來，戴一頂朱紅綴嵌點金束髮盔，頂上撒一把掃箒長短赤纓；披一副擺連環吞獸面狻猊鎧；穿一領繡雲霞飛怪獸絳紅袍；著一雙刺麒麟間翡翠雲縫錦跟靴；帶一張描金雀畫寶雕弓；懸一壺鳳翎鑿山狼牙箭；騎坐一匹胭脂馬；手使一口熟鋼刀；前面打一把引軍按南方紅繡旗，上書七個銀字：「神火將軍魏定國」。

兩員虎將一齊出到陣前，關勝見了，在馬上說道：「二位將軍，別來久矣。」單廷珪、魏定國大笑，指著關勝罵道：「無才小輩，背反狂夫！上負朝廷之恩，下辱祖宗名目，不知廉恥！引軍到來，有何理說？」關勝答道：「你二將差矣。目今主上昏昧，奸臣弄權，非親不用，非讎不彈。兄長宋公明，仁義忠信，替天行道，特令關某招請二位將軍。倘蒙不棄，便請過來，同歸山寨。」

單、魏二將聽得大怒，驟馬齊出；一個是遙天一朵烏雲，一個如近處一團烈火，飛出陣前。關勝卻待去迎敵，左手下飛出宣贊，右手下奔出郝思文，兩對兒在陣前厮殺。刀對刀，迸萬道寒光；鎗搠鎗，起一天殺氣。關勝提刀立在陣前，看了良久，嘖嘖歎賞不絕。

正鬬之間，只見水火二將一齊撥轉馬頭望本陣便走。郝思文、宣贊隨即追趕，衝入陣中。只見魏定國轉入左邊，單廷珪轉過右邊。一時宣贊趕著魏定國，郝思文追住單廷珪。

說時遲，那時快；卻說宣贊正趕之間，只見四五百步軍，都是紅旗紅甲，一字兒圍裏將來，撓鉤套索，一齊舉發，和人連馬，活捉去了。

再說郝思文追到右邊，卻見五百來步軍，盡是黑旗黑甲，一字兒裏轉來，腦後一發齊上，把郝思文生擒活捉去了。一面把人解入淩州；一面仍率五百精兵轉殺過來。關勝倒喫一驚，舉手無措，望後便退。隨即單廷珪、魏定國拍馬在背後追來。

關勝正走之間，只見前面衝出二將。關勝看時，左有林沖，右有楊志，從兩肋窩裏撞將出來，殺散淩州軍馬。關勝收住本部殘兵，與林沖、楊志相見，合兵一處。隨後孫立、黃信一同見了，權且下寨。

卻說水火二將捉得宣贊、郝思文，得勝回到城中。張太守接著，置酒作賀；一面教人做造陷車，裝了二人，差一員偏將，帶領三百步軍，連夜解上東京，申達朝廷。

且說偏將帶領三百人馬，監押宣贊、郝思文上東京來。迤邐前行，來到一個去處，只見滿山枯樹，遍地蘆芽；一聲鑼響，撞出一夥強人，當先一個，手揞雙斧，聲喝如雷，正是梁山泊黑旋風李逵，後面帶著這個好漢，正是沒面目焦挺。兩個好漢，引著小嘍囉，攔著去路，也不打話，便搶陷車。偏將急待要走，背後又撞出一個人來，臉如鍋鐵，雙睛暴露。這個好漢正是喪門神鮑旭，向前把偏將，手起劍落，砍下馬來。其餘人等，撇下陷車，盡皆逃命去了。

李逵看時，卻是宣贊、郝思文，便問了備細來繇。宣贊亦問李逵：「你卻怎生在此？」李逵說道：「為是哥哥不肯教我來廝殺，獨自個私走下山來，先殺了韓伯龍，後撞見焦挺，引我到此。多承鮑家兄弟一見如故，便如我山上一般接待。卻纔商議，正欲去打淩州，卻有小嘍囉，山頭上望見這夥人馬監押陷車到來。只道是官兵捕盜，不想卻是你二位。」

鮑旭邀請到寨內，殺牛置酒相待。郝思文道：「兄弟既然有心上梁山泊入夥，不若將引本部人馬，就同去淩州併力攻打，此為上策。」鮑旭道：「小可與李兄正如此商議；足下之言，說得最是。我山寨之中也有三二百匹好馬。」帶領五七百小嘍囉，五籌好漢，一齊來打淩州。

卻說逃難軍士奔回來報與張太守說道：「半路裏有強人，奪了陷車，殺了偏將！」單廷珪、魏定國聽得大怒，便道：「這番拿著，便在這裏施刑！」只聽得城外關勝引兵搦戰。單廷珪爭先出馬，開城門，放下吊橋，引五百黑甲軍，飛奔出城迎敵；門旗開處，大罵關勝：「辱國敗將！何不就死！」關勝聽了，舞刀拍馬。兩個鬬不到五十餘合，關勝勒轉馬頭，慌忙便走。單廷珪隨即趕將來。約趕十餘里，關勝回頭喝道：「你這厮不下馬受降，更待何時！」單廷珪挺鎗直取關勝後心。關勝使出神威，拖起刀背，只一拍，喝一聲「下去！」單廷珪下馬。關勝下馬，向前扶起，叫道：「將軍恕罪！」單廷珪惶恐伏地，乞命受降。關勝道：「某在宋公明哥哥面前多曾舉你；特來相招二位將軍，同聚大義。」單廷珪答道：「不才願施犬馬之力，同共替天行道。」

兩個說罷，並馬而行。林沖接見二人並馬行來，便問其故。關勝不說輸贏，答道：「山僻之內，訴舊論新，招請歸降。」林沖等眾皆大喜。單廷珪回至陣前，大叫一聲，五百黑甲軍兵一鬨過來；其餘人馬，奔入城中去了，連忙報知太守。

魏定國聽了，大怒，次日，領起軍馬，出城交戰。單廷珪與同關勝、林沖直臨陣前，只見門旗開處，神火將軍出馬，見單廷珪順了關勝，大罵：「忘恩背主，不才小人！」關勝微笑，拍馬向前迎敵。二馬相交，軍器並舉。

兩將鬬不到十合，魏定國望本陣便走。關勝卻欲要追。單廷珪大叫道：「將軍不可去趕！」關勝連忙勒住戰馬。

說猶未了，凌州陣內早飛出五百火兵，身穿絳衣，手執火器；前後擁出有五十輛火車，車上都滿裝蘆葦引火之物；軍人背上各拴鐵葫蘆一個，內藏硫磺、焰硝、五色煙藥；一齊點著，飛搶出來。人近人倒，馬遇馬傷。關勝軍兵四散奔走，退四十餘里紮住。魏定國收轉軍馬回城，看見本州烘烘火起，烈烈煙生。原來卻是黑旋風李逵與同焦挺、鮑旭，帶領枯樹山人馬，都去凌州背後打破北門，殺入城中，劫擄倉庫錢糧，放起火來。

魏定國知了，不敢入城，慌速回軍；被關勝隨後趕上追殺，首尾不能相顧。凌州已失，魏定國只得退走，奔中陵縣屯駐。關勝引軍把縣四下圍住，便令諸將調兵攻打。魏定國閉門不出。單廷珪便對關勝、林沖等眾位說道：「此人是一勇之夫，攻擊得緊，他寧死，必不辱。事寬即完，急難成效。小弟願往縣中，不避刀斧，用好言招撫此人，束手來降，免動干戈。」

關勝見說，大喜，隨即叫單廷珪單人匹馬到縣。小校報知，魏定國出來相見了。單廷珪用好言說道：「如今朝廷不明，天下大亂，天子昏昧，奸臣弄權，我等歸順宋公明，且居水泊；久後奸臣退位，那時棄邪歸正，未為晚也。」

魏定國聽罷，沈吟半晌，說道：「若是要我歸順，須是關勝親自來請，我便投降；他若是不來，我寧死不辱！」

單廷珪即便上馬，回來報與關勝。關勝見說，便道：「關某何足為重，卻承將軍謬愛？」匹馬單刀，別了眾人及單廷珪便去。林沖諫道：「兄長，人心難忖，三思而行。」關勝道：「舊時朋友，何妨？」直到縣衙。

魏定國接著，大喜，願拜投降；同敘舊情，設筵管待；當日帶領五百火兵，都來大寨，與林沖、楊志並眾頭領俱各相見已了，即便收軍回梁山泊來。宋江早使戴宗接著，對李逵說道：「只為你偷走下山，教眾兄弟趕了許多路！如今時遷、樂和、李雲、王定六四個人先回山去了。我如今先去報知哥哥，免致懸望。」

不說戴宗先去了。且說關勝等軍馬回到金沙灘邊，水軍頭領棹船接濟軍馬陸續過渡，只見一個人，氣急敗壞跑將來。眾人看時，卻是金毛犬段景住，林沖便問道：「你和楊林、石勇去北地裏買馬，如何這等慌速跑來？」

段景住言無數句，話不一席，有分教宋江調撥軍兵，來打這個去處，重報舊讎，再雪前恨。正是情知語是鉤和線，從頭釣出是非來。畢竟段景住說出甚言語來，且聽下回分解。

第六十七回　宋公明夜打曾頭市　盧俊義活捉史文恭

話說當時段景住跑來，對林沖等說道：「我與楊林、石勇前往北地買馬，到彼選得壯竄有筋力好毛片駿馬，買了二百餘匹；回至青州地面，被一夥強人，為頭一個喚做險道神郁保四聚集二百餘人，盡數把馬劫奪，解送曾頭市去了！石勇、楊林不知去向。小弟連夜逃來，報知此事。」

林沖見說，叫且回山寨與哥哥相見了，卻商議此事。眾人且過渡來，都到忠義堂上，見了宋江。關勝引單廷珪、魏定國與大小頭領俱各相見了。李逵把下山殺了韓伯龍，遇見焦挺、鮑旭，同去打破凌州之事，說了一遍。宋江聽罷，又添四個好漢，正在歡喜。段景住備說奪馬一事。

宋江聽了，大怒道：「前者奪我馬匹，至今不曾報讎；晁天王又反遭他射死，今又如此無禮；若不去剿這廝，惹人恥笑不小！」吳用道：「即日春暖無事，正好廝殺取樂。前者天王失其地利，如今必用智取。且教時遷，他會飛簷走壁，可去探聽消息一遭，回來卻作商量。」

時遷聽命去了。無三二日，只見楊林、石勇逃得回寨，備說曾頭市史文恭口出大言，要與梁山泊勢不兩立。宋江見說，便要起兵。吳用道：「再待時遷回報卻去未遲。」宋江怒氣填胸，要報此讎，片時忍耐不住，又使戴宗飛去打聽，立等回報。

不過數日，卻是戴宗先回來說：「這曾頭市要與淩州報讎，欲起軍馬；見今曾頭市口紮下大寨，又在法華寺內做中軍帳，數百里遍插旌旗，不知何路可進。」

次日，時遷回寨報說：「小弟直到曾頭市裏面，探知備細。見今紮下五個寨柵。曾頭市前面，二千餘人守住村口。總寨內是教師史文恭執掌，北寨是曾塗與副教師蘇定，南寨是次子曾密，西寨是三子曾索，東寨是四子曾魁，中寨是第五子曾昇與父親曾弄守把。這個青州郁保四身長一丈，腰闊數圍，綽號險道神，將這奪的許多馬匹都喂養在法華寺內。」

吳用聽罷，便教會集諸將，一同商議：「既然他設五個寨柵，我這裏分調五支軍將，可作五路去打。」盧俊義便起身道：「盧某得蒙救命上山，未能報效；今願盡命向前，未知尊意若何？」宋江便問吳用道：「員外如肯下山，可屈為前部否？」吳用道：「員外初到山寨，未經戰陣，山嶺崎嶇，乘馬不便，不可為前部先鋒；別引一支軍馬，前去平川埋伏，只聽中軍砲響，便來接應。」

宋江大喜，叫盧員外帶同燕青，引領五百步軍，平川小路聽號。再分調五路軍馬：曾頭市正南大寨，差馬軍頭領霹靂火秦明、小李廣花榮，副將馬麟、鄧飛，引軍三千攻打；曾頭市正東大寨，差步軍頭領花和尚魯智深、行者武松，副將孔明、孔亮，引軍三千攻打；曾頭市正北大寨，差馬軍頭領青面獸楊志、九紋龍史進，副將楊春、陳達，引軍三千攻打；曾頭市正西大寨，差步軍頭領美髯公朱仝、插翅虎雷橫，副將鄒淵、鄒閏，引軍三千攻打；曾頭市正中總寨，都頭領宋公明，軍師吳用、公孫勝，隨行副將呂方、郭盛、解珍、解寶、戴宗、時遷，領軍五千攻打。合後步軍頭領黑旋風李逵、混世魔王樊瑞，副將項充、李袞，引馬步軍兵五千。其餘頭領各守山寨。

不說宋江部領五軍兵將大進。且說曾頭市探事人探知備細，報入寨中。曾長官聽了，便請教師史文恭、蘇定商議軍情重事。史文恭道：「梁山泊軍馬來時，只是多使陷坑，方纔捉得他強兵猛將。這夥草寇，須是這條計，以為上策。」曾長官便差莊客人等，將了鋤頭鐵鍬，去村口掘下陷坑數十處，上面虛浮土蓋，四下裏埋伏了軍兵，只等敵軍到來；又去曾頭市北路也掘下數十處陷坑。

比及宋江軍馬起行時，吳用預先暗使時遷又去打聽。過數日之間，時遷回來報說：「曾頭市寨南寨北盡都掘下陷坑，不計其數，只等俺軍馬到來。」

吳用見說，大笑道：「不足為奇！」引軍前進來到曾頭市相近。此時日午時分，前隊望見一騎馬來，項帶銅鈴，尾拴雉尾；馬上一人，青巾白袍，手執短鎗。前隊望見，便要追趕。吳用止住，便教軍馬就此下寨，四面掘了濠塹，下了鐵蒺藜，傳下令去，教五軍各自分頭下寨，一般掘下濠塹，下了蒺藜。

一住三日，曾頭市不出交戰。吳用再使時遷扮作伏路小軍去曾頭市寨中探聽他不知何意；所有陷坑，暗暗地記著離寨多少路遠，總有幾處。

時遷去了一日，都知備細，暗地使了記號，回報軍師。次日，吳用傳令，教前隊步軍各執鐵鋤，分作兩隊；又把糧車，一百有餘，裝載蘆葦乾柴，藏在中軍。當晚傳下與各寨諸軍頭領；來日巳牌，只聽東西兩路步軍先去打寨。再教攻打曾頭市北寨的楊志、史進把馬軍一字兒擺開，只在那邊擂鼓搖旗，虛張聲勢，切不可進。吳用傳令已了。

再說曾頭市史文恭只要引宋江軍馬打寨，便趕入陷坑。寨前路狹，待走那裏去。次日巳牌，只聽得寨前砲響，軍兵大隊都到南門。次後只見東寨來報道：「一個和尚輪著鐵禪杖，一個行者舞起雙戒刀，攻打前後！」史文恭道：「這兩個必是梁山泊魯智深、武松。」卻恐有失，便分人去幫助曾魁。只見西寨邊又來報道：「一個長髯大漢，一個虎面大漢，旗號上寫著『美髯公朱仝』、『插翅虎雷橫』，前來攻打甚急！」史文恭聽了，又分撥人去幫助曾索。又聽得寨前砲響。史文恭按兵不動，只要等他入來塌了陷坑，山下伏兵齊起，接應捉人。

這裏吳用卻調馬軍從山背後兩路抄到寨前，前面步軍只顧看寨，又不敢去；兩邊伏兵都擺在寨前；背後吳用軍馬趕來，盡數逼下坑去。史文恭卻待出來，吳用鞭梢一指，軍寨中鑼響，一齊排出百餘輛車子來，盡數把火點著，上面蘆葦、乾柴、硫黃、焰硝，一起著起，煙火迷天。比及史文恭軍馬出來，盡被火車橫攔當住，只得迴避，急待退軍。公孫勝早在陣中，揮劍作法，刮起大風，捲那火焰燒入南門，早把敵樓排柵盡行燒毀，已自得勝，鳴金收軍，四下裏入寨，當晚權歇。史文恭連夜修整寨門。兩下當住。

次日，曾塗對史文恭計議道：「若不先斬賊首，難以追滅。」囑付教師史文恭牢守寨柵。曾塗率領軍兵，披掛上馬，出陣搦戰。宋江在中軍聞知曾塗搦戰，帶領呂方、郭盛，相隨出到前軍；門旗影裏看見曾塗，心頭怒起，用鞭指道：「誰與我先捉這廝，報往日之讎？」

小溫侯呂方拍坐下馬，挺手中方天畫戟，直取曾塗。兩馬交鋒，二器並舉。鬬到三十合以上，郭盛在門旗下，看見兩個中間，將及輸了一個。原來呂方本事敵不得曾塗；三十合已前，兀自抵敵不住；三十合已後，戟法亂了，只辦得遮架躲閃。郭盛只恐呂方有失，便驟坐下馬，撚手中方天畫戟，飛出陣來，夾攻曾塗。三騎馬在陣前絞做一團。原來兩枝戟上都拴著金錢豹尾。呂方、郭盛要捉曾塗，兩枝戟齊舉，曾塗眼明，便用鎗只一撥，卻被兩條豹尾攪住朱纓，奪扯不開。

三個各要掣出軍器使用。小李廣花榮在陣中看見，恐怕輸了兩個，便縱馬出來，左手拈起雕弓，右手急取鈚箭❶，上搭箭，拽滿弓，望著曾塗射來。這曾塗卻好掣出鎗來，那兩枝戟兀自攪做一團。說時遲，那時疾；曾塗掣鎗，便望呂方項根搠來。花榮箭早先到，正中曾塗左臂，翻身落馬。呂方、郭盛，雙戟並施，曾塗死於非命。十數騎馬軍飛奔回來報知史文恭，轉報中寨。曾長官聽得大哭。只見旁邊惱犯了一個壯士曾昇，武藝絕高，使兩口飛刀，人莫敢近；當時聽了大怒，咬牙切齒，喝叫：「備我馬來！要與哥哥報讎！」曾長官攔當不住，全身披掛，綽刀上馬，直奔前寨。

史文恭接著，勸道：「小將軍不可輕敵。宋江軍中智勇猛將極多。若論史某愚意，只宜堅守五寨，暗地使人前往淩州，便教飛奏朝廷，調兵選將，多撥官軍，分作兩處征勦，——一打梁山泊，一保曾頭市。——令賊無心戀戰，必欲退兵急奔回山。那時史某不才，與汝兄弟一同追殺，必獲大功。」說言未了，北寨副教師蘇定到來；見說堅守一節，也道：「梁山泊吳用那廝詭計多謀，不可輕敵。只宜退守；待救兵到來，從長商議。」曾昇叫道：「殺我哥哥，此冤不報，真強盜也！直等養成賊勢，退敵則難！」史文恭、蘇定阻當不住。曾昇上馬，帶領數十騎馬軍，飛奔出寨搦戰。

宋江聞知，傳令前軍迎敵。當時秦明得令，舞起狼牙棍，正要出陣鬬這曾昇，只見黑旋風李逵，手搭板斧，直奔軍前，不問事繇，搶出垓心。對陣有人認得，說道：「這個是梁山泊黑旋風李逵！」曾昇見了，便叫放箭。原來李逵但是上陣，便要脫膊，全得項充、李衮蠻牌遮護；此時獨自搶來，被曾昇一箭，腿上正著，身如泰山，倒在地下。曾昇背後馬軍齊搶過來。宋江陣上，秦明、花榮飛馬向

❶ 鈚箭：箭名。指箭鏃廣長而薄鐮的箭。鈚，音ㄆㄧ。

前死救；背後馬麟、鄧飛、呂方、郭盛一齊接應歸陣。曾昇見了宋江陣上人多，不敢再戰，以此領兵還寨。宋江也自收軍駐紮。

寫宋江本意只為馬。

次日，史文恭、蘇定只是主張不要對陣。怎禁得曾昇催併道：「要報兄讎！」史文恭無奈，只得披掛上馬。那匹馬便是先前奪的段景住的千里龍駒「炤夜玉獅子馬」。宋江引諸將擺開陣勢迎敵，對陣史文恭出馬。宋江看見好馬，心頭火起，便令前軍迎敵。秦明得令，飛奔坐下馬來迎。二騎相交，軍器並舉。約鬬二十餘合，秦明力怯，望本陣便走。史文恭奮勇趕來，神鎗到處，秦明後腿股上早著，倒攧下馬來。呂方、郭盛、馬麟、鄧飛四將齊出死命來救。雖然救得秦明，軍兵折了一陣；收回敗軍，離寨十里駐紮。

宋江叫把車子載了秦明，一面使人送回山寨將息；密與吳用商量，教取大刀關勝、金鎗手徐寧，並要單廷珪、魏定國，四位下山，同來協助。宋江又自己焚香祈禱，暗卜一課。吳用看了卦象，便道：「恭喜大事無損。今夜倒主有賊兵入寨。」宋江道：「可以早作準備。」吳用道：「請兄長放心，只顧傳下號令；先去報與三寨頭領，今夜起東西二寨，便教解珍在左，解寶在右，其餘軍馬各於四下裏埋伏。」已定。

是夜，天清月白，風靜雲閒。史文恭在寨中對曾昇道：「賊兵今日輸了兩將，必然懼怯，乘虛正好劫寨。」曾昇見說，便教請北寨蘇定、南寨曾密、西寨曾索，引兵前來，一同劫寨。二更左側，潛地出哨，馬摘鸞鈴，人披軟戰，直到宋江中軍寨內；見四下無人，劫著空寨，急叫中計，轉身便走。左手下撞出兩頭蛇解珍，右手下撞出雙尾蠍解寶，後面便是小李廣花榮，一發趕上。曾索在黑地裏被解珍一鋼叉搠於馬下。放起火來，後寨發喊，東西兩邊，進兵攻打寨柵，混戰了半夜。史文恭奪路得回。

曾長官又見折了曾索，煩惱倍增；次日，要史文恭寫書投降。史文恭也有八分懼怯，隨即寫書，速差一人齎擎，直到宋江大寨。小校報知曾頭市有人下書。宋江傳令，教喚入來。小校將書呈上。宋江拆開看時，寫道：

> 曾頭市主曾弄頓首再拜宋公明統軍頭領麾下：前者小男無知，倚仗小勇，搶奪馬匹，冒犯虎威。向日天王下山，理合就當歸附，無端部卒施放冷箭，罪累深重，百口何辭？然竊自原，非本意也。今頑犬已亡，遣使請和。如蒙罷戰休兵，願將原奪馬匹盡數納還；更齎金帛犒勞三軍，免致兩傷。謹此奉書，伏乞炤察。

宋江看罷來書，目顧吳用，滿面大怒，扯書罵道：「殺吾兄長，焉肯干休！只待洗蕩村坊，是吾本願！」下書人俯伏在地，凜顫不已。吳用慌忙勸道：「兄長差矣。我等相爭，皆為氣耳；既是曾家差人下書講和，豈為一時之忿，以失大義？」隨即便寫回書，取銀十兩賞了來使。回還本寨，將書呈上。曾長官與史文恭拆開看時，上面寫道：

> 梁山泊主將宋江手書回示曾頭市主曾弄：自古無信之國終必亡，無禮之人終必死，無義之財終必奪，無勇之將終必敗。理之自然，無足奇者。梁山泊與曾頭市，自來無讎，各守邊界；總緣爾行一時之惡，遂惹今日之冤。若要講和，便須發還二次原奪馬匹，並要奪馬兇徒郁保四，犒勞軍士金帛。忠誠既篤，禮數休輕。如或更變，別有定奪。

曾長官與史文恭看了，俱各驚憂。次日曾長官又使人來說：「若要郁保四，亦請一人質當❷。」宋江、吳用隨即便差時遷、李逵、樊瑞、項充、李袞五人前去為信。臨行時，吳用叫過時遷，附耳低言：「倘或有變，如此如此。……」

不說五人去了。卻說關勝、徐寧、單廷珪、魏定國到了；當時見了眾人，就在中軍紮住。

且說時遷引四個好漢來見曾長官。時遷向前說道：「奉哥哥將令，差時遷引李逵等四人前來講和。」史文恭道：「吳用差這五個人來，未必無謀。」李逵大怒，揪住史文恭便打。曾長官慌忙勸住。時遷道：「李逵雖然麤鹵，卻是俺宋公明哥哥心腹之人，特使他來，休得疑惑。」曾長官心中只要講和，不聽史文恭之言，便教置酒相待，請去法華寺寨中安歇，撥五百軍人前後圍住；卻使曾昇帶同郁保四來宋江大寨講和。二人到中軍相見了，隨後將原奪二次馬匹並金帛一車送到大寨。

宋江看罷道：「這馬都是後次奪的，正有先前段景住送來那匹千里白龍駒『照夜玉獅子馬』，如何不見將來？」曾昇道：「是師父史文恭乘坐著，以此不曾將來。」宋江道：「你疾忙快寫書去，教早早牽那匹馬來還我！」

曾昇便寫書，叫從人還寨，討這匹馬來。史文恭聽得，回道：「別的馬將去不吝，這匹馬卻不與他！」從人往復去了幾遭，宋江定死要這匹馬。史文恭使人來說道：「若還定要我這匹馬時，著他即便退軍，我便送來還他！」

宋江聽得這話，便與吳用商量。尚然未決，忽有人來報道：「青州、淩州兩路有軍馬到來。」宋江

❷ 質當：用人作抵押以取信敵方。

道：「那廝們知得，必然變卦。」暗傳下號令，就差關勝、單廷珪、魏定國去迎青州軍馬，花榮、馬麟、鄧飛去迎淩州軍馬。暗地叫出郁保四來，用好言撫恤他，十分恩義相待，說道：「你若肯建這場功勞，山寨裏也教你做個頭領；奪馬之讎，折箭為誓，一齊都罷。你若不從，曾頭市破在旦夕。任從你心。」郁保四聽言，情願投拜，從命帳下。吳用授計與郁保四道：「你只做私逃還寨，與史文恭說道：『我和曾昇去宋江寨中講和，打聽得真實了。如今宋江大意，只要賺這匹千里馬，實無心講和；若還與了他，必然翻變。如今聽得青州、淩州兩路救兵到了，十分心慌。正好乘勢用計，不可有誤。』他若信從了，我自有處置。」

郁保四領了言語，直到史文恭寨裏，把前事具說了一遍。史文恭領了郁保四來見曾長官，備說宋江無心講和，可以乘勢劫他寨柵。曾長官道：「我那曾昇尚在那裏，若還翻變，必然被他殺害。」史文恭道：「打破他寨，好歹救了。今晚傳令與各寨，盡數都起，先劫宋江大寨；如斷去蛇首，眾賊無用，回來卻殺李逵等五人未遲。」曾長官道：「教師可以善用良計。」當下傳令與北寨蘇定、東寨曾魁、南寨曾密，一同劫寨。郁保四卻閃來法華寺大寨內，看了李逵等五人，暗與時遷走透這個消息。

再說宋江同吳用說道：「未知此計若何？」吳用道：「若是郁保四不回，便是中俺之計。他若今晚來劫我寨，我等退伏兩邊，卻教魯智深、武松引步軍殺入他東寨，朱仝、雷橫引步軍殺入他西寨，卻令楊志、史進引馬軍截殺北寨。此名『番犬伏窩之計』，百發百中。」

當晚卻說史文恭帶了蘇定、曾密、曾魁盡數起發。是夜，月色朦朧，星辰昏暗。史文恭、蘇定當先，曾密、曾魁押後，馬摘鸞鈴，人披軟戰，盡都來到宋江總寨。只見寨門不關，寨內並無一人，又不見些動靜;情知中計,即便回身。急望本寨去時,只見曾頭市裏鑼鳴砲響,卻是時遷爬去法華寺鐘樓上撞起鐘來;東西兩門,火砲齊響,喊聲大舉,正不知多少軍馬殺將入來。

卻說法華寺中,李逵、樊瑞、項充、李袞一齊發作,殺將出來。史文恭等急回到寨時,尋路不見。曾長官見寨中大鬧;又聽得梁山泊大軍兩路殺將入來,就在寨裏自縊而死。曾密逕奔西寨,被朱仝一朴刀搠死。曾魁要奔東寨時,亂軍中馬踏為泥。蘇定死命奔出北門,卻有無數陷坑,背後魯智深、武松趕殺將來,前逢楊志、史進,一時亂箭射死。後頭撞來的人馬都攧入陷坑中去,重重疊疊,陷死不知其數。

且說史文恭得這千里馬行得快,殺出西門,落荒而走。此時黑霧遮天,不分南北。約行了二十餘里,不知何處,只聽得樹林背後,一聲鑼響,撞出四五百軍來;當先一將,手提桿棒,望馬腳便打。那匹馬是千里龍駒,見棒來時,從頭上跳過去了。

史文恭正走之間,只見陰雲冉冉,冷氣颼颼,黑霧漫漫,狂風颯颯,虛空之中,四邊都是晁蓋陰魂纏住。史文恭再回舊路,卻撞著浪子燕青;又轉過玉麒麟盧俊義來,喝一聲:「強賊!待走那裏去!」腿股上只一朴刀搠下馬來,便把繩索綁了,解投曾頭市來。燕青牽了那匹千里龍駒,逕到大寨。宋江看了,心中一喜一惱;先把曾昇就本處斬首;曾家一門老少盡數不留;抄擄到金銀財寶、米麥糧食,盡行裝載上車,回梁山泊給散各都頭領,犒賞三軍。

且說關勝領軍殺退青州軍馬,花榮領軍殺散淩州軍馬,都回來了。大小頭領不缺一個,已得了這匹千里龍駒「照夜玉獅子馬」;其餘物件盡不必說。陷車內囚了史文恭,便收拾軍馬,回梁山泊來。所過州縣村坊並無侵擾。回到山寨忠義堂上,都來參見晁蓋之靈。

林沖請宋江傳令，教聖手書生蕭讓作了祭文；令大小頭領，人人掛孝，個個舉哀；將史文恭剖腹剜心，享祭晁蓋已罷。宋江就忠義堂上與眾弟兄商議立梁山泊之主。

吳用便道：「兄長為尊，盧員外為次；其餘眾弟兄，各依舊位。」宋江道：「向者晁天王遺言：『但有人捉得史文恭者，不揀是誰，便為梁山泊之主。』今日盧員外生擒此賊，赴山祭獻晁兄，報讎雪恨，正當為尊，不必多說。」盧俊義道：「小弟德薄才疏，怎敢承當此位；若得居末，尚自過分。」

宋江道：「非宋某多謙，有三件不如員外處：第一件，宋江身材黑矮，員外堂堂一表，凜凜一軀，眾人無能得及。第二件，宋江出身小吏，犯罪在逃，感蒙眾兄弟不棄，暫居尊位；員外生於富貴之家，長有豪傑之譽，又非眾人所能得及。第三件，宋江文不能安邦，武不能附眾，手無縛雞之力，身無寸箭之功；員外力敵萬人，通今博古，一發眾人無能得及。——員外有如此才德，正當為山寨之主。他時歸順朝廷，建功立業，官爵陞遷，能使弟兄們盡生光彩。宋江主張已定，休得推托。」

盧俊義拜於地下，說道：「兄長枉自多談；盧某寧死，實難從命。」吳用又道：「兄長為尊，盧員外為次，皆人所伏。兄長若如是再三推讓，恐冷了眾人之心。」

原來吳用已把眼視眾人，故出此語。只見黑旋風李逵大叫道：「我在江州，捨身拼命，跟將你來，眾人都饒讓你一步！我自天也不怕！你只管讓來讓去假甚鳥！我便殺將起來，各自散火！」武松見吳用以目示人，也上前叫道：「哥哥手下許多軍官都是受過朝廷誥命的，他只是讓哥哥，如何肯從別人？」劉唐便道：「我們起初七個上山，那時便有讓哥哥為尊之意。今日卻讓後來人！」魯智深大叫道：「若還兄長要這許多禮數，洒家們各自撒開！」

宋江道：「你眾人不必多說，我別有個道理。看天意是如何，方纔可定。」吳用道：「有何高見，便請一言。」宋江道：「有兩件事。」正是教梁山泊內，重添兩個英雄；東平府中，又惹一場災禍。直教天罡盡數投山寨，地煞空羣聚水涯。畢竟宋江說出那兩件事來，且聽下回分解。

第六十八回　東平府誤陷九紋龍　宋公明義釋雙鎗將

話說宋江要不負晁蓋遺言，把第一位讓與盧員外。眾人不服。宋江又道：「目今山寨錢糧缺少，梁山泊東，有兩個州府，卻有錢糧：一處是東平府，一處是東昌府。我們自來不曾攪擾他那裏百姓，今去問他借糧。可寫下兩個鬮兒❶，我和盧員外各拈一處。如先打破城子的，便做梁山泊主。如何？」吳用道：「也好。」盧俊義道：「休如此說。只是哥哥為梁山泊主，某聽從差遣。」

此時不繇盧俊義，當下便喚鐵面孔目裴宣，寫下兩個鬮兒。焚香對天祈禱已罷，各拈一個。宋江拈著東平府，盧俊義拈著東昌府。眾皆無語。

當日設筵飲酒中間，宋江傳令，調撥人馬。宋江部下：林沖、花榮、劉唐、史進、徐寧、燕順、呂方、郭盛、韓滔、彭玘、孔明、孔亮、解珍、解寶、王矮虎、一丈青、張青、孫二娘、孫新、顧大嫂、石勇、郁保四、王定六、段景住——大小頭領二十五員，馬步軍兵一萬；水軍頭領三員，——阮小二、阮小五、阮小七——領水軍駕船接應。盧俊義部下，吳用、公孫勝、關勝、呼延灼、朱仝、雷橫、索超、楊志、單廷珪、魏定國、宣贊、郝思文、燕青、楊林、歐鵬、凌振、馬麟、鄧飛、施恩、樊瑞、項充、

❶ 鬮兒：遇到難決的事情時，用幾張小紙片寫上字或記號，作成紙團，由各人抽取一個，以作決定。鬮，音ㄐㄧㄡ。用手取。

李袞、時遷、白勝——大小頭領二十五員，馬步軍兵一萬；水軍頭領三員，——李俊、童威、童猛——引水手駕船接應。其餘頭領並中傷者看守寨柵。

分俵已定，宋江與衆頭領去打東平府；盧俊義與衆頭領去打東昌府。衆多頭領各自下山。此是三月初一日的話，日暖風和，草青沙軟，正好廝殺。

卻說宋江領兵前到東平府，離城只有四十里路，地名安山鎮，紮住軍馬。宋江道：「東平府太守程萬里，和一個兵馬都監，乃是河東上黨郡人氏。此人姓董，名平；善使雙鎗，人皆稱為雙鎗將；有萬夫不當之勇。雖然去打他城子，也和他通些禮數；差兩個人，齎一封戰書去那裏下。若肯歸降，免致動兵；若不聽從，那時大行殺戮，使人無怨。誰敢與我先去下書？」

只見部下走過郁保四道：「小人認得董平，情願齎書去下。」又見部下轉過王定六道：「小弟新來，也並不曾與山寨中出力，今日情願幫他去走一遭。」宋江大喜，隨即寫了戰書與郁保四、王定六兩個去下。書上只說借糧一事。

且說東平府程太守聞知宋江起軍馬到了安山鎮駐紮，便請本州兵馬都監雙鎗將董平，商議軍情重事。正坐間，門人報道：「宋江差人下戰書。」程太守教喚至。郁保四、王定六當堂廝見了，將書呈上。程萬里看罷來書，對董都監說道：「要借本府錢糧，此事如何？」董平聽了大怒，叫推出去，即便斬首。程太守說道：「不可。自古『兩國相戰，不斬來使。』於禮不當。只將二人各打二十訊棍，發回原寨，看他如何。」

董平怒氣未息，喝把郁保四、王定六一索捆翻，打得皮開肉綻，推出城去。兩個回到大寨，哭告宋江，說：「董平那廝無禮，好生眇視大寨！」

宋江見打了兩個，怒氣填胸，便要平吞州郡；先叫郁保四、王定六上車，回山將息。只見九紋龍史進起身說道：「小弟舊在東平府時，與院子裏一個娼妓有交，喚做李睡蘭，往來情熟。我如今多將些金銀。潛地入城，借他家裏安歇。約時定日，哥哥可打城池。只待董平出來交戰，我便爬去更鼓樓上放起火來。裏應外合，可成大事。」宋江道：「最好。」史進隨即收拾金銀，安在包袱裏，身邊藏了暗器，拜辭起身。宋江道：「兄弟善覷方便，我且頓兵不動。」

且說史進轉入城中，逕到西瓦子李睡蘭家。大伯見是史進，喫了一驚；接入裏面，叫女兒出來廝見。李睡蘭引去樓上坐了，便問史進道：「一向如何不見你頭影？聽得你在梁山泊做了大王，官司出榜捉你；這兩日街上亂鬨鬨地說宋江要來打城借糧，你如何卻到這裏？」史進道：「我實不瞞你說，我如今在梁山泊做了頭領，不曾有功。如今哥哥要來打城借糧，我把你家備細說了。我如今特地來做細作，有一包金銀相送與你，切不可走漏了消息。明日事完，一發帶你一家上山快活。」

史進醜語。

李睡蘭葫蘆提應承，收了金銀，且安排些酒肉相待，卻來和大伯商量道：「他往常做客時，是個好人，在我家出入不妨。如今他做了歹人，倘或事發，不是耍處。」大伯說道：「梁山泊宋江這夥好漢，不是好惹的；但打城池，無有不破。若還出了言語，他們有日打破城子入來，和我們不干罷！」

虔婆便罵道：「老蠢物！你省得甚麼人事！自古道：『蜂刺入懷，解衣去趕。』天下通例，自首者即免本罪！你快去東平府裏首告，拿了他去，省得日後負累不好！」大伯道：「他把許多金銀與我家，不與他擔些干係，買我們做甚麼？」

虔婆罵道：「老畜生！你這般說，卻似放屁！我這行院人家坑陷了千千萬萬的人，豈爭他一個！你若不去首告，我親自去衙前叫屈，和你也說在裏面！」大伯道：「你不要性發，且叫女兒款住他，休得『打草驚蛇』，喫他走了。待我去報與做公的先來拿了，卻去首官。」

且說史進見這李睡蘭上樓來。覺得面色紅白不定。史進便問道：「你家莫不有甚事，這般失驚打怪？」李睡蘭道：「卻纔上胡梯，踏了個空，爭些兒跌了一交，因此心慌撩亂。」

爭不過一盞茶時，只聽得胡梯邊腳步響，有人奔上來；窗外吶聲喊，數十個做公的搶到樓上，把史進似抱頭獅子綁將下樓來，逕解到東平府裏廳上。程太守看了大罵道：「你這廝膽包身體！怎敢獨自個來做細作！若不是李睡蘭父親首告，誤了我一府良民！快招你的情繇！宋江教你來怎地？」

史進只不言語。董平便道：「這等賊骨頭，不打如何肯招！」程太守喝道：「與我加力打這廝！」兩邊走過獄卒牢子，先將冷水來噴腿上，兩腿各打一百大棍。史進繇他拷打，只不言語。董平道：「且把這廝長枷木杻送在死囚牢裏，等拿了宋江，一並解京施行！」

卻說宋江自從史進去了，備細寫書與吳用知道。吳用看了宋公明來書，說史進去娼妓李睡蘭家做細作，大驚；急與盧俊義說知，連夜來見宋江，問道：「誰叫史進去來？」宋江道：「他自願去；說這李行首是他舊日的婊子，好生情重，因此前去。」吳用道：「兄長欠些主張，若吳某在此，決不教去：從來娼妓之家，迎新送舊，陷了多少好人；更兼水性無定，縱有恩情，也難出虔婆之手。此人今去必然喫虧！」

宋江便問吳用請計。吳用便叫顧大嫂：「勞煩你去走一遭；可扮作貧婆，潛入城中，只做求乞的。

若有些動靜，火急便回。若是史進陷在牢中，你可去告獄卒，只說：『有舊情恩念，我要與他送一口飯。』捵入牢中，暗與史進說知：『我們月盡夜，黃昏前後，必來打城。你可就水火之處安排脫身之計。』月盡夜，你就城中放火為號，此間進兵。方好成事。——兄長可先打汶上縣，百姓必然都奔東平府；卻叫顧大嫂雜在數內，乘勢入城，便無人知覺。」

吳用設計已罷，上馬便回東昌府去了。宋江點起解珍、解寶，引五百餘人，攻打汶上縣；果然百姓扶老攜幼，鼠竄狼奔，都奔東平府來。

卻說顧大嫂頭髻蓬鬆，衣服藍縷，雜在眾人裏面，捵入城來，遶街求乞；到州衙前，打聽得史進果然陷在牢中；次日，提著飯罐，只在司獄司前往來伺候；見一個年老公人從牢裏出來，顧大嫂看著便拜，淚如雨下。那年老公人問道：「你這貧婆哭做甚麼？」顧大嫂道：「牢中監的史大郎是我舊的主人，自從離了，又早十年。只說道在江湖上做賣買，不知為甚事陷在牢裏？眼見得無人送飯，老身叫化得這一口兒飯，特要與他充饑。哥哥怎生可憐見，引進則個。強如造七層寶塔！」那公人道：「他是梁山泊強人，犯著該死的罪，誰敢帶你入去？」顧大嫂道：「便是一刃一剮，自教他瞑目而受；只可憐見引老身入去送這口兒飯，也顯得舊日之情！」說罷又哭。

那老公人尋思道：「若是個男子漢，難帶他入去。一個婦人家，有甚利害！……」當時引顧大嫂直入牢中來，看見史進項帶沈枷，腰纏鐵索。史進見了顧大嫂，喫了一驚，做聲不得，顧大嫂一頭假啼哭，一頭喂飯。別的節級便來喝道：「這是該死的歹人！『獄不通風！』誰放你來送飯！即忙出去，饒你兩棍！」顧大嫂更住不得，只說得「月盡夜叫你自掙扎。」

史進再要問時，顧大嫂被小節級打出牢門。史進只聽得「月盡夜」三個字。原來那個三月卻是大盡。到二十九，史進在牢中，見兩個節級說話，問道：「今朝是幾時？」那個小節級喫得錯記了，回說道：「今日是月盡，夜晚些，買帖孤魂紙來燒。」史進得了這話，巴不得晚。一個小節級喫得半醉，帶史進到水火坑邊，史進哄小節級道：「背後的是誰？」賺得他回頭，掙脫了枷，只一枷梢，把那小節級面上正著一下，打倒在地；就拾磚頭敲開了木杻，睜著鶻眼，搶到亭心裏，幾個公人都酒醉了，被史進迎頭打著，死的死了，走的走了；拔開牢門，只等外面救應；又把牢中應有罪人盡數放了，總有五六十人，就在牢內發起喊來。

有人報知太守。程萬里驚得面如土色！連忙便請兵馬都監商量。董平道：「城中必有細作，且差多人圍困了這賊！我卻乘此機會，領軍出城，去捉宋江；相公便緊守城池，差數十公人圍定牢門，休教走了！」董平上馬，點軍去了。程太守便點起一應節級、虞候、押番，各執鎗棒，去大牢前吶喊。史進在牢裏不敢輕出。外廂的人又不敢進去。顧大嫂只叫得苦。

卻說都監董平，點起兵馬，四更上馬，殺奔宋江寨來。伏路小軍報知宋江。宋江道：「此必是顧大嫂在城中又喫虧了。他既殺來，準備迎敵。」號令一下，諸軍都起。當時天色方明，卻好接著董平軍馬。兩下擺開陣勢。董平出馬。原來董平心靈機巧，三教九流❷，無所不通；品竹調絃，無有不會；山東、河北皆號他為風流雙鎗將。

宋江在陣前看了董平這表人品，一見便喜；又見他箭壺中插一面小旗，上寫一聯道：「英雄雙鎗將，

❷ 三教九流：指社會人物人品繁雜，包羅各行各業。

風流萬戶侯。」宋江遣韓滔出馬迎敵。韓滔手執鐵槊，直取董平。董平那對鐵鎗，神出鬼沒，人不可當。宋江再叫金鎗手徐寧仗「鉤鐮鎗」前去替回韓滔。徐寧飛馬便出，接住董平廝殺。兩個在戰場上戰到五十餘合，不分勝敗。交戰良久，宋江恐怕徐寧有失。便教鳴金收軍。徐寧勒馬回來，董平手舉雙鎗，直追殺入陣來。宋江乘勢鞭梢一展，四下軍兵一齊圍住。

宋江勒馬上高阜處看望，只見董平圍在陣內。他若投東，宋江便把號旗望東指，軍馬向東來圍他；他若投西，號旗便望西指，軍馬便向西來圍他。董平在陣中橫衝直撞，兩枝鎗，直殺到申牌已後，衝開條路，殺出去了。宋江不趕。董平因見交戰不勝，當晚收軍回城去了。宋江連夜起兵，直抵城下，團團調兵圍住。顧大嫂在城中未敢放火，史進又不敢出來，兩下拒住。

原來程太守有個女兒，十分顏色。董平無妻，累累使人去求為親，程萬里不允，因此，日常間有些言和意不和。董平當晚領軍入城，其日使個就裏的人，乘勢來問這頭親事。程太守回說：「我是文官，他是武官，相贅為婿，正當其理；只是如今賊寇臨城，事在危急，若還便許，被人恥笑。待得退了賊兵，保護城池無事，那時議親，亦未為晚。」那人把這話回覆董平，董平雖是口裏應道：「說得是。」只是心中躊躇，不十分歡喜，恐怕他日後不肯。

這裏宋江連夜攻打得緊，太守催請出戰。董平大怒，披掛上馬，帶領三軍，出城交戰。宋江親在陣前門旗下喝道：「量你這個寡將，怎當我手下雄兵十萬，猛將千員！汝但早來就降，可以免汝一死！」董平大怒，回道：「文面小吏，該死狂徒，怎敢亂言！」說罷，手舉雙鎗，直奔宋江。左有林沖，右有花榮，兩將齊出，各使軍器來戰董平。約鬬數合，兩將便走。宋江軍馬佯敗，四散而奔。

董平要逞驍勇，拍馬趕來。宋江等卻好退到壽春縣界。宋江前面走，董平後面追。離城有十數里，前至一個村鎮，兩邊都是草屋，中間一條驛路。董平不知是計，只顧縱馬趕來。宋江因見董平了得，隔夜已使王矮虎、一丈青、張青、孫二娘四個帶一百餘人，先在草屋兩旁埋伏；卻拴數條絆馬索在路上，又用薄土遮蓋；只等來時鳴鑼為號，絆馬索齊起，準備捉這董平。

董平正趕之間，來到那裏，只聽得背後孔明、孔亮大叫：「勿傷吾主！」卻好到草屋前，一聲鑼響，兩邊門扇齊開，拽起繩索。那馬卻待回頭，背後絆馬索齊起，將馬絆倒，董平落馬。左邊撞出一丈青、王矮虎，右邊走出張青、孫二娘：一齊都上，把董平捉了，頭盔、衣甲、雙鎗、隻馬，盡數奪了。兩個女頭領將董平捉住，用麻繩背翦綁了；兩個女將，各執鋼刀，監押董平來見宋江。

卻說宋江過了草屋，勒住馬，立在綠楊樹下，迎見這兩個女頭領解著董平。宋江隨即喝退兩個女將：「我教你去相請董平將軍，誰教你們綁縛他來！」二女將諾諾而退。宋江慌忙下馬，自來解其繩索，便脫護甲錦袍，與董平穿著，納頭便拜。董平慌忙答禮。

宋江道：「倘蒙將軍不棄微賤，就為山寨之主。」董平答道：「小將被擒之人，萬死猶輕！若得容恕安身，已為萬幸。若言山寨為主，小將受驚不小！」宋江道：「敝寨缺少糧食，特來東平府借糧，別無他意。」董平道：「程萬里那廝原是童貫門下門館先生；得此美任，安得不害百姓？若是兄長肯容董平回去，賺開城門，殺入城中，共取錢糧，以為報效。」

宋江大喜，便令一行人將過盔、甲、鎗、馬，還了董平，披掛上馬。董平在前，宋江軍馬在後，捲起旗旛，都往東平城下。董平軍馬在前，大叫：「城上快開城門！」把門軍士將火把照時，認得是董都監，隨即大開城門，放下弔橋。

董平拍馬先入，砍斷鐵鎖；背後宋江等長驅人馬殺入城來。都到東平府裏，急傳將令，不許殺害百姓，放火燒人房屋。董平逕奔私衙，殺了程太守一家人口，奪了這女兒。宋江先叫開了大牢，救出史進，便開府庫，盡數取了金銀財帛，大開倉廒，裝載糧米上車，先使人護送上梁山泊金沙灘，交割與三阮頭領接遞上山。史進自引人去瓦子西裏李睡蘭家，把虔婆老幼，一門大小，碎屍萬段。

宋江將太守家私俵散居民，仍給沿街告示，曉諭百姓：害民州官已自殺戮，汝等良民各安生理。告示已罷，收拾回軍。大小將校再到安山鎮，只見白日鼠白勝飛奔前來，報說東昌府交戰之事。

宋江聽罷，神眉剔豎，怪眼圓睜，大叫：「眾多兄弟不要回山，且跟我來！」正是重驅水泊英雄將，再奪東昌錦繡城。畢竟宋江復引軍馬怎地救應，且聽下回分解。

第六十九回　沒羽箭飛石打英雄　宋公明棄糧擒壯士

話說宋江打了東平府，收軍回到安山鎮，正待要回山寨，只見白勝前來報說盧俊義去打東昌府，連輸了兩陣：「城中有個猛將，姓張，名清，原是彰德府人，虎騎出身；善會飛石打人，百發百中，人呼為沒羽箭。手下兩員副將：一個喚做花項虎龔旺，渾身上刺著虎斑，頸項上呑著虎頭，馬上會使飛槍；一個喚做中箭虎丁得孫，面頰連項都有疤痕，馬上會使飛叉。盧員外提兵臨境，一連十日，不出廝殺。前日張清出城交鋒，郝思文出馬迎敵；戰無數合，張清便走，郝思文趕去，被他額角上打中一石子，跌下馬來；卻得燕青一弩箭射中張清戰馬，因此救得郝思文性命，輸了一陣。次日，混世魔王樊瑞，引項充、李衮，舞牌去迎，不期被丁得孫從肋窩裏飛出標叉，正中項充；因此又輸了一陣。二人見在船中養病。軍師特令小弟來請哥哥早去救應。」

宋江見說，便對眾人歎道：「盧俊義直如此無緣！特地教吳學究、公孫勝都去幫他，只想要他見陣成功，坐這第一把交椅，誰想又逢敵手！既然如此，我等眾兄弟引兵都去救應。」當時傳令，便起三軍。諸將上馬，跟隨宋江直到東昌境界。盧俊義等接著，具說前事，權且下寨。

正商議間，小軍來報：「沒羽箭張清搦戰。」宋江領眾便起，向平川曠野擺開陣勢；大小頭領一齊上馬隨到門旗下。三通鼓罷，張清在馬上蕩起征塵，往來馳走；門旗影裏，左邊閃出那個花項虎龔旺，右邊閃出這個中箭虎丁得孫。三騎馬來到陣前，張清手指宋江罵道：「水洼草賊，願決一陣！」宋江問道：「誰可去戰此人？」只見陣裏一個英雄，忿怒躍馬，手舞鉤鐮鎗，出到陣前。

宋江看時，乃是金鎗手徐寧。宋江暗喜，便道：「此人正是對手！」徐寧飛馬直取張清，兩馬相交，雙鎗並舉。鬭不到五合，張清便走，徐寧趕去。張清把左手虛提長鎗，右手便向錦囊中摸出石子，扭回身，覷得徐寧面門較近，只一石子，眉心早中，翻身落馬。龔旺、丁得孫便來捉人。宋江陣上人多，早有呂方、郭盛，兩騎馬，兩枝戟，救回本陣。宋江等大驚，盡皆失色；再問那個頭領接著廝殺。

宋江言未盡，馬後一將飛出，看時，卻是錦毛虎燕順。宋江卻待阻當，那騎馬已自去了。燕順接住張清，鬭無數合，遮攔不住，撥回馬便走。張清望後趕來，手取石子，看燕順後心一擲，打在鏜甲護鏡上，錚然有聲，伏鞍而走。宋江陣上一人大叫「匹夫何足懼哉！」拍馬提槊飛出陣去。宋江看時，乃是百勝將韓滔，不打話，便戰張清。兩馬方交，喊聲大舉。

韓滔要在宋江面前顯能，抖擻精神，大戰張清。不到十合，張清便走。韓滔疑他飛石打來，不去追趕。張清回頭不見趕來，翻身勒馬便轉。韓滔卻待挺鎗來迎，被張清暗藏石子，手起，望韓滔鼻凹裏打中，只見鮮血迸流，逃回本陣。彭玘見了大怒；不等宋公明將令，手舞三尖兩刃刀，飛馬直取張清。兩個未曾交馬，被張清暗藏石子在手，手起，正中彭玘面頰，丟了三尖兩刃刀，奔馬回陣。

宋江見輸了數將，心內驚惶，便要將軍馬收轉。只見盧俊義背後一人大叫：「今日將威風折了，來日怎地廝殺！且看石子打得我麼！」宋江看時，乃是醜郡馬宣贊，拍馬舞刀，直奔張清。張清便道：「一個來，一個走！兩個來，兩個逃！你知我飛石手段麼？」宣贊道：「你打得別人，怎近得我！」

說言未了，張清手起，一石子正中宣贊嘴邊，翻身落馬。龔旺、丁得孫卻待來捉，怎當宋江陣上人多，眾將救了回陣。宋江見了，怒氣沖天，掣劍在手，割袍為誓：「我若不拿得此人，誓不回軍！」呼延灼見宋江設誓，便道：「兄長此言，要我們弟兄何用！」就拍踢雪烏騅，直臨陣前，大罵張清：「小兒得寵，一力一勇！認得大將呼延灼麼？」張清便道：「辱國敗將，也遭吾毒手！」

言未絕，一石子飛來。呼延灼見石子飛來，急把鞭來隔時，卻中在手腕上，早著一下；便使不動鋼鞭，回歸本陣。宋江道：「馬軍頭領，都被損傷。步軍頭領，誰敢捉得這廝？」只見部下劉唐，手撚朴刀，挺身出陣。張清見了大笑，罵道：「你這敗將！馬軍尚且輸了，何況步卒！」

劉唐大怒，逕奔張清。張清不戰，跑馬歸陣。劉唐趕去，人馬相迎。劉唐手疾，一朴刀砍去，卻砍著張清戰馬。那馬後蹄直踢起來，劉唐面門上掃著馬尾，雙眼生花，早被張清只一石子打倒在地；急待掙扎，陣中走出軍來，橫拖倒拽拿入陣中去了。

一路都寫石子，此忽插入馬尾，奇筆！

宋江大叫：「那個去救劉唐？」只見青面獸楊志便拍馬舞刀直取張清。張清虛把鎗來迎。楊志一刀砍去，張清鐙裏藏身，楊志卻砍了個空。張清手拿石子，喝聲道：「著！」石子從肋窩裏飛將過去。張清又一石子，錚的打在盔上，諕得楊志膽喪心寒，伏鞍歸陣。

宋江看了，輾轉尋思：「若是今番輸了銳氣，怎生回梁山泊！……誰與我出得這口氣？」朱仝聽得，目視雷橫說道：「一個不濟事，我兩個同去夾攻！」朱仝居左，雷橫居右，兩條朴刀，殺出陣前。張清笑道：「一個不濟，又添一個！繇你十個，更待如何！」全無懼色，在馬上藏兩個石子在手。雷橫先到，張清手起，勢如「招寶七郎」，雷橫額上早中一石子，撲然倒地。朱仝急來快救，頸項上又一石子打著。

關勝在陣上看見中傷，大挺神威，輪起青龍刀，縱開赤兔馬，來救朱仝、雷橫。剛搶得兩個奔走還陣，張清又一石子打來。關勝急把刀一隔，正中著刀口，迸出火光。關勝無心戀戰，勒馬便回。

雙鎗將董平見了，心中暗忖：「我今新降宋江，若不顯我些武藝，上山去必無光彩。」手提雙鎗，飛馬出陣。張清看見，大罵董平：「我和你鄰近州府，脣齒之邦，共同滅賊，正當其理！你今緣何反背朝廷？豈不自羞！」董平大怒，直取張清。兩馬相交，軍器並舉；兩條鎗陣上交加，四隻臂環中撩亂。約鬬五七合，張清撥馬便走。董平道：「別人中你石子，怎近得我！」

張清帶住鎗桿，去錦囊中摸出一個石子，右手纔起，石子早到。董平眼明手快，撥過了石子。張清見打不著，再取第二個石子，又打將去，董平又閃過了，兩個石子打不著，張清卻早心慌。那馬尾相銜，張清走到陣門左側，董平望後心刺一鎗來。張清一閃，鐙裏藏身，董平卻搠了空，那條鎗卻搠將過來。董平的馬和張清的馬兩廝並著，張清便撇了鎗，雙手把董平和鎗連臂膊只一拖，卻拖不動，兩個攪做一塊。

宋江陣上索超望見，輪動大斧，便來解救。對陣龔旺、丁得孫，兩騎馬齊出，截住索超廝殺。張清、董平又分拆不開，索超、龔旺、丁得孫三匹馬攪做一團。林沖、花榮、呂方、郭盛四將一齊盡出，兩條鎗，兩枝戟，來救董平、索超。

張清見不是勢頭，棄了董平，跑馬入陣。董平不捨，直撞入去，卻忘了提備石子。張清見董平追來，暗藏石子在手，待他馬近，喝聲道：「著！」董平急躲，那石子抹耳根上擦過去了，董平便回。索超撇了龔旺、丁得孫，也趕入陣來。張清停住鎗，輕取石子，望索超打來。索超急躲不迭，打在臉上，鮮血迸流，提斧回陣。

卻說林沖、花榮把龔旺截住在一邊，呂方、郭盛把丁得孫也截住在一邊。龔旺心慌，便把飛鎗摽將來，卻摽不著花榮、林沖。龔旺先沒了軍器，被林沖、花榮活捉歸陣。這邊丁得孫舞動飛叉，死命抵敵呂方、郭盛，不提防浪子燕青在陣門裏看見，暗忖道：「我這裏，被他片時連打了一十五員大將；若拿他一個偏將不得，有何面目！」放下桿棒，身邊取出弩弓，搭上弦，放一箭去，一聲響，正中了丁得孫馬蹄，那馬便倒，卻被呂方、郭盛捉過陣來。張清要來救時，寡不敵眾，只得拿了劉唐，且回東昌府去。

太守在城上看見張清前後打了梁山泊一十五員大將，雖然折了龔旺、丁得孫，也拿得這個劉唐，回到州衙，把盞相賀。先把劉唐長枷送獄，卻再商議。

且說宋江收軍回來，把龔旺、丁得孫先送上梁山泊。宋江再與盧俊義、吳用道：「我聞五代時，大梁王彥章，日不移影，連打唐將三十六員，今日張清無一時連打我一十五員大將，真是不在此人之下，定當是個猛將。」

眾人無語。宋江又道：「我看此人全仗龔旺、丁得孫為羽翼。如今羽翼被擒，可用良策捉獲此人。」吳用道：「兄長放心；小生見了此將出沒，久已安排定了。雖然如此，且把中傷頭領送回山寨，卻教魯智深、武松、孫立、黃信、李立盡數引領水軍，安排車仗船隻，水陸並進，船隻相迎，賺出張清，便成大事。」吳用分撥已定。

再說張清在城內與太守商議道：「雖是贏了兩陣，賊勢根本未除，可使人去探聽虛實，卻作道理。」只見探事人來回報：「寨後西北上，不知那裏將許多糧米，有百十輛車子；河內又有糧草船，大小有五百餘隻；水陸並進，船馬同來；沿路有幾個頭領監管。」太守道：「這廝們莫非有計？恐遭他毒手。再差人去打聽，端的果是糧草也不是。」

次日，小軍回報說：「車上都是糧草，尚且撒下米來。水中船隻，雖是遮蓋著，盡有米布袋露將出來。」張清道：「今晚出城，先截岸上車子，後去取他水中船隻。太守助戰，一鼓而得。」太守道：「此計甚妙，只可善覷方便。」叫軍漢飽餐酒食，盡行披掛，捎馱錦袋。張清手執長鎗，引一千軍兵，悄悄地出城。是夜月色微明，星光滿天。行不到十里，望見一簇車子，旗上明寫「水滸寨忠義糧」。

張清看了，見魯智深擔著禪杖，皁直裰拽扎起，當頭先走。張清道：「這禿驢腦袋上著我一下石子！」魯智深擔著禪杖，此時自望見了，只做不知，大踏步只顧走，卻忘了提防他石子。正走之間，張清在馬上喝聲「著」，一石子飛在魯智深頭上，打得鮮血迸流，望後便倒。張清軍馬一齊吶喊，都搶將來。武松急挺兩口戒刀，死去救回魯智深，撇了糧車便走。

張清奪得糧車，見果是糧米，心中歡喜，不來追趕魯智深，且押送糧草，推入城來。太守見了大喜，自行收管。張清要再搶河中米船。太守道：「將軍善覷方便。」張清上馬，轉過南門。此時望見河港內糧船不計其數。張清便叫開城門，一齊吶喊，搶到河邊，都是陰雲布滿，黑霧遮天；馬步軍兵回頭看時，你我對面不見。此是公孫勝行持道法。

張清看見，心慌眼暗，卻待要回，進退無路。四下裏喊聲亂起，正不知軍兵從那裏來。林沖引鐵騎軍兵，將張清連人和馬都趕下水去了。河內卻是李俊、張橫、張順、三阮、兩童，八個水軍頭領，一字兒擺在那裏。張清掙扎不脫，被阮氏三雄捉住，繩纏索綁，送入寨中。水軍頭領飛報宋江。吳用便催大小頭領連夜打城。太守獨自一個，怎生支吾得住，聽得城外四面砲響，城門開了，嚇得太守無路可逃。宋江軍馬殺入城中，先救了劉唐；次後便開倉庫，就將錢糧一分發送梁山泊，一分給散居民。太守平日清廉，饒了不殺。宋江等都在州衙裏聚集眾人會面。只見水軍頭領，早把張清解來。眾多兄弟都被他打傷，咬牙切齒，盡要來殺張清。宋江見解將來，親自直下堂階迎接，便陪話道：「誤犯虎威，請勿掛意。」邀上廳來。

說言未了，只見階下魯智深，使手帕包著頭，拏著鐵禪杖，逕奔來要打張清。宋江隔住，連聲喝退。張清見宋江如此義氣，叩頭下拜受降。宋江取酒奠地。折箭為誓：「眾弟兄若要如此報讎，皇天不佑，死於刀劍之下。」

眾人聽了，誰敢再言。宋江設誓已罷，眾人大笑，盡皆歡喜，收拾軍馬，都要回山。只見張清在宋公明面前舉薦：「東昌府一個獸醫，複姓皇甫，名端。此人善能相馬，知得頭口寒暑病症，下藥用針，無不痊可，真有伯樂之才；原是幽州人氏；為他碧眼黃鬚，貌若番人，以此人稱為紫髯伯。梁山泊亦有用他處。可喚此人帶引妻小一同上山。」

宋江聞言，大喜：「若是皇甫端宜去相聚，大稱心懷。」張清見宋江相愛甚厚，隨即便去喚到獸醫皇甫端來拜見宋江並眾頭領。宋江看他一表非俗，碧眼重瞳，虬髯過腹，誇獎不已。皇甫端見了宋江如此義氣，心中甚喜，願從大義。

宋江大喜，撫慰已了，傳下號令，諸多頭領，收拾車仗糧食金銀，一齊進發；把這兩府錢糧運回山寨。前後諸軍都起。

於路無話，早回到梁山泊忠義堂上。宋江叫放出龔旺、丁得孫來，亦用好言撫慰。二人叩頭拜降。又添了皇甫端在山寨，專工醫獸；董平、張清亦為山寨頭領。宋江歡喜，忙叫排宴慶賀。都在忠義堂上，各依次序而坐。

宋江看了眾多頭領，卻好一百單八員。宋江開言說道：「我等兄弟自從上山相聚，但到處，並無疏失，皆是上天護佑，非人之能。今來扶我為尊，皆託眾弟兄英勇。我今有句言語，煩你眾兄弟共聽。」吳用便道：「願請兄長約束。」宋江對著眾頭領開口，說這個主意下來，正是有分教三十六天罡符定數，七十二地煞合玄機。畢竟宋公明說出甚麼主意，且聽下回分解。

第七十回　忠義堂石碣受天文　梁山泊英雄驚惡夢

話說宋公明，一打東平，兩打東昌，回歸山寨，計點大小頭領，共有一百八員，心中大喜；遂對眾兄弟道：「宋江自從鬧了江州，上山之後，皆託賴眾弟兄英雄扶助，立我為頭。今者，共聚得一百八員頭領，心中甚喜。自從晁蓋哥哥歸天之後，但引兵馬下山，公然保全，此是上天護佑，非人之能。縱有被擄之人，陷於縲絏，或是中傷回來，且都無事。今者，一百八人，皆在面前聚會，端的古往今來，實為罕有！從前兵刃到處，殺害生靈，無可禳謝❶，我心中欲建一羅天大醮，報答天地神明眷佑之恩：一則祈保眾弟兄身心安樂；二則惟願朝廷早降恩光，赦免逆天大罪，眾當竭力捐軀，盡忠報國，死而後已；三則上薦晁天王早生天界，世世生生，再得相見，就行超度橫亡惡死，火燒水溺，一應無辜被害之人，俱得善道。我欲行此一事，未知眾弟兄意下若何？」

眾頭領都稱道：「此是善果好事，哥哥主見不差。」吳用便道：「先請公孫勝一清主行醮事，然後令人下山，四遠邀請得道高士，就帶醮器赴寨；仍使人收取一應香燭、紙馬、花果、祭儀、素饌、淨食，並合用一應物件。」

商議選定四月十五日為始，七晝夜好事。山寨廣施錢財，督併幹辦。日期已近，向那忠義堂前，掛

---

❶ 禳謝：用祭神的儀式表示懺悔，並請求赦免罪過。

起長幡；四首堂上，紮縛三層高臺；堂內鋪設七寶三清聖像；兩班設二十八宿，十二宮辰，一切主醮星官真宰；堂外仍設監壇；崔、盧、鄧、竇神將，擺列已定，設放醮器齊備。請到道眾，連公孫勝，共是四十九員。

是日晴明得好，天氣和朗，月白風清。宋江、盧俊義為首，吳用與眾頭領為次拈香。公孫勝作高功，主行齋事，關發一應文書符命，與那四十八員道眾，每日三朝。至第七日滿散，宋江要求上天報應，特教公孫勝專拜請詞❷，奏聞天帝，每日三朝。

卻好至第七日三更時分，公孫勝在虛皇壇第一層，眾道士在第二層，宋江等眾頭領在第三層，眾小頭目並將校都在壇下，眾皆懇求上蒼，務要拜求報應。

是夜三更時候，只聽得天上一聲響，如裂帛相似，正是西北乾方天門上。眾人看時，直豎金盤，兩頭尖，中間闊，又喚做「天門開」，又喚做「天眼開」；裏面毫光，射人眼目，霞彩繚繞，從中間捲出一塊火來，如栲栳之形，直滾下虛皇壇來。那團火遶壇滾了一遭，竟鑽入正南地下去了。

此時天眼已合，眾道士下壇來。宋江隨即叫人將鐵鍬鐵鋤頭，掘開泥土，跟尋火塊。那地下，掘不到三尺深淺，只見一個石碣，正面兩側，各有天書文字。當下宋江且教化紙滿散。

平明，齋眾道士，各贈與金帛之物，以充襯資。方纔取過石碣看時，上面乃是龍章鳳篆蝌蚪之書❸，人皆不識。眾道士內，有一人姓何，法諱玄通，對宋江說道：「小道家間祖上留下一冊文書，專能辨驗

❷ 請詞：即青詞，也稱綠草。道教齋醮時，祭祀天地神明的祝詞。因用硃筆寫在青藤紙上，所以稱青詞。

❸ 蝌蚪之書：指周朝的古文字。筆畫狀似蝌蚪，故名之。

天書。那上面都是自古蝌蚪文字，以此貧道善能辨認。譯將出來，便知端的。」

宋江聽了大喜，連忙捧過石碣，教何道士看了，良久說道：「此石都是義士大名鐫在上面。側首一邊是『替天行道』四字，一邊是『忠義雙全』四字。頂上皆有星辰南北二斗，下面卻是尊號。若不見責，當以從頭一一敷宣。」

宋江道：「幸得高士指迷，緣分不淺。倘蒙見教，實感大德。唯恐上天見責之言，請勿藏匿；萬望盡情剖露，休遺片言。」

宋江喚過聖手書生蕭讓用黃紙謄寫。何道士乃言：前面有天書三十六行，皆是天罡星；背後也有天書七十二行，皆是地煞星。下面註著眾義士的姓名。

石碣前面書梁山泊天罡星三十六員：

天魁星——呼保義宋江　天罡星——玉麒麟盧俊義　天機星——智多星吳用

天閒星——入雲龍公孫勝　天勇星——大刀關勝　天雄星——豹子頭林沖

天猛星——霹靂火秦明　天威星——雙鞭呼延灼　天英星——小李廣花榮

天貴星——小旋風柴進　天富星——撲天鵰李應　天滿星——美髯公朱仝

天孤星——花和尚魯智深　天傷星——行者武松　天立星——雙鎗將董平

天捷星——沒羽箭張清　天暗星——青面獸楊志　天佑星——金鎗手徐寧

天空星——急先鋒索超　天速星——神行太保戴宗　天異星——赤髮鬼劉唐

天殺星——黑旋風李逵　天微星——九紋龍史進　天究星——沒遮攔穆弘
天退星——插翅虎雷橫　天壽星——混江龍李俊　天劍星——立地太歲阮小二
天平星——船火兒張橫　天罪星——短命二郎阮小五　天損星——浪裏白條張順
天敗星——活閻羅阮小七　天牢星——病關索楊雄　天慧星——拚命三郎石秀
天暴星——兩頭蛇解珍　天哭星——雙尾蠍解寶　天巧星——浪子燕青

石碣背面書地煞星七十二員：

地魁星——神機軍師朱武　地煞星——鎮三山黃信　地勇星——病尉遲孫立
地傑星——醜郡馬宣贊　地雄星——井木犴郝思文　地威星——百勝將韓滔
地英星——天目將彭玘　地奇星——聖水將軍單廷珪　地猛星——神火將軍魏定國
地文星——聖手書生蕭讓　地正星——鐵面孔目裴宣　地闊星——摩雲金翅歐鵬
地闔星——火眼狻猊鄧飛　地強星——錦毛虎燕順　地暗星——錦豹子楊林
地軸星——轟天雷凌振　地會星——神算子蔣敬　地佐星——小溫侯呂方
地佑星——賽仁貴郭盛　地靈星——神醫安道全　地獸星——紫髯伯皇甫端
地微星——矮腳虎王英　地慧星——一丈青扈三娘　地暴星——喪門神鮑旭
地默星——混世魔王樊瑞　地猖星——毛頭星孔明　地狂星——獨火星孔亮
地飛星——八臂哪吒項充　地走星——飛天大聖李袞　地巧星——玉臂匠金大堅
地明星——鐵笛仙馬麟　地進星——出洞蛟童威　地退星——翻江蜃童猛

地滿星——玉幡竿孟康　地遂星——通臂猿侯健　地周星——跳澗虎陳達
地隱星——白花蛇楊春　地異星——白面郎君鄭天壽　地理星——九尾龜陶宗旺
地俊星——鐵扇子宋清　地樂星——鐵叫子樂和　地捷星——花項虎龔旺
地速星——中箭虎丁得孫　地鎮星——小遮攔穆春　地羈星——操刀鬼曹正
地魔星——雲裏金剛宋萬　地妖星——摸著天杜遷　地幽星——病大蟲薛永
地伏星——金眼彪施恩　地僻星——打虎將李忠　地空星——小霸王周通
地孤星——金錢豹子湯隆　地全星——鬼臉兒杜興　地短星——出林龍鄒淵
地角星——獨角龍鄒閏　地囚星——旱地忽律朱貴　地藏星——笑面虎朱富
地平星——鐵臂膊蔡福　地損星——一枝花蔡慶　地奴星——催命判官李立
地察星——青眼虎李雲　地惡星——沒面目焦挺　地醜星——石將軍石勇
地數星——小尉遲孫新　地陰星——母大蟲顧大嫂　地刑星——菜園子張青
地壯星——母夜叉孫二娘　地劣星——活閃婆王定六　地健星——險道神郁保四
地耗星——白日鼠白勝　地賊星——鼓上蚤時遷　地狗星——金毛犬段景住

當時何道士辨驗天書，教蕭讓寫錄出來；讀罷，眾人看了，俱驚訝不已。宋江與眾頭領道：「鄙猥小吏原來上應星魁；眾多弟兄也原來都是一會之人；上天顯應，合當聚義。今已數足，分定次序，眾頭領各守其位，各休爭執，不可逆了天言。」眾人皆道：「天地之意，理數所定，誰敢違拗。」宋江遂取黃金五十兩酬謝何道士。其餘道眾，收得經資，收拾醮器，四散下山去了。

且不說眾道士回家去了，只說宋江與軍師吳學究、朱武等計議：堂上要立一面牌額，大書「忠義堂」三字。斷金亭也換個大牌扁，前面冊立三關。忠義堂後建築鴈臺一座，頂上正面大廳一所，東西各設兩房：——正廳供養晁天王靈位——東邊房內，宋江、吳用、呂方、郭盛；西邊房內，盧俊義、公孫勝、孔明、孔亮。

第二坡，左一帶房內：朱武、黃信、孫立、蕭讓、裴宣；右一帶房內：戴宗、燕青、張清、安道全、皇甫端。忠義堂左邊：掌管錢糧倉廒收放，柴進、李應、蔣敬、淩振；右邊：花榮、樊瑞、項充、李袞。山前南路第一關，解珍、解寶守把；第二關，魯智深、武松守把；第三關，朱仝、雷橫守把；東山一關，史進、劉唐守把；西山一關，楊雄、石秀守把；北山一關，穆弘、李逵守把。

六關之外，置立八寨：有四旱寨，四水寨。正南旱寨：秦明、索超、歐鵬、鄧飛；正東旱寨：關勝、徐寧、宣贊、郝思文；正西旱寨：林沖、董平、單廷珪、魏定國；正北旱寨：呼延灼、楊志、韓滔、彭玘。東南水寨：李俊、阮小二；西南水寨：張橫、張順；東北水寨：阮小五、童威；西北水寨：阮小七、童猛。

其餘各有執事。從新置立旌旗等項。山頂上，立一面杏黃旗，上書「替天行道」四字。忠義堂前，繡字紅旗二面：一書「山東呼保義」，一書「河北玉麒麟」。外設飛龍飛虎旗，飛熊飛豹旗，青龍白虎旗，朱雀玄武旗，黃鉞白旄，青幡皁蓋，緋纓黑纛；中軍器械外，又有四斗五方旗，三才九曜旗，二十八宿旗，六十四卦旗，周天九宮八卦旗，——一百二十四面鎮天旗，盡是侯健製造。金大堅鑄造兵符印信。

一切完備，選定吉日良時，殺牛宰馬，祭獻天地神明。掛上忠義堂斷金亭牌額，立起「替天行道」杏黃旗。宋江當日大設筵宴，親捧兵符印信，頒布號令：

諸多大小兄弟，各各管領，悉宜遵守，毋得違誤，有傷義氣。如有故違不遵者，定依軍法治之，決不輕恕。

計開：

梁山泊總兵都頭領二員：呼保義宋江、玉麒麟盧俊義。掌管機密軍師二員：智多星吳用、入雲龍公孫勝。一同參贊軍務頭領一員：神機軍師朱武。掌管錢糧頭領二員：小旋風柴進、撲天鵰李應。

馬軍五虎將五員：大刀關勝、豹子頭林沖、霹靂火秦明、雙鞭呼延灼、雙鎗將董平。

馬軍八驃騎兼先鋒使八員：小李廣花榮、金鎗手徐寧、青面獸楊志、急先鋒索超、沒羽箭張清、美髯公朱仝、九紋龍史進、沒遮攔穆弘。

馬軍小彪將兼遠探出哨頭領一十六員：鎮三山黃信、病尉遲孫立、醜郡馬宣贊、井木犴郝思文、百勝將韓滔、天目將彭玘、聖水將單廷珪、神火將魏定國、摩雲金翅歐鵬、火眼狻猊鄧飛、錦毛虎燕順、鐵笛仙馬麟、跳澗虎陳達、白花蛇楊春、錦豹子楊林、小霸王周通。

步軍頭領一十員：花和尚魯智深、行者武松、赤髮鬼劉唐、插翅虎雷橫、黑旋風李逵、浪子燕青、病關索楊雄、拚命三郎石秀、兩頭蛇解珍、雙尾蠍解寶。

步軍將校一十七員：混世魔王樊瑞、喪門神鮑旭、八臂哪吒項充、飛天大聖李袞、病大蟲薛永、金眼彪施恩、小遮攔穆春、打虎將李忠、白面郎君鄭天壽、雲裏金剛宋萬、摸著天杜遷、出林龍鄒淵、獨角龍鄒閏、花項虎龔旺、中箭虎丁得孫、沒面目焦挺、石將軍石勇。

四寨水軍頭領八員：混江龍李俊、船火兒張橫、浪裏白條張順、立地太歲阮小二、短命二郎阮小五、活閻羅阮小七、出洞蛟童威、翻江蜃童猛。

四店打聽聲息，邀接來賓頭領八員：東山酒店，小尉遲孫新、母大蟲顧大嫂；西山酒店，菜園子張青、母夜叉孫二娘；南山酒店，旱地忽律朱貴、鬼臉兒杜興；北山酒店，催命判官李立、活閃婆王定六。

總探聲息頭領一員：神行太保戴宗。軍中走報機密步軍頭領四員：鐵叫子樂和、鼓上蚤時遷、金毛犬段景住、白日鼠白勝。守護中軍馬軍驍將二員：小溫侯呂方、賽仁貴郭盛。守護中軍步軍驍將二員：毛頭星孔明、獨火星孔亮。專管行刑劊子二員：鐵臂膊蔡福、一枝花蔡慶。專掌三軍內探事馬軍頭領二員：矮腳虎王英、一丈青扈三娘。

掌管監造諸事頭領一十六員：行文走檄調兵遣將一員，聖手書生蕭讓；定功賞罰軍政司一員，鐵面孔目裴宣；考算錢糧支出納入一員，神算子蔣敬；監造大小戰船一員，玉幡竿孟康；專造一應兵符印信一員，玉臂匠金大堅；專造一應旌旗袍襖一員，通臂猿侯健；專攻獸醫一應馬匹一員，紫髯伯皇甫端；專治諸疾內外科醫士一員，神醫安道全；監督打造一應軍器鐵用一員，金錢豹子湯隆；專造一應大小號砲一員，轟天雷凌振；起造修葺房舍一員，青眼虎李雲；屠宰牛馬豬羊牲口一員，操刀鬼曹正；排設筵宴一員，鐵扇子宋清；監造供應一切酒醋一員，笑面虎朱富；監築梁山泊一應城垣一員，九尾龜陶宗旺；專一把捧「帥」字旗一員，險道神郁保四。

宣和二年四月二十二日，梁山泊大聚會，分調人員告示。

當日梁山泊宋公明傳令已了，分調眾頭領已定，各各領了兵符印信。筵宴已畢，人皆大醉，眾頭領各歸所撥房舍。中間有未定執事者，都於鴈臺前後駐劄聽調。號令已定，各各遵守。

明日，宋江鳴鼓集眾，都到堂上，焚一爐香，又對眾人道：「今非昔比，我有片言：我等既是天星地曜相會，必須對天盟誓，各無異心，生死相托，患難相扶，一同扶助宋江，仰答上天之意。」眾皆大喜，齊聲道：「是。」各人拈香已罷，一齊跪在堂上，宋江為首，誓曰：

維宣和二年四月二十三日，梁山泊義士宋江、盧俊義、吳用、公孫勝、關勝、林沖、秦明、呼延灼、花榮、柴進、李應、朱仝、魯智深、武松、董平、張清、楊志、徐寧、索超、戴宗、劉唐、李逵、史進、穆弘、雷橫、李俊、阮小二、張橫、阮小五、張順、阮小七、楊雄、石秀、解珍、解寶、燕青、朱武、黃信、孫立、宣贊、郝思文、韓滔、彭玘、單廷珪、魏定國、蕭讓、裴宣、歐鵬、鄧飛、燕順、楊林、凌振、蔣敬、呂方、郭盛、安道全、皇甫端、王英、扈三娘、鮑旭、樊瑞、孔明、孔亮、項充、李衮、金大堅、馬麟、童威、童猛、孟康、侯健、陳達、楊春、鄭天壽、陶宗旺、宋清、樂和、龔旺、丁得孫、穆春、曹正、宋萬、杜遷、薛永、施恩、李忠、周通、湯隆、杜興、鄒淵、鄒閏、朱貴、朱富、蔡福、蔡慶、李立、李雲、焦挺、石勇、孫新、顧大嫂、張青、孫二娘、王定六、郁保四、白勝、時遷、段景住。——同秉至誠，共立大誓。

竊念江等昔分異地，今聚一堂；準星辰為弟兄，指天地作父母。一百八人，人無同面，面面崢嶸；一百八人，人合一心，心心皎潔。樂必同樂，憂必同憂；生不同生，死必同死。既列名於天上，無貽笑於人間。一日之聲氣既孚，終身之肝膽無二。倘有存心不仁，削絕大義，外是內非，有始無終者，天昭其上，鬼闞其旁；刀劍斬其身，雷霆滅其跡；永遠沈於地獄，萬世不得人身！報應分明，神天共察！

誓畢，眾人同聲發願：「但願生生相會，世世相逢，永無間阻，有如今日！」當日眾人歃血❹飲酒，大醉而散。

看官聽說：——這裏方是梁山泊大聚義處。

是夜盧俊義歸臥帳中，便得一夢，夢見一人，其身甚長，手挽寶弓，自稱「我是嵇康，要與大宋皇帝收捕賊人，故單身到此。汝等及早各各自縛，免得費我手腳！」

盧俊義夢中聽了此言，不覺怒從心發，便提朴刀，大踏步趕上，直戳過去，卻戳不著。原來刀頭先已折了。盧俊義心慌，便棄手中折刀，再去刀架上揀時，只見許多刀、鎗、劍、戟，也有缺的，也有折的，齊齊都壞，更無一件可以抵敵。

那人早已趕到背後。盧俊義一時無措，只得提起右手拳頭，劈面打去，卻被那人只一弓梢，盧俊義右臂早斷，撲地跌倒。那人便從腰裏解下繩索，綑縛做一塊，拖去一個所在。

影張叔夜字，妙！

❹ 歃血：古時盟者，口含牲血，或以血塗口旁，表示信誓，稱為歃血。歃，音ㄕㄚˋ。

正中間排設公案。那人南面正坐，把盧俊義推在堂下草裏，似欲勘問之狀。只聽得門外卻有無數人哭聲震地。那人叫道：「有話便都進來！」只見無數人一齊哭著，膝行進來。盧俊義看時，卻都綁縛著，便是宋江等一百七人。盧俊義夢中大驚，便問段景住道：「這是甚麼緣故？誰人擒獲將來？」段景住卻跪在後面，與盧俊義正近，低低告道：「哥哥得知員外被捉，急切無計來救，便與軍師商議，只除非行此一條苦肉計策，情願歸附朝廷，庶幾保全員外性命。」說言未了，只見那人拍案罵道：「萬死狂賊！你等造下彌天大罪，朝廷屢次前來收捕，你等公然拒殺無數官軍！今日卻來搖尾乞憐，希圖逃脫刀斧！我若今日赦免你們時，後日再以何法去治天下？況且狼子野心，正自信你不得！我那劊子手何在？」說時遲，那時快；只見一聲令下，壁衣裏蜂擁出行刑劊子二百一十六人，兩個服侍一個，將宋江、盧俊義等一百單八個好漢在於堂下草裏一齊處斬。盧俊義夢中嚇得魂不附體；微微閃開眼看堂上時，卻有一個牌額，大書「天下太平」四個青字。

詩曰：

太平天子當中坐，清慎官員四海分。但見肥羊寧父老，不聞嘶馬動將軍。叨承禮樂為家世，欲以謳歌寄快文。不學東南無諱日，卻吟西北有浮雲。大抵為人土一丘，百年若個得齊頭！完租安穩尊於帝，負曝奇溫勝若裘。子建高才空號虎，莊生放達以為牛。夜寒薄醉搖柔翰，語不驚人也便休！

楊家將演義

紀振倫／撰　楊子堅／校注　葉經柱／校閱

楊家將故事如木桂英掛帥、四郎探母、三岔口等早已廣泛流傳，家喻戶曉。宋代天波楊府男女老少個個都是英雄，各富傳奇故事。清代以降，以楊家將故事為題材的京劇和地方戲劇不下百種，大都取材自小說《楊家將演義》。書中以楊繼業祖孫五代與入侵的遼和西夏人英勇戰鬥、前仆後繼的事跡為主軸，雖然事件紛繁，但鏡頭集中，人物形象突出，情節描述有條不紊、生動傳神，值得再三玩味。本書以明清諸多刊刻本詳為參照校注，內容嚴謹可靠。

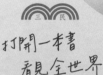

國家圖書館出版品預行編目資料

水滸傳／施耐庵撰;羅貫中纂修;金聖嘆批;繆天華校注.——四版三刷.——臺北市：三民，2023
冊；　公分.——（中國古典名著）

ISBN 978-957-14-6821-1（一套：平裝）

857.46　　　109006291

中國古典名著

水滸傳（下）

作　　者	施耐庵
纂 修 者	羅貫中
批　　者	金聖嘆
校 注 者	繆天華
發 行 人	劉振強
出 版 者	三民書局股份有限公司
地　　址	臺北市復興北路 386 號（復北門市） 臺北市重慶南路一段 61 號（重南門市）
電　　話	(02)25006600
網　　址	三民網路書店 https://www.sanmin.com.tw
出版日期	初版一刷 1972 年 11 月 三版十刷 2019 年 1 月 四版一刷 2020 年 11 月 四版三刷 2023 年 5 月
書籍編號	S851710
I S B N	978-957-14-6821-1

三民書局